LKOMAR
TALINS HO
TALINS WOHLTAT
TYLANDOR

Matthias Sachau

Das Geheimnis von Tylandor

© privat

Matthias Sachau lebt und arbeitet als freier Autor und Texter in Berlin. Er ist einer der erfolgreichsten deutschen Comedy-Schriftsteller. ›Das Geheimnis von Tylandor‹ ist sein erstes Buch für Kinder.

Matthias Sachau

Das Geheimnis von Tylandor

dtv

Originalausgabe

Umschlagkonzept: Balk & Brumshagen
Umschlagbild und Karte: Jann Kerntke
Gesetzt aus der Caslon 11,25/14,5'
Satz: Fotosatz Amann, Memmingen
Druck und Bindung: GGP Media GmbH, Pößneck
Printed in Germany · ISBN 978-3-423-76127-7

Für meine Mutter Irm

Und in dankbarer Erinnerung an Uwe Heldt

Die Epochen von Tylandor

Zeit
der Fischer

1901
vor dem Großen
Verschwinden

Zeit
der Ritter

1623
vor dem Großen
Verschwinden

Zeit
der Zauberer

0
Das Jahr des Großen
Verschwindens

Zeit
der Fürsten

647
nach dem Großen
Verschwinden

Zeit
des Senats

1132
nach dem Großen
Verschwinden

Der Junge aus Foigor

Timur tat, als hätte er nicht bemerkt, dass er verfolgt wurde. Es waren die Jungs von der Pamas-Bande. Ohne sich umzudrehen, spürte er, dass sie immer dichter aufrückten. Er musste sich etwas einfallen lassen.

Einige riefen: »Flossenkopf! Flossenkopf!« Das taten sie, weil er aus Foigor kam, dem alten Stadtteil der Fischer auf den steilen Felsklippen oberhalb des Hafens. Unter den feinen Bürgern von Tylandor galt alles, was mit Wasser zu tun hatte, als anrüchig. Sie verachteten die Foigis, die mit ihren knarzenden Booten auf das dreckige Meer hinausfuhren. Und es gab wilde Gerüchte über Krankheiten, die Fisch hervorrief.

»Flossenkopf! Flossenkopf! Stinkender Flossenkopf!«

Timur ging ruhig weiter. Leider gab es im Stadtteil Halum nur breite, schnurgerade Straßen und keine verwinkelten Seitengassen wie in Foigor, in denen man schnell verschwinden konnte, auch wenn man anschließend oft ziemlich übel roch. Halum bot, so weit das Auge reichte, nur riesige prächtige Tore, die zu großen Innenhöfen führten, die allesamt so hell und aufgeräumt waren, dass man sich unmöglich dort verstecken konnte.

Es musste anders gehen. Sein Plan war sehr einfach: Noch drei Häuser, dann kam eine Kreuzung. Er würde ganz gemächlich um die Ecke biegen und dann, wenn er kurz aus dem Sichtfeld der Verfolger war, sofort losrennen. Bis sie um die Ecke kämen, würde er es bis zum übernächsten Hofeingang schaffen. Wenn sie dumm genug waren, im ersten Hof nach ihm zu suchen, hätte er genügend Zeit gewonnen, um einen Ausweg zu finden. Er kam aus

Foigor. Er konnte Wege benutzen, an die sie hier in Halum nicht einmal dachten.

Es war kein besonders origineller Plan, gestand er sich ein, aber mit etwas Glück würde er funktionieren.

Noch drei langsame Schritte bis zur Ecke.

Noch zwei.

Noch ein letzter.

Jetzt!

Timur erstarrte mitten in der Bewegung. Seinen Plan konnte er vergessen. Ramor, der bullige Vizechef der Pamas-Bande, stand mit fünf anderen riesigen Jungs ein paar Meter hinter der Straßenecke und grinste ihn an. Sie hatten auf ihn gewartet. Also nicht abbiegen und losrennen, stattdessen ganz gelassen die Straße überqueren. Eins war nun klar: Das hier war keine der üblichen Schikanen, mit denen neue Schüler aus Foigor täglich gequält wurden. Das hier war der große Schlag, vor dem ihn die zwei anderen Foigi-Schüler aus seiner Klasse gewarnt hatten. Heute hatten sie etwas Besonderes vor. Sonst wären es nicht so viele.

Scheinbar gleichgültig schlängelte er sich zwischen den Pferdefuhrwerken und Handkarren hindurch und zeigte seinen Verfolgern keinerlei Anzeichen von Eile. In der Mitte der Straße musste er einen roten Straßenwagen vorbeifahren lassen. Diese rollenden Kabinen mit den großen, seitlich angebrachten Rädern, die in eigenartigen Farbtönen schimmerten, gehörten zu den zahlreichen wundersamen Dingen, die es nur in Tylandor gab. Sie fuhren schnell und lautlos, angetrieben von einer unerklärlichen Kraft, rund um die Uhr, Tag und Nacht durch die Straßen von Halum. Sie blieben stets exakt in der Straßenmitte und hielten immer an den gleichen Stationen an, um Leute aufzunehmen oder zu entlassen. Und sie taten das schon seit weit über tausend Jahren. Keiner musste sie steuern und sie mussten auch nie repariert werden.

Wären diese Kisten nur einen Hauch langsamer und die Brüstung der Fenster etwas niedriger, dachte Timur. Dann könnte er beim Fahren aufspringen. Aber genau das hatten die Zauberer, die die roten Straßenwagen vor langer, langer Zeit gebaut hatten, wohl verhindern wollen.

Vor über tausend Jahren war Tylandor noch von Zauberern regiert worden. Und das wäre gewiss auch bis heute so geblieben, wenn nicht eines Tages plötzlich die gesamte Bevölkerung der Stadt verschwunden wäre. Es war das schrecklichste und zugleich rätselhafteste Ereignis aller Zeiten im gesamten Land Kaman. Tylandor, damals die größte und prächtigste Stadt weit und breit, war plötzlich menschenleer. Und seine berühmten Zauberer mit ihrer unglaublichen Macht waren nur noch Geschichte. Man lebte in den folgenden Jahren in großer Angst, dass sich das Große Verschwinden in anderen Städten wiederholen könnte, aber zum Glück geschah nichts dergleichen.

Inzwischen waren 1132 Jahre vergangen. Neue Bürger hatten sich in den alten Häusern von Tylandor angesiedelt und das Leben war wieder in Gang gekommen. Trotzdem waren große Teile der Stadt immer noch unbewohnt. Und immer noch wusste niemand, was damals geschehen war. Ein Unglück? Eine Tat der Götter? Eine gigantische Entführung, ausgeführt von unbekannten Völkern, die über das Meer gekommen waren? Oder waren es gar die Zauberer selbst gewesen, die alles Leben ihrer Stadt unbemerkt an einen unbekannten Ort gebracht hatten? Es gab keinen Anhaltspunkt, keine Spur. Nicht eine einzige.

Als der rote Straßenwagen vorbeigezogen war, schlenderte Timur langsam weiter. Losrennen würde er nur, wenn sich eine echte Chance zur Flucht böte, sonst würden sie sofort versuchen, ihn zu umzingeln. So schlau waren selbst die Pamas-Jungs.

Hinter der nächsten Kreuzung begann einer der unbewohnten

Teile der Stadt. Die schwarzen Fensteröffnungen der leer stehenden Häuser starrten ihn durch wild wuchernde Bäume hindurch an. Er fragte sich, was die Jungs mit ihm vorhatten. Als Barana, das Foigi-Mädchen aus seiner Klasse, noch neu hier gewesen war, hatte die Pamas-Bande sie zusammen mit einem Dutzend großer Spinnen in eine kleine Kammer im Schulkeller eingeschlossen. Die Pamas-Schwachköpfe dachten bis heute, dass sie die ganze Nacht in ständiger Angst vor den Viechern verbracht hätte, bis sie der Hausmeister bei seiner Morgenrunde gefunden hätte. In Wirklichkeit hatte sie aber zuerst die Spinnen unter der Tür hinausgescheucht, dann in aller Seelenruhe das Schloss mit ihrem Taschenmesser geöffnet und war pfeifend nach Hause geschlendert.

Wenn Timur sicher wüsste, dass ihn etwas ähnlich Harmloses erwartete wie Barana, würde er einfach stehen bleiben. Aber er hatte keine Ahnung und so ließ er sich tiefer und tiefer in den verlassenen Teil von Halum hineintreiben. Wenn die Pamas-Jungs ihren großen Schlag ausgeführt hatten, würden sie ihn erst einmal in Frieden lassen, versuchte er sich zu beruhigen. Seine Foigi-Mitschüler hatten es immer gesagt: Erst kommen die Schikanen, dann der große Schlag, danach ist Ruhe. Wenn er diesen Nachmittag überstanden hatte, würde alles besser werden.

Seltsam, wie wenig einen dieser Gedanke beruhigte, wenn eine »Flossenkopf« rufende Schülertraube hinter einem her war. Ihre Stimmen klangen, als könnte es nicht mehr lange dauern, bis … ja, bis was?

Sie näherten sich einem großen runden Platz. In alten Zeiten musste dies hier eine reiche Gegend gewesen sein. Die Häuser waren mit Ornamenten im Gremourstil ausgeschmückt und die großen Fenster und Balkone wirkten noch immer einladend, auch wenn die zerbrochenen Scheiben anzeigten, dass niemand mehr hier wohnte. Die Wangobäume, die die Mitte des Platzes umsäumten, waren wohl früher einmal klein und sorgfältig beschnitten gewesen. In den vielen Hundert Jahren seit dem Verschwinden waren sie aber zu Riesen geworden und streckten ihre Äste nun so weit in alle Richtungen, dass der gesamte Platz unter einem grünen Blätterdach lag. Doch weil in Tylandor seit Wochen Hitze herrschte, war es nicht einmal hier kühl. Timur überlegte, ob er den erstbesten Baum hochklettern sollte, verwarf diese Idee aber gleich wieder. Er könnte zwar so hoch klettern, dass ihm kein Halumer zu folgen vermochte, aber sie würden unten warten.

In der Mitte des Platzes stand ein alter Brunnen. Zwischen den mächtigen Baumstämmen sah er klein und zerbrechlich aus und man konnte sich kaum noch vorstellen, dass er früher wohl die wichtigste Zierde dieses Orts gewesen sein musste. Sollte er einfach in den Brunnen springen und …? Auf einmal verstand er. Genau das hatten sie vor! Sie wollten ihn in den Brunnen werfen. Nicht zu fassen, wie dumm sie waren!

Ins Wasser zu fallen war für jemanden aus Halum eines der schlimmsten und entwürdigendsten Dinge überhaupt. Wasser, das schmutzige, unfeine und gefährliche Element, in dem Fische lebten. Das einzige Wasser, das Halumer zum Trinken und Waschen nutzten, kam aus dem magischen Wassernetz, das bis in alle Wohnungen reichte. Anderes Wasser, selbst das aus den schönen alten Brunnen der Stadt, mied man wie die Pest. In den bewohnten Stadtteilen hatte man deswegen schon lange alle Brunnen verschlossen.

»Ab ins Wasser, Flossenkopf! Ab ins Wasser!«

Es stimmte also wirklich. Er konnte es immer noch nicht glauben. Dass ein Foigi überhaupt kein Problem mit Wasser hatte, schienen die Pamas-Jungs nicht auf der Rechnung zu haben. Timur musste sich anstrengen, nicht laut loszulachen. Er blieb stehen. Der Spaß konnte beginnen.

Er hörte Schritte hinter sich. Im nächsten Moment riss ihn jemand herum und hob ihn am Kragen hoch. Ramor. Wer sonst? Sehr gut.

»So, du kleiner Stinker! Auf diesen Moment freu ich mich schon seit Wochen!«

Unter dem Gelächter der anderen wurde Timur die letzten Meter zum Brunnen getragen. Dort angekommen, begann Ramor ihn in der Luft hin- und herzuschwingen.

»Eins!«

Die anderen machten mit.

»Zwei!«

»Drei!«

»Ramor Harras!«

Eine Mädchenstimme schallte plötzlich quer über den Platz. Ramor hielt mitten in der Bewegung inne. Timur sah Julina mit wütenden Schritten herankommen. Sie war aus seiner Klasse. Lange dunkle Haare, schöne Augen, sehr klein, aber trotzdem genoss sie viel Respekt. Er erinnerte sich, dass sie ihm gleich bei seinem ersten Schultag Hilfe angeboten hatte: »Ich kann alle Fächer einigermaßen gut, außer Mathloginistik.« Und auch wenn es geklungen hatte, als wäre sie durchaus ein wenig stolz darauf, war ihr Lächeln so warm gewesen, dass Timur sie keine Sekunde für eine Angeberin gehalten hatte.

»Lass ihn los! Das ist kein Spaß!« Julina funkelte Ramor an. Der verdrehte die Augen und stöhnte, aber er traute sich tatsächlich nicht, weiterzumachen. Mist. Timur fand es nett von Julina, dass sie ihm zu Hilfe kam, aber er brauchte das nicht. Im Gegenteil, sie war auf dem besten Weg, ihm den Spaß zu verderben.

Ramor sah zu Malakin, dem Chef der Pamas-Bande, hinüber und Malakin zuckte ratlos mit den Schultern. Nein, sie würden es beide nicht wagen, sich gegen Julina aufzulehnen. Sie würden ihn laufen lassen und sich etwas anderes für ihren großen Schlag überlegen. Etwas, das im Gegensatz zum Brunnen richtig unangenehm für ihn werden konnte. Timur musste etwas tun. Er holte, so gut es ging, mit dem Fuß aus und zielte dorthin, wo es Ramor besonders wehtun würde. Und Volltreffer! Der Vizechef stieß einen Wutschrei aus, dachte nicht weiter nach und schleuderte ihn mit aller Kraft über den Brunnenrand. Timur drehte sich in der Luft und sauste mit den Füßen voran in die Tiefe.

Eine rätselhafte Entdeckung

Nachdem Timur ein paar Meter in die Dunkelheit gefallen war, tauchte er ins Wasser ein. Er hörte noch kurz, wie sich sein Platscher laut an den Brunnenwänden brach, dann war alles mit einem Schlag still und er spürte den vertrauten Druck in den Ohren. Er grinste. Dort oben warteten sie jetzt darauf, dass er gleich wieder prustend und strampelnd auftauchte und sie sich kaputtlachen konnten, aber diesen Gefallen würde er ihnen nicht tun. Er konnte nicht nur hervorragend schwimmen, sondern auch tauchen. Etwas, das selbst unter Foigis nur die wenigsten beherrschten.

Wenn er wollte, konnte er über fünf Minuten unter Wasser bleiben. Das sollte ausreichen, um den Pamas-Trotteln einen gehörigen Schreck einzujagen. Schon nach kurzer Zeit würden sie glauben, dass er ertrunken war. Und dann würden sie darüber nachdenken, was für Folgen es für sie hätte, wenn alles herauskam. Etliche Zeugen hatten gesehen, wie sie ihn verfolgt und vor sich hergetrieben hatten. Er freute sich schon auf die von Angst gezeichneten Gesichter, wenn er wieder an die Oberfläche kam. Barana und Guimal, seine Foigi-Klassenkameraden, würden sich vor Lachen kugeln, wenn er ihnen die Geschichte erzählte. Nun tauchte er aber erst einmal mit kräftigen Arm- und Beinzügen immer tiefer. Sie sollten nichts mehr von ihm sehen.

Das Brunnenwasser war anders als das Meerwasser. Klar und rein, kein Salz, kein Schmutz, keine Fische. Für dieses Wasser müsste man fast ein neues Wort erfinden, dachte er. Nach ein paar Metern wandte er sich kurz nach oben. Weit über sich erkannte er den hellen Kreis der Brunnenöffnung. Seine Luft war noch lange nicht zu Ende. Er spähte in die andere Richtung, nach unten, in die unendlich scheinende Schwärze. Beim Tauchen im Meer machte er das auch manchmal. Das Salzwasser brannte dabei zwar ein wenig in den Augen, aber das vergaß er jedes Mal sofort, wenn ihn angesichts der dunklen Unendlichkeit ein tiefer Schauder durchfuhr.

Die Schwärze im Brunnen war genauso wie im Meer. Man musste nur nicht ganz so weit dafür tauchen, weil weniger Licht von oben einfiel. Timur starrte und wartete, dass sein Verstand aussetzte. Schwarz, nichts als Schwarz. Raum und Zeit schienen aufgelöst. Die Pamas-Jungs, die oben auf ihn warteten, waren von einem Moment auf den anderen vergessen.

Nun geschah zum zweiten Mal an diesem Nachmittag etwas völlig Unerwartetes. Zuerst hielt er es für eine Schliere in seinen Augen. Er blinzelte und drehte den Kopf hin und her, aber es änderte sich nichts. Tief unter ihm, in der schwarzen Unendlichkeit, leuchtete etwas Grünes. Und der leuchtende grüne Fleck blieb immer genau an der gleichen Stelle, egal, wie er den Kopf drehte. Er existierte also tatsächlich, seine Augen spielten ihm keinen Streich.

Ohne lange nachzudenken, drehte er sich wieder mit dem Kopf nach unten und tauchte noch tiefer. Er musste sich beeilen, wenn ihm die Atemluft noch für diese Strecke reichen sollte. Das grüne Ding, was auch immer es war, schien kaum näher zu kommen. Es war größer und weiter entfernt, als er zunächst angenommen hatte. Und es schwebte nicht im Wasser, sondern schien an der Brunnenwand zu kleben.

So etwas hatte er noch nie gesehen. Ein alter Fischer hatte ihm einmal eine Sage von leuchtenden Fischen erzählt, die in so großer Tiefe im Meer lebten, dass sie nie jemand zu Gesicht bekam. Das hier war aber kein Fisch, oder wenn, dann ein sehr seltsamer. Timur war nun nur noch wenige Meter entfernt, aber es gab keine neue Erkenntnis. Es war tatsächlich eine grün leuchtende Scheibe, etwa so hoch wie ein erwachsener Mann. Warum leuchtete sie? Was war das für ein Material? Wer hatte sie dort angebracht? Und warum?

Ein paar letzte Armzüge und er befand sich genau davor. Langsam streckte er seine Hand danach aus. Ob es gefährlich war? Er war zu neugierig, um einfach so wieder wegzuschwimmen. Jeden Moment würden seine Fingerspitzen das Ding berühren. Immer noch spürte er nichts. Keine Wärme, keine Kälte, keine Wasserbewegung.

Sein Herz pochte so laut, dass er es hören konnte. Er wusste aus Erfahrung, dass ihm die Luft weniger lang reichte, wenn er aufgeregt war. Ihm blieben nur noch wenige Sekunden. Mit einem Ruck stieß er seine Hand, so weit es ging, nach vorne. Wenn er gekonnt hätte, hätte er aufgeschrien. Er griff ins Nichts! Es gab keine grüne Scheibe. Es gab keine Brunnenwand, an der sie klebte. Es gab nur das Licht. Man konnte hineinschwimmen.

Was er gesehen hatte, war in Wirklichkeit der Anfang eines grün beleuchteten Tunnels. Er erkannte nun die einzelnen Ziegelsteine, aus denen die mannshohe Röhre gemauert war. Und er sah, dass einige von ihnen das grüne Licht ausstrahlten … Im gleichen Moment schlug sein innerer Taucherchronograf Alarm. Er musste sofort nach oben.

Ohne sich noch einmal nach dem Lichttunnel umzuschauen,

stieß er sich vom Rand der Öffnung ab und schwamm mit kräftigen Armzügen Richtung Tageslicht. Seine Lungen brannten. Es war fast zu spät. Wenn ihn nun auch nur die kleinste Kleinigkeit aufhalten würde, wäre es um ihn geschehen. Schon jetzt schaffte er es nur mit größter Willensanstrengung, seinen Mund nicht zu öffnen und tödliches Wasser einzuatmen.

Er bemerkte einen Schatten über sich. Auf der Wasseroberfläche schwamm jemand! Timur erschrak. Wer konnte das sein? Die Gestalt steckte ihren Kopf unter Wasser. Als er näher kam, konnte er ihr Gesicht sehen. Es war Malakin! Was machte der Chef der Pamas-Bande im Wasser? Malakin streckte ihm die Hand entgegen. Timur dachte nicht weiter darüber nach, machte die letzten Schwimmzüge, packte die Hand und zog sich daran mit aller Kraft nach oben.

Es reichte nicht ganz. Kurz bevor er die Oberfläche durchstieß, atmete er ein. Ein großer Schwall Wasser drang in seine Lunge und er begann sofort, es in kleinen Portionen wieder auszuhusten. Neben ihm tauchte Malakin auf. Er klammerte sich an die Trittmulden in der Brunnenwand und hustete ebenfalls erbärmlich. Er war unter Wasser geraten, als Timur sich an ihm hochgezogen hatte.

Als sich sein Atem wieder einigermaßen beruhigt hatte, begann Malakin nach oben zu klettern. Auf halber Strecke gab er Timur einen unauffälligen Wink, dass er ihm folgen sollte. Timur erkannte, dass der Pamas-Chef ein Seil um den Leib geschlungen trug, dessen anderes Ende oben hinter der Bunnenmauer verschwand. Er hatte wirklich Mut, das musste man ihm lassen, dachte Timur voller Anerkennung. Ohne schwimmen zu können, nur mit einem Seil gesichert ins tiefe Wasser zu gehen, um ihn zu retten, und das auch noch als Halumer.

Ein paar Gesichter lugten ihnen entgegen. Er erkannte Julina und Ramor. Als Malakin oben angekommen war, ließ er sich schwerfällig und kraftlos über die Mauer fallen. Timur folgte ihm. Beide saßen nun nebeneinander an den Brunnen gelehnt, atmeten schwer und mussten immer noch von Zeit zu Zeit husten. Die große Schülermasse, die vorhin noch mit einer Stimme »Flossenkopf« skandiert hatte, war längst zu einem kleinen Grüppchen zusammengeschrumpft, das sie nun umringte.

Timur hörte Ramors maulige Stimme. »Hab ich doch gleich gesagt, dass dem Stinker nichts passiert ist.« Die paar Jungs, die noch da waren, lachten unsicher. Vielleicht, weil ihnen der Schreck immer noch in den Knochen steckte, vielleicht auch, weil Julina sie böse anstarrte. Timur sah Julina oft mit Malakin herumhängen. Die beiden waren ein seltsames Paar. Manchmal wirkte Julina wie Malakins große Schwester. Obwohl *er* groß war und *sie* klein.

Ramor trat mit seinen Jungs nach vorne. Die blonden Haare auf seinem breiten Schädel waren so kurz, dass man seine Kopfhaut durchschimmern sah. Er sah Malakin lange von oben herab an. Malakin ignorierte ihn zuerst, dann aber blickte er ihm mit einem Mal fest in die Augen. Timur erschrak. Er kannte die Kinderbanden aus Foigor. Er war selbst in einer gewesen und hatte tiefe Feindschaften und harte Revierkämpfe erlebt. Die waren natürlich nichts im Vergleich zum grausamen Dauerkrieg der beiden Verbrecherbanden von Huurk und Hordak, die Foigor beherrschten, aber die Grundregeln waren ähnlich. Streit innerhalb der eigenen Bande war am schlimmsten und ganz besonders schlimm wurde es, wenn es darum ging, wer der Anführer war. Und er brauchte nur einen Blick auf Malakin und Ramor zu werfen, um zu wissen, dass es jetzt genau darum ging.

Klar: Malakin war ins Wasser gestiegen. Undenkbar für einen Halumer, und ganz besonders für den Chef der Pamas-Bande. Und Ramor, der Vizechef, der sich immer wieder mit Malakin anlegte, sah abschätzig auf ihn herunter und hatte auch noch starke Bandenmitglieder um sich versammelt. Das durfte Malakin sich nicht gefallen lassen. Gleich würde er aufstehen und auf Ramor losgehen.

Timur hätte sich am liebsten in Luft aufgelöst. Damit wollte er nichts zu tun haben. Es interessierte ihn auch gar nicht. Vor allem wollte er sich nicht auf die Seite des einen oder des anderen schlagen müssen, auch wenn seine Achtung vor Malakin gerade sehr gestiegen war.

Die beiden Jungs starrten sich weiter an. Er fragte sich, warum Malakin noch zögerte. Ramor war wie ein Stier gebaut, aber Malakin war noch größer und galt als unbesiegbar. Vielleicht reichte es sogar, wenn er einfach nur aufstand, um die Machtverhältnisse zu klären.

Aber Malakin blieb sitzen, kein Zeichen von Ärger oder Wut über Ramors respektlosen Blick. Wie konnte er sich seiner Sache so sicher sein? Glaubte er etwa, Ramor würde gleich zu ihm kommen und ihm hochhelfen? Nein, der würde alles tun, nur das nicht. Timur las in seinem Gesicht wie in einem Buch. Ramor wollte Chef werden. Hier und jetzt. Malakin hatte sich zum Gespött gemacht. Das war seine große Chance. Wenn Malakin ihm jetzt nicht sofort einen Tritt in den Hintern verpasste, den man bis noch nach Foigor hörte, konnte das nicht mehr verhindert werden.

Stattdessen geschah aber wieder etwas, was Timur nicht erwartet hatte: Malakin nickte Ramor kurz von unten zu. Dann schaute er in das Blätterdach über ihm, als würden ihn der Vizechef und seine Herausforderung überhaupt nicht mehr interessieren. Ramor zog erstaunt die Augenbrauen hoch. Nach einer Weile nickte auch er. Dann gab er den Jungs einen Wink und zog mit ihnen ab.

Malakin schaute weiter nach oben. Immer noch tropfte Wasser aus seinen halblangen braunen Locken auf den staubigen Boden. Von Zeit zu Zeit schüttelte er den Kopf und lachte leise, als wäre gerade etwas sehr Lustiges passiert.

Er war nicht mehr Chef der Pamas-Bande. Die Nachricht würde sich im Nu herumsprechen. Er hatte seinen Posten Ramor überlassen. Ohne Kampf, ohne Worte. Das Wasser und ein paar Blicke hatten gereicht. Timur hatte alles verstanden, fand aber keine Erklärung. Warum, bei Talin, hatte Malakin Ramor nicht einfach eine verpasst?

Bis auf Julina, die etwas abseits stand und Ramor verächtlich hinterhersah, waren die beiden Jungs nun ganz allein. Sie saßen immer noch an der Brunnenmauer und bis auf ihr gelegentliches Husten hörte man nur das Zwitschern der Vögel in den Bäumen. Timur fragte sich, ob er mit dem großen Jungen, der als unbesiegbar galt, reden sollte? Er kannte ihn nur von Weitem, als unerreichbaren Chef der Pamas-Bande, der in seiner Klasse in der letzten Bank saß und dem man auf keinen Fall in die Quere kommen durfte. Trotzdem wollte Timur ihm sagen, dass ihm die Sache leidtat. Ramor, der neue Chef der Bande, war ein brutaler Fiesling. Zumindest für Halumer Verhältnisse. Wer weiß, was er mit so viel Macht alles anrichten würde.

Timur hustete noch einmal etwas lauter und endlich drehte ihm Malakin den Kopf zu. Es schien, als müsste der sich erst einmal erinnern, wer da überhaupt neben ihm saß.

Tut mir leid, die Sache mit Ramor, dachte Timur, behielt aber seine Worte erneut für sich. Diesmal jedoch nicht, weil er sich nicht traute. Sie passten nicht. Er konnte es in Malakins Augen lesen.

»Es … es macht dir gar nichts aus, oder?«

Malakin stutzte. Hatte der kleine Foigi tatsächlich kapiert, was gerade passiert war?

»Dass Dickwanst-Ramor jetzt Chef spielen will? Nein. Im Gegenteil.«

Er schüttelte langsam den Kopf und sah wieder in die grün leuchtenden Blätter.

»Im Gegenteil?«

»Lange Geschichte.«

Malakin sah weiter nach oben, als gäbe es dort einen Goldschatz zu entdecken, und lächelte.

»Danke, dass du mir helfen wolltest«, presste Timur heraus. Malakin schwieg eine Weile. Timur mochte die Stille zwischen ihnen. Schließlich sah der Große ihn wieder an.

»Du hättest gar keine Hilfe gebraucht, oder?«

Timur erkannte einen leichten Anflug von Bewunderung in Malakins Blick.

»Nein. Es war nur knapp.«

»Und warum bist du so lange unten geblieben, dass es knapp wurde?«

»Lange Geschichte.«

Malakin lachte. Der Foigi-Junge gefiel ihm immer mehr. Beide husteten noch einmal ausgiebig, dann gab er sich einen Ruck. »Ganz unter uns, Kleiner, wenn es heiß ist, ist Wasser gar nicht so übel, wie alle immer sagen.«

»Alle in Halum.«

»Flossenkopf.«

»Staubfuß.«

Es dauerte einen Moment, dann grinsten sie sich an.

Zwei Jungs, ein Ziel

Dass Timur und sein Vater Virku von Foigor nach Halum übergesiedelt waren, hatte einen Grund: Baleta, Timurs Mutter, war verschwunden. Timur würde den Tag nie vergessen. Er war nach

Hause gekommen und hatte seinen Vater alleine und mit einer klaffenden Schnittwunde im Gesicht angetroffen. Er habe sich fürchterlich mit Baleta gestritten, hatte er gesagt. Und Baleta habe mit dem Fischmesser nach ihm geworfen. Aber es sei seine eigene Schuld. Er sei so dumm gewesen und habe sich heimlich mit einer anderen Frau eingelassen. Einer, die er gar nicht liebte. Und er wisse nicht, wo Baleta hingegangen sei.

Jeden Tag hatten Timur und Virku darauf gewartet, dass sie wiederkam. Timur konnte es sich nicht erklären. Auch wenn Baleta noch so wütend auf seinen Vater war, wie konnte es sein, dass sie ihn einfach im Stich ließ? Virku schien noch schlimmer zu leiden als er selbst. Er wurde dünner und dünner, sein Gesicht verhärtete sich und er sprach nicht mehr viel. Wenn Timur an seine Mutter dachte, mischten sich Wehmut mit Wut, Sehnsucht mit Empörung und Liebe mit Enttäuschung. Und über allem die wachsende Sorge, ob ihr etwas Schlimmes passiert war.

Dann kam Virkus plötzlicher Entschluss, von Foigor nach Halum zu ziehen. Zuerst hatte Timur sich gewehrt, aber Virku hatte ihm erklärt, dass Baleta nur dort sein konnte. In Foigor kannten sie so viele Menschen, nie und nimmer hätte sie hier einfach so verschwinden können. So waren sie schließlich übergesiedelt und hatten eine Wohnung am Rand der bewohnten Gebiete von Halum bezogen.

Foigor war vor gut 30 Jahren durch eine große Mauer von Halum abgeriegelt worden. Der Senat hatte das entschieden, nachdem er die Kontrolle über den Stadtteil an die Banden verloren hatte. Die Bedingungen, um von Foigor auf die andere Seite der Mauer überzusiedeln, waren streng. Foigis durften sich während der ersten drei Jahre in Halum nicht das Geringste zuschulden kommen lassen, sonst wurden sie sofort zurückgeschickt. Und jede Foigi-Familie musste für diese Zeit 5000 Denir als Pfand beim Amt für

Übersiedlung hinterlegen. Eine irrwitzige Summe. Virku hatte Timur nie erzählt, wie er so viel Geld zusammengekratzt hatte. Er war in Foigor ein einfacher Fischer gewesen. Für sein Boot, das er verkauft hatte, konnte er höchstens die Hälfte bekommen haben. Timur befürchtete, dass er sich zusätzlich Geld von Huurk oder Hordak, den Bandenchefs von Foigor, geliehen hatte.

Inzwischen war ein halbes Jahr seit ihrer Übersiedlung vergangen. Von Baleta hatten sie noch keine Spur gefunden, aber Halum war groß. Virku arbeitete nun als Hausmeister für den Bankier Gambonius und Timur ging zur Schule. Die Wohnung, die sie bezogen hatten, befand sich in einem Haus voller Foigi-Aussiedler. Abends saßen sie oft zusammen vor der Haustür, tranken Wein und redeten von den alten Zeiten drüben.

Die Sache mit dem Brunnen war nun drei Monate her. Timur hatte seitdem viel Zeit mit seinem neuen Freund Malakin verbracht, dem Sohn von Zemmo Faragli, einem der erfolgreichsten Modeschöpfer der Stadt, wie Timur inzwischen erfahren hatte. Malakin war froh, nicht mehr Chef der Pamas-Bande zu sein, eine Position, die er, ohne es zu wollen, von seinem großen Bruder Kuilok geerbt hatte, der heute Offizier bei den Burgwachen war. Nun hatte er endlich Zeit für all die Dinge, die ihn viel mehr interessierten. Er las Bücher, bastelte mit seinem verrückten Großvater Opellus in dessen Werkstatt erstaunliche Dinge und stromerte vor allem mit Timur ganze Nachmittage kreuz und quer durch die Stadt. Er zeigte ihm jeden Winkel von Halum und sie machten Ausflüge nach Aramburg, dem teuersten und angesehensten Stadtteil von Tylandor, der wie eine Insel mitten in Halum lag.

Die aufregendsten Ziele aber waren die unbewohnten Teile von Halum. Dort durchstöberten sie stundenlang die riesigen, leeren, unheimlich stillen Häuser. Doch was auch immer die beiden erkundeten, nichts schien auch nur annähernd so spannend und rätselhaft wie der grün leuchtende Tunnel im Brunnenschacht, von dem Timur Malakin inzwischen ausgiebig berichtet hatte. Immer wieder schlich er sich in die Gedanken der beiden.

Natürlich hatte Malakin gleich am Tag nach der Entdeckung versucht, selbst hinunterzutauchen. Und natürlich war er kläglich gescheitert. Timur selbst wollte auf eigene Faust keinen weiteren Tauchgang unternehmen. Ganz alleine in den seltsamen Geheimgang vorzudringen war ihm nicht geheuer. Auch wenn ihm sonst nichts so leicht Angst einjagte, der grüne Tunnel war etwas ganz anderes als eine dunkle Gasse in Foigor. Weder er noch Malakin hatten Zweifel, dass er von den verschwundenen Zauberern stammte und dass irgendeine Form von Magie in ihm steckte.

Für einen Foigi wie Timur war Magie ein Buch mit sieben Siegeln. Dort, wo er herkam, wussten die Leute gerade mal, dass es in Tylandor vor langer Zeit einmal Zauberer gegeben hatte, die drüben in Halum rote Straßenwagen, das magische Licht und noch einiges mehr hinterlassen hatten. Und er kannte natürlich die Geschichten von Frimfisl, dem kleinen Zauberer, die man jedem Kind in Tylandor zum Einschlafen erzählte. Mehr aber nicht. Wenn der Tunnel ein magischer Ort war, wollte er lieber einen gebürtigen Halumer wie Malakin dabeihaben, der sich mit Tylandors magischer Vergangenheit auskannte. Zumindest mit dem bisschen, das man heute noch darüber wusste.

Zum Glück war Malakin anders gestrickt als die meisten Halumer. Er hatte allen Ekel vor dem Wasser abgelegt und trainierte seit seinem gescheiterten Versuch im Brunnen unter Timurs Anleitung Schwimmen und Tauchen. Sie gingen dafür ans Meer, wo es schöner war und sie mehr Platz hatten. Außerdem konnte Timur dort zwei alte Bekannte treffen: Sebru, seinen besten Freund aus Foigor-Zeiten, und den Seeadler Gilen, den er großgezogen hatte.

Nachdem Malakin sich erst einmal überwunden hatte, in das salzige, unreine Meerwasser zu gehen, machte er unter den Augen des stolzen Vogels und seines erstaunten Freundes täglich riesige Fortschritte. Timur sah es mit gemischten Gefühlen. Einerseits konnte er es kaum erwarten, mit Malakin in den Tunnel zu tauchen. Andererseits plagten ihn Sorgen. So talentiert sein Freund auch sein mochte, in Höhlen oder Tunnel zu tauchen war sehr gefährlich. Nur wer sicher einschätzen konnte, wie lange seine Luft reichte, konnte so etwas wagen. Und Malakin traute sich gerne zu viel zu, das hatte Timur schnell gemerkt.

Alte Zeiten

Alkom Rumberg, Geschichtslehrer an der Hiradius-Schule, war wieder einmal nicht pünktlich. In Schweiß gebadet und leise Verwünschungen ausstoßend, schleppte er sich die letzten Treppenstufen zur Klasse 7 hoch. Nicht, dass sie besonders steil gewesen wären, aber für Rumberg war jede Treppe eine Qual. Als er seinen mächtigen Körper neulich auf eine magische Waage gestellt hatte, wog er unglaubliche 345 Tylandor'sche Unzen. Einmal mehr sehnte er sich nach der Zeit, als er noch Professor an der Aram-Universität gewesen war. Als angesehenstem Experten für Tylandor'sche Geschichte hatte man ihm ein eigenes Reich im Erdgeschoss eines prächtigen alten Baus in Aramburg eingerichtet. Und wann immer er ein Buch oder eine Karte aus den oberen Stockwerken benötigte, war eine Hilfskraft zur Stelle gewesen, die das für ihn erledigte.

Leider war ihm sein großes Wissen um die Geschichte von Tylandor zum Verhängnis geworden. Sein Buch *Foigor im Wandel der Zeiten* hatte einen Skandal ausgelöst. Er stellte mit diesem Werk klar, dass der verkommene Stadtteil hinter der großen Mauer nicht nur der älteste Teil von Tylandor war und es Halum und Aramburg ohne Foigor nie gegeben hätte. Nein, er beschrieb auch noch genau, dass der Fischhandel bis weit in die Zeit der Zauberer hinein der wichtigste Wirtschaftszweig der Stadt gewesen war und die Wolle, der Tuchhandel und die Mode, die heute das Leben in Halum und Aramburg bestimmten, erst sehr viel später Bedeutung bekommen hatten.

»Das kann so nicht stimmen«, hatten die Bewohner der feinen Stadtteile, in denen man Wasser und Fisch verabscheute, gesagt. »Und selbst wenn es stimmt, sollte man es nicht erwähnen, wenn einem das Ansehen der Stadt am Herzen liegt.« Ein großer Streit entbrannte. Einige Professoren schlugen sich zwar auf Rumbergs Seite, aber es waren zu wenige. Fürst Aram, dem die Universität gehörte, entzog Rumberg am Ende die Lehrerlaubnis. Seitdem verdiente er sein Geld als Geschichtslehrer an der Hiradius-Schule und musste sich täglich mit den elenden Treppen herumquälen.

Kurz bevor er die offene Klassenzimmertür erreichte, machte er halt und verschnaufte ein wenig. Während er sich den Schweiß mit einem Tuch von der Stirn wischte, dachte er, was er immer dachte, wenn er an dieser Stelle stand: Wären die Zauberer nicht verschwunden, hätten wir heute Geräte, mit denen man ohne Mühe von einem Stockwerk ins andere fahren könnte. Und wie immer seufzte er dabei. Doch dieser Seufzer galt nur zur Hälfte den fehlenden magischen Stockwerk-Überwindungsgeräten. Die andere Hälfte galt dem fehlenden Wissen. Dem fehlenden Wissen über das Große Verschwinden von Tylandor. Selbst er, der wie kein anderer über die Geschichte der Stadt Bescheid wusste, hatte nicht die geringste Ahnung, wie es zu dem seltsamen Ereignis vor gut tausend Jahren gekommen war.

Ob irgendwann in Zukunft ein noch besserer Geschichtsforscher auftauchen und herausfinden würde, was mit den Menschen und Zauberern passiert war? Er lauschte dem lauten Geplapper, das durch die geöffnete Tür zu ihm drang. Nein, aus dieser Klasse wohl eher nicht.

Als er den Raum betrat, wurden die Schüler sofort still. Zum einen, weil er mit seinem massigen Körper, seinen buschigen Haaren und seinem Bart eine beeindruckende Erscheinung war, zum anderen, weil er seit dem Skandal zu den Berühmtheiten der Stadt zählte. Sein Gesicht war etliche Male auf der Titelseite der Tylandor'schen Nachrichten zu sehen gewesen und eine Aura des Verbotenen und Verruchten umwehte ihn. Einige Schülerinnen behaupteten sogar, Rumberg röche nach Fisch, was aber Unsinn war.

Er schritt behäbig zu dem abgewetzten braunen Lehrerpult und ließ sich auf den Stuhl fallen, der jämmerlich unter seinem Gewicht ächzte. Ein letztes Mal verschnaufte er und besah sich die Schülerschar. Die kleine Julina Welenheim schien ihn mit ihrem aufmerksamen Blick durchbohren zu wollen. Hinter ihr ragte wie ein Lichtmast der große Malakin Faragli empor und tat, als wäre er ebenfalls konzentriert. Und neben Malakin saß Timur Bramak, der bemerkenswerte Neue aus Foigor, der, wie ihm zu Ohren gekommen war, unfassbar lange unter Wasser bleiben konnte.

Dann holte er Luft und begann, ohne Zeit mit einer Begrüßung zu verschwenden, zu erzählen. Er brauchte keine Bücher und keine Notizen, er hatte alles im Kopf. Und er konnte so lebendig sprechen, dass der Unterrichtsstoff ganz von selbst in den Gehirnen der Kinder hängen blieb. Es lag ihm im Blut. Er gab es zwar ungern zu, aber einer seiner Urgroßväter war ein berühmter rylandischer Märchenerzähler gewesen.

Timur hing an seinen Lippen. Vor seinen Augen erschien ein Bild, wie Tylandor nach dem Großen Verschwinden ausgesehen haben musste. Wie sich die schreckliche Kunde von der entvölkerten Stadt wie ein Lauffeuer im Land Kaman verbreitete. Wie Plünderer kamen und alles, was wertvoll war, an sich rafften und nur magische Gegenstände in Ruhe ließen, weil sie geheime Flüche fürchteten. Und wie es nach den Plünderungen für eine Weile still wurde.

Dann aber lockte das hervorragende Weideland um die Stadt herum Algramzüchter an. Algrams waren große, dicke, gutmütige Grasfresser, die die beste Wolle in ganz Kaman abgaben. Während sie grasten, begannen ihre Besitzer den verlassenen Häuserwald von Halum neu zu besiedeln, wo die magische Wasserversorgung, das magisches Licht und die roten Straßenwagen immer noch funktionierten, als wäre nie etwas geschehen. Gleichzeitig ließen sich rund um den Felsenhafen von Foigor die ersten neuen Fischer nieder.

Aber die Fischer hatte Rumberg nur am Rande erwähnt. Und er hatte dabei sicherheitshalber eine alberne Quakstimme benutzt, als würde er nur Spaß machen. Zu groß war seine Angst, einen neuen Skandal auszulösen.

Um das Jahr 200 nach dem Großen Verschwinden waren die Häuser im Zentrum von Halum und am Felsenhafen von Foigor wieder bewohnt. Die Macht teilten sich drei reiche Personen, denen fast die ganze besiedelte Stadt gehörte. Sie hießen Weronimus Aram, Yalkidia Silling und Rungomir Ringus.

Bald schon bekam jeder der drei von König Wallibur dem Fünften von Kaman den vererbbaren Titel *Drittelfürst von Tylandor* verliehen. Das entsprach zwar den Tatsachen, aber natürlich wagte es niemand, Aram, Silling oder Ringus mit *Drittelfürst* oder *Drittelfürstin* anzusprechen.

Bis zum Jahr 647 nach dem Großen Verschwinden regierten die drei Fürsten und ihre Nachfahren Tylandor, dann zogen sie sich aus der Regierung zurück. Der frei gewählte Senat aus der Zeit der Zauberer wurde wieder ins Leben gerufen und der alte Senatspalast, der seit dem Großen Verschwinden zunächst als Algramstall, dann als Tuchmanufaktur, Schule und schließlich als Kaufhaus gedient hatte, wurde wieder zum Regierungssitz.

Doch auch die ganze Pracht dieses Baus konnte kaum darüber hinwegtäuschen, dass die Stadt weiter vom Geld der Arams, Sillings und Ringus' abhing. Man sagte, dass die drei Fürsten die Regierungsgewalt nur abgegeben hatten, weil sie es leid waren, ständig miteinander zu streiten.

Dass sie sich viel gestritten haben mussten, wurde klar, als Rumberg erzählte, wie verschieden die Lebensstile ihrer Häuser waren. Die Arams hatten sich mitten in Halum ihren eigenen Stadtteil Aramburg errichtet. Im Zentrum stand ihr Wohnpalast und die verwaiste alte magische Schule Balinford. Die Grundstücke drumherum hatten sie aufgekauft, die vorhandenen Häuser abgerissen und nach und nach drei mächtige Gebäuderinge und zwei Ringstraßen um ihren Palast herum errichtet.

Und so auffällig sich die Arams in Tylandor breitmachten, so wenig war von den beiden anderen Fürsten zu sehen. Die Sillings, die seit der Gründung ihres Hauses durch Yalkidia Silling immer eine Frau an der Spitze hatten, hatten sich nach der Machtübergabe an den Senat an einen geheimen Ort in Talins Holz, dem schauerlichen, undurchdringlichen Wald im Osten der Stadt, zurückgezogen und wurden seitdem nie wieder gesehen. Wie sie dort lebten, war ein großes Rätsel.

Die Vermögensverwalter der Sillings saßen in einem der schönsten Stadtpalais von ganz Halum. Von dort aus führte eine unterirdische Rohrpostleitung zu jenem geheimen Ort in Talins Holz.

Außer gelegentlichen Briefen durch diese Leitung gab es kein Lebenszeichen.

Noch verschrobener ist die Geschichte des Hauses Ringus. Es gilt als das reichste unter den drei Fürstenhäusern. Die ersten Jahrhunderte nach dem Aufschwung brachten immer wieder Ringus-Sprösslinge hervor, die sich vergnügt im Nachtleben von Tylandor tummelten, fassweise Wein tranken und mit Geld nur so um sich warfen. Zwischendrin kamen aber auch Erbfolger, die sich im Gegensatz dazu überhaupt nicht blicken ließen. Dafür erwiesen sie sich als unglaublich geschäftstüchtig und vervielfachten das Ringus-Vermögen oft in wenigen Jahren. Anschließend wurden sie wieder von einem Lebemann beerbt und so weiter, doch auch das hörte irgendwann auf. Seit dem Abtritt des »Letzten trinkenden Ringus« vor einigen Hundert Jahren, hatte man keinen Ringus mehr erblickt. Oder, besser gesagt, keinen Ringus mehr *bewusst* erblickt. Niemand hatte eine Ahnung, wie der aktuelle Fürst Ringus aussah. Man sagte, dass sie seitdem alle unerkannt unter falschem Namen mitten in Tylandor gelebt haben sollen, aber niemand wusste das sicher.

Rumbergs Vortrag wurde vom lauten Tuten eines Rammhorns unterbrochen. Es schallte durch die Gänge der Schule und verkündete das Ende der Stunde. Zwar wurde es Jahr für Jahr leiser, weil Herr Flickenzill, der Schulsekretär, der es spielen musste, schon recht alt war, aber es war immer noch gut zu hören.

»Sieh an, wir sind wohl für heute am Ende. Wie schade.« Rumberg streckte seinen Rücken durch und schien keinesfalls traurig darüber, dass seine Stimme nun endlich Pause hatte. »Ich wünsche euch einen schönen Tag. Vergesst nicht, ein wenig Unsinn zu treiben. Und vergesst vor allem nicht, dabei einen großen Bogen um mich herum zu machen.«

Malakin stieß die Luft aus, die er während des Unterrichts angehalten hatte, um für das Tauchen zu trainieren. Julina versuchte verzweifelt Rumbergs Stadtskizze, auf der er die zahlreichen Besitztümer der Fürsten markiert hatte, abzuzeichnen, bevor er sie wegwischte, und Timur saß einfach nur mit offenem Mund da und stellte sich Fürst Ringus vor, der sich genau in diesem Moment irgendwo unerkannt in Tylandor aufhielt. Nur zu gerne hätte er eine weitere Stunde Geschichte bei Rumberg gegen die schreckliche Schulorchesterprobe, die ihnen nun bevorstand, eingetauscht.

Zwo, drei, vier!

Hinter vorgehaltener Hand sagte man, dass das Schulorchester der Hiradius-Schule das schlechteste in ganz Tylandor war. Aber auch wenn das nicht ganz stimmte, es war auf jeden Fall das lauteste. Und weil die Orchesterleiterin Kalima Welpin dafür sorgte, dass sie oft auftraten, konnte es seinen Ruf immer wieder aufs Neue bestätigen.

Timur spielte im Orchester die Trommeln. Klar. Foigis waren berühmt für ihre Trommelei. Nachts drangen die Rhythmen, die sie nach Feierabend auf ihren kleinen Plätzen schlugen, über die Grenzmauer nach Halum Süd. Frau Welpin hielt sich manchmal in der Nähe auf, lauschte und versuchte das Gehörte auf ihren eigenen Trommeln nachzuspielen.

Die Klasse bewegte sich träge über die Treppen und Flure. Keiner hatte es besonders eilig. Malakin schlenderte neben Timur. Seit er nicht mehr Pamas-Chef war, war er nicht mehr dauernd von Jungs umgeben, die alle seine Nähe suchten. Zu den beiden hatte sich nur noch Julina gesellt. Obwohl sie und Malakin so verschieden waren und sich oft in die Haare kriegten, hingen sie doch dauernd zusammen. Timur war insgeheim deswegen oft eifersüchtig auf seinen Freund.

»Wir sollten heute Nachmittag für die Abschlussprüfungen lernen, Herr Faragli.«

»Ehrlich gesagt, nein.« Malakin streckte seinen kräftigen Arm aus und fing an, ihr die Haare zu verwuscheln. Sie ließ sich aber nicht ablenken.

»Ist dir wohl völlig egal, ob du es am Ende des Jahres auf die Aram-Schule schaffst?«

»Ehrlich gesagt, ja.«

Die Aram-Schule war die beste Schule von ganz Tylandor. Nur wer dort seinen Abschluss machte, konnte später auf die Aram-Universität gehen. Aber Malakin hatte das noch nie gekümmert. Timur beobachtete verstohlen, wie er lachend weiter in Julinas Haaren herumwuschelte, als wäre es das Selbstverständlichste der Welt.

»Könntest du das bitte lassen?«

»Ich finde sie aber schöner so.«

Als sie den Musiksaal betraten, stand Frau Welpin bereits am Dirigentenpult und blätterte in ihren Noten. Die Schüler packten ihre Instrumente aus und nahmen Platz.

»Guten Tag zusammen. Seid ihr so weit? Sehr schön, wir haben nämlich viel zu tun. Spielen wir zum Aufwärmen gleich *An der Mauer von Halum Süd*.«

Natürlich *An der Mauer von Halum Süd*, was sonst? Frau Welpin hatte das Stück selbst komponiert und sie spielten es dauernd. Sie wollte damit den Trommlern von Foigor, die sie so bewunderte, ein musikalisches Denkmal setzen. Dummerweise hatte sie den drei Foigi-Schülern Barana, Guimal und Timur dabei eine besondere Rolle zugedacht. An einer bestimmten Stelle im Stück sollte das ganze Orchester aussetzen und die drei durften ein Trommelsolo spielen, wie es ihnen gerade in den Sinn kam. Nur war ihnen bis jetzt nie etwas Besonderes in den Sinn gekommen.

Frau Welpin zählte vor: »Zwo, drei, vier!«

Timur hatte zwar schon einige Orchesterproben erlebt, aber das Getöse, das jedes Mal losbrach, sobald sie »vier« gesagt hatte, ging ihm immer noch durch Mark und Bein. Die Knillflöten schrillten, die Basskrompen wummerten und die Rammhörner spielten Töne, die es eigentlich gar nicht gab. Am schlimmsten waren aber die Frugophone. Sie schmetterten die Melodielinie des Stücks dermaßen falsch in alle Himmelsrichtungen, dass die Orchesterleiterin bald ein Einsehen hatte und mit ihrem langen Taktstock abwinkte.

»Nun ja, das klang schon gar nicht schlecht, wirklich.« Sie versuchte zuckersüß zu lächeln, was ihr aber nur halbwegs gelang. »Versuchen wir es einfach noch mal, nur etwas langsamer. Und leiser. Zwo, drei, vier …«

Wieder brach das Getöse los, aber weil sie jetzt nur noch halb so schnell spielten, gelang es tatsächlich allen, halbwegs im Rhythmus zu bleiben. Das hieß aber nicht, dass sie die Töne richtiger spielten. Und erst recht nicht leiser. Zum Glück waren es noch etliche Proben bis zu ihrem nächsten großen Konzert. Das war allerdings ein ganz besonderes. Kalima Welpin hatte unglaublicherweise erreicht, dass ihr Schulorchester als Vorgruppe beim lang erwarteten Auftritt der in ganz Kaman berühmten Sängerin Flavia Laanten spielen würde. Und an diesem Tag sollte ihr *An der Mauer von Halum Süd* zum ersten Mal öffentlich aufgeführt werden. Frau Welpin hoffte insgeheim, dass das Stück Flavia Laanten so gut gefiel, dass sie es in ihr Repertoire aufnehmen würde. Timur und die anderen hielten es zwar für wahrscheinlicher, dass der große Star vor Schreck eine Herzattacke bekommen würde, aber keiner wollte Frau Welpin die Hoffnungen nehmen.

Kaum war die Probe zu Ende, stand Malakin auch schon neben ihm und zog ihn an der Schulter.

»Mach schon! Ich will zu den Fischen.«

Den zweiten Satz sagte er überlaut. Und das aus gutem Grund. Seit der Sache mit dem Brunnen versuchten seine alten Gegner ihm Schimpfwörter wie »der neueste Flossenkopf« und »Fischfreund« anzuhängen. Malakin verteidigte sich auf sehr eigenwillige Art. Mehrmals täglich redete er laut über seine angebliche unbezähmbare Sehnsucht nach Fischen. Und weil er so komisch darüber erzählte und es nicht den geringsten Zweifel gab, dass er nur Spaß machte, ebbten die Malakin-Fischwitze schnell wieder ab.

Dass der ehemalige Pamas-Chef tatsächlich jeden Tag mit Timur Tauchen trainierte und dabei wirklich schon dem ein oder anderen Fisch sehr nahe gekommen war, konnte sich beim besten Willen niemand vorstellen. Nur Julina wusste Bescheid. Sie ärgerte sich über ihren großen Freund. Kaum hatte sich dieser Knallkopf von der dämlichen Pamas-Bande befreit, fing er mit dem nächsten Blödsinn an. Statt sich auf die Abschlussprüfungen vorzubereiten, hing er dauernd mit Timur herum und die beiden machten so ekelige Dinge, dass sie lieber gar nicht daran denken wollte.

»Komm doch mit uns, Julina. Sagt ja keiner, dass du auch ins Meer musst.«

Sie rollte die Augen. Malakin hatte es einfach zu leicht. Seinem Vater gehörte ein berühmtes Modehaus. Wenn der die richtigen Fäden zog, konnte er seinen Sohn bestimmt um die Prüfungen herum auf die Aram-Schule schummeln. Als Spross einer der angesehensten Familien der Stadt passte er einfach zu gut dorthin.

Sie dagegen opferte ihre ganze Freizeit und sogar Teile ihres Schlafs, um für die Abschlussprüfungen zu lernen, denn ihre Eltern waren nur einfache Leute aus dem langweiligen äußeren Westen von Halum. Leider gab es seit Neuestem etwas, das sie oft vom Lernen ablenkte, auch wenn sie das niemals zugeben würde: Timur. Sobald sie sich nach der Schule von ihm verabschiedet hatte, spukte er in ihrem Kopf herum und sie konnte sich kaum mehr auf etwas anderes konzentrieren. Als Timur neu in die Klasse gekommen war, hatte sie sich überwinden müssen, sich überhaupt in seine Nähe zu begeben. Sie hatte zwar sofort gewusst, dass er kein übler Kerl war, aber da war die Sache mit den Fischen. Die Vorstellung, dass er in Foigor davon gelebt hatte, dass er in seinem Leben schon Hunderte von diesen seltsam riechenden Dingern mit Flossen dran gegessen haben musste, hatte sie abgestoßen.

Und dann hatte sich irgendwann von einem Tag auf den anderen alles geändert. Ihr war vor der Schule eine Vierteldenirmünze heruntergefallen, die ihm zufällig vor die Füße rollte. Er hatte sie aufgehoben und ihr zurückgegeben. Nichts Besonderes. Er hatte noch nicht einmal dabei gelächelt. Doch seitdem konnte sie nur noch an ihn denken, sobald er weg war. Was für ein Blödsinn! Ja, er war wirklich kein übler Kerl, aber bis jetzt hatte sie sich nie für Jungs interessiert … Auf jeden Fall nicht für Jungs aus ihrer Klasse. Früher war da Malakins großer Bruder Kuilok … Aber im Moment wollte sie sich nicht verlieben. Wenn die Prüfungen vorbei waren, vielleicht. Aber es half nichts. Timur, Timur, Timur. Und sie hatte keine Ahnung, was er von ihr dachte. Trotzdem fühlte sie sich ihm Tag für Tag so nah, dass es … schon fast unheimlich war.

Seufzend sah sie zu, wie ihre beiden Freunde Richtung Stadtgrenze verschwanden. Die Nachmittagshitze und das Gewicht ihrer Instrumententaschen schienen sie vor lauter Tatendrang gar nicht zu spüren.

Am Meer

Bevor Timur und Malakin zum Meer gingen, mussten sie noch ihre Musikinstrumente loswerden. Wer einmal im Leben ein Rammhorn hochgehoben hat, kommt nicht auf die Idee, es über längere Strecken schleppen zu wollen. Deshalb machten sie einen Abstecher zum Haus der Faraglis. Es war ein elegantes mehrgeschossiges Palais am Halumer Grün, dem großen Park beim Senatspalast. Wenn man etwas zusammenrückte, hätte halb Foigor hier Platz gefunden, war immer wieder Timurs erster Gedanke, wenn er hierherkam.

Als sie den Innenhof betraten, schob Malakin seinen Freund sofort zur Seite, weg vom Haupteingang.

»Tante Grubia ist zu Besuch. Wenn wir jetzt da reingehen, kommen wir vor morgen Früh nicht weg. Wir bringen die Instrumente zu Opellus.«

Opellus Zettelbaum, Malakins Großvater, hatte eine eigene Wohnung im Erdgeschoss des großen Hauses. Die Tür stand offen und sie fanden ihn im großen Salon. Normale Menschen nutzen diesen Ort zum Teetrinken und Schwatzen. Für Opellus hingegen war es eine Werkstatt. Er war früher der beste Chronografenmacher Tylandors gewesen. Aber auch wenn man ihm bahnbrechende Fortschritte in der Technik der Zeitmessung zu verdanken hatte, an die Genauigkeit der alten magischen Chronografen war selbst er nicht herangekommen. Seit er in den Ruhestand gegangen war, hatte er die Sache aufgegeben und bastelte andere Dinge.

Gerade hantierte er mit einer Feile an einer seltsamen Maschine herum, die wie eine Mischung aus einem mechanischen Hund und einem Frugophon aussah. Der wertvolle borabische Flufftteppich unter seinen Füßen war über und über mit funkelnden Metallspänen gespickt.

»Malakin, Timur! Schön, euch zu sehen. Seht euch das hier mal an. Ich ...«

»Tut mir leid, Opa, wir wollten nur schnell die Instrumente abstellen. Wir müssen gleich weiter.«

»Ach, ist die gute Grubia mal wieder zu Besuch? Ich verstehe. Legt euer Zeug auf das Sofa hier. Bei deinem Rammhorn gehören bestimmt mal wieder die Ventile geölt.«

»Danke, Opa.«

»Und Timur, was ich dich immer schon mal fragen wollte: Du kennst doch den Felsenhafen von Foigor. Werden dort bei den Kränen noch die alten Kazak-Winden benutzt oder schon Doppelseil-Schnellwinden?«

»Ich weiß nichts darüber, aber bestimmt die alten Winden, Herr Zettelbaum. An den Kränen wurde schon seit Ewigkeiten nichts gemacht. Letztes Jahr ist sogar einer zusammengebrochen.«

»Zusammengebrochen? Man müsste wirklich mal ...«

»Besprecht das wann anders, wir müssen los, wenn wir noch Sonne sehen wollen.«

»Schon gut, Junge. Aber kommt später noch mal vorbei. Mein halbautomatischer Gabelrepetierer funktioniert jetzt endlich. Den muss ich euch wirklich zeigen.«

Nachdem die Jungen sich verabschiedet hatten, bestiegen sie einen roten Straßenwagen, der sie zum Ostrand von Halum brachte. Zunächst waren sie noch in Gesellschaft von fein gekleideten Herrschaften, die Aktentaschen herumtrugen und die Tylandor'schen Nachrichten lasen, aber je weiter sie fuhren, umso ärmlicher gekleidet waren ihre Mitfahrer und es wurden immer weniger. Als sie den geisterhaften, unbewohnten äußeren Osten von Halum erreichten, waren sie schließlich ganz alleine.

Am Stadtrand angekommen, stiegen sie aus. Der rote Straßenwagen schloss seine Türen und fuhr geräuschlos in entgegengesetzter Richtung wieder davon. Ihr Weg führte nun zu Fuß über ein paar riesige Algramweiden. Linker Hand ragte in einiger Entfernung Talins Holz aus den Wiesen empor. Düster Nebel stieg bis weit über die mächtigen Baumkronen, als wollte er jeden Wanderer schon von Weitem warnen, sich zu nähern.

Der Wald war nach Talin dem Held benannt. Er war der Anführer der Zauberer in der Großen Magischen Schlacht von Tylandor, durch die die Stadt von den grausamen Raubrittern befreit und das Zeitalter der Zauberer eingeläutet worden war. Man sagt, Talin hätte danach den Wald mit eigenen Händen angepflanzt. Doch eigentlich war dieser Wald als Denkmal für so ein freudiges Ereignis viel zu unheimlich. Der Nebel und dorniges Gestrüpp machten ihn unpassierbar und von Zeit zu Zeit drangen sehr seltsame Geräusche nach außen. Nur in der Randzone gab es eine kleine Lichtung. Wenn die Sonne unerträglich wurde, konnte man sich dort im kühlen Nebel erholen. Die Lichtung wurde deswegen *Talins Wohltat* genannt. Ein paar gelehrte Schlaumeier wiesen zwar manchmal darauf hin, dass Nebel in Talins Wohltat nichts anderes als Wasser in sehr feinen Tropfen war, aber mit solchen Äußerungen machte man sich in Halum und Aramburg nicht sehr beliebt.

Hinter der letzten Algramweide führte ein kleiner Trampelpfad durch eine kleine Ansammlung von Duftkiefern. Malakin ging mit großen Schritten voran. Heute wollte er es seinem Foigi-Freund zeigen. Nicht umsonst hatte er in den letzten Tagen ständig seine Atemübungen gemacht.

Bald waren sie am Ziel. Timur kannte den Felsen schon, seit er ein kleiner Junge war. Er ragte weit ins Meer hinaus und war der beste Absprungpunkt weit und breit. Er ging bis zur vordersten Kante, genoss, wie ihm der sanfte Wind abwechselnd den Geruch des Meers und der Duftkiefern um die Nase wehte, und hielt nach seinem alten Freund, dem Seeadler Gilen, Ausschau.

Malakin schlüpfte währenddessen ungeduldig aus seinen Kleidern. Wenige Augenblicke später stand er neben Timur an der Felskante, legte den Kopf in den Nacken und ließ sich langsam nach vorne fallen. Einen Moment später verloren seine Zehen den Kontakt zum Boden und er fiel. Die Horizontlinie raste aus seinem Blickfeld nach oben, und kurz bevor er die Augen schloss, sah er nichts mehr als die im Sonnenlicht funkelnde Meeresoberfläche, auf die er zuschoss. Ein kurzes Krachen in seinen Ohren, als er die Wasseroberfläche durchbrach, dann nur noch Rauschen und das kühle Wasser auf seiner Haut.

Nachdem er die ersten Meter Richtung Meeresboden hinter sich gebracht hatte, hörte er ein zweites Krachen. Timur. Die Jagd begann. Malakin arbeitete sich mit kräftigen Armzügen immer weiter nach unten. Er wusste, dass sein Freund ihn irgendwann überholen würde. Die Frage war nur, wann. Immer wenn er an ihm vorbeizog, klatschte er ihn kurz mit der Hand ab. Wenn es früh passierte, ärgerte sich Malakin, wenn es spät passierte, wusste er, dass er besser wurde.

Heute hatte er einen guten Tag. Timur kam und kam nicht. Jetzt nicht nachlassen. Seine Arme brannten vor Anstrengung, aber er freute sich. Bald wurde der Wasserdruck in seinen Ohren unerträglich. Zeit, um anzuhalten. Timur hatte ihm zwar schon längst erklärt, dass man sich an diesem Punkt kurz die Nase zuhalten und Luft in seine Ohren pressen musste, aber er beherrschte die Technik des Druckausgleichs noch nicht richtig.

Timur schwamm nun neben ihn. Malakin öffnete die Augen und glaubte durch das trübe Meerwasser zu erkennen, dass er ihm anerkennend zunickte. Sie verharrten ein paar Sekunden. Dann gab Timur ihm einen Schubs. Das Zeichen, dass er sofort aufzutauchen hatte.

Sehnsüchtig sah Malakin ein letztes Mal in die unendliche

schwarze Tiefe, dann begann er aufzusteigen. Vor seinen Augen wurde es heller und heller, bis er schließlich mit dem Kopf durch die Oberfläche stieß. Er ärgerte sich. Seine Atemluft wäre noch lange nicht erschöpft gewesen und er hätte noch viel länger dort unten durchhalten können. Und wenn er das mit dem verflixten Druckausgleich endlich beherrschen würde, könnte er sogar noch tiefer tauchen, so wie Timur es in der Zwischenzeit getan hatte.

Immerhin, vor wenigen Monaten hatte es all das noch gar nicht für ihn gegeben, versuchte er sich zu beruhigen. Wäre die Sache mit Timur und dem Brunnen nicht passiert, wäre er wahrscheinlich nie in seinem Leben getaucht. Er schwamm in die tiefe Schlucht östlich des großen Felsens, von dem sie abgesprungen waren, hinein. An ihrem Ende lag ein winziges Stück Strand. Von dort aus konnte man zwischen den zerklüfteten grauen Felswänden wieder nach oben klettern, wo zwei einzeln stehende Duftkiefern dazu einluden, sich in ihren Schatten zu legen und sich auszuruhen.

Malakin dachte allerdings gar nicht daran, eine Pause zu machen. Er kauerte sich nah an die Kante und wartete, dass Timurs Kopf endlich aus dem Wasser auftauchte. Er konzentrierte sich so sehr darauf, dass er das Flattern über sich gar nicht bemerkte. Erst als die Schwingen des großen Seeadlers die letzten Schläge vor der Landung vollführten, sah er auf.

»Gilen! Erschreck mich nicht immer so.«

Der majestätische Vogel würdigte ihn keines Blickes und streckte den Kopf ebenfalls über die Kante. Er suchte seinen alten Freund Timur. Die beiden kannten sich, seit Timur als kleiner Junge seinen ersten Tag auf dem Fischerboot seines Vaters verbracht hatte. Damals war Gilen noch ein Jungtier gewesen. Er hatte sich, erschöpft von einem viel zu weiten Flug, auf die Reling gesetzt. Timur hatte ihm einen Fisch angeboten und dem Vogel, nachdem er ihn verspeist hatte, den Namen Gilen gegeben. Virku hatte ihm zwar erklärt, dass er Gilen wahrscheinlich nie wiedersehen würde, aber er hatte damit nicht recht behalten.

»Hochnäsiger Kerl, du könntest mich wenigstens mal anschauen, wenn du schon nicht Guten Tag sagst.«

Zwecklos. Gilen starrte geradeaus und wartete. Und es sah so aus, als würde er ohne Weiteres drei Tage und mehr warten, wenn es sein musste. Auch als Timur endlich tief unter ihnen auftauchte, zeigte der Vogel keine Regung. Er beobachtete still, wie der Junge mit sicheren Handgriffen die Felsenwand erklomm, bis er schließlich oben angekommen war.

»Hier, Gilen.«

Wie jedes Mal hatte Timur mit bloßer Hand einen kleinen Fisch gefangen, den der Adler nun gnädig verspeiste. Malakin war schleierhaft, wie sein Freund das immer schaffte. Timur kraulte Gilens Kopf. Die Wassertropfen perlten auf seiner Haut. Malakin wollte am liebsten gleich den nächsten Tauchgang wagen, aber er musste seinem Freund wenigstens eine kleine Erholungspause gönnen.

»Zeig mir noch mal, wie das geht mit dem blöden Druckausgleich.«

»Wie gesagt, ganz einfach: Nase zuhalten und von innen drücken, bis es in den Ohren knackt … Nein, erst wenn du unter Wasser bist und Druck auf den Ohren hast. Wenn du es an Land machst, ist es ungesund.«

»Na gut, dann geh ich jetzt.«

»Warte noch kurz, Malakin.«

»Bleib ruhig hier. Ich kann schon alleine.«

»Lieber nicht.«

»Dann komm.«

Timur seufzte, gab Gilen einen Klaps und stemmte sich hoch.

»Warte hier. Ich muss auf den Verrückten aufpassen.«

Gilen wiegte kurz den Kopf hin und her und verharrte, während

Timur sich daranmachte, diesen komischen anderen Jungen einzuholen, der schon wieder bereit zum Absprung auf dem großen Felsen stand. Wenige Momente später hörte der Seeadler die Jungs im Wasser aufkommen. Er fand das seltsam. Menschen hatten seiner Meinung nach nichts im Meer verloren. Wenn die beiden wenigstens eine von diesen schwimmenden Holzkisten benutzen würden. Aber sein Freund Timur hatte seinen eigenen Kopf und er hatte es längst aufgegeben, darüber zu schimpfen.

Er wartete und starrte ins Wasser. Seine scharfen Augen sahen auch in größten Entfernungen noch die kleinsten Dinge, selbst unter der Wasseroberfläche. Doch Fische, die groß genug waren, um den alten Gilen dazu zu bringen, sich zu bewegen, waren sehr selten.

Etwas später sah der Vogel Malakins Kopf erneut vor der Schlucht auftauchen. Und kurz dahinter kam Timur. Ungewöhnlich kurz dahinter. Normalerweise war Malakin schon weit voraus, wenn Timur endlich auftauchte. Und Malakin guckte auch ganz anders drein als vorhin. Außerdem gab er Laute von sich, die Gilen sehr unangenehm fand. Und als die beiden wieder bei ihm im Schatten der Duftkiefern saßen, hatte der Junge immer noch nicht damit aufgehört. Empörend. Wenn der Kerl ihm schon keine Geschenke brachte, konnte er sich dann nicht wenigstens benehmen?

»Ja! Endlich den blöden Druckausgleich geschafft!«

»Sieht ganz so aus, Malakin.«

»Hast du gesehen, wie weit ich gekommen bin?«

»Ja. Wirklich unglaublich weit, dafür dass du ein Anf… äh, also, wirklich, unglaublich weit.«

»Warte nur, in einer Woche tauche ich dich in Grund und Boden, Timur!«

»Ist mir alles recht, aber ertrink nicht dabei. Ich hätte keine Ahnung, was ich deinen Eltern erzählen soll.«

»Dass ich der einzige und beste Flossenkopf war, den Halum je hervorgebracht hat!«

Ein leichter Wind zog durch die Baumkronen und die Sonne sank von Minute zu Minute tiefer herab. Alles bekam nun einen warmen rötlichen Schimmer. Doch kaum hatte Malakin sich hingesetzt, sprang er auch schon wieder auf, um die nächste Runde zu tauchen. Diesmal blieb Timur zurück. Dieser Teufelskerl Malakin konnte nun tatsächlich tief genug tauchen, um den Tunneleingang im Brunnen zu erreichen. Sollte er es ruhig mal alleine versuchen. Er blinzelte in die tieforange Sonne, hörte, wie Malakin im Wasser landete, und schüttelte lächelnd den Kopf. Er konnte sich an kein einziges Foigi-Kind erinnern, das so schnell tauchen gelernt hatte, wie sein Halumer Freund.

Gilen holte sich den nächsten Fisch aus seiner Hand. Ein lächerlich kleines Ding, dachte der Seeadler. Aber egal, der Junge wusste wenigstens, was sich gehörte.

Erst nach drei weiteren Tauchgängen zeigte Malakin die ersten Anzeichen der Erschöpfung. Er keuchte, als er die Felsen erklomm, und Timur ahnte, dass er sich nun endlich neben ihm in den Schatten fallen lassen würde. Sie würden noch eine Weile schweigend zusehen, wie die Sonne im Meer versank, und dann nach Hause aufbrechen. Ein perfekter Tag. Doch gerade als Malakin sich über den Rand der Schlucht zog, hielt er plötzlich inne.

»Julina kommt!«

Ohne weiter nachzudenken, sprang Timur auf und stürzte zu dem Kleiderberg, den Malakin und er hinterlassen hatten. Wo war nur seine verflixte Hose? Egal, er würde sich einfach Malakins Hemd vor … Nein, nicht schon wieder! Dieses Schlitzohr hatte ihn reingelegt! Es war tatsächlich jemand aufgetaucht. Aber nicht Julina, sondern Sebru, Timurs alter Foigi-Freund, der ihnen schon öfter an ihrem Tauchplatz Gesellschaft geleistet hatte. Malakin lachte wie ein Bergaffe, Timur knüllte das Hemd zusammen und warf es nach ihm. Dann begrüßten Sebru und er sich mit Faustschlägen in die Magengrube. Der übliche Gruß unter Freunden in Foigor.

Eine gute Stunde später saß Timur zu Hause am Tisch und stopfte gierig die dampfenden Seeforellen in sich hinein. Nach Tauchausflügen mit Malakin war er immer unglaublich hungrig. Virku verdiente zwar genug, um auf den Halumer Märkten Essen zu kaufen, das hier als anständig galt, aber auf Fisch wollte er nicht verzichten. Timur war es nur recht. Er mochte Fisch und er fand, dass es keinen etwas anging, was er und sein Vater aßen. Um ihr gemeinsames Lieblingsessen zu bekommen, schlich sich Virku oft zusammen mit ein paar Foigi-Nachbarn auf einem geheimen Weg unter der großen Mauer hindurch nach Foigor.

Doch nicht einmal das gute Essen konnte Timur von den schlimmen Nachrichten ablenken, die Sebru ihm vorhin überbracht hatte. In Foigor waren wieder Kinder verschwunden. Diesmal hatte es Tomis und Katalin erwischt. Timur hatte die beiden gut gekannt.

Vor zwei Jahren hatte es angefangen. Foigi-Kinder verschwanden von den Straßen und wurden nie mehr gesehen. Manchmal eines, manchmal auch kleine Gruppen. Man vermutete, dass Huurks und Hordaks Banden dahintersteckten, aber niemand konnte sich einen Reim darauf machen. Keine Erpresserbriefe tauchten auf, keine Hinweise, keine Lebenszeichen. Zurück blieben verzweifelte Familien und traurige Freunde.

Virku schwieg, wie meistens. Timur störte das nicht. Wenn er eine wichtige Frage hatte, bekam er immer eine Antwort von ihm. Und auch wenn sein Vater nicht viel wusste, machten seine Antworten Timur doch zufrieden. Zufrieden, weil er mit jedem Wort spürte, wie sehr ihn der hagere Mann, der mit seinem zerfurchten, sonnenverbrannten Gesicht viel älter wirkte, als er war, liebte. Niemals würde Timur es ohne ihn aushalten, dass seine Mutter sie verlassen hatte. Und weil die Lehrer jeden Tag sehr viel redeten und seine Freunde noch mehr – allen voran Malakin –, war es gar nicht schlecht, wenn abends am Tisch die zufriedene Ruhe herrschte, die sein Vater um sich herum verbreitete.

Nachdem er seinen dritten Teller leer gegessen hatte, war Timur endlich satt. Er überlegte kurz, ob er Virku folgen sollte, der sich mit seinem letzten Glas Wein noch ein wenig zu den Foigi-Nachbarn unten auf der Straße gesellt hatte, aber er war zu müde. Im Bett dachte er wieder an Malakin und was er heute alles geschafft hatte. Lange würde er ihn nicht mehr davon abhalten können, das Tauchabenteuer in dem seltsamen grünen Tunnel im Brunnenschacht zu wagen. Doch kurz bevor er einschlief, spürte er zum ersten Mal, dass er ihn auch gar nicht mehr abhalten wollte.

Fluxulente Maximalgleichungen

Robald Kelboor saß, wie jeden Morgen, in einem roten Straßenwagen auf dem Weg zur Hiradius-Schule. Mit Schaudern dachte er daran, was ihm bevorstand. Klasse 7. Eine einzige Enttäuschung. Niemand dabei, der auch nur ansatzweise Talent für Mathloginistik hatte, das Fach, das er seit mehr als 20 Jahren unterrichtete. Stunde um Stunde brachte er damit zu, ihnen das nötige Wissen über Kalibraltheoreme, Berimärkurven und fluxulente Maximalgleichungen beizubringen. Sinnlos, keiner würde eine gute Note schaffen.

Um sich von seinem Ärger abzulenken, holte er die Tylandor'schen Nachrichten aus seiner Tasche. Auf der ersten Seite stand nichts

Neues. Im Senat wurde mal wieder diskutiert, wie man die große Mauer zwischen Halum und Foigor noch sicherer machen konnte. Daneben wurde das große Konzert von Flavia Laanten angekündigt.

Während er die nächste Seite aufschlug, sah er kurz aus dem Fenster. Sein Blick blieb an einer kleinen Frau mit einem unglaublich eleganten graublauen Hut hängen, der ihn sofort alles andere vergessen ließ. Es war nicht zu fassen. Dieses Meisterstück aus feinem dünnem Filz brachte es tatsächlich fertig, dieser völlig unscheinbaren Person das Antlitz einer Königin zu verleihen. Dies war ohne Zweifel ein Hut von Kalamagi.

Tylandor war eine Stadt der Stoffe und der Mode. Die jungen Schneider übertrafen sich jedes Jahr damit, alte Regeln zu brechen und unerhörte neue Dinge zu präsentieren. Nur ganz wenige Kleidungsstücke kamen nie aus der Mode. Zu ihnen gehörten ohne jede Frage diese Hüte.

Als Mathloginistiker interessierte sich Kelboor natürlich nicht für Mode, aber die Hüte von Kalamagi waren eine Ausnahme. Er musste zugeben, dass auch er sich einen wünschte. Eines Tages, vielleicht wenn er in Rente ging. Auch wenn so ein Hut noch so teuer war und man mehr als ein Jahr auf einen Termin zum Anmessen in Kalamgis Atelier warten musste.

Der Hut verschwand wieder und die alten gelben Ziegelwände der Hiradius-Schule tauchten nun im Fenster auf. Kelboor stopfte die Zeitung in seine Tasche. »Klasse 7«, murmelte er vor sich hin. »Talin, steh mir bei.«

Sobald der Unterricht begonnen hatte, dachte Timur das Gleiche, wie immer: Halumer konnten keine Foigi-Rhythmen trommeln und Foigis verstanden nichts von Mathloginistik. Er starrte auf die Aufgabe, die Kelboor an die Tafel schrieb. Zwei Zeilen komplett unverständlicher Zeichen, als wären Wesen von einem anderen

Stern gekommen und hätten eine Botschaft in fremder Schrift hinterlassen.

Als der Lehrer fertig war, rieb er sich zufrieden den Kreidestaub von den Händen und ließ dann seinen Blick über die Klasse schweifen. Jeder wünschte sich in diesem Augenblick, unsichtbar zu sein.

»Julina, komm bitte nach vorne.«

Timur stöhnte leise auf. Er war zwar froh, dass es nicht ihn erwischt hatte, aber Julina tat ihm leid.

»Fangen wir ganz einfach an, Julina. Du siehst hier zwei fluxulente Maximalgleichungen. Zerlege sie in Kittelbrink'sche Fraktale.«

Julina nahm ein Kreidestück, überlegte und begann zögerlich ein paar Zeichen an die Tafel zu schreiben. Timur schnappte nach Luft. Konnte sie es wirklich? Kelboor nickte, und wenn man genau hinsah, konnte man ein Strahlen in seinen Augen erkennen.

Aber natürlich dauerte es nicht lange. Beim fünften Zeichen erstarrte er mitten im Nicken, wartete kurz, ob Julina selbst ihren Fehler bemerken würde, und schüttelte dann endgültig den Kopf.

»Julina, überlege noch mal: Was haben wir über die Fokalkomponenten gelernt?«

»Die Fokalkomponenten stehen in einem … dyslepsalen Verhältnis zueinander?«

»Richtig!« Kelboor schien ehrlich begeistert. »Und was heißt das für die Fraktalkonfiguration?« Und um sich die Enttäuschung zu ersparen, dass Julina die nächste Antwort nicht wusste, gab er sie gleich selbst: »Die Fokalkomponenten können negativ-dyslepsal aufgelöst werden. Hier. Hier. Und hier.« Kelboor tippte auf ein paar Zeichen.

»Richtig so, Julina?«

Verflixt, warum musste es ausgerechnet Julina sein, die in diesem Moment vor Kelboor stand? Jeder andere aus der Klasse hätte auf »Richtig so?« einfach genickt. Und spätestens nach dem dritten »Richtig so?« wäre Kelboor so in Schwung gewesen, dass er die Aufgabe selbst zu Ende gerechnet hätte. Aber Talin weiß warum, Julina konnte nicht lügen.

»Ich weiß es nicht.«

»Macht nichts, Julina. Überhaupt nicht. Im Gegenteil, gut, dass du es sagst.«

Man konnte fast spüren, dass Kelboor vor Enttäuschung einen Kloß im Hals hatte.

»Ich erkläre es noch einmal in aller Ruhe. Schaut alle her: Eine Fokalkomponente ist, wie wir wissen, nichts weiter als eine refraktäre Kombination aus einem Asybem und einem Dysobem. Das heißt, wir können dyslepsale Parameter anlegen, und das wiederum heißt …«

Eine halbe Stunde später war die große Tafel bis zum untersten Rand vollgeschrieben. Kelboor sah Julina an, die die ganze Zeit gestanden hatte, und danach die übrige Klasse. Er wirkte erschöpft.

»Habt ihr es nun alle verstanden? Das ist mir wirklich wichtig.«

Und während die Schüler betreten nickten, wünschte Kelboor sich weit, weit weg an einen angenehmen Ort, wo nur Mathloginistiker lebten. Und ein paar gute Köche.

Das Rammhornsignal erlöste schließlich alle. Als die Schüler das Klassenzimmer verließen, zerrte Malakin an Timurs Ärmel.

»Heute!«

»Was heute?«

»Du weißt es genau.«

»In den Tunnel tauchen?«

»Richtig.«

Obwohl Timur seinen inneren Widerstand überwunden hatte, tat er sich immer noch schwer damit, sich Malakin im Tunnel vorzustellen. Aber er kam nicht mehr dazu, etwas zu erwidern, denn Ramor hatte seinen Freund im gleichen Moment von hinten angerempelt. Malakin stolperte über die Türschwelle in den Schulflur und fiel dort auf seinen Hintern.

»Tut mir leid, Meister der Fische. War keine Absicht«, sagte der neue Pamas-Chef und grinste dreckig. Schon seit Wochen konnte man spüren, dass er unzufrieden war. Zwar hatte er sein Ziel erreicht, Chef der Pamas-Bande zu werden, aber dass es keinen richtigen Kampf zwischen ihm und Malakin gegeben hatte, passte ihm nicht. Tatsächlich gab es Leute in der Bande, die Malakin für den stärkeren und außerdem für den besseren Chef hielten. Nur wenn Ramor ihm eine echte Niederlage zufügte, würde die Stimmung umschwenken. Deswegen tat er alles, damit es doch noch zu einem Kampf kam. Aber der alte Pamas-Chef hatte bis jetzt jede Provokation mit Leichtigkeit ins Leere laufen lassen.

Als Malakin sich wieder aufgerichtet hatte, stand Ramor direkt vor ihm und schaute ihn herausfordernd an. Sein Wunschgegner hielt seinem Blick aber mühelos stand. Ein paar Augenblicke verstrichen, zu viele für Ramors Geschmack, dann antwortete Malakin sehr gelassen und langsam: »Macht doch nichts. Pass einfach besser auf, Lockenkopf.«

»Ach ja, findest du, ich soll besser aufpassen?«

»Absolut.«

Es war mal wieder anders gelaufen, als Ramor es sich vorgestellt hatte. Malakin stand wie ein Fels vor ihm. Ramor wünschte sich, er würde zurückweichen oder, noch besser, auf ihn losgehen. Dann hätte er seinen alten Rivalen mit dem borabischen Doppeltritt, den er neulich gelernt hatte, erledigt. Aber Malakin bewegte sich nicht, er schaute ihn nur an. Wenn man es genau nahm, versperrte er ihm sogar den Weg.

Längst hatte sich ein kleiner Kreis aus Schülern um sie herum gebildet. Ramor fühlte sich wie auf einer Bühne, er musste etwas tun. Am liebsten hätte er einfach zugeschlagen. Aber der Mistkerl stand genau richtig. Zu weit weg für einen Überraschungsangriff, aber nah genug, um selbst ganz schnell gefährlich werden zu können. Und ohne zu wissen, wie es dazu gekommen war, hatte Ramor auch noch die Wand im Rücken.

Kein Mucks war mehr zu hören. Ramor spürte, wie er mit jedem Moment des Zögerns an Autorität verlor. Konnte ihm nicht wenigstens eine kernige Antwort auf Malakins »absolut« einfallen? Er presste die Lippen aufeinander. Ihm blieb nur noch der Angriff. Ein Angriff, der ihm eine Niederlage bescheren würde, dessen war er sich nun sicher. Aber *musste* er wirklich angreifen? Ramor grinste wieder. Nein, musste er nicht. Es gab eine bessere Lösung.

»Dein Fischkopffreund stinkt.«

Und während er sprach, stieß er Timur, der neben Malakin stand, so hart vor die Brust, dass der nach hinten flog und dabei noch zwei weitere Schüler mit umriss. Anschließend wischte sich der neue Pamas-Chef angewidert seine Hand an seinem Hemd ab. Ein paar lachten. Zu wenige für Ramors Geschmack, aber das war nicht so wichtig. Wichtig war, was Malakin machte. Leider tat er ihm nicht den Gefallen, sich nach Timur umzuschauen, sodass Ramor ihm unbemerkt einen Schlag hätte verpassen können. Trotzdem, jetzt musste Malakin reagieren, denn sein Freund war angegriffen worden. Gleich würde sein erster Schlag kommen, keine Frage. Und es war viel leichter, einen erwarteten Schlag zu parieren, als selbst einen zu landen, so viel wusste Ramor über Kämpfe. Er sah, wie Malakins Hände sich nach oben bewegten. Noch waren es keine Fäuste, konnten es aber in Sekundenbruchteilen werden. Was hatte er vor?

»Na los, gib mir die Hand.«

Was? Ramor war so verblüfft, dass er zu spät bemerkte, wie er

Malakin tatsächlich die Hand reichte. Mit einem Ruck riss er sie zurück. Malakin schnüffelte an der Hand, die er ihm gegeben hatte, und stieß einen Laut des Ekels aus.

»Du riechst aber auch nicht schlecht.«

Und als er sich ebenfalls die Hand an seinem Hemd abwischte, lachten deutlich mehr. Aber genau in diesem Moment passte Malakin kurz nicht auf. Ramor legte all seine Kraft in den Schlag. Hoffentlich treffe ich ihn richtig, dachte er. Hoffentlich fällt er einfach um und steht nicht wieder auf.

Im gleichen Augenblick geschah aber etwas Unerwartetes. Ramor versuchte entsetzt, seine Faust wieder zu bremsen, doch das Unheil nahm seinen Lauf. Julina war genau zum falschen Zeitpunkt zwischen die beiden getreten. Einen Moment früher und weder er noch Malakin hätten den Streit weiter fortgesetzt, denn wenn Julina irgendwo dazwischentrat, war immer sofort Schluss. Die meisten hatten mehr Respekt vor ihr als vor Direktor Kommorius. Ganz abgesehen davon war sie das Mädchen, das jede zweite Nacht in Ramors Träumen auftauchte.

Zum Glück streifte seine Faust nur Julinas Wange, doch das reichte, um sie gegen Malakins Brust zu werfen. Ihre Tasche flog durch die Luft und landete polternd in der Ecke. Ramor stand wie versteinert, bekam einen tiefroten Kopf und Schweißperlen traten auf seine Stirn. *Er hatte Julina geschlagen!*

Alle um ihn herum schrien wie aus einem Mund empört auf. Egal ob Pamas-Bande oder nicht, sie scharten sich um Julina und ließen ihn links liegen. Ramor wollte sich entschuldigen, aber er kam gar nicht mehr zu ihr durch. Er sah, wie sein Pamas-Untergebener Veremin Julinas Tasche aufhob und sie sorgfältig mit seinem Ärmel abwischte. Währenddessen besah sich Malakin ihre rot glühende Wange, Nadenka und Korbina zupften ihr die Schuluniform und die Haare wieder zurecht und Barana kam mit einem kühlen Lappen vom Schulsekretär. Am meisten ärgerte ihn aber, dass Timur direkt vor seiner Nase stand und ihm ohne jede Angst den Rücken zukehrte.

Erst als Julina zum fünften Mal versichert hatte, dass es ihr gut gehe, ließen die anderen von ihr ab. Veremin überreichte ihr schüchtern die Tasche und schien sich dabei fast zu verbeugen. Anschließend löste sich der Haufen langsam auf und zwei Mädchen hakten Julina auf dem Weg zur letzten Stunde unter. Ramor ging alleine und als Letzter. Schlimmer hätte es wirklich nicht kommen können.

Malakin zupfte schon wieder an Timurs Ärmel.

»Um darauf zurückzukommen: Heute!«

»Ich weiß nicht, Malakin. Glaubst du wirklich, du bist schon so weit?«

»Auf jeden Fall.«

Timur blieb stehen und musterte seinen Freund lange. Ihm kam eine Idee.

»Gut, hör mir zu. Wenn du heute Nacht wirklich in den Tunnel willst, musst du vorher eine Prüfung bestehen.«

»Was mit Tauchen?«

»Na klar.«

»Einverstanden.«

Sie gingen weiter. Timur dachte nach. Doch, die Idee war gut. Wenn Malakin die Prüfung, die er sich gerade ausgedacht hatte, wirklich bestand, konnte er ihn unbesorgt in den grünen Tunnel tauchen lassen. Und wenn er sie nicht bestand, würde sein Freund für eine ganze Weile großen Respekt vor den Gefahren der Tiefe haben. Er lächelte, als sie das Klassenzimmer erreichten. Er lächelte als Einziger, denn die Stunde, die ihnen nun bevorstand, war mit Abstand die langweiligste, dümmste und sinnloseste der ganzen Woche: Wiedererlangung der magischen Künste.

Magische Schrift

Mag Rinusz war ein kleiner Mann mit dunkelgrauen Haaren, eckiger Brille und immer bemüht, nicht aus Versehen zu lächeln. In Wirklichkeit hieß er Rinubald Korfl, aber er war Mitglied der Magischen Gilde von Tylandor. Und als Mitglied der Magischen Gilde trug man immer einen Namen, der mit »Mag« anfing. »Mag« war eigentlich ein alter Ehrentitel, der in der Zeit vor dem Großen Verschwinden verdienten Meisterzauberern verliehen wurde, aber die Männer der Magischen Gilde schmückten sich trotzdem damit und keiner wollte es ihnen verbieten.

Wenn Mag Rinusz, wie heute, Wiedererlangung der magischen Künste unterrichtete, trug er eine weiße Robe, in die goldene Fäden eingewoben waren, und einen sehr seltsamen Hut, der aussah, als hätte ein betrunkener Hutmacherlehrling aus Versehen die Krempe nicht unten, sondern oben angenäht. Alle Mitglieder der Magischen Gilde waren in dieser Art gekleidet, wenn sie in offizieller Mission unterwegs waren. Die Roben und Hüte für die alten Männer wurden in der Manufaktur von Malakins Vater hergestellt. Zemmo Faragli verdiente eine Menge Geld damit. Noch mehr verdiente er allerdings, indem er ähnliche Roben in anderen Städten als Kostüme für alberne Maskenfeste verkaufte, aber davon durfte keiner wissen.

Missmutig beobachtete Mag Rinusz, wie die Schüler seinen Klassenraum bevölkerten. Als endlich alle saßen, rief er laut: »Eintreten!« Auf der anderen Seite des Raums öffnete sich eine zweite Tür. Sechs Oskanische Gardisten, die ächzend eine große, reich verzierte Holzkiste schleppten, betraten den Raum.

Die Oskanischen Gardisten waren die offizielle Schutzarmee von Tylandor. Sie waren allesamt sehr dick und trugen glänzende

Schmuckrüstungen, die bei jeder Bewegung klimperten. Vor vielen Hundert Jahren waren die Oskanier einmal ein berüchtigter umherziehender Räuberstamm gewesen. Doch dann kam der Tag, an dem sie Tylandor überfallen wollten. Fürst Ringus verhandelte geschickt mit ihnen und machte sie kurzerhand zur Schutzarmee der Stadt. Ein kluger Schachzug. Allein der schlechte Ruf der Oskanier reichte aus, dass künftig niemand mehr auf die Idee kam, sich mit Tylandor anzulegen. Und weil es keine Kämpfe mehr gab, wurden die Oskanischen Gardisten im Lauf der Jahrhunderte immer dicker und behäbiger und die Rüstungen immer wertvoller und schwerer. Man raunte sogar, dass man einen von ihnen wehrlos machen konnte, indem man ihn einfach umwarf, weil er dann nicht mehr aufstehen konnte.

Aber selbst wenn das stimmte, es spielte keine Rolle mehr. Heute standen alle Städte im Land Kaman unter dem Schutz der mächtigen königlichen Armee. Die Einzigen, die sich in Tylandor noch wirklich aufs Kämpfen verstanden, waren die gefürchteten Burgwachen des Fürstenhauses Aram.

Die schnaufenden Dickwanste hatten ihre Last abgestellt und waren wieder verschwunden, um vor der Tür Wache zu halten. Dass die Kiste so schwer war und so streng bewacht wurde, hatte natürlich seinen Grund: In ihr befanden sich uralte, von den Zauberern verfasste magische Bücher aus der Bibliothek der magischen Schule Balinford. Alle magischen Bücher hatten zwei Dinge gemeinsam: Sie waren unendlich wertvoll und in einer Schrift verfasst, die kein Mensch in ganz Kaman lesen konnte. Egal, welche Seite man aufschlug, man sah nur wüste Ansammlungen von Bogen und Strichen. Wenn man moderne Kunst mochte, war das nett anzusehen, aber das Wissen der Zauberer, das irgendwo in diesem Chaos versteckt war, würde wohl für immer ein Geheimnis bleiben.

Leider wollte sich die Magische Gilde nicht damit abfinden. Die alten Männer betrachteten es als ihre heilige Aufgabe, die verlorenen magischen Künste wiederzuerlangen. Und sie behaupteten, dass einige von ihnen das Olisam in sich trügen. Das Olisam war das berühmte magische Leuchten, von dem in vielen alten Erzählungen die Rede war. Nur wer es in sich trug, konnte ein Zauberer werden. Komischerweise war das Olisam nicht vererbbar, sondern tauchte völlig willkürlich mal in dieser, mal in jener Familie auf. Die einzige Regel, die es zu geben schien, war, dass nur Menschen, die in Tylandor geboren wurden, Olisamträger wurden. Zur Zeit der Zauberer wurde jedes Kind der Stadt im Alter von acht Jahren getestet. Wer das Olisam in sich trug, durfte sich in der magischen Schule Balinford zum Zauberer ausbilden lassen.

Viele fragten sich, woher die Mitglieder der Magischen Gilde wissen wollten, dass sie wirklich Olisamträger waren, aber sie behaupteten steif und fest, dass es so sei. Und dass sie im Nu alles können würden, was die Zauberer früher konnten, sobald sie nur endlich die verflixte Schrift in den alten Büchern entziffert hätten. Diese Vorstellung gefiel den Bürgern von Tylandor natürlich. Die Kräfte, die früher so nützliche Dinge wie die Wasserversorgung, das magische Licht und die roten Straßenwagen geschaffen hatten, wären bestimmt auch heute von Nutzen. Vielleicht konnte man damit die Grenzmauer zu Foigor noch sicherer machen oder die Oskanischen Garden mit rostfreien Rüstungen ausstatten und die Tuchfabriken träumten gar davon, endlich wieder magische Webstühle herstellen zu können, von denen es in ganz Tylandor nur fünf Stück gab. All diese Möglichkeiten sprachen für die Arbeit der Magischen Gilde.

Gegen die Magischen Gilde sprach allerdings, dass sie schon seit vielen Hundert Jahren keinen Schritt weitergekommen war. Die meisten lachten über die alten Männer in den nachgemachten

Zauberergewändern. Trotzdem ließen das Fürstenhaus Aram, das alle magischen Bücher und Gegenstände in seinem Stadtteil Aramburg gehortet hatte, die große Aufgabe weiter ganz in der Hand dieses seltsamen Vereins, der deswegen viel Macht und Einfluss hatte.

Was die Entzifferung der magischen Bücher betraf, verfolgte die Magische Gilde seit ein paar Jahren einen neuen Weg. Nachdem die von ihnen auserwählten Gelehrten in vielen Jahrhunderten nicht das Geringste herausgefunden hatten, beschlossen sie, das Projekt *Geist der Massen* zu starten. Möglichst viele Leute sollten in die alten Bücher schauen und man hoffte, dass irgendjemand durch irgendeinen Zufall eines Tages doch noch die Schrift entziffern konnte. Seitdem stand *Wiedererlangung der magischen Künste* auf den Stundenplänen der Schulen. Jede Woche um die gleiche Zeit schleppten schwitzende Oskanische Gardisten Kisten mit magischen Büchern in die Schulen von Halum und Aramburg. Und jede Woche musste sich Timurs Klasse eine völlig sinnlose Stunde lang damit beschäftigen, auf die merkwürdigen Zeichen zu starren.

Die Schüler nahmen seufzend Platz und zogen sich die bereitgelegten weißen Stoffhandschuhe an, die sie tragen mussten, wenn sie die alten Bücher anfassten. Mag Rinusz sah ihnen gequält dabei zu. Er hatte nichts gegen das Projekt *Geist der Massen*. Irgendetwas Neues musste man ja versuchen, um hinter das Geheimnis zu kommen. Nur dass er dazu immer wieder eine ganze Stunde lang mit gewöhnlichen Schülern in einem Klassenraum sitzen musste, gefiel ihm nicht.

Wenigstens musste er nicht mehr mit ihnen reden. Seit er in der ersten Stunde alles erklärt hatte, wussten sie, was sie zu tun hatten. Auf einen Wink von ihm standen alle auf, bildeten eine ordentliche Schlange und jeder nahm sich ein Buch aus der Kiste. Als endlich alle wieder saßen, ging es Rinusz besser. Jetzt musste er nur noch ab und zu das Geschwätz unterbinden, aber das war kein Problem. Er schlug dazu einfach mit der flachen Hand auf den Tisch, was zum Glück sehr laut knallte. Danach war es wieder ruhig.

Sein Blick wanderte über die Köpfe. Noch vor wenigen Jahren wäre es undenkbar gewesen, dass einer dieser jungen Racker ein magisches Buch auch nur berühren hätte dürfen. Und wenn man bedachte, dass es in dieser Klasse sogar drei Schüler gab, die aus Foigor stammten ... Aber Mag Zagram, der Vorsitzende der Magischen Gilde, hatte schon recht. Man musste neue Wege gehen, wenn die alten zu nichts führten.

Timur behagten die neuen Wege der Gilde überhaupt nicht. In den ersten Stunden *Wiedererlangung der magischen Künste* war er noch aufgeregt gewesen. Dass er jemals ein echtes Buch aus der berühmten alten magischen Schule Balinford in der Hand halten würde, hatte er nicht zu träumen gewagt. Mit zitternden Fingern und angehaltenem Atem hatte er die dicken, vergilbten Seiten umgeblättert. Angestachelt durch sein Wissen über die Zauberer aus dem Geschichtsunterricht, begeisterte ihn der Gedanke, den seltsamen Bogen und Strichen ihr Geheimnis zu entlocken. So schwer konnte es doch nicht sein. Doch spätestens seit der dritten Stunde wusste er, was Malakin, Julina, Barana und alle anderen schon längst wussten: Es war hoffnungslos. Und es war eine Quälerei. Je länger man das schwarz-weiße Gewusel ansah, umso unangenehmer wurde es. Diese Bücher wollten nicht von ihnen gelesen werden und sie zeigten es ihnen sehr deutlich.

Timur hatte sich inzwischen angewöhnt, nicht mehr auf die Zeichen zu achten und sich stattdessen in Gedanken zu verlieren, bis die elende Stunde endlich vorbei war. Heute war das nicht schwer. Er dachte aufgeregt an den grün leuchtenden Unterwassertunnel, der nun schon so lange auf sie wartete. Was auch immer an seinem Ende zu finden war, wenn Malakin die Tauchprüfung, die Timur ihm heute Nachmittag auferlegen würde, bestand, würden sie es noch heute Nacht wissen. Er lächelte während die Striche und Bogen vor seinen Augen verschwammen.

Die Prüfung

Gilen hatte lange genug gewartet. Die Jungen müssten längst zurück sein. Es war eine kleine Ewigkeit her, seit sie, wie üblich, vom großen Felsen gesprungen waren. Aber heute waren weder Timur noch sein ungezogener Freund mit den Locken unten in der Schlucht wieder aufgetaucht. Was war passiert?

Er breitete die Flügel aus, stieß sich ab und stieg hoch in die Luft. Kaum hatte er freie Sicht auf das Meer, fanden seine scharfen Augen auch schon die Köpfe der beiden, die auf diese Entfernung kaum größer als zwei Fischeier waren. Ein Glück! Er überlegte kurz, ob er ihnen hinterherfliegen und nach dem Rechten sehen sollte, aber sie waren so nah an die Menschenstadt herangeschwommen, dass er es lieber bleiben ließ. Er drehte ab und flog zur Schlucht zurück.

***

Malakin starrte mit offenem Mund an der Felswand empor, die sich senkrecht vor ihm aus dem Wasser erhob und erst gut und gerne 30 Meter über ihm endete. Der Hafen von Foigor, in den sie gerade hineinschwammen, war wie eine riesige, nach oben hin offene Höhle. Oben an der Felskante standen ärmliche alte Häuser direkt am Abgrund aufgereiht und neigten sich herüber, als wollten sie im nächsten Moment zu ihnen ins Wasser springen. Und dazwischen ragten unzählige Ausleger von Hafenkränen in den Himmel. Einige von ihnen waren so alt, dass man fürchten musste, sie könnten plötzlich abbrechen und in die Tiefe stürzen.

Im Hafen schaukelte eine riesige bunte Ansammlung von Booten im Wasser, die an einem unübersichtlichen Verhau aus Piers und Stegen festgebunden waren. An der Felswand des Hafens führten Dutzende Leitern, steile Treppen und in den Stein gehauene Trittmulden nach oben zu den Häusern. Malakin konnte sich kaum vom Anblick der Boote losreißen. Wie viel Mut brauchte man, um in so einer Nussschale auf das offene Meer hinauszufahren?

Mut brauchte er selbst nun allerdings auch. Timur hatte ihm seine Aufgabe erklärt: Er sollte genau an der Stelle, an der er ihn gerade zurückgelassen hatte, an der Felswand hinuntertauchen, einen Spalt im Fels finden, hineinschwimmen und seinen Freund, der vorausgetaucht war, finden. Wenn er das schaffte, würde Timur noch heute Nacht zusammen mit ihm den grünen Tunnel erforschen.

Gut. Wenn es weiter nichts war. Er würde es ihm schon zeigen. Malakin schwamm an die Felswand heran, holte dreimal tief Luft und tauchte ab.

***

Timur saß zur gleichen Zeit in einer Höhle mitten im Fels tief unter Foigor. Nur er und sein alter Freund Sebru kannten diesen Ort und es gab genau zwei Wege, die hier hereinführten. Beide waren bestens versteckt und sehr gefährlich.

Einer davon war ein schmaler dunkler Spalt, der zwei Meter tief unter der Wasseroberfläche lag. Sebru hatte ihn eines Tages beim

Tauchen entdeckt und war in ihn hineingeschwommen. Nachdem er eine kleine Strecke vorangekommen war, hatte er seinen Mut bitter bereut, denn der Spalt war so eng, dass er sich nicht mehr umdrehen konnte. Aber im nächsten Moment hatte er einen schwachen Lichtschein gesehen und war einfach darauf zugeschwommen. Und er hatte Glück gehabt. Der Spalt führte schräg aufwärts und er tauchte wenig später in einer Höhle auf.

Timur und Sebru hatten sie in den nächsten Tagen ausgiebig erforscht und sie zu ihrem geheimen Treffpunkt gemacht. Es gab dort ein paar Felsvorsprünge, auf denen man sitzen konnte. Und an einem Ende der Höhle führte ein enger Schacht etwa zehn Meter nach oben zu einem kleinen Ausstieg, durch den etwas Licht hereinfiel. Das war der andere Eingang zu ihrem Geheimversteck. Wollte man ihn erreichen, musste man von Foigor aus ein gutes Stück die steile Felswand hinunterklettern.

Langsam wurde Timur nervös. In ihm tickte ein unsichtbarer Chronograf, der alle Zeitspannen, die für einen Taucher wichtig waren, genau kannte. Wenn Malakin nicht im nächsten Augenblick vor ihm auftauchte, musste er in den Spalt hinunterschwimmen und ihn retten. Das würde heißen, dass Malakin die Prüfung nicht bestanden hatte. Und auch, dass sein zu Tode erschrockener Freund in nächster Zeit bestimmt keine Lust mehr auf die Taucherei haben würde. Timur ärgerte sich. Die Prüfung war zu schwer. Aber er konnte es nun nicht mehr ändern. Er holte tief Luft. Höchste Zeit, den Halumer Kerl dort unten herauszuholen.

Just in dem Moment schoss Malakins Kopf aus dem Wasser. Er prustete.

»Bist du wahnsinnig? Da drinnen ist es stockfinster!«

»Na ja, dafür war es nicht weit.«

»Das stimmt. Aber wenn ich eine falsche Abzweigung erwischt hätte?«

»Es gibt keine Abzweigungen. Sonst hätte ich dich nicht alleine losgeschickt.«

»Ach so.«

Timur lächelte. Sein Freund war um Längen besser, als er es ihm zugetraut hätte. Es stand nun fest: Sie würden heute Nacht in den Brunnen auf dem verwaisten Platz springen, um den grünen Tunnel zu erforschen.

Malakin sah sich neugierig um. »Schau mal, da oben geht es noch weiter.«

»Weiß ich.«

»Bist du schon mal hochgeklettert?«

»Ja. Dort ist ein Ausstieg. Von da aus kann man das letzte Stück Felswand hochklettern und landet in Foigor.«

»Lass uns das machen!«

»Es ist eine ziemlich üble Ecke von Foigor. Nichts für Leute, die aussehen, als kämen sie aus Halum.«

Malakin wollte protestieren, entdeckte aber im gleichen Moment eine noch interessantere Stelle: einen Tunnel, der halb hinter einem Felsvorsprung versteckt war.

»Wo geht es da hin?«

»Kannst du vergessen. Alles stockdunkel und außerdem rattenkalt. Und *dort* gibt es jede Menge Abzweigungen. Man würde sich sofort verlaufen. Oder irgendwo abstürzen. Sebru und ich nennen es Kaltfinsterlabyrinth.«

Malakin konnte sich nicht von dem dunklen Loch losreißen. Er kroch ein paar Meter hinein. Der Tunnel war kaum höher, als eine Hundehütte. Im Nu war nichts mehr von dem fahlen Licht aus der Höhle zu sehen. Er starrte in eine Wand aus tiefem Schwarz und ein eiskalter Windhauch schlug ihm entgegen. Noch unheimlicher war die Stille. Er lauschte. Irgendwo tropfte Wasser. Und da war noch etwas. Ganz leise und ganz weit entfernt. Ein Kratzen? Oder war es ein Poltern? Es reichte ihm. Kaltfinsterlabyrinth war genau der richtige Name. Nicht einmal der neugierigste Mensch der Welt würde Lust haben, hier noch weiterzugehen. Er kroch rückwärts in die Höhle zurück und sah seinen Freund und Tauchlehrer feierlich an.

»Also, ich habe bestanden, oder?«

»Ja.«

»Dann los!«

Malakin sprang wieder ins Wasser und tauchte unter. Timur folgte ihm.

Das grüne Leuchten

Die Sonne war längst untergegangen, als Timur und Malakin auf dem Rand des Brunnens standen. Das Mondlicht fiel spärlich durch das Blätterdach hindurch auf ihre Gesichter. Malakin lächelte wie einer, dessen sehnlichster Wunsch in Erfüllung geht, während Timur angespannt in die Tiefe starrte. Ein paar Minuten lang atmeten die beiden Jungen tief ein und aus, um auch noch die hintersten Winkel ihrer Lungen mit Luft zu füllen. Dann machte sich Malakin bereit zum Sprung.

Timur hielt ihn ein letztes Mal zurück.

»Spätestens wenn ich dir das Zeichen gebe, wirst du umkehren, ja?«

»Umkehren ist ein komisches Wort, ich glaube, das kenne ich gar nicht.«

»Sehr witzig, Malakin, aber denk dran, wenn wir bei der Hälfte deiner Tauchzeit keine Höhle oder was auch immer erreicht haben, wo wir Luft holen können, müssen wir sofort zurück, sonst ertrinken wir.«

»Ja, Julina.«

»Und wenn das Licht irgendwo aufhören sollte, tauchen wir auf keinen Fall weiter, verstanden?«

Statt einer Antwort knuffte Malakin Timur mit dem Ellbogen in die Rippen, atmete ein allerletztes Mal tief ein und verschwand mit einem Kopfsprung im Brunnen. Timur hörte, wie er tief unter ihm im Wasser einschlug, wartete einen Moment und sprang dann hinterher.

Malakin gab alles. Timur gelang es auch mit größter Mühe nicht, ihn einzuholen. Bald hatte er ein mulmiges Gefühl. Malakin konnte sich wohl gar nichts anderes vorstellen, als dass der Tunnel in einem luftgefüllten Hohlraum endete, ähnlich wie die geheime Höhle im Fels unter Foigor.

Er sah seinen Freund kurz im Licht der grün schimmernden Öffnung in der Brunnenwand und im nächsten Moment war er auch schon darin verschwunden. Timur sah zu, dass er hinterherkam. Als auch er den Tunnel erreicht hatte, sah er, wie Malakin sich weit vor ihm durch den Grünschimmer pflügte. Was rechts und links war, interessierte ihn nicht. Er wollte einfach nur so weit vorstoßen, wie es seine Atemluft zuließ.

Timur versuchte aufzuholen. Er schwamm dabei oben, immer auf der Suche nach einen Luftraum zwischen Tunneldecke und Wasserspiegel, aber die Röhre war bis zum letzten Zentimeter mit Wasser gefüllt. Malakin würde schon bald umkehren müssen, er selbst wenig später auch. Aber vielleicht führten die paar Meter, die sie jetzt noch voranschwimmen konnten, ja wenigstens zu irgendeinem interessanten Fund, wenn schon nicht zu einer unterirdischen Höhle.

Der Tunnel machte nun eine scharfe Biegung nach links unten.

Ehe Timur sich versah, war Malakin aus seinem Blickfeld geraten. Im gleichen Moment schlug sein innerer Chronometer Malakin-Alarm. Sein Freund musste umkehren! Merkte er es nicht selbst? Timur schwamm, so schnell er konnte. Was war nur in den Kerl gefahren? Er war mutig, aber doch nicht wahnsinnig. Hatte er sein Zeitgefühl verloren? War ihm nicht klar, was er da tat?

Da! Jetzt sah er wieder Malakins Füße im grünen Lichtschein. Die Wellen, die er mit seinen kräftigen Bewegungen verursachte, ließen die Wand, an der er entlangschwamm, so aussehen, als ob sie sich ein- und ausbeulte. *Komm zurück! Komm zurück, blöder Algramkopf!* Timur konnte nicht schreien und hätte es doch in diesem Moment so gerne wie noch nie in seinem Leben getan. Malakin schwamm in den sicheren Tod. Er hätte ihn nicht mitnehmen dürfen! Aber wie hätte er ahnen sollen, dass sein Freund ausgerechnet jetzt sein letztes bisschen Vernunft fahren lassen würde? Sein innerer Chronometer gab inzwischen einen schauderhaft lauten Warnton von sich, den er so noch nie gehört hatte.

Konnte Malakin etwa doch viel besser tauchen, als er es bisher gezeigt hatte? Wollte er ihn damit überraschen? Timur klammerte sich verzweifelt an diese Hoffnung und folgte weiter seinem Freund, der immer noch unbeirrt vor ihm herschwamm.

»Umkehren!« Timurs Tauchchronometer meldete sich zum zweiten Mal. Wenn er nun selbst nicht sofort den Rückweg antrat, würde auch ihm die Luft nicht mehr reichen. Er kämpfte kurz mit sich. Auf keinen Fall wollte er seinen Freund hier alleine ertrinken lassen. Doch sein Überlebensinstinkt war stärker.

Wie von selbst drehte Timur sich um, etwas langsamer vielleicht, als er es sonst getan hätte, aber die Richtung war klar. Im Augenwinkel sah er noch Malakins Füße hinter der nächsten Biegung verschwinden. Vielleicht würde er umkehren, wenn er merkte, dass sein Begleiter es auch getan hatte.

Timur schwamm nun volles Tempo zurück Richtung Tunneleingang. Es widerstrebte ihm so sehr, seinen Freund im Stich zu lassen, dass es sich anfühlte, als würde sein Körper neben ihm schwimmen. Das grüne Leuchten, das sie hier hereingelockt hatte, kam ihm nun teuflisch vor. Als hätte ihnen jemand mit Absicht diese Falle gestellt und würde jetzt irgendwo in einem Versteck dreckig vor sich hin lachen. Weil es leicht aufwärtsging, kam Timur schneller voran als auf dem Hinweg. Bald tauchte die Öffnung zum Brunnenschacht vor ihm auf, die von dieser Seite wie eine schwarze Scheibe aussah. Er schwamm mit gleichmäßigen Bewegungen darauf zu. Ja, seine Luft würde reichen. Die Erleichterung darüber ging aber in einem übermächtigen Entsetzen über Malakins Schicksal unter. Er drehte ein letztes Mal den Kopf nach hinten. Nein, sein Freund war ihm nicht gefolgt.

Timur stieg so schnell im Brunnenschacht empor, dass die einzelnen Mauerziegel der Brunnenwand zu einer dunkelgrauen Fläche verschwammen. Kurz bevor er die Wasseroberfläche erreichte, sah er das weiße Mondlicht, unter dem Malakin noch vor wenigen Minuten seine Witze gemacht hatte. Er schoss ins Freie, atmete tief ein und war gleichzeitig kurz davor, in Tränen auszubrechen. Aber etwas in ihm ließ ihn die Fassung bewahren. Etwas in ihm ließ ihn die Brunnenwand hochklettern, dort oben erneut einige Male tief Luft holen und zum zweiten Mal an diesem Abend mit einem Kopfsprung ins Wasser eintauchen.

Wieder schwamm er, so schnell er konnte. Er erreichte die schimmernde Öffnung in der Brunnenwand und schoss hinein. Malakin musste etwas gesehen haben. Etwas, das ihn angetrieben hatte, weiterzuschwimmen, irgendeinen Ort, der Atemluft versprach. Er war zwar ein Draufgänger, aber nicht verrückt. Timur fühlte mit jedem Schwimmzug mehr Zuversicht in sich aufsteigen. Sein Herz schlug jetzt ruhiger als vorhin. Alles in ihm konzentrierte sich darauf, keine überflüssige Luft zu verbrauchen. Er musste diesmal unbedingt noch weiter als bis zu der Stelle kommen, an der er Malakin verlassen hatte.

Er erreichte die Biegung, hinter der er seinen Freund kurz zuvor aus dem Blick verloren hatte. Sein innerer Chronometer war noch weit entfernt davon, das Umkehrsignal zu geben. Was auch immer Malakin hier entdeckt hatte, er würde es nun jeden Moment sehen. Sein Blick bohrte sich so weit nach vorne ins grüne Licht, wie es nur ging.

Und tatsächlich, da war etwas! Die grüne Röhre hatte ein Ende! Genau wie der Eingang des Tunnels von Weitem wie eine grüne Scheibe ausgesehen hatte, sah sein Ausgang wie eine leuchtend gelbe Scheibe aus. Er lag nur noch etwa 20 Meter vor ihm. Gab es dort Luft? Wenn nicht, würde es für ihn auf dem Rückweg mehr als knapp werden. Timur hielt trotzdem auf die gelbe Scheibe zu, wild entschlossen, bis zum Äußersten zu gehen. Sein Körper schoss jetzt wie ein Pfeil durch das Wasser und er wurde mit jedem Armzug noch schneller. Wenige Sekunden später konnte er es endlich genau sehen. Es war eine Glasscheibe. Eine Glasscheibe, die so stark war, dass sie sogar dem gewaltigen Druck des Wassers standhalten konnte. Hier war kein Durchkommen. Er musste umkehren. Sofort.

Aber wo war Malakin? Timur widersetzte sich seinem Verstand und schwamm die letzten Meter zur gelben Scheibe. Er konnte jetzt erkennen, dass dahinter ein großer Raum lag. Ein Raum, der ähnlich dekoriert war wie die prachtvollsten der alten Häuser von Halum. Er sah hohe, reich verzierte Wände und kannelierte Säulen, die Licht abstrahlten. Timur starrte durch die Scheibe. Wie, um alles in der Welt, war Malakin auf die andere Seite gelangt? Es musste einen Weg geben, sonst würde er hier liegen.

Timur tastete nach der Glasscheibe.

Seine Hand stieß hindurch.

Es gab gar keine Glasscheibe!

Es war, als würde er, wie gewohnt, aus dem Wasser auftauchen. Nur war die Wasseroberfläche in diesem Fall senkrecht. Das war doch unmöglich! Timurs ausgestreckter Arm, der nun nicht mehr vom Wasser getragen wurde, sank nach unten und zog seinen restlichen Körper mit sich. Er glitt immer schneller durch die senkrechte Wasseroberfläche hindurch, und ehe er sich versah, fiel er kopfüber auf die alten bemalten Steinplatten.

Sein Arm, mit dem er den Sturz abfing, tat weh, aber er war so erstaunt, dass er es kaum bemerkte. Seine Lungen füllten sich mit neuem Sauerstoff. Die Luft schmeckte trocken und staubig wie auf einem Dachboden. Erstaunlich. Hier, tief unter der Erde und noch dazu in der Nähe eines Wassertunnels, hätte er viel eher den Moderduft eines alten Foigi-Kellers erwartet. Noch seltsamer war aber, dass seine kurze Hose ebenfalls trocken war. Knochentrocken, als wäre er nie im Wasser gewesen.

Er sah sich um. Der Saal, in dem er sich befand, war mit einem Wald aus riesigen Regalen vollgestellt. Und so weit er auch schaute, jedes von ihnen war leer. Doch bevor er sich lange darüber wundern konnte, sah er etwas viel Wichtigeres: eine Kette von Fußspuren, die dort begann, wo er saß, und sich irgendwo zwischen den leeren Regalen verlor. Timur atmete auf.

»Na endlich. Ich dachte, du kommst nicht mehr.«

Malakin, sein Freund, der ihm eben den größten Schreck seines Lebens eingejagt hatte, kam hinter einem der leeren Regale hervor und grinste.

»Du bist ein Vollidiot, Malakin! Und du weißt es!«

»Jetzt mach mal halblang.«

»Du kannst froh sein, dass du noch lebst.«

»Hey, ich hab zuerst das gelbe Licht gesehen und wollte schon umkehren, aber dann sah ich den Raum dahinter und bin einfach hingeschwommen und ins Trockene gepurzelt. So wie du gerade. «

»Du …«

»Ja, das war *etwas* gewagt. Geb ich zu.«

»Etwas gewagt, ja? Was hättest du gemacht, wenn die Öffnung verschlossen gewesen wäre?«

Malakin sah auf seine Füße wie ein ertappter Dieb. »Tja, dann wäre ich ganz schön reingefallen.«

»Ein für alle Mal reingefallen.«

Timurs Wut wich nur langsam wieder der Erleichterung, nicht zuletzt auch, weil das, was sie hier entdeckt hatten, so unglaublich war. Er drehte sich nach der Öffnung mit der senkrechten Wasseroberfläche um. Sie sah unscheinbar aus, wie ein rundes Gemälde, das einfach dort hing. Er berührte das Wasser vorsichtig mit der Hand. Kleine Wellen breiteten sich nach außen aus, aber als er sie wieder zurückzog, blieb kein einziger Tropfen an seinen Fingern hängen.

»Wie kann es sein, dass das Wasser hier einfach in der Wand stehen bleibt?«

»Keine Ahnung. Das kann nur von den Zauberern stammen, oder?«

»Aber hast du so einen Zauber schon mal gesehen?«

»Nie. Auch nie was davon gehört oder gelesen. Wahrscheinlich hat ganz Tylandor so etwas noch nicht gesehen. Ein Jammer, dass wir es niemandem zeigen können.«

Malakin hatte recht. Kein Erwachsener, dem die wichtigen Leute von Tylandor vertrauen würden, war in der Lage, hier herunterzutauchen und die senkrechte Wasserfläche in Augenschein zu nehmen. Nur ganz wenige taucherfahrene Foigis würde diese Strecke schaffen, aber Foigis glaubte man in Halum und Aramburg kein Wort.

Timur stellte sich vor, was passieren würde, wenn der Zauber, der das Wasser im Tunnel hielt, auf einmal seine Kraft verlöre. Der gigantische Schwall, der aus der Öffnung geschossen käme, würde den Raum in kürzester Zeit bis zur Decke fluten. Und sie hätten nicht die geringste Chance, gegen die reißende Strömung anzuschwimmen.

»Komm, ich muss dir was zeigen.«

Timur rollte die Augen und blieb auf dem Boden sitzen. Jetzt spürte er plötzlich auch den Schmerz in seinem Arm.

»Komm schon.«

»Warte. Was ist das hier überhaupt für ein Raum?«

»Weiß ich genauso wenig wie du. Hier ist auch nichts zu finden, was die Sache erklärt.«

»Sind die Regale wirklich alle leer?«

»Alle, ich habe mir jedes einzelne angeschaut. Bei einigen bin ich sogar bis zu den oberen Fächern geklettert. Nichts.«

»Hat hier jemand gewohnt?«

»Bestimmt nicht. Keine Möbel außer den Regalen, keine Fenster. Und es gibt nur zwei Wege, um hier hereinzukommen. Unseren Wassertunnel und …«, er wies mit der Hand zur gegenüberliegenden Wand, die von hier aus fast völlig von dem Regalwald verdeckt war, »… dort hinten.«

»Wieder ein Wassertunnel?«

Malakin grinste breit. »Nein, diesmal trocken. Komm mit.«

Timur stand nun doch auf. Natürlich reizte es ihn, den Saal der leeren Regale noch einmal selbst unter die Lupe zu nehmen, aber Malakin brannte darauf weiterzugehen. Er folgte seinem Freund, der zielstrebig zwischen den Regalen voranfegte, als wäre er hier schon seit Jahren zu Hause.

Im Nu standen sie vor der Wand am anderen Ende des Saals. Sie war mit sechs leuchtenden Halbsäulen verziert, die sie in fünf gleich große Wandfelder unterteilten. Im mittleren Feld befand sich eine Öffnung mit Rundbogen, hinter der ein weiterer Tunnel begann. Im Verhältnis zur riesigen Wand wirkte der Eingang zum Tunnel lächerlich klein.

Malakin ging voran, Timur folgte.

Unterirdische Wanderung

Sobald Timur und Malakin den Tunnel betreten hatten, fanden sie nichts mehr von der Pracht des Saals, aus dem sie kamen. So weit das Auge reichte, erstreckte sich rohes Mauerwerksgewölbe. Wie im Wassertunnel leuchteten auch hier einzelne Ziegel grün über ihren Köpfen.

»Hast du irgendeine Idee, wohin wir laufen, Malakin?«

»Ich weiß nicht einmal die Himmelsrichtung. Wir werden schon sehen.«

»Hoffentlich gibt es überall so viel Licht.«

Timur versuchte sich vorzustellen, wie viele Arbeiter an diesem unterirdischen Bauwerk gearbeitet hatten und wie viel Zauberei wohl im Spiel gewesen sein mochte. Aber das größte Rätsel blieb natürlich, welchem Zweck all das hier diente.

Der Tunnel machte hin und wieder eine sanfte Biegung, sonst war nichts zu sehen. Keine Räume, keine Abzweigungen, keine Türen.

»Was meinst du, wie lange ist hier wohl niemand mehr durchgegangen?«

»Keine Ahnung. Kann gut sein, dass wir die Ersten sind, seit die Zauberer verschwunden sind.«

Die ersten seit über tausend Jahren. Eine unglaubliche Vorstellung, aber wenn alle Zugänge so gut versteckt waren wie der Eingang im Brunnen, sprach viel dafür. Voller Ehrfurcht schwiegen sie für eine Weile, während sie vorangingen.

»Der geheime Tunnel von Halum Süd, *dazu* würde ich wirklich mal gerne einen Vortrag von Rumberg hören«, sagte Timur schließlich.

»Denk nicht immer an die Schule, Timur.«

»Mich interessiert aber, was das hier alles ist, und Rumberg wüsste vielleicht mehr darüber.«

»Wenigstens würde der sich dafür interessieren und uns nicht gleich für verrückt erklären.«

»Würde Kelboor auch nicht.«

»Haha! Kelboor, stimmt, *der* ganz sicher nicht!«

»Und Direktor Kommorius erst recht nicht.«

»I wo, Kommorius würde sich sofort auf die Socken machen und mit uns hier runtertauchen.«

»Wenn wir ihm vorher genug Zeit geben, um sich schick zu machen, bestimmt.«

»Oh ja, ganz wichtig.«

»Nur dumm, dass es hier unten keine Spiegel für ihn gibt.«

»Wart's ab.«

»Wieso?«

»Hast du etwa noch nie von dem magischen Spiegelsaal gehört, Timur?«

»Magischer Spiegelsaal?«

»Ungebildeter Flossenkopf! Der magische Spiegelsaal ist ein Raum, der aus dir mehrere Personen macht, sobald du ihn betrittst.«

»Ein Spiegelkabinett?«

»Kein normales Spiegelkabinett. Der Letzte, der den magischen Spiegelsaal betreten hat, kam als acht Personen wieder heraus.«

»Was?«

»Personen ist nicht ganz richtig. Es waren acht Geister. Acht verzweifelte Geister, verdammt, so lange zu leben, bis irgendein Zauber, den keiner kennt, sie wieder vereint. Nur wenige Leute wussten, wo der magische Spiegelsaal war, und sie sagten es nicht weiter. Zu gefährlich. Als der Letzte, der es wusste, vor über zweihundert Jahren starb, nahm er sein Geheimnis mit ins Grab. Aber irgendwo muss der magische Spiegelsaal sein, der aus einem Menschen acht Geister macht. Könnte durchaus sein, dass wir ihn hier ...«

Timur blieb stehen. »Malakin! Wenn das stimmt, ist es viel zu gefährlich, einfach weiterzugehen. Ich will nicht in acht Geister verwandelt werden!«

»Wirst du auch nicht. Und jetzt komm weiter.«

»Keinen Schritt.«

»Also gut, ich sag dir ein Geheimnis. Es gibt doch jemanden, der weiß, wo der magische Spiegelsaal ist.«

»Wer denn?«

»Ich.«

»Du weißt es?«

»Altes Geheimnis. Wird in meiner Familie seit vielen Generationen immer nur von Vater zu Sohn weitergegeben. Der magische Spiegelsaal ist tief unter der Erde.«

Timur starrte Malakin an.

»Und zwar genau ... hier.« Malakin grinste und deutete mit beiden Zeigefingern auf seinen Kopf.

Timur brauchte keine Hundertstelsekunde, um zu verstehen, dass sein Freund ihn hereingelegt hatte, und stürzte sich sofort auf ihn. Aber Malakin war selbst für so eine Blitzattacke zu schnell. Er lief kichernd davon und Timur setzte ihm nach und es dauerte eine ganze Weile, bis sie wieder beim Schritttempo angelangt waren. Sie keuchten und lachten.

»Malakin, im Ernst, ich glaube, du bist der Einzige in unserer Schule, der länger als drei Tage in Foigor überleben würde.«

»Weil ich schneller bin als du? Pah, du solltest mich erst mal rennen sehen, wenn mir einer Fisch zum Essen anbietet.«

»Das sollte ich vielleicht wirklich mal machen.«

»Ich sollte mir vielleicht wirklich mal andere Freunde suchen … oh!«

Der Tunnel ging um eine scharfe Kurve und endete dahinter plötzlich vor einer langen, flachen Treppe. Die beiden Jungen blieben fast ein wenig erschrocken stehen und sahen misstrauisch die Stufen empor.

»Was meinst du, wo sind wir hier?«

»Ich weiß nicht, Timur. Wir sind vermutlich quer unter der halben Stadt durchgelaufen. Komm, wir schauen nach.«

Malakin ging voraus. Auch hier im Treppenschacht konnten sie dank der grünen Lichtziegel gut sehen. Sie flüsterten jetzt.

»Über der letzten Stufe sieht alles dunkel aus, Timur. Entweder das ist eine Falltür oder einfach nur der Himmel.«

»Niemals. Dann müssten wir Licht sehen. Es ist Vollmond.«

»Hier unten ist es hell. Dagegen kann auch eine Vollmondnacht mal dunkel wirken.«

»Aber wenn da alles offen wäre, wäre es hier unten viel schmutziger.«

»Wir werden es ja gleich sehen.«

Timurs Herz schlug jetzt wie eine Foigi-Trommel. Das schwarze Ende kam immer näher, aber sie konnten immer noch nicht erkennen, was da war. Mussten sie vorsichtig sein? Drohte Gefahr?

»Du hast recht, Timur, der Ausstieg ist verschlossen.«

»Leise.«

Stufe um Stufe kamen sie dem schwarzen Rechteck in der Decke näher. Timur erwartete eine Falltür aus dicken Brettern, wie er sie aus zahllosen Häusern in Foigor kannte. Bald konnte er aber über Malakins Schulter erkennen, dass das Rechteck aus einer makellos glatten, schwarzen Fläche bestand. Er fragte sich, ob ihm seine Augen einen Streich spielten. Würden sie gleich die Hände ausstrecken und mal wieder ins Nichts greifen?

Malakin war nun nah genug herangekommen und tastete vorsichtig nach oben. Seine Hand stieß an. Er klopfte ein paarmal gegen die Fläche. Sie gab ein dumpfes Geräusch ab.

»Seltsam. Warum bauen sie eine Treppe, wenn man hier nicht durchkommt?«

»Bestimmt eine Falltür. Drück einfach dagegen, Malakin.«

»Ich weiß nicht, es fühlt sich so komisch an. Nicht kalt, nicht warm, nicht hart, aber auch nicht weich. Wie ein Nichts, durch das man einfach nicht weiterkommt.«

»Jetzt drück doch mal richtig.«

Malakin musste sich überwinden, so fremd war ihm das unbekannte Material, aber er versuchte es schließlich. Auf allen Seiten und mit ganzer Kraft.

»Zwecklos. Wir können es gerne noch mal zusammen versuchen, aber ich glaube nicht, dass wir dieses Ding auch nur einen Millimeter bewegen können.«

Timur stellte sich neben Malakin und hob die Hand, um seinem Freund zu helfen. Im selben Moment hörte er einen Laut, den er noch nie zuvor gehört hatte. Er kam aus dem Nichts und dröhnte in seinem Kopf. So musste es klingen, wenn ein riesiger Mühlstein auf einem Steinboden rollt, dachte Timur. Aber es war weit und breit nichts zu sehen, wovon das Geräusch hätte stammen können. Er streckte seine Hand, die er eben vor Schreck zurückgezogen hatte, erneut aus.

Und fasste ins Leere.

Gleichzeitig hörte er, wie Malakin einen kurzen Schrei ausstieß.

Die schwarze Barriere war verschwunden. Die beiden Jungen schauten sich erschrocken an. Timur wollte Malakin gerade fragen, was das für ein dröhnender Laut gewesen war, aber das, was er ringsherum sah, zog ihn so in den Bann, dass ihm die Worte im Hals stecken blieben.

Über ihnen zeigte sich ein riesiger hoher Saal, mindestens dreimal so groß wie der Saal mit den leeren Regalen, aus dem sie gekommen waren. Und er wirkte bei Weitem nicht so hell und freundlich, sondern flößte ihnen Ehrfurcht ein. Sie kamen sich vor wie zwei Kaninchen, die man in eine dunkle Kiste gesteckt und anschließend mitten im Senat von Tylandor wieder herausgelassen hatte. Lange Zeit blieben sie auf den letzten Stufen der Treppe stehen und sahen sich schweigend um.

Der Saal war ganz mit dunklem Holz ausgekleidet. Timurs Blicke wanderten zunächst an den mächtigen Regalen empor, die auf beiden Längsseiten des Saals in regelmäßigen Abständen aufgestellt waren. Sie ragten so hoch auf, dass ihr Ende kaum zu erkennen war. In den Regalen standen uralte Bücher. Die größten von ihnen hatten Buchrücken, die einen halben Meter und mehr maßen, und alle waren von blassweißer Farbe mit grauen Sprenkeln.

Timur erinnerte sich an den Tag, als sie mit der Schule die alte Tylandor'sche Nationalbibliothek besucht hatten. Die ältesten Bücher dort stammten aus den Zeiten der Zauberer und fielen fast auseinander. Die Bücher hier schienen dagegen fast unberührt, obwohl sie vermutlich genauso alt waren.

Zwischen den Bücherregalen waren Vertiefungen in der Wand, die auf den ersten Blick wie riesige Fenster wirkten. Statt Glas waren dort aber Steinplatten angebracht, die, ähnlich wie die Säulen im Saal der leeren Regale, Licht ausstrahlten. Nur war es hier kein warmes gelbes Licht, sondern ein unendlich geheimnisvolles

Blaugrün, das von den Wandflächen in den Raum floss und sich auf den blank polierten Platten schwerer Holztische spiegelte. Sie waren in weiten Abständen zueinander aufgestellt und von großen Stühlen mit hohen Lehnen umgeben.

Als Nächstes entdeckte Timur einige Regale, die nicht mit Büchern bestückt waren, sondern mit seltsamen Gegenständen. Runde Gebilde, die in verschiedenen Farben leuchteten, kleine Maschinen mit Tausenden von Zahnrädern, die sich bewegten oder stillstanden, Tafeln, auf denen Zeichen erschienen und verschwanden, feine Drahtgespinste, die vibrierten, ja sogar Flammen, die aus dem nichts heraus brannten und wieder verloschen. Nur in einigen wenigen Regalfächern standen scheinbar normale Flaschen oder Schalen, manche davon mit Pulvern oder Flüssigkeiten gefüllt.

Die Stirnwand wurde von einer gigantischen zweiflügeligen Tür beherrscht, so hoch, dass sie in einem normalen Haus über mehrere Stockwerke hinausgereicht hätte. Sie war über und über mit Symbolen und Ornamenten verziert, die Timur noch nie in seinem Leben gesehen hatte. Links und rechts der Tür standen, wie Torwächter, zwei riesige offene Garderobenschränke, in denen blaue Gewänder und Hüte hingen.

Die ihr gegenüberliegende Wand hatte keine Tür, sah aber noch eindrucksvoller aus. Sie war mit langen Reihen immer gleich großer Porträts behängt, die verschiedene Männer und Frauen zeigten. Die Gewänder und Hüte, die sie trugen, waren dieselben wie die in den Garderobenschränken auf der anderen Seite.

In der obersten Reihe links befand sich das offensichtlich älteste Porträt. Daran schlossen sich etwa 15 weitere an, dann begann eine neue Reihe. Die unterste Reihe brach in der Mitte ab. Das letzte Bild zeigte einen Mann mit einem weich fließenden schwarzen Bart und Augen, die klug, aber auch ein wenig traurig aussahen.

Zuletzt betrachtete Timur den Boden, aus dem sie gerade so unerwartet aufgetaucht waren. Auch er war eine Pracht. Das matt glänzende Parkett war aus verschiedenfarbigen Hölzern zusammengesetzt, die von Weitem betrachtet ein Muster aus großen Quadraten ergaben. Das Loch, durch das sie hereingekommen waren, war exakt in eins der Quadrate eingepasst.

»Unglaublich, Timur.« Malakins Augen leuchteten. Er konnte sich kaum sattsehen. »Das hier ist alles vollendeter Komustil. Bis ins letzte Detail. Schau, alles ist perfekt aufeinander abgestimmt. Hast du jemals so etwas Schönes gesehen?«

Timur hatte noch keine Zeit gefunden, darüber nachzudenken, ob er den Saal schön fand, geschweige denn, sich über den Baustil Gedanken zu machen, so erstaunt war er immer noch. Was waren das für Geräte? Was für Bücher? Wer waren die Leute auf den Porträts? Warum gab es den Geheimtunnel und den Saal der leeren Regale, den sie zuerst entdeckt hatten?

Mehr als alles fragte er sich aber, was das auf einmal für Klänge waren, die er hörte. Zu Beginn waren sie so leise, dass er sie für eine Sinnestäuschung gehalten hatte. Die Töne wurden aber mit jeder Sekunde klarer und fügten sich inzwischen zu einer wunderbaren Melodie zusammen, die ihn mehr und mehr in ihren Bann zog.

»Timur?«

»Diese Musik, sie ist so schön.«

»Musik? Ich höre keine Musik.«

»Sei mal still und horch genau.«

»Nein, ich höre nichts. Keinen Ton.«

Doch Timur nahm inzwischen kaum noch anderes wahr. Je länger er lauschte, umso wunderbarer schien die Musik zu werden. Aber er war außerstande, auch nur einen kleinen Ausschnitt davon nachzusingen.

Malakin gab es auf, weiter mit seinem Freund zu sprechen, und sah sich noch einmal mit leuchtenden Augen nach allen Seiten um. Und noch einmal. Das Leuchten in seinen Augen wich langsam ungläubigem Staunen und das Staunen aufkommender Sorge.

»Timur, ich glaube, ich weiß, wo wir sind.« Er sah erneut in alle Richtungen, als wollte er sich ein letztes Mal vergewissern. Dann nickte er erschrocken. »Ich weiß sogar ganz genau, wo wir sind, Timur.« Seine Augen waren groß wie Wagenräder. »Das hier ist der Mag-Wynor-Saal!«

»Sagt mir nichts.«

»Der Mag-Wynor-Saal ist das Herzstück der alten magischen Schule Balinford, du Flossenkopf. Wir stehen hier mitten in der legendären magischen Sammlung, die die Zauberer vor über zweitausend Jahren begonnen haben! Wir sollten machen, dass wir wegkommen!«

»Warum denn?«

»Das hier ist der am schärfsten bewachte Ort der Stadt! Ohne Genehmigung der Magischen Gilde kommt hier absolut niemand rein!«

»Wir anscheinend schon.«

»Es gibt ein Alarmsystem! Wir müssen weg! Sofort!«

»Warte, ich will nur noch etwas mehr von der Musik hören.«

»Lass die Musik. Jeden Augenblick kann …«

»Sei doch still. Bitte. Nur noch eine Minute.«

Malakin erkannte, dass es sinnlos war, Timur zu überzeugen. Sein Freund bewegte sich keinen Zentimeter und lauschte gebannt irgendetwas, das er selbst nicht hören konnte. Hatte er tatsächlich so viel bessere Ohren oder bildete er sich die Musik nur ein? Wie auch immer, wenn er sich nicht bald einen Ruck gab, würde er ihn sich unter den Arm klemmen und hinaustragen. Denn das hier war ohne Zweifel der Mag-Wynor-Saal. Er kannte ihn von Bildern. Und wenn alles stimmte, was er über diesen Saal wusste, dann …

Plötzlich flogen die beiden gigantischen Türflügel an der Stirnwand weit auf und mehr Burgwachen, als Malakin je zuvor auf einem Haufen gesehen hatte, stürmten in den Saal. Riesige, starke Männer, manche von ihnen bewaffnet. Er hörte ein paar zackig gerufene Befehle. Jeder schien genau zu wissen, was er zu tun hatte. Bevor sich einer der Jungen auch nur rühren konnte, hatten die Männer die beiden auch schon gepackt und schleiften sie zum Ausgang.

Das Letzte, was Timur von dem geheimnisvollen Saal sah, war, dass sich die Öffnung, durch die sie hineingekommen waren, wieder verschlossen hatte. Der Boden sah jetzt aus, als hätte es sie nie gegeben.

Ein wichtiger Termin

Die Falburstraße verlief, wie alle Straßen in Halum, in gerader Linie von Stadtgrenze zu Stadtgrenze und durchschnitt dabei belebte und unbewohnte Gebiete. In ihrem schönsten Abschnitt standen herrschaftliche Häuser im Jugendrauschstil mit bunten, reich verzierten Fassaden, dazwischen einzelne Häuser aus der Komuzeit aus roten, gelben und kupferfarbenen Ziegelsteinen, die im Sonnenlicht um die Wette leuchteten, und einige im Ubolstil mit großen Tierfiguren zwischen den Fenstern und Statuen an den Balkonen. Kleine grüne Vorgärten säumten die Bürgersteige und entlang der Straße gepflanzte Paltanbäume spendeten mit ihren großen Blättern Schatten.

Eins der allerschönsten Häuser stand an einer ruhigen Straßenecke, war dunkelgrün und trug die Hausnummer 56. Im Erdgeschoss gab es ein kleines Kakaogeschäft, davor standen ein paar

Tische und ein gelber Sonnenschirm, unter dem ein paar Leute vor ihren Tassen saßen.

Gleich daneben fand man eine alte, mit wertvollen Schnitzereien gestaltete Holztür. Der Türknauf aus Messing und der Griff für die Glocke im Inneren des Hauses glänzten hell, was zeigte, dass sie oft benutzt wurden. Ein Türschild gab es nicht. Wer oder was sich hinter der Tür befand, wussten nur Eingeweihte.

Wurde man eingelassen, trat man in einen holzgetäfelten Empfangsraum mit magischem Kronleuchter an der Decke, der zu diesem Zeitpunkt gerade menschenleer war. Ging man weiter, kam man in einen großen Atelierraum mit etlichen Zuschneidetischen und Stoffregalen. In der Mitte dieses Raums saß ein Mann in einem eleganten blauen Anzug auf einem Stuhl. Stocksteif hockte er da und wagte es nicht, sich zu rühren. Drei andere Männer standen um ihn herum und betrachteten ihn stumm. Der Einzige im Atelier, der sich bewegte, war ein Mann mit wasserklaren blauen Augen und dunkelgrauen Haaren, die schon längst einmal wieder hätten geschnitten werden müssen. Sein Alter war schwer zu schätzen, vielleicht war er 50, vielleicht aber auch schon 70. Er schritt langsam im Kreis um den Mann auf dem Stuhl herum und behielt dabei immer dessen Kopf im Blick. Der Mann auf dem Stuhl beobachtete ihn aus den Augenwinkeln und sah ein wenig ängstlich aus. Wer es nicht wusste, wäre in diesem Moment nicht auf die Idee gekommen, dass er kein Geringerer war als Amgus Malgold, einer der fünf Senatoren von Tylandor.

Dem Mann mit den dunkelgrauen Haaren, der ihn immer noch umkreiste, war das aber völlig egal. Für ihn war er einfach nur ein Mann mit einem Kopf. Einem Kopf, der einen Hut brauchte. Und der Hut, den er brauchte, entstand gerade in seinem eigenen Kopf. Form, Farbe, Material, es gab eine Fülle von Möglichkeiten. Aber nur eine einzige davon war richtig. Und keiner in ganz Kaman konnte diese Möglichkeit so exakt herausfinden wie er, Kalus Kalamagi, der beste Hutmacher, den das Land je hervorgebracht hatte.

Mit jeder Runde, die er drehte, wurde seine Vorstellung des Hutes klarer. Er durfte sich nicht von seinem blauen Anzug ablenken lassen. Der Hut musste zum Mann passen, nicht zum Anzug. Wenn er fertig war, würde sich der Mann neue Anzüge schneidern lassen, die zu seinem Hut passten, und nicht umgekehrt.

Orange, ging es ihm durch den Kopf. Eine ungewöhnliche Farbe für einen Männerhut, aber nach einer weiteren Runde war er sich sicher. Dieser Kopf brauchte Orange. Mattes, dunkles Orange, wie altes Paltanholz. Und die Krempe musste sich vorne rechts leicht nach oben wölben, um die freundlichere Gesichtshälfte des Mannes auf dem Stuhl, dessen Namen er schon längst wieder vergessen hatte, zur Geltung zu bringen.

Noch eine letzte Runde. Dann blieb er stehen und sagte: »Fein.« Seine Augen glänzten. Auch wenn noch Monate vergehen würden, bis aus dem Hut in seinem Kopf ein echter geworden war, ein Meisterwerk war er schon jetzt.

Kalamagi gab seinen drei Gehilfen einen freundlichen Wink und sie machten sich daran, Amgus Malgolds Kopf exakt zu vermessen. Jeder dieser Männer war ein herausragendes Hutmachertalent. Jeder von ihnen würde in ein paar Jahren ein erfolgreiches eigenes Atelier in Tylandor oder einer anderen großen Stadt führen. Aber Kalamagi hatte die Hoffnung aufgegeben, dass eines Tages einer käme, der sich wirklich mit ihm messen konnte.

Er verabschiedete sich kurz von dem Mann auf dem Stuhl, der fast ein Jahr auf diesen Termin gewartet hatte, und verschwand über eine kleine Treppe in sein Büro im ersten Stock. Dort setzte er sich an seinen alten abgenutzten Schreibtisch, zeichnete eine kleine Skizze und schrieb ein paar Stichworte dazu. Dann wandte er sich wieder zur Treppe. Im Atelier warteten Dutzende anderer Hüte auf ihn, auf die wiederum genauso viele Frauen und Männer, deren Namen er ebenfalls vergessen hatte, sehnsüchtig warteten. Und wie jeden Tag freute er sich wie ein kleines Kind auf seine Arbeit.

Doch gerade als er seinen Fuß auf die erste Stufe gesetzt hatte, fiel ihm etwas ein. Er seufzte. War heute nicht der Gerichtstermin? Ja, richtig. Wie lästig. Einerseits konnte er fast hören, wie die unfertigen Hüte in seiner Werkstatt nach ihm schrien, andererseits wollte er unbedingt die beiden Schuljungen sehen, die es vor ein paar Tagen geschafft hatten, in den Mag-Wynor-Saal einzudringen. Schuljungen in der Magischen Sammlung, dem Augapfel von Fürst Aram, der diesen Ort noch besser bewachen ließ als sein eigenes Bett. Was steckte dahinter?

Normalerweise interessierte sich Kalamagi außer für Hüte nur für seine Freunde, gutes Essen und rylandischen Wein, von dem er eine Menge vertrug. Aber dem Fall, der heute vor dem Halumer Strafgericht verhandelt wurde, hatte man kaum entgehen können. Ganz Tylandor sprach davon. Wie waren die beiden in den Saal gekommen? Und vor allem, was hatten sie dort gewollt? Er hoffte insgeheim, dass sie etwas gewollt hatten. Sollte sich herausstellen, dass sie es nur aus sportlichem Ehrgeiz oder wegen einer Wette getan hatten, wäre das ein große Enttäuschung für ihn. Aber wahrscheinlich war genau das der Fall.

Trotzdem, man konnte nie wissen. Kalamagi holte einen besonderen Hut aus dem Schrank, den er für sich selbst angefertigt hatte. Dieser Hut machte ihn so unauffällig, dass kein Mensch Notiz von ihm nahm. Es war nun höchste Zeit loszugehen. Der Gerichtssaal würde zwar aus allen Nähten platzen und allein der Gedanke an das Gedränge ließ ihn erschaudern. Aber vielleicht lohnte es sich ja doch. Vielleicht gab es eine Überraschung.

***

Der Vorraum zum großen Verhandlungssaal des Halumer Strafgerichts war schön anzusehen. Die alten Gipsreliefs und das bunte Sekralmosaik auf dem Fußboden hätten auch eine perfekte Kulisse für ein feines Aramburger Restaurant abgegeben. Für Timur und seinen Vater aber, die darauf warteten, dass die Gerichtsverhandlung weiterging, war er eine Kammer des Schreckens. Heute entschied sich ihr Schicksal. Würde Timur verurteilt, würden sie aus Halum ausgewiesen werden und die 5000 Denir Pfandgeld verlieren.

An den beiden Ausgangstüren des Vorraums standen Oskanische Gardisten, die hochnäsig dreinblickten, aber zwischendrin immer wieder verstohlen zu Timur und Malakin hinübersahen. Heute hatten sie ihren Familien nach Feierabend endlich mal etwas Aufregendes zu erzählen.

Die beiden Jungen saßen in entgegengesetzten Enden des Raums auf Bänken. Timur wurde von seinem Vater und seinem Verteidiger, einem jungen Mann mit Brille, dünnem, zurückgekämmtem Haar und ausdruckslosem Gesicht namens Kart Hallgot flankiert. Malakin steckte hingegen in einer riesigen Traube aus Anwälten und Familienmitgliedern in edlen Anzügen. Nur die riesige Feder am Hut seiner Mutter ragte über die Gruppe hinaus und winkte zu Timur hinüber.

Viele Tylandorianer bejubelten die beiden als Teufelskerle, aber das half Timur im Moment herzlich wenig. Bis jetzt war die Verhandlung nicht gut für ihn gelaufen und er fühlte sich, als hätte ihm ein Berggorilla seine Riesenpranken um den Hals gelegt.

Neben ihm starrte Virku stumm auf den Boden und versuchte, sich seine Verzweiflung nicht anmerken zu lassen. Er hatte sich so gewünscht, dass er und sein Sohn normale Halumer Bürger werden konnten. War nun alles verloren? Nur weil Timur mit seinem Freund herumgestreift und dabei zufällig irgendwo gelandet war, wo man nicht hindurfte? In Foigor setzte es für so etwas eine kräftige Backpfeife und der Fall war erledigt. Warum ließ man die Jungs nicht einfach den Boden aufwischen oder gab ihnen irgendeine Strafarbeit?

Ihre gesamte Hoffnung ruhte nun auf Kart Hallgot, Timurs Pflichverteidiger, der gerade schweigend an die holzgetäfelte Decke schaute. Bis jetzt war er in der Verhandlung noch nicht zu Wort gekommen. Timur und Virku hätten beide nur zu gern gewusst, was in seinem Kopf vorging, aber aus Angst, ihn in seinen Gedankengängen zu stören, traute sich keiner, ihn etwas zu fragen.

Timur schloss stattdessen die Augen und dachte an das, was er in der vergangenen Stunde durchlebt hatte: Zuerst der Anblick der Zuschauermassen im Saal. Hunderte Menschen dicht an dicht gepresst. Selbst auf der Galerie war alles bis auf den letzten Platz belegt. Das Raunen, als er und Malakin erschienen. Für einen kurzen Moment blitzte Julinas Gesicht aus der Masse auf. Dann sorgte der Vorsitzende Richter für Ruhe und es ging los. Nacheinander erhoben sich Männer in schwarzen Gerichtsroben, verlasen anklagende Reden und stellten bohrende Fragen. Er würde sie alle sein Leben lang nicht mehr vergessen.

Der erste Redner war der Ankläger des Senats, ein groß gewachsener Mann mit kurzen schwarzen Haaren und kantigen Gesichtszügen. Er berichtete, wie die Wachen durch den Alarm auf den Einbruch aufmerksam geworden waren und wie sie die Jungen überwältigt hatten. Dann warf er den beiden vor, dass sie magische Gegenstände und Bücher rauben und verschachern wollten. Und er betonte, was für ein unglaublicher Verrat an der Stadt dieses Verbrechen sei. Anfangs hatte er noch beide Jungen angesehen, aber je länger er sprach, umso mehr konzentrierte er sich auf Timur.

Danach ergriff sofort einer von Malakins Verteidigern das Wort, ein junger blonder Mann, der beim Reden schnell einen roten Kopf bekam. Das, was der erste Redner mit Blicken angedeutet hatte, bekräftigte er mit Worten. Der verkommene Junge aus Foigor hätte offensichtlich Malakin, den Sohn des angesehenen Tylandor'schen Textilproduzenten Zemmo Faragli, in ein Verbrechen hineingezogen, auf das dieser von alleine niemals gekommen wäre. Man solle dies bei der Schuldfrage gebührend berücksichtigen. Malakin wollte widersprechen, aber ein weiterer Anwalt zischte ihm immer wieder zu, er solle schweigen.

Der Vorsitzende Richter saß mit seinen zwei beisitzenden Richtern in langen schwarzen Roben und hohen Hüten hinter einem Pult an der Stirnseite des Raums. Als klar wurde, dass Malakins blonder Verteidiger nicht von alleine zu reden aufhören würde, gab sich er sich einen Ruck, räusperte sich und sagte ihm, dass er erst später dran sei. Anschließend wandte er sich direkt an Timur und Malakin. Er fragte sie mit ruhiger Stimme, ob sie zugaben, in der betreffenden Nacht in den Mag-Wynor-Saal eingebrochen zu sein.

Timur versuchte genauso ruhig zu antworten. Er erzählte von ihrem Tauchabenteuer im Tunnel. Am Anfang noch abwechselnd mit Malakin, aber sein Freund wurde schnell wieder von seinen Anwälten zum Schweigen gebracht, sodass Timur die Geschichte alleine zu Ende erzählte.

Je länger er sprach, umso unruhiger wurde ein kleiner spitzbärtiger Mann, der neben dem Ankläger des Senats saß. Kaum hatte Timur seinen Bericht abgeschlossen, sprang er auf und schrie auf Timur ein. Ob er glaube, dass es eine gute Idee sei, das Halumer Strafgericht zu veralbern? Ob er wisse, dass man ihn bei einem derart schwerwiegenden Verbrechen trotz seiner Jugend ins Gefängnis werfen könnte? Und ob er jetzt nicht schleunigst mit diesen ekelhaften Wassergeschichten aufhören und mit der Wahrheit herausrücken wolle, wie sie wirklich in den Mag-Wynor-Saal gelangt waren?

Timurs Kloß im Hals wuchs auf die Größe eines Kaltenberger Riesensemmelknödels an. Er beteuerte mit erstickter Stimme, dass die Öffnung im Boden, von der er seit ihrer Verhaftung Dutzende Male erzählt hatte und die bis jetzt trotzdem keiner von den elf mit der Suche betrauten Experten hatte finden können, wirklich kurz existiert hatte.

Die Stimme des Spitzbarts überschlug sich daraufhin vor Zorn. Er hielt eine lange Predigt an alle, dass dieser Fall auch eine politische Dimension hätte, dass die Grenze zu Foigor endlich noch dichter geschlossen werden müsse und das Pfandgeld verdoppelt werden sollte, weil die Summe offensichtlich viel zu niedrig sei, um vor Straftaten abzuschrecken.

Allein die Brüllstimme des Spitzbarts war so fies, dass Timur sich am liebsten die Ohren zugehalten hätte. Mit jedem Wort war er mehr davon überzeugt, dass sein Aufenthaltsrecht in Halum verloren war und er lange, lange Zeit in einer Gefängniszelle verbringen würde.

Aber seltsam, am schlimmsten, noch schlimmer als den Spitzbart und sein Gebrüll fand Timur den großen alten Mann, der neben dem Schreihals saß. Er hatte stechende Augen und starrte Timur die ganze Zeit wortlos an. Nie zuvor hatte er so viel Verachtung, Abscheu und Hass im Gesicht eines Menschen gesehen. Aber das war noch nicht alles. Obwohl sie viele Meter voneinander entfernt saßen und der Mann ihn offensichtlich bis in die letzte Pore hasste, spürte er eine starke Verbindung mit ihm. Er hatte noch nie etwas Unangenehmeres erlebt. Der Blick des alten Mannes schien ihn langsam von innen zu versengen. Von Minute zu Minute fühlte sich Timur mehr in seinem Bann.

Erst kurz vor der Verhandlungspause, als der Fremde mit den stechenden Augen in seinen Papieren blätterte und für einen kurzen Moment aufhörte, ihn zu fixieren, bemerkte Timur die lange

Robe und den Hut, den er trug. Genau wie das Gewand von Mag Rinusz geschnitten, nur in Blau. Er musste also auch zur Magischen Gilde gehören.

Im nächsten Moment blickte der Mann wieder auf. Timur wich seinem Blick sofort aus und sah zu Boden. Kurz ärgerte er sich über seine Feigheit. Wenn der Mann ihn so anstarrte, warum konnte er dann nicht einfach zurückstarren? Er hob den Kopf und versuchte es. Nein, keine gute Idee. Bildete er sich das ein oder bekam er davon sogar Schmerzen? Er hoffte inständig, dass sein Verteidiger ihn und Virku vor diesem und all den anderen zornigen Männern beschützen konnte, wenn es gleich weiterging.

Kart Hallgots Gedanken kreisten während der Pause allerdings mehr um seine eigene Person. Seine Rechtsanwaltskarriere war bis jetzt nicht so toll gelaufen wie erhofft. Nachdem er einen hervorragenden Abschluss an der Aram-Universität hingelegt hatte, hatte er erwartet, dass alles Weitere von selbst klappen würde. Aber es begann erst einmal mit langweiligen Fällen, und weil die Fälle ihn so langweilten, machte er seine Sache oft schlecht. Und je öfter er seine Sache schlecht machte, umso langweiliger wurden seine Fälle. Und jetzt hatte man ihm sogar die Verteidigung eines kleinen Jungen aus Foigor übertragen.

Hallgot grinste in sich hinein. Ein Foigi-Junge. Sie hatten ihn demütigen wollen. Aber diesmal war das Glück auf seiner Seite, denn, Foigi hin oder her, dies war ein Fall, der so viel Aufsehen erregte, dass man mit ihm berühmt werden konnte. Würde er es tatsächlich schaffen, diesen Timur aus seiner hoffnungslosen Situation herauszuhauen, wäre er mit einem Schlag der große Star unter Tylandors Rechtsanwälten.

Bis weit über die Grenzen der Stadt hinaus war über den Fall berichtet worden. In ganz Kaman kannte man den Mag-Wynor-Saal, in dem die verschwundenen Zauberer von Tylandor alles, was wichtig für ihr Handwerk gewesen war, zusammengetragen hatten. Die rätselhafte Sammlung magischer Bücher und Geräte wurde als größter Schatz der Stadt betrachtet und Fürst Aram sorgte dafür, dass er bestens gegen Einbrüche geschützt war. Der Saal hatte keine Fenster und es gab nur einen einzigen Zugang, der durch drei fest verschlossene Türen führte, vor denen rund um die Uhr Burgwachen standen. Außerdem hatten die Zauberer seinerzeit einen magischen Alarm eingerichtet, den man nicht ausschalten konnte: Sobald ein Mensch den Mag-Wynor-Saal betrat, begann eine magische Lichtkugel an der Decke des nahe gelegenen Wachraums rot zu flackern. Und in diesem Wachraum saßen ebenfalls rund um die Uhr Burgwachen. Der letzte Tag, an dem es jemand geschafft hatte, ohne Erlaubnis der Magischen Gilde, die Fürst Aram mit der Verwaltung der Schätze betraut hatte, in den Saal vorzudringen, lag über 300 Jahre zurück.

Kart Hallgot war sich sicher: Dieser Fall war ein Geschenk. Heute war sein großer Tag.

»Herr Hallgot, kann ich Sie was fragen?«

Unwillig wandte sich Hallgot Timur zu. Aber als Verteidiger des Foigi-Jungen gehörte es auch zu seinen Aufgaben, dessen Fragen zu beantworten, das sah er ein.

»Ja, bitte?«

»Wer war eigentlich der Mann mit dem Spitzbart?«

»Der kleine Schreihals? Der heißt Kalub Bremmlich. Er ist der Anwalt der Magischen Gilde. Sie treten als Nebenkläger in eurem Fall auf. Macht eure Lage nicht unbedingt besser, denn diese Männer haben großen Einfluss in der Stadt.« Er lächelte verächtlich. »Seit Jahrhunderten haben sie nichts erreicht. Wenn Fürst Aram nicht so eisern seine schützende Hand über sie halten würde, hätten sie nicht die geringste Bedeutung. Aber so ist das nun mal. Und ihr beide seid in ihr Heiligtum eingedrungen. Das betrachten sie als Kriegserklärung. Deswegen hat der gute Bremmlich sich auch so aufgeregt. War ganz unterhaltsam, oder?«

Timur schluckte. Er fand es überhaupt nicht unterhaltsam, auch jetzt nicht.

»Ich habe es doch tausendmal gesagt, wir wollten nie dort eindringen. Wenn nur einer von der Magischen Gilde tauchen könnte, könnte ich ihm das andere Ende des Tunnels im Brunnen zeigen«, platzte es aus ihm heraus.

Hallgot starrte ihn ungläubig an. Für einen kurzen Moment schien es, als wollte er laut loslachen, aber er riss sich zusammen. Eine Glocke schellte. Der Aufruf, wieder in den Gerichtssaal zu kommen. Er sah Timur noch einmal fest in die Augen.

»Ich werde nun meine Rede zu deiner Verteidigung vortragen. Du wirst aber vermutlich weiter schweren Vorwürfen von Kalub Bremmlich und den anderen ausgesetzt sein. Sie glauben dir nicht und denken, dass sie dich durch Einschüchterung mürbe machen können. Und dass du irgendwann«, sein Blick verschärfte sich, »etwas anderes erzählen wirst.«

»Ich habe nichts anderes zu erzählen.«

Hallgot jubelte innerlich. Der Junge würde also auf seiner Lügengeschichte von dem widerlichen Tauchabenteuer beharren. Und wenn er als sein Anwalt erreichte, dass sein Mandant tatsächlich mit diesem abgeschmackten Märchen durchkam, wäre er von heute auf morgen ein gemachter Mann. Er malte sich schon aus, wie sie ihn in den Tylandor'schen Nachrichten *Hexenmeister vom Halumer Strafgericht* oder ähnlich nennen würden.

»Bitte, eine Frage noch, Herr Hallgot. Wer ist der Mann mit dem blauen Gewand, der neben Bremmlich sitzt? Er gehört zur Magischen Gilde, oder?«

»Nicht nur das, mein Lieber, er ist der Vorsitzende der Magischen Gilde. Manche sagen auch, er *ist* die Magische Gilde, denn er hält alle Fäden in der Hand. Er nennt sich Mag Zagram.« Hallgot kicherte. »Aber sein bürgerlicher Name ist Zagramil Fubur.«

»Geht voran, oder braucht ihr eine Extraeinladung?« Ein besonders fetter Oskanischer Gardist hatte sich neben ihnen aufgebaut. Er roch nach Schnaps. Als Timur, Virku und Hallgot sich in Bewegung setzten, schnaufte er mit seinem Kollegen glücklich hinter ihnen her. »Sehr klug von euch. Mit Mogmus Warmebier ist nicht zu spaßen, merkt euch das.« Und er klimperte dazu ein wenig mit seiner Schmuckrüstung.

Als die drei als Letzte den Gerichtssaal betraten, wurden sie von einer Wand aus missgünstigem Schweigen empfangen. Die Reden aus dem ersten Teil der Verhandlung zeigten ihre Wirkung.

Die entscheidende Frage

Der Vorsitzende Richter erteilte nun den Verteidigern der beiden Jungen das Wort. Hallgot sollte den Anfang machen. Er stand auf. Für einen kurzen Moment spürte er seine weichen Knie, dann gab er sich einen Ruck. Das war seine Stunde. Er würde es nicht versauen. Er war gut vorbereitet, heute konnte er endlich einmal allen zeigen, was in ihm steckte. Ein ernster, aber freundlicher Blick in die Runde, dann begann er zu sprechen.

»Meine Damen und Herren, ich fasse den Teil der Verhandlung, der hinter uns liegt, ganz kurz zusammen: Es wurde viel vermutet und spekuliert. Es wurden viele schwerwiegende Vorwürfe gegen zwei Jungen erhoben. Zwei Jungen, die, erlauben Sie mir, das anzumerken, nicht unbedingt in einem Alter sind, das typisch für Kapitalverbrechen ist. Und, korrigieren Sie mich, wenn ich falschliege, aber ich glaubte andeutungsweise herauszuhören, dass stilles Einverständnis besteht, dass mein Mandant, Timur Bramak, der Hauptschuldige ist.«

Bei seinen letzten Worten warf Hallgot Malakins Anwälten und Kalub Bremmlich einen Blick zu, der Timur das Herz aufgehen ließ. Er wusste nicht, wie sein Verteidiger das fertigbrachte, aber ihm war, als würde sein eines Auge streng gucken, während sein anderes sich köstlich über die Herren amüsierte. Bremmlich und der Staatsanwalt wirkten mit einem Schlag nicht mehr Furcht einflößend, sondern fast wie Schüler, die ihre Hausaufgaben nicht gemacht hatten. Und, das Beste: Hallgot hatte den beiden Herren bis jetzt noch nicht einmal widersprochen.

Er fuhr fort. Für Timur klangen seine Worte mehr und mehr wie Musik.

»Der Hauptschuldige für, und jetzt wird es interessant.« Er machte ein kurze Pause und blickte noch einmal ringsherum in alle Gesichter. »Der Hauptschuldige für, ja, für was eigentlich?«

Timur hörte einige Männer im Raum tief einatmen.

»Was können wir diesen beiden Jungen zur Last legen? Einbruch in den Mag-Wynor-Saal? Ich denke, nein.«

Wieder Luftschnappen ringsherum.

»Wurde auch nur eine einzige Spur gefunden, die darauf hindeutet, dass die Jungen eingebrochen sind? Hat irgendeiner der unzähligen Wachleute sie dabei beobachtet?« Hallgot machte wieder eine dieser wunderbaren Pausen, die die Kraft seiner Worte zu verdoppeln schien. »Die Antwort ist Nein. Alles, was wir sicher wissen, ist, dass der magische Alarm ausgelöst wurde und dass die Wachen Timur und Malakin im Saal der Magie fanden. Nichts wurde dort berührt, nichts beschädigt, nichts gestohlen. Die Jungen haben uns einen Bericht geliefert, wie es zu dieser Situation kam. Möglicherweise sind einige hier im Raum nicht geneigt, diesem Bericht zu glauben. Das ist aber unerheblich.« Wieder machte Hallgot eine Pause und sprach danach langsamer, lauter und jedes einzelne Wort betonend weiter. »Unerheblich, solange wir keinen Beweis, ja nicht einmal einen Anhaltspunkt dafür haben, dass die Jungen auf andere Weise in den Saal gelangt sind.«

Bremmlich war aufgesprungen.

»Sie behindern den Erfolg dieser Verhandlung! Ebendas wollen wir ja herausfinden, wie die beiden Bengel dort hineingekommen sind. Wenn sie keine Angst vor Strafe haben müssen, werden sie es uns auch nicht erzählen!«

Hallgot sah den Mann ruhig an.

»Auch für Ihre Behauptung, dass die beiden Jungen *Bengel* sind, fehlt Ihnen jede Grundlage, Herr Kollege.«

Zu Bremmlichs Entsetzen wurde in einigen Ecken des Saals leise gelacht. Auch der Vorsitzende Richter schmunzelte. Und durch einen Zufall musste einer der beisitzenden Richter, der mit seiner Schreibfeder herumspielte, genau in dem Moment, als das Gelächter abebbte, laut niesen, woraufhin die Leute noch lauter lachten.

Von einem Augenblick auf den anderen war die Stimmung im Saal viel angenehmer. Hallgot ging in seiner weiteren Rede noch auf ein paar juristische Einzelheiten ein, aber das Wichtigste war gesagt. Solange keine Einbruchsspuren gefunden wurden, konnte keiner mit Sicherheit behaupten, dass die Jungen gelogen hatten. Und in einer Stadt mit magischem Licht und magischen Straßenwagen, warum sollte es da keine magischen Bodenklappen geben? Vor allem wenn es auch noch der Boden des sagenhaften Mag-Wynor-Saals war.

Zum ersten Mal seit Beginn der Verhandlung starrte Timurs Vater nicht mehr auf den Boden. Er hatte den Kopf gehoben und sah den Verteidiger dankbar an. Timur konnte sich nicht zurückhalten. »Dem Bremmlich haben Sie es aber gegeben, Herr Hallgot«, flüsterte er ihm zu, als dieser sich setzte.

Hallgot sah Timur ernst an.

»Abwarten.«

Nein, er war noch nicht zufrieden. Er hatte einen gelungenen Auftritt gehabt, ja. Und Malakins Anwälte würden nach seiner Rede ihre primitive Strategie, Timur als Alleinschuldigen hinzustellen, aufgeben müssen. Aber dafür hatte er die Magische Gilde noch wütender gemacht. Sein Argument, dass der Einbruch nicht zu beweisen war, war zwar richtig, aber würde das reichen? Es kam nun alles darauf an, dass Malakins Anwälte ebenfalls auf seine Linie einschwenkten und kräftig feuerten. Sonst würde ihnen am Ende doch noch das Fell über die Ohren gezogen werden. Die Magische Gilde war einfach zu mächtig.

Malakins Anwälte hatten das Wort erteilt bekommen. Wieder war der blonde junge Mann aufgestanden. Leider gab er sich nun müde und lustlos. Nichts an ihm wirkte auch nur annähernd so zwingend wie Hallgot vorhin. Er sagte mit ein paar schlaff klingenden Sätzen, dass er sich der Meinung von Timurs Verteidiger anschloss, und verlor sich ansonsten in juristische Details, von denen Timur nichts verstand. Einer der Richter begann zu gähnen und steckte die anderen an.

Hallgot dagegen lauschte angespannt jedem Wort. Je länger er zuhörte, umso mehr Falten erschienen auf seiner hohen Stirn. Schon klar. Der junge Kollege hatte ebenfalls gehofft, heute zum Staranwalt zu werden. Er hatte nächtelang an seiner Rede gearbeitet, die Malakin als unschuldig und Timur als alleinschuldig hinstellen sollte, und war jetzt gekränkt, dass er sein Werk nicht aufführen durfte. Wirklich, er klang fast so, als müsste er die Hausregeln der Aramschule auswendig vortragen. Er sah die Richter nicht einmal an, während er sprach. Auf diese Weise hätte man sogar Schwierigkeiten gehabt, andere davon zu überzeugen, das eins plus eins zwei ist.

Falsch, alles falsch, ging es Hallgot immer lauter durch den Kopf. Er hätte lieber die Magische Gilde für sich gewinnen sollen. Sie überzeugen, dass Malakin der Drahtzieher der Aktion gewesen war. Der Sohn des stadtbekannten Modefürsten Zemmo Faragli, Kopf einer Verschwörung gegen die Gilde. Was für eine Geschichte! Und die arme kleine Rotznase aus Foigor hat er sich als williges Werkzeug fürs Grobe dazugeholt. Aber für diese Version war es jetzt zu spät. *Hexenmeister vom Halumer Strafgericht*, von wegen! Er hatte es doch versaut.

Seufzend sah er sich um. Was für ein Publikum! Allen voran natürlich Fürst Aram und die inzwischen zu ihrem Konzert angereiste Flavia Laanten, die zusammen in einer Ehrenloge thronten. Aber auch sonst Berühmtheiten, so weit das Auge reichte. Doch mit jedem Wort aus dem kraftlosen Mund von Malakins Anwalt schwand seine Hoffnung, heute als Sieger aus dem Gerichtssaal zu gehen. Bald dachte er nur noch darüber nach, ob er genug rylandischen Wein im Keller hatte, um sich heute Abend gründlich zu betrinken.

Nachdem die müde Rede beendet war, fragte der Vorsitzende Richter die beiden Jungen nacheinander noch einmal, ob sie bei ihrer Aussage blieben oder ob ihnen inzwischen eingefallen war, dass sie doch ganz anders in den Raum gekommen waren. Timur und Malakin beteuerten, dass sich alles so abgespielt hätte und sie jedem, der tauchen konnte, den Tunnel vom anderen Eingang her zeigen könnten.

Danach wollte Bremmlich wieder das Wort ergreifen, aber Mag Zagram hielt ihn, als er aufstehen wollte, plötzlich am Ärmel fest. Der große alte Mann im blauen Gewand holte tief Luft und erhob sich stattdessen selbst. Timur schien es, als wären die Falten in seinem Gesicht auf einmal noch viel tiefer und sein Hass doppelt so groß. Keiner im Raum wagte mehr zu atmen.

»Meine Herren, ich muss mich ernsthaft fragen, warum all dies hier so lange dauert.«

Zagrams Stimme war tief und dröhnend. Alle sahen gebannt zu ihm. Auch der letzte Rest der gelösten Stimmung, die Hallgots Rede hinterlassen hatte, war nun verpufft. Der Vorsitzende der Magischen Gilde machte eine lange Pause, länger als die längste Pause in Hallgots Rede vorhin. Und leider schien sie auch doppelt so stark zu wirken. Wenn vorher keiner mehr gewagt hatte zu atmen, so wagte jetzt keiner mehr, auch nur noch mit den Augen zu zwinkern.

»Zwei Jungen wurden im Mag-Wynor-Saal aufgegriffen, dem Raum, der den größten Schatz unserer Stadt beherbergt. Daran besteht kein Zweifel.« Die nächste lange Pause nutzte Mag Zagram ausschließlich, um den Vorsitzenden Richter anzusehen, der unter seinem Blick kleiner und immer noch kleiner zu werden schien. Erst als er auf die Größe eines Mühlenthaler Gartenzwergs zusammengeschrumpft war, sprach Mag Zagram etwas leiser als zuvor, aber dafür noch tiefer und noch dröhnender, seinen letzten Satz: »Finden Sie Ihr Urteil.«

Der Vorsitzende Richter rutschte auf seinem Stuhl hin und her und sah aus, als säße er auf einmal selbst auf der Anklagebank.

»Tja, nun, ähm.« Weder seine Worte noch seine Stimme waren geeignet, um klarzustellen, dass er hier die Verhandlung leitete und nicht Mag Zagram. »Hat denn noch einer der Anwesenden Fragen? Oder Anmerkungen?«

Allein diese beiden Sätze schienen ihn ein Äußerstes an Mut abzuverlangen. Er sah aus, als wollte er sich am liebsten hinter sein Pult ducken, weil er befürchtete, dass der Mann im blauen Gewand einen Blitz nach ihm schleudern würde.

Kart Hallgot holte tief Luft und dachte verzweifelt nach, mit welcher Frage er jetzt noch das Ruder herumreißen könnte. Der Vorsitzende Richter würde nicht gegen die vorgefasste Meinung von Mag Zagram aufbegehren. Nicht, wenn er kein Argument in der Hand hatte, das stärker war als die Mauern des Königspalasts von Raythum …

»Oh, ich hätte noch eine Frage.«

Niemand im Raum schien auf Anhieb zu wissen, woher die helle, leicht heisere Stimme kam, die das gespannte Schweigen unterbrach. Auch der Vorsitzende Richter selbst brauchte einen Moment, bis er begriff, dass es sein niesender beisitzender Richter mit der Schreibfeder war, der eben gesprochen hatte. Er sah ihn erschöpft an.

»Nun, ähm, bitte.«

Der Mann stand auf, legte seine Schreibfeder auf das Pult und lehnte sich langsam nach vorne. Er war viel kleiner, als Timur gedacht hatte. Dass ihn alle anstarrten, ganz besonders Mag Zagram, schien ihn nicht zu kümmern. Er rückte sich in aller Ruhe seine Brille zurecht, bevor er sprach.

»Ich hätte noch eine Frage an Timur und Malakin.« Er sah zwischen den beiden Jungen hin und her. Aus seinem Gesicht war weder Ärger noch Empörung oder gar Abscheu herauszulesen. Ebenso wenig strahlte er Mitgefühl oder Verständnis aus. Aus seinen Augen blinzelte nichts als die reine Neugier. »Mich würde interessieren, wann die Klappe verschwunden ist, von der ihr erzählt habt. Hat sie sich, gleich nachdem ihr den Raum betreten habt, aus dem Staub gemacht, oder erst, nachdem ihr eine Weile darin wart?«

Einige Leute raunten anerkennend. Der Richter mit der Schreibfeder hatte anscheinend eine kluge Frage gestellt. Timur und Malakin sahen sich kurz an, dann sprach Malakin, der bisher kaum zu Wort gekommen war: »Nein, sie ist nicht sofort verschwunden. Als wir uns umsahen, stand sie noch offen. Da bin ich mir sicher.«

Er sah zu Timur hinüber. Timur nickte.

»Ihr habt also nicht sofort kehrtgemacht, sondern wart eine Weile im Mag-Wynor-Saal?«

»Ja, das waren wir. Die Klappe muss in dem Moment verschwunden sein, als die Wachen kamen.«

»Wusstet ihr, wo ihr wart?«

»Natürlich. Jedes Kind hätte das gewusst. Man brauchte sich ja nur kurz umzusehen.«

Der kleine Richter runzelte die Stirn und sah sie streng über seinen Brillenrand hinweg an.

»Wenn ihr wusstet, wo ihr seid, dann wusstet ihr auch, dass es streng verboten ist, sich ohne Genehmigung dort aufzuhalten. Warum habt ihr dann nicht sofort kehrtgemacht, sondern seid, wie ihr selbst sagt, eine Weile geblieben?«

Timur sah aus den Augenwinkeln, wie sich Bremmlich und der Ankläger des Senats triumphierende Blicke zuwarfen. Sie strahlten vor Anerkennung für den Mann, der die beiden Jungen so gekonnt mit wenigen Sätzen in die Enge getrieben hatte. Vielleicht würden sie nun doch noch mit der Wahrheit rausrücken.

»Nun ...« Malakin rieb sich mit der einen Hand die Nase, während er mit der anderen an seinem Hemd herumnestelte.

»Malakin wollte sofort gehen. Ich war es, der noch bleiben wollte«, sagte Timur hastig.

»Du, Timur? Dann sag uns, warum du noch eine Weile im Mag-Wynor-Saal bleiben wolltest. Dem Saal, von dem jedes Kind weiß, dass man ihn nur mit Erlaubnis der Magischen Gilde betreten darf.«

»Ich ... habe Musik gehört. Sehr seltsame Musik ... und wunderschön.«

Noch bevor Timur das letzte Wort gesprochen hatte, tönte lautes, vielstimmiges Lachen durch den Saal. Hässliches Lachen, voll Spott und Hohn. Er hörte Bremmlich und den Ankläger des Senats heraus, er hörte den Vorsitzenden Richter und sogar Malakins Anwalt. Hallgot seufzte schwer und sank zusammen wie ein altersschwacher Luftballon. Virkus Gesicht gefror zu einer Maske des Entsetzens. Auch wenn der Richter mit der Schreibfeder tadelnd in die Runde sah, weil er das Verhalten der Zuhörer offenbar missbilligte, hier gab es keine Hoffnung mehr. Jetzt nicht mehr.

Vielleicht war es am Ende doch besser, noch schnell eine Geschichte von einem Einbruch zu erfinden? Aber wie? Alles, was Timur je von der magischen Schule Balinford gesehen hatte, war der Mag-Wynor-Saal. Für eine glaubwürdige Einbruchsgeschichte musste man das Gebäude viel genauer kennen. Aber es war ohnehin zu spät. Das Gelächter verebbte, die Minen wurden streng und der Vorsitzende Richter rückte sich seinen Hut zurecht.

Doch bevor er anfangen konnte zu sprechen, dröhnte eine wohlbekannte tiefe Stimme durch den Raum.

»Sag das noch einmal! Wer hat die Musik gehört?« Mag Zagram war von seinem Platz aufgesprungen. »Wer von euch?« Alles Böse war aus seinem Blick verschwunden. Nichts erinnerte mehr daran, dass er die beiden Jungen noch vor wenigen Minuten auf das Härteste hatte bestrafen wollen. Er starrte sie an wie ein kleines Kind ein unerwartetes Geschenk. »Redet!«

»Nun, ich habe die Musik gehört, wie gesagt …«

»Und du, Malakin?«

»Nein, Mag Zagram.«

Für einen kurzen Moment schien der große alte Mann irritiert. Dann konzentrierte er sich auf Timur.

»Wie klang sie, diese Musik?«

Wenn es vorher still im Raum gewesen war, so war es nun stiller als still. Eine Stille, die man nur zu brechen wagte, wenn man sehr mutig war. Doch die unverhoffte Wandlung in Mag Zagrams Gesicht gaben Timur allen Mut der Welt.

»Diese Musik klang anders als alle Musik, die ich je gehört habe. Es war, als ob tausend Instrumente gleichzeitig spielen würden, aber jedes hatte eine eigene Stimme. Am Anfang dachte ich, die Melodie würde sich dauernd wiederholen, aber wenn man genau hinhörte, veränderte sich immer wieder irgendetwas. Und es wurde mit jedem Moment schöner.«

Mag Zagram löste sich nicht mehr von seinen Augen. Er nickte zu jedem Satz und lächelte immer breiter. Es sah aus, als wäre er ein Lehrer und Timur sein Lieblingsschüler, der gerade mit größter Bravour eine wichtige Prüfung bestand. Manche sprachen sogar später davon, dass sie Tränen in seinen Augen gesehen hätten.

Nichts an der seltsamen gefühlten Verbindung zu ihm war nun noch unangenehm für Timur. Was ihn vorher von innen zu versengen schien, war nun warm und anschmiegsam wie eine Katze, die sich an seinem Bein rieb. Für einen Moment vergaß er seinen Vater, Hallgot und alle anderen um sich herum. Die Welt bestand nur noch aus Zagrams leuchtenden Augen.

Als Timur fertig gesprochen hatte, zwinkerte Mag Zagram kurz. Dann sagte er, ohne dabei den Blick von Timur zu lösen, langsam und zum ersten Mal ohne jedes Dröhnen in der Stimme: »Ich bitte um eine Unterbrechung der Verhandlung.«

Das Wort im Kopf

Inzwischen war es längst dunkel geworden. Timur, der vor Stunden noch gedacht hatte, dass er die Nacht im Gefängnis verbringen müsste, ging nun stattdessen zusammen mit Mag Zagram durch die Innere Ringstraße von Aramburg.

Kein anderer Ort in ganz Tylandor war so großzügig mit magischem Licht ausgeleuchtet. Es strahlte von großen Kugeln ab, die hoch über den Köpfen der vielen herumspazierenden Menschen schwebten. Außerdem gab es im Boden eingelassene Lichter, die die prunkvollen Hausfassaden und pompösen Passagen zur Äußeren Ringstraße hin ausleuchteten.

Die beiden Ringstraßen von Aramburg standen für alle Bürger Halums offen. Nur das Zentrum mit dem Wohnpalast der Arams und der alten magischen Schule Balinford wurde streng bewacht. Auf den beiden Ringstraßen von Aramburg drängten sich Museen, Konzertsäle, Bühnengebäude, Bibliotheken, Gaststuben mit exzellenter Küche und teure Geschäfte. Dazwischen lagen exklusive Wohnungen und luxuriöse Herbergen für Künstler, Gelehrte und all die anderen wichtigen Menschen, die das Fürstenhaus um sich scharte.

Die Arams hätten Aramburg gerne noch um einen dritten Ring erweitert, aber das scheiterte vor 100 Jahren daran, dass ein Teil der dazu benötigten Grundstücke den Fürstenhäusern Silling und Ringus gehörte. Sie weigerten sich beharrlich, sie zu verkaufen, und so blieb der dritte Ring unvollendet.

Zagrams Arm lag auf Timurs Schulter und seine Absätze klackten laut auf dem Straßenpflaster aus Surumarmor. Es klang, als wollte er zeigen, dass er mehr als alle anderen nach Aramburg gehörte. Sein blauer Umhang hüllte seinen jungen Begleiter so ein, dass er fast darunter verschwand. Wie viel lieber hätte Timur jetzt zusammen mit Virku, Malakin und der ganzen Familie Faragli gefeiert. Malakins Vater hatte sich tausendmal für seine Anwälte entschuldigt, die ihre Verteidigungsstrategie hinter seinem Rücken ausgebrütet hatten und gar nicht in Erwägung gezogen hatten, dass die Faraglis zu dem Jungen aus Foigor halten könnten.

Mag Zagram hatte aber leider darauf bestanden, dass Timur sofort mit ihm mitkam. Und weil er durch seine Fürsprache den Freispruch für die beiden Jungen erwirkt hatte, wollte ihm keiner widersprechen.

Der Vorsitzende der Magischen Gilde steuerte auf eins der schönsten Häuser zu. Durch eine ovale, mit Statuen geschmückte Eingangshalle gelangten sie zu einer riesigen, blau gestrichenen Tür. Zagram öffnete und Timur trat in einen beeindruckenden Empfangsraum mit einem magischen Kronleuchter und einem wertvollen borabischen Flufftteppich. An den blau tapezierten Wänden hingen Gemälde von Zauberern. Dazwischen gab es eine Menge Türen, die in andere Räume führten.

Während Timur noch staunte, erschien ein Diener in dunkelgrüner Tracht und nahm Zagram seinen Umhang ab.

»Das hier ist mein bescheidenes Heim, Timur. Wie gefällt es dir?«

»Sehr gut, Mag Zagram.«

»Dann folge mir bitte hier entlang. Molussil, Getränke!«

»Sehr wohl, Mag Zagram.«

Timur blieb mit den Augen am ersten Gemälde hängen. Zagram, der bereits in einer Tür auf ihn wartete, bemerkte das.

»Falls es dich interessiert, auf diesem Gemälde siehst du Mag Wynor, den Meisterzauberer, nach dem der große Saal in Balinford benannt wurde.«

»Er kommt mir bekannt vor. Kann es sein, dass …«

»… dass sein Porträt an der Nordwand des Mag-Wynor-Saals hängt? Richtig, du hast dich anscheinend in der kurzen Zeit gut umgesehen. Man sieht dort die Porträts aller Schulleiter der magischen Schule Balinford. Mag Wynor oben links war der erste und Mag Salafin, mit dem die untere Reihe endet, der letzte. Hätte es das Große Verschwinden nicht gegeben, wären die Portäts bis heute fortgesetzt worden. Wer weiß, vielleicht würde heute sogar meines dort hängen. Doch halten wir uns damit nicht auf, wir haben jetzt wichtige Dinge zu erledigen.«

Zagram schob ihn durch die Tür in einen Raum, der sein Arbeitszimmer sein musste. Prall gefüllte Bücherregale und ein großer alter Schreibtisch, der mitten im Raum stand und von beiden Seiten von magischen Lampen beleuchtet wurde, deuteten darauf hin. Vor allem sah man es aber an der Unordnung. Gut die Hälfte der Tischfläche war von Büchern, Papieren, Tintenfässern und Federn übersät und auch auf dem Boden und den herumstehenden Stühlen setzte sich das Chaos fort.

»Nimm Platz, Timur.«

Zagram befreite für ihn einen der Stühle von einem Papierstapel. Er selbst nahm in einem Sessel auf der anderen Seite Platz. Molussil brachte eine Kanne rylandischen Traubensaft und zwei fein geschliffene Gläser auf einem silbernen Tablett. Nachdem er es abgestellt und eingeschenkt hatte, wies Zagram ihn streng an, dass sie ab jetzt auf keinen Fall mehr gestört werden wollten.

Kaum hatte der Diener den Raum verlassen, hatte Zagram das köstliche Getränk vor seiner Nase schon wieder vergessen. Er verschränkte die Hände hinter dem Kopf, atmete tief ein und lächelte.

»Nun, Timur, wo soll ich anfangen?«

Timur, der gerade einmal mit der Brust über die Tischkante reichte, war es ziemlich egal, wo Zagram anfing. Hauptsache, er fing bald an, denn er war trotz aller Aufregung hundemüde.

»Wie kann ich all das jemandem wie dir am besten erklären?«, fragte er ein weiteres Mal theatralisch ins Leere und man sah, wie er diesen Moment genoss. Sein Blick ruhte lange auf Timurs Gesicht, dann gab er sich endlich einen Ruck. »Weißt du, was das Olisam ist?«

»Ja, Mag Zagram. Das Olisam ist das magische Leuchten. Die, die es in sich trugen, wurden früher zu Zauberern ausgebildet.«

»Das hat man dir richtig beigebracht. Gut, Timur, ich will es kurz machen.« Anstatt es kurz zu machen, machte er wieder eine lange Pause. »Die Fakten: Du hast die magische Musik im Mag-Wynor-Saal gehört. Diese Musik können nur Leute hören, die das Olisam in sich tragen. Was heißt das?«

Timur riss die Augen auf.

»Sie glauben, ich trage das Olisam in mir?«

Mag Zagram hob augenblicklich die rechte Hand, wie ein Oskanischer Gardistenführer, der seinen Trupp zum Stehen bringen will.

»Halt! Nicht ganz so schnell. Zunächst einmal, ja, Timur, du trägst das Olisam in dir. Daran gibt es keinen Zweifel. Glaubst du vielleicht, ich käme sonst auf die Idee, meinen Abend mit einem gewöhnlichen Schüler der unbedeutenden Hiradius-Schule zu verbringen? Noch dazu einem aus Foi… nun ja. Jedenfalls ja, du trägst das Olisam in dir. Aber …« Zagram machte wieder eine Pause und schaute ihn lange an. »Aber noch weiß keiner, wie stark es in dir leuchtet. Möglicherweise ist es tatsächlich stark. Möglicherweise ist es aber auch nur sehr schwach. Wir müssen es herausbekommen.«

»Und … wie kann man das herausbekommen?«

»Eine gute Frage, Timur, eine sehr gute Frage.« Zagram machte aber keinerlei Anstalten, die Frage zu beantworten. Stattdessen griff er aus dem Durcheinander auf seinem Schreibtisch einen Briefbeschwerer und legte ihn vor sich auf die Tischplatte. Es war eine faustgroße Kugel aus grünem Surumarmor auf einem goldenen Fuß.

»Du wirst nun etwas sehen, was du noch nie in deinem Leben gesehen hast, Timur.« Zagram räusperte sich, als wollte er eine Rede halten. Alles, was er tat, war jedoch, den Briefbeschwerer anzustarren. »Oh, und erschrick bitte nicht.«

Seltsamerweise schien es Zagram anzustrengen, seinen Briefbeschwerer anzustarren. Timur bemerkte kleine Schweißperlen auf seiner Stirn. Und auf einmal geschah es. Der Briefbeschwerer wackelte! Nur ein wenig, aber es reichte, um Timurs Herz für einen Schlag aussetzen zu lassen. Beherrschte Zagram tatsächlich Magie oder hatten seine Augen ihm einen Streich gespielt? Timur verwarf den zweiten Gedanken sofort, als der Briefbeschwerer kurz darauf noch etwas heftiger wackelte und sich schließlich in die Luft erhob. Langsam, aber stetig schwebte er empor, bis er etwa 30 Zentimeter über dem Tisch sein Tempo verlor und langsam wieder herabsank. Der Schweiß strömte über Zagrams Stirn und blieb in seinen mächtigen Augenbrauen hängen. Er hielt die Luft an und biss die Zähne zusammen. Und der Briefbeschwerer wechselte abermals die Richtung. Er stieg wieder hoch, bis er einen guten Meter über dem Tisch für einen kurzen Moment zum Stehen kam. Dann krachte er plötzlich mit seinem ganzen Gewicht herunter und zerschmetterte Timurs Glas.

Während der ryländische Traubensaft in alle Richtungen spritzte, stieß Zagram die Luft aus. Er keuchte. Kurz merkte man ihm an, dass er mit dem Ende seiner Vorführung überhaupt nicht zufrieden war. Aber dann sah er Timurs weit aufgerissenen Mund. Und das gefiel ihm so gut, dass er sein kleines Missgeschick sofort wieder vergaß. Er lächelte und wischte sich mit einem Tuch die Stirn ab.

»Du siehst, es hat schon seinen Grund, warum man mich vor einunddreißig Jahren zum Vorsitzenden der Magischen Gilde gemacht hat.«

»Ja, Mag Zagram.«

Timur war noch dabei, seine Gedanken neu zu ordnen. Keiner aus seiner ganzen Schule hatte geglaubt, dass man in der Magischen Gilde wirklich Magie beherrschte. Es gab zwar Gerüchte von fliegenden Gegenständen, aber alle waren überzeugt, dass es nur Tricks waren.

Zagram sah Timur fest in die Augen.

»In mir leuchtet das Olisam. Stark. Stärker als bei jedem anderen in ganz Tylandor.«

»Oh, gibt es noch andere?«

»Nicht viele, Timur. Nur zwei. Einer von ihnen ist Mag Rinusz. Er kann ein Glas auf einem Tisch zum Zittern bringen, wenn er einen guten Tag hat. Und der andere heißt Schnorfim Mandelzaub. Er kann ein Glas sogar kurz schweben lassen. Aber leider interessiert er sich einen feuchten Algramdreck für die Wiedererlangung der magischen Künste. Er hat sich bis heute nicht der Magischen Gilde angeschlossen. Stattdessen arbeitet er weiter in seinem jämmerlichen Beruf als Tuchhändler und amüsiert abends seine Freunde damit, dass er leichte Gegenstände schweben lassen kann.« Zagrams Groll war nicht zu übersehen. »Wie gesagt, leichte Gegenstände. So etwas wie diesen Briefbeschwerer kann er nicht einmal um eine Haaresbreite bewegen. Aber lassen wir die beiden beiseite. Wir wollen feststellen, wie es mit dir steht.« Er wischte den Briefbeschwerer ab und stellte ihn nun Timur vor die Nase. »Lass uns sehen, ob du ihn schweben lassen kannst.«

»Was? Aber wie …?«

»Ich erkläre es dir.«

Timur rutsche unruhig auf seinem Stuhl hin und her. Zagram hob seine Hände hoch und untermalte das, was er sagte, mit ausladenden Bewegungen.

»Du musst die Kugel ansehen. Und du musst dich mit aller Kraft auf sie konzentrieren. Blende alles andere aus. Warte, bis in deinem Kopf nichts anderes mehr zu finden ist als die grüne Kugel. Und dann …«

Zagram schaute ihm in die Augen, als wollte er als Nächstes

Timurs Kopf zum Schweben bringen. *Und dann?* Timur hielt die Luft an. Mit welcher unerhörten Kraft sollte er den Briefbeschwerer in die Luft heben, ohne ihn zu berühren?

»Und dann sage: ›Wregnihaluf‹.«

Timur starrte ihn an. Wollte Zagram ihn veralbern?

»W… Wregnihaluf?«

»Dir kommt das Wort merkwürdig vor? Kein Wunder. Wer sollte schon auf die Idee kommen, sich auf einen Briefbeschwerer zu konzentrieren und Wregnihaluf zu sagen, nicht wahr? Nun, ich werde dir eine Geschichte dazu erzählen. Danach wirst du noch besser verstehen, warum *ich* Vorsitzender der Magischen Gilde bin und niemand anderes. Hör zu. Als ich ein junger Mann war und noch nichts von meinen einzigartigen Fähigkeiten ahnte, saß ich eines Abends mit meinen Freunden zusammen und wir waren alle schon recht betrunken.« Zagram lächelte, wie nur alte Männer lächeln, die sich an ihre Jugend erinnern. »Wir machten die üblichen Spiele, die man macht, wenn man betrunken ist. Eins der lustigsten ist, reihum zu versuchen, schwierige Städtenamen auszusprechen. Wer sich verhaspelt, scheidet aus. Und natürlich taucht bei diesem Spiel früher oder später der verrückte Name einer gewissen Stadt am Jangpulfluss auf, von der du sicher auch schon gehört hast.«

»Wernig-Halili-Halifu?«

»Richtig. Ich war also betrunken und versuchte verzweifelt, das Wort Wernig-Halili-Halifu richtig auszusprechen. Ich starrte das Glas vor mir an, konzentrierte mich, versuchte die Silben richtig zusammenzusetzen und sagte …«

»Wregnihaluf.«

»Genau das.«

»Und …?«

»Und dann passierte etwas sehr Eigenartiges in meinem Kopf. Und das Glas vor mir fing an sich zu bewegen.«

Timurs Kinnlade fiel abermals nach unten. Das war alles?

»Du siehst, vor dir steht nicht nur der Mann, in dem das Olisam so stark leuchtet wie in keinem anderen. Vor dir steht auch der Mann, der zum ersten Mal seit dem Verschwinden der Zauberer einen Weg gefunden hat, das Magische Leuchten zu nutzen. Auch wenn ich das nicht gerne an die große Glocke hänge.«

Timur war nicht sicher: Erwartete Zagram Applaus? Er starrte ihn einfach weiter an, das konnte nicht verkehrt sein.

»Und nun genug geschwatzt, junger Mann. Schau an, was vor dir steht, konzentriere dich und sage: ›Wregnihaluf‹. So wie der junge Mag Zagram einst in Frumbils Gaststube.«

Timur konnte es immer noch kaum glauben. Aber Zagram hatte ihn bestimmt nicht den ganzen Weg bis hierher geschleppt, nur um ihn zu veralbern. Er sah den Briefbeschwerer an, konzentrierte sich und sagte: »Wregnihaluf«, auch wenn es ihm schrecklich dumm vorkam.

Etwas Seltsames geschah mit ihm. Er konnte auf einmal an gar nichts anderes mehr denken als »Wregnihaluf«. Und er konnte auch nirgendwo anders mehr hinschauen als auf die grüne Marmorkugel im goldenen Fuß. Es gab nur noch das Zauberwort und Zagrams Briefbeschwerer. Und als wäre das noch nicht genug, spürte er auf einmal ein Ziehen in seinem Kopf. Am Anfang war es nur ganz leicht, aber schon im nächsten Moment fühlte es sich an, als würde jemand sein Gehirn mit einem riesigen Kochlöffel umrühren. Er fuhr zusammen und schloss die Augen.

»Sehr gut Timur, die Kugel hat ein wenig gezittert! Schau sie an. Vielleicht schaffst du es sogar, sie ein kleines Stück zu bewegen!«

Timur versuchte verzweifelt, an etwas anderes als Wregnihaluf zu denken, aber es ging nicht. Das Wort wurde groß und größer. Bald würde sein Kopf vor lauter Wregnihaluf platzen.

»Mach die Augen auf, Timur! Sieh die Kugel an!«

Augen auf? Gar nicht so einfach mit einem Kopf voll Wregnihaluf. Er schaffte es trotzdem. Der Briefbeschwerer stand immer noch vor seiner Nase. Was sollte er auch sonst tun?

»Hm, wie ich befürchtet hatte. Das Olisam leuchtet nur ganz schwach in dir. Lass uns etwas Leichteres versuchen. Trotzdem, dafür, dass du nur ein kleiner Junge aus Foigor bist, bist du wirklich …«

Zagram konnte seinen Satz nicht mehr beenden. Timur stieß einen gellenden Schrei aus und im gleichen Moment zischte der Briefbeschwerer so schnell nach oben, dass man kaum mit den Augen folgen konnte. Er durchschlug hoch über ihnen mit einem lauten Krach die Zimmerdecke und kurz darauf die des Stockwerks darüber.

Zagram starrte auf das Loch und schrie ebenfalls auf. Und während sein Schrei im Raum nachhallte, fiel ein Regen aus Verputzbrocken und Staub auf sie herab. Auf den großen Vorsitzenden der Magischen Gilde, auf die Stelle, an der eben noch ein Briefbeschwerer gestanden hatte, und auf den Jungen aus Foigor, dem der Schädel dröhnte, der aber trotzdem glücklich war, weil das Wort Wregnihaluf sich nun endlich wieder aus seinem Kopf verzog.

Mag Zagrams Rücken

Die Tylandor'schen Nachrichten waren einzigartig in der Welt. Sie wurden mit einer uralten magischen Druckmaschine hergestellt, die im Keller des Pressehauses stand. Es reichte, wenn die Journalisten ihre Texte durch einen Schalltrichter sprachen. Die Maschine konnte sie hören und daraus perfekt gedruckte Artikel machen.

Und sie konnte sogar Bilder zu den Artikeln auf das Papier zaubern, man musste sie ihr nur kurz vor die eingebaute magische Linse halten. Die Tylandor'schen Nachrichten beschäftigten dafür drei Zeichner, die zu den großen Ereignissen der Stadt ausschwärmten und Zeichnungen davon anfertigten. Der beste von ihnen war Zorgin Zorgus. Jeder in Tylandor kannte ihn. Seine Bilder seien noch echter als die Wirklichkeit, hieß es. Und auch wenn das Unsinn war, wäre es Timur lieber gewesen, jemand anderes als Zorgus hätte die Bilder von der Gerichtsverhandlung gezeichnet. Er saß neben Malakin und Julina im Straßenwagen zur Schule und starrte auf die Zeitung, die sein Freund in den Händen hielt.

Mag Zagram begnadigt die Mag-Wynor-Eindringlinge

Der reinste Quatsch, diese Überschrift. Auch wenn Zagram entscheidenden Einfluss auf das Urteil ausgeübt hatte, er war nicht der Richter, dachte Timur wütend. Aber damit nicht genug. Gleich unter der Überschrift war ein riesiges Bild zu sehen, das Mag Zagram und ihn beim Verlassen des Gerichtsgebäudes zeigte. Mag Zagram hatte die Hand auf seiner Schulter und lächelte.

Timur starrte sein Ebenbild auf dem magischen Papier an. Es stimmte, kein Spiegel hätte ihn genauer zeigen können als Zorgin Zorgus' Zeichenfeder. Ihm wurde schwindelig bei dem Gedanken, wie viele Menschen in Tylandor ihn nun auf der Straße erkennen konnten. Wenn er nur wenigstens nicht wie ein Lämmchen, das in der letzten Minute vor der Schlachtbank gerettet wurde, dreingeschaut hätte. Und die Bildunterschrift machte alles noch schlimmer:

Der Junge aus dem Mag-Wynor-Saal – ein Olisamträger? Mag Zagram hält es für möglich.

Timur sank noch tiefer in seinen Sitz. Malakin neben ihm grinste dagegen in sich hinein. Ihn schien die Sache weniger zu stören. Kein Wunder. Er war nur auf einem kleineren Bild weiter unten zu sehen, das ihn auf der Anklagebank zeigte.

Auf der anderen Seite neben Malakin saß Julina und machte sich ihre eigenen Gedanken. Wenn das Olisam wirklich so wichtig war, warum testete die Magische Gilde dann nicht systematisch die gesamte Tylandor'sche Bevölkerung auf Zauberbegabung, statt auf Zufälle wie mit Timur zu warten?

Aber sie hatte noch ganz andere Sorgen. Gestern nach der Verhandlung war es wieder passiert. Kaum war Timur weg gewesen, war er dauernd in ihrem Kopf, so, als ob sie bis über beide Ohren in ihn verliebt wäre. Sie hatte sogar von ihm geträumt. Sie konnte im Traum in seinen Kopf sehen und darin geschahen so seltsame Dinge, dass sie am Ende schreiend aufgewacht war. Jetzt, wo sie zusammensaßen, war wieder alles normal. Er war für sie wieder nur der Neue aus Foigor, mit dem sie sich, trotz seines seltsamen Wasserfimmels, ganz gut angefreundet hatte, mehr nicht.

Malakin drängelte. »Erzähl endlich, Timur! Was hat Zagram von dir gewollt?«

»Ach, nichts Besonderes.«

»Sag schon!«

»Na ja, er hat mir seine Wohnung und ein paar alte Porträts von Zauberern gezeigt.«

»Und?«

»Jede Menge langweiliges Zeug dazu erzählt. Wer von wann bis wann gelebt hat und dass der und der literweise rylandischen Wein in ein Glas zaubern konnte.«

»Aber … hast du jetzt das Olisam oder nicht?«

Timur spürte, dass auch Julina ihn anstarrte.

»Ich weiß es nicht. Keine Ahnung.«

Von wegen.

Mag Zagram, dieses Schlitzohr. Nachdem er sich vom Schrecken des hochschießenden Briefbeschwerers erholt hatte, hatte er sich den Staub aus dem Umhang geklopft und »So, ich denke, für heute haben wir genug gearbeitet« gesagt. Danach hatte er Timur in den Salon geführt, wo sie in weichen Sesseln Platz nahmen. Zagram unterhielt sich mit ihm, als wäre nichts gewesen. Er stellte ihm Fragen über harmlose Dinge: die Hiradius-Schule, seinen Vater und Foigor. Keine Rede mehr vom Olisam und von der Zauberei. Und irgendwann, als Timur so müde war, dass ihm der Kopf fast herunterfiel, hatte ihn Mag Zagram aus heiterem Himmel überrumpelt: »Was ist der heiligste Schwur, den man in Foigor aussprechen kann?«

»In Foigor werden jeden Tag neue Schwüre erfunden, um Leute hinters Licht zu führen. Es gibt nur einen, der jedem Foigi heilig ist: beim Seliuk«, hatte Timur geantwortet.

»Tatsächlich? Dann schwöre jetzt beim Seliuk, dass du niemandem davon erzählst, was vorhin in meinem Arbeitszimmer passiert ist und dass das Olisam möglicherweise, hm, recht stark in dir leuchtet. Und dass du auch niemandem von den Dingen erzählen wirst, die wir beide künftig unternehmen werden. Auch von diesem Schwur wirst du keinem erzählen.«

»Aber … warum?«

»Es ist zu deinem eigenen Schutz. Ich meine es gut mit dir. Ich habe dich und deinen Freund bei Gericht gerettet. Du solltest mir vertrauen.«

Zum ersten Mal seit der Verhandlung spürte Timur wieder Zagrams stechenden Blick. Gleichzeitig konnte er selbst kaum noch die Augen offen halten und wünschte sich nichts sehnlicher, als endlich nach Hause zu können. Und so schwor er, ohne weitere Gegenwehr, beim Seliuk, dass er niemandem etwas verraten würde. Mag Zagram war zufrieden. Nur eines interessierte ihn noch: »Wer ist denn dieser Seliuk, der euch so heilig ist?«

»Ein Fisch. Der beste, den man auf den Teller bekommen kann.«

»Interessant.«

Timur ärgerte sich. Er hätte Zagram so leicht an der Nase herumführen können. *Beim Schnaftelkramm, beim Lubibubi, beim Sockenzobel,* all das hätte er ihm als heiligste Foigi-Schwüre verkaufen können, aber nein, der große Zagram fragt und er verrät alles. Und so hatte er nicht einmal seinem Vater von den Dingen, die er erlebt hatte, erzählen können.

»Also, er hat dir nicht gesagt, ob du das Olisam hast?«, hakte Malakin nach.

»Er ist sich noch nicht sicher. Wir treffen uns heute wieder. Da will er … noch ein paar Tests machen.«

»Tests machen« klang ziemlich harmlos, für das, was Zagram vorhatte. Er wollte nichts weniger, als heute Nachmittag mit ihm in den Mag-Wynor-Saal gehen und erforschen, zu was sein Olisam dort zu gebrauchen war. Aber Timur durfte ja nichts verraten. Besser, wenn sie jetzt ganz schnell das Thema wechselten.

»Habt ihr Tuchkunde gelernt?«

Nicht besonders geschickt, sein Versuch, aber es reichte, um die restliche Strecke zur Schule zu überbrücken. Immerhin war Tuchkunde neben Mathloginistik ihr größtes Sorgenfach.

Ramor, der ein paar Sitzreihen hinter ihnen saß, wurde von den dreien gar nicht bemerkt. Heute war ihm das auch ganz recht. Timur und Malakin galten seit der Mag-Wynor-Geschichte als die größten Helden der Schule und spätestens seit der heutigen Ausgabe der Tylandor'schen Nachrichten sogar als die größten Helden der Stadt. Wen interessierte noch, dass er Malakin verdrängt hatte? Wer interessierte sich überhaupt noch für die Pamas-Bande? Und für den neuen Chef, der sogar zu dämlich war, seine Faust ins richtige Ziel zu steuern?

Über seinen trübsinnigen Gedanken bekam Ramor kaum mit, wie sie die Schule erreichten, ausstiegen und ihr Klassenzimmer betraten. Dann kam wieder Kelboor mit seinem verflixten Mathloginistik-Zeug. Und während er redete, schauten alle heimlich zu Malakin, dem Supermann, der es in den Mag-Wynor-Saal geschafft hatte, und zu seinem gammeligen blonden Flossenkopffreund, dem großen Geheimnisvollen, in dem angeblich dieses dämliche Olisam leuchtete.

Es war Zeit, etwas in seinem Leben zu ändern, dachte Ramor. Und er hatte auch schon eine Idee. Er war immerhin Ramor Harras, der Sohn von Rogoman Harras, dem Mann, der in den letzten Jahren zu einem der erfolgreichsten Tuchproduzenten von Tylandor aufgestiegen war. Zwar trug der Name Harras noch lange nicht den gleichen Glanz wie der Name Faragli, aber eines Tages würde er Malakins Vater wie eine Fliege an der Wand zerquetschen, das sagte sein Vater immer wieder.

Und außerdem stammte seine Familie in direkter Linie vom legendären Oskanier Haug Harras ab, Chef der allerersten Oskanischen Garde von Tylandor und ein Kämpfer, wie man ihn heute gar nicht mehr kannte. All die schnaufenden fetten Gardisten waren erbärmliche Schwächlinge, die keinen Hauch des alten Oskanierblutes mehr in sich trugen. Sein Vater und er waren deswegen Mitglieder im Geheimbund der alten Oskanier. Eines Tages würden sie sich neu formieren. Sie warteten nur, bis ihre Zeit gekommen war.

»Was will man mehr?«, sagte sich Ramor im Stillen, verschränkte die Hände hinter dem Kopf und versuchte zufrieden zu sein.

***

Sechs Stunden später war der Schultag endlich vorbei. Als Timur mit Malakin und Julina wieder an die frische Luft trat, klang in seinen Ohren immer noch die Orchesterprobe mit Frau Welpin in der letzten Stunde nach. Die Rammhörner hatten eine Fensterscheibe zum Zerspringen gebracht. Doch noch bevor er richtig durchatmen konnte, wartete bereits der nächste Schreck auf ihn: Zagrams pompöse Kutsche stand direkt vor dem Schuleingang. Der Vorsitzende hatte nicht gesagt, dass er ihn direkt von der Schule abholen würde. Timur hoffte noch kurz, dass das Ganze nichts mit ihm zu tun hatte, aber dann tauchte auch schon Zagram im Türfenster auf und winkte ihn ungeduldig zu sich. Und das an einem Tag, an dem er alles lieber wollte, als noch mehr Aufsehen zu erregen. Er verabschiedete sich und sah zu, dass er so schnell wie möglich in der Kutsche verschwand. Hoffentlich waren sie bald außer Sichtweite.

Zagram saß ihm gegenüber und musterte ihn freundlich. Timur spürte aber, dass der Vorsitzende genauso aufgeregt war wie er selbst. Vor allem aber freute sich Timur. Seit er von den Burgwachen aus dem Mag-Wynor-Saal geschleppt worden war, sehnte er sich danach, endlich wieder die magische Musik zu hören. In seine Vorfreude mischte sich aber auch ein unangenehmes Gefühl. Er hatte Zagram von Anfang an nicht über den Weg getraut, aber seit der Sache mit dem Schwur konnte er ihn noch weniger leiden. Komischerweise war die unerklärliche Verbindung zu ihm trotzdem geblieben. Sie war sogar stärker denn je. War das ein Zauber, der von Zagram ausging? Fühlte er die gleiche Verbindung zu ihm? Konnte er womöglich seine Gedanken lesen?

Die Kutsche brachte sie über die Innere Ringstraße bis vor den streng bewachten Durchgang zum Zentrum von Aramburg. Nicht weniger als sieben bewaffnete Burgwachen schoben hier Dienst. Zagram würdigte sie keines Blickes, als sie an ihnen vorbeigingen. Die Wachen schienen ihn zu kennen. Sie zeigten ihm sogar einen militärischen Gruß. Jeden anderen hätten sie sofort aufgehalten, so viel wusste Timur über Aramburg. Als sie am anderen Ende des Durchgangs herauskamen, betraten sie eine Zugbrücke. Der tiefe

Graben, den sie überspannte, umgab das Herz von Aramburg. Vor ihnen erhob sich die mächtige alte magische Schule Balinford.

Sobald Zagram sich näherte, öffnete sich das Tor. Timur hielt den Atem an, als sie die riesige Eingangshalle betraten. Wie viele Tausend Zauberer mochten hier früher ausgebildet worden sein? Er ging, ohne nachzudenken, geradeaus auf das Portal am anderen Ende der Halle zu, aber Zagram hielt ihn zurück.

»Wo willst du hin? Durch das Portal da vorne kämst du zum Wohnpalast der Arams. Glaube mir, sie sind gerade nicht bereit, dich zu empfangen.«

Mag Zagram lachte, als hätte er einen guten Witz gemacht, und schob Timur nach rechts zu einer großen Flügeltür. Nachdem ihnen die Wachen unter Verbeugungen geöffnet hatten, gelangten sie in einen runden Vorraum. Auf der gegenüberliegenden Seite wartete eine weitere Flügeltür auf sie. Timur erkannte die Verzierungen wieder. Dies war der Eingang zum Mag-Wynor-Saal! Zagrams Blick wurde ernst. »Gut, Timur. Wie du weißt, dürfen nur die höchsten Vertreter der Magischen Gilde und einige wenige Wissenschaftler, denen wir es erlauben, den Mag-Wynor-Saal betreten. Dass jemand wie du hier hereinkommt … also, *mit Erlaubnis* hier hereinkommt, ist wirklich eine große Ausnahme. Es gibt nur einen Grund, warum die Burgwachen nicht sofort ausrücken, wenn wir jetzt den Saal betreten und den magischen Alarm ausgelösen: weil ich dabei bin. Vergiss das nicht.«

Timur nickte ergeben. Zagram wandte sich den Wachen vor der Tür zu und begrüßte sie mit Handschlag. »Darf ich vorstellen, das hier ist Timur Bramak, der Junge …«

»Der Junge, der es schaffte.«

»Richtig. Ich sehe, Sie lesen auch die Nachrichten, Borgun. Sehr gut. Nun denn, Timur – es ist so weit.«

Borgun und sein Kollege öffneten die beiden riesigen Türflügel.

Jede Bewegung war einstudiert. Dies war für sie der große Höhepunkt eines ansonsten sehr langweiligen Arbeitstages. Zagram und Timur betraten den Saal und die Tür schloss sich wieder hinter ihnen.

Timur holte tief Luft und sah sich um. Nichts hatte sich verändert. Die riesigen Regale mit den Büchern auf der einen, die Regale mit den seltsamen Geräten auf der anderen Seite, die Wand mit den Porträts, die leeren Tische und Stühle, die riesigen Schränke neben der Tür, das intensive bläuliche Licht und natürlich die Musik. Zuerst nur ganz leise, dann immer lauter, bis sein Kopf davon erfüllt war. Timur genoss jeden Augenblick.

Zagram zog seinen Umhang aus, hängte ihn an einen Haken und ging anschließend zu einem der beiden Garderobenschränke. Gut zwei Dutzend Umhänge aus blauem Stoff, der von Nahem wunderbar schimmerte, hingen auf uralten Kleiderbügeln. Der Vorsitzende schlüpfte in einen von ihnen hinein. Danach nahm er sich einen Hut aus dem anderen Schrank, setzte ihn auf und betrachtete sich in einem Spiegel, der unauffällig im Inneren der Schranks angebracht war.

Zufrieden mit seinem Aussehen drehte er sich wieder zu Timur und sagte: »Ich trage nun eines der Gewänder der verschwundenen Zauberer. Glaube es oder nicht, aber es ist weit über tausend Jahre alt.«

Timur schnappte nach Luft. »Es sieht aus wie neu.«

»Richtig, Timur. Magischer Stoff, verschmutzt nicht, zerfällt nicht und die Farbe hört nie auf zu leuchten. Fürst Aram duldet nicht, dass diese Kleidungsstücke den Mag-Wynor-Saal verlassen. Ich persönlich finde, dass er zumindest für den Vorsitzenden der Magischen Gilde eine Ausnahme machen sollte, aber solange wir mit den nachgeschneiderten Umhängen von Faragli ausgestattet werden, soll es mir recht sein. Natürlich darf nur ich als Vorsitzender das magische Blau tragen, die anderen erhalten andere Farben.«

»Natürlich, Mag Zagram.«

Sie erreichten die erste Tischreihe.

»Gut, Timur. Du setzt dich jetzt auf diesen Stuhl und rührst dich nicht von der Stelle. Haben wir uns verstanden?«

Timur setzte sich und sah zu, wie Zagram den Mittelgang zwischen den Tischen entlangschritt. Dabei sah er abwechselnd nach links und rechts und studierte die Rücken der Bücher und die seltsamen Geräte in den Regalen. Er schien zu überlegen, wo er als Erstes hingehen sollte. Timur versank währenddessen ganz in der magischen Musik. Erst als Zagram plötzlich stehen blieb und sich umdrehte, wurde er wieder aufmerksam.

»Was mir gerade einfällt, mein lieber Timur, die Öffnung im Boden, von der ihr erzählt habt, das war eine Erfindung, oder? Mir kannst du es ruhig sagen.«

»Nein, Mag Zagram.«

Eine Falte erschien auf Zagrams Stirn. »Dann zeige mir jetzt bitte schön, wo genau sie gewesen sein soll!«

»Ich glaube, in etwa da, wo Sie jetzt gerade stehen.«

Zagram sah an sich herunter, ging in die Knie, fühlte und klopfte hier und da. Dann richtete er sich wieder auf und schüttelte ärgerlich den Kopf. »Wir haben im Augenblick Wichtigeres zu tun. Aber ich will mich beizeiten noch einmal mit dir darüber unterhalten, Timur.«

Wieder schaute er konzentriert nach rechts und links, fasste dann endlich einen Entschluss und ging mit schnellen Schritten auf eines der Bücherregale zu. Noch einmal zögerte er kurz, dann nahm er ein großes Buch heraus und schleppte es zu Timurs Tisch. Der blaue Umhang wehte hinter ihm her.

»Achtung.«

So vorsichtig Zagram das schwere Buch auch abzulegen versuchte, es machte dabei trotzdem laut *Wump!*. Während es im riesigen Saal nachhallte, verschnaufte er ein wenig, dann beugte er sich über Timur und schlug das Buch in der Mitte auf.

»Nun, Timur, was siehst du?« Er klang so feierlich wie noch nie zuvor. Spätestens jetzt war klar, dass er Timurs Gedanken nicht lesen konnte, denn sonst wäre er vor dessen lautem »Oh nein!« zusammengezuckt. Dies war zwar zweifellos das größte und prächtigste magische Buch, das Timur je gesehen hatte, aber auch das half nichts.

»Ich sehe die gleichen Zeichen wie in den magischen Büchern, die einmal in der Woche in die Schule gebracht werden, Mag Zagram. Ich kann sie nicht lesen.«

Die Musik spielte weiter, als wäre nichts gewesen. Timur versuchte Zagrams Miene zu deuten. War er genauso enttäuscht wie er selbst? Im nächsten Moment spürte er, wie ein völlig anderes Gefühl in Zagram aufstieg: Misstrauen.

»Sie können mir glauben, Mag Zagram, ich habe schon oft versucht, diese Schrift, oder was auch immer es ist, zu lesen. Ich kann es nicht, Ehrenwort.«

»Soweit ich mich erinnern kann, hatte ich nicht behauptet, dass du lügst.«

Timur biss sich auf die Zunge. Er durfte künftig nur noch auf Zagrams Worte eingehen, nicht auf dessen erspürte Gefühle, sonst würde er bald komische Fragen stellen. Und wenn er erst einmal wusste, dass Timur seine Gefühle spüren konnte, wer weiß, ob er ihn dann jemals wieder in seine Nähe ließ und in den Mag-Wynor-Saal mitnahm.

»Du siehst also wirklich nichts?«

»Nein.«

Timur war in diesem Moment fast froh, nichts zu sehen, denn

Zagram sah ihn so scharf an, dass er ihn unmöglich hätte anlügen können.

»Na gut, Timur, versuchen wir etwas anderes. Du wartest wieder hier.«

Zagram entfernte sich erneut durch den Mittelgang. Diesmal nahm er zu Timurs Freude eines der magischen Geräte aus einem der Regale, kam damit wieder zurück, schob das große Buch zur Seite und stellte es ihm vor die Nase.

»Und, Timur, siehst du jetzt etwas?«

Ich sehe ein fein gearbeitetes Holzgestell, in dem ein Metallring aufgehängt ist. Und ich sehe um den Ring herum ein Gewirr aus feinen Drähten, die herumwackeln und in allen Regenbogenfarben schimmern. Schade, dass Malakin und sein Großvater nicht hier sind. Sie hätten ihren Spaß an dieser Bastelei, dachte Timur. Aber einen Sinn erkannte er beim besten Willen nicht darin. Er wurde unruhig. Wenn er jetzt nichts Außergewöhnliches vollbrachte, so wie gestern das mit dem Briefbeschwerer, würde ihm dann der Mag-Wynor-Saal künftig verschlossen bleiben?

»Lass dir ruhig Zeit, Timur. Konzentriere dich. Fühle das Olisam in dir. Und, äh, wenn dir irgendwelche komischen Worte einfallen, denk ruhig auch daran, wer weiß, was passiert.«

Was sollte er machen? Einfach angestrengt durch den Ring starren und dann behaupten, dass etwas Magisches passiert sei? Zum Beispiel, dass er fliegende Algrams gesehen hätte oder, noch besser, einen Zauberer von früher? Einen Zauberer, der irgendetwas Rätselhaftes sagte, am besten in einer frei erfundenen Sprache? Timur dachte sich schon die ersten Sätze in unverständlichen Lauten aus, als ihm plötzlich eine andere Idee kam. Ja, das sollte man wirklich mal ausprobieren.

»Wir könnten das Buch vor den Ring halten. Vielleicht ist er ja so eine Arte magische Lupe, mit der man die Zeichen lesen kann.«

Zagram lächelte. »Ein überaus kluger Vorschlag, Timur. Ich habe natürlich die ganze Zeit darauf gewartet, dass du selbst auf die Idee kommst.«

Timur spürte ein Flackern in Zagrams Gedanken. Hatte er etwa gerade gelogen? Der alte Mann hob das Buch hoch, schlug es schnaufend in der Mitte auf, hielt es vor seinen Bauch und stellte sich damit auf die andere Seite des Rings. Timurs Herz schlug schneller. War das vielleicht wirklich der Weg, die Zeichen zu lesen?

Nein, auch durch den Ring mit dem Drahtgespinst sahen die Zeichen so aus wie immer.

»Und? Kannst du es nun lesen?«

»Nein, Mag Zagram.«

Der alte Mann seufzte, schloss das Buch und drehte Timur den Rücken zu. Wieder sah er sich die Regale an. Timur wurde nervös. Sollte er Zagram vielleicht doch das Lügenmärchen von dem aus dem Nichts erscheinenden Zauberer auftischen?

Er sah noch einmal durch den Ring. Ein kurzer Schrei kam über seine Lippen. Nun erkannte er tatsächlich etwas!

»Sie sind … dreiundsiebzig Jahre alt!«

»Richtig. Woher weißt du das?«

»Es … oh, es … stand irgendwann mal in den Tylandor'schen Nachrichten.«

Es stand auf Zagrams Rücken! 73 Jahre, 7 Monate, 12 Tage. Timur sah es durch den Ring. Große weiße Zahlen und Buchstaben! Und als Zagram sich umdrehte, erschienen sie auf seinem Bauch.

»Schön, wenn du so aufmerksam die Zeitung studierst, aber warum ist das jetzt wichtig?«

» Weil … Sie … Sie sollten in Ihrem Alter nicht mehr so schwere Bücher tragen.«

Um die große Zahl herum konnte Timur kleine Bilder sehen.

Bilder, die sich bewegten. Sie zeigten Ereignisse aus Zagrams Leben. Er sah Zagram mit seinen Eltern, Zagram mit Frauen, Zagram in Frumbils Gaststube …

»Haha, um mich solltest du dir wirklich keine Sorgen machen, Timur. Ich mag zwar meine dreiundsiebzig Lenze zählen, aber sei sicher, ich kann immer noch mindestens doppelt so viele Bücher tragen wie du.«

Diese Bilder! So klein, aber trotzdem gestochen scharf! Timur hätte am liebsten danach gegriffen.

»Aber danke, dass du an meine Gesundheit denkst. Ihr Bengel aus Foigor seid wohl doch nicht ganz so ungehobelte Kerle, wie immer gesagt wird.«

»Danke … Danke, Mag Zagram.«

Steine in der Luft

Es wurde mit jedem Moment dunkler. Ramor kannte diese Straße nicht. Die Fenster der leeren Häuser starrten ihn wie böse Augen an und jedes noch so kleine Geräusch ließ ihn zusammenzucken. Süklün Gonax, der unheimliche Kerl, mit dem er unterwegs war, ging auf seinen dünnen Beinen voran und sprach kein Wort. Er arbeitete für Ramors Vater. Über einer Stunde waren sie nun schon unterwegs.

Gonax war etliche Umwege gegangen, um mögliche Verfolger abzuhängen. Ramor hatte längst die Orientierung verloren. Nur ein vages Bauchgefühl sagte ihm, dass sie sich irgendwo in der Nähe der großen Mauer befanden. Wieder blieb sein Begleiter an der Straßenecke stehen und sah sich um, ob niemand hinter ihnen her war.

Ramor mochte Gonax' Augen nicht. Sein Blick war fies und verschlagen und man hatte das Gefühl, dass er durch Wände schauen konnte.

Ein wohlbekanntes Geräusch drang von Weitem zu ihnen. Schon wieder ein roter Straßenwagen. Natürlich war er leer, die letzten Fahrgäste stiegen normalerweise in der Graunalstraße aus. Nur hin und wieder blieben Verrückte wie Kalima Welpin bis zur Endstation sitzen, um an der Mauer der blöden Trommelei auf der anderen Seite zuzuhören. Trotzdem verschwand Gonax sofort im nächsten Hauseingang und winkte Ramor ungeduldig zu sich.

Ramor hasste es, in diese dreckigen, vermoderten leeren Häuser zu gehen, die voller vergammeltem Ramsch standen, aber Gonax packte seinen Arm und zog ihn mit einem Ruck zu sich. Ramor stützte sich ab, um nicht hinzufallen, fasste dabei in irgendetwas Weiches, Feuchtes und quiekte vor Ekel auf. Was bildete sich dieser Gonax eigentlich ein? Er war immerhin Ramor Harras, der Sohn des Chefs. Wütend funkelte er ihn an, aber Gonax ließ das kalt. »Wenn man mich hier sehen würde, wär's schon schlimm genug. Wenn man aber dich hier sehen würde, kleiner Herr Harras, wär's 'ne richtige Katastrophe«, flüsterte er mit seiner unheimlichen, heiseren Stimme.

»Ja, schon gut. In diesem Straßenwagen saß eh kein Mensch.«

»Hätt aber einer drinsitzen können.«

Hoffentlich musste er nicht mehr oft mit diesem Kerl unterwegs sein, dachte Ramor. Aber was blieb ihm übrig? Er hatte seinen Vater gefragt, ob er anfangen könnte, in dessen Geschäft mitzuarbeiten. Rogoman Harras hatte ihn lange durch seine schmalen Augen angesehen, so als würde er seinem Sohn nicht das Geringste zutrauen. »Mach erst einmal deine Prüfungen«, hatte er gesagt. Und nur weil Ramor hartnäckig geblieben war, hatte er sich am Ende bereit erklärt, sich etwas zu überlegen.

Heute hatte er Ramor dann sehr früh geweckt. »Willst du wirklich was vom Geschäft mitbekommen?«, hatte er gesagt. »Dann sei heute Abend um sieben hier.« Und als Rogoman ihm den Zettel mit einer Adresse im inneren Süden in die Hand drückte, glänzten seine Augen. Es schien, als würde ihm der Gedanke, seinen Sohn mit im Geschäft zu haben, nun doch gefallen. »Und zu keinem ein Sterbenswörtchen, Ramor. Auch nicht zu deiner Mutter, klar?« Mehr war nicht aus ihm herauszubekommen. In dem Haus, dessen Adresse auf dem Zettel stand, hatte er dann Gonax getroffen. Und auch der hatte sich auf keine Fragen eingelassen. Wenigstens schien der Kerl nun endlich bereit, die Bruchbude, in der sie sich vor dem Straßenwagen versteckt hatten, wieder zu verlassen.

»Komm. Leise.«

Vorsichtig stahlen sie sich wieder auf die Straße. Wenige Minuten später tauchte endlich die große Mauer vor ihnen auf. Ramor, der sie bisher nur zwei- oder dreimal in seinem Leben gesehen hatte, erschrak vor ihrer Höhe. Der einzige Durchgang zwischen Halum und Foigor war das streng bewachte Große Tor am Ende der Mollwurstraße, von dem sie im Moment aber weit entfernt waren. Ansonsten gab es kein Durchkommen. Für niemanden.

Er ließ seine Blicke an den mächtigen, regelmäßig gemauerten Steinquadern emporwandern. Was würde nun passieren? Sein Vater war Tuchproduzent. Warum schickte er Leute im Dunkeln an die große Mauer? Was hatte das mit seinem Geschäft zu tun? Gonax gab ihm ein Zeichen, stehen zu bleiben. Ein letztes Mal sah sich der dünne Mann um, dann schob er Ramor in eine Türöffnung, die hinter einem wuchernden Gebüsch versteckt war.

»Vorsicht, Stufen.«

Ein Kellereingang. Auch das noch. Die Treppe führte steil nach unten und abenteuerlicher Gestank schlug ihnen entgegen. Nach wenigen Stufen waren sie völlig in Dunkelheit gehüllt. Ramor tastete sich an der Wand entlang und war froh, als er das Ende erreicht hatte, ohne gestürzt zu sein.

Gonax schnalzte und mit einem Mal war der Flur in einen schwachen Lichtschein getaucht. Ramor riss die Augen auf. Hatte sein Vater diesem Kerl etwa sein magisches Handlicht geliehen? Diese kleine Leuchtkugel, die auf Schnalzen reagierte, war sehr teuer. Ramon ärgerte sich. *Ihm* hatte sein Vater noch nie sein magisches Handlicht anvertraut.

»Du musst noch einmal schnalzen, Gonax, dann wird es heller.«

»Nein. So viel Licht ist schon gefährlich genug, kleiner Herr Harras.«

Gonax ging voran, Ramor trottete ihm missmutig hinterher. Durch eine halb verfallene Tür kamen sie in einen Raum voller Gerümpel. Gonax ging auf eine große Kiste zu, die in einer Ecke stand.

»Die müssen wir aufmachen. Hilf mir!«

Ramor verzog das Gesicht. Musste er schon wieder etwas Moderiges anfassen? Einen Moment später merkte er, dass er sich getäuscht hatte. Die Kiste war kein bisschen moderig. Im Gegenteil, das Holz war fest und glatt. Jemand hatte sie aber mit schlieriger schwarzbrauner Farbe bemalt, damit sie alt aussah.

Sie klappten den schweren Deckel hoch. Ramor sah, dass die Kiste keinen Boden hatte. Eine schmale Leiter führte in die Tiefe. Gonax nahm das Handlicht zwischen die Zähne und stieg, ohne zu zögern, hinunter. Ramor sah dem Licht hinterher, das kleiner und kleiner wurde. Wenige Augenblicke später rief Gonax, dass er ihm folgen sollte. Ramors Herz schlug schneller. Er ertastete im Dunkeln die erste Leitersprosse.

»Aber ...«

Bevor er mehr sagen konnte, schnalzte es zweimal unter ihm und helles Licht flutete in den Schacht. Als er unten ankam, sah er Gonax zum ersten Mal lächeln.

»Sehr gut, kleiner Herr Harras. Es dauert nicht mehr lang, dann haben wir es geschafft.«

Sie standen in einem Tunnel. Der Schein des Handlichts wanderte über lange Reihen hölzerner Balken und Stützen. Der dünne Kerl mit dem unheimlichen Blick schritt wieder voran. Ramor konnte zwar unmöglich sagen, in welche Himmelsrichtung sie gerade gingen, aber in dieser Gegend konnte es nur einen Grund geben, einen Tunnel zu graben.

»Gehen wir etwa nach …?«

»Wir gehn in die Gegend, in der die Leute tagsüber Fisch fressen und nachts blöde rumtrommeln. Richtig, kleiner Herr Harras.«

Ramor schlug das Herz bis zum Hals! Was wollten sie in Foigor, dem Stadtteil, der so gefährlich war, dass man die Mauer um ihn herumgebaut hatte? Was, wenn ihnen ein Foigi-Räuber entgegenkam? Was, wenn sie entführt wurden? Er bekam weiche Knie.

»Aber …«

»Man hat mir nicht erlaubt, dir mehr zu sagen. Du sollst einfach nur zuschaun und still sein. Stopp, hier müssen wir abbiegen.«

Ramor fragte sich, ob er sich verhört hatte. Hier konnte man nirgends abbiegen. Der Tunnel ging einfach geradeaus weiter. Gonax deutete nach rechts auf eine der Holzstützen.

»Merk dir diese Stütze. Ist die dreiundachzigste, wenn du von Anfang an zählst. Außerdem kannste sie an diesem Zeichen erkennen.«

Gonax hielt das Handlicht nah heran. Ramor sah einen senkrechten Strich, der von vier waagerechten Strichen durchkreuzt wurde. Die Linien waren so schwach in das Holz eingeprägt, dass man sie nur sah, wenn man wirklich danach suchte.

Gonax packte die Stütze mit beiden Händen und zog sie von der Tunnelwand weg. Ramor stieß einen kurzen Schrei aus und sah ängstlich nach oben. Aber die weggezogene Stütze hatte offenbar nicht die Aufgabe, die Decke zu stützen, sie war nur dazu da, eine Öffnung zu verdecken. Eine sehr, sehr schmale Öffnung.

»Komm!«

»Da rein?«

Doch Gonax war bereits in dem Spalt verschwunden. Ramor schnappte nach Luft. Wie sollte er da durchpassen? Er seufzte, aber nach einiger Mühe und schmerzhaften Verrenkungen hatte auch er es auf die andere Seite geschafft. Der Tunnel, in dem sie nun standen, war deutlich kleiner als der, den sie eben verlassen hatten.

»Nur noch ein paar Schritte, kleiner Herr Harras«, sagte Gonax gnädig, während er mit den Händen durch den schmalen Spalt hinter ihnen langte und die falsche Stütze an zwei auf der Rückseite angebrachten Handgriffen wieder fest gegen die Öffnung zog.

Ich bin in einem Geheimtunnel, der von einem Geheimtunnel abzweigt. Niemand, absolut niemand würde mich hier je finden, ging es Ramor durch den Kopf. Er war Gonax hilflos ausgeliefert. Selten in seinem Leben hatte er sich so unwohl gefühlt.

Kurze Zeit später blieben sie erneut stehen. Ramor erwartete die nächste unzumutbar enge Geheimöffnung in den nächsten, noch geheimeren Geheimtunnel, aber sein Begleiter deutete diesmal nach oben. Im Schein des magischen Lichts war ein runder Schacht zu sehen, in dem eiserne Sprossen nach oben führten.

»Warte hier.«

Gonax stieg über eine schmale Leiter hinauf. Schmutz- und Erdbrocken lösten sich von seinen Sohlen und fielen Ramor, der staunend unter ihm stand, ins Gesicht. Oben angekommen, klopfte Gonax gegen eine Falltür. Es war ein kompliziertes Klopfzeichen mit etlichen verschieden langen Pausen. Kaum war er fertig, öffnete sich die Klappe mit einem tiefen Knarren. Gonax und das Handlicht verschwanden aus Ramors Blickfeld. Er stand im Dunkeln und hörte, wie sein Begleiter ein paar Worte mit einem anderen Mann wechselte. Dann erschien Gonax' Gesicht wieder in der Schachtöffnung hoch über ihm.

»Komm.«

Er beleuchtete die Leitersprossen. Als Ramor hochkletterte, schlug sein Herz so laut, dass er glaubte, man müsste es bis nach Halum hören. Oben empfingen ihn Gonax und zwei andere Männer in einem düsteren Raum mit verhängten Fenstern. Den beiden Männern, die ihm kurz und ausdruckslos zunickten, sah man sofort an, dass sie Foigis waren. Sie trugen Hosen, deren Bund ihnen bis über den Bauchnabel reichte, ein zusammengeschlungenes Tuch als Gürtel und gestreifte Hemden ohne Kragen. Ramor schluckte.

Gonax griff in seine Jacke und holte einen großen weißen Umschlag heraus und überreichte ihn einem der Männer. Der nickte, Gonax nickte zurück und gab dann Ramor ein Zeichen zum Aufbruch. Ramor kletterte verblüfft die Leiter wieder hinunter. Das war alles?

Unten ging Gonax wieder schweigend voran. Als sie den getarnten Durchschlupf zum großen Tunnel erreichten, sah er zuerst durch ein kleines Guckloch, ob niemand auf der anderen Seite war. Dann machte er sich daran, die falsche Stütze wegzuschieben. Als der schmale Spalt frei war, sah er Ramor noch einmal scharf an.

»Was auch immer du in Zukunft hier treibst, pass auf, dass keiner was von diesem Eingang hier mitkriegt. Wichtigste Regel überhaupt, kapiert?«

»Aber ... was für Leute benutzen denn noch den großen Tunnel?«

Gonax kicherte in sich hinein.

»Was glaubst du? Jede Menge Gesindel treibt sich hier herum. Wir sind nicht die Einzigen aus Halum, die drüben zu tun haben. Und so manche Kerle von drüben zieht es aus gewissen Gründen nach Halum, auch wenn uns das nicht passt. Der große Tunnel gehört allen. Aber dieser kleine Tunnel hier«, Gonax betonte jedes Wort, »der geht keinen etwas an, verstanden?«

Wieder ärgerte sich Ramor über den Ton, in dem Gonax es wagte, mit ihm, Ramor, dem Sohn seines Chefs, zu sprechen, aber er ließ es dabei bewenden und versank in Schweigen. Je länger sie hier unten waren, umso mehr kam ihm das Ganze wie ein Albtraum vor. Erst als sie in den Halumer Keller zurückkamen, fand er seine Sprache wieder: »Und das ... das war jetzt wirklich alles, was wir zu tun hatten?«

»Ja.«

»Aber ...«

»Das nächste Mal komm ich noch mit und bring dir das Klopfzeichen bei, danach wirste die Briefe von deinem Vater alleine den Flossenköpfen überreichen.«

Sie verließen den Keller und betraten die leere Straße. Wieder nahm Gonax ein paar Umwege, und wenn sich ein roter Straßenwagen näherte, flüchteten sie sich erneut in dunkle Hauseingänge. Als Ramor endlich von Weitem die ersten Menschen sah, die die Randgebiete des inneren Südens bewohnten, stoppte sein Begleiter.

»An der nächsten Kreuzung trennen wir uns. Ich biege links ab, du gehst weiter geradeaus. Und schau, dass du so schnell, wie's geht, nach Hause kommst.«

»Und was ...«

»Dein Vater sagt dir Bescheid, wenn die nächste Reise ansteht.« Gonax entfernte sich ein paar Schritte, dann drehte er sich noch einmal kurz um und grinste. »Tschüss. War mir ein großes Vergnügen, kleiner Herr Harr...«

Im gleichen Moment schlug ein faustgroßer Stein genau zwischen den beiden auf dem Pflaster ein. Die Wucht war so groß, dass er in zwei Stücke zersprang. Ramor sah kurz den Schrecken in

Gonax' Gesicht, danach ging alles sehr schnell: Noch bevor die beiden Steinhälften zur Ruhe kamen, hatte Gonax ihn gepackt und mit erstaunlicher Kraft durch die nächste offene Tür geworfen. Er selbst war hinterhergesprungen. Sie kauerten nun in einer Nische und wagten kaum zu atmen. Nur Gonax' Augen schossen wild hin und her.

***

Eine Straße weiter saß Timur alleine auf dem großen flachen Dach seines Hauses. Der Himmel über ihm war nachtschwarz, nur über den Dachrand mogelte sich etwas Licht von der Straße herauf und manchmal hörte man das Lachen der Weintrinker vor dem Eingang.

Neben ihm lag ein kleiner Haufen faustgroßer Steine, die er in einem Beutel mitgebracht hatte. Er legte einen davon vor sich hin und atmete tief ein. Dann konzentrierte er sich und sagte leise: »Wregnihaluf.« Das Wort in seinem Kopf begann wieder zu wachsen, aber diesmal erschrak er nicht mehr darüber. Er arbeitete dagegen an. Je öfter er es versuchte, umso besser konnte er den Flugzauber kontrollieren. Die ersten Steine waren noch wie Feuerwerksraketen in den Himmel geschossen und er konnte nur hören, wie sie lange Zeit später irgendwo unten auf das Straßenpflaster knallten. Nun war er aber schon viel weiter. Das Zauberwort nahm nur noch so viel Platz in seinem Kopf ein, wie er ihm gestattete. Und je weniger Raum er dem Wort gab, umso langsamer bewegte sich das, was er zum Fliegen brachte.

Stolz sah er zu, wie der Stein gemächlich vor seiner Nase hochstieg. Als er eine Armlänge über ihm war, gab er dem Zauberwort in seinem Kopf noch weniger Raum und der Stein wurde noch langsamer. Er machte das Wort noch kleiner. Der Stein begann sich wieder zu senken. Wieder etwas größer. Der Stein stieg erneut auf. Timur versuchte den Stein nun an einer Stelle in der Luft verharren zu lassen, aber das gelang ihm nicht. Er war aber zuversichtlich, dass er es mit einiger Übung schaffen konnte. Ob sie solche Übungen früher auch in der magischen Schule Balinford gemacht hatten?

Als Nächstes ließ Timur den Stein in kontrolliertem Tempo so hoch in die Luft steigen, dass er ihn gerade noch mit bloßem Auge erkennen konnte. Dann ließ er ihn langsam wieder heruntersinken. Am Ende setzte er so sanft auf dem Dach auf, dass es nicht das kleinste Geräusch gab. Er lächelte. Nicht schlecht für den Anfang! Morgen würde er es mit schwereren Dingen versuchen. Und natürlich weiter das Stein-in-der-Luft-stillstehen-Lassen üben. Ob man Dinge nicht nur auf und ab, sondern auch gezielt an einen anderen Ort fliegen lassen konnte? Bestimmt stand irgendwo in diesen blöden magischen Büchern, die keiner entziffern konnte, wie das ging. Vielleicht war es mit dem Lesen wie mit dem Flugzauber? Vielleicht reichte ein Zauberwort, um zu erkennen, was die Zeichen bedeuteten? Aber wie sollte er das herausfinden? Wein trinken und versuchen, schwierige Städtenamen auszusprechen, wie einst Zagram? Er seufzte, stand auf und machte sich auf den Weg nach unten.

Virku saß bei den anderen auf der Straße. Gut gefüllte Weingläser und Foigi-Brot standen auf einem Tisch, ausgelassene Gespräche füllten die Luft und im Hintergrund spielten zwei Männer leise die Trommeln. Timurs Vater lächelte, als er ihn sah. Er fragte nur selten, wo er sich herumtrieb. Auch bei der Sache mit dem Olisam, die alle in der Zeitung gelesen hatten, überließ er es Timur, wann er mehr erzählen wollte.

Timur setzte sich neben ihn auf einen freien Stuhl. Er war nicht das einzige Kind in der Runde. Semul, Arra und die kleine Rumina, die gerade erst laufen gelernt hatte und schon längst ins Bett gehörte, wuselten zwischen den Leuten herum. Eine Nachbarin drückte Timur ein Glas Limonade und ein Stück Brot in die Hand und kniff ihn in die Wange.

»Du musst mehr essen, Timi. Viel mehr essen.«

»Das Halumer Essen macht unsere Jungs schwach.«

»Unsinn, Timi kann einen ganzen Krampenhai hochheben, wenn er will.«

»Timi sollte lieber einen ganzen Krampenhai essen.«

»So wie du es jeden Tag tust, wenn ich mir deinen Bauch ansehe, Kirumul.«

»Nur kein Neid, Srella. Übrigens, heiratet deine Schwester nun wirklich einen Hegel?«

»Oh ja. Und einen reichen Hegel noch dazu.«

»Einen Hegel, dass ich das noch erleben muss.«

Kirumul schüttelte den Kopf und tat, als müsste er weinen. Timur lachte in sich hinein. Foigis nannten die Halumer verächtlich »Hegel«, wenn sie unter sich waren. Dabei waren sie schon längst selbst Hegel geworden. Sie trugen Hegelkleider, hatten Hegelberufe, wohnten in Hegelhäusern und verliebten sich sogar in Hegel. Sie sprachen nur etwas anders, aßen ab und zu ihren Fisch und konnten trommeln, weiter nichts. Und Srellas Schwester war beileibe nicht die Erste von ihnen, die einen Halumer heiraten würde. Trotzdem gab es immer noch ein paar Alte, die spotteten.

Virku hatte seine Hand auf Timurs Schulter gelegt und betrachtete zufrieden den schwatzenden Haufen. Auch wenn Baletas Verschwinden Tag und Nacht an seiner Seele nagte, hatte er hier wenigstens eine neue Heimat gefunden, in der er sich sicher und wohl fühlte.

Timur stupste ihn an. »Ich muss dich was fragen.«

»Ja?«

»Also … sagen wir, irgendjemand hat etwas beim Seliuk geschworen. Kann er diesen Schwur irgendwie rückgängig machen?«

Virku sah ihn erstaunt an. »Nein, natürlich nicht.«

»Und wenn er den Schwur bricht?«

»Darf man nicht. Wenn einer beim Seliuk schwört, kann man sich drauf verlassen. Selbst wenn's einer ist, der für die Banden arbeitet. Der Seliuk-Schwur ist das Einzige, was in Foigor heilig ist.«

»Heilig?«

»Es heißt, wenn auch nur einer ihn jemals bricht, stürzt der Fels ins Meer, auf dem Foigor steht.«

Timur nahm einen großen Schluck Limonade und sah in den Nachthimmel. Nie wieder würde er so dumm sein, beim Seliuk zu schwören.

***

Zur gleichen Zeit saß weit, weit von Tylandor entfernt ein alter Mann auf einem roten Sessel und ballte die Fäuste. Der Mann war groß. Viel größer als Zagram. Seine Haut war fast weiß, ebenso wie seine langen glatten Haare und sein Bart. Seine Augen waren hingegen noch schwärzer als Mantaay'scher Tiefenstein. Und sein Blick war so finster, dass selbst der stolze Vorsitzende der Magischen Gilde unter ihm sofort zu einem Zwergkaninchen geschrumpft wäre.

Doch der große Mann mit den weißen Haaren starrte in diesem Moment einfach auf eine kahle Wand aus mächtigen grauen Steinquadern. Das war auch gut so, denn nur Stein konnte das aushalten. Er atmete tief ein und gab einen Knurrlaut von sich. Auch das hatte man sehr, sehr lange nicht mehr von ihm gehört. Etwas ganz und gar Außergewöhnliches musste passiert sein.

Dabei sah heute doch alles nach einem normalen Tag aus. Nur

wenig Wolken am Himmel und kaum nennenswerter Wind. Gut, in anderen Gegenden nannte man solchen Wind bereits Sturm, aber hier auf der Insel Krobull konnte man nur darüber lachen. Auf dem Markt unterhalb der Burg Krobull wurde angestrengt gefeilscht, die Kinder kämpften auf dem Platz vor dem Brunnen mit Stöcken gegeneinander und die Alten saßen vor den Häusern und taten so, als putzten sie ihre Waffen, wollten aber in Wirklichkeit nur damit angeben.

Einige wenige von ihnen waren am ganzen Körper behaart, und wenn sie lachten, strahlten ihre weißen Fangzähne heraus. Sie waren echte Krobulin, Nachfahren der Ureinwohner der Insel Krobull. Andere trugen bereits das Blut der Eisernen Männer in sich, die vor weit mehr als 2000 Jahren über das Meer gekommen waren. Sie hatten deutlich weniger Haare und viel kleinere Fangzähne.

Der große alte Mann, der hoch über allem in seinem Turmkabinett thronte, war ihr Herrscher. Doch im Moment waren seine Gedanken nicht bei seinem Volk, sondern an einem weit, weit entfernten Ort. Irgendetwas Wichtiges veränderte sich dort. Er spürte es. Vor zwei Tagen hatte es angefangen. Zuerst dachte er, er hätte sich getäuscht, aber dann spürte er es immer wieder. Und immer stärker. Und gerade eben hatte er es so stark gespürt, dass nun endgültig jeder Irrtum ausgeschlossen war.

Er stand auf, ging zu einem der sechs großen Fenster und starrte auf das offene Meer hinaus. Ganz weit hinter dem Horizont, da wo die Sonne gerade stand, von dort kam es her. Seine Faust hieb auf den Stein. Er hatte nicht mehr damit gerechnet. Und er musste sich eingestehen, dass es sagenhaft dumm von ihm gewesen war, nicht damit zu rechnen.

Noch einmal hieb er auf den Stein, dann drehte er sich mit einem Ruck um, ging mit schnellen Schritten zur Tür und verließ sein Kabinett. Er stampfte die breiten Steinstufen herunter und brüllte schon von Weitem die Wachen an, die am Fuß der Treppe standen: »Kurschuk und Scheerkatt sollen kommen. Sofort!«

»Jawoll, erhabener Woronin«, bellten die Wachen zurück und waren schon verschwunden. Woronin knurrte noch einmal, dann begab er sich in den Thronsaal. Auch dort ging er wieder zum Fenster und sah hinaus. Die Wellen brachen sich mit Getöse am Fels, die Kerkermöwen kreischten und weit im Süden drang ein kleiner Sonnenstrahl durch die Wolken. Nein, es gab keinen Zweifel mehr. In Tylandor ging etwas vor. Er musste handeln. Sofort.

Ein besonderer Tag

Auf die Straße zu gehen, wurde für Timur mit jedem Tag schlimmer. Auf dem Schulweg versuchte er tapfer, nicht darauf zu achten, wenn sich die Leute gegenseitig anstießen, auf ihn zeigten und tuschelten. Einige sprachen ihn sogar direkt an. Ob er Timur Bramak sei, der Junge, der es geschafft hatte? Und sobald er »Ja« sagte, redeten sie nicht mehr mit ihm, sondern hüpften herum und riefen: »Schaut her, hier ist Timur Bramak!« Wenn das so weiterging, würde er bald versuchen einen Geheimweg über die Dächer zu finden.

Aber selbst damit wäre nur ein Problem gelöst. Dem anderen konnte er nicht aus dem Weg gehen: Malakin. Sein Freund löcherte ihn unermüdlich, was denn nun mit dem Olisam sei und was er zusammen mit Mag Zagram getrieben habe, der ihn gestern mit seiner Kutsche abgeholt hatte. Timur hatte die halbe Nacht darüber nachgedacht, wie er mit dem blöden Seliuk-Schwur umgehen sollte. Ihn zu brechen kam zwar nicht infrage, aber ihm war am Ende doch eine Möglichkeit eingefallen, Zagram auszutricksen. Er musste nur den richtigen Moment dafür abwarten.

Timur war froh, als die erste Stunde endlich anfing und Malakins Fragerei aufhörte. Er schlug sich wacker durch Erfindungskunde, zwei Stunden Tuchkunde, Sprachkunde und Mathloginistik und während der Pausen gelang es ihm, seine Freunde mit anderen Themen, weit abseits von Zagram und Olisam, zu beschäftigen.

Schließlich standen sie wieder vor ihrer Orchesterleiterin Kalima Welpin. Sie war aufgeregt. Die Bühnenanzüge für das Konzert mit Flavia Laanten waren geliefert worden. Zemmo Faragli persönlich hatte sie umsonst entworfen und schneidern lassen. Bei der Anprobe stellte sich allerdings heraus, dass Faraglis Schneider wohl angenommen hatte, dass alle Schüler so groß wären wie Faraglis Sohn Malakin. Nur bei ihm und Ramor war zu erkennen, wie großartig diese Anzüge aussahen, wenn sie passten. Alle anderen wirkten, als wären sie in Zeltplanen geschlüpft. Aber Kalima Welpin ließ sich nicht verdrießen.

»Macht euch keine Sorgen, später kommt noch jemand aus dem Faragli-Atelier und sieht sich die Sache an. Wir kümmern uns jetzt um das, was wir können, nämlich Musik. Instrumente hoch! *An der Mauer von Halum Süd*, zwo, drei, vier!«

Es klang tatsächlich etwas besser als letztes Mal, dachte Timur. Andererseits, jeder, der nicht wusste, wie es letztes Mal noch geklungen hatte, hätte immer noch den Schreck seines Lebens bekommen. Nachdem sie fertig waren, schnappten die Bläser, wie immer, nach Luft, aber Frau Welpin gönnte ihnen heute keine Pause.

»Wir werden uns jetzt noch einmal intensiv mit einigen kritischen Stellen auseinandersetzen.«

Timur fragte sich, welche kritischen Stellen sie meinte. Für seine Ohren war immer noch das ganze Stück eine einzige kritische Stelle.

»Fangen wir an bei Takt ... bei Takt ... ach, fangen wir einfach noch einmal von vorne an. Und die Rammhörner achten bitte auf das laute Kniss in Takt drei. Ein paar von euch spielen immer noch Knuss. Zwo, drei, v... Stopp! Stopp!«

Zu spät. Keiner konnte sich mehr zurückhalten. Die ersten Töne von *An der Mauer von Halum Süd* ließen die Wände erzittern und das kleine Männlein, das soeben den Raum betreten hatte, taumelte mit schreckgeweiteten Augen zurück in den Flur. Erst lange nachdem das laute Kniss in Takt drei wieder gründlich danebengegangen war, kamen die Letzten zur Ruhe.

»Bitte, kommen Sie doch herein!«, rief Frau Welpin und der kleine Mann lugte vorsichtig von der Seite in die Türöffnung. Erst als er sah, dass wirklich alle ihre Instrumente abgesetzt hatten, betrat er ein zweites Mal den Raum.

»Guten Tag, iche Remgilo Paptini.«

Er sprach starken ulbischen Akzent. Ulbien war ein armes Nachbarland, das, wie jeder in Kaman wusste, hervorragende Schneider hervorbrachte. Besonders in Tylandor, der Stadt der Mode, lebten deswegen viele Ulbier.

»Zemmo Faragli schickte miche, um Anzüge zu ... Massacro! Inferni! Große Katastrophe!« Paptini hatte den Schreck, den ihm die Musik eingejagt hatte, von einem Moment auf den anderen vergessen, sprang wild zwischen den Schülern herum und zog und zupfte an den viel zu großen Anzügen. »Petutschi! Desastrini! Kinder, soforte in eine Reihe bei mir anstelle, bitte. Allegro, allegro!« Er zog ein riesiges Nadelkissen aus einer Tasche. Als Ersten bekam er Veremin zu fassen. Er packte den Stoff, der dem jungen Knillflötenspieler von den Armen und Beinen hing, und steckte ihn in Windeseile mit seinen Nadeln zusammen, bis der Anzug saß.

»Vetemo! Kattini! Nächste!«

Frau Welpin klappte den Mund auf und zu und konnte kaum fassen, was für ein Wirbelsturm über ihre Probe hereingebrochen war. Paptini knöpfte sich jeden Einzelnen vor. Als er mit dem Letzten fertig war, war er durchgeschwitzt und es steckten noch genau drei Nadeln in seinem Nadelkissen.

»Aligusti, Kinder! Jetzte bitte jeder vorsichtig Anzuge ausziehe, Papier mit Namen in Anzugtasche und Anzuge auf diese Tische lege. Iche schicke Kutsche zum Abhole. Tschauwino.«

Und weg war er. Frau Welpin atmete tief durch. Als endlich alle Anzüge ausgezogen waren und die Schüler wieder spielbereit vor ihr saßen, hob sie erneut den Taktstock.

»Das hat uns jetzt leider eine Menge Zeit gekostet. Lasst uns …«

Wieder öffnete sich die Tür. Diesmal erschien Direktor Kommorius. Er trug eine blau-gelb gestreifte Krawatte, die mal wieder nicht richtig zu seinem grünen Anzug mit weißen Punkten passen wollte.

»Entschuldigen Sie die Störung, Frau Welpin.«

Sie räusperte sich und nahm all ihren Mut zusammen.

»Es ist gerade wirklich sehr ungünstig, Herr Direktor Kommorius. Wir haben nur noch …«

»Hier ist Besuch, der sich Ihr Orchester einmal ansehen möchte.«

»Können wir das nicht …«

Direktor Kommorius runzelte die Stirn.

»Ich glaube kaum. Bitte, kommen Sie doch herein, Frau Laanten. Das ganze Orchester der Hiradius-Schule freut sich, Sie kennenzulernen.«

Die Augen der Orchesterleiterin wurden mit einem Schlag groß wie Teller. Eine kleine, unglaublich schöne Frau in rotem Rock und weißem Cape betrat zusammen mit zwei gelangweilt dreinguckenden Männern in schwarzen Anzügen den Raum. Ihre langen hellblonden Haare wippten bei jedem Schritt auf und ab. Mit einem Blick strahlte sie alle gleichzeitig an, dann ging sie mit einem bezaubernden Lächeln auf ihren knallroten Lippen auf Frau Welpin zu.

»Guten Tag, meine Liebe! Ich habe schon so viel von Ihnen gehört.«

Frau Welpin war so verdattert, dass sie erst gar nicht sah, wie Flavia Laanten ihr die Hand hinhielt. Als sie es endlich bemerkte, nahm sie sie hastig und schüttelte sie einen Tick zu heftig.

»Frau Laanten. Ich … oh … also … wenn ich das …«

»Ich möchte Sie nicht lange stören, Frau Welpin. Fürst Aram war so freundlich, mich für die Tage bis zum Konzert in seinen Palast einzuladen, und da dachte ich mir, Flavia, wenn du schon einmal in die berühmte Stadt der verschwundenen Zauberer kommst, dann schau sie dir auch richtig an.«

»Sicher, sicher … Die verschwundenen Zauderer … Zauberer …«

»Und ich bin so froh, Ihre wundervolle Schule sehen zu können. Eindeutig das Schönste, was ich bisher in der Stadt erlebt habe. Es muss ein Traum sein, hier zu arbeiten! Ach, Frau Welpin, würden Sie mir die Ehre geben, ein kleines Stück zum Besten zu geben? Es würde meinen Tag perfekt machen.«

»Oh …«

Es dauerte wieder eine Weile, bis die Botschaft wirklich bei der Orchesterleiterin angekommen war. Die beiden Männer hinter Flavia gähnten schon und Direktor Kommorius runzelte nervös die Stirn.

»Oh … oh, sicher! Natürlich! Kinder, seid ihr bereit?«

Timur brauchte einen Moment, um zu begreifen, dass er spielen musste. Er glaubte, dass er sein ganzes Leben lang noch nie eine so schöne Frau gesehen hatte. Und ausgerechnet ihr sollten sie *An der Mauer von Halum Süd* vorspielen? Vorhin hatten sie damit immerhin noch fast Herrn Paptini in die Flucht geschlagen. Noch während Timur darüber nachdachte, stupsten sich alle um ihn herum an und tuschelten. Bald drang die Kunde auch zu ihm.

»Wir spielen den *Quinggur-Marsch.*«

Eine ausgezeichnete Idee. Der *Quinggur-Marsch* war ein simples, einfältiges Stück. Jeder konnte es im Schlaf. Frau Welpin, die nichts ahnte, zählte ein. In ihrem Gesicht war zu lesen, dass sie Angst hatte. Als statt *An der Mauer von Halum Süd* die ersten Takte des *Quinggur-Marschs* ertönten, machte sie vor Überraschung einen kleinen Hüpfer nach hinten, doch das Stück schnurrte sicher und in gleichmäßigem Tempo dahin wie ein roter Straßenwagen.

Als sie fertig waren, klatschte Flavia Laanten begeistert in die Hände, als hätte jeder Einzelne von ihnen gerade einen fünffachen Salto vorgeführt.

»Wundervoll, einfach wundervoll! Eine wundervolle Schule, und ein noch wundervolleres Orchester! Vielen, vielen Dank, liebe Frau Welpin!«

Anschließend ging sie durch die Reihen des Orchesters, schüttelte allen die Hand und strahlte sie an, dann verabschiedete sie sich.

Nachdem Flavia Laanten verschwunden war, gab Frau Welpin ihrem Orchester für den Rest der Probe frei. Vielleicht war sie zu erschöpft, um weiterzumachen. Vielleicht hatte sie aber auch nur Angst, dass Flavia Laanten doch noch ein falsches Kniss durch die Wände hören könnte. Den Schülern war es recht, besonders Malakin, der Timur sofort wieder in den Ohren lag.

»Hey! Pack ein. Wir haben frei. Lass uns mal wieder zu den Fischen gehen.«

»Sie hat mich angelächelt.«

»Flavia Laanten? Sie hat jeden angelächelt. Was ist nun mit den Fischen? Perfektes Wetter, oder?«

»Das Wetter? ... Oh, ja, stimmt schon.« Timur rang mit sich. Lust hatte er, aber ein Nachmittag alleine mit Malakin, der ihn wieder die ganze Zeit löchern würde, was mit dem Olisam sei und was er im Mag-Wynor-Saal triebe? »Es ist nur ... ich konnte die letzten Tage wegen Zagram und allem nichts mehr für die Schule machen. Ich kann es mir nicht leisten durchzufallen.«

Zum Glück stand Julina neben ihnen und griff den Faden gleich auf.

»Ich weiß nicht, wie ihr das seht, aber ich glaube, die fluxulenten Maximalgleichungen werden wir nie im Leben kapieren, das heißt, wir müssen es mit Tuchkunde herausreißen.«

»Oh nein! Bitte nicht Tuchkunde, Julina!«

»Wie du meinst. Dein Problem, wenn du nicht mal ein Halumer Hauchseidentuch von einem borabischen Fluffteppich unterscheiden kannst, obwohl du der Sohn von Zemmo Faragli bist. Timur und ich werden jetzt jedenfalls was tun.«

»Ist ja gut, ich komme mit.«

Julina war froh. Hätte sie sich jetzt von den Jungs getrennt, hätte Timur wieder für den Rest des Tages auf diese seltsame Art ihren Kopf blockiert.

Als die drei durch das Schultor auf die Straße traten, näherte sich ihnen eine Frau von der Seite. »Bist du Timur Bramak, der Junge, der es geschafft hat?«

Nicht schon wieder, stöhnte Timur innerlich auf. Die Dame war allerdings anders als die meisten, die ihn bisher angesprochen hatten. Etwas älter, einfach gekleidet und mit einem Kopftuch, das ihre Haare verdeckte. Irgendwie wirkte sie zerbrechlich und in ihren Augen flackerte eine seltsame Angst. Timur spürte zwar den bekannten Ärger in sich hochsteigen, aber seinen Plan, den Nächsten, der ihn belästigte, mit grimmigen Blicken in die Flucht zu schlagen, verschob er erst mal. Er konnte sich ja auch ein wenig über sie lustig machen, das würde sie aushalten. Er musste ja schließlich auch einiges aushalten, bei Talin.

»Ja! Ja, ich bin Timur Bramak, stellen Sie sich vor! Und es ist wundervoll, an einem so wundervollen Tag diese wundervolle Schule zu besuchen! Und wenn man anschließend noch wundervolle Menschen trifft, ist es noch wundervoller! Vielen, vielen Dank!« Er ahmte Flavia Laantens Tonfall nach, schüttelte der Frau überschwänglich die Hand, lächelte ihr ins Gesicht und zwinkerte ihr zu. Es machte Spaß. »Darf ich Ihnen noch zwei weitere wundervolle Menschen vorstellen? Hier steht die wundervolle Julina Welenheim, die beste Boxerin unserer Schule. Und hier sehen Sie den nicht minder wundervollen Malakin Faragli, auch so ein Junge, der es schaffte, Sie wissen schon.«

Timur zwinkerte noch einmal übertrieben heftig. Die Frau mit dem Kopftuch ließ sich aber nicht aus der Ruhe bringen. Etwas Geheimnisvolles umwehte sie. Und sie schien sich mit einem geradezu lächerlichen Ernst für alle drei zu interessieren. Sie schüttelte auch Julina und Malakin die Hand.

»Interessant.« Sie sah noch einmal allen freundlich in die Augen. »Hat mich sehr gefreut. Einen schönen Tag noch.«

Im nächsten Moment war sie wieder im Getümmel verschwunden und Timur atmete tief durch.

»Was war denn das?«, fragte Malakin.

»Keine Ahnung, sie war irgendwie … seltsam, oder?«

Die drei sahen schweigend in die Richtung, in die sie verschwunden war, bis Julina sie wieder ins Hier und Jetzt zurückholte.

»Also, was ist jetzt, gehen wir zu mir?«

»Lieber zu mir, wir haben Fallisi-Limonade.«

»Na gut, Malakin. Aber wir kümmern uns nur um Tuchkunde und nicht um den Bastelkram von deinem Großvater, verstanden?«

»Geht klar.«

»Dann los.«

Im gleichen Moment sah Timur, dass es für ihn nicht losgehen würde. Zagrams goldbeschlagene Kutsche kam um die Ecke. Er hatte den Vorsitzenden der Magischen Gilde und seine Pläne über der Aufregung in der Orchesterprobe ganz vergessen.

Zagram steckte den Kopf aus der Tür und sah ihn mit hochgezogenen Augebrauen an.

»Guten Tag, Timur. Warum bist du schon auf der Straße? Die Schule ist noch nicht zu Ende.«

»Guten Tag, Mag Zagram. Das ist nur, weil Flavia Laanten heute unsere Orchesterstunde besucht hat. Danach hat es sich nicht mehr gelohnt, noch weiterzumachen.«

»Falvia Laanten ist hier? So, so.«

Auch wenn er es sich nicht anmerken ließ, war es unschwer zu erkennen, dass Zagram versuchte unauffällig Richtung Schultor zu schauen. Timur fiel sein Plan wieder ein. Genau jetzt war der richtige Zeitpunkt. Jetzt oder nie!

»Gut, Timur, dann haben wir ja umso mehr Zeit. Der Mag-Wynor-Saal gibt dir noch eine weitere Chance.«

»Aber Timur kann heute nicht, Mag Zagram. Wir müssen dringend Tuchkunde ... Timur, was ist los mit dir?«

Timur blickte starr geradeaus und ächzte leise.

»Ist dir schlecht?«

Er begann zu zittern und ließ seine Schultasche fallen. Malakin kam heran, um ihn zu stützen.

»Es... es... es ist auf einmal wieder in meinem Kopf, Mag Zagram.«

»Rede nicht! Steig ein! Das vergeht bestimmt gleich wieder.«

Timur konzentrierte sich auf seine Schultasche, ächzte noch einmal und hoffte still, dass Mag Zagram nicht herausgehört hatte, dass er in Wirklichkeit »Wregnihaluf« gesagt hatte. Die Schultasche schwebte langsam empor. Julina schrie auf und Malakin schnappte nach Luft.

»Ich kann nichts machen! Es ist in meinem Kopf! Es ist in meinem Kopf und geht nicht mehr weg, Mag Zagram! Helfen Sie mir!«

Zagram griff nach der schwebenden Schultasche und versuchte, sie zu sich in die Kutsche zu zerren. Vergeblich. Sie war allein unter Timurs Kontrolle. Der Vorsitzende musste sie loslassen, sonst hätte sie ihn mit in die Luft gezogen.

»Es geht nicht mehr weg! Was soll ich tun?«

»Schon gut, steig ein, um Talins willen!«

Timur zog sich an der Kutsche hoch und tat, als würden seine Hände zittern. Malakin und Julina halfen ihm. Dabei drückte er das Zauberwort in seinem Kopf ganz klein zusammen und seine Tasche senkte sich langsam wieder auf den Boden. Malakin konnte sie ihm reichen, als wäre nie etwas Besonderes damit gewesen.

»Jetzt … jetzt geht es wieder. Es … es tut mir leid.«

Timur ächzte noch einmal theatralisch.

Zagram wandte sich an Malakin und Julina.

»Ihr beiden! Schnell, was ist der heiligste Schwur, den ihr kennt?«

Timur starrte seine Freunde stumm an und schüttelte warnend den Kopf.

»Oh, ich schwöre … bei meiner Großmutter Alurizia.«

»Und ich möchte niemandem verraten, was mein heiligster Schwur ist.«

»Aber Julina! Das hier ist immerhin Mag Zagram. Bei dem wirst du wohl eine Ausnahme machen können?«

»Na gut, Timur. Ich schwöre bei meiner verstorbenen Katze Fillimine.«

»Gut. Schwört bei Alurizia und Fillimine, dass ihr niemandem etwas davon erzählt, was ihr gerade gesehen habt!« Zagrams Stimme dröhnte wie neulich vor Gericht.

»Bei Großmutter Alurizia.«

»Beim Grab von Fillimine.«

»Ich sage niemandem etwas davon, was ich gerade gesehen habe.«

»Und ich auch nicht.«

»Und denkt daran, einen heiligen Schwur darf man niemals brechen. Niemals! Alurizia und Fillimine schauen auf euch!«

»Natürlich, Mag Zagram.«

»Machen Sie sich keine Sorgen.«

Die Kutsche fuhr los. Der Vorsitzende runzelte die Stirn.

»Ich hoffe, man kann den beiden vertrauen, Timur.«

»Ganz sicher, Mag Zagram.«

»Und sprich, ist es dir etwa noch öfter passiert, dass das Wort ungewollt in deinem Kopf auftaucht und alles um dich herum, was nicht niet- und nagelfest war, schwebte?«

»Nein, nur dies eine Mal.«

»Hoffentlich geschieht das nicht öfter. Ich kann dich schließlich nicht einfach wegsperren.«

Timur war nicht ganz sicher, aber er glaubte zu spüren, dass Zagram tatsächlich genau darüber nachdachte, und er erschrak. Zum Glück vergaß er darüber trotzdem Teil zwei seines Plans nicht.

»Ich weiß nicht, ob es wichtig ist, Mag Zagram, aber es geschah genau in dem Moment, in dem ich Sie gesehen habe. Vielleicht gerät mir der Flugzauber nur außer Kontrolle, wenn Sie in der Nähe sind. Sie wissen schon, weil das Olisam so stark in Ihnen leuchtet.«

Zagram atmete tief durch.

»Da könntest du sehr recht haben, Timur. Ab jetzt treffe ich dich nur noch an Orten, an denen wir unter uns sind, und der Kutscher holt dich allein.«

»Eine sehr kluge Lösung, Mag Zagram. Und lassen Sie die Kutsche am besten nicht mehr vor der Schule, sondern unauffällig in der Straße um die Ecke warten. Sonst denken die Leute womöglich noch, ein kleiner Schuljunge aus Foigor hätte ein hohes Amt in der Magischen Gilde.«

»Auch du machst sehr gute Vorschläge, lieber Timur. Du bist schlauer, als du aussiehst.«

Timur lächelte in sich hinein. Malakin und Julina wussten nun, dass er Dinge fliegen lassen konnte, ohne dass er seinen Schwur gebrochen hatte. Und – genauso wichtig – Mag Zagram wusste, dass die beiden es wussten. Falls das Plappermaul Malakin etwas weitererzählte, würde Timur nicht in Verdacht geraten, den Schwur gebrochen zu haben. Und zu guter Letzt würde keine peinliche Kutsche mehr vor dem Schultor auf ihn warten. Drei Fliegen mit einer Klappe. Drei wirklich dicke.

Nachdem die Kutsche mit Timur und Zagram verschwunden war, starrten sich Malakin und Julina mit großen Augen an.

»Er kann ... Sachen schweben lassen, Julina.«

»Ja. Und es sieht so aus, als ob wir das nicht wissen sollen, wenn es nach Zagram gehen würde.«

»Du meinst, Zagram hat ihn dazu gebracht ...?«

»Dass er schwört, nichts zu verraten, genau.«

»Aber dann hätte er doch ...?«

»Und er musste natürlich auch schwören, dass er nichts von seinem Schwur verrät.«

»Ach so.«

Sie gingen eine Weile schweigend nebeneinanderher. Was für ein Tag.

»Timur hat also wirklich das Olisam und Mag Zagram hat ihm beigebracht, es zu nutzen?«

»So sieht es aus.«

»Ich hatte immer gedacht, der alte Knacker ist ein Aufschneider und Betrüger.«

»Ich auch.«

Den Rest des Weges zu Malakins Haus gingen sie schweigend nebeneinanderher. Ihr Freund beherrschte Magie. Je länger die beiden darüber nachdachten, umso mehr mussten sie grinsen. Ihr Leben war mit einem Schlag mindestens doppelt so aufregend wie noch heute Morgen.

Immelia Faragli, Malakins Mutter, bereitete Malakin und Julina wie immer einen überschwänglichen Empfang. Sie liebte es, Gäste zu haben, egal zu welcher Tageszeit. Nur mit Mühe schafften sie es, sich nicht »nur für einen kurzen Augenblick« zu ihr in den Salon zu setzen.

Malakins Zimmer war riesig. Trotzdem konnte man dort keinen Schritt machen, ohne auf etwas zu treten. Dutzende dicke Abenteuerbücher lagen zwischen Bergen von technischem Spielzeug, das Malakin mit seinem Großvater gebastelt hatte.

»Okay, Malakin, lass uns mal Platz auf deinem Schreitisch schaffen … Wow, ist das etwa ein magischer Chronometer?«

»Hab ich von Papa geschenkt bekommen. Damit kann man prima messen, wie lange man die Luft anhalten kann.«

Julina versuchte nicht daran zu denken, dass das Gerät, das Malakin achtlos im Durcheinander herumliegen ließ, mehr wert war, als ihr Vater in einem Monat verdiente. Kaum hatten sie sich hingesetzt und die Tuchkundebücher aufgeschlagen, fing an, was sie die ganze Zeit befürchtet hatte: Timur war in ihrem Kopf. Nur mit größter Mühe gelang es ihr, ein wenig Raum für Tuchkunde frei zu halten. Doch damit nicht genug. Auf einmal spürte sie, dass sich auch noch jemand anderes in ihre Gedanken drängte. Diesmal hatte sie aber nicht die geringste Ahnung, wer. Die Person war einfach da. Fast noch stärker als Timur. Und sie fühlte, dass sie vor irgendetwas große Angst hatte. Dann sah sie plötzlich für einen kurzen Moment Bilder. Dicke Baustämme, die dicht an dicht standen, undurchdringlicher Nebel, ein Raum, dessen Wände aus Bücherregalen bestanden … Sie schrak zusammen. Was geschah da mit ihr? Durch wessen Augen sah sie auf einmal?

»Alles okay, Julina?« Malakins Stimme holte sie mit einem Schlag zurück. Sie atmete tief durch. Was auch immer mit ihrem Kopf nicht stimmte, hoffentlich würde sie nie wieder auf so unheimliche Weise aus der Realität gerissen.

»'tschuldigung, ich war kurz abgelenkt. Wir waren bei Ulbischem Niffelstoff, oder?« Sie wollte Malakin nichts von ihrer Vision erzählen. Sie musste erst einmal selbst darüber nachdenken.

»Also: Das Besondere an Niffelstoffgewebe sind die Niffelfäden, die sich …« Julina versuchte Timur und die unbekannte zweite Person ganz klein in eine Ecke ihres Kopfes zusammenzudrängen, sodass genug Platz für Tuchkunde blieb. Es gelang ihr für eine Weile ganz gut. Doch genau in dem Moment, als sie mit dem Niffelstoff durch war und zum ulbischen Absichtswebfehlerprinzip übergehen wollte, schlug die Erkenntnis auf einmal ein wie ein Blitz: die zweite Person! Auf einmal wusste sie, wer sie war! Die Frau mit dem Kopftuch, die Timur vor dem Schultor angesprochen hatte!

Mag Zagrams Bauch

Timur lachte immer noch in sich hinein, als er mit Mag Zagram den Mag-Wynor-Saal betrat. Der Vorsitzende schien tatsächlich fest davon überzeugt zu sein, dass Julina und Malakin sich an ihren

Schwur gebunden fühlten. *Alurizia und Fillimine!* Schnell an etwas anderes denken, sonst musste er am Ende doch noch loslachen. Zum Glück gab es die magische Musik. Sobald er sie hörte, fühlte er sich wunderbar entspannt und alle Gedanken von vorher schwebten davon.

Auf dem Tisch, den sie gestern benutzt hatten, lagen immer noch das Buch und der Altersleser herum. Vom Aufräumen hielt Zagram wohl nicht viel. Er zog wieder den alten blauen Umhang an, setzte sich den passenden Hut auf den Kopf und betrachtete sich ausgiebig im Spiegel. Dann holte er tief Luft.

»Hör zu, mein Junge, ich habe mir Folgendes ausgedacht: Ich lasse dich heute selbst an die Regale mit den Büchern und magischen Gegenständen.«

Er machte eine Pause. Timur spürte, dass er diese unglaubliche Gnade wohl besser irgendwie würdigen sollte. Hoffentlich reichte es, einfach große Augen zu machen.

Zagram fuhr fort: »Folge mir. Wir gehen ganz nah heran. Wenn du das Gefühl hast, irgendein Buch oder Gerät strahlt etwas aus, sage mir Bescheid.«

»Ja, Mag Zagram.«

»Sehr gut. Konzentriere dich und lass dir Zeit. Und bleibe vor allem dicht bei mir.«

»Mache ich.«

»Und behalte deine Hände bei dir. Lass dir ja nicht einfallen, irgendetwas anzufassen, hörst du?«

»Natürlich, Mag Zagram.«

Nachdem der alte Mann einen letzten strengen Blick auf ihn abgefeuert hatte, setzte er sich langsam in Bewegung und schritt den Mittelgang des Saals hinunter. Timur heftete sich an seine Fersen. Sie passierten die erste Tischreihe. Zagram bog nach rechts ab. Timur stöhnte innerlich auf. Das war der Weg zu den Bücherregalen. Die magischen Geräte an der anderen Wand interessierten ihn so viel mehr. Er hatte bisher nur eins von ihnen vor der Nase gehabt und nur mit diesem einen konnte er schon das Alter eines Menschen lesen und sogar Bilder aus seinem Leben sehen. Und in den Regalen lagerten noch Hunderte andere Geräte. Timur wurde fast schwindelig, als er sich ausmalte, was man mit ihnen womöglich alles anfangen konnte.

Die riesigen Buchrücken glitten an seinen Augen vorbei. Um nicht zu gähnen, versuchte Timur sich darauf zu konzentrieren, ob ihn nicht vielleicht doch ein Buch *anstrahlte*, wie Zagram sich ausgedrückt hatte. Aber natürlich strahlte keines. Nicht das kleinste bisschen. Es war zum Verzweifeln. Eine riesige Sammlung von magischen Schätzen, aber er stand unter der Fuchtel des alten Mannes. Wie gerne hätte er hier alleine oder, noch besser, zusammen mit Malakin und Julina herumgeforscht. Wieder blieb er mit dem Blick am Porträt von Mag Salafin an der Stirnwand hängen. Die traurigen Augen des letzten Schuldirektors von Balinford gründeten so tief, dass man glauben konnte, er sah ihn wirklich an. Wie jemand, der ihm Mut zusprechen wollte. Aber auch wie jemand, der tief in seinem Innersten glaubte, dass Timur es nicht schaffen konnte, was auch immer es war.

Sie hatten inzwischen etwa die Hälfte der Bücher abgeschritten. Zagram drehte sich um und sah Timur mit hochgezogenen Augenbrauen an.

»Nun?«

Timur schüttelte den Kopf und versuchte betreten dreinzusehen.

Zagram seufzte. »Also gut. Versuchen wir es bei den magischen Geräten.« Er bog ab und sie durchquerten den Saal. Timurs Herz machte einen Hüpfer. Gleich würde er ganz nah an diesen Wunderwerken vorbeigehen. Natürlich würde ihn keines davon *anstrahlen*.

Er würde sich einfach ein besonders interessantes aussuchen und behaupten, dass es ihn angestrahlt hätte. Hoffentlich gelang es ihm wieder so gut wie letztes Mal, dem Gerät sein Geheimnis zu entlocken …

Ein lautes Geräusch riss ihn aus seinen Gedanken. Er kannte es: ein Mühlstein, der über einen Steinboden rollt. Timur starrte auf Mag Zagrams Rücken und dann auf das quadratische Loch im Boden, das sich genau zwischen ihm und dem alten Mann aufgetan hatte. Der geheime Eingang, durch den Malakin und er hier hereingekommen waren!

Zagram ging aber unbeirrt weiter. Hatte er es etwa nicht gehört? Timur wollte ihn rufen und triumphierend auf die Öffnung zeigen, die ihm keiner geglaubt hatte, doch im letzten Moment hielt er sich zurück. War es nicht viel besser, wenn Zagram es nicht sah und er für immer seinen geheimen Zugang behalten würde? Und vielleicht gab es ja doch einen Weg, den magischen Alarm in der Wachstube auszuschalten …

Timur tänzelte blitzschnell um das Loch herum. Dass seine Schritte dadurch kurz einen anderen Rhythmus bekamen, hörte Zagram, im Gegensatz zum lauten Mühlsteingeräusch, sehr wohl. Er drehte er sich um.

»Entschuldigung, ich bin gestolpert, Mag Zagram.«

Timur machte sich so breit wie möglich, um die Bodenöffnung hinter seinem Rücken zu verdecken. Er hatte wenig Hoffnung. Doch Mag Zagram konzentrierte sich, wie so oft, nur auf seine Augen. Sonst fand Timur diesen Blick, der einen von oben bis unten durchleuchtete, immer sehr unangenehm, aber in diesem Moment war er froh darum.

»Pass besser auf, mein Junge.«

Ohne zu bemerken, was passiert war, drehte sich der Vorsitzende um und ging weiter. Timur folgte ihm. Nach ein paar Schritten hörte er hinter sich erneut das Mühlsteingeräusch. Die Geheimtür hatte sich wieder verschlossen. Er atmete auf.

Es reichte also, wenn er einfach in die Nähe dieser einen Bodenplatte kam, und sie öffnete sich. Und das Mühlsteingeräusch hörte nur er in seinem Kopf. Alle anderen konnten über die Stelle hinweggehen, ohne dass etwas geschah. Sogar Mag Zagram, in dem das Olisam wahrscheinlich zu schwach leuchtete.

Endlich standen sie vor dem ersten Regal mit magischen Geräten. Timur entschied sich sofort für eines, das im dritten Fach von links auf Augenhöhe stand. Es sah ähnlich aus wie der Altersleser. Nur war der Rahmen diesmal rechteckig und das Drahtgespinst etwas weniger aufwendig gestaltet.

»Dieses Gerät hier, Mag Zagram.«

»Noch ein magischer Rahmen? Bist du sicher? Mit dem ersten konntest du doch auch nichts anfangen.«

»Ja, ich bin sicher.«

Jetzt gab es kein Zurück mehr. Er spürte, dass er Zagram heute endlich einen ersten Fortschritt präsentieren musste. Der Vorsitzende nahm den magischen Rahmen aus dem Regal und trug ihn feierlich vor sich her.

»Setz dich, Timur. Wir wollen gleich als Erstes wieder das Experiment mit dem Buch machen.«

»Eine sehr kluge Idee, Mag Zagram.«

»Bist du bereit?«

»Ja.«

»Konzentriere dich!« Wie beim letzten Mal schlug Zagram den Wälzer in der Mitte auf und hielt ihn vor den Rahmen. »Und? Kannst du etwas lesen, Timur?«

»Nein.«

Eine Falte erschien auf Zagrams Stirn.

»Ich muss sagen, das ist schon ein wenig enttäuschend, ich …«

»Aber ich kann durch das Buch hindurchsehen.«

Zagram ließ das Buch fallen. Mit einem lauten Knall landete es auf dem Boden.

»Was hast du gesagt?«

»Ich kann durch das Buch hindurchsehen.«

Gerade sah er natürlich nicht mehr durch das Buch hindurch, weil es ja auf dem Boden lag. Dafür sah er durch Mag Zagram hindurch. Mitten in seinem Bauch klaffte ein rechteckiges Loch und durch das Loch sah Timur wieder das Porträt von Mag Salafin an der gegenüberliegenden Wand. Es kam ihm so vor, als schaute er nun nicht mehr ganz so traurig.

Zagram hatte sich sofort von seinem Schreck erholt. Er sauste mit einer Schnelligkeit, die Timur ihm nicht zugetraut hätte, um den Tisch herum und stieß ihn beiseite.

»Lass mich sehen! Los, halte das Buch hoch!«

Timur gehorchte. Zagram starrte durch den magischen Rahmen.

»Was erzählst du da für Lügenmärchen? Ich sehe nichts.«

»Wirklich, Mag Zagram.«

Ob der Vorsitzende spüren konnte, dass er die Wahrheit sagte? Timur konzentrierte sich auf die geistige Verbindung zu dem Mann und versuchte sich ganz und gar zu öffnen. Es schien zu funktionieren. Zagram rückte mit seinem Gesicht so nah an den Rahmen heran, dass sich seine Haare fast in den Drähten verfingen.

»Halte das Buch dichter dran!« Er schwitzte unter dem magischen Hut. All das schien ihn sehr anzustrengen. »Bei Talin! Du hast recht! Durch das Buch hindurchsehen ist zwar maßlos übertrieben, aber es löst sich ein wenig auf und ich kann die Farbe deines Hemdes hindurchscheinen sehen. Was für eine unglaubliche Entdeckung!«

Im gleichen Moment hörten sie ein lautes Klopfen. Zagram sah zur Tür und stöhnte.

»Ausgerechnet jetzt.« Während er sich erhob, sah er Timur streng an. »Zu keinem ein Wort. Denk an deinen Schwur.«

»Ja, Mag Zagram.«

Murga Rillucki und Zorgin Zorgus

Timur sah zu, wie Zagram einen der beiden Türflügel öffnete. Eine Frau in einer eleganten hellblauen Jacke und einem bunten Hut trat ein. Ihr folgte ein Mann in einem zerknitterten braunen Anzug, mit abenteuerlich abstehenden Haaren und sehr großen Augen, die sofort anfingen, neugierig im Raum herumzustieren. In der Hand hielt er ein Skizzenheft und aus seinen Jackentaschen ragten viele Stifte.

»Wie schön, Sie zu sehen, liebe Murga!«, begrüßte der Vorsitzende die Frau. »Ich war so auf unsere Arbeit konzentriert, ich hatte Sie, ehrlich gesagt, fast vergessen. Treten Sie doch bitte ein in Tylandors faszinierende Schatzkammer der Magie. Und Sie natürlich auch, Herr Zorgus.«

Timur zuckte zusammen, als er den zweiten Namen hörte. Das war also Zorgin Zorgus? Der Mann, der Malakin und ihn so genau für die Tylandor'schen Nachrichten gezeichnet hatte, dass sie die ganze Stadt nun auf der Straße erkannte?

»Timur, darf ich vorstellen? Das hier ist Murga Rillucki, die beste und wichtigste Berichterstatterin der Tylandor'schen Nachrichten.«

Timur verbeugte sich leicht und Zagram wandte sich wieder den Gästen zu.

»Und das hier, liebe Murga, ist Timur Bramak, der Junge, der es schaffte. Ich brauche ihn dir wohl kaum vorzustellen.«

Murga lächelte Timur breit an. »Hallo, Timur! Oh, es ist wirklich ein Unding, dass wir uns erst jetzt kennenlernen. Bei deinem großen Prozess konnte ich nämlich nicht dabei sein, weil ich ausgerechnet an diesem Tag das kassitische Kurzfieber hatte. Aber das holen wir jetzt gründlich nach, was meinst du?«

»Ja, Frau Rillucki.«

Schon wieder ein Artikel über ihn in den Tylandor'schen Nachrichten? Bitte nicht! Und was wollte sie überhaupt schreiben? *Timur Bramak hängt mit Mag Zagram im Mag-Wynor-Saal herum und starrt auf unlesbare Bücher und seltsame Geräte?*

»Dann fangen wir doch gleich an. Erzählst du mir, was du mit Meister Mag Zagram hier tust?«

Timur konnte nicht einmal Luft holen, so schnell hatte Mag Zagram den Arm um seine Schultern gelegt und angefangen, selbst zu sprechen. Es gehe erst einmal darum, zu testen, ob das Olisam überhaupt stark genug in Timur leuchtet. Nur dann könne er vielleicht später einmal ein Junior-Mitgliedschaftsanwärter der Magischen Gilde werden. Zagram habe zwar genug anderes zu tun, aber nur er sei in der Lage, diese Tests durchzuführen, und er wolle sich seiner großen Verantwortung nicht entziehen. Die Wahrscheinlichkeit, dass Timur tatsächlich ein starker Olisamträger ist, sei natürlich außerordentlich gering, deswegen solle man nicht enttäuscht sein, wenn demnächst keine weiteren Sensationen mehr in dieser Sache zu hören seien.

Murga Rillucki lächelte Timur erneut an.

»Und wie kommst du mit deinem neuen Lehrmeister klar?«

Zagram holte schon wieder Luft, aber diese Frage konnte er natürlich nicht an sich reißen. Diese Murga war schon ein raffiniertes Biest. Angespannt hoffte er, dass der Junge aus Foigor sich an seinen komischen Fisch-Schwur halten würde.

Aber er brauchte sich keine Sorgen machen. Timur erzählte

nichts von den fliegenden Gegenständen. Stattdessen schwärmte er in höchsten Tönen von ihm und Zagram gefiel es sehr gut, dass er das Wort »Lehrmeister« gleich so bereitwillig von Murga übernahm. Darauf hätte er eigentlich auch selbst kommen können. Timurs Lehrmeister, natürlich, genau das war er. Was auch immer von den Zaubertaten des Foigor-Jungen noch an die Öffentlichkeit dringen würde, solange die Leute wussten, dass er der Lehrmeister war, war alles in Ordnung.

»Vielen Dank, ihr Lieben! Daraus kann ich ganz bestimmt etwas Wunderbares schreiben. Und jetzt wollen wir sehen, dass wir noch ein schönes Bild bekommen, was, Zorgin?«

Zorgin Zorgus zuckte zusammen. Er hatte die Zeit genutzt, um seine neugierigen Augen in alle Winkel des Saals wandern zu lassen. So schnell würde er hier nicht wieder hineinkommen, das war klar. Aber er hatte sich jede Einzelheit gemerkt und freute sich schon darauf, später still und heimlich nur für sich ein paar Zeichnungen von Tylandors größtem Heiligtum anzufertigen.

»Hmmm, ich würde sagen, Mag Zagram und Timur stellen sich hinter den Tisch … Ja, genau so.« Zorgus wuselte zwischen Timur und dem Vorsitzenden hin und her, rückte sie in Pose und betrachtete das Ganze mit Abstand. »Ich denke, ähm, Timur sollte auch so einen blauen Umhang und so einen verrückten Hut tragen.«

Mag Zagram holte tief Luft. Einer aus Foigor sollte die echte alte Zauberertracht tragen? »Nur über meine Leiche«, lag ihm schon auf der Zunge. Aber dann stellte er sich die Wirkung des Bildes vor. Der Lehrmeister und sein Schüler. In der gleichen Kleidung. Ja, doch, das machte etwas her. Schade, dass es keine anderen Farben für Schüler gab. Er würde demnächst für Timur einen eigenen Umhang und einen Hut anfertigen lassen. In Hellblau. Lehrmeister dunkelblau, Schüler hellblau. Ja, das war eine gute Idee.

Zum Glück hatte der Schrank Umhänge und Hüte in allen Größen zu bieten. Im Nu hatte Timur das Passende für sich gefunden. Der Umhang war schwer, aber Timur spürte gleichzeitig, dass er ihm eine gewisse Würde verlieh, und er fand das gar nicht so unangenehm. Der Hut dagegen war und blieb lächerlich.

»Ja, das sieht gut aus, wenn Sie Timur den Arm um die Schulter legen. So vertraut, nicht wahr? Hmmm, und dieses Buch sollten wir aufschlagen und diese, äh, magischen Dinger noch dazurücken.«

Zorgus schob den Altersleser und den Durchgucker an die Stellen, die er richtig fand, und schlug das Buch in der Mitte auf. »Ja! So sieht das richtig gut aus. Bitte nicht mehr bewegen.«

Zorgus' Zeichenfeder huschte flink über das Papier und kratzte mal laut, mal leise. Im Hintergrund tönte weiter die magische Musik und irgendwie passten die Zeichengeräusche erstaunlich gut dazu. Timur schielte durch den Altersleser und sah die bekannte weiße Schrift auf Zorgus' Bauch. 37 *Jahre, 4 Monate, 23 Tage.* Dazu kleine Bilder aus seinem Leben. Zorgus als Kleinkind in der Badewanne, Zorgus am Zeichentisch, Zorgus, wie er von einer dicken Frau geschlagen wird, die er anscheinend zu genau gezeichnet hatte. Er wandte den Blick ab. Einfach in einem fremden Leben herumzustöbern war schon auch ein wenig gemein. Seine Augen wanderten über das aufgeschlagene Buch und er spürte schon wieder ein Gähnen in sich hochsteigen. Hoffentlich würde das Zorgus nicht …

Timurs Gedanke brach mittendrin ab. Er starrte das Buch an. Es waren immer noch die gleichen Striche und Bogen, die er kannte. Unentzifferbar verteilten sie sich über die beiden Seiten. Nur dass sie sich jetzt … bewegten! Timur kniff die Augen zu und öffnete sie wieder. Immer noch das Gleiche: Wie in einem Ameisenhaufen wanderte jedes Element in eine andere Richtung. Und jede der Ameisen schien genau zu wissen, wo sie hinwollte. Fast hätte er laut aufgeschrien und auf das Buch gezeigt, aber er beherrschte sich im letzten Moment. Am Anfang sah es noch so aus, als würden die Elemente einfach nur die Plätze tauschen, sodass das Gesamtbild am Ende kaum anders sein würde als das Ausgangsbild, aber nach und nach stellte sich heraus, dass das ein Irrtum war. Die Zeichen begannen Zeilen zu bilden, und noch bevor Timur das nächste Mal Luft holen konnte, sahen beide Buchseiten auf einmal so aus wie jedes normale Buch. Text, Überschriften, Zwischenüberschriften, alles in bester Tylandor'scher Klarschrift und so mühelos zu lesen, dass man sich kaum vorstellen konnte, was für ein unlesbares Chaos hier noch vor wenigen Sekunden geherrscht hatte.

»Ist etwas, Timur?«

Mist, er hatte wohl doch einen Laut der Überraschung von sich gegeben.

»Ich … Nein, Mag Zagram.« Konnte *er* es auch sehen?

»Äh, bitte stillhalten. Nur noch einen kurzen Augenblick.«

Es fiel Timur schwer, sich nicht sofort auf das Buch zu stürzen und den Text zu verschlingen. Er blinzelte auf die rechte Seite, die näher zu ihm lag. Sie begann mit einer großen Überschrift:

Einfacher Schlafzauber

Erfinder: Marlin Kunbuswil, genannt »Marlin der Große«

Erstmals ausgeführt: 33. Tag im Monat des Löwen, Jahr 124

Erweiterungen: Keine

Darauf folgte ein längerer Text, der zu klein geschrieben war, um ihn auf diese Entfernung zu entziffern, doch anschließend folgten wieder größere Buchstaben. Timurs Herz klopfte bis zum Hals, als er sie las:

Grundformel: Kurinkalaplamplam

Dauer gemäß magischer Zählweise (Grumulkuf = 5 Minuten, Kranulkuf = 1/4 Stunde) als zweites Wort hinzufügen.

Anmerkung: Der Einfache Schlafzauber ist weder für längere Schlafstrecken noch für mehrmalige Anwendungen an einem Tag geeignet. Hierzu wären beispielsweise der Große Schlafzauber nach Mag Zatulin oder der Komplexe Schlafzauber nach Mag Karamossos anzuwenden.

»Vielen Dank, ich bin fertig.«

Zorgin Zorgus sah zufrieden auf sein Blatt.

»Zeigen Sie her.«

Es war dem Zeichner anzusehen, dass er sein Blatt nur sehr ungern an Zagram aushändigte. Der Vorsitzende studierte jeden einzelnen Strich. Schließlich gab er es zurück.

»Gute Arbeit, Herr Zorgus.«

»Danke, Mag Zagram. Dieses runde, äh, Metallgestell war nicht einfach zu zeichnen. So etwas kommt mir nicht alle Tage vor die Feder.«

»Es sieht äußerst magisch auf Ihrer Zeichnung aus. Auch das mit den Hüten war eine großartige Idee. Arbeiten Sie nur bitte diese Falte in meinem Gesicht noch etwas stärker heraus. Die Leser sollen ein Gefühl von Ernst und Autorität mitnehmen. Und machen Sie Timurs Robe und Hut bitte hellblau.«

»Äh, gut, mache ich.«

»Und ich glaube, Sie haben mich etwas zu klein gezeichnet.«

Murga Rillucki lächelte.

»Wir wollen euch dann nicht weiter bei eurer Arbeit stören. Findet schön weiter zauberhafte Dinge heraus. Ich freue mich schon, darüber zu berichten.«

Die beiden verabschiedeten sich und die Wachen schlossen die Tür hinter ihnen. Zagram sah Timur an.

»Nun, Timur, da siehst du, unter welchem Druck wir Männer von der Magischen Gilde stehen. Die Leute erwarten quasi Unmögliches von uns. Aber bald werde ich ihnen den magischen Rahmen präsentieren. Ganz Tylandor wird staunen, wie ich jede beliebige Farbe durch ein dickes Buch hindurch erkennen kann.«

Zagram hatte es sich auf einem Stuhl bequem gemacht und genoss es, sich seinen Auftritt in allen Details vorzustellen. Der Ruf und die Autorität der Magischen Gilde wären damit auf Jahre hinaus gesichert.

»Vielleicht sollten wir für heute Schluss machen, was meinst du, Timur?«

Timur nickte, konzentrierte sich auf Zagram und nahm allem Mut zusammen.

»Kurinkalaplamplam Kranulkuf.«

***

Woronin zuckte zusammen. Schon wieder. Er schloss die Augen und konzentrierte sich, aber sosehr er sich auch anstrengte, er konnte nicht sehen, was in Tylandor passierte. Doch das Unbehagen, das er nun immer öfter verspürte, bestätigte ihm jedes Mal aufs Neue, dass er sich beeilen musste.

Es gab nur ein Problem. Er war zwar der Herrscher über die Insel und alle, egal ob Krobulin, Nachfahren der Eisenmänner oder Mischlinge, gehorchten ihm blind, aber er hatte keine guten Generäle. Seine Söhne Kurschuk und Scheerkatt waren ahnungslose Weicheier. Warum hatte er sie nicht gründlich ausgebildet, als sie jung waren, und sie zu den Kampfmaschinen gemacht, die er jetzt brauchte? Er knurrte. Wie viel Zeit konnte er sich noch nehmen?

Das war die alles entscheidende Frage. Aber ohne genau zu wissen, was in Tylandor vor sich ging, konnte er sie nicht beantworten. Er musste raten. Und sich auf sein Bauchgefühl verlassen. Und genau das hasste er wie nichts anderes.

Timurs Gehirn schlägt einen Doppelsalto

Timur starrte Mag Zagram an. Der Vorsitzende der Magischen Gilde lag mit dem Oberkörper auf der Tischplatte. Sein Kopf ruhte in seiner Armbeuge und tiefe Atemzüge kündeten davon, dass er schlief.

Nur zwei magische Worte und der Schlafzauber funktionierte. Das war so einfach, dass es fast schon unheimlich war.

Ähnlich wie »Wregnihaluf« hatte sich auch das Wort »Kurinkalaplamplam Kranulkuf« in seinem Kopf breitmachen wollen, doch er war darüber nicht erschrocken. Er wusste ja inzwischen, wie man ein Zauberwort kontrollieren konnte. Und kaum hatte er ihm ein wenig Raum gegeben, war Zagram auch schon hingesunken.

Timur hatte keinen Zweifel, dass der Vorsitzende wirklich eine Viertelstunde lang schlafen würde, wie es im Buch stand. Allerdings brauchte er einen Moment, um sich klar zu werden, was das bedeutete: Er konnte machen, was er wollte! Im Mag-Wynor-Saal!

Sein Herz schlug schneller. Was sollte er als Erstes tun? In dem Buch lesen und weitere Zauber studieren? Oder lieber magische Geräte untersuchen? Eine geschlagene Minute stand er nur herum, gelähmt von der schieren Masse an unglaublichen Möglichkeiten. Am Ende entschied er sich, zunächst noch einmal die geheime Öffnung im Boden auszuprobieren. Das dauerte nicht lange und wer weiß, wann er noch einmal Gelegenheit dazu bekam? Er streifte den schweren Umhang ab, nahm sich den Hut vom Kopf und schritt noch einmal den Mittelgang ab.

Kaum war er nah genug an die geheime Stelle herangekommen, hörte er den unsichtbaren Mühlstein und die quadratische Öffnung erschien im Boden. Ohne zu zögern, ging er die Stufen hinab, über die Malakin und er vor Kurzem zum ersten Mal hier hereingekommen waren. Kaum war mit seinem Kopf unterhalb des Bodens, verschloss sich die Öffnung über ihm und er war alleine mit dem grünen magischen Licht des Tunnels. Timur grinste. Er war nun für Zagram spurlos verschwunden. Wenn der alte Mann jetzt aufwachte, könnte er sich dumm und dämlich suchen, ohne je dahinterzukommen, dass Timur sich direkt unter seinen Füßen befand.

Als er die Treppe wieder hinaufstieg, funktionierte der Mechanismus erneut auf die gleiche Art. Sehr gut. Wie lange hatte er jetzt noch Zeit? Zum ersten Mal in seinem Leben wünschte er sich einen Chronometer. Neugierig betrachtete er die Unmengen von magischen Geräten in den Regalen … Nein, ein andermal. Was nützten ihm Geräte, wenn er sie nie außerhalb des Mag-Wynor-Saals verwenden konnte? Mit dem Buch auf dem Tisch, das ihm bereits den wunderbaren Schlafzauber offenbart hatte, war die Zeit viel sinnvoller genutzt.

Er ging zum Tisch zurück und schlug die erste Seite auf. Wie hieß das Werk überhaupt? … Timur stieß einen Wutschrei aus. Die erste Seite zeigte wieder nur die bekannten unverständlichen Zeichen. Nichts bewegte sich, nicht der kleinste Strich. Er blätterte wild vor und zurück, aber auf jeder Seite erwartete ihn der gleiche enttäuschende Anblick.

»Das darf nicht wahr sein!«, entfuhr es ihm laut. Gleich darauf sah er ängstlich nach Zagram neben ihm, der aber keine Anstalten machte aufzuwachen. Timur ging um das Buch herum und betrachtete es von allen Seiten. Er kniff die Augen zusammen und riss sie anschließend wieder weit auf. Sinnlos. Es sah aus wie immer. Kein einziger Buchstabe war dem Gewirr zu entreißen.

Trotz seiner maßlosen Enttäuschung versuchte er sich zu konzentrieren. Ihm blieben nur noch wenige Minuten. Wenigstens den Durchseher wollte er nun noch einmal ausgiebig testen. Er packte das Gerät, lief zur nächsten Wand und hielt ihn dagegen. Durch den Rahmen konnte er die gelangweilten Wachposten, die vor der Tür standen, sehen. Einer bohrte sich gerade in der Nase.

»Tatsächlich! Sogar durch Wände!«, hörte er sich murmeln und gleichzeitig setzte ein leises und sehr zufriedenes Schmatzen hinter ihm ein. Er fuhr herum. Zagram wachte auf!

Timur stürzte zurück zum Tisch. Zagram schmatzte erneut und brummelte wohlig, während Timur hastig wieder in den blauen Umhang schlüpfte und sich den Hut aufsetzte. Keine Sekunde zu früh. Schon öffnete der große alte Mann die Augen und sah ihn schräg von unten an. Er brauchte einen Moment, bis er erkannte, dass sein Kopf auf der Tischplatte lag.

Timur hielt die Luft an. An was würde er sich erinnern können? Hatte er etwa noch die Zauberformel im Ohr? Wusste er, dass er mit einem Schlafzauber belegt worden war?

»Habe ich geschlafen, Timur?« Er richtete sich mit einem Ruck auf.

»Ich glaube, ja, Mag Zagram. Aber ich habe auch geschlafen. Ich bin gerade erst aufgewacht.«

Timur biss sich auf die Zunge. Hoffentlich konnte Zagram seine Lüge nicht spüren. Der alte Mann holte seinen magischen Chronografen aus der Tasche und sah darauf.

»Eine gute Viertelstunde. Das ist seltsam. Sehr seltsam.«

»Ich habe eine Vermutung, Mag Zagram.«

»Ja, Timur?«

»Wir haben beide mit dem magischen Rahmen gearbeitet. Das hat uns womöglich so viel Energie gekostet, dass wir schlafen mussten.«

»Ein interessanter Gedanke, Timur, so wird es wohl gewesen sein. Irgendwo muss die Kraft, mit der wir die Materie durchdringen ja schließlich herkommen.«

»Da haben Sie recht, Mag Zagram.«

»Vielleicht sollten wir für heute Schluss machen, was meinst du, Timur?«

»Ja, Mag Zagram.«

Er erinnerte sich wirklich an nichts mehr. Und noch während Timur leise aufatmete, schlug sein Gehirn einen Doppelsalto. Das aufgeschlagene Buch! Die Zeichen fingen wieder an zu wandern und Zeilen zu bilden! Nach nur wenigen Augenblicken konnte er sie lesen.

Einfacher Partyzauber

Erfinder: Faltopasch Progost, genannt »Mag Prosit«

Erstmals ausgeführt: 52. Tag im Monat des Waldes, Jahr 384

Erweiterungen: Keine

»Komm. Zieh die Sachen aus. Wir haben uns jetzt ein gutes Essen verdient. Kennst du *Talins Tisch* in der Inneren Ringstraße? Nein, natürlich nicht. Komm, ich lade dich ein.«

Timur brauchte einen kurzen Moment, bis er begriff, dass Zagram auf ihn wartete. Im Vorbeigehen schielte er ein letztes Mal auf die Seite mit dem Partyzauber.

Grundformel: Hillobullikorompompom

Während Timur sich das Wort zu merken versuchte, legte er Hut und Umhang ab und verstaute beides im Schrank. Zagram tat das Gleiche. Das Buch und die magischen Geräte ließ er wieder einfach auf dem Tisch liegen. Wenn das so weiterging, würde der Mag-Wynor-Saal bald auch so aussehen wie Zagrams Arbeitszimmer, ging es Timur durch den Kopf. Aber wie war das noch mal? Hieß es Hillobullikorompompom oder Hillobulliporomkomkom? Er schielte auf dem Weg zur Tür noch ein letztes Mal zu dem aufgeschlagenen Buch … und stellte fest, dass sich die Korg'sche Klarschrift erneut in ein unentzifferbares Chaos verwandelt hatte.

Was war denn jetzt schon wieder los? Warum konnte er es mal lesen und mal nicht? … Und plötzlich wusste er es!

Zagram, der von alldem nichts mitbekam, redete weiter.

»Weißt du, Timur, wer das Leben zu genießen versteht, muss einmal in seinem Leben die Lyffenfleischpastete von Tolus Kastom probiert haben. Er ist Chefkoch bei Talins Tisch. Ich werde ihn dir vorstellen.«

Doch Timur hörte ihn kaum noch. Er war von einem einzigen Satz in Beschlag genommen, der sich endlos in seinem Kopf wiederholte und in unzähligen Echos widerhallte:

Es liegt am Hut!
Es liegt am Hut!
Es liegt am Hut!

***

Einige Stunden später saß Timur zu Hause am Tisch. Der Duft von Foigi-Brot, Fiselaal und ein paar köstlichen frischen Wellflappen, die ihnen ein Nachbar von einem heimlichen Abstecher nach Foigor mitgebracht hatte, lag in der Luft. Leider hatte er sich aber schon mit Mag Zagram den Bauch vollgehauen.

Während Virku noch auf den letzten Bissen herumkaute, rutschte Timur ungeduldig auf seinem Stuhl herum. »Ich möchte dir nach dem Essen etwas zeigen«, hatte er gesagt und Virku hatte es gelassen hingenommen, als würde er jeden Tag etwas nach dem Essen gezeigt bekommen.

Natürlich wollte Timur auch seinen Vater in die Olisamgeschichte einweihen. Die Methode »Zeigen statt Erzählen«, um den Schwur zu umgehen, hatte ja schon einmal gut funktioniert. Und im Gegensatz zu Malakin konnte er bei Virku auch noch sicher sein, dass er niemals aus Versehen etwas ausplaudern würde. Foigis waren sehr verschwiegen, und wenn es darauf ankam, war sein Vater der verschwiegenste von allen.

Als Virku endlich fertig war, schenkte er sich noch ein Glas Wein ein, dann lehnte er sich in seinem Stuhl mit der geflochtenen Rückenlehne nach hinten und sah seinen Sohn erwartungsvoll an. Timur lehnte sich über den Tisch.

»Schau gut hin, Papa.« Mit feierlicher Miene rückte er sein leeres Glas vor sich hin und konzentrierte sich. »Wregnihaluf.«

Es hob ab. Nicht zu schnell, Timur hatte das Wort sorgsam zusammengedrückt. Zentimeter für Zentimeter stieg es in die Luft. Virku verfolgte es, ohne einen Laut von sich zu geben. Er zuckte nicht einmal. Als das Glas zwei Armlängen über ihren Köpfen schwebte, ließ Timur es eine Weile in der Luft stehen. Dann sank es wieder herab und setzte sanft auf dem Tisch auf.

»Leider kannst du mich dazu nichts fragen, Papa.«

Timur sah Virku bedeutungsvoll in die Augen und hoffte, dass er sich an ihr Gespräch von gestern Abend erinnern konnte. Virku nickte langsam und sagte nach einer längeren Pause: »Kein Foigi bricht jemals den Seliuk-Schwur.«

»Ja.« Timur nickte ebenfalls. »Und? Bist du gar nicht erschrocken, als das Glas plötzlich in der Luft war?«

»Nein, ich freu mich nur.«

Timur blieb der Mund offen stehen. Wie konnte es sein, dass Virku tatsächlich keine Spur überrascht war? In Foigor, seinem Heimatviertel, wurde nie über Magie gesprochen und auch in Halum galt die Zauberkunst als etwas, das wohl unwiederbringlich verloren war.

»Das verstehst du vielleicht erst, wenn du selbst Vater bist, Timur.«

»Wieso?«

»Ein Vater traut seinem Kind immer alles zu. Das ist einfach so. Auf der ganzen Welt.«

»Sogar Zaubern?«

»Mag Zagram traut's dir zu. Ich dann ja wohl erst recht.«

Timur lächelte und griff kurz nach Virkus Hand.

»Kannst du das Glas auch schweben lassen, wenn Wasser drin ist?«

»Bestimmt, Papa, aber ich würde jetzt eigentlich viel lieber noch ein anderes Zauberwort ausprobieren. Ich weiß allerdings noch nicht genau, was es bewirkt. Soll ich trotzdem?«

»Leg los!«

»Hillobullikorompompom.«

Im ersten Moment geschah nichts. Dann aber erschienen plötzlich Tausende in allen Farben leuchtende Luftblasen an der Decke, die langsam auf sie heruntersanken. Dazu erklang der berühmte Flottermeyer-Walzer. So laut, als würde eine Musikkapelle mitten im Raum stehen.

Timur und Virku sahen sich kurz ungläubig an. Dann betrachteten sie wieder die bunten Blasen, die gemächlich rund um sie herum niedersegelten und mit einem leisen »Plopp!« zerplatzen, sobald sie etwas berührten.

Und irgendwann lachten beide los. Es war nicht zu fassen. In den ach so gut gehüteten magischen Büchern stand, wie man bunte

Luftblasen für eine Party zauberte! Sobald es einem von ihnen gelang, sich halbwegs einzukriegen, steckte ihn der andere sofort wieder mit seiner Lacherei an. Und umgekehrt. Selbst als sie später im Bett lagen, alle Blasen verschwunden und der Flottermeyer-Walzer längst verklungen war, mussten sie hin und wieder kichern.

Ein verwegener Plan

Der nächste Tag brachte Regen und Sturm. Schlechtes Wetter kam in Tylandor immer sehr plötzlich. Es rollte aus heiterem Himmel vom Meer heran und setzte die Stadt unter Wasser. Halumer, die an solchen Tagen ihr Haus verlassen mussten, versuchten auf den Straßen möglichst wenig von dem ekelhaften feuchten Zeug abzukriegen und Gespräche endeten meist mit dem Satz: »Wenigstens sind keine Fische darin«, auch wenn die ein oder andere alte Dame gerne mal behauptete, ihr wäre ein Wassertier auf den Kopf gefallen.

Julina achtete aber gar nicht auf das Wetter. Sie saß in einem roten Straßenwagen und fuhr zum Halumer Grün, wo sie mit Timur und Malakin verabredet war. Hinter ihr lag ein anstrengender Schultag und eine Stunde Nachhilfe, die sie freiwillig einmal in der Woche für die Kleineren hielt. Sie dachte an gestern Abend. Auf dem Heimweg von Malakin hatte sie Timur wieder Raum in ihrem Kopf gegeben. Irgendetwas war mit ihm los, das spürte sie immer deutlicher. Höchste Zeit, dass sie einmal in Ruhe mit ihm redete. Auch zu der Olisam-Geschichte hatte sie noch ein paar Fragen. Heute wurde Timur zum Glück nicht von Mag Zagram in Beschlag genommen, weil die Magische Gilde eine Sitzung hatte.

Der Frau mit dem Kopftuch hatte sie dagegen keinen Raum

mehr in ihrem Kopf gegeben. Es ärgerte sie, dass eine Fremde sich in ihre Gedanken drängte. Es war unverschämt von ihr, fand sie. Ob sie sie noch einmal treffen würde? Aber was sollte sie ihr sagen? Verlassen Sie sofort mein Gehirn?

Der Straßenwagen hatte das Halumer Grün erreicht und Julina stieg aus. In dieser Gegend wohnten nur reiche Leute. Die wenigen, denen sie begegnete, trugen alle diese neuen, sündteuren aufklappbaren Regenschirme, deren Bespannung in bunten Farben leuchtete. Sie selbst hielt sich ihre Schultasche über den Kopf, um nicht zu nass zu werden. Sie hatten sich in einem der kleinen Pavillons am Westrand des Parks verabredet. Zum Glück war er nicht zu weit von der Haltestelle entfernt.

»Komm ins Trockene, Julina!«

Sie drehte sich nach der Stimme um.

»Malakin! Hat dir deine Mutter etwa ihren Regenschirm geliehen?«

»Von wegen. Den haben Großvater und ich selbst gebaut. Schau, wenn man hier draufdrückt, dreht sich der Schirm oben.«

»Und wozu?«

»Einfach so.«

Sie erreichten den Pavillon, in dem Timur schon auf sie wartete. Malakin hatte ein paar ulbische Schokosinen mitgebracht. Nachdem sie sie verspeist hatten, begann Julina sofort mit dem ernsten Teil.

»Wir … wir müssen mit dir reden, Timur.«

»Ich weiß schon, ich …«

»Du kannst uns nichts von dem ganzen Olisam- und Zauberkram erzählen, weil du Mag Zagram schwören musstest, dass du dichthältst, oder?«

Timur sah die beiden an und überlegte kurz. Dann sagte er: »Das darf ich nicht sagen.«

»Aber es könnte sein, dass nichts dagegenspricht, dass du uns hin und wieder zeigst, was du gelernt hast, denn einmal hast du es schon getan«, fuhr Julina fort. »Oder willst du uns wirklich weismachen, dass das mit der Schultasche ein Unfall war?«

»Nein.«

Timur grinste. Julina hatte alles begriffen und stellte ihre Fragen so geschickt, dass er sie beantworten konnte, ohne sein Wort zu brechen.

»Also, Timur, wenn du uns mal wieder etwas zeigen willst, dann, na ja, also, ich sage mal … nur zu!«

Timur überlegte. Der Partyzauber war zu auffällig und zu laut, um ihn hier vorzuführen. Aber … Er sah sich um. Im Moment hatten sie dank des Regens das Halumer Grün fast ganz für sich.

»Hat einer von euch Lust, für fünf Minuten zu schlafen?«

Julina und Malakin sahen sich an.

»Du meinst, du kannst jemanden …? Ach so, das darf ich ja nicht fragen.« Malakin überlegte. »Also gut, von mir aus ich, ich hab Lust. Bisschen Schlaf kann ja nicht schaden.«

»Dann leg dich auf die Bank und sieh mich an.«

»So?«

»Kurinkalaplamplam Grumulkuf.«

Julina machte große Augen. Timur lächelte sie beruhigend an. »Nur fünf Minuten.«

Sie wunderte sich, dass sie tatsächlich ruhig blieb. Immerhin lag ihr bester Freund vor ihr auf einer Bank und rührte sich nicht mehr. Trotzdem hörte sie sich »Endlich mal Ruhe« sagen und dabei kichern. Timur lachte und sie lästerten liebevoll eine Weile über ihren schlafenden Kumpel. Doch im Hinterkopf hatte Julina ständig die Frage, die ihr wirklich auf der Seele lag. Jetzt war der Moment dafür. Wenn es ihr nur nicht so schwer über die Lippen gehen würde. Sie gab sich einen Ruck und sah Timur an.

»Timur, was … was ist mit deiner Mutter?«

»Mit meiner Mutter?«

Timur fühlte sich, als hätte er von einem Moment auf den anderen keine Beine mehr. Er starrte Julina an wie ein Gespenst.

»Irgendetwas ist mit deiner Mutter. Frag mich nicht, aber ich spüre das.«

»Meine Mutter ist … verschwunden.«

»Verschwunden?«

Weiter kamen sie nicht, denn Malakin gab durch eindeutige Geräusche zu erkennen, dass die fünf Minuten Schlafenszeit gleich vorbei waren.

»Lass uns wann anders darüber reden«, flüsterte Julina noch, dann schlug Malakin auch schon die Augen auf. Er brauchte eine Weile, um zu begreifen, was passiert war, aber als ihm klar wurde, dass Timur ihn tatsächlich einfach so für fünf Minuten in den Schlaf geschickt hatte, kannte seine Begeisterung keine Grenzen mehr.

»Bitte, Timur, mach das morgen mit Kelboor, wenn wir Mathloginistik haben! Hast du noch was auf Lager?«

Timur überlegte. Nein, den Partyzauber lieber nicht in der Öffentlichkeit. Und sonst gab es nur noch den Altersleser und den Durchgucker, aber die konnte er nur im Mag-Wynor-Saal benutzen.

Nur im Mag-Wynor-Saal.

Natürlich, warum war er noch nicht eher daraufgekommen! Er überlegte noch einmal. Nein, es gab nichts, was dagegensprach.

»Malakin, wenn du willst, bringe ich dich morgen für eine Viertelstunde in den Mag-Wynor-Saal.«

»Aber …«

»Nein, diesmal wirst du nicht verhaftet. Und du wirst auch sehen, warum. Mehr kann ich jetzt nicht sagen. Kann dein magischer Chronograf Wasser aushalten?«

»Klar. Sonst wäre es kein magischer Chronograf.«

»Dann bring ihn mit.«

»Und was ist mit mir?«, fragte Julina gekränkt.

»Du kannst leider nicht tauchen.« Timur sah, wie sie sich vor Enttäuschung auf die Lippen biss. Er versuchte sie aufzumuntern. »Mach dir nichts draus. Malakin kann dir danach alles erzählen. Außer natürlich, er hat Angst vor seiner Großmutter Alurizia.«

Malakin lachte.

»Aber sonst zu keinem ein Wort, ja? Wenn Zagram auch nur den kleinsten Verdacht schöpft, nimmt er mich nie wieder mit. Dabei sind wir doch gerade erst am Anfang.«

»Am Anfang?«

»Am Anfang, die magischen Künste wiederzuerlangen.«

Timur konnte es selbst kaum glauben. Er sprach Worte aus, die ihnen noch vor Kurzem sofort ein Gähnen ins Gesicht gezaubert hätten. Doch seit gestern war alles anders.

»Gut. Wir drei, sonst keiner.«

Malakin hielt seine Hand in ihre Mitte, Timur und Julina schlugen ein. Es war ein Versprechen unter Freunden, bindender als jeder Schwur. Und genau das ließ Timur nachdenklich werden. Bevor die anderen ihre Hände zurückzogen, fügte er noch schnell »außer es ist wichtig« hinzu.

Noch einmal sahen sie sich in die Augen, dann klappte Malakin den selbst gebauten Schirm auf, setzte den sinnlosen Drehmechanismus in Gang und sie gingen lachend zurück zur Haltestelle.

Eine Wette

Malakin kam in dieser Nacht vor Aufregung kaum zur Ruhe. Zum Glück gelang es ihm am nächsten Tag während Mathloginistik und Wiedererlangung der magischen Künste unbemerkt ein wenig Schlaf nachzuholen. Zu gerne hätte er das in der letzten Stunde in Sprachkunde noch fortgesetzt, aber wegen des bevorstehenden Konzerts hatte Direktor Kommorius den Stundenplan umgestellt und sie hatten stattdessen eine Extra-Orchesterprobe.

Schon nach den ersten Takten *An der Mauer von Halum Süd* war er hellwach. Kein Wunder. Allein der gewaltige Klang seines eigenen Rammhorns reichte aus, um Tote zu wecken. Er blies tapfer vor sich hin und nahm sich vor, bald mit seinem Großvater eine Mütze mit versteckten Ohrenschützern zu erfinden.

Timur hatte im Gegensatz zu ihm hervorragend geschlafen. Er freute sich, dass seine Freunde Wege gefunden hatten, seine magischen Geheimnisse am Seliuk-Schwur vorbei aus ihm herauszukitzeln. Nur dass Julina von seiner Mutter wusste, beunruhigte ihn. Wie konnte sie so etwas spüren? Aus irgendeinem Grund gab es für ihn keinen Zweifel. Noch bis vor Kurzem war er eifersüchtig gewesen, weil sie sich nur um Malakin gekümmert hatte. Jetzt war sie ihm auf einmal viel zu nah. Er trommelte geistesabwesend vor sich hin, bis wie von fern Kalima Welpins verzweifelte Worte zu ihm durchdrangen.

»Das ist die letzte Probe vor unserem großen Auftritt. Wir spielen in der Aram'schen Philharmonie. Alles, was in Tylandor Rang und Namen hat, wird kommen. Und wir sind die Vorgruppe für Flavia Laanten. Ich weiß auch nicht … Machen wir einfach noch einen letzten Versuch. Wenn es nicht klappt, gebe ich auf. Dann spielen wir beim Konzert *Kollo, der Kosselrabe.*«

Das riss Timur aus seinen Gedanken. *Kollo, der Kosselrabe* in der Aram'schen Philharmonie? Vor Flavia Laanten? Das kam nicht infrage! Mochte *An der Mauer von Halum Süd* auch noch so sehr ein Stück sein, das direkt aus Scharmass' Höllenschlund kam, es war wenigstens kein Kinderlied. Er atmete tief ein und sah Barana und Guimal an. Sie schienen ähnlich zu denken wie er.

Frau Welpin zählte mutloser denn je ein und es ging los. Diesmal konzentrierte Timur sich. Zum ersten Mal schlug er den Takt so, wie er ihn fühlte. Nicht einmal Ramors dröhnendes Frugophon konnte ihn ablenken. Diese Halumer Kinder hatten keinen Rhythmus im Blut, das war das Problem. Aber jetzt reichte es ihm, er musste sie einfach mitziehen und nicht mehr versuchen, sich anzupassen. Weder an die hektisch voranstolpernden Knillflöten noch an die hinterherhinkenden Basskrompen oder an die irren Rammhörner und am allerwenigsten an das hilflose Stabgefuchtel ihrer Orchesterleiterin.

Mit jedem Takt fühlte er den Rhythmus, der die Seele dieses Stücks sein sollte, besser. Er spielte laut. So laut wie noch nie. Barana und Guimal hörten auf ihn und ließen sich auf sein Tempo ein. Bald hörte es sich an, als wären ihre Hände zu einer einzigen großen Hand verwachsen. Sie holten alles aus ihren Foigi-Trommeln heraus. Die anderen konnten gar nicht mehr anders, als auf ihren Takt einzuschwenken. Das Stück war gar nicht so schlecht, wie er immer gedacht hatte, erkannte Timur erstaunt. Es brauchte nur ein paar Foigi-Trommler, die sich trauten. Das Orchester wurde zu einer Einheit. Es wirkte wie ein riesiges Segelschiff, das in den Wind gedreht hatte und mit jedem Moment mehr Fahrt aufnahm. Nichts und niemand konnte sie mehr aufhalten.

Aber dann kam die Solostelle. Mist. Timur wusste wieder nicht, was er spielen sollte. Ein kurzer Moment der Unsicherheit reichte und der Rhythmus, der alles zusammengehalten hatte, war weg.

Genau wie bei den früheren Proben bearbeiteten sie hilflos ihre Trommeln und waren froh, dass sie nicht auf dem Toskullplatz in Foigor saßen, wo man sie für eine solche Darbietung mit Fußtritten davongejagt hätte. Frau Welpin hatte ein Einsehen und zählte mitten in ihr erbärmliches Getrommel hinein laut ein. Zum Glück gelang es den drei Trommlern schnell, in den Rhythmus vom Anfang zurückzufinden, sodass zumindest die letzten Takte wieder Mut machten.

»So habe ich mir das immer vorgestellt. Genau so.« Kalima Welpin lächelte über das ganze Gesicht. »Nur das Trommelsolo, ich … ich weiß nicht. Sollen wir das nicht lieber lassen?«

»Nein!«, sagte Timur. Barana und Guimal sahen ihn verwundert an. Er selbst fragte sich im Stillen ebenfalls, was ihn da gerade geritten hatte, aber er wiederholte: »Nein. Machen Sie sich keine Sorgen, Frau Welpin. Wir kriegen das hin.«

Kaum waren sie auf dem Flur, wurde etwas Großes, Hartes gegen Timurs Hintern geschmettert. Er fuhr herum und sah Malakins grinsendes Gesicht. Das Große, Harte war sein Rammhornkasten gewesen. Alle Achtung, der Kerl war ja schon fast so herzlich wie ein echter Foigi-Freund.

»Wahnsinn, der Trommelzauber, Timur! Wusste gar nicht, dass Zagram dir auch so etwas beibringt.«

»Das war kein Zauber, das war ganz normales foigisches Trommeln.«

»Ach? Und warum klang es auf einmal so gut?«

»Man muss sich einfach nur trauen, Malakin.«

»Na schön. Aber warum willst du weiter das Solo spielen? Das ist doch das Einzige, was nicht klappt.«

»Ich ahne schon, was los ist. Du willst Flavia Laanten beeindrucken, stimmt's?«, mischte sich Julina ein.

Timur zuckte zusammen. Schon wieder durchschaute sie ihn auf so seltsame Art. Er wurde rot und brachte kein Wort mehr heraus.

»Haha, die Tante ist doch viel zu alt für dich«, flachste Malakin.

»Sie ist doch nicht alt.«

»Sie ist viel älter, als du denkst, Timur. Berühmte Leute kennen eine Menge Tricks, um jünger zu wirken. Kannst mir ruhig glauben. Mein Vater kennt einige und der kann dir da die tollsten Geschichten erzählen.«

»Was glaubst du denn, wie alt Flavia ist?«

»Auf jeden Fall so alt wie meine Mutter. Also über vierzig Jahre.«

»Niemals.«

»Wetten wir? Wer verliert, muss sich ein Roog'sches Tüffelkleidchen anziehen, bei Direktor Kommorius klopfen und ›Oh, falsche Tür‹ sagen.«

»Ein Roog'sches Tüffelkleidchen? Einverstanden! Aber wie erfahren wir, wie alt sie wirklich ist?«

»Tja, gute Frage. Das ist ein Geheimnis, das noch besser gehütet wird als die Schatzkammern von Raythum.«

»Ich werde es rausfinden!«, prustete Julina. »Und wenn ich wochenlang alle Bibliotheken der Stadt durchsuchen muss, ich will einen von euch im Tüffelkleidchen sehen.«

Gut gelaunt traten sie ins Freie. Timur sah durch den Zaun, dass Zagrams Kutsche diesmal, wie besprochen, diskret um die Ecke wartete. Er atmete auf und zog seine beiden Freunde noch einmal zu sich heran.

»Malakin, du weißt, was du zu tun hast?«

»Ich gehe zum Brunnen, springe rein, schlage mich bis zur Treppe unter dem Mag-Wynor-Saal durch und warte.«

»Kann sein, dass du lange warten musst. Geh aber auf keinen Fall weg. Ehrlich gesagt, jedes Mal, wenn Zagram mich mitnimmt, habe ich Angst, dass es das letzte Mal gewesen sein könnte. Ich glaube nicht, dass er möchte, dass Tylandor die magischen Künste wiedererlangt. Er will nur über mich ein paar Brocken Magie finden, die er vorführen kann, damit die Leute wieder glauben, dass die Magische Gilde gute Arbeit macht.«

Sie hatten das Schultor erreicht. Timur verabschiedete sich von seinen Freunden und verdrückte sich unauffällig um die Ecke. Als er sich der Kutsche näherte, sprang Molussil heraus und hielt ihm die Tür auf. Auf dem verzierten Tisch im Inneren der Kutsche lag die neueste Ausgabe der Tylandor'schen Nachrichten. Das Bild, das Zorgin Zorgus von Zagram und ihm im Mag-Wynor-Saal gezeichnet hatte, war auf der Titelseite. Wenn das so weiterging, konnte er nur hoffen, dass er bald einen Unsichtbarkeitszauber für sich fand, dachte Timur.

»Sind Sie zufrieden mit dem Bild, Timur?«

»Schon, aber muss das …«

»Alles in Ordnung?«

Timur starrte das Bild an. Ja! Das müsste funktionieren! Natürlich war es eine gewagte Idee. Andererseits gab es diese eine Sache, die er wirklich zu gerne wissen wollte …

»Bitte, darf ich das Bild ganz kurz meinen Freunden zeigen?« Noch bevor der Diener antworten konnte, war Timur schon mit der Zeitung abgezischt und holte Malakin und Julina ein. »Malakin, hör zu …«

»Oh, schon wieder auf der Titelseite?«

»Ganz egal. Schau dir das Ding hier an.« Timur deutete auf den Altersleser, der groß am unteren rechten Bildrand zu sehen war. »Wie lange würde dein Großvater brauchen, um so etwas zu bauen?«

»Dieses Drahtding mit dem Ständer dran? Kommt darauf an, was es können soll. Soll es sich drehen? Geräusche machen? Oder auf Knopfdruck …«

»Es braucht gar nichts können. Es muss nur exakt so aussehen wie das Ding auf dem Bild.«

»Pfff, das kriegt Opa in wenigen Minuten hin. Aber wo ist der Witz?«

»Wunderbar! Zeig ihm die Zeitung, lass dir das Ding so schnell wie möglich basteln und bring es dann mit.«

»Na gut, kann ich machen. Er wird nur nicht begeistert sein, wenn sich das Ding nicht einmal automatisch …«

»Und vergiss deinen Chronografen nicht!«

»Schon gut.«

Timur lief zurück zur Kutsche und stieg ein. Molussil gab dem Kutscher ein Zeichen loszufahren.

Noch eine Wette

Molussil begleitete Timur bis zum Eingang des Mag-Wynor-Saals. Als sich die großen Türen öffneten und Mag Zagram in der alten blauen Zauberertracht dahinter erschien, verbeugte er sich und zog sich zurück. Zagram bat seinen Schüler herein. Begierig schielte Timur im Vorbeigehen nach den magischen Hüten, aber heute durfte er keinen aufsetzen. Bald würde er Zagram schlafen schicken, beruhigte er sich. Er musste nur vorher genug Zeit vergehen lassen, damit Opellus Faragli die Kopie des Alterslesers bauen und Malakin damit den Weg bis unter die geheime Bodenklappe schaffen konnte.

»Lieber Timur, wir müssen heute hart arbeiten«, begann Zagram und blickte ihn ernst an. »Gestern haben wir einen großen Erfolg verbucht. Wir, die Olisamträger, haben das Geheimnis des magischen Rahmens entdeckt. Wir können ihn nutzen, um Farben zu erkennen, die hinter einem undurchsichtigen Material verborgen sind. Und nun gilt es, diese fantastische Errungenschaft der Öffentlichkeit vorzuführen.«

Timur zuckte zusammen. Was meinte Zagram damit? Er malte sich aus, wie Murga Rillucki und Zorgin Zorgus erneut antanzen würden, und dachte an weitere Bilder von Zagram und ihm in den Tylandor'schen Nachrichten. Aber gegen das, was Zagram als Nächstes verkündete, war ein weiterer Artikel in den Tylandor'schen Nachrichten eine geradezu wunderbare Vorstellung.

»Ich habe eine Wette mit meinem bekanntesten Widersacher, dem Mathloginistiker Robald Kelboor, abgeschlossen. Ich werde vor einigen Tausend Zeugen den magischen Rahmen vorführen und Kelboor wird mir eine Aufgabe stellen. Einmal habe ich schon gegen ihn gewonnen, als ich einen von ihm mitgebrachten Stein hochfliegen ließ. Nun werde ich ein zweites Mal gewinnen.«

Timurs Kehle schnürte sich zu. Würde der Vorsitzende ihn nach dieser Vorführung überhaupt noch brauchen?

»Wann wird dieser Auftritt sein, Mag Zagram?«

»In drei Tagen kommt halb Tylandor zum Konzert von Flaavia Laanten in die Aram'sche Philharmonie. Das ist der richtige Moment. Ich habe mit Fürst Aram gesprochen. Das Programm wurde bereits offiziell geändert. Und du, Timur, du wirst mit mir zusammen auf der Bühne stehen. Die Leute sollen auch sehen, was mein Schüler kann.«

Es wurde immer schlimmer. Timur starrte ihn fassungslos an.

»Lass uns zunächst in wenig experimentieren, Timur. Ich habe etwas Material bringen lassen«, fuhr Zagram ungerührt fort. Er zog ein paar farbige Papierbogen und etliche Tafeln unterschiedlicher Dicke aus verschiedenen Materialien aus einem großen Sack, der am Boden stand. Einige der Tafeln waren aus Holz, andere aus Metall oder Stein.

Im Lauf der nächsten Stunde musste Timur die verschiedenen Tafeln vor den Durchseher halten und jeweils einen farbigen Papierbogen dahinter verstecken. Zagram probierte aus, durch welches Material hindurch er die Farben am besten erkennen konnte. Nach jedem Versuch musste Timur das Ergebnis notieren. Der Vorsitzende tat sich schwer. Er musste, wie letztes Mal auch, von ganz Nahem in den Durchseher blicken, und nur wenn Timur die Tafeln ebenfalls sehr nah heranhielt, funktionierte es. Am Ende der Testreihe hatte Timur notiert, dass Zagram durch alle Materialien außer Karrakramgranit hindurch sicher die Farbe der Papierbogen bestimmen konnte.

Er war durchgeschwitzt und durstig. Zagram hatte ihn die ganze Zeit herumkommandiert und einige der Platten waren nicht gerade leicht. Er ließ sich leise auf einen Stuhl sinken, während Zagram sich noch einmal zufrieden die Liste besah.

»Das wird eine große Sensation, Timur. Vielleicht kommt am nächsten Tag nicht Flavia Laanten auf die Titelseite der Tylandor'schen Nachrichten, sondern ich. Wir verschaffen der Magischen Gilde neuen Ruhm. Nein, ruh dich jetzt nicht aus. Wir wollen natürlich noch sehen, was du kannst. Dreh dich um.«

Timur stöhnte innerlich auf, fügte sich aber. Er hörte, wie Zagram hinter ihm mit den Papierbogen raschelte und eine der Platten heraussuchte.

»Du kannst wieder hersehen. Schau durch den magischen Rahmen und konzentriere dich. Welche Farbe siehst du?«

Zagram hatte sich für den Anfang eine Platte aus Mühlentaler Leichtkiefer herausgesucht. Timur näherte sich dem magischen Gerät. Er konnte durch die Kiefernplatte hindurchsehen. Aber auch durch das Papier dahinter. Und durch Zagrams Bauch ebenfalls.

»Kannst du die Farbe erkennen, Timur?«

»Nein.«

»Konzentriere dich! Gestern hat das Gerät doch auch bei dir funktioniert.«

Es war nichts zu machen. Er sah einfach durch das Papier hindurch und konnte unmöglich sagen, welche Farbe es hatte. Er überlegte nervös. Ihm blieben nur zwei Möglichkeiten: Entweder er spielte den Versager oder er sagte Zagram noch einmal, wie gestern, die Wahrheit, nämlich dass er einfach durch alles hindurchsah. Beides waren gefährliche Optionen.

»Nun, Timur, was siehst du? Glaub mir, du kannst es. Du musst nur genug Willenskraft aufbringen.«

Lieber den Versager spielen? Dann müsste er nicht mit auf die Bühne. Aber würde ihn Zagram dann weiter als Schüler behalten? ... Im letzten Moment kam ihm eine andere Idee. Er machte ein paar Schritte rückwärts. Und noch ein paar Schritte.

»Was machst du da, Timur? Willst du etwa aufgeben?«

»Die Farbe ist Blau.«

Es hatte geklappt. Er musste einfach nur weit genug weg stehen, dann konnte er, wie Zagram, nicht mehr durch alle Schichten hindurchsehen und die Farbe des Papiers erschien vor seinen Augen.

»Blau ist richtig, Timur. Aber warum hast du dich von dem Gerät entfernt?«

»Entschuldigung, ich habe einfach so einen Schreck bekommen, als ich ... plötzlich durchsehen konnte.«

Zagram lächelte. »Das kann ich mir vorstellen, Timur. Wenn man nicht, wie ich, seit vielen Jahren mit Magie zu tun hat, kann sie einen durchaus erschrecken. Im Lauf der Zeit wirst du dich aber daran gewöhnen. Versuchen wir die anderen Materialien.«

»Ja, Mag Zagram.«

Bei den nächsten Versuchen tat Timur weiter so, als würde ihn jedes Mal ein großer Schreck ein paar Schritte zurückwerfen, damit er aus weiterer Entfernung durch den Durchseher schauen konnte. Nach einer Weile ging er dazu über, zu behaupten, dass ihn die magische Ausstrahlung des Geräts so sehr anstrenge, dass er immer wieder Abstand nehmen müsse. Je länger er das Spiel trieb, umso mehr machte er sich Sorgen, dass Zagram misstrauisch wurde, aber das war unnötig. Dem Vorsitzenden gefiel die Vorstellung, dass sein Schüler mit Schwierigkeiten zu kämpfen hatte, viel zu gut.

Am Ende der Versuchsreihe hatte Timur die Farben hinter allen Materialien erkannt. Nur beim Karrakrammgranit hatte er so getan, als würde er, genau wie sein Meister, scheitern. Zagram war mit allem sehr zufrieden. Er setzte sich an den Tisch, rieb sich den Bauch und strahlte ihn an.

»Das wird ein großer Abend für uns, Timur. Das hat die Welt noch nicht gesehen. Flavia Laanten wird nur noch das Rahmenprogramm für uns sein. Die verschwundenen Zauberer wären stolz auf uns.«

»Bestimmt, Mag Zagram.«

»Doch bleiben wir bei der Sache. Als Nächstes werde ich dich mit dem genauen Ablauf unseres Auftritts vertraut machen. Es ist sehr wichtig, dass jeder Schritt sitzt. Also, höre mir zu und konzentriere dich.«

»Kurinkalaplamplam Kranulkuf.«

Höchste Zeit. Timur betrachtete Zagram, der auf die Zauberworte hin sofort auf der Tischplatte zusammengesunken war und nun selig schlief. Er musste zugeben, dass die Experimente des Vorsitzenden mit dem Durchseher nicht uninteressant gewesen waren. Gut zu wissen, dass man dessen Kraft abschwächen konnte, indem man sich von ihm entfernte. Aber gegen das, was er heute noch alles herauszufinden hoffte, war das nur Kleinkram.

Als Erstes musste er Malakin holen. Womöglich wartete er schon eine kleine Ewigkeit auf der Treppe unter der geheimen Bodenklappe und hatte schlechte Laune. Timur ging schnell zur Mitte des Saals. Das Mühlsteingeräusch fuhr in seinen Kopf und die Öffnung erschien. Er sah hinunter.

»Herrak!«, entfuhr es ihm. (»Herrak« war nach »Srrunk« und »Ulldur« der drittschlimmste Fluch, den man in Foigor kannte.) Malakin war nicht da! Wo steckte der Kerl? Er hatte doch alle Zeit der Welt gehabt. Oder hatte er ihn zu lange warten lassen? Timur stieg die Treppe hinab. Und stutzte. Waren das Schritte? Sie kamen von fern, wurden aber mit jedem Moment lauter. Jemand rannte. Und wie. Einen Augenblick später schoss Malakin um die letzte Tunnelbiegung auf ihn zu.

»'tschuldigung, Timur.« Sein Freund musste eine Weile nach Luft japsen, bevor er weitersprechen konnte. »Opa hat sich nicht davon abbringen lassen, das Drahtdings so zu bauen, wie *er* es sich vorstellt.« Malakin holte es stolz hervor. »Schau, der Ring kann sich drehen. Wenn man den Stiel an dieser Stelle anfasst, in die eine Richtung, und wenn man ihn an dieser Stelle fasst, in die andere.«

Timur verdrehte die Augen. »Srrunk!«

»Wie bitte?«

»Komm jetzt!«

Wenige Augenblicke später standen sie zu zweit im Mag-Wynor-Saal. Genau an der gleichen Stelle wie beim ersten Mal, nur dass sie diesmal nicht sofort verhaftet wurden. Timur ließ sich den Chronografen geben und las die Zeit ab. Dann setzte er Malakin vor den Altersleser.

»Wenn ich durch dieses Gerät sehe, steht auf deinem Bauch, dass du vierzehn Jahre, acht Monate und fünf Tage alt bist.«

Malakin sah misstrauisch an sich herunter.

»Keine Sorge, nur ich kann es sehen. Außerdem sehe ich, dass du als Kleinkind blonde Haare hattest, dass du mit deinem Vater auf den Berg Salkomar gestiegen bist und dass du mit elf Jahren eine

Methode gefunden hast, wie du dich aus dem borabischen Klammergriff deines Bruders befreien konntest.«

»Bei Talin, das siehst du alles durch dieses Ding?«

»Ja.«

Dass er außerdem noch sah, wie Malakin zusammen mit Ramor in Zeiten, als sie sich noch besser verstanden hatten, heimlich Leitern an ein Fenster stellten, um Katulia Sallagi, ein Mädchen zwei Klassen über ihnen, heimlich beim Umziehen zu beobachten, verriet er nicht.

»Und, warte mal, jetzt verstehe ich, du wolltest, dass Opa dieses Gerät nachbaut, weil du das echte ... herausschmuggeln willst?«

»Genau, und ich werde dir damit beweisen, dass Flavia Laanten jünger als vierzig Jahre ist. Dann habe ich die Wette gewonnen und du wirst mit einem Roog'schen Tüffelkleidchen zu Direktor Kommorius ...«

»Aber ... das wird Zagram doch merken.«

»Nie im Leben.« Timur stellte die von Malakin mitgebrachte Attrappe neben den echten Altersleser. »Schau selbst. Dein Opa hat es so exakt nachgebaut, dass man den Unterschied kaum bemerkt, selbst wenn man Bescheid weiß. Der Fuß ist etwas heller und der Ring ist einen kleinen Tick größer.«

»Aber das andere Ding ist immerhin magisch.«

»Frag mich nicht, warum, aber ich bin sicher, Zagram könnte nicht einmal ein magisches Handlicht von einem Glühwürmchen in einer Glaskugel unterscheiden.«

Malakin sah Timur an. Tiefe Bewunderung leuchtete in seinen Augen. Dieser Plan war verwegener als alles, was er in seinem Leben als Bandenchef gewagt hatte.

»Lass mich auch mal durchschauen.«

»Klar.«

Sie wechselten die Plätze. Malakin starrte nun auf Timurs Bauch.

»Wahnsinn!«

»Sag bloß, du siehst etwas?«

Malakin nickte und machte große Augen

»Aber weißt du, was das bedeutet?! Du bist auch ein Olisamträger!«

»Ich sehe ein wunderschönes Mädchen, das dich verliebt anschaut. Ich sehe dich, wie du anfängst zu trommeln. Ich sehe, wie das Mädchen sich die Ohren zuhält und wegrennt. Ich sehe …«

»Ulldur! Wir haben nur noch ein paar Minuten und du …«

»Schon gut. Also, zeig mir, was es noch gibt.«

»Das hier. Stell dich mal davor.«

»Ist das auch ein Alterslesegerät, nur in eckig?«

»Nein. Ich sehe jetzt durch dich hindurch. Es ist, als ob du ein großes Loch im Bauch hättest.«

»Wirklich? Das müssen wir unbedingt als Nächstes herausschmuggeln! Kannst du Zorgus dazu bringen, dass er auch davon ein Bild macht?«

»Wart's ab, jetzt kommt das Beste.«

Timur flitzte zum Garderobenschrank und setzte sich einen der Hüte auf. Und noch bevor Malakin eine alberne Bemerkung machen konnte, war er wieder am Tisch und beugte sich über das magische Buch. Die Seite mit dem Partyzauber war noch aufgeschlagen. Timur blätterte weiter.

»Hemden magisch glätten … Fliegen zum Tanzen bringen … Schlechte Gerüche durch Fanellas magischen Frischduft ersetzen …«

»Du kannst die magische Schrift lesen?!!«

»Nur wenn ich diesen Hut aufhabe. Oh, das hier klingt spannend.«

Timur strich die Seite glatt und las vor, während Malakin den Mund auf- und zuklappte.

Niffnuffs sichtbar machen

Erfinder: Brankus Knesselstein, genannt »Mag Brankessel«

Erstmals ausgeführt: 1. Tag im Monat des Büffels, Jahr 824

Erweiterungen: Keine

Wissenswert: Vor Mag Brankessel wusste niemand von der Existenz der Niffnuffs. Die Frage, warum die messbaren magischen Wellen, die jede Art von Zauberei hervorruft, stets sehr bald verschwinden und keine störenden magischen Interferenzen verursachen, war bis dahin völlig ungelöst. Erst durch Brankessels Forschung kam heraus, dass jeder Zauberer auf Schritt und Tritt von unsichtbaren Niffnuffs begleitet wird, die sich von magischen Wellen ernähren. Große Zauberer, die magisch sehr aktiv sind, führen bisweilen eine Gruppe von mehreren Hundert Niffnuffs mit sich.

Niffnuffs sichtbar zu machen hat einen großen Vorteil: Sie können in sichtbarem Zustand verletzte Zauberer heilen. Es hat aber auch einen großen Nachteil: Wer Niffnuffs sichtbar gemacht hat, kann sie auch hören.

Grundformel: Kwinklall

Gegenformel: Albulin Reffmatke Verschwund

Anmerkung: Es ist sehr empfehlenswert, niemals die Gegenformel zu vergessen.

Timur sah Malakin an. Malakin nickte.

»Kwinklall.«

Ein Dreiklang ertönte.

Und mit einem Mal schwoll Stimmengewirr um Timur herum an. Unzählige Münder redeten gleichzeitig. Manche in hohen, piepsigen Tonlagen, andere tief und heiser, manche krächzig. Ein einziges Chaos. Timur konnte aus den vielen Tausend Wörtern keinen einzigen vollständigen Satz heraushören.

»Woher kommst denn auf einmal …?«

»Das habsten wir doch schon längst …«

»Weil du nicht zuhörstest, was Bliniwok sagst, und …«

»… dich immer vordrängelstest!«

»Ich magst das sehr, wenn der Michel …«

Timur starrte Malakin an.

»Hörst du das?«

»Ich höre gar nichts.«

Malakin zuckte enttäuscht mit den Schultern. Timur sah sich um. Weit und breit war niemand zu sehen. *Wer Niffnuffs sichtbar gemacht hat, kann sie auch hören.* Aber wo, bei Talin, waren sie? Sie mussten ganz in der Nähe sein. Irgendwie hörte es sich an, als kämen die Stimmen von … Timur sah an sich herunter und stieß im nächsten Moment einen Schrei aus. Hunderte kleiner hellbrauner Fellkugeln mit großen Augen und kleinen Mündern wuselten um seine Füße herum! Und die kleinen Münder bewegten sich. Jeder Einzelne von ihnen quasselte ohne Unterlass. Sie schienen nicht einmal Luft holen zu müssen.

»… wärste so gern viel öfter hier.«

»Der starke Michel kannst immer nur mit dem schwachen Michel …«

»… wir sindst schon wieder mehr gewordst.«

Timur ging in die Hocke, um sich die geschwätzigen Fellkugeln näher anzusehen. Sofort ging ein Aufruhr durch die Niffnuffhorde.

»He! Der Michel kannst uns sehen!«

»Habst ich doch gleich gesagst!«

»Ruhe jetzt! Nicht alle durcheinanderredsten, was sollst denn der Michel von uns denksten!«

Die letzten Worte stammten von einer leicht ergrauten Fellkugel. Einige Niffnuffs schienen auf sie zu hören. Das Gequassel wurde hörbar weniger. Die leicht ergraute Fellkugel wandte sich direkt an Timur.

»Du musstest entschuldigsten, Michel, sie sindst immer ein bisschen laut. Dafür stammsten wir direkt von der Familie ab, die schon Talin den Held geheilst hat. Ich heißste Bliniwok und ich binst der Chef.«

»Dazu habsten wir noch nicht das letzte Wort gesprochen, ob du wirklich der Chef bistest, Bliniwok.«

Ein anderer grauer Niffnuff hatte sich neben Bliniwok gestellt und sah ihn herausfordernd an.

»Doch, ich binst Chef, Summilik, auch wenn du das nie kapierstest.«

»Weißt du, Michel, Bliniwok behauptest nämlich immer, er istst Niffnuff-Chef, dabei istst das gar nicht wahr!«

Andere Stimmen mischten sich ein.

»Genau, Summilik istst Chef!«

»Nein, Bliniwok!«

»Der Michel sollst entscheiden.«

»Das weißt der Michel doch gar nicht, du Lausfabrik!«

Im nächsten Moment entbrannte ein Kampf zwischen Bliniwok und Summilik. Weil sie keine Arme und Beine hatten, rollten sie einfach immer wieder aufeinander zu, stießen zusammen und prallten ab. Die übrigen Niffnuffs scharten sich in einem großen Kreis um sie und feuerten sie an. Beide schienen etwa gleich viele Anhänger zu haben.

»Bliniwok!«

»Summilik!«

»Bliniwok!«

»Summilik!«

»Ich will dich ja nicht stören, aber wir haben noch zwei Minuten, Timur«, meldete sich Malakin.

»Oh!« Timur richtete sich blitzschnell auf und sah erneut in das Buch. »*Albulin Reffmatke Verschwund* … Oh Talin, ist das schön, diese Ruhe!«

»Ruhe?«

»Erzähl ich dir später. Los jetzt! Du musst weg sein, bevor Zagram aufwacht. Hier, nimm den Altersleser.«

Sie liefen gemeinsam zur Raummitte. Die Öffnung im Boden erschien, als sie nahe genug herangekommen waren. Malakin sah noch einmal ehrfürchtig auf das magische Gerät in seiner Hand.

»Ich hoffe nur, dass er Wasser aushält, Timur.«

»Mist, daran habe ich gar nicht gedacht.«

»Wobei, mein Chronograf hat es ja gerade auch ausgehalten. Wir lassen es einfach drauf ankommen. Bis später, Chefzauberer.«

Und noch bevor Timur etwas erwidern konnte, war Malakin verschwunden. Jetzt keine Zeit verlieren. Timur verstaute hastig den magischen Hut, setzte sich, legte seinen Kopf auf die Tischplatte und tat, als ob er ebenfalls schlief. Die seltsamen quasselnden Fellwesen gingen ihm durch den Kopf. Und der kostbare Altersleser, der gleich dem Wasser ausgesetzt sein würde. Sollte er dadurch unbrauchbar werden, würde er für den Rest seines Lebens ein schlechtes Gewissen haben.

Zagram wachte auf.

»Bei Talin, schon wieder eingenickt! Wenn uns das bei unserem Auftritt …«

Timur tat weiter so, als würde er schlafen, und der Vorsitzende brach mitten im Satz ab. Timur hörte nur noch die leise magische Musik im Hintergrund, ansonsten herrschte Stille. Zagram versuchte offenbar, kein Geräusch mehr zu machen. Nur mit größter Mühe konnte Timur erahnen, dass er sich langsam aufrichtete. Dann wieder Stille. Dann ein leiser Schritt. Dann noch einer. Was hatte er vor? Timurs Gedanken rasten. Sollte er doch lieber tun, als ob er ebenfalls aufwachte?

Zagram war nun ganz nah. Nein, er würde sich weiter schlafend stellen. So unheimlich ihm das Ganze auch war, jetzt war die große Chance, vielleicht ein paar Dinge über Zagram zu erfahren, die er ihm sonst verschwieg.

Der Vorsitzende beugte sich zu Timur hinunter. Er spürte seinen Atem. Dann Zagrams Hand auf seinem Kopf. Nur mit äußerster Willensanstrengung schaffte er es, nicht zusammenzuzucken. Was wollte er? Zagram nahm etwas vom Tisch. Seine andere Hand lag weiter auf Timurs Kopf. Ihr Druck verstärkte sich … Nein, es war nicht ihr Druck, es war etwas ganz anderes. Es tat nicht weh und war trotzdem kaum auszuhalten. Ihm war, als zöge Zagrams Hand etwas aus seinem Kopf heraus.

Er konnte den Spuk jederzeit beenden. Er musste spielen, dass er aufwachte.

Plötzlich verzehnfachte sich das unangenehme Gefühl. *Was trieb Zagram da?*

Der Vorsitzende stieß einen kurzen Schrei aus. Timur fuhr hoch. Er sah Zagram dicht neben sich stehen. Mit der einen Hand hielt er sich den Durchseher vor die Nase, durch den er gebannt auf die Wand vor ihnen starrte, mit der anderen Hand hielt er nun seinen eigenen Kopf, als hätte er Schmerzen.

***

Julina hatte Timur und die unbekannte Frau in die hinterste Ecke ihres Kopfes verbannt. Die beiden waren nun nicht mehr als zwei kleine Worte, die kaum weiter störten, und so konnte sie sich in Erfindungskunde vertiefen. In der vergangenen Stunde hatte sie alles über die Entwicklung des Hendritischen Webstuhls und das Prinzip des Raythumer Dampfhammers gelernt. Als Nächstes wollte sie sich der Lebensgeschichte des genialen Mechanikers Deniel Giesenberg widmen, als plötzlich das klein zusammengedrückte Wort »Timur« in ihrem Kopf zu pochen begann. Ärgerlich versuchte sie, es noch tiefer in seine Ecke zu drücken, doch daraufhin pochte es nur umso stärker. Fast schien es, als würde Timur sie rufen. Sie ließ das Wort wieder größer werden, schloss die Augen und wartete, was nun kam.

***

Zagram räusperte sich. Der Schreck und das Erstaunen standen ihm immer noch deutlich ins Gesicht geschrieben, aber er versuchte, sich nichts anmerken zu lassen.

»Timur! Du, äh … du hast geschlafen.«

Er gab vor, ärgerlich zu sein, aber seine Schauspielerei war erbärmlich.

»Oh, das tut mir leid, Mag Zagram.«

»Schon gut, schon gut. Ich … ich habe dir ein wenig Zeit gelassen. Die Arbeit mit dem magischen Rahmen hat dich erschöpft. Komm, werde wach. Wir … sollten für heute Schluss machen.«

Zagram fuhr sich mit zitternden Händen durch die Haare. Timur nahm ihn kaum wahr. Seine Gedanken schossen wild hin und her. Der Vorsitzende hatte ihm die Hand auf den Kopf gelegt, um sich an seinen Zauberkräften zu bedienen! Daran gab es keinen Zweifel. Aber hatte er nur vorübergehend Kraft aus ihm abgezogen, um mit dem Durchseher einen kurzen Blick durch die Wand zu werfen? Oder hatte er ihm seine Zauberkräfte ein für alle Mal gestohlen? Der zweite Gedanke jagte Timur einen kalten Schauder den Rücken hinunter. Er musste so schnell wie möglich an einen unbeobachteten Ort verschwinden und es testen.

Zagram war anzumerken, dass er ebenfalls so schnell wie möglich aufbrechen wollte. Allerdings gab er sich Mühe, es sich nicht anmerken lassen.

»Äh, bevor wir gehen, sollten wir noch die Dinge aufräumen, die wir nicht mehr brauchen. Das ist schließlich der Mag-Wynor-Saal hier.«

»Ja, Mag Zagram.«

»Dieser runde Rahmen mit den Drähten zum Beispiel, mit dem wir ja bisher leider nichts anfangen konnten, der gehört wieder ins Regal. Nein, fass ihn nicht an, Timur. Ich trage ihn selbst zurück. Lass es mich noch einmal ausdrücklich sagen, an den Regalen hast du nichts verloren.«

Zagram nahm die Fälschung des Alterslesers in die Hand. Timur hielt die Luft an. Nein, der Vorsitzende schien nichts zu bemerken. Ihm fiel ein Stein vom Herzen. Nach drei Schritten blieb Zagram jedoch abrupt stehen. Er verharrte für einen Moment auf der Stelle und drehte sich zu Timur um. Der Stein, der ihm eben noch vom Herzen gefallen war, blieb nun mitten in der Luft stehen.

Der Vorsitzende starrte gebannt auf Opellus' Werk. Jetzt erst bemerkte Timur, weshalb: Der Rahmen mit den Drähten drehte sich! Langsam, aber gleichmäßig, Runde um Runde. Zagram musste den Mechanismus am Stiel berührt haben. Srrunk! Jetzt war alles im Eimer.

»Sieh dir das an, Timur!«

Statt hinzusehen, ließ Timur den Kopf sinken.

»Es … es dreht sich!« Zagram klang fasziniert.

Timur sah nun doch vorsichtig nach oben. Nicht zu fassen. Der Vorsitzende kam tatsächlich lächelnd auf ihn zu, setzte sich zu ihm und stellte den falschen Altersleser vor sich hin. Der Rahmen mit den Drähten drehte sich weiter. Unermüdlich, ohne auch nur das kleinste Geräusch zu machen. Zagram hatte Tränen in den Augen. Minutenlang sahen sie sich beide das Schauspiel an.

»Ich habe es einfach nur in die Hand genommen und nun dreht es sich.«

»Ja, Mag Zagram.«

»Magische Kräfte, Timur. Kein Zweifel.«

»Kein Zweifel.«

»Nur … was ist die magische Bedeutung, Timur?«

»Sie … werden es sicher herausfinden. Lassen Sie es einfach auf sich wirken. Es dauert vielleicht etwas.«

Timur ließ sich auf seinen Stuhl zurücksinken und der in der Luft stehen gebliebene Herzensstein fiel nun am Ende doch noch polternd zu Boden.

Der Mann im Tunnel

Tief unter der Erde bekam man nichts mehr von der Tageszeit mit, wenn man keinen Chronografen dabeihatte. Ramor schätzte aber, dass es inzwischen längst dunkel war.

Sein zweiter Geheimbesuch in Foigor hatte viel länger als beim ersten Mal gedauert. Gonax hatte es diesmal ihm überlassen, das Haus auf der Halumer Seite mit dem verborgenen Einstieg in den großen Tunnel zu finden, und später ebenso den versteckten Durchschlupf zum kleinen Geheimtunnel. Natürlich hatte er in der Aufregung vergessen, die Stützen zu zählen, aber der sture Gonax ließ ihn, ohne die Miene zu verziehen, eine gefühlte

Ewigkeit nach dem eingeprägten Zeichen mit den fünf Strichen suchen.

Die Foigis in ihren seltsamen Klamotten waren ziemlich schlecht gelaunt, als sie endlich in dem Zimmer über dem Ausstiegsschacht angekommen waren. Sie hatten wohl lange gewartet. Gonax schien das nicht zu kümmern. Er überreichte ihnen mit gleichgültiger Miene den Umschlag und kündigte an, dass Ramor nächstes Mal alleine kommen würde.

Kurze Zeit später waren sie wieder am Übergang von dem kleinen Tunnel in den Haupttunnel angekommen. Diesmal ließ Gonax Ramor durch das kleine Guckloch spähen, ob die Luft rein war. Er stellte dabei fest, dass die Öffnung sehr geschickt gemacht war. Man konnte in beide Richtungen weit in den Tunnel hineinsehen … Moment. Warum konnte er überhaupt etwas sehen? Der Tunnel musste stockdunkel sein, es sei denn, jemand war mit einem Licht unterwegs. Er hielt sein Ohr an die Öffnung.

Tatsächlich, leise Schritte.

Aufgeregt winkte er Gonax heran. Sein Begleiter sah nun ebenfalls durch das Loch. Dann blickte er Ramor zum ersten Mal anerkennend in die Augen. Der Harras-Hänfling war also doch zu etwas zu gebrauchen. Gonax bedeutete Ramor, dass sie warten würden. Dann löschte er das magische Licht, damit kein Schein aus dem Guckloch drang.

Ramor sah wieder hinaus und beobachtete weiter die Lage. Das Licht im großen Tunnel wurde mit jedem Moment heller. Es leuchtete gleichmäßig, ohne jedes Flackern. Ein magisches Handlicht also, keine Fackel. Ramor klopfte das Herz bis zum Hals. Natürlich konnten sie in ihrem Geheimtunnel unmöglich von der näher kommenden Person entdeckt werden, dennoch war es unheimlich, dass hier gleich ein Unbekannter, der nach Foigor wollte, direkt vor ihrer Nase vorbeigehen würde.

Endlich tauchte die Gestalt in Ramors Blickfeld auf. Im Gegensatz zu ihm schien sie überhaupt nicht aufgeregt zu sein. Sie ging mit ruhigen gleichmäßigen Schritten voran und summte ein Lied vor sich hin. Ihr Gesicht war halb von einem Hut mit sehr breiter Krempe verdeckt, doch in einem günstigen Moment drehte sie den Kopf so, dass Ramor ganz kurz ihre Züge sehen konnte. Das reichte schon. War das zu fassen? Was machte *der* denn hier? Ramor schnappte nach Luft.

Gonax schob ihn im Dunkeln beiseite und sah nun selbst durch die Öffnung. Ein paar Minuten vergingen, dann drehte er sich um und machte das magische Licht wieder an.

»Er ist weg. Dann mach uns jetzt mal den Weg frei, kleiner Herr Harras. Das musste nächstes Mal nämlich auch alleine schaffen. Was ist los? Hast du 'n Geist gesehen, oder was?«

»Der Mann, der da vorbeigegangen ist, hast du ihn nicht erkannt?«

»Woher soll ich wissen, was das für 'n dahergelaufener Algramstinker war?«

»Das war Kalamagi! Der berühmte Hutmacher!«

»Ach, Junge, weißt du, ich kenn Jinko den Auftragsmörder, Kassub den Hehler und jede Menge leichte Mädchen aus der südlichen Zerrettistraße. Berühmte Hutmacher brauch ich nicht zu kennen.«

»Aber der verkehrt sonst nur in den feinsten Kreisen. Was will der in Foigor?«

»Uh, ich glaube, das willst du lieber nicht wissen.«

»Doch, will ich.«

»Weißt du, Kleiner, es gibt Leute, die machen Dinge, die sind … nicht normal. Verstehst du? Die haben einfach nicht mehr alle Zacken auf der Zinne.« Gonax schüttelte sich. Tiefster Abscheu stand ihm ins Gesicht geschrieben, fast schon Furcht. »Aber mir soll's egal sein. Kann jeder machen, was er will, solang er mir nicht auf'n Fuß tritt. Jedenfalls, kleiner Herr Harras, glaub mir, du willst es lieber nicht wissen. Und jetzt mach mal voran, sonst kommt gleich der nächste Verrückte angelatscht und wir müssen wieder warten.«

Ramor machte sich daran, die falsche Stütze zu entfernen, aber in seinem Kopf arbeitete es unermüdlich weiter. Was wollte Kalamagi hier? Was machte der gefragteste Hutmacher des Landes, bei dem alle Reichen und Berühmten Schlange standen, für verbotene Dinge? War er in Verbrechen verwickelt? Nichts auf der Welt hätte er in diesem Moment lieber gewusst. Aber es war sinnlos, Gonax noch einmal zu fragen. Wenn er nichts verraten wollte, dann verriet er auch nichts.

Sie schlüpften nacheinander durch den schmalen Spalt und Ramor stellte den Pfosten wieder davor.

»Gut gemacht, Kleiner. Puh, riech mal, was dein feiner Hutmacher für eine Parfümwolke hinterlassen hat. Lass uns bloß schnell verschwinden, bevor mir schlecht wird. Ich werd deinem Vater sagen, dass er dich nächstes Mal alleine schicken kann. Bei Scharmass, was bin ich froh, dass ich dann endlich die beiden stinkenden Flossenköpfe nicht mehr sehen muss.«

Gonax überragte Ramor höchstens um zwei Fingerbreit. Ramor ärgerte sich still, dass er ihn »Kleiner« nannte. Hoffentlich würde er nie wieder etwas mit ihm zu tun haben. Sie gingen ein paar Schritte zurück in Richtung Halum, dann blieb Gonax unerwartet stehen.

»So, hier trennen sich unsere Wege. Hab noch was zu erledigen.«

Mit diesen Worten drückte er Malakin das Licht in die Hand und machte sich daran, eine andere falsche Stütze von der Wand wegzuziehen. Ramor sah noch, dass auf ihr ebenfalls das Zeichen mit dem senkrechten und den vier waagerechten Strichen eingeprägt war.

»Gehab dich wohl.«

Gonax grinste noch einmal schief und schlüpfte, bevor Ramor etwas erwidern konnte, durch die Öffnung. Die Stütze wanderte wieder an ihre angestammte Position und Ramor blieb mit offenem Mund zurück. Dass Gonax ihn heute schon sich selbst überlassen würde, kam unerwartet. Er stand alleine, im Schein des Handlichts. Ungläubig schaute er auf das wertvolle magische Gerät, das er schon als kleines Kind als Spielzeug begehrt hatte, aber bis zu diesem Tag nie hatte haben dürfen.

Es fühlte sich gut an. Sehr gut sogar. Er schnalzte einmal. Das Licht wurde heller. Er schnalzte noch einmal. Das Licht wurde noch heller. Er schnalzte ein drittes Mal und das Licht ging aus. So dunkel war es noch nie zuvor um ihn herum gewesen. Er erschrak und wollte sofort das nächste Mal schnalzen, um das Licht wieder aufscheinen zu lassen, als er auf einmal etwas sah. Etwas, das ihn vor Schreck erstarren ließ. Hinten in der Richtung von Foigor bewegte sich schon wieder ein Lichtschein!

Das Licht schien noch weit entfernt zu sein, aber in der Finsternis war es nicht zu übersehen. Nun hörte er auch leise Schritte, die langsam auf ihn zukamen. Er tastete nach der falschen Stütze, die Gonax eben wieder eingesetzt hatte, und fand sie zum Glück schnell. So leise wie möglich verschaffte er sich Zugang zur geheimen Öffnung, schlüpfte hindurch und verschloss sie wieder, so gut es in der Dunkelheit ging. Er flüsterte ein paarmal: »Gonax«, aber der war wohl schon zu weit entfernt, um ihn zu hören. Ramor überprüfte noch einmal, ob die Stütze wirklich richtig eingesetzt war, dann entfachte er das magische Licht und besah sich die Wand neben dem Spalt. Wie er vermutet hatte, gab es auch hier ein Guckloch. Er brachte sich in Position und löschte das Licht wieder.

Nach kurzer Zeit konnte er die Schritte auch von seinem Versteck aus hören. Und bald darauf auch eine Stimme: »Jedes Mal das Gleiche, Kindchen. Jedes Mal verzählst du dich. Das wird nichts mehr mit dir. Nicht mehr in diesem Leben. Hahaha!«

Ramor sah das magische Handlicht, dann die Gestalt, die es trug, dann den Hut. Es war wieder Kalamagi. Er sprach mit sich selbst.

Ramors Gehirn arbeitete. *Jedes Mal verzählst du dich.* Meinte er die Pfosten? Hatte der Hutmacher ebenfalls den Eingang, den er suchte, nicht gefunden und musste deswegen zum Anfang zurück? Alles sprach dafür. Er beobachtete, wie der Mann wieder aus seinem Blickfeld verschwand und der Lichtschein allmählich schwächer wurde. Wieder hielt er still und wartete. Sein Versteck war kalt und finster, aber die Sache war viel zu spannend, als dass es ihm etwas ausgemacht hätte. Würde Kalamagi gleich ein zweites Mal vorbeikommen? Ein Plan begann in seinem Kopf Gestalt anzunehmen.

Es zeigte sich, dass er richtig vermutet hatte. Der berühmte Hutmacher kam bald laut zählend zurück. Er sang die Zahlen fast vor sich hin, als würde es ihm Spaß machen. Je näher er kam, umso mehr grinste Ramor in sich hinein. Er genoss, dass Kalamagi nicht das Geringste von ihm ahnte. Das gab ihm Macht. Ihm fielen ein Dutzend Möglichkeiten ein, wie er ihn gleich zu Tode zu erschrecken konnte. Aber so reizvoll ihm das auch erschien, noch viel lieber wollte er wissen, was Kalamagi in Foigor trieb. Worum auch immer es ging, es war bestimmt nichts, was in Halum die Runde machen durfte. Und er hatte die einmalige Chance, es herauszufinden. Zwar wusste er noch nicht, was er mit dem Wissen anfangen würde, aber allein schon, dass er Kamans berühmtesten Hutmacher vielleicht in Zukunft erpressen konnte, war eine tolle Aussicht.

Als Kalamagi an seinem Guckloch vorbeikam, reichte Ramors Grinsen von einem Ohr zum anderen. Er wartete in aller Seelenruhe, bis der Hutmacher einen gehörigen Vorsprung hatte, dann drückte er vorsichtig die falsche Stütze beiseite und begann ihm leise zu folgen.

Stütze um Stütze zählte Kalamagi mit seinem eigenwilligen Singsang. Inzwischen war er schon bei Nummer 214. Ramor dachte mit Schaudern daran, dass ihn jeder Schritt, den er gerade machte, tiefer nach Foigor hineinbrachte. *Es gibt Leute, die machen Dinge, die sind nicht normal.* Was, bei Talin, hatte Gonax damit gemeint? Noch konnte er umkehren.

In diesem Moment wurde Kalamagis Licht, das sich bisher gut 100 Meter vor ihm unbeirrt voranbewegt hatte, auf einmal sehr schwach und im nächsten Moment verschwand es ganz. Der Hutmacher war wohl soeben in dem Geheimeingang, den er gesucht hatte, verschwunden.

Ramor fluchte und beschleunigte seine Schritte. Wie sollte er den Eingang finden? Ohne lange zu überlegen, schnalzte er zweimal und sein Handlicht leuchtete auf hellster Stufe weit in den Tunnel hinein. Kalamagi blieb verschwunden. Ein Ende des Tunnels war nicht zu sehen. Dort, wo sein Licht nicht mehr hinreichte, verloren sich die Stützenreihen im Dunkeln.

Ramor kämpfte seine Enttäuschung nieder und beschloss, es wenigstens zu versuchen, auch wenn die Chance noch so klein war. Kalamagis Licht war auf der linken Seite verschwunden, aber er hatte keinen Anhaltspunkt, auf welcher Höhe. Sollte er einfach an jeder Stütze auf der linken Seite ziehen und sehen, welche sich bewegen ließ? Er ging ein Stück weiter und überlegte bereits, wo er anfangen sollte, als er plötzlich innehielt. Irgendetwas hatte sich verändert ...

Er brauchte einen Moment, bis er es erkannte. Der Duft! Kalamagi hatte, wie vorhin, eine leichte Wolke von fallisischem Rosenwasser um sich herum verbreitet. Das war einer der angenehmsten Düfte, die Ramor kannte, auch wenn Gonax vorhin noch so angeekelt davon war. Und genau dieser Duft fehlte auf einmal.

Ramor drehte sich um und ging ein paar Schritte zurück. Da war er wieder! Ganz schwach, aber unverkennbar. Der Rosenduft gab sogar diesem finsteren, muffigen Tunnel einen Hauch von Klasse. Genau hier musste Kalamagi verschwunden sein. Ramor hielt sein Handlicht hoch und untersuchte die linke Wand. Stütze für Stütze arbeitete er sich voran. Keine ließ sich bewegen. Er fluchte. Der geheime Eingang musste hier sein und er würde auf keinen Fall so kurz vor dem Ziel aufgeben. Er war Ramor Harras, direkter Nachfahre von Haug Harras, dem Chef der allerersten Oskanischen Garde von ... Da! Er traute seinen Augen kaum. In der dunklen lehmigen Wand vor seiner Nase war eine Tür! Sie war sehr gut getarnt. Man hatte sie in der Farbe der Umgebung gestrichen und anschließend noch großzügig mit Lehm beschmiert. Nur wenn man genau hinsah, erkannte man den Spalt zwischen falscher und echter Tunnelwand. Und noch etwas erkannte Ramor: Auf Augenhöhe war ein Zeichen in die Tür geritzt. Zwei »X« übereinandergestapelt und in der Mitte von einer senkrechten Linie geteilt.

Vorsichtig legte Ramor die Hand an die Tür. Sie ließ sich leicht aufdrücken. Er hielt die Luft an. Zentimeter für Zentimeter wurde der Spalt größer. Er war bereit, jederzeit wegzulaufen, wenn er ein verdächtiges Geräusch hören sollte. Vor dem alten Kalamagi hatte er keine Angst, wohl aber vor Foigis und vor Leuten wie Gonax. Der Schweiß lief ihm über die Stirn. Aber wenn Kalamagi keine Angst hatte, diese Tür zu benutzen, dann brauchte er ja wohl erst recht keine zu haben. Noch mal, er war Ramor Harras! Und damit stieß er die Tür beherzt auf.

Na bitte. Niemand weit und breit. Er stand in einem kurzen Tunnel, der von Mauerwerk überwölbt war. Zwei kleine magische Lichter an der Decke sorgten dafür, dass man hier auch ohne Handlicht sehen konnte. *Magische Lichter in Foigor?* Links und rechts gingen ein paar hölzerne Türen ab. Die größte befand sich aber am anderen Ende des Tunnels. Von dort waren gedämpfte Stimmen zu hören. Er näherte sich und presste sein Ohr an das Holz. Es waren eine Menge Menschen. Alle redeten durcheinander und schienen gute Laune zu haben.

Ramor fand einen kleinen Spalt zwischen den Brettern und linste hindurch. Er sah einen leeren Kellerraum, der von einer Fackel erleuchtet wurde, und eine steile Treppe, die nach oben führte. Ein Flossenkopf-Haus, ging es ihm durch den Kopf und er schüttelte sich. Dann nahm er allen Mut zusammen, öffnete die Tür und begann langsam, Stufe für Stufe, die Treppe hochzusteigen. Jedes Mal, wenn das alte Holz knarrte, blieb er sofort stehen, aber die Menschen, deren Stimmen er nun immer lauter hörte, schienen nichts von ihm mitzubekommen.

Bald hatte er den oberen Treppenabsatz erreicht. Auch hier hing eine brennende Fackel an der Wand. Ihr flackernder Schein ergoss sich über einen schweren dunklen Vorhang direkt vor seiner Nase. Ganz vorsichtig begann er ihn beiseitezuschieben, bis der Spalt endlich groß genug war, dass er in den Raum dahinter hineinsehen konnte.

Was er sah, überraschte ihn. Obwohl er die vielen Stimmen gehört hatte, hatte er nicht damit gerechnet, in eine Gaststube zu schauen. Hier tagte kein Kreis von Verbrechern oder was auch immer er sich ausgemalt hatte. Es war wirklich einfach nur eine ärmliche, stinkende Flossenkopf-Gaststube, voll bis auf den letzten Tisch. Und Kalamagi saß mittendrin. Der Wirt beugte sich gerade zu ihm herunter und der Hutmacher nannte ihm seine Wünsche.

Ramor war enttäuscht. Kalamagi besuchte eine Flossenkopf-Gaststube. Na und? Auch wenn er sich nicht erklären konnte, warum er das tat, und auch wenn viele Halumer angewidert das Gesicht verziehen würden, das war kein Skandal, der groß genug war, um den Mann wirklich in Verlegenheit zu bringen.

Zwei Tische links neben Kalamagi blieb Ramors Blick erneut

hängen. Dieses Gesicht kannte er auch. Sein Vater hatte ihm den Mann einmal gezeigt, als sie in Aramburg waren. Ramor hatte seinen Namen vergessen, aber er war auf jeden Fall ein Senator. Dafür wusste er die Namen der Frau und des Mannes, die neben dem Senator saßen, umso besser. Es waren Insina Heegna, die reichste Algramzüchterin der Stadt, und ihr gegenüber Goldon Longwyll, der Schauspieler, von dem alle Mädchen der ganzen Schule schwärmten. Was wollten die alle hier? Ramors Augen wanderten weiter. Er sah jede Menge Volk aus Foigor, aber zwischendrin immer wieder den ein oder anderen, der von seiner Kleidung her eindeutig aus Halum stammen musste. Und er fand weitere Berühmtheiten darunter.

Die größte Überraschung erlebte er allerdings, als er seinen Kopf noch etwas weiter herausstreckte, um den Tisch gleich links von ihm in Augenschein zu nehmen. Nur wenige Meter von ihm entfernt saß sein Mathloginistiklehrer Robald Kelboor! Und der Mann, mit dem er am Tisch saß, drehte ihm zwar den Rücken zu, aber Ramor erkannte an seiner Kleidung, dass es niemand anderes als Mag Zagram, der Vorsitzende der Magischen Gilde, sein konnte. Er stieß so laut die Luft aus, dass er sich fast verraten hätte.

Kelboor, Zagram und ein Haufen weiterer Männer und Frauen von Rang und Namen in einer Flossenkopf-Gaststube! Das war wie ein schlechter Traum. Allein der Gestank musste sie doch abschrecken. Ramor hatte so etwas noch nie gerochen und fand es gerade deswegen besonders ekelhaft.

Doch Kelboor und Zagram schien es nichts auszumachen. Sie sahen sich fest in die Augen und gaben sich die Hand. Es schien, als würden sie gerade eine Wette abschließen. Anschließend widmeten sie sich den dampfenden Tellern, die vor ihnen auf dem Tisch standen.

Sie begannen zu essen.

Mit großer Hingabe.
Es schmeckte ihnen.
Sie aßen.
Alle aßen.
Fisch!
Ramor taumelte zurück hinter den Vorhang, ging in die Knie und übergab sich.

Hordaks Zeichen

Timur saß alleine in Zagrams Kutsche. Nur noch eine Kreuzung und er war zu Hause. Unruhig trommelten seine Finger auf der gepolsterten Armlehne herum. Kaum hielt die Kutsche an, sprang er auch schon hinaus, rief dem Kutscher, ohne sich umzudrehen, »Auf Wiedersehen« zu und rannte ins Haus. Auf der Treppe nahm er zwei Stufen auf einmal. Die Wohnung, in der Virku mit dem Essen auf ihn wartete, ließ er links liegen und sprintete weiter bis zum Dach hinauf. Dort angekommen, schnappte er sich sofort einen der herumliegenden Steine und legte ihn vor sich hin.

»Wregnihaluf.«

Diesmal unternahm er keine Anstrengungen, das Wort klein zu halten, im Gegenteil, er erlaubte ihm, sich bis in die hintersten Winkel seines Kopfes auszubreiten. Die Frage war nur, ob das Zauberwort dieses großzügige Angebot auch annehmen würde oder ob es wirkungslos blieb, weil Zagram ihm seine Zauberkräfte gestohlen hatte.

Timur wartete einen bangen Augenblick, dann spürte er es. Die Macht des Zauberworts brachte seinen Kopf fast zum Platzen und schüttelte seinen ganzen Körper durch. Und obwohl das alles andere als angenehm war, jubelte er innerlich. Von einem Moment auf den anderen verschwand der Stein mit einem kurzen scharfen Zischen, als wäre er ein von einem Burgwachen-Kampfbogen abgeschossener Pfeil. Erleichtert sah Timur in den Nachthimmel, wo er nun irgendwo hoch über ihm herumflog. Alles war gut. Er atmete tief durch. Zagram hatte ihm nichts von seinen Kräften entzogen. Die Hand des Vorsitzenden auf seinem Kopf hatte lediglich bewirkt, dass dessen eigene Magie für kurze Zeit stärker wurde.

Timurs Schädel schmerzte. Er war erschöpft. Am liebsten hätte er sich einfach hingelegt, um sofort einzuschlafen, aber das ging nicht. Eine weitere Aufgabe wartete auf ihn.

***

Ramor hatte längere Zeit gebraucht, bis er sich wieder aufrichten konnte. Ihm war immer noch schlecht. Er tastete sich an der Wand entlang bis zur Treppe. Er musste hier weg. Alles stank nach diesem verdammten Fisch.

Leise fluchend umklammerte er das Geländer und setzte den Fuß auf die erste Stufe. Gonax hatte völlig recht gehabt. Er hätte lieber nie erfahren, dass es Menschen aus Halum gab, die Fisch aßen.

Stufe um Stufe stieg er in die Tiefe. Je weiter er sich von der Gaststube der Fischfresser entfernte, umso besser ging es ihm. Als er die Tür zum Geheimtunnel erreichte, hatte er endlich keinen Zweifel mehr daran, dass er es nach Hause schaffen würde. Über alles Weitere würde er dort nachdenken. Zumindest könnte er Kelboor unter Druck setzten, ihm keine Fünf in Mathloginistik zu geben, ging ihm durch den Kopf, als er die Tür öffnete. Der Flackerschein der Fackeln ging in das stetige Leuchten der magischen Lichter an der Tunneldecke über …

Und im nächsten Moment war seine Übelkeit mit einem Schlag verflogen. Sein Herz setzte für einen Schlag aus und dann wummerte es los, als wollte es seinen Brustkorb sprengen. Zwei Männer lehnten an den beiden Seitenwänden des Tunnels!

Es waren große Männer mit Händen wie Bärenpranken. Sie steckten in Foigi-Kleidung. Der rechts trug einen mächtigen schwarzen Bart, der links hatte einen blitzenden goldenen Ohrring.

Sie sahen ihn nur kurz an und schienen sich dann wieder mit sich selbst zu beschäftigen. Der Bärtige pulte sich mit einem großen Messer die Nägel, während sich der Mann mit dem Ohrring genüsslich reckte und dabei die Knochen knacken ließ. Ramor wusste, dass das ein gemeines Spiel war. Er selbst hatte es als Pamas-Chef oft genug gespielt. Natürlich würden sie ihn nicht durchlassen. Aber zurück konnte er auch nicht.

Ramor richtete sich so gerade auf, wie er nur konnte, ging voran und tat, als hätte er die Männer nicht bemerkt. Sie wollten testen, wie viel Angst er hatte, so viel war klar. Und wenn er Angst zeigte, würden sie versuchen, sich einen Spaß daraus zu machen. Wenigstens das wollte er sich ersparen.

Er war jetzt genau zwischen den beiden Riesen. Sie sahen ihn immer noch nicht an und gaben keinen Laut von sich. Wenn sie ihn aufhalten wollten, müssten sie das jetzt tun, dachte er sich. Je näher er der Tür zum großen Tunnel kam, umso leichter wurde es für ihn wegzurennen. Oder interessierten sie sich wirklich nicht für ihn?

Noch ein paar Schritte. Nun hatte er die Kerle in seinem Rücken. Ein unangenehmes Gefühl, aber es waren nur noch wenige Meter, bis er in Sicherheit war. Sobald er durch die Geheimtür hindurch war, würde er losrennen, egal, wie schwach er sich gerade fühlte.

Schon streckte er die Hand aus, um die Tür zu öffnen. Er fühlte das Holz, fühlte, wie sie sich bewegte. Nie wieder würde er hierherkommen. Nie, nie wieder.

Im gleichen Moment krachte es. Die ganze Tür zitterte. Ramor starrte auf seine ausgestreckte Hand. Das riesige Messer, mit dem der eine Mann eben noch seine Nägel gepflegt hatte, steckte nun direkt über seinen Fingern im Holz, so tief, als wäre die Tür aus Butter. Ramor blieb der Schrei im Hals stecken. Er drehte sich um. Sein Herz schien nun endgültig aus ihm herausspringen zu wollen.

Die Männer sahen ihn gelangweilt an, dann hob der Bärtige, der nun kein Messer mehr hatte, müde die Hand und winkte ihn zu sich. Ramor ging wie in Trance auf ihn zu. Das schaurige Geräusch, wie sich das Messer mit Urgewalt in das Holz gebohrt hatte, klang immer noch in seinen Ohren nach.

Nachdem er ein paar Schritte gegangen war, sprach der Mann endlich: »Ach, Junge, bringst mir meine Freundin mit? Sei so gut, ich hänge so an ihr.«

Seine Stimme klang warm und freundlich. Ramor brauchte einen Moment, bis er verstand, dass mit »Freundin« das Messer gemeint war. Er drehte sich zitternd um und ging zurück zur Tür. Dort packte er den Messergriff mit beiden Händen und zog. Er bewegte sich nicht. Er rüttelte daran. Zwecklos. Das Messer steckte so tief im Holz, dass er nicht in der Lage war, es herauszuziehen. Der Bärtige musste es mit unvorstellbarer Kraft geworfen haben. Ramor zwang sich, nicht daran zu denken, was passiert wäre, wenn es seine Hand getroffen hätte.

»Lass gut sein und komm her.«

Die Stimme klang immer noch freundlich und ein wenig müde. Die beiden machten sich nicht einmal darüber lustig, dass er das Messer nicht herausziehen konnte. Ramor folgte dem Befehl und fühlte sich kaum noch größer als eine Kellermaus.

»Dann sprich mal, mein Junge. Wer bist du?«

»R… Ramor Harras.«

»So, so.« Der Mann musterte ihn, als wäre er irgendein interessantes Insekt. »Und was tust du hier, Ramor Harras?«

»I… Ich habe … den berühmten Hutmacher Kalamagi … i… im Tunnel nebenan ge… gesehen u… und … ich bin ihm in die Ga… Gaststube gefolgt.«

»So, sooo.« Der Bärtige machte große Augen, als würde er einem Kleinkind vorspielen, dass er seine Geschichte ungeheuer spannend fand. »Der berühmte Hutmacher Kalamagi? Das ist ja nicht zu fassen.« Er wiegte auf alberne Art seinen mächtigen Kopf hin und her. »Und hast du noch mehr Leute erkannt, Ramor Harras?«

Sein Ton blieb freundlich, aber genau das machte Ramors Angst nur noch größer. Er wusste ja, wozu der Mann in der Lage war.

»D… da saßen noch Goldon Longwyll, der berühmte Schauspieler, Insina Heegna, die reichste Algramzüchterin der Stadt, Wulmar Geysenthal, der Direktor der Aram'schen Philharmonie, Mag Zagram, der Vorsitzende der Magischen Gilde, und der Mathloginistiker Robald Kelboor. U… Und noch ein paar andere aus Halum, aber die kenne ich nicht mit Namen.«

»So, sooo.«

Im gleichen Moment war es vorbei mit dem Frieden. Ramor wurde von hinten gepackt. Sein rechter Arm wurde ihm so auf den Rücken gedreht, dass er keine Chance hatte, sich zu befreien, und er sah mit Entsetzen eine Messerklinge vor seinem Hals aufblitzen. Ein großes Messer, so wie das, das in der Tür steckte. Der Mann mit dem Ohrring hatte sich lautlos von hinten an ihn herangeschlichen.

»Ich muss dir jetzt etwas ganz Wichtiges sagen, Ramor Harras.« Die Stimme des Bärtigen blieb weiter ganz ruhig. »Hörst du mir zu?«

»J… ja.«

»All diese Leute haben Geld bezahlt. Dafür, dass sie diesen geheimen Eingang benutzen dürfen, und dafür, dass niemand davon erfährt, dass sie sich hin und wieder unser wunderbares Foigi-Essen schmecken lassen. Verstehst du?«

»Ja.«

»Wir kennen ihre Namen nicht. Ob sie Goldwylli, Geysentheysen oder Zagrampelpam heißen, hat uns nicht zu interessieren. Das ist Teil des Geschäfts. Kannst du mir folgen?«

»Ja.«

»Aber du bist ja ein Mann von Welt, du hast sie alle erkannt. Das ist schlecht. Schlecht für dich.«

»I… ich verrate nichts! Bei Talin! Ehrenwort!«

Der Mann seufzte. »Es tut mir so leid, mein Junge, aber das nützt dir leider gar nichts. Du scheinst es nicht zu wissen, aber dieser Tunnel gehört Hordak. Vielleicht hast du schon einmal von ihm gehört.«

Bis eben dachte Ramor noch, das Herz könnte ihm nicht noch weiter in die Hose fallen, aber da hatte er sich getäuscht. Als er den Namen des berühmten Verbrechers hörte, gefror ihm das Blut in den Adern. Der Mann mit dem Bart machte nun eine lange Pause. Ramor versuchte nicht daran zu denken, was ihm jetzt blühte, aber er schaffte es nicht. Zu deutlich spürte er den Druck der Messerklinge auf seiner Kehle.

»Ja, kleiner Ramor Harras, du steckst ganz schlimm in der Klemme. Um die Wahrheit zu sagen, jetzt hilft dir leider gar nichts mehr.«

Der Bärtige sah ihn an wie ein Lehrer, der ihm bedauernd mitteilte, dass er eine Sechs geschrieben hatte.

***

Timur warf bereits das dritte Steinchen an Malakins Fenster. Endlich erschien das Gesicht seines Freundes hinter der Scheibe. Er winkte und verschwand im nächsten Moment wieder. Kurz darauf öffnete sich die Haustür und Malakin kam heraus. Er trug den Altersleser in der Hand.

»Da bist du ja, Timur. Hat ganz schön gedauert.«

»Frag nicht, wie mein Tag war.«

»Dürftest du mir eh nicht sagen. Hier, ich habe den ganzen Abend heimlich meine Familie damit angeschaut, aber weder ihr Alter noch sonst was gesehen. Ich glaube, du kannst mehr damit anfangen.«

»Ich hoffe, das Wasser hat ihn nicht kaputt gemacht.«

Timur hielt das wertvolle Gerät vor den Bauch seines Freundes und starrte durch den Rahmen. Sofort erschien die Lichtschrift: *14 Jahre, 8 Monate und 5 Tage.*

»Und?«

»Ja, er geht noch.«

»Hab ich doch gleich gesagt.«

»Wenn wir wirklich rauskriegen wollen, wie alt Flavia Laanten ist, brauchen wir noch eine gute Idee, wie wir das Ding unauffällig mit zu dem Konzert nehmen können.«

»Ich spreche mal mit Opa darüber.«

»Gut, aber verrate ihm bloß nicht zu viel.«

Die Jungen verabschiedeten sich und Timur machte sich auf den Heimweg. Es kam ihm schon leichtsinnig vor, den Altersleser einfach in einer Tasche durch das nächtliche Halum zu tragen. Wie viel leichtsinniger war es, das Gerät auf das Konzert mitzunehmen? Timur schüttelte den Kopf. Es war wie verhext. Sobald Malakin mit ins Spiel kam, war auf einmal keine Idee mehr verrückt genug.

Vor seinem Haus traf er Virku, der noch mit den Nachbarn ein paar Gläser getrunken hatte. Sie betraten gemeinsam die Wohnung.

Sein Vater streckte sich und gähnte, als wollte er sein Bett vorwarnen. Auch Timur fühlte, wie die Anspannung endlich von ihm abfiel und die Müdigkeit, die ihn schon vorhin auf dem Dach überfallen hatte, mit Macht zurückkam. Trotzdem konnte er es nicht lassen. Er stellte den Altersleser auf den Tisch und sah seinem Vater damit auf den Bauch.

»Was ist das, Junge?«

»Ein Altersleser. Ich sehe damit, dass du fünfunddreißig Jahre, vier Monate und fünfzehn Tage alt bist. Das steht für mich auf deinem Bauch geschrieben, wenn ich hier durchsehe.«

35 Jahre, aber ein Gesicht wie ein 50-Jähriger, dachte Timur im Stillen. Das harte Leben auf See, die Sorgen und der Kummer hatten ihre Spuren hinterlassen.

»Wo hast du das her?«

»Frage nicht.«

Virku starrte das magische Gerät ängstlich an. Nicht, weil es ihm Angst machte. Nein, er spürte nur, dass es nicht hier sein sollte.

»Verstecke es gut, Junge.«

»Mache ich.«

Die Worte kamen automatisch und fast tonlos aus Timurs Mund. Er hatte Bilder aus Virkus Leben gesehen.

Virku auf See.

Virku mit seiner Mutter.

Virku mit …

Timur sah ein letztes Mal ganz genau hin, weil er es nicht glauben wollte. Nein, es gab keinen Zweifel. Das schwabbelige Gesicht, die schmalen Augen, das Grinsen. Das war Huurk! Er stand vor seinem Vater. Mitten in ihrem alten Haus in Foigor.

***

Ramor bekam kaum noch Luft. Der Mann mit dem Ohrring spielte mit der Messerklinge auf seinem Hals herum, ließ es auf und ab gleiten und drückte es mal hier, mal da tief hinein, als wollte er die ideale Stelle finden, um den tödlichen Schnitt anzusetzen.

»Nein, jetzt hilft dir wirklich nichts mehr«, bekräftigte der Bärtige noch einmal. Der andere zog Ramor im gleichen Moment mit einem Ruck den Kopf nach hinten und der Junge hoffte nur noch, dass es schnell ging.

»Eigentlich. *Eigentlich* hilft dir jetzt wirklich nichts mehr, Ramor Harras. Es ist nur so, meine kleine Tochter hat heute Geburtstag, und weil ich so ein gefühlsduseliger Mensch bin, bringe ich es einfach nicht fertig, ausgerechnet heute einem Kind die Kehle aufschlitzen zu lassen. Deswegen, und nur deswegen, lasse ich dich laufen. An jedem anderen Tag, hörst du? An jedem anderen Tag wärst du jetzt mausetot.«

Damit ließ ihn der andere Mann frei und gab ihm einen kräftigen Stoß in Richtung Ausgang. Ramor taumelte voran, die beiden großen Männer gingen links und rechts von ihm. Der Bärtige hatte ihm den Arm um die Schulter gelegt, als wären sie alte Freunde. Endlich erreichten sie die Tür zum großen Tunnel, in der immer noch das Messer steckte. Die Männer blieben stehen. Er zitterte. Würden sie ihn nun wirklich gehen lassen?

»So, lieber Ramor Harras, ich wünsche dir einen guten Heimweg. Und ich gebe dir einen guten Rat unter Freunden: Solltest du jemals wieder irgendwo dieses Zeichen sehen …« Wie auf Kommando schnellte der dicke Unterarm des Manns mit dem Ohrring direkt vor seine Nase. Er trug eine Tätowierung. Das Zeichen mit den beiden »X«, das Ramor auch schon auf der Tür gesehen hatte. »… dann renn einfach ganz schnell weg, ja?«

Noch immer sprach er wie ein lieber Onkel. Ramor fragte sich, ob er jemals wieder einer freundlichen Stimme trauen könnte. Und wie zur Bestätigung zog der Bärtige sein Messer mit einem Ruck aus der Tür, ließ direkt vor seinen Augen den Finger prüfend über die Klinge fahren und steckte es zufrieden zurück in seinen Gürtel.

»Komm gut nach Hause, mein Junge. Und mach schön dein Handlicht an, damit du nicht stolperst. Würde deine Mutter gar nicht gern sehen, wenn du dich schmutzig machst.«

Der Bärtige nahm nun endlich den Arm von seiner Schulter und der Mann mit dem Ohrring öffnete die Tür und bat ihn mit einer spöttischen Verbeugung hinaus. Ramor betrat mit weichen Knien den großen Tunnel. Die Tür schloss sich und er stand im Dunkeln. Sofort tastete er nach dem Handlicht an seinem Gürtel. Er brauchte mehrere Versuche, bis er ein Schnalzen zustande brachte, dann taumelte er mit weichen Knien vorwärts.

Nur nach Hause. Er würde es schaffen. Immer langsam einen Fuß vor den anderen. Und am besten sofort damit anfangen, das Erlebte wieder zu vergessen.

Nach 20 Schritten hörte er, wie sich hinter ihm die Tür noch einmal öffnete. Seine Kehle schnürte sich zu, als er die vertraute Stimme des Bärtigen hörte: »Ich dachte, ich sage es dir doch, Ramor Harras. Ich habe gar keine Tochter. Wir haben dich aus einem anderen Grund laufen lassen: Dein Vater ist Kunde bei Huurk. Und wir Hordaks sind friedliche Leute. Wir wollen nicht schon wieder einen Krieg mit dem Fettsack. Der letzte ist nämlich gerade erst vorbei. Aber Hordak wird sich bei Huurk beschweren. Und kommst du uns noch einmal in die Quere, dann wird sogar Huurk verstehen, wenn wir den Sohn von seinem dicken Freund Rogoman Harras klein geschnitten an die Fische verfüttern. Ich wollte es nur kurz erwähnen. Schönen Abend noch.«

Huurks Verbrechen

Heute war es so heiß, dass die Algramzüchter die Tränken auf ihren Weiden im Stundentakt nachfüllen mussten und selbst die hartgesottensten Foigis ihre Köpfe unter Hüten mit breiten Krempen verbargen, während sie mit ihren Booten der Sonne ausgeliefert auf dem Meer trieben. Timur, Julina und Malakin hatten versucht, sich mit Unmengen Fallisi-Limonade durch den Tag zu kämpfen, aber nicht einmal das reichte heute. Am Ende waren sie zu Talins Wohltat gewandert, der kleinen Lichtung am Rand von Talins Holz. Dort umfing sie der ewige Nebel wie ein wunderbares kühlendes Kleid und drang bei jedem Atemzug tief in ihre Lungen.

Timur dachte hin und wieder bitter daran, dass Mag Zagram ihn die letzten zwei Tage nicht mehr in den Mag-Wynor-Saal mitgenommen hatte. Hatte er ihm bereits genug genützt? Was wäre, wenn er tatsächlich keine Chance mehr bekommen würde, noch mehr Magie zu lernen? Er wusste immer noch so gut wie nichts von dem magischen Schatz, der hinter den verschlossenen Türen des großen Saals schlief.

Timur schaute nachdenklich in den Wald, der vor ihm wie eine mächtige grüne Wand weit in den Himmel aufragte. Der Nebel quoll in dichten Schwaden heraus. »Halt dich fern vom Wasser, bleib weg von Foigor und geh niemals in Talins Holz!« Das waren die drei Dinge, die jedes Kind in Halum und Aramburg von klein auf eingetrichtert bekam. Die Foigis sahen sie ersten beiden Punkte natürlich anders, aber was Talins Holz betraf, waren sie sich mit dem Rest Tylandors einig. Timur versuchte so weit wie möglich in die Finsternis zwischen den Bäumen zu starren. Sie erinnerte ihn an das tiefe Meer. Nur dass man im Meer immer automatisch den Weg ans Licht fand. Man wurde einfach nach oben getrieben. In Talins Holz war man dagegen für immer in der Dunkelheit verloren.

Dunkelheit.

Zwei Tage war es nun her, dass er das schreckliche Bild von Virku zusammen mit Huurk gesehen hatte, aber er hatte sich immer noch nicht getraut, ihn danach zu fragen. Was hatte er mit diesem grausamen Verbrecher zu tun?

Ein Geräusch drang aus dem Wald zu ihnen. Diesmal lauter und näher als gewohnt. Julina tastete ängstlich nach Malakins Hand und Timur ertappte sich, wie er sich wünschte, sie hätte nach seiner Hand getastet.

»Kommt, wir gehen noch ans Meer!«, schlug Malakin vor.

Julina starrte ihn an.

»Komm doch nur ein Mal mit, Julina, bitte. Nichts ist schöner an einem heißen Tag, glaub mir.«

Und obwohl Julina sich offenbar ekelte, hielt sie weiter Malakins Hand fest und ließ sich von ihm langsam zum Ausgang von Talins Wohltat ziehen.

***

Zur gleichen Zeit war es auf Krobull bereits tiefe Nacht. Kurschuk und Scheerkatt, die Söhne von Herrscher Woronin, saßen erschöpft am großen Tisch im Kabinett ihres Vaters. Alles hatte sich grundlegend verändert, seit er sie vor drei Tagen zu sich gerufen hatte. Das vergnügte Leben, das sie bisher geführt hatten, war zu Ende. Keine Landpartien mehr mit hübschen jungen Krobulinen in Kutschen mit vier Pferden, keine wilden Krutzenschweinjagden und auch keine nächtelangen Feiern mit literweise Krobullbier.

Ihr Vater Woronin ließ sein Inselreich zur großen Kriegsfahrt rüsten. Eine gigantische Aufgabe. Zwar waren die Krobulin von jeher kriegslustig, aber es hatte nun eben schon lange keine Kämpfe mehr gegeben. Früher hatten sich die einzelnen Krobulinstämme untereinander bekämpft, später gab es große Schlachten zwischen Krobulin und den neu angekommenen Eisenmännern, und als sich ihre Nachkommen schließlich genug vermischt hatten, gab es wieder neue Stämme, die untereinander Krieg führten. Erst seit Woronin über die Insel herrschte, hatten die Kämpfe ein Ende. Der mächtige große Mann duldete keinen auch noch so kleinen Krieg. Die Ersten, die dagegen verstießen, wurden so hart bestraft, dass bis heute keiner mehr gewagt hatte, einen echten Kampf vom Zaun zu brechen. Manchmal erzählten die Alten mit leuchtenden Augen von längst vergangenen Zeiten, als es noch möglich war, sich gegenseitig mit Gebrüll die Köpfe einzuschlagen, aber es war nicht zu ändern, alle mussten sich mit dem Frieden abfinden und sich mit gelegentlichen Stockkämpfen nach festgelegten Regeln begnügen.

Die Kunde von der bevorstehenden Kriegsfahrt hatte sich natürlich wie ein Lauffeuer verbreitet. Die Augen leuchteten, wo auch immer man hinsah. Tausende begeisterter Krobulin mussten nun in Regimenter und Bataillone eingeteilt, Offiziere und Generäle ernannt, Waffen produziert und verteilt, Schlachtpläne ersonnen und aufgezeichnet werden und, die größte Aufgabe von allen, eine gigantische Kriegsflotte musste gebaut werden.

Um das meiste mussten sich Kurschuk und Scheerkatt kümmern. Sie waren die verlängerten Arme ihres Vaters. Er selbst sprach, außer mit ihnen, nur mit zwei weisen alten Beratern und seinen drei Frauen. Jeden Abend mussten die beiden Söhne ihm von den Fortschritten berichten. Jeden Abend saßen sie unter seinen ungnädigen Augen und hofften, dass er nicht allzu unzufrieden mit ihnen war. Und jeden Abend war die Hoffnung vergeblich, auch heute.

»Das geht zu langsam!« Woronin schlug auf den schweren Tisch, dass sogar noch der Steinboden darunter zu erzittern schien. »Jeder Tag, der uns verloren geht, kann unsere Niederlage bedeuten. Habt ihr das verstanden? Jeder Tag, der uns verloren geht, ist ein Tag mehr, an dem der neue Zauberer in Tylandor magisches Kriegswissen entdecken könnte.«

Kurschuk und Scheerkatt nickten ergeben. Sie hörten es schließlich nicht zum ersten Mal.

»Kuniwor, du gehst gleich morgen mit und überprüfst, wie viele Leute wir noch brauchen, um die Schiffe doppelt so schnell zu bauen.«

Der alte Mann an Woronins Seite verbeugte sich. Was hinter seiner Stirn vorging, war seinem Gesicht nicht anzusehen, aber beide Söhne Woronins hofften inständig, dass der weise alte Baumeister ihren Vater morgen Abend überzeugen würde, dass dieses Vorhaben unmöglich umzusetzen war.

»Und Surramin, du überprüfst die Heeresleitung. Wer ist zum Beispiel dieser Zenneff und wer dieser Krrak? Ich habe noch nie von ihnen gehört. Haben sie genug Mumm in den Knochen? Und, vor allem, auch genug Hirn?«

Auch der greise Surramin verbeugte sich und Scheerkatt, der die Heeresleitung zusammengesetzt hatte, betete, dass der erfahrene General morgen keine größeren Fehler in seiner Arbeit entdecken würde.

»Gut, das wäre für heute alles. Morgen Abend sehen wir uns wieder.« Woronin stand auf und sah noch einmal jedem Einzelnen in die Augen. Ein Blick, den keiner von ihnen jemals vergessen würde. Er öffnete den Mund und seine Worte klangen, als kämen sie aus einer anderen Welt tief unter ihnen. »Denkt jede Minute daran: Dies sind die Tage unseres Schicksals.«

Damit wandte er sich ab. Kurschuk und Scheerkatt erhoben sich.

Ihr Beine wollten sie kaum noch tragen. Seit sechszehn Stunden waren sie fast ohne Pause an der Arbeit gewesen. Nichts wünschten sie sich in diesem Moment so sehr, wie endlich ins Bett zu fallen. Zum Glück war der Weg nicht weit.

***

Gilen mochte das Mädchen, das Timur heute zum Meer mitgebracht hatte, auf den ersten Blick. Sie war anders als der unangenehme große Rabauke mit den adlerhorstartigen Haaren, der natürlich auch wieder dabei war. Sie hatte ihn mit Anstand begrüßt. Und er hatte dabei ein klein wenig Angst in ihren Augen erkennen können, was er durchaus angemessen fand, schließlich war er ein Raubvogel.

Die Jungen machten inzwischen wieder ihre gefährlichen Wassersprünge von der Felskante und sie hatten das Mädchen alleine auf dem kleinen Strandstreifen unten in der Schlucht zurückgelassen. Ein sehr unsicherer Ort, fand Gilen. Und sie hatten ihr noch nicht einmal einen Horst gebaut. Man sollte wirklich mal ein ernstes Wort mit diesen Burschen reden. Aber zum Glück war er ja noch da. Er saß oben auf der Felskante und würde das Mädchen nicht aus den Augen lassen. Und wer auch immer ihr Böses wollte, würde seine Krallen spüren.

Gilen sah zu, wie sich das Mädchen seine Stiefel auszog und mit den Füßen im Sand zu spielen begann. Dann stand es auf und ging langsam ein paar Schritte auf das Wasser zu. Als eine kleine Welle nach vorne schwappte, stieß es einen leisen Schrei aus und sprang zurück. Doch nach und nach näherte es sich erneut, hielt zuerst einen Zeh hinein, dann den ganzen Fuß und stand schließlich bis zu den Köcheln im Wasser. Vorbildlich, fand Gilen. Weiter als so sollte sich kein Mensch hineinwagen.

Timur und Malakin kamen bald darauf keuchend von ihrem kleinen Tauchausflug zurück. Julina hielt Abstand. Mit den Füßen ins Wasser zu gehen war eines, aber von den Jungs bespritzt zu werden, wenn sie ihre nassen Haare ausschüttelten, war noch einmal etwas ganz anderes. Sie setzten sich in den Sand, der durch den Schatten der Felswände angenehm kühl war, und unterhielten sich über den großen Tag, der bevorstand: Flavia Laanten gab ihr erstes Konzert in Tylandor. Und sie würden dabei sein! Und nichts auf der Welt konnte die Jungs von ihrem kindischen Vorhaben abbringen, das Alter der berühmten Dame mit dem Altersleser herauszufinden. Julina machte sich Sorgen, dass die beiden auffallen würden. Womöglich würde sogar auffliegen, dass sie den Altersleser aus dem Mag-Wynor-Saal gestohlen hatten. Aber Timur und Malakin schienen einen Plan zu haben. Was genau, verrieten sie nicht. Nur, dass Malakins Großvater dabei eine wichtige Rolle spielte.

Erst als die Sonne kurz über dem Horizont stand und die Felsen in ein so eigenartiges oranges Licht tauchte, wie es Julina noch nie gesehen hatte, brachen die drei auf. Sie streichelte Gilen über den Kopf und der Seeadler entließ einen wehmütigen Laut aus seinem sonst so schweigsamen Schnabel. Anschließend gingen sie auf dem kürzesten Weg durch die Algramweiden zurück in die Stadt und ließen sich von den Straßenwagen lautlos und schnell nach Hause bringen.

Dort angekommen, begann Timur das Trommelsolo für morgen zu üben. Er hatte sich einmal mit Barana und Guimal getroffen und sie hatten sich auf einen Ablauf mit ein paar einfachen Figuren verständigt. Toll war es nicht, jeder Trommler vom Toskullplatz hätte es mehr verdient gehabt, in der Aram'schen Philhamonie zu spielen, als sie. Noch viel schlimmer als das Solo war allerdings der Gedanke, dass er später noch mit Zagram auf offener Bühne mit magischen Fähigkeiten herumprahlen sollte.

Virku kam nach Hause, begrüßte ihn lächelnd und begann das Abendbrot zu machen. Timur versuchte weiterzuüben, aber er konnte sich nicht mehr konzentrieren. Als sie schließlich zusammen am Tisch saßen, brachte er keinen Bissen herunter und starrte seinen Vater an. Er wusste immer noch nicht, wie er ihn fragen sollte.

Virku legte bald sein Messer zur Seite und sah Timur besorgt in die Augen.

»Junge?«

Timur schluckte heftig.

»Papa … hattest du in der Vergangenheit … etwas mit Huurk zu schaffen?«

Virku zog scharf die Luft ein. Seine Augen schienen ihm aus dem Kopf springen zu wollen. Er war zu Tode erschrocken.

»Woher weißt du …?«

»Papa, ich habe durch Magie gesehen, dass er irgendwann in unserem Haus in Foigor gewesen sein muss. Und du warst dabei. Es … es war keine Absicht, ich habe es einfach gesehen. Sonst nichts. Der Altersleser. Er zeigt mir Bilder aus deinem Leben.«

Timur staunte. Es war so einfach gewesen, es zu gestehen. Warum hatte er sich die Abende davor nicht getraut? Wollte er die Sache mit Huurk gar nicht wissen? Oder zumindest den Tag herauszögern, an dem er sie erfuhr?

Virku schloss die Augen und sammelte sich. Sein Atem ging schwer. Dann sah er Timur erneut an.

»Ich erzähl dir alles, Junge.« Seine Stimme klang brüchig. Er starrte finster vor sich auf den Tisch. »Aber nur, wenn du es wirklich wissen willst, denn es ist eine furchtbare Geschichte. Vielleicht kannst du besser schlafen, wenn du sie nicht kennst.«

Timur brauchte keine Antwort zu geben. Virku wusste selbst, dass es kein Zurück mehr gab.

»Ich sag dir jetzt, wie deine Mutter Baleta verschwunden ist.«

Timur stockte der Atem. Virku gab sich einen Ruck.

»Vor gut einem Jahr kam einer von Huurks Handlangern zu mir. Er sagte, dass Huurk Baleta schön fand und dass er sie kaufen wollte. Verstehst du? *Kaufen.* Wie einen Fisch.« Virku ballte seine rechte Hand zur Faust. »Er hat mir einen Batzen Geld angeboten. Fast hätte ich ihm ins Gesicht gespuckt, aber ich bin ganz ruhig geblieben und hab einfach Nein gesagt. Hatte gehofft, die Sache wäre damit erledigt gewesen. War sie aber nicht. Eine Woche später stand Huurk auf einmal selbst bei uns im Haus, mit vier von seinen Kerlen. Hat mir noch einmal das Doppelte geboten. Ich hab natürlich wieder Nein gesagt, dann haben die Kerle Baleta in einen Sack gesteckt und mir dabei ein Messer an den Hals gehalten. Huurk hat das Geld auf den Tisch geknallt und gesagt: ›Schön dass wir ins Geschäft gekommen sind, Bramak. Aber weil du dich so angestellt hast, gibt's jetzt noch eine Zusatzvereinbarung. Du nimmst das Geld und deinen Sohn und verziehst dich nach Halum. In Foigor ist kein Platz mehr für euch.‹«

Virku hatte die Augen geschlossen. Seine Stimme zitterte vor angestauter alter Wut, die wieder hochkam. Langsam und schneidend kam jedes einzelne Wort über seine Lippen. Timur verstand mit einem Mal, warum sogar jemand wie Huurk sich nur zusammen mit vier bewaffneten Männern getraut hatte, sich mit seinem Vater anzulegen.

»Ich habe gesagt, das kann er vergessen. War nicht klug. Hat mir dafür ins Gesicht geschnitten. Und dann kam er ganz nah ran und hat nur noch eins gesagt: *›Vergiss eins nicht, Bramak, du hast 'nen Sohn. Wär schade, wenn dem was passiert.‹*« Virku sah Timur nun wieder in die Augen und machte eine lange Pause. »Am nächsten Tag hab ich das Boot verkauft und die Sachen gepackt, am übernächsten sind wir rüber.«

An der Mauer von Halum Süd

Der nächste Tag verging wie im Flug. Die ganze Schule war von der Aufregung um das abendliche Konzert angesteckt und selbst Timur dachte nur noch selten an die schreckliche Geschichte von Baleta und Huurk. Die lange Generalprobe nach der Schule ließ ihm am Ende gerade noch genug Zeit, um nach Hause zu gehen und seinen Bühnenanzug anzuziehen, dann ging es auch schon mit dem Straßenwagen Richtung Aramburg.

Timur stieg am Osttor aus. Zur Aram'schen Philharmonie waren es von dort nur wenige Schritte. Frau Welpin wartete vor dem mächtigen Eingangsportal und immer mehr Jungen und Mädchen mit Instrumententaschen und Faragli-Anzügen strömten heran.

Als das Orchester vollzählig war, betraten sie mit großen Augen das berühmte Gebäude und wurden zu ihrer Garderobe geführt. Einem großen Raum mit zahllosen Spiegeln an den Wänden, vor denen schöne alte Stühle und Schminkkommoden standen. Sobald sie drin waren, zog Malakin Timur und Julina in die äußerste hintere Ecke. Mit einem triumphierenden Lächeln holte er etwas Großes hinter seinem Rücken hervor. Eine prall gefüllte grüne Tasche mit einem Tragegurt. Timurs Trommeln.

»Schaut euch an, was Opa geschafft hat!«

Timur öffnete die Tasche und riss die Augen auf. Zu seinen beiden mit einem Hanfseil verbundenen Trommeln war eine dritte hinzugekommen. Für einen kurzen Moment schaute Timur ratlos, dann entdeckte er das Loch in der mittleren Trommel. Ein Lächeln huschte über sein Gesicht. Er nahm sein Instrument hoch und sah hindurch. Sein Blick fiel auf Julinas Bauch. *14 Jahre, 3 Monate und 20 Tage.*

Malakin zappelte ungeduldig.

»Sag schon, funktioniert es?«

»Ja.«

Julinas stutzte kurz, dann wurden ihre Augen groß.

»Dein verrückter Großvater hat den Altersleser in Timurs Trommeln eingebaut?«

»Richtig. Fällt keinem auf, oder? Jetzt kann er in aller Ruhe nachsehen, wie alt die liebe Flavia in Wirklichkeit ist.«

Julina stieß die Luft aus und schüttelte den Kopf. Ihre Wangen wurden rot.

»Willst du noch einen Tipp abgeben? Timur sagt unter vierzig, ich sage über vierzig. Du?«

»So, meine Lieben, seid ihr alle bereit?«, unterbrach sie Frau Welpin. »Wir werden nun etwas tun, was wir noch nie getan haben. Wir stimmen unsere Instrumente.« Sie holte eine silberne Glocke aus ihrer Tasche heraus. »Stellt euch bitte so um mich herum auf, wie wir normalerweise sitzen. Und dann absolute Ruhe bitte.«

Nach einigem Gerumpel und Getöse hatte sich die ungefähre Grundordnung eingestellt. Sie schlug die Glocke mit einem Metallstab an. Ein lauter, lang anhaltender Ton flog durch den Raum.

»Die erste Knillflöte, bitte ein Kniss.«

Julina holte Luft und blies. Ihr Ton lag weit höher als der Glockenton. Sie drehte und schraubte an ihrem Instrument. Nach drei Versuchen war Frau Welpin zufrieden und wandte sich der zweiten Knillflöte zu. Es zog sich endlos hin, bis auch der letzte Basskrompen gestimmt war, und die Orchesterleiterin schien bereits erschöpft, bevor das Konzert überhaupt angefangen hatte.

»Gut, Kinder, dann lasst uns die letzten Minuten vor dem Auftritt einfach still sein und uns sammeln.«

Die Formation löste sich langsam wieder auf. Wer einen Stuhl fand, setzte sich, wer nicht, nahm auf einer der Schminkkommoden Platz. Frau Welpin machte mit geschlossenen Augen ein paar

Atemübungen. Danach verließ sie leise die Garderobe in Richtung Bühneneingang, um dort schon einmal einen verstohlenen Blick durch einen Vorhangspalt auf das Publikum zu werfen.

Timur hatte sich auf einen Stuhl gesetzt und probierte leise die Trommeln aus. Sein Instrument fühlte sich ungewohnt an mit der dritten Trommel in der Mitte. Hoffentlich brachte ihn das nicht durcheinander. Hätte er Opellus doch gesagt, dass er die dritte Trommel seitlich dranbauen soll und nicht in die Mitte, aber das war nun nicht mehr zu ändern. Er trommelte seinen armseligen Solopart ein paarmal durch. Gerade als er nachsehen wollte, ob der Altersleser dadurch nicht verrutscht war, kam Frau Welpin zurück. Was sie sagte, ließ bei jedem im Raum das Herz für einen Schlag aussetzen: »Kinder … Fürst Aram möchte vor unserem großen Auftritt zu euch sprechen.«

Zwei große Männer in grauen Anzügen folgten Frau Welpin in die Garderobe und durchleuchteten sie bis in den hintersten Winkel mit ihren Augen. Es war unschwer zu erkennen, dass es zwei Burgwachen in Zivil waren. Ihnen folgte ein dritter. Die beiden anderen gaben ihm ein Signal, dass alles in Ordnung war, und der dritte ging wieder nach draußen. Wenige Augenblicke später geschah es tatsächlich: Fürst Aram betrat den Raum.

Timur runzelte die Stirn. Von den Bildern, die hin und wieder in den Tylandor'schen Nachrichten zu sehen waren, kannte er Fürst Aram als gütig dreinblickenden, beleibten Mann in würdiger Haltung und wertvoller Kleidung, der als Erkennungszeichen immer einen auffälligen Pelzkragen und ein Gebilde auf dem Kopf trug, das halb wie ein Hut, halb wie eine Krone wirkte. Er sieht ganz anders aus!, dachte Timur

Aram war nicht nur beleibt, sondern so dick, dass er bei jedem Schritt schnaufen musste. Mit dieser Figur war es ihm schier unmöglich, eine würdige Haltung einzunehmen. Am meisten aber verwunderte Timur sein Blick. Er sah nicht gütig drein, sondern traurig und ängstlich.

»Liebe Schüler der Hiradius-Schule.« Seine Stimme passte zu seinem Blick. Sie war leise und melancholisch. »Heute ist ein ganz besonderer Abend für euch. Ihr seid ausgewählt worden, das Vorprogramm des lang erwarteten Konzerts, der in ganz Kaman bekannten Künstlerin Flavia Laanten zu bestreiten. Normalerweise wäre dem Orchester der Aram-Schule diese Ehre zugefallen, das zweifellos das beste Schulorchester der Stadt ist. Doch weil unser Orchesterleiter ebenso wie unsere beiden besten Rammhornisten leider schon länger erkrankt sind, und nicht zuletzt, weil Flavia mir selbst gesagt hat, dass sie euch gerne dabeihätte, bekommt ihr nun diese einmalige Gelegenheit, euch zu präsentieren.« Aram sah von einem zum anderen. Timur ahnte, dass er aufmunternd dreinblicken wollte, aber Traurigkeit und Ängstlichkeit überdeckten alles. »Frau Welpin, Kinder, ich verlasse mich auf euch. Macht unserer wunderbaren Stadt Ehre.«

Ein letztes Mal sah er in die Runde. Ein Hauch von Anerkennung lag nun in seinem Blick. Ein unerwartetes stilles Kompliment des mächtigen Fürsten, auch wenn es nur daran lag, dass sie in ihren perfekt sitzenden Faragli-Anzügen einfach großartig aussahen.

Timur bekam aber gar nichts mehr davon mit. Sein Mund stand sperrangelweit offen. Er hatte etwas anderes gesehen. Etwas Unglaubliches. Etwas, das unmöglich stimmen konnte.

***

Virku war zeitig zum Konzert gekommen und suchte sich einen freien Platz mit guter Sicht. Immer mehr Menschen strömten durch die Türen auf allen Seiten herein. Hunderte von Gesprächen, die alle gleichzeitig stattfanden, schwirrten ihm um die Ohren. Er fragte sich, wie, um Talins willen, man all diese Leute zum Schweigen bringen konnte, wenn das Konzert begann. Doch dann verloschen nach und nach die magischen Lichter über ihren Köpfen und je dunkler es im Zuschauerraum wurde, umso leiser wurden die Menschen. Und als schließlich die Bühnenbeleuchtung mit einem Mal hell aufstrahlte, verstummte auch der Letzte.

Virku hielt die Luft an. Da kamen sie! Timur und seine Mitschüler mit ihren Instrumenten in den Händen nahmen auf der Bühne der Aram'schen Philharmonie Platz! Sein Herz raste. Timur saß ganz vorne in der ersten Reihe! Sein Junge mit den Foigi-Trommeln auf dieser weltberühmten Bühne!

»*An der Mauer von Halum Süd*, Orchester der Hiradius-Schule mit Solotrommlern aus Foigor«, las sein Sitznachbar seiner Begleiterin vor. »Ein wenig extravagant, wenn du mich fragst, aber von mir aus, warum nicht.«

Frau Welpin hob den Taktstock, zählte ein und das Stück begann. Die Trommeln dröhnten laut durch den Saal und die anderen Instrumente folgten ihnen. Nicht der Taktstock, sondern Timur, Barana und Guimal schienen das Orchester anzuführen. Die Blasinstrumente waren so laut, dass die erste Zuschauerreihe sich duckte, aber die Trommeln waren die Löwenbändiger, die zu jeder Zeit alles streng unter Kontrolle hatten. Nicht ein verirrter Ton war zu hören.

Der Mann neben Virku hatte bei den ersten Tönen angewidert das Gesicht verzogen, aber schon einige Takte später fing er an, mit dem Kopf mitzuwippen. Wo Virku auch hinsah, immer mehr Körper bewegten sich im Rhythmus. Die Melodie steigerte sich immer weiter, vorangetrieben von den drei Foigi-Kindern, die den Takt schlugen, als wären sie zu einem mächtigen lauten Uhrwerk zusammengewachsen. Die Melodie steuerte auf ihren Höhepunkt zu. Gerade, als er erreicht schien, setzten plötzlich mit einem Schlag alle Blasinstrumente aus. Man hörte nur noch die drei Trommeln. Virku schnappte nach Luft.

***

Timur, der gerade noch gedacht hatte, dass auf dieser Bühne alles so viel besser klang, und spürte, wie das Publikum mitging, zuckte kurz zusammen. Diese verflixte Solostelle! Viel zu schnell waren sie bei ihr angelangt. Sie spielten, was sie geübt hatten. Es klang jämmerlich. Er gab sich einen Ruck. Schlimmer konnte es ohnehin nicht werden. Wenn schon sich blamieren, dann mit etwas Richtigem. Er befreite sich von dem Eingeübten und sandte ein paar harte foigische Sechs-Siebtel-Vollhandhiebe in den Raum, Guimal antwortete spontan mit dem berühmten Seliuktremolo. Barana machte große Augen, dann holte sie tief Luft und setzte ein paar Zwischenakzente, die so mutig und genial waren, dass sie dafür in Foigor sogar ein anerkennendes Nicken von den Alten auf dem Toskullplatz bekommen hätte. Sie hatten sich in Fahrt gespielt. Frau Welpin und die anderen hörten mit offenen Mündern zu. Timur hatte die Augen geschlossen und fühlte den Rhythmus.

Jetzt. Jetzt oder nie!

Noch bevor er richtig glauben konnte, was er da tat, steckte er schon mittendrin: der fogische Tausendschlag-Viertakter! Eine Figur, in der sich Siebtel-, Elftel- und Neunzehntelnoten auf das Komplizierteste überlagerten, die aber, wenn man sie hinkriegte, jeden vom Sitz riss.

Nur nicht rausfliegen, dachte Timur und biss die Zähne zusammen … Und es gelang! Barana und Guimal starrten ihn an. Sie wussten genau, was ihr Freund da gerade vollbracht hatte und wie oft sie sich schon an dieser Aufgabe die Zähne ausgebissen hatten.

Und Timur hoffte, dass die beiden nun auch seine nächste Idee erahnen würden. Er schaute in ihre Augen und nickte ihnen zu. Hatten sie verstanden? Ja, sie hatten. Der laute letzte Schlag des Tausendschlag-Viertakters schallte durch den Raum, danach rissen alle drei plötzlich die Hände in die Höhe und es war mit einem Schlag still im Saal. Die berühmte Eintaktpause, Markenzeichen des Meistertrommlers Gungus Filmor, verfehlte nie ihre Wirkung. Die Leute wagten kaum noch zu atmen. Der Takt schritt in den Köpfen weiter voran. Nicht nur in denen der Trommler, sondern in allen. Ob Publikum oder Orchester, keiner konnte mehr an etwas anderes denken als »Eins! Zwei! Drei! Vier!«.

Wie ein Mann setzten die Instrumente wieder ein. So laut wie noch nie. Und so richtig wie noch nie. Keinen hielt es mehr auf seinem Stuhl. Frau Welpin bewegte mit offenem Mund ihren Dirigentenstab. Sie schien nicht mehr den Takt zu schlagen, sondern einfach nur noch auf der Musik zu schwimmen, ungläubig und glücklich.

Das Publikum klatschte den Rhythmus laut mit. Einige johlten übermütig. Jetzt noch der lange Schlussakkord. Timur, Barana und Guimal hielten gemeinsam ein atemberaubendes Seliuktremolo und alle holten das Letzte aus ihren Instrumenten heraus. Frau Welpin reckte ihren Dirigentenstab in die Höhe. Ein Fenster zersprang. Noch ein bisschen lauter. Noch ein Fenster zersprang. Und noch ein bisschen lauter! … Endlich ließ sie den Stab in einem gewaltigen Bogen nach unten sausen, mit dem sie jeden, der in diesem Moment vor ihr gestanden hätte, sauber in zwei Hälften zerschnitten hätte. Alle hörten gleichzeitig auf. Und während die letzten Schallwellen noch durch den Raum waberten, schaute Frau Welpin, wie Frimfisl, der kleine Zauberer in dem Moment geschaut haben musste, als er nach der Großen Magischen Schlacht das geheime Weinlager der Raubritter entdeckt hatte.

»Nicht schlecht, die kleinen Flossenkö… äh, Foigi-Kinder da in der Mitte, was?«, sagte Virkus Nachbar zu seiner Begleiterin, aber seine Worte gingen im donnernden Applaus unter.

Virku atmete tief durch. Zum Glück konnte im Dunkeln keiner sehen, wie er grinste. Nie zuvor in seinem Leben hatte er einen so mies gespielten Tausendschlag-Viertakter gehört. Auf dem Toskullplatz hätten sie Timur dafür das Fell über die Ohren gezogen. Aber in der Aram'schen Philharmonie war man anscheinend nicht ganz so streng.

Wulmar Geysenthal, der Direktor der Aram'schen Philharmonie, nickte Kalima Welpin und den Kindern, die ihr im Gänsemarsch folgten, anerkennend zu, als sie von der Bühne kamen. Timur und Malakin waren die Schlusslichter. Niemand bemerkte, wie sie sich immer weiter zurückfallen ließen und kurz vor ihrer Garderobe in eine andere Richtung abbogen.

Ihr Ziel war Flavias Garderobe. Als sie die richtige Tür gefunden hatten, kauerten sie sich in einen Winkel und warteten. Timur hielt seine Trommeln so, dass er rasch durch den verborgenen Altersleser hindurchsehen konnte, sobald Flavia auftauchte.

Kaum hatten sie sich niedergelassen, erschien Wulmar Geysenthal erneut. Er kam mit fliegenden Rockschößen den Gang heraufgesaust und klopfte, ohne die beiden zu beachten, an Flavias Tür. Flavias Garderobenfrau öffnete. Timur erhaschte einen Blick in den prunkvoll mit magischen Kristallleuchtern, borabischen Fluffteppichen und riesigen Blumengebinden ausgestatteten Raum. Geysenthal trat ein und schloss die Tür hinter sich. Die Jungs warteten weiter regungslos und ließen die Tür nicht aus den Augen. Dahinter war leise Flavias Stimme zu hören. Sie redete viel, aber es war kein Wort zu verstehen.

Von der Bühne her erklang bereits die Flavia-Laanten-Erkennungsmelodie. Als die Tür aufging, riss Timur sofort seine Trommeln hoch, doch es war nur Geysenthal. Er blickte verzweifelt zurück in die Garderobe und sie konnten nun Flavias Worte hören. Sie klang weinerlich.

»Sie hatten mir versichert, es wäre das schlechteste Schulorchester der ganzen Stadt, Wulmar. Und jetzt? Der Saal tobt vor Begeisterung. Dagegen kann ich doch gar nicht ankommen!«

»Flavia, ich bitte Sie, sobald Sie singen, vergessen die Menschen alles um sich herum. Glauben Sie mir.«

Als Antwort kam ein Schluchzen. Wenige Momente später erschien Flavia im glitzernden Bühnenkostüm in der Tür. Sie hatte den Kopf gesenkt und ließ sich von Geysenthal führen. Timur und Malakin sahen sich an. Es war sinnlos, durch den Altersleser zu gucken. Geysenthal war im Weg.

Als die beiden außer Sichtweite waren, schnalzte Malakin mit der Zunge.

»Das schlechteste Schulorchester der ganzen Stadt? Geysenthal würde ich gerne mal vor mein Rammhorn kriegen.«

»Komm, wir sehen uns den Auftritt an.«

Am Rand der Bühne drängte sich bereits eine große Schülertraube. Timur sah, wie Flavia kurz vor der Bühne stehen blieb und dreimal tief durchatmete. Dann zauberte sie aus dem Nichts ein Strahlen auf ihr Gesicht, mit dem man eine ganze Stadt hätte beleuchten können.

Applaus brandete auf, als sie die Bühne betrat. Timur und Malakin fanden Julina. Sie hatte einen Platz vor einem Vorhangspalt ergattert. Sie rückten eng zusammen, bis sie alle drei auf die Bühne sehen konnten. Die ersten Takte von *Jenseits von Mantaay* erklangen und Flavia begann zu singen. Nie in seinem Leben hatte Timur etwas so Schönes gehört. Wie, um alles in der Welt, konnte sich diese Sängerin von ihrem Schulorchester bedroht fühlen?

Er hielt immer noch seine Trommeln in den Händen. Flavia stand aber viel zu weit weg. Außerdem war der Altersleser möglicherweise kaputt. Immerhin hatte er durch ihn heute schon einmal etwas gesehen, was unmöglich stimmen konnte, wie ihm jetzt wieder einfiel.

Flavia

Eine Stunde später stand Timur mit seinen Freunden immer noch hinter der Bühne und genoss verzückt jeden einzelnen Ton, den Flavia sang. Das Konzert war an seinem Höhepunkt angelangt. Die ersten Takte von *Zauber im Nebel* erklangen, eine alte Tylandor'sche Weise über die verlorene Magie. Timur kannte sie seit frühster Kindheit, aber nie hatte sie jemand so schön gesungen. Er hörte, wie Julina leise mitsummte, und sah im Dunkeln eine Träne auf ihrer Wange aufblitzen. Dies war ein Abend, an den sie sich alle ihr Leben lang erinnern würden.

»Da bist du ja, ich habe dich überall gesucht!«

Er drehte sich um und sah in Mag Zagrams verärgertes Gesicht.

»Los jetzt, es wird Zeit für uns!«

Timur stöhnte leise. Nichts wünschte er sich mehr, als einfach stehen bleiben zu können und Flavia weiter zuzuhören.

Im Gehen drückte er Malakin die Trommeln mit dem Altersleser in die Hand. Zagram führte ihn hastig durch verschiedene Gänge zu seiner Garderobe. Sie war ähnlich prunkvoll ausgestattet wie Flavias. Als Timur das angekündigte hellblaue Zauberlehrlingskostüm sah, das Zagram bei Faragli hatte schneidern lassen, biss er sich vor Pein auf die Lippen.

Der Vorsitzende selbst war bereits umgezogen. Er trug eine Robe mit Tausenden eingewobenen goldenen Fäden, die im Lichtschein glitzerten, als wollten sie Flavias Kleid noch übertrumpfen. Er sah Timur ernst in die Augen.

»Mein lieber Timur, hör zu, du musst nun ganz tapfer sein.«

Timur sah ihn misstrauisch an.

»Ich habe Folgendes beschlossen: Nur ich werde den Zauber des magischen Rahmens vorführen. Du nicht. Du musst verstehen, mir ist die Gefahr zu groß, dass du wieder einschläfst. Du wirst einfach neben mir stehen und mir assistieren. Ich weiß, dass das eine große Enttäuschung für dich ist, aber kannst du es so hinnehmen?«

Er musste also gar nichts vorführen? Wie schön!

»Ja, Mag Zagram. Ich verstehe das.«

Nur schade, dass er ihm dann nicht gleich den gesamten Auftritt ersparte.

»Ich wusste, dass du es verstehst. Das ist sehr erwachsen von dir. Und jetzt sieh zu, dass du in dein Kostüm kommst, ich warte vor der Tür.«

»Mag Zagram, Entschuldigung, aber ehrlich gesagt, ich fühle mich nicht wohl. Könnten Sie nicht alleine …?«

»Du willst den größten Moment deines bisher völlig unbedeutenden Lebens verpassen? Das lasse ich nicht zu. Schlüpf in das Kostüm, setz dich hin und atme tief durch, bis ich dich hole. Und mach dir keine Sorgen wegen dem Auftritt, ich werde in jeder Sekunde dicht bei dir sein.«

Damit schloss er die Tür. Timur packte das hellblaue Kostüm.

»Ulldur!«

***

Virku saß nicht mehr auf seinem Stuhl, sondern schwebte über ihm. Zumindest fühlte es sich so an. Flavia Laanten hatte gerade *Zauber im Nebel* beendet, doch keiner machte einen Mucks. Es schien, als wollten die Leute noch abwarten, bis auch der letzte kleine Nachhall ihres Gesangs im Raum verklungen war.

Dann ging es los. In der linken hinteren Ecke konnte sich jemand nicht mehr zurückhalten und schrie: »Bravo!« Im nächsten Moment ging der Raum in einem Getöse unter, wie Virku es seit dem großen Orkan vor 13 Jahren nicht mehr gehört hatte. Die Menschen klatschten, schrien und trampelten, als wollten sie das Haus zum Einstürzen bringen. Schwärme von Blumensträußen wurden aus allen Richtungen geworfen und landeten um Flavia herum auf der Bühne. Wer keinen Blumenstrauß mitgebracht hatte, warf sein Halstuch, seinen Hut oder sein Jackett.

Virku war mit den anderen aufgesprungen. Zum ersten Mal seit Baleta in die Fänge von Huurk geraten war, spürte er wieder so etwas wie Glück. Nie hätte er gedacht, dass ihn etwas so verzaubern könnte wie die Stimme dieser Frau aus Raythum. Für einen kurzen Moment schien es ihm sogar, als stünde Baleta unsichtbar neben ihm und hielte seinen Arm. Er brüllte sich die Seele aus dem Leib. Und er wollte auch etwas auf die Bühne werfen. Blumen oder, noch besser, einen frisch gefangenen Seliuk, aber er hatte weder das eine noch das andere dabei. Ohne weiter nachzudenken, zog er einen seiner Stiefel aus. Er holte weit aus, kam aber nicht zum Werfen, denn sein Sitznachbar umarmte ihn im gleichen Moment so heftig, dass er fast umfiel.

Als der Tumult endlich wieder abebbte, stand Virku weit von seinem Platz entfernt. Die Stühle um ihn herum waren umgekippt und lagen in wirren Haufen herum. Irgendwann fingen die Ersten damit an, sie wieder aufzustellen und dabei halbwegs ordentliche Reihen zu bilden, aber es dauerte sehr lange, bis endlich alle wieder saßen.

Zum ersten Mal seit Flavias Abgang sah er nun wieder auf die Bühne. Ein großer Vorhang war heruntergegangen und verbarg den hinteren Teil vor den Blicken des Publikums. Ein paar Männer waren immer noch damit beschäftigt, Blumensträuße und die ganzen anderen Dinge, die die Leute Richtung Flavia geworfen hatten, aufzusammeln.

Langsam konnte er wieder klar denken. Das Programm war noch nicht zu Ende, der Auftritt mit Mag Zagram und Timur stand noch bevor. Sein Sohn noch einmal auf der gleichen Bühne stehen, auf der gerade die wunderbarste Sängerin der Welt gesungen hatte. Er dachte an Baleta. Er *musste* sie wiedersehen. Einfach nur, um ihr von diesem Tag erzählen zu können. Er würde zu Huurk gehen. Er würde seine Wut herunterschlucken und demütig darum bitten, ein paar Minuten mit ihr sprechen zu dürfen. Und sei es mit verbundenen Augen oder durch eine geschlossene Tür.

Mit einem Mal strahlten die Bühnenlichter hell auf und Virku wurde jäh aus seinen Gedanken gerissen. Was würde nun passieren? Er musste nicht lange warten. An beiden Rändern der Bühne bewegte sich etwas. Auf der linken Seite erschien Mag Zagram und dicht hinter ihm Timur.

Von der anderen Seite kam ein Mann in einem unauffälligen grauen Anzug herein. Zagram und er gingen aufeinander zu und trafen sich in der Mitte. Dort gaben sie sich die Hand, wobei jeder der beiden versuchte, auf den anderen herunterzusehen, was Zagram wegen seiner Größe allerdings deutlich besser gelang.

Mag Zagram war es auch, der sich mit seiner tiefen donnernden Stimme, die Virku noch gut aus dem Gerichtssaal kannte, an das Publikum wandte.

»Meine Damen und Herren, nach einer, wie man mir sagte, durchaus beachtlichen künstlerischen Darbietung, ist es nun wieder an der Zeit, sich ernsten und wichtigen Themen zuzuwenden.«

Aus ein paar Ecken erhob sich unwilliges Gemurmel, das aber sofort erstarb, als Zagram kurz in die Richtung der Murmeler blickte.

»Ich, der Vorsitzende der Magischen Gilde von Tylandor, stelle mich heute zum zweiten Mal meinem größten Kritiker, Herrn Robald Kelboor, Präsident des Mathloginistikerverbands.«

Kelboor verbeugte sich unsicher in die Stille hinein. Ein paar Leute begannen verlegen zu klatschen, hörten aber schnell wieder auf.

»Meine Damen und Herren!« Zagram machte wieder eine seiner langen Pausen. »Ich werde Ihnen heute zum ersten Mal in der nachmagischen Geschichte von Tylandor vorführen, dass ein Mensch, in dem das Olisam leuchtet, durch eine Wand sehen kann!«

Im gleichen Moment wurde der Vorhang hinter Zagram blitzschnell hochgezogen und eine drei Meter hohe Ziegelsteinmauer kam zum Vorschein. Ein Raunen ging durch die Menge.

»Diese Mauer wurde heute vom ersten bis zum letzten Stein unter der Überwachung von Herrn Kelboor gebaut. Er hat sie seitdem nicht mehr aus den Augen gelassen. Ist das richtig, Herr Kelboor?«

Kelboor sagte leise: »Ja.« Er sah drein, als hätte er sich noch nie so unwohl in seiner Haut gefühlt wie jetzt.

»Somit ist Betrug also ausgeschlossen. Meine Damen und Herren, Herr Kelboor, der Mann, dessen größter Wunsch es ist, zu beweisen, dass ich über keinerlei magische Kräfte verfüge, wird nun hinter diese Mauer treten, sodass ich und mein Schüler Timur nichts von ihm sehen können. Dort wird er einen Gegenstand aus seiner Tasche ziehen, von dem wir nicht das Geringste wissen. Ich werde durch die Mauer hindurch erkennen, was für ein Gegenstand es ist, und ihn benennen. Anschließend wird die Mauer weggeschoben und alle können sehen, ob ich zu viel versprochen habe. Alles, was ich dazu brauche, ist dieser magische Rahmen aus der Sammlung des Mag-Wynor-Saals und das Olisam, das in mir leuchtet.«

Virku sah, wie Zagram feierlich ein Ding aus Draht und Holz aus einer Tasche herausholte.

»Herr Kelboor, sind Sie bereit? Gut, dann lassen Sie uns beginnen!«

Kelboor blickte ein letztes Mal unglücklich in die Runde und trollte sich dann hinter die rollbare Mauer. Im Saal herrschte nun wieder völlige Stille.

»Meine Damen und Herren, ich werde nun einen Blick durch die Mauer werfen. Tragen Sie den Gegenstand, den ich bestimmen soll, jetzt auf der Hand, Herr Kelboor?«

»Ja«, tönte Kelboors Stimme zaghaft von jenseits der Mauer.

Zagram hielt sich das seltsame Gerät vor die Nase. Mit der anderen Hand griff er gedankenverloren nach Timurs Kopf und streichelte ihn. Seltsam. Ausgerechnet in diesem Moment? Virku glaubte zu sehen, wie Timur zusammenzuckte.

»Ich kann Sie sehen, Herr Kelboor. Und soll ich Ihnen sagen, was Sie in der Hand halten? Sie halten … *nichts* in der Hand. Bravo, mein alter Feind, das war ein sehr origineller Einfall.«

Schon schoben ein paar kräftige Bühnenarbeiter die Wand auf den Rollen beiseite. Dahinter kam ein Herr Kelboor zum Vorschein, der seine leere rechte Hand vor sich hielt und sehr zerknirscht dreinblickte. Applaus brandete auf. Zagram ging lächelnd auf seinen Widersacher zu und klopfte ihm großmütig auf die Schulter. Nur wenn man genau hinschaute, bemerkte man, dass seine Beine leicht zitterten.

Als das Klatschen nachließ, zog der Vorsitzende Timur von der Bühne. Das war eigentlich nicht nötig, denn Timur wollte ohnehin nichts lieber, als schnell von dort zu verschwinden. Sie kamen direkt an seinen Freunden vorbei, die immer noch hinter dem Vorhang standen und zuguckten.

»Nicht stehen bleiben, Timur, ihr habt nachher noch genug Zeit zum Schwatzen.«

Timur verdrehte die Augen und Malakin drückte ihm geistesgegenwärtig die Trommeln, auf die er für ihn aufgepasst hatte, in die Hand. Dazu formte er mit Daumen und Zeigefinger einen Ring, durch den er hindurchsah. Timur hatte verstanden, aber er bezweifelte, dass er Flavia Laanten noch einmal zu Gesicht bekommen würde. Umso mehr erschrak er, als Zagram direkt Flavias Garderobe ansteuerte. Als er ihn fragend ansah, murmelte Zagram etwas von »kleiner Höflichkeitsbesuch«. Durch die Tür konnten sie Flavia sprechen hören. Timur erschrak. Sie weinte. Immer wieder wurden ihre Sätze von heftigen Schluchzern unterbrochen.

»Ich habe doch höchstens ... jeden dritten Ton ... richtig gesungen, Wulmar. Jeder, der auch nur ein wenig ... von Musik versteht ... konnte es hören. Warum ... sind die Leute ... so nett zu mir? Ich habe ... es nicht verdient.«

Er traute seinen Ohren nicht. Wie konnte sie das denken? Zagram klopfte kurz und fröhlich an die Tür und öffnete sie. Timur stockte der Atem. Es war nicht zu fassen. Der Vorsitzende der Magischen Gilde benahm sich noch schlechter als ein betrunkener Foigi-Hafenarbeiter.

Er sah, dass Flavia auf einem Stuhl saß und ihr Gesicht in den Händen vergraben hatte. Wulmar Geysenthal stand neben ihr und tätschelte ihr von Zeit zu Zeit hilflos die Schulter.

»Würde mein Vater noch leben ... hätte er mich für diese Darbietung ... grün und blau geschlagen. Ich kann ... überhaupt nichts. Ich bin nur eine Versagerin ... in einem Glitzerkleid.«

Zagram ging, ohne zu zögern, auf die Sängerin zu.

»Frau Laanten, entschuldigen Sie die Störung, aber mein Schüler wollte Ihnen unbedingt die Hand schütteln. Das konnte ich ihm nicht abschlagen, Sie verstehen sicher.«

Timur wollte zwei Dinge gleichzeitig: vor Scham im Fußboden versinken und vor Wut schreien. Erst hatte ihm Zagram, ohne zu fragen, auf offener Bühne die Hand auf den Kopf gelegt und sich seiner Zauberkräfte bedient und nun nahm er ihn auch noch als Vorwand, um in Flavias Garderobe hereinzuplatzen.

Flavia fuhr hoch. Ganz kurz stand ihr noch die Verstörung ins Gesicht geschrieben, dann hatte sie sofort wieder ihr Bühnenlächeln hervorgezaubert. Die Tränen auf ihren Wangen sahen auf einmal aus, als hätte sie jemand aus Spaß dort festgeklebt.

»Sieh an, du bist doch der wunderbare Trommler aus dem Schulorchester?«

Timurs Mund klappte auf. Er wusste nur zu gut, dass sein Tausendschlag-Viertakter vorhin eine äußerst wackelige Angelegenheit gewesen war. Wie konnte Flavia mit ihrem geschulten Gehör sein Gestümper so loben und mit ihrem eigenen Gesang so kritisch sein?

»Nun ja, ich versuche mein Bestes … Ich … ich wollte nur sagen, wie Sie *Zauber im Nebel* gesungen haben, das war … das war …«

Es gab kein Wort dafür, man müsste eines erfinden.

»Sie müssen dem Jungen verzeihen, Flavia, er trifft nicht alle Tage Berühmtheiten. Aber jetzt, da uns der Zufall zusammengebracht hat, kommt mir eine wundervolle Idee: Würden Sie mir die Ehre geben, Sie heute Abend auszuführen? *Talins Tisch* ist das beste Restaurant der Stadt und ich habe dort einen Stammplatz.«

Flavia lächelte unsicher. Wulmar Geysenthal raffte sich auf, sah Zagram mutig in die Augen und sagte, dass Falvia starke Kopfschmerzen habe. Timur betrachtete derweil seine Trommeln. Er könnte nun ihr Alter lesen, die Gelegenheit war günstig. Während der größte Teil seines Kopfs noch immer über passende Worte zu ihrer Musik nachdachte, hob er sein Instrument langsam hoch und hielt es sich vor die Augen, als wollte er einen Kratzer untersuchen.

40 Jahre, 0 Monate und 0 Tage.

Er schnappte nach Luft. Flavia hatte genau heute ihren vierzigsten Geburtstag! Hatte sie solche Angst vor dem Alter, dass sie nicht feierte? Aber er konnte nicht lange darüber nachdenken. Die schrecklichen Bilder, die er rund um die Zahlen herum sah, ließen ihm das Blut in den Adern gefrieren: Alle zeigten die junge Flavia, die mit ihrem Vater probte. Auf einem Bild schrie er sie an, auf dem nächsten Bild wandte er sich verächtlich von ihr ab und auf dem dritten Bild gab er ihr eine Ohrfeige.

Wieder klopfte jemand an der Tür. Zwei Burgwachen in Zivil, die Timur schon kannte, traten, ohne eine Antwort abzuwarten, ein. Sie durchforschten den Raum unverschämt mit Blicken und postierten sich dann links und rechts von der Tür. Einen Moment später stand wie aus dem Nichts Fürst Aram im Raum.

Ohne die anderen zu beachten, ging er auf Flavia zu, nahm ihre Hand und zog sie von ihrem Stuhl hoch. Er umarmte sie. Sogar in seinen sonst stets traurigen Augen war ein Hauch von Glück zu erkennen. Er beschwor sie, Raythum zu verlassen und Aramburgerin zu werden. Er versprach ihr doppelt so viel Geld, wie das Raythumer Konzerthaus zahlte, und auch sonst noch alles, was ein Mensch sich nur wünschen konnte. Wulmar Geysenthal trat verlegen von einem Fuß auf den anderen und hoffte, dass Aram von selbst merken würde, dass dies der falsche Zeitpunkt war, doch es vergingen etliche quälende Minuten, bis der Fürst endlich von der Sängerin abließ.

»Also gut, meine liebe Flavia, Sie überlegen es sich, das haben Sie mir versprochen.«

»Ja, Fürst Aram, das werde ich tun.«

»Dann möchte ich Sie nun nicht weiter stören, wir sehen uns später beim Abendessen.« Aram drehte sich um. »Hier ist noch eine weitere Person im Raum, die ich dringend sprechen möchte. Und zwar unter vier Augen.«

Sowohl Mag Zagram als auch Wulmar Geysenthal blickten den Fürsten an, aber der sah ganz woandershin.

»Timur, würdest du mich bitte kurz begleiten?«

Unter vier Augen

Die Sonne war längst im Meer weit hinter den letzten Felsausläufern von Krobull untergegangen. Woronin saß einsam an seinem großen Tisch. Magisches Licht erhellte sein Turmkabinett. Eins der wenigen Annehmlichkeiten aus Tylandor, über die er auch hier verfügen konnte. Ein magisches Licht zu erschaffen war kein Problem für einen Zauberer seines Ranges. Aber bei Dingen wie magischer Wärme, magischer Wasserversorgung oder einem Straßenwagen musste er passen. Natürlich wusste er, welche Zauber zum Einsatz kamen, wenn man diese Dinge erschaffen wollte, aber das reichte bei Weitem nicht aus. Um ein Haus mit magischer Wärme auszustatten, brauchte man viel Erfahrung und jede Menge kompliziertes, äußerst langweiliges magisches Spezialwissen. In Tylandor hatte es früher die Gilde der Wärmezauberer gegeben. Rangniederes Gesocks, mit dem man sich als großer Zauberer nicht weiter abgegeben hatte.

Hätte er damals mehr Bücher aus Tylandor mitgenommen, hätte er sicher noch das ein oder andere in der langen Zeit, die er nun schon hier verbracht hatte, lernen können. Aber ging es ihm darum? War er ein armseliger Wärmezauberer? Ein lachhafter Wasserpritschler oder ein einfältiger Straßenwagenbastler? Nein, er war zum Herrschen geboren. Keine Sekunde seines Lebens wollte er mit billigem Alltagszauber verschwenden. Deswegen hatte er sich bei seiner Flucht für andere Bücher entschieden. Uralte Bände, so groß und schwer, dass er damals trotz Erleichterungszauber nur die ersten drei davon mitnehmen konnte. Ihr Umschlag war aus glänzendem pechschwarzem Holz, das so unversehrt aussah, als wäre das Buch in den über 2000 Jahren seiner Existenz nie benutzt worden.

Er öffnete die unterste Schublade auf der rechten Seite des Tischs. Darin lag ein Hut, noch älter als die Bücher und ebenso pechschwarz und unversehrt. Es gab in ganz Tylandor nur drei dieser Hüte. Einen hatte er gestohlen. Man hatte es ihm zwar nicht nachweisen können, aber die ganze Aufregung hatte doch Folgen gehabt. Er wurde nicht, wie er es erwartet hatte, zum Schulleiter von Balinford ernannt, sondern der elende Emporkömmling Mag Salafin. Aber am Ende war das allen schlecht bekommen. Noch schlechter, als er es sich selbst in seinen kühnsten Racheplänen ausgemalt hatte.

Woronin lachte, dass es von den Wänden widerhallte. Dann nahm er den Hut und setzte ihn auf. Er fühlte das Dunkle in seinen Kopf fließen. Im nächsten Moment erschien auf dem schwarzen Holz des Buches vor seiner Nase eine Schrift aus bedrohlich züngelnden Flammen.

Grunambius Gurg

Kompendium der Schwarzen Magie

Band I

Erste und einzige Ausgabe

Woronin kannte diesen und die anderen beiden Bände von der ersten bis zur letzten Seite auswendig. Einige der Zauber hatte er aber noch nie durchgeführt. Sie schienen ihm selbst für einen Ort wie Krobull zu grausam und gefährlich. Aber diese Bedenken würde er nun wohl oder übel beiseitelassen müssen. Schließlich galt es, eine Schlacht zu gewinnen. Er blätterte bis zur Seite 333, las mit leuchtenden Augen die Überschrift *Das schwarzmagische Feuerrohr* und begann den Text daruner zu studieren.

***

Zur gleichen Zeit führte Fürst Aram Timur in einen Raum im Untergeschoss der Aram'schen Philharmonie. Er stand voller Regale, Vitrinen und Schränke aus edlem dunklem Holz. Wo Timur auch hinschaute, sah er Musikinstrumente. Auf Hochglanz polierte Knillföten, Frugophone, Rammhörner, Bumbapauken, Talinsharfen, Flagoboen, Klagonetten und sogar ein magisches Sarinom, ein Instrument, das wunderbare Klänge von sich gab, wenn man es streichelte, und das es, soweit Timur wusste, nur fünfmal auf der ganzen Welt gab.

»Sieh dich nur um, Timur. Das ist der Instrumentenfundus der Aram'schen Philharmonie. Einer der größten Schätze von ganz Aramburg. Alles, was du hier siehst, stammt von großen Meistern.«

Timur umklammerte seine im Vergleich zu den ausgestellten Schätzen schäbig wirkenden Trommeln und betrachtete eine Knillflöte in der Vitrine vor seiner Nase.

»Ein wunderbares Instrument, nicht wahr? Gefertigt im Jahr 581 nach dem Großen Verschwinden von Bolthosar Ruffinimi, dem größten Flötenbauer aller Zeiten. Sie ist heute über 500 000 Denir wert. Nur dem ersten Knillflötisten der Aram'schen Philharmonie kommt es zu, dieses Instrument zu spielen.«

Timur schluckte. »Haben Sie keine Angst vor Einbrechern?«

»Glaube mir, dieser Raum ist fast so gut geschützt wie der Mag-Wynor-Saal.«

»Aber was passiert, wenn das Haus brennt?«

»Eine schreckliche Vorstellung, aber auch für diesen Fall ist vorgesorgt. Wie du vielleicht weißt, steht Aramburg auf der Ruine der alten Raubritterburg. Bevor die Raubritter von Talin und seinen Zauberern vertrieben wurden, nutzten sie geheime Tunnel, um unerwartet in der Stadt aufzutauchen und Angst und Schrecken zu verbreiten. Einer dieser Tunnel beginnt unter diesem Raum. Sollte die Philharmonie tatsächlich eines Tages in Flammen stehen, könnten wir alle Instrumente über diesen Tunnel in meinen Palast bringen. Du stehst übrigens zufällig gerade auf der Falltür, die zu diesem Tunnel führt.«

Timur sah auf den Parkettboden und erkannte, dass er tatsächlich mitten auf einem Feld stand, das von einer unauffälligen rechteckigen Bodenfuge umgeben war.

»Du brauchst keinen Schreck zu kriegen, sie ist gut gesichert.«

Doch Timur hatte keinen Schreck bekommen, ihm war ein Licht aufgegangen: der rätselhafte unterirdische Saal der leeren Regale! Er war einfach nur ein Notlager, um die Magische Sammlung in Sicherheit zu bringen, wenn Gefahr drohte. Der Gang, der zu ihm führte, war durch eine Falltür, die sich nur für Leute öffnete, in denen das Olisam stark leuchtete, verborgen. Und der Wassertunnel war ein zweiter geheimer Zugang. Entweder konnte man ihn durch irgendeinen magischen Handgriff trockenlegen. Oder die alten Zauberer waren gute Taucher gewesen. Wie auch immer, jedenfalls waren sie ziemlich schlau.

»Aber lass uns nicht lange herumstehen. Nimm Platz, Timur.«

Aram wies auf eine Gruppe dunkelblauer Sessel, die um einen kleinen Tisch herumstanden. Timur versank tief im weichen Polster. Aram schickte seine Leibwächter vor die Tür und nahm gegenüber Platz.

»Nun, Timur, da haben wir ja heute eine hochinteressante Darbietung auf deinen Trommeln gehört.«

»Danke, Fürst Aram. Aber ich denke, ich sollte noch mehr üben.« Timur merkte sofort, dass er eigentlich über ein ganz anderes Thema sprechen wollte. Er stellte seine Trommeln vor sich auf den Tisch und versuchte sich nicht anmerken zu lassen, wie angespannt er war. Jetzt war die Gelegenheit, das Unglaubliche, das er vor dem Konzert gesehen hatte, noch einmal zu überprüfen.

»Den Leuten hat es jedenfalls gefallen. Aber lassen wir das Thema, ich wollte dich etwas ganz anderes fragen. Ich habe beobachtet, wie dir Mag Zagram die Hand auf den Kopf gelegt hat, während er durch die Mauer sah. Hast du in diesem Moment vielleicht etwas Seltsames bemerkt?«

Timur beugte sich nach vorne und tat so, als müsste er etwas an seinen Stiefeln richten. Dann kam er wieder hoch. Genug Zeit, um einen Blick durch den Altersleser werfen.

»Oder, genauer gesagt, hat sich dein Kopf dabei vielleicht komisch angefühlt?«, fuhr Aram fort, doch Timur hörte die Worte kaum. Er hatte es schon wieder gesehen. Und obwohl es unmöglich stimmen konnte, war er aus irgendeinem Grund sicher, dass es trotzdem die Wahrheit war. Er sah dem dicken alten Mann mit dem traurigen Gesicht über die Trommeln hinweg in die Augen. Und er antwortete nicht auf seine Frage. Er stellte selbst eine.

»Fürst Aram, sind Sie 1142 Jahre alt?«

Die Wahrheit

Aram sagte lange kein Wort. Sein Mund war sperrangelweit aufgesprungen und er hatte die Luft eingesogen, als hätte Timur ihm den Schreck seines Lebens eingejagt. Dann schloss er den Mund wieder, lächelte und schüttelte den Kopf wie über einen Scherz. Doch Timur sah ihn weiter an und lächelte nicht zurück. Arams Lächeln verschwand schließlich wieder und sein Kiefer fing an zu mahlen. Seine Blicke begannen, Timur zu durchbohren. Schließlich öffnete er erneut den Mund. Er musste mehrmals ansetzen, bevor endlich Worte hervorkamen.

»Woher weißt du das?«

Timurs Herz raste. Es stimmte also!

»Durch Magie? Sag es mir!«

Timur nickte. Er brachte kein Wort heraus. Aram schloss die Augen und seine Stimme zitterte.

»Also gut.«

Er schien langsam einen Entschluss zu fassen. Timurs Knie waren weich wie Butter und seine Hände schwitzten. Er saß einem Mann gegenüber, der 1142 Jahre alt war!

Aram atmete ein letztes Mal tief ein, öffnete die Augen und sah Timur wieder an. Er wirkte trauriger denn je.

»Du möchtest die ganze Geschichte hören, nehme ich an?«

Das »Ja«, das Timur herausbrachte, war kaum zu hören. Aram setzte sich gerade hin und legte die Hände in seinem Schoß zusammen.

»Gut, Timur. Ganz am Anfang der Geschichte steht eine Rechenaufgabe. Wir leben im Jahr 1132 nach dem Großen Verschwinden und ich bin 1142 Jahre alt. In welchem Jahr bin ich also geboren?«

Timurs Gehirn formte sich zu einem Gummiball und begann wild in seinem Schädel herumzuschießen.

»Sie wurden … zehn Jahre vor dem Großen Verschwinden geboren.«

»Richtig.«

»Also noch in der Zeit der Zauberer.«

»Auch das ist richtig. In diesem Jahr wurde aber nicht nur ich geboren, sondern auch zwei andere, deren Namen du kennst: Yalkidia Silling und Rungomir Ringus.«

Timur hatte das Gefühl, als würde eine unbekannte Kraft aus Arams Mund ihn fest nach hinten in seinen Sessel drücken. Silling und Ringus waren auch über tausend Jahre alt? Wie, in aller Welt, konnte das sein?

»Als wir drei das achte Lebensjahr erreicht hatten, wurden wir, wie alle Kinder damals, geprüft. Man stellte fest, dass das Olisam in uns leuchtete. Wir wurden also auf die magische Schule Balinford geschickt, um zu Zauberern ausgebildet zu werden. Dort freundeten wir uns an. Wir waren nicht die begabtesten Schüler, aber wir schlugen uns leidlich durch. Und Yalkidia war sogar etwas Besonderes, denn sie trug nicht nur das Olisam in sich, sondern auch die Sehergabe. Das kam sehr selten vor. Normalerweise hatte man als magisch Begabter entweder nur das Olisam oder nur die Sehergabe. Aber ich schweife ab. Wir begannen also unsere Ausbildung. Zum Schulleiter war in dieser Zeit gerade ein sehr kluger und besonnener Mann namens Mag Salafin ernannt worden.«

Timur erinnerte sich kurz an das Porträt im Mag-Wynor-Saal. Der Mann mit den warmen braunen Augen, die ihn stets anzusehen schienen.

»Stellvertretender Schulleiter war zu diesem Zeitpunkt Mag Woronin, ein ebenso talentierter wie ehrgeiziger Zauberer. Woronin war viel älter als Salafin und jeder wusste, dass er fest damit gerechnet hatte, selbst zum Schulleiter von Balinford ernannt zu werden. Es war einer der angesehensten und begehrtesten Posten in der ganzen Stadt. Aber Woronin kam in den Ruf, eine geheime Leidenschaft für die schwarze Magie zu pflegen, und so gab der magische Rat dem jungen Salafin den Vorzug. Woronin musste sich damit abfinden, für den Rest seiner Karriere Salafins Stellvertreter zu bleiben, oder auf dem Ehrenplatz im Senat alt werden, den man ihm anbot. Beides behagte ihm nicht. Er wollte Macht. Er vertiefte sich weiter heimlich in die verbotenen Bücher der schwarzen Magie und fand darin einen Lebensverlängerungszauber, den er an sich ausführen wollte. Sein Plan war, alle zu überleben, die ihm den Weg zur Macht verstellten. Mag Salafin und den gesamten Senat.«

Arams Blick wurde intensiver. Timur konnte spüren, dass die entscheidende Stelle der Geschichte bevorstand.

»Dass dieser teuflische Zauber in den verbotenen Büchern stand, hatte natürlich seinen Grund. Man konnte sein Leben nämlich nicht einfach so verlängern. Man musste es jemand anderem stehlen und auf sich übertragen. Durch schwarze Magie. Alles, was man dafür tun musste, war, mit dem Zauberstab einen magischen Kreis um sein Opfer zu ziehen und dann die Zauberformel auszusprechen. Die Lebenszeit des armen Menschen übertrug sich dann und sein Körper verschwand. Mit anderen Worten: ein kaltblütiger Mord. Woronin war bereit dazu.

Bevor er den Zauber an sich selbst vollziehen wollte, brauchte er aber zur Sicherheit noch Versuchskaninchen. Dazu suchte er sich ein paar Schüler. Und weil magische Kreise ziehen eins der ersten Dinge war, die man auf der Schule beigebracht bekam, suchte er sich ein paar besonders junge und unerfahrene Schüler, die keine großen Fragen stellen würden. Er schickte sie auf die Straßen von Halum. Sie sollten sich jeweils einen Menschen suchen, der unglücklich war, und ihn mit einem magischen Kreis umschließen. Woronin kündigte an, dass der Zauber, den sie anschließend an ihm vollziehen würden, diesen Menschen glücklicher machen würde. Er hoffte vermutlich, dass sich die Schüler ein paar betrunkene Obdachlose aussuchen würden, die keiner vermisste, wenn sie verschwanden.

Einer dieser kleinen Schüler war von Anfang an dagegen, es zu tun. Er fühlte sich zu unerfahren, um an Menschen zu zaubern. Aber die beiden anderen dachten ganz anders. Wenn es schon die einmalige Möglichkeit gab, Menschen glücklicher zu machen, warum dann nicht gleich die ganze Stadt? Hatte nicht jeder seine Sorgen? So überredeten sie den ängstlichen Mitschüler, teilten sich auf und schlossen ganz Halum in einen magischen Kreis ein. Ursprünglich wollten sie auch Foigor mit dazunehmen, aber als sie mit Halum fertig waren, taten ihnen die Beine weh. Sie kehrten also zurück in die Schule, wo Woronin sie erwartete. Sie lächelten selig und verrieten ihm nichts von ihrem Plan, ganz Halum glücklicher zu machen. Woronin machte sie mit der Zauberformel vertraut und sie sprachen sie aus.«

Timur schlug sich entsetzt beide Hände vor den Mund und hatte das Gefühl, dass sein Magen sich umdrehte.

»Es gab ein Geräusch, wie du es dir nicht vorstellen kannst. Es klang, als würden eine Million heller Glocken gleichzeitig in allen Teilen der Stadt angeschlagen. Gleichzeitig vibrierte der Boden der Schule. Die Schüler waren überzeugt, die Stadt glücklich gemacht zu haben, aber Woronin ahnte sofort, was passiert war. Er rannte aus der Schule, kam kurze Zeit später wieder und schrie die Schüler an, was sie getan hätten. Sie vertrauten ihm an, dass sie ganz Halum in einen magischen Kreis eingeschrieben hätten. Woronin stürzte daraufhin mit einem Schrei, wie die drei ihn noch nie von einen Menschen gehört hatten, davon.

Sie ahnten immer noch nichts von dem Unglück, das sie, ohne es zu wollen, angerichtet hatten. Erst als sie die Schule verließen, stellten sie fest, dass sie alleine in der Stadt waren. Keine Eltern, keine Freunde, keine Feinde, keine Lehrer, keine Schüler, keine Verkäufer, keine Arbeiter, keine Beamten, keine Zauberer, keine Algramzüchter, niemand war mehr da. Halum war absolut menschenleer. Als die drei erkannten, was passiert war, brachen sie weinend auf der großen Wiese im Halumer Grün zusammen. Was sollten sie tun? Einem von ihnen fiel ein, dass sie Foigor nicht in ihren großen magischen Kreis eingeschlossen hatten. So schlimm die Situation war, so froh waren sie über diese Erkenntnis. Sie lachten sogar. Und sie nahmen ihre Beine in die Hand und sprangen in den nächsten Straßenwagen Richtung Foigor.

Kurz bevor sie Foigor erreichten, hörten sie aber erneut das Geräusch unzähliger heller Glocken und sie sahen, wie eine große, in allen Farben schillernde Wolke über dem Stadtteil aufstieg und ebenso schnell von irgendeinem Punkt, den sie nicht sehen konnten, eingesogen wurde. Sie rannten, als wäre der Teufel hinter ihnen her, nach Foigor hinein, doch sie sahen nur, was sie schon befürchtet hatten: Der Toskullplatz war leer und der ganze Rest von Foigor auch. Die Fischstände, die Trommeln, die Boote, alles war verwaist. Nur auf einem Boot schien ein Mensch übrig geblieben zu sein. Sie standen an der Kante des Felsenhafens und sahen, wie dieses Boot tief unter ihnen aus dem Hafen auslief und ein großer Mann mit langen weißen Haaren die Segel mit einem Windzauber aufblähte.«

Aram blinzelte. Es war nicht zu übersehen, dass er Tränen in den Augen hatte.

»Woronin hatte alles Leben aus Foigor in sich aufgesogen und floh auf das offene Meer. Die Schüler, die ihrerseits das ganze Leben von Halum in sich trugen, blieben zurück. Zwei, die den verfluchten Zauber unbedingt hatten probieren wollen: Rungomir Ringus und Yalkidia Silling. Und einer, der sich von ihnen dazu überreden lassen hatte: ich.«

Timur wusste kaum noch, wo er war. Er starrte den Fürst an. *Aram, Silling und Ringus trugen das gesamte Leben der verschwundenen Halumer Bevölkerung in sich! Sie würden noch viele Tausend Jahre leben, vielleicht sogar ewig!* Ein Gedanke, an den man sich kaum gewöhnen konnte.

Aram setzte seine Erzählung fort.

»Wir drei hatten die Stadt eine Weile ganz für uns alleine. Nach dem ersten Schreck begannen wir uns einzurichten. Schon damals gab es sofort Streit. Rungomir wollte, dass wir uns das prachtvollste Haus der Stadt aussuchten, und Yalkidia wollte in die Korg'sche Nationalbibliothek ziehen, um alle Bücher zu lesen. Ich hingegen bewegte mich keinen Meter aus Balinford weg. Ich fühlte die große Schuld, die ich auf mich geladen hatte, und begann die Magische Sammlung zu bewachen. Ich schwor, dass ich dafür sorgen würde, dass Zauberei nie wieder Schaden anrichtet. Sie ist zu mächtig für uns Menschen.

Nach einer Weile tauchten die ersten Neusiedler in der Stadt auf. Unsere Zaubererausbildung war zwar noch nicht weit gediehen, aber wir konnten Gegenstände fliegen lassen und Lichtzauber machen. Das reichte, um die Leute glauben zu lassen, dass wir noch ganz andere Kräfte zur Verfügung hätten. Wir regierten die Stadt und jeder von uns beanspruchte einen kleinen Teil von ihr als sein Eigentum. Rungomir ein paar schöne Paläste, Yalkidia die Nationalbibliothek und ich Balinford.

Rungomir gründete eine Bank. Damit wurde er schnell sehr reich und kaufte sich die halbe Stadt. Yalkidia und er wurden ein Liebespaar. Ein sehr ungleiches zwar, aber die ersten 150 Jahre blieben sie immerhin zusammen. Ich hingegen verweilte auf Balinford, lieh mir Geld von Rungomir und begann, eine Armee aufzubauen.«

Timur stutzte.

»Eine Armee, um Balinford zu schützen. Von dort ging das ganze Unglück aus. Ich hatte gesehen, was passiert, wenn Magie in falsche Hände geriet, und wollte für immer die Kontrolle darüber behalten, wer Zugang zu den Büchern und magischen Geräten bekam. Die meiste Zeit hielt ich selbst Wache, und wenn ich schlief, setzte ich meine zuverlässigsten Männer ein. Meine größte Angst war, dass Mag Woronin eines Tages wiederkommen würde. Er sollte keinen Fuß in den Mag-Wynor-Saal bekommen, selbst wenn er mit einer bewaffneten Horde anrückte.«

»Sie blieben tatsächlich die ganze Zeit auf Balinford und bewachten es?«

»Ja. Natürlich spürte ich trotz meiner ständigen Angst irgendwann auch die Langeweile.«

»Aber in Ihnen leuchtete doch das Olisam und der Mag-Wynor-Saal mit all seinen Büchern und Geräten stand Ihnen offen. Sie hätten auf eigene Faust Magie lernen können. Wie konnte es Ihnen da langweilig werden?«

Aram starrte ihn entsetzt an.

»Niemals würde ich eins von diesen vermaledeiten Geräten anfassen! Keiner weiß, was sie anrichten! Und was die verdammten Bücher betrifft, du weißt es ja selbst, man kann sie nicht lesen. Erst in der vierten magischen Klasse wurde man in das Geheimnis eingeweiht, wie man sie entzifferte. Wir wissen es bis heute nicht. Und meine tiefste Überzeugung ist, es ist auch besser so.«

Timur riss die Augen auf. In über tausend Jahren war er nie auf die Idee gekommen, sich mit einem der magischen Hüte auf dem Kopf über ein Buch zu setzen? Und warum, bei Talin, ließ Aram Mag Zagram in der Magischen Sammlung herumschnüffeln, wenn er doch wollte, dass alles im Dunkeln blieb?

Aram erzählte weiter.

»Ich fand andere Wege, damit mir nicht langweilig wurde. Ich übergab die Führung meiner Armee in zuverlässige Hände und begann neben der alten Schule meinen Palast zu errichten und drum herum den Stadtteil Aramburg. Ich lieh mir erneut Geld von Rungomir, kaufte Grundstücke und baute nach und nach den ersten Ring. Mit seiner Hilfe gründete ich auch ein paar Geschäfte, mit denen ich gut verdiente, aber es ging mir immer nur um Aramburg. Ich nutzte die Zeit, die ich meinen Mitmenschen auf so schändliche Weise gestohlen hatte, um eine eigene kleine Stadt zu schaffen. Eine Stadt der Hochkultur, die ihresgleichen sucht. Nirgendwo auf der Welt findet man so viele bedeutende Kunstschätze an einem Fleck versammelt wie in Aramburg. Nirgends tummeln sich so viele der größten Künstler und Wissenschaftler unseres Landes. Meine Museen und Veranstaltungshäuser haben Weltrang. Ich habe aus dem Ort, von dem so großes Unheil ausging, einen Ort gemacht, den jedermann ehrt und schätzt. Ein Ort, der zeigt, zu welchen Leistungen der Mensch auch ohne Magie in der Lage ist.«

Begeisterung blitzte in Arams Augen auf, aber sie konnte seine Traurigkeit nicht überdecken.

»Und was taten Fürst Ringus und Fürstin Silling in der ganzen Zeit?«

Aram sah Timur verwirrt an, als fragte er sich, wie man sich für die beiden anderen überhaupt interessieren konnte, wenn man gerade von Aramburg gehört hatte.

»Nicht viel. Rungomir kümmerte sich einige Hundert Jahre lang nur um seine Geschäfte. Er hatte Talent. Alles, was er anfasste, wurde zu Geld. Doch bald war es nur noch ein Spiel für ihn. Als er und Yalkidia sich eines Tages trennten, schenkte der verrückte Kerl ihr alles und fing noch einmal ganz von vorne an. Keine hundert Jahre später war er wieder genauso reich wie Yalkidia und ich. Ihm wurde langweilig. Er begann nun abwechselnd ein paar Jahrzehnte zu feiern und zu trinken, um dann wieder ein paar Jahrzehnte fleißig zu sein, und so weiter. Yalkidia hatte sich in der Zwischenzeit, wie du vielleicht weißt, in Talins Holz zurückgezogen. Frage mich nicht, warum und was sie dort tut. Kein Mensch könnte das vermutlich verstehen. Ich nehme an, sie ist unter dem Fluch des ewigen Lebens zusammengebrochen und verrückt geworden.«

»Aber wie kann es sein, dass niemand davon weiß, dass ihr so lange lebt? Alle halten euch für Fürstengeschlechter mit ganz normalen Nachfahren.«

Aram verzog das Gesicht.

»Das ist in der Tat eine sehr lästige Aufgabe. Immer so tun, als gäbe es Familie und Erben, die gut abgeschirmt von allem leben. Alle paar Jahrzehnte die Nachricht vom eigenen Tod verbreiten und sich selbst als Nachfolger präsentieren. Damit es glaubwürdig ist, muss man sich die Jahre vor dem vorgetäuschten Tod im Verborgenen halten, damit die Erinnerung an den Anblick des vermeintlichen Vorgängers nur noch verschwommen ist. Und zusätzlich muss man es mit viel Kunst und Geschick schaffen, beim Antritt jünger auszusehen.«

»Sie müssten die Geschichte doch nur allen erzählen.«

Aram nagelte Timur mit seinem Blick an seinem Sessel fest.

»Was sollen wir den Leuten erzählen? Dass wir ganz Halum ums Leben gebracht haben? Dass wir drei Fürsten die Schuld am Großen Verschwinden haben? Kannst du dir vorstellen, was passieren würde?«

Während Timur nachdachte, sprach Aram schon aus, was ihm durch den Kopf ging: »Eine Revolution würde ausbrechen. Man würde versuchen, uns zu töten. Und sobald man festgestellt hat, dass man uns nicht töten kann, uns davonjagen. Anschließend würde ein Bürgerkrieg um unseren Besitz ausbrechen, wie du ihn dir lieber gar nicht vorstellen willst, und mein Aramburg würde von primitiven, sich gegenseitig bekämpfenden Plündererbanden heimgesucht werden. Nein, Timur, der richtige Zeitpunkt, dieses schreckliche Geheimnis zu offenbaren, ist längst vorbei. Wenn, dann hätten wir es gleich nach dem Großen Verschwinden tun müssen, aber dazu fehlte uns der Mut.«

Timur fragte sich, ob Aram ein wenig übertrieb, aber im Kern hatte er recht. Würde diese Geschichte ans Licht kommen, wären die Folgen nicht abzuschätzen. Am Ende würden vielleicht sogar Huurk und Hordak die Herrschaft über die Stadt an sich reißen. Ein Schauder lief ihm über den Rücken.

»Yalkidia hat das Problem natürlich nicht mehr. Sie versteckt sich in ihrem Wald. Und Rungomir auch nicht, weil er seit Jahrhunderten inkognito lebt.«

»Und niemand weiß, was er nun tut?«

»Ich schon.« Aram musste plötzlich lächeln. »Aber ich sage es dir nicht. Du würdest es ohnehin nicht glauben. Vielleicht ist er tatsächlich derjenige von uns, der es am besten versteht, trotz dieses verdammten ewigen Lebens glücklich zu sein.«

Seine Gesichtszüge wurden wieder ernst. »Doch auch wenn ich die Kunst des Glücklichseins nicht beherrsche, so bin ich doch der, der etwas geschaffen hat. Etwas, das bleibt.« Er wies mit seiner Hand auf die kostbare Instrumentensammlung.

»Und genau das macht Yalkidia und Rungomir neidisch. Oder was glaubst du, warum sie mir ihre Grundstücke nicht verkaufen, um Aramburg durch eine dritte Ringstraße zu erweitern? Sie kommen sich, trotz all ihres Reichtums und ihrer Weisheit, klein neben mir vor.«

Timur überlegte, was er tun würde, wenn ihm eine Lebenszeit von mehreren Tausend Jahren zur Verfügung stünde. Ihm wurde schwindelig dabei. Es war wie ein Blick in die unendliche Tiefe des Meers, verbunden mit dem Wissen, dass man für immer dort gefangen war. Für einen kurzen Moment tat Aram ihm leid. Dann sah er die Gebäuderinge von Aramburg vor seinem geistigen Auge. In Wirklichkeit waren sie Gefängnismauern, die Aram um die Zauberkunst herum gebaut hatte. Und mit einem Mal schoss ihm wieder die Frage in den Kopf, die er vorhin schon gehabt hatte.

»Eins verstehe ich nicht: Warum haben Sie ausgerechnet der Magischen Gilde die Verfügungsgewalt über den Mag-Wynor-Saal abgetreten? Mag Zagram und seine Leute wollen doch die magischen Künste wiedererlangen.«

Zum zweiten Mal musste Aram lächeln.

»Die Magische Gilde dient in Wirklichkeit dazu, ernsthafte Forscher vom Mag-Wynor-Saal fernzuhalten.«

Timur blieb der Mund offen stehen. »Sie wollen sagen, Mag Zagram spielt nur Theater?«

»Nein, er meint es sehr ernst und seine vielen Vorgänger meinten es alle auch sehr ernst. Sie konnten aber nie etwas herausfinden. Ich habe nämlich immer nur Leute als Vorsitzende eingesetzt, in denen das Olisam nur ganz schwach leuchtet. Gerade stark genug, dass sie bei den Bürgern als zauberbegabt durchgingen, weil sie leichte Dinge schweben lassen konnten, nachdem ich ihnen erklärt hatte, mit dem Zauberwort *Wregnihaluf* umzugehen. Wichtig war nur, dass sie allesamt eitel genug waren, um niemand anderen in ihre Gefilde vordringen zu lassen.«

»Die Bürger glaubten also viele Hundert Jahre, dass ernsthaft an der Wiedererlangung der magischen Künste geforscht würde, während Sie dafür gesorgt haben, dass nichts herauskommt?«

»Genauso ist es. Yalkidia und Rungomir haben manchmal versucht mich zu überzeugen, magische Forschung doch zuzulassen, aber die beiden haben schon immer viel zu gerne mit dem Feuer gespielt. Solange ich lebe, sollte kein echter Olisamträger mehr den Mag-Wynor-Saal betreten.«

Arams Augen ruhten auf Timur.

»Doch dann kamst du.«

Timur fühlte, wie sich seine Kehle zuschnürte. Bis jetzt hatte der Fürst nur eine Geschichte von anderen Menschen und längst vergangenen Zeiten erzählt, nun kam aber mit einem Mal er selbst ins Spiel.

»Es war alles nur eine Kette von sehr dummen Zufällen. Es begann damit, dass unter den beiden Mag-Wynor-Einbrechern aus einer Laune des Schicksals heraus ein echter Olisamträger war. Das war aber erst einmal nicht weiter schlimm, solange es keiner wusste. Dann kam aber bei dieser unseligen Gerichtsverhandlung im letzten Moment heraus, dass du die magische Musik hören kannst und somit ein Olisamträger sein musstest. Und seitdem hatte es sich dieser einfältige Zagram in seinen Dickschädel gesetzt, sich deine Fähigkeiten zunutze zu machen. Bevor ich etwas dagegen unternehmen konnte, schleppte er dich mehrfach in den Mag-Wynor-Saal und offensichtlich hast du dort auch schon ausgiebig in magischen Geheimnissen herumgewühlt, wenn du sogar in der Lage bist, mir mein Alter auf den Kopf zuzusagen. Ich danke dem Himmel, dass kein magischer Unfall passiert ist.«

Arams Atem ging jetzt schneller. Er war aufgebracht.

»Es ist alles sehr unglücklich gelaufen. So leid es mir tut, ich muss dich aus dem Verkehr ziehen. Solange ich über den Nachlass der Zauberer von Tylandor verfüge, wird sich kein Stümper mehr daran zu schaffen machen.«

Timur war vor Entsetzen gelähmt, trotzdem wagte er es, Aram zu fragen: »Glauben Sie nicht, dass wir, wenn wir vorsichtig vorgehen …?«

»Nein! Diese Diskussion habe ich oft genug mit Yalkidia und Rungomir geführt.«

»Dann verbieten Sie Mag Zagram doch einfach, mich weiter als Schüler mitzunehmen.«

»Das hätte ich früher tun müssen. Inzwischen bist du, dank Zagram und dem Auftritt heute Abend, in der ganzen Stadt bekannt. Die Leute würden gefährliche Fragen stellen.«

»Aber es war doch Zagram, der durch die Wand geschaut hat, nicht ich. Alle haben es gesehen. Vielleicht interessiert sich jetzt ja keiner mehr für mich.«

»Zagram hat es nur mit deiner Kraft geschafft. Du brauchst mir nichts vormachen, ich weiß es. Ich habe damals als Schüler auch einmal meine Hand auf den Kopf eines großen Zauberers legen dürfen, um zu erfahren, was mit einem starken Olisam alles möglich ist. Zagram wird dich weiter benutzen, um Dinge auszuprobieren, die er nicht im Griff hat. Und du wirst bald beginnen, hinter seinem Rücken deine eigene Forschungen anzustellen, die du genauso wenig im Griff hast. Du bist eine große Gefahr.«

Aram sah ihn traurig an. Und sehr entschlossen. Timur wurde blass.

»Dann lasse ich einfach alles! Ich verspreche, dass ich nie wieder …«

»Das Versprechen eines Jungen aus Foigor reicht mir nicht, um wieder ruhig schlafen zu können, das musst du verstehen. Und selbst wenn, du kennst nun das Geheimnis des Großen Verschwindens und des ewigen Lebens der drei Fürsten.«

»Aber was …?«

Aram bewegte sich auf einmal blitzschnell. Er zog etwas aus seiner Tasche. Als Timur sah, dass es eine kleine Flasche mit einem Zerstäuber war, war sein Kopf bereits in feuchten Dampf eingenebelt. Er hörte Aram nur noch ganz leise.

»Schlaf ein, Timur.«

Wo ist Timur?

Vor dem Eingang der Aram'schen Philharmonie standen die Menschen in großen Trauben zusammen und schwatzten ausgelassen. Was für ein Abend! Erst das Schulorchester, das sich selbst übertroffen hatte, dann Flavia Laantens atemberaubender Gesang und am Ende Mag Zagram, der anscheinend auf seine alten Tage doch noch große Fortschritte bei der Wiedererlangung der magischen Künste machte.

Die Eltern der Kinder aus dem Schulorchester warteten stolz darauf, dass ihre Sprösslinge aus dem Gebäude kamen. Virku hatte sich zu Julinas Familie und zum Faragli-Clan gesellt. Er schwatzte so munter drauflos, wie er es sonst nur unter seinen besten Foigi-Freunden tat. Es gab so viel zu bereden. Immer wieder wurde sein Sohn in höchsten Tönen gelobt. Das Trommelsolo und dass Mag Zagram ihn zu seinem Schüler auserkoren hatte. Er selbst sprach über Flavia und ihre Lieder. Zu jedem fiel ihm etwas ein, und wenn den Leuten nicht klar war, welches er meinte, summte er ihnen die Melodie vor.

Endlich kamen die ersten Orchesterkinder heraus. Julina stürzte auf ihre Eltern zu und fiel ihnen in die Arme. Guimal, Barana und Malakin ließen auch nicht lange auf sich warten. Ihre Anzüge saßen immer noch perfekt und man sah leisen Stolz in Zemmo Faraglis Augen. Die ersten Diskussionen kamen in Gang, welche Gaststube man gemeinsam heimsuchen sollte, um den Abend ausklingen zu lassen. Nur Timur fehlte noch, aber keiner wunderte sich, dass er länger brauchte. Schließlich hatte er ja eben noch im Zauberlehrlingskostüm auf der Bühne gestanden.

Zur Verwunderung aller wollte Julina schon nach Hause. Sie klagte, dass sie sich nicht ganz wohlfühle. Von allen Seiten brachen Überredungsversuche auf sie herein, aber sie wehrte ab. Virku fand, dass sie tatsächlich blass aussah. Und unglücklich … Nein, nicht unglücklich, eher verstört. Zu viel Trubel wahrscheinlich.

Herr und Frau Welenheim sträubten sich nicht lange und traten den Heimweg an, auch wenn Julinas drei kleine Brüder und ihre Schwester lange Gesichter machten, weil sie sich auf die Gaststube gefreut hatten. Anschließend lebten die Gespräche schnell wieder auf. Virku hatte fast schon wieder vergessen, dass sie auf Timur warteten, als mit einem Mal eine Gruppe bewaffneter Burgwachen aus dem Gebäude gestürmt kam. Sie drängten sich durch die Menschen. Hier und da ein empörter Laut, doch sie kümmerten sich nicht darum und verteilten sich unter den lauten Kommandos ihres Hauptmanns in alle Himmelsrichtungen.

Unmittelbar hinter ihnen kamen Kalima Welpin und Mag Zagram aus dem Gebäude. Die Orchesterleiterin war kreidebleich und Zagram starrte grimmig vor sich hin. Jeder erkannte sofort, dass der wunderbare Abend irgendeine ungute Wendung genommen haben musste.

»Folgendes … also, es ist wirklich schrecklich, aber wir sollten Ruhe bewahren, vielleicht …«, wandte sich Frau Welpin an die Umstehenden. Je mehr Leute sich um sie versammelten, um endlich zu erfahren, was denn nun eigentlich passiert war, umso weniger schien sie weiterreden zu können. Zagram übernahm das Wort und kam sofort zur Sache.

»Unbekannte haben Timur entführt und Fürst Aram niedergeschlagen. Sie sind heimlich während des Konzerts in das Gebäude eingedrungen. Haben ihnen aufgelauert, als der Fürst gerade ein kurzes Gespräch mit meinem Lehrling führen wollte. Sie sind über einen momentan noch unbekannten Weg entkommen. Die Burgwachen haben den bewusstlosen Fürsten gefunden. Sein Leibarzt konnte ihn wiederbeleben. Er konnte sich nur an fünf Männer in gestreiften Hemden erinnern, mehr wissen wir nicht.«

Virku gefror das Blut in den Adern. Er hörte die aufgeregten Stimmen der anderen Eltern ringsumher, aber er verstand nicht mehr, was sie sagten. Ihre Gesichter verschwammen vor seinen Augen. Timur! Wie durch einen Nebel nahm er wahr, dass Zagram vor ihm auftauchte. Er legte ihm beide Hände auf die Schultern und redete auf ihn ein. Er verstand nur Fetzen: »... werde Timur finden«, »... noch vor den Burgwachen« und »... Entführer unterschätzen meine magischen Fähigkeiten«. Aber seine Gedanken waren ganz woanders. Bei dem schrecklichen Tag, an dem sie Baleta verschleppt hatten. Und immer wieder hörte er vier Worte dunkel in seinem Kopf nachhallen: *Männer in gestreiften Gewändern.*

Foigis.

Huurk oder Hordak?

Er würde es herausfinden. Und er würde seinen Sohn zurückholen, und wenn es das Letzte war, was er in diesem Leben tat. Ohne ein Wort zu sagen, ging er los. Hände legten sich teilnahmsvoll auf seine Arme und Schultern. Dazu besorgte Stimmen und Gesichter. Er ging weiter, als wäre er völlig allein. Erst am Ausgang von Aramburg ließen auch die Letzten von ihm ab. Gut so. Dort, wo er hinwollte, konnte ihm kein Hegel helfen.

***

Nachdem die Welenheims wieder in ihrer viel zu kleinen Wohnung angekommen waren, hatte sich Julina sofort zurückgezogen. Nein, sie sei nicht krank, hatte sie ihrer Mutter gesagt, sie sei einfach nur erschöpft. Nun lag sie auf der oberen Etage ihres Stockbetts und wartete, bis ihre kleine Schwester Kiana unter ihr eingeschlafen war.

Einmal mehr hörte sie die Stimme der Frau mit dem Kopftuch in ihrem Kopf.

»Komm!«

Nach Flavia Laantens Auftritt hatte es angefangen. Immer nur *»Komm!«*, weiter nichts. Alle paar Minuten. Sie konnte sich nicht vor der Stimme verschließen. Und sie war so beschwörend und dringend, dass Julina jedes Mal zutiefst erschrak. Und das Schlimmste:

Sie wusste genau, wohin sie kommen sollte. Der Ort und der Weg dorthin erschienen ständig vor ihrem inneren Auge. Es machte ihr Angst. Große Angst.

Endlich hörte sie regelmäßige Atemzüge unter sich. Kiana war eingeschlafen. Julina schlüpfte aus ihrem Bett, tastete vorsichtig mit den Füßen nach den Leitersprossen und schaffte es sicher auf den Boden. Unter ihrem Stuhl fand sie ihre Straßenkleidung und ihre Stiefel, die sie bereitgelegt hatte. So schnell es im Dunkeln ging, schlüpfte sie hinein. Anschließend stopfte sie ein paar andere Kleidungsstücke unter ihre Decke und formte sie so, dass es im Dunkeln aussah, als läge sie immer noch im Bett.

Warum tat sie das? Es war Wahnsinn, dorthin zu gehen. Und das auch noch mitten in der Nacht und ohne jemandem Bescheid zu sagen. Warum vertraute sie der Frau mit dem Kopftuch? Sie wusste nichts über sie. Nur eins schien sicher: Sie *musste* kommen. Es gab einen wichtigen Grund.

Kiana schlief weiter ruhig und fest. Julina stieg ein letztes Mal auf die Stockbettleiter und griff unter ihre Matratze. Von dort holte sie die Fackel und die Feuerhölzer hervor, die sie vorhin heimlich aus einer Truhe im Flur genommen hatte. Die Fackel steckte sie in ihren Gürtel, die Feuerhölzer passten in ihre Hosentasche. Dann öffnete sie das Fenster und steckte ihren Kopf in die laue Abendluft.

Sie zögerte noch einmal kurz, dann stieg sie auf das Fensterbrett, umfasste mit beiden Händen das Regenrohr, das direkt daneben angebracht war, und stellte sich dann mit den Füßen auf einen Ziersims. Von dort arbeitete sie sich vorsichtig abwärts, nutzte Fensterbretter und Schmuckelemente und alles, was sonst noch Halt bot. Wenige Augenblicke später stand sie auf dem Rand der hölzernen Regentonne im Hof und ließ sich von dort auf den Boden gleiten.

»Komm!«

Wieder durchlief sie ein Schauder. Sie holte tief Luft, wischte mutig alle Fragen in ihrem Kopf beiseite und ging los.

***

Virku war gleich zu Hause. Er ging mit ausladenden Schritten voran. Ein Mann, der keine Zeit zu verlieren hatte. Keine Sekunde gestattete er sich Sorgen oder Verzweiflung. Er musste Timur finden und seine Gefühle würden ihn nur ablenken, sobald er sie zuließ.

Foigis hatten ihn entführt, so viel war klar. Aber warum? Gehörte diese Tat zu der Serie der Kindesentführungen in Foigor? Aber warum begaben sie sich auf einmal nach Aramburg? Und dann auch noch während des Konzerts in der Aram'schen Philharmonie. Wenn sie es, aus welchen Gründen auch immer, auf Timur abgesehen hatten, dann wäre es doch so viel leichter gewesen, ihm an einem normalen Tag auf der Straße aufzulauern. Hier stimmte etwas nicht. Warum Timur? Und warum zu dieser Zeit an diesem Ort? Hatte es etwas mit seinen magischen Kräften zu tun? Wollte sie sich jemand zunutze machen? Aber warum nahmen sie dann nicht Zagram? Er war es doch, der vor aller Augen durch eine Mauer geschaut hatte. Oder war es doch Huurk, der hinter der Entführung steckte? Hatte er noch eine Rechnung mit ihm offen, von der er nichts wusste? Oder wollte er ihm nur seine Macht zeigen? Dass er sogar in der Lage war, mitten in Aramburg unter den Augen der Hegel sein Unwesen zu treiben? Aber warum? *Warum?*

Ein Schatten schräg hinter ihm. Mit einem Schlag wurde Virku aus seinen Gedanken gerissen. Folgte ihm jemand? Er zwang sich weiterzugehen, als hätte er nichts bemerkt. Der Schatten verschwand, tauchte wieder auf und verschwand erneut. Doch, ihm war tatsächlich jemand auf den Fersen.

Virku ging ruhig an seinem Hauseingang vorbei, als hätte er ihn nie gekannt. Erst drei Häuser verschwand er plötzlich in einer Tür und schloss sie blitzschnell hinter sich. Er hatte sich eins der leeren Häuser ausgesucht. Was würde sein Verfolger jetzt tun? Er schlich durch die erstbeste Tür und kam in ein Zimmer mit Fenstern zur Straße. Er presste sich neben einem von ihnen an die Wand, schob seinen Kopf langsam zur Seite und lugte hinaus. Der Verfolger war vor dem Haus stehen geblieben und trat nun etwas ratlos von einem Bein auf das andere. Und er trug einen eleganten Anzug. Virku musste fast lachen. Er ging zurück zur Tür, zog sie lautlos auf und blieb im dunklen Hausflur stehen.

»Was willst du hier, Malakin?«

Der Junge im Anzug zuckte zusammen. Der Schreck stand ihm ins Gesicht geschrieben. Trotzdem antwortete er ganz ruhig.

»Das Gleiche wie Sie, Herr Bramak: Timur suchen.«

»Wo ich Timur suchen will, kommt jemand wie du nicht weit.«

»Ich will helfen. Und ich kann helfen.«

Virku schüttelte den Kopf und seufzte.

»Nicht in diesem Anzug.«

***

Julinas roter Straßenwagen erreichte die Endstation am östlichen Ende der Stadt. Sie stieg aus. Der Weg zu Talins Holz führte über eine große Algramweide. Sein Anfang war noch im Schein der letzten magischen Lichter der Stadt zu erkennen, der Rest verlor sich im Dunkeln.

Sie ging los. Wenn jetzt wenigstens ein paar Algrams grasen würden, dachte sie. Dann würde sie eines davon streicheln, bis es zufriedene Gurrgeräusche machte, und alles wäre nur noch halb so unheimlich. Aber die Weiden waren in dieser Nacht leer und fast genauso schwarz wie der Wald dahinter. Bald konnte Julina den Weg nicht mehr mit bloßen Augen erkennen. Nur das Geräusch der Steine unter ihren Sohlen verriet ihr, dass sie noch auf Kurs war. Sie entzündete die Fackel. Mehr als eine Stunde würde sie nicht brennen. Hoffentlich reichte das.

Im Schein der Flamme sah sie den Eingang von Talins Wohltat vor sich. Früher hätte sie sich niemals vorstellen können, alleine dorthin zu gehen. Nicht einmal bei Tag. Sie seufzte leise und betrat den schmalen Pfad zwischen den Bäumen. Der Nebel verschluckte den Schein ihrer Fackel. Sie konnte kaum mehr als einen Meter weit sehen. Die Geräusche, die ihr hier auch tagsüber Angst machten, fingen an sie zu bedrängen. Jeder Versuch, nicht hinzuhören, war sinnlos.

Sie erreichte die Lichtung. Auch hier leuchtete ihre Fackel kaum weiter als einen Meter. Dafür sah sie auf einmal etwas anderes: ein leuchtendes Band. Es schien vor ihr auf und wies ihr den Weg. Sie wusste, dass es nicht wirklich da war. Die Frau mit dem Kopftuch schickte es in ihren Kopf. Sie folgte dem Band und sah, dass es auf der anderen Seite der Lichtung in der schwarzen Wand aus Bäumen verschwand. Nur noch ein paar Meter. Talins Holz war bereit, sie zu verschlucken.

Sie holte noch einmal tief Luft, dann machte sie den ersten Schritt in die dunkle Wand. Unter ihrem Stiefel knackten tote Äste. Die Zweige, die von ihrer Fackel berührt wurden, zischten, fingen aber kein Feuer, weil sie viel zu feucht waren. Von einem Moment auf den anderen war sie nur noch von dicken Baumstämmen umgeben. Schlingpflanzen von einer Art, wie sie sie noch nie gesehen hatte, wuchsen an ihnen empor. Manche hatten lange Stacheln, denen man besser nicht zu nah kam, andere grüne Blätter, so riesig, dass sogar der dicke Rumberg sich dahinter hätte verstecken können, und an einigen hingen Tausende weißliche Beeren, die im

Dunkeln leuchteten und von Millionen kleiner Fliegen umschwirrt wurden. Die Bäume standen so dicht, dass es kaum möglich war, mehr als drei Schritte hintereinander geradeaus zu gehen, und die Lücken dazwischen waren oft so eng, dass selbst ein kleines schlankes Mädchen gerade eben genug Platz fand, um hindurchzuschlüpfen. Die seltsamsten Laute drangen auf sie ein, mal ein Scharren, mal ein Keckern, mal konnte man es nicht beschreiben und wollte es auch gar nicht.

Julina wusste schon längst nicht mehr, aus welcher Richtung sie gekommen war. Unter normalen Bedingungen wäre sie bereits verloren. Doch sie folgte unbeirrt dem leuchtenden Band, das sich vor ihren Augen zwischen den Bäumen hindurchschlängelte.

»Komm!«

Täuschte sie sich oder klang die Stimme nun schon etwas entspannter? War sie womöglich kurz vor dem Ziel? Im Schein der Fackel erschien das immer gleiche Gewirr aus riesigen, dicht bewachsenen Baumstämmen. Immer tiefer führte sie das leuchtende Band in den Wald hinein und sie verlor jedes Zeitgefühl. Nur dass ihre Fackel schon ein gutes Stück heruntergebrannt war und dass sie ihre Beine spürte, zeigte ihr, dass sie schon lange unterwegs war. Zum ersten Mal blieb sie stehen, um kurz zu verschnaufen. Hoch über ihr keckerte es schon wieder.

»Nur ein kleines Tier«, versuchte sie sich zu beruhigen.

Im nächsten Moment hörte Julina aber etwas, das nicht mehr ganz so harmlos klang. Ein lang gezogenes, sehr lautes Stöhnen. Ein ärgerliches Stöhnen. Und gleich darauf folgte ein scharfes Zischen. Sosehr Julina ihre Fantasie auch anstrengte, das konnte kein kleines Tier mehr gewesen sein. Im Gegenteil. Das war ein Tier, dem Julina niemals begegnen wollte.

Das leuchtende Band schien der gleichen Meinung zu sein. Es knickte auf einmal scharf ab und führte in die Richtung, die von den unheimlichen Lauten wegführte. Julina rannte los. Mit Schaudern vernahm sie das Geräusch umstürzender Bäume hinter sich. Und es klang auf einmal, als würde jemand in regelmäßigem Rhythmus große Felsbrocken auf den Boden schmeißen. Sie stolperte über eine Wurzel und fiel der Länge nach hin. Die Fackel schlug auf den Boden und erlosch. Julina war von pechschwarzer Nacht umgeben. Ein weiterer riesiger Baum stürzte um und die Einschläge der Felsbrocken ließen den Boden erzittern.

Das Geheimnis von Talins Holz

Julina kauerte am Boden. Wieder hörte sie das ärgerliche Stöhnen. Diesmal so laut, dass es sie fast wegblies. Mit Schaudern erkannte sie, dass das, was eben noch wie aufschlagende Felsbrocken geklungen hatte, in Wirklichkeit die Schritte eines riesigen Tiers waren. Es kam immer näher! Sie wollte aufspringen und wegrennen, aber in der Dunkelheit war das völlig unmöglich. Sie krabbelte auf allen vieren und tastete mit beiden Händen herum, in der verzweifelten Hoffnung, ihre Fackel zu finden. Diese verdammte Stimme! Sie hätte sich niemals von ihr führen lassen dürfen.

Doch plötzlich hörte das Gestampfe auf. Das Tier machte einen neuen Laut, fast als wäre es erstaunt. Es folgte ein deutlich leiseres Zischen und nach kurzer Stille wieder schwere stampfende Schritte. Diesmal entfernten sie sich. Bald zitterte die Erde nicht mehr. Hier und da stürzte noch ein Baum um, dann war nichts mehr zu hören. Nach und nach setzten die Laute der kleineren Tiere wieder ein. Sie waren genauso erschrocken gewesen wie Julina.

»Komm! Es droht keine Gefahr mehr. Du hast es fast geschafft.«

Julina fing an zu lachen. Sie saß in finsterster Nacht mitten in Talins Holz, war gerade mit knapper Not irgendeinem riesigen Tier entkommen und musste trotzdem lachen. Halb aus Erleichterung, halb weil es so komisch war, dass die Stimme auf einmal doch noch etwas anderes als *»Komm!«* sagen konnte. Nachdem sie sich endlich wieder gefangen hatte, fand sie ihre Fackel, entzündetet sie und konzentrierte sich erneut auf das leuchtende Band, das sich vor ihr in zahllosen Windungen zwischen den dicken Stämmen hindurchschlängelte.

Die Stimme meldete sich nicht wieder. Julina spürte, dass sie sich auf den letzten Metern vor dem Ziel befand, und doch erschrak sie, als die Bäume mit einem Schlag aufhörten und sie sich auf einer kleinen, schwach erleuchteten Lichtung wiederfand. Sie sah sich um. Lichtung war nicht ganz der richtige Ausdruck. Lediglich der Boden war frei von Stämmen und Gestrüpp. Über ihr befand sich ein geschlossenes Blätterdach, in dem unzählige kleine Lichtkugeln hingen. Die Baumstämme an den Rändern waren wie Wände. Sie bildeten einen perfekten Kreis, der nur an einer Stelle unterbrochen war. Dort zweigte ein Gang ab, aus dem ein stärkerer Lichtschein drang. Julinas Herz klopfte wild. Wer hatte das hier erschaffen?

Sie löschte ihre Fackel. Das leuchtende Band führte sie in den Gang. Er sah aus wie der Flur eines normalen Hauses, nur dass Wände und Decke aus dunkel wucherndem Grünzeug bestanden. Jemand musste hier regelmäßig alles mit großer Sorgfalt beschneiden. Links und rechts der Gangs befanden sich dunkle Öffnungen, aber Julina wurde weiter geradeaus an das Ende des Flurs geführt, das aus einer einzigen großen Tür bestand. Sie drückte die kunstvoll gestaltete Klinke aus Messing und Holz herunter, öffnete vorsichtig und trat ein. Hier war es heller. Ihre Augen brauchten einen Moment, bis sie sich daran gewöhnt hatten.

Sie stand nun in einem weiteren Waldraum. Als Erstes erkannte sie zwei Sofas, die sich in der Mitte gegenüberstanden. Zwischen ihnen befand sich ein kleiner Tisch mit einer schönen alten Kanne und zwei Gläsern darauf. Vom Blätterdach darüber hing ein kleiner, sehr hübscher magischer Kronleuchter herab. Der Raum war viel größer als der vorherige. Die Wände bildeten ein perfektes Quadrat und sie waren vollständig von Bücherregalen bedeckt, die vom Boden bis zur Decke reichten. Auch die Tür, die sie eben hinter sich geschlossen hatte, war ein Bücherregal, wie sie nun bemerkte. Ein Wunder, dass sie sich trotz des großen Gewichts der Bücher so leicht bewegen ließ.

Julina betrachtete die Buchrücken. Es schienen Bücher aus verschiedensten Epochen zu sein, manche so alt, dass man Angst hatte, sie würden auseinanderfallen, wenn man sie berührte, andere wiederum ganz neu und kaum benutzt. Sie versuchte sich ein paar Titel zu merken, für den Fall, dass sie die Tür wiederfinden musste. Und sie fragte sich, ob vielleicht alle Regale in diesem Raum Türen waren.

»Hier bin ich, Julina.«

Sie fuhr herum. Auf der gegenüberliegenden Seite des Raums stand eine kleine unscheinbare Frau in einem schlicht geschnittenen grünen Anzug, der Julina ein wenig an die Arbeitskleidung der Gärtner im Halumer Grün erinnerte. Sofort erkannte Julina die Frau mit dem Kopftuch, auch wenn sie in diesem Moment kein Kopftuch trug. Sie musste eben hereingekommen sein.

»Hab keine Angst, du bist in Sicherheit.« Sie lächelte warm und kam auf sie zu.

Julinas Gedanken überschlugen sich. Gerade eben noch war diese Stimme nur in ihrem Kopf gewesen, sie war sich ganz sicher. Dass sie nun aus dem Mund einer Person kam, war so unheimlich, dass sie vor der herannahenden Frau zurückschreckte. Doch je näher sie kam, umso mehr wurde ihr Unbehagen von einem anderen Gefühl überlagert. Sie vertraute dieser Frau nicht nur, sie mochte sie. Sehr sogar. Als wäre sie ihre Schwester oder ihre beste Freundin.

Sie stand nun direkt vor ihr und sah sie lange an. Ihr Blick schien sie völlig zu umhüllen.

»Ich freue mich so, dich zu sehen, meine Julina.«

Und als wäre es selbstverständlich, umarmte sie die Frau. Sie duftete nach frischer Waldluft und Wärme. Ihre Nähe fühlte sich für Julina seltsam vertraut an.

»Du hast mich erkannt. Einmal haben wir uns ja schon getroffen.«

Als könnte die Frau ihre Gedanken lesen. Sie stand immer noch dicht vor ihr, lächelte sie an und hatte eine Hand auf ihrer Schulter gelassen.

»Wollen wir uns setzen? Du hattest einen weiten Weg und ich habe dir eine Menge zu erzählen.«

Sie nahmen Platz und die Frau füllte die Gläser. Fallisi-Limonade, wie Julina erfreut feststellte. Wenigstens etwas, das ihr vertraut war.

»Weißt du, wie ich heiße?«

»Yalkidia.«

Julina bekam einen Schreck. Was hatte sie da gesagt und woher wusste sie das? Aber doch, ja, die Frau hieß Yalkidia, es gab überhaupt keinen Zweifel. Ein eher gewöhnlicher Name für eine so ungewöhnliche Frau, ging es Julina durch den Kopf. Mädchen wurden in Tylandor sehr oft nach der geheimnisvollen Fürstin Yalkidia Silling genannt, die … Julina stockte der Atem.

»Du bist … Fürstin Silling?!«

Wieder war die Erkenntnis von einem Moment auf den anderen in ihren Kopf gepflanzt worden. Diesmal ärgerte sie sich. Sie hätte von selbst darauf kommen können. Wen sonst außer Fürstin Silling sollte man in Talins Holz treffen?

»Nenne mich bitte weiter Yalkidia. Willst du wissen, wie die Stimmen und Gedanken in deinen Kopf kommen?« Sie sprach einfach weiter, als hätte die Tatsache, dass sie die Fürstin war, nicht die geringste Bedeutung.

»Ja, das würde ich wirklich gerne wissen.«

Yalkidia sah sie lächelnd an.

»Wir sind beide Seherinnen.«

Julina hörte mit offenem Mund zu. Hätte sie nicht eben selbst erlebt, wie sie durch die Stimme in ihrem Kopf und das leuchtende Band vor ihren Augen durch Talins Holz geführt worden war, hätte sie die Frau in dem grünen Anzug für verrückt gehalten. Doch nach allem, was passiert war, hatte sie keinen Zweifel an ihren Worten. Es gab außer dem Olisam noch eine andere magische Gabe, die in Vergessenheit geraten war: die Sehergabe.

»Ich bin an dem Tag, als wir uns vor der Schule begegnet sind, nur in die Stadt gekommen, um Timur die Hand zu schütteln. Du musst wissen, es kostet mich große Überwindung, mich unter Menschen zu begeben. Ich fürchte mich vor ihnen. Als Seherin habe ich im Lauf der Zeit zu viele Gedanken gelesen, die mir Angst machen.«

»Kann eine Seherin einfach so Gedanken lesen?«

Yalkidia lächelte.

»Nicht von allen Menschen und nur unter besonderen Umständen. Grundvoraussetzung ist, dass ich einen Menschen vorher berührt habe. Und dann kommt es darauf an, um wen es sich handelt. Wenn jemand keine besondere Gaben hat, kann auch kein Seher seine Gedanken lesen. Anders ist es bei einem Olisamträger. Seine Gedanken kann ich lesen, wenn ich ihn berührt habe und er mir seine Gedanken öffnet. Und ich kann Kontakt mit ihm aufnehmen, wenn er es zulässt. Verschließt er sich beidem, kann ich aber immerhin noch sehen, was er gerade sieht, und hören, was er hört. Selbst, wenn er es nicht will.

Noch einmal anders ist es bei Sehern, die sich untereinander berührt haben. Sie können ihre Gedanken nicht voreinander verschließen und gehen eine besonders enge Verbindung ein. Es gehört zu den wichtigsten Entscheidungen eines Seherlebens, welchen anderen Seher man berührt. Es steht in den magischen Gesetzen, dass Seher sich nur berühren dürfen, wenn beide damit einverstanden sind. In dem Gesetz steht auch, dass sich beide mit dem Berühren verpflichten, für den Rest ihres Seherlebens füreinander da zu sein und sich bei allem, was wichtig ist, zu helfen. Dieser Teil des Gesetzes ist allerdings unnötig, denn wenn du die Gedanken eines Menschen kennst, fühlst du mit ihm, sein Schmerz ist dein Schmerz, seine Sorgen sind deine Sorgen und sein Glück dein Glück. Ein stärkeres Band zwischen zwei Wesen ist kaum vorstellbar. Im alten Tylandor haben sich oft mehrere Seher miteinander verbunden. Es gab mächtige Verbände von zehn und mehr Sehern, die als innig verschworene Familien mit ihrer gesammelten Weisheit großen Einfluss ausübten.«

Yalkidias Mund bewegte sich nicht. Julina hörte ihre Worte in ihrem Kopf, ohne dass sie sie aussprach. Ihr wurde heiß und kalt zugleich. Diese Frau wusste, seit sie ihr zufällig vor der Schule die Hand gegeben hatte, alles, was sie dachte? Ohne es zu wollen, gingen Julina sofort ihre größten Geheimnisse durch den Kopf. Wusste Yalkidia sogar davon, dass sie ständig Timur in ihrem Kopf hatte?

»Ja, auch davon weiß ich.«

Yalkidia beantwortete Fragen, die sie sich selbst stellte! Sie wusste alles und würde immer alles wissen! Eine schreckliche Vorstellung, eigentlich. Warum machte es ihr nichts aus? Überhaupt, hatte Yalkidia nicht gegen das magische Gesetz verstoßen, weil sie eine andere Seherin berührt hatte, ohne zu fragen, ob sie damit einverstanden war?

»Ja, das habe ich. Aber nicht bewusst. Ich hatte nicht damit gerechnet, dass Timurs Mitschülerin zufällig eine Seherin ist. Ich bin froh, dass du mir verziehen hast.«

Julina dachte kurz nach. Es stimmte. Sie hegte keinen Groll.

»Du kannst aber auch meine Gedanken sehen, Julina.«

»Bis jetzt sehe ich gar nichts, ich fühle nur die Verbindung zu dir.«

»Konzentriere dich ganz auf die Verbindung. Was siehst du?«

Sie sah weiter Sillings warm lächelndes Gesicht, doch mit einem Mal betrachtete sie es durch einen leuchtend weißen Tunnel.

»Was ist das?!«

Sie merkte, dass nun auch sie keine Worte mehr aussprach, sondern über die geistige Verbindung mit Yalkidia redete.

»Wir Seher nennen es die Öffnung. Schau in sie hinein.«

Yalkidias Gesicht wurde schwächer und ein flirrendes buntes Durcheinander erschien davor. Und noch während Julina darüber staunte, wurde sie durch den weißen Tunnel sanft in das Gewimmel hineingezogen. Im nächsten Moment befand sie sich in einer riesigen Kugel. Die Wandfläche war aus etlichen fünf- und sechseckigen Feldern zusammengesetzt und sie schwebte mittendrin. Manche Felder zeigten Bilder, manche nur Farben und Muster. In einem der Felder erkannte Julina ihr eigenes Gesicht. Ihre Haare waren zerzaust, ihr Mund stand offen und sie machte große Augen.

»In diesem Feld siehst du, was ich in diesem Augenblick sehe.«

Yalkidias Stimme. Julina fuhr sich mit der Hand durch die Haare und versuchte sie ein wenig zu glätten. Ganz schwach im Hintergrund sah sie das sanfte Lächeln der Fürstin.

»Schau dir auch die anderen Felder an.«

Jetzt erst erkannte Julina, dass einige der Bilder sich bewegten. Und eines der Felder leuchtete etwas stärker als die anderen. Es schien sich ihr aufdrängen zu wollen.

»Hier kannst du sehen, an was ich gerade denke. Erinnerungen, Gegenwart und Gedanken zur Zukunft, all das findest du da drin. Schlüpfe einfach hinein.«

Julina gelang es mühelos, auf das Feld zuzusteuern. Sie ließ sich hineinziehen wie zuvor in den weißen Tunnel. Sie sah Pilze in einem dichten Wald, die von einer Hand eingesammelt wurden, ein aufgeschlagenes Buch, aus dem ein Bild von Frimfisl, dem kleinen Zauberer, aufstieg, den berühmten Hutmacher Kalamagi, das Meer, ein Kinderzimmer aus verschiedensten Blickwinkeln und zum Schluss ein Baumhaus, durch dessen Fenster sie sehen konnte, wie ein großer Topf mit köstlicher Pilzsuppe auf einem Herd stand und vor sich hin köchelte. Im gleichen Moment merkte sie, dass sie gerade fast umkam vor Hunger. Und dass Yalkidia diese Suppe für sie gekocht hatte. Und sie wusste auch, wie man zu der der Suppe kam.

»Geh ruhig voraus, Julina. Ich folge dir.«

Julina drehte sich im Geist um und verließ Sillings Gedankenwelt, schwebte zurück in die Kugel mit den verschiedenen Feldern, von dort zurück in den weißen Tunnel und sie erwartete, zurück auf das Sofa zu fallen. Sie fiel aber nicht, denn … sie hatte die ganze Zeit über dort gesessen.

Sie schnappte kurz nach Luft, und als ihr Yalkidia freundlich zunickte, stand sie auf und ging, ohne zu zögern, auf eines der Bücherregale zu, in dem eine exqusite Auswahl von Tylandor'scher Literatur der frühen Fürstenzeit stand. Sie griff zielsicher nach dem Band *Offene Burg des Herzens* und zog ihn halb heraus. Ein metallischer Laut verriet, dass sich ein Riegel zurückgeschoben hatte, und Julina konnte das Regal, das eine weitere Tür war, mühelos öffnen, indem sie einfach weiter an dem Buch zog, das kein echtes Buch war, sondern ein getarnter Türgriff.

Hätte Julina nicht vorher schon gewusst, was sie erwartete, wäre sie vielleicht gegen den unglaublich dicken Baumstamm gelaufen, der unmittelbar hinter der Tür stand, aber so fand ihr Fuß zielstrebig die erste Stufe einer Treppe, die sich mehrfach um den Stamm herumwand. An deren Ende angekommen, stand sie auf einem Plateau aus sauber zugeschnittenen Holzbrettern und einem stabilen Geländer. Bunte Blumen und Kräuter wuchsen aus Tontöpfen verschiedenster Größe. Sah man nach oben, konnte man zwischen den Ästen hindurch ein paar Sterne erkennen. Vor ihr war eine Wand mit einer Holztür, über der ein kleines magisches Licht hing. Hier wohnte die geheimnisvolle Fürstin. Die Räume am Boden waren nur ihre Empfangsräume.

Sie betraten die Stube. Julina setzte sich an den Tisch in der Ecke. Silling nahm den Topf vom Herd und füllte die Suppe, die Julina schon aus ihren Gedanken kannte, mit einer großen Holzkelle in zwei Teller. Während sie aß, begab sich Julina immer wieder durch den weißen Tunnel in Sillings Gedanken und wanderte vorsichtig herum. Es gab einige Felder mit abstrakten Mustern, die sie interessierten, aber sie fühlte, dass jetzt noch nicht der richtige Zeitpunkt dafür war. Erst nachdem sie noch einen köstlichen Pudding mit roten Lifunderbeeren gegessen hatten, fragte sie Yalkidia danach.

»Hinter den Feldern mit den Mustern habe ich Dinge abgelegt, die ich dir zeigen möchte. Es sind erstaunliche Dinge, die dich vielleicht auch erschrecken werden. Du hättest sie dir ansehen können, aber du hast gespürt, dass ich dir davon abgeraten habe. Ich erkenne aber, dass du die Neuigkeit, dass du eine Seherin bist und dass wir beide verbunden sind, sehr gut verkraftet hast. Wenn du bereit bist, zeige ich dir nun die nächste Sache. Es ist wichtig. Sonst hätte ich dich nicht mitten in der Nacht zu mir geholt.«

Julina brauchte nicht zu sagen, dass sie bereit war.

»Gut, dann begib dich wieder in meine Gedanken und sieh dir das Feld mit den weinroten Linien auf weißem Grund an.«

Julina glitt wieder durch den weißen Tunnel. Das Feld mit den weinroten Linien schien sie nun geradezu anzuspringen. Ohne lange nachzudenken, schlüpfte sie hinein.

Sie sah ein großes uraltes Gebäude und wusste, obwohl sie es bisher nur ein-, zweimal in ihrem Leben gesehen hatte, sofort, dass es die magische Schule Balinford war. Als wollte Sillings Erinnerung ihr das bestätigen, kam genau in diesem Moment eine Traube von Schülern in weinroten Uniformen aus dem Haupteingang herausgequollen.

Julina stutzte. Schüler in Balinford? Die Bilder mussten noch aus der Zeit der Zauberer stammen.

Jetzt lösten sich drei Schüler aus der Traube und steuerten auf sie zu. Zwei Jungen und ein Mädchen. Und im nächsten Moment wusste Julina, dass das Mädchen Yalkidia Silling war. Und einen Augenblick später, dass die Jungs Weronimus Aram und Rungomir Ringus hießen. Das würde bedeuten, dass … Julina schnappte nach Luft.

Als Julina aus Yalkidias Erinnerung wieder auftauchte, war sie kreidebleich. »Du und die beiden anderen Fürsten … ihr seid alle über tausend Jahre alt, weil ihr das gesamte Leben des damaligen Halum in euch tragt? Und Woronin hat mit voller Absicht ganz Foigor … getötet? Das ist nicht wahr!«

»Wir haben ein unvorstellbares Unglück angerichtet, ohne es zu wollen.«

»Du fühlst dich als Mörderin.«

»Ja, in den schwärzesten Momenten fühle ich mich so.«

»Und Fürst Aram, der gar nicht mitmachen wollte, hat bis heute große Angst vor jeder Art von Magie.«

»So ist es. Seit dem Großen Verschwinden schirmt er die Magische Sammlung ab und veranstaltet den Zirkus mit der Magischen Gilde, um die Leute in die Irre zu führen. Bis heute konnte niemand jemals ernsthafte magische Forschung betreiben.«

»Du bedauerst das.«

»Ja, auch wenn ich Aram verstehen kann. Leider sind Ringus und ich machtlos gegen seinen Willen. Er ist rechtmäßiger Eigentümer der Magischen Sammlung. Um auf sie zugreifen zu können, müsste man einen Krieg gegen ihn führen. Und nirgendwo sonst in der Stadt sind magische Bücher oder Gegenstände zu finden. Es ist ein Jammer. Aber auch wenn wir alle der verlorenen Magie hinterhertrauern, muss man doch zugeben, dass Tylandor sich gut entwickelt hat. Ausgenommen die schlimmen Probleme in Foigor natürlich.«

»Glaubst du, Magie könnte dort helfen?«

»Ich weiß es nicht. Wir waren gerade mal im ersten magischen Schuljahr, als das Unglück passierte. In die großen Geheimnisse waren wir noch nicht eingeweiht. Was Magie alles vermag, weiß ich kaum besser als du. Nicht einmal, was die roten Straßenwagen antreibt, wissen wir. Als ich gesehen habe, dass Timur herausgefunden hat, wie man die geheimen magischen Bücher liest, ist mir fast das Herz stehen geblieben. Das ist der größte Fortschritt bei der Wiedererlangung der magischen Künste, den wir je erlebt haben. Aber das nur am Rande. Ich will dir nun endlich sagen, warum ich dich hergeholt habe.«

Julina hatte aufgehört zu unterscheiden, wann Yalkidia Gedanken an sie übertrug und wann sie sprach. Sie ging ganz in den Bildern auf, die in sie eindrangen.

»Der Grund ist ebenso einfach wie schrecklich. Ich habe nicht nur zu dir und Timur eine seherische Verbindung, sondern auch zu Woronin.«

Julina erstarrte, als sie den Namen hörte.

»Er sitzt weit, weit entfernt auf einer Insel namens Krobull und herrscht über ein wildes Volk von Kriegern. Er versucht sich zwar, so gut es geht, vor mir zu verschließen, aber ich kann immer noch genug sehen, um die schlimme Wahrheit zu erkennen: Er plant einen Krieg gegen uns.«

Julina sah eine raue Felseninsel, die von stürmischer See umtost wurde, furchtbar anzusehende kriegerische Wesen, mit Haaren im Gesicht und langen Eckzähnen, jede Menge Waffen, eine riesige Kriegsflotte und am Ende das Spiegelbild eines großen Mannes mit langen weißen Haaren. Woronin. Julina musste sich zwingen hinzusehen, so unheilvoll starrten seine Augen. Und mit einem Schlag sah sie alles, was Silling über Woronin wusste. Die Angst schnürte ihr die Kehle zu.

»Es ist wegen Timur! Er fürchtet seine Kräfte!«

»So ist es. Woronin spürt, wie unglaublich stark das Olisam in Timur leuchtet und dass er auf dem Weg ist, ein mächtiger Zauberer zu werden. Er ist zwar kein Seher und von hier nach Krobull ist es ein unglaublich weiter Weg. Trotzdem hat er irgendeine magische Verbindung nach Tylandor, die ihm diese Dinge zeigt. Leider weiß ich nicht, welche, sonst könnten wir sie vielleicht unterbrechen.«

»Aber warum fühlt er sich von Timurs Zauberkraft bedroht? Er ist doch so weit weg!«

»Woronin hat Tylandor damals nur verlassen, weil es hier niemand mehr gab, über den er herrschen konnte. Seit er Krobull übernommen hat, beobachtet er aber die Stadt. Sein Plan war es immer, eines Tages zurückzukommen und die Macht an sich zu reißen. Tylandor sollte nur zuerst wieder auf seine ursprüngliche

Größe und Bedeutung anwachsen. Solange Aram kein neues magisches Leben aufkommen ließ, konnte er in aller Ruhe zusehen, wie die Stadt wuchs und reich wurde. Seine magischen Fähigkeiten und seine Armee aus Krobulin waren uns immer weit überlegen. Seit dein Freund Timur aber seine ersten magischen Schritte getan hat, hat sich die Lage verändert. Woronin spürt, dass er eines Tages stärker sein könnte als er. Vielleicht sogar schon bald. Nun will er Tylandor möglichst schnell unter seine Kontrolle bringen und Timur töten, damit er sich nicht weiter ausbilden kann.«

»Warum erzählst du das alles nicht Fürst Aram? Er könnte Timur sofort rund um die Uhr freien Zutritt zum Mag-Wynor-Saal gewähren, damit er einen Zauber findet, mit dem man die Krobulin abwehren kann.«

Silling seufzte.

»Ich habe Aram die gleichen Bilder gezeigt wie dir. Er weiß Bescheid, aber sieht die Gefahr nicht. Er meint, dass er Woronin und die Krobulin mit seinen Burgwachen besiegen kann. Er freut sich darauf, zu beweisen, wie stark und mächtig Tylandor auch ohne Magie ist. Ich habe ihm geschworen, dass seine Burgwachen keine Chance haben, aber er hört nicht auf mich.«

»Was können wir dann überhaupt tun?«

»Timur kann auch mit seinen jetzigen Fähigkeiten Woronin und seine Flotte aufhalten.«

»Aber er kann doch noch gar nicht viel: Dinge fliegen lassen, Alter lesen, jemanden für eine Viertelstunde in den Schlaf schicken und durch Wände sehen. Und das nur mit einem magischen Gerät, dass im Mag-Wynor-Saal steht. Damit kann man keine Armee aufhalten.«

»Er kann noch etwas, Julina. Etwas, für das Rungomirs und meine Kräfte nicht annähernd reichen.«

Im gleichen Moment sah Julina ein Bild, das ihr den Atem stocken ließ. Konnte das wahr sein oder war das ein Scherz unter Seherinnen? Sie hatte bisher immer gedacht, das alles wäre eine Legende. Kein Wunder, dass Yalkidia diesen Bereich ihrer Gedanken bis jetzt vor ihr verborgen hatte. Julina starrte sie ungläubig an.

»Glaube mir, das ist die einzige Chance für Tylandor. Es wird ein Wettlauf mit der Zeit. Wir müssen Timur ganz schnell befreien.«

»Timur befreien?«

Yalkidia atmete tief durch.

»Du weißt es noch nicht. Aram hat Timur nach dem Konzert entführen lassen und anschließend eine falsche Fährte nach Foigor gelegt. Er will ihn für den Rest seines Lebens einsperren. Aus Angst vor seinen magischen Fähigkeiten. Deswegen ist Timur nicht gekommen, als ihr auf ihn gewartet habt. Und deswegen musste ich dich so plötzlich zu mir holen, Julina. Ich brauche deine Hilfe.«

Julina sah Sillings Plan und erschrak bis ins Mark. Er war völlig verrückt. Aber je länger sie darüber nachdachte, umso mehr wurde ihr klar, dass er tatsächlich ihre einzige Chance war.

Gefangen

Timur wachte auf. Unklare Traumfetzen schwirrten durch seinen Kopf. Er öffnete vorsichtig die Augen. Es war dunkel, trotzdem konnte er hoch über sich schemenhaft eine reich verzierte Zimmerdecke erkennen. Er streckte alle Gliedmaßen von sich.

Wie eine Raubkatze, die die ganze Zeit nur darauf gewartet hatte, sprang ihn die Erinnerung an: Die drei Fürsten sind über tausend Jahre alt und tragen das gesamte verschwundene Leben

Halums in sich. Und ein unglaublich böser Zauberer namens Woronin, der an der ganzen Sache schuld ist, trägt wiederum Foigors gesamtes Leben in sich. Und er ist damit irgendwohin übers Meer verschwunden. Und außerdem gab es noch etwas Unangenehmes, was ihn selbst betraf. Er konnte sich im Moment nur nicht richtig daran erinnern.

Was war das für ein seltsames Bett? Er sah sich erstaunt um. An den Wänden hingen ein paar große Gemälde. Als er genauer hinsah, erkannte er, dass sie das Meer, Fischerboote und den Hafen von Foigor zeigten. Dann war da noch ein großes antikes Schrankregal. In den offenen Fächern standen zahlreiche Bücher, ein paar Brettspiele, ein Ball und seine Trommeln. Daneben befand sich ein großer Schreibtisch mit Tinte und Feder und einem Stapel weißer Blätter.

Rote Vorhänge verhängten zwei riesige Fenster. Nur das Licht, das an den schmalen Spalten an den Rändern hindurchkroch, verriet, dass es inzwischen Tag geworden war. Timur schlug die Decke zurück und stand auf. Dabei stellte er mit einem Stöhnen fest, dass er immer noch in dem albernen hellblauen Zauberlehrlingsgewand steckte.

Eins war klar: Er gehörte nicht hierher. Die Frage war nur, sollte er abwarten und sich verstecken oder gleich versuchen abzuhauen?

Es gab zwei Türen. Doch bevor er erforschen konnte, wo sie hinführten, brauchte er etwas Vernünftiges zum Anziehen. Er steuerte auf den großen Kleiderschrank neben dem Bett zu, öffnete ihn und stöhnte erneut, als er in die gähnende Leere starrte. Ärgerlich wandte er sich ab und versuchte zu vergessen, was für einen albernen Anblick er bot. Als Nächstes ging er auf eines der großen Fenster zu und zog den Vorhang ein Stück zur Seite. Er sah in einen perfekt gepflegten Ziergarten. In der Mitte stand ein plätschender Schalenbrunnen, umgeben von sattgrünem Rasen, der von ein paar sauber geharkten Kieswegen durchzogen war. An den Rändern Blumen- und Staudenbeete und Gebüsch mit bunten Blüten. Dahinter umgab eine gut zehn Meter hohe dunkelgrüne Sarrafagohecke den ganzen Garten wie eine Gefängnismauer.

Gefängnismauer.

Ich muss dich aus dem Verkehr ziehen.

Mit einem Schlag erinnerte Timur sich wieder an das Unangenehme. Er war ein Gefangener! Nun war es ihm völlig egal, wie er herumlief. Er stürzte zur ersten Tür. Sie ließ sich ohne Probleme öffnen, aber sie führte nur in einen kleines fensterloses Badezimmer. Hinter der zweiten Tür befand sich ein Raum mit einem Esstisch. Wieder ein wunderbares antikes Stück, aber Timur interessierte sich weder dafür noch für das Brot und die Fallisi-Limonade auf dem Tisch. Für ihn gab es nur die Tür, die er auf der anderen Seite sah. Er umrundete den Tisch, so schnell er konnte, stürzte auf sie zu und drückte die Klinke herunter. Sie war verschlossen. Richtig verschlossen. Sie ließ sich keinen Tausendstelmillimeter hin- oder herbewegen. Timur hatte in Foigor die Kunst der Öffnens verschlossener Türen gelernt, aber auch, dass es Türen gab, die sich selbst mit größter Kunst nicht öffnen ließen. Und diese Tür hier war zweifellos eine von dieser Sorte.

Er lief zurück zu den Fenstern. Beide reichten bis zum Boden hinunter und sie ließen sich öffnen. Einen Moment später rannte er quer über den Rasen und suchte nach einer Lücke in der Sarrafagohecke.

Es war hoffnungslos. Wenn der Reemwaldlöwe wegen seines riesigen Mauls und seiner Pfoten, auf denen er schneller war als ein roter Straßenwagen, das gefährlichste Tier von ganz Kaman war, so war die Sarrafagostaude ohne Zweifel die gefährlichste Pflanze. Wer sich in ihren Zweigen verfing, bekam es sofort mit Tausenden langen und messerscharfen Stacheln zu tun, die – und das war wirklich eine große Gemeinheit – mit Widerhaken bewehrt waren, die einen nicht mehr losließen. Sobald ein Stachel unter die Haut gedrungen war, hing man fest. Und je mehr man sich bewegte, um sich zu befreien, umso mehr Stacheln bohrten sich in einen hinein. Kam nicht bald ein mutiger Mensch mit einer scharfen Säge zu Hilfe, war man verloren. Langsamere Raubtiere, wie der Hannaff oder der Mullwur, lauerten bevorzugt in der Nähe von Sarrafagohecken und hofften, dass ihre Beutetiere sich dort verfingen. Sarrafagohecken in freier Natur waren deswegen immer von zahlreichen Tierskeletten umgeben. Kein Wunder, dass dieses Gewächs fast so häufig in alten Schauermärchen auftauchte wie der Gurgwolf.

Timur besah sich das feine Blattwerk, in dem die gefährlichen Stacheln lauerten. Die dichten Äste reichten bis zum Boden. Es war hoffnungslos. Diese Hecke war ein Prachtexemplar.

»Denke besser gar nicht erst darüber nach zu entkommen, Timur. Du hast keine Chance.«

Timur fuhr herum. Aram stand auf einem Balkon direkt über seinen Fenstern, flankiert von zwei Burgwachen.

»Du bist hier in meinem Palast. Selbst wenn es dir gelingen sollte, die Grenzen der dir zugedachten Räume zu überwinden, würdest du nicht weit kommen. Glaube mir.«

Die Sonne stand über dem Dach und blendete Timur, sodass er Arams Gesicht nicht richtig sehen konnte. Virku schoss ihm durch den Kopf. Wusste sein Vater, wo er war? Wussten es die anderen? Wer wusste es überhaupt?

»Ich möchte sofort nach Hause!«

»Ich kann dich nicht gehen lassen, Timur. Du bist zu gefährlich.«

»Sie haben kein Recht, mich gefangen zu halten.«

»Ich sorge für das Heil der Stadt, das gibt mir alles Recht der Welt.«

»Ich will mit meinem Vater sprechen.«

»Das geht nicht, Timur.«

»Warum?«

»Es ... geht nicht.«

Sosehr Aram auch versuchte, kühl und entschlossen zu klingen, Timur entging nicht, dass ihm nicht wohl bei der Sache war. Er war kein gewissenloser Schuft wie Huurk oder Hordak. Vielleicht gab es eine kleine Chance, ihn zum Einlenken zu bewegen.

»Weiß mein Vater, wo ich bin?«

»Ich bin bereit, in Ruhe mit dir über alles zu sprechen, Timur. Wenn du auch dazu bereit bist, komme ich nun zu dir hinunter und wir nehmen gemeinsam ein Frühstück ein.«

Timur nickte. Auch wenn er Aram hasste, musste er jetzt einen kühlen Kopf bewahren. Er kannte die Situation, einem Stärkeren ausgeliefert zu sein, zur Genüge. Es hatte keinen Zweck, sich lauthals aufzulehnen oder auf Rechte zu pochen. Abwarten, Angst und Wut unterdrücken, verhandeln und auf einen Ausweg lauern, mehr konnte man nicht tun.

Der einzige Weg

Julina wachte auf. Es musste schon mittags sein, so hell schien die Sonne in ihr Zimmer. Sie rieb sich die Augen und blinzelte. Kiana spielte unter ihr auf dem Boden mit ihrer Puppe. Alles schien wie immer und trotzdem hatte sich alles verändert. Sie erinnerte sich an gestern Nacht. Der Rückweg aus Talins Holz. Yalkidia hatte sie bis zum Stadtrand begleitet und sie dort herzlich verabschiedet, obwohl Seherinnen, die eine Verbindung eingegangen sind, sich in

Wirklichkeit natürlich nie ganz trennten. Mit einem der roten Straßenwagen war sie schnell nach Hause gekommen, und als sie mit letzter Kraft am Regenrohr hoch zurück in ihr Zimmer geklettert war, hatte bereits der Morgen gedämmert.

Sie setzte sich in ihrem Bett auf, konzentrierte sich und tat, was Yalkidia ihr gestern Nacht beigebracht hatte: Sie holte Timur, den sie stets klein zusammengedrückt in ihrem Kopf herumtrug, aus seiner Ecke und gestattete ihm, größer zu werden. Als er ihre Gedanken vollständig ausfüllte, konzentrierte sie sich auf seine Stirn, bis sich dort ein ähnlicher weißer Tunnel auftat wie der, durch den sie gestern in Yalkidias Gedankenwelten gekommen war.

Sie schlüpfte hindurch und fand sich erneut in einem Raum mit fünf- und sechseckigen Feldern wieder. Diesmal schimmerten sie aber nur milchig grau und zeigten keine Bilder.

»Timur hält seine Gedanken unbewusst vor dir verschlossen.«

Yalkidias Stimme. Julina war es inzwischen gewohnt, sie in ihrem Kopf zu hören.

»Sieh die einzelnen Felder an und konzentriere dich auf sie.«

Sie fixierte ein Feld nach dem anderen. Jedes Mal verwirbelte das milchige Grau ein wenig, aber sonst geschah nichts.

»Du musst das Sehfeld finden.«

Das Sehfeld war das, das offenbarte, was Timur gerade sah und hörte. Das einzige Feld, das ein Olisamträger nicht vor einer Seherin verschließen konnte. Julina hatte es schnell gefunden. Der graue Schleier verschwand und sie sah durch Timurs Augen. Er saß an einem reich gedeckten Tisch. Ihm gegenüber saß Fürst Aram und redete auf ihn ein. Kein guter Zeitpunkt, um Kontakt mit ihm aufzunehmen. Sie drückte Timur wieder klein in seine Ecke, stieg von ihrem Bett herunter und suchte ihre Kleider zusammen.

***

Timur sah Aram stumm in die Augen und zerbröselte, ohne es zu merken, ein großes Stück Brot zwischen seinen Händen.

»Ich habe diese Räume schon vor vielen Hundert Jahren für diesen Zweck bauen lassen, Timur. Ich habe immer damit gerechnet, dass eines Tages ein starker Olisamträger mit Magie herumpfuscht oder jemand das Geheimnis des Großen Verschwindens erfährt. Grausamere Menschen als ich würden diesen Jemand einfach töten, doch so etwas liegt nicht in meiner Natur. Ich bin ein Freund der Menschen. Deswegen gebe ich dir die Möglichkeit, den Rest deines Lebens in diesem komfortablen Heim, in dem es dir an nichts fehlen soll, zu verbringen. Magst du die Bilder? Ich habe den Verwalter meiner Kunstsammlung beauftragt, Werke herauszusuchen, die deine alte Heimat zeigen. Ich dachte, das gefällt dir.«

Timur nickte stumm. Seine Wut wich allmählich dumpfer Verzweiflung. Aram meinte es ernst. Er wollte ihn hier für den Rest seines Lebens gefangen halten. Und er konnte sich nicht dagegen wehren. Allein die beiden Burgwachen, die links und rechts des einfältigen Fürsten saßen, konnten ihn mit dem kleinen Finger k.o. schlagen. Und von diesen Burschen liefen hier Tag und Nacht Dutzende herum. Selbst wenn er es schaffen würde, die Hecke oder die Tür zu überwinden, wäre er in kürzester Zeit wieder gefangen.

»Hab keine Angst vor der Einsamkeit, Timur. Am Anfang werden dir deine Freunde und Nächsten fehlen, aber glaube mir, du brauchst sie nicht. Menschen enttäuschen dich früher oder später immer. Ich habe lange genug gelebt, um das sagen zu können. Sieh dir zum Beispiel Flavia Laanten an. Ich habe sie tagelang aufwendig umsorgt und ihr eine hoch bezahlte Stelle in der Aram'schen Philharmonie angeboten. Sie ist einfach wieder abgereist. Aber ich habe mir schon lange abgewöhnt, Trauer oder Wut darüber zu empfinden. Und selbst wenn es Menschen geben sollte, die dich nicht enttäuschen, spätestens wenn sie sterben, lassen sie dich einfach allein zurück. Alle fürchten die Einsamkeit, dabei ist sie in Wirklichkeit ein Schutz vor Enttäuschung. Und du kannst die ganze Zeit, die du sonst mit Menschen vergeuden würdest, nutzen, um Kunst zu genießen und deinen Geist zu bilden. Dir steht hier alles zur Verfügung, Timur. Alles, was ich in deine Räume schaffen lassen kann.«

Timur spürte, wie ihm die Tränen in die Augen schossen. Wut und Angst konnte er unterdrücken, wenn es sein musste, Verzweiflung aber nicht. Er ballte die Fäuste und schrie Aram über den Tisch hinweg an.

»Meine Mutter ist von Huurk verschleppt worden! Mein Vater weiß nicht, was er mit ihr gemacht hat und ob sie überhaupt noch lebt! Wenn ich jetzt auch noch weg bin, stirbt er vor Trauer!«

Aram stand auf. »Auch deinem Vater wird es nie wieder an etwas fehlen. Ich sorge dafür, vertrau mir.«

»Lassen Sie mich gehen!«

»Das kann ich nicht, Timur. Beruhige dich erst einmal. Morgen sieht bestimmt alles schon ganz anders aus.« Arams Augen schimmerten traurig. Er wandte sich hastig zum Gehen. Timur konzentrierte sich auf die erste Wache.

»Kurinkalaplamplam Kranulkuf!«

Der Mann sank sofort um. Ebenso schnell kam der zweite Mann mit einem Hechtsprung über den Tisch geflogen, riss Timur zu Boden und presste ihm seine Hand auf den Mund. Aram verschwand mit einem Schreckensschrei aus dem Raum und warf die Tür hinter sich zu.

Es dämmerte bereits, als Timur zum zweiten Mal an diesem Tag in dem viel zu weichen Bett aufwachte. Die Burgwache hatte ihn wieder mit dem verflixten Schlafdampf betäubt, den Aram schon benutzt hatte. Sofort ging ihm Virku durch den Kopf. Er musste ihm eine Nachricht zukommen lassen.

»Tmr …«

Was war das?

»Tmr …«

Eine schwaches Geräusch versuchte sich in seinem Kopf nach vorne zu arbeiten. Herrak! Wurde er jetzt auch noch verrückt? Er versuchte sich davor zu verschließen.

»Tmr …«

Ganz ausblenden ließ es sich nicht. Egal. Er musste einen Weg finden, um mit Virku Kontakt aufzunehmen. Er könnte zum Beispiel einen an ihn adressierten Brief schreiben und ihn mit dem Flugzauber so weit wie möglich vom Garten aus in die Luft steigen lassen. Mit etwas Glück würde er vom Wind aus Arams Palastzone hinausgetragen. Und wenn er viele Briefe schrieb und hochsteigen ließ … Er setzte sich an den Schreibtisch und nahm sich ein Blatt Papier.

»Tmr …«

Er stutzte. Erst jetzt erkannte er, dass das Geräusch eine Stimme war. Er hörte genau hin und merkte, dass sie ihm vertraut war. Ohne weiter darüber nachzudenken, öffnete er sich.

»Timur!«

Julina! Wie konnte das sein?

»Kannst du mich hören? Bitte antworte!«

»Julina! Ja, ich kann dich hören. Wo bist du?«

»Ich bin zu Hause. Du kannst mich hören, weil ich eine Seherin bin und mit dir in Kontakt stehe.«

»Wie bitte?«

»Ist jetzt nicht wichtig. Wir müssen dich einfach nur so schnell wie möglich aus Arams Palast herausbekommen.«

»Woher weißt du, dass ich hier bin?«

»Erzähle ich dir später. Hör mir zu, Timur, du musst …«

»Wo ist mein Vater? Wie geht es ihm?«

»Ich weiß es nicht. Vielleicht in Foigor, um dich zu suchen.«

»In Foigor?!«

»Aram hat verbreitet, dass du von Foigis entführt wurdest. Aber jetzt hör endlich zu. Eine andere Seherin versucht von einem anderen Ort genau in diesem Moment auch mit dir Kontakt aufzunehmen. So wie ich. Du verschließt dich unbewusst vor ihr, weil du sie nicht kennst. Öffne dich ihrer Stimme!«

Timur wurde es heiß und kalt. Wenn sein Vater dachte, er wäre von Foigis entführt worden, hieß das …

»Julina, bitte! Du musst Virku finden und ihm sagen, dass ich hier bin! Er glaubt sonst, dass Huurk mich entführt hat. Er wird nach Foigor gehen und sich mit ihm anlegen! Und sie werden ihn töten! Du musst ihm sagen, wo ich bin! Schnell! Bitte!«

»Aber ich weiß nicht, wo ich ihn suchen soll.«

»Sende doch deine Stimme in seinen Kopf, wie bei mir!«

»Das geht nur bei Sehern und Olisamträgern, die sich öffnen.«

»Dann muss jemand nach Foigor und ihn suchen! Frag Malakin! Bitte! Er soll sich zum Fischhändler Kurruk durchfragen. Er ist Virkus bester Freund, er versteckt sich bestimmt bei ihm. Er soll sich Foigi-Kleider anziehen. Guimal kann ihm welche geben.«

Timur widerstrebte die Vorstellung, seinen Freund in die Straßen von Foigor zu schicken. Es war gefährlich und vielleicht war es auch schon längst zu spät. Trotzdem, es ging um seinen Vater.

»Ich sage es Malakin. Versprochen.«

»Kannst du als Seherin erkennen, was ich gerade anschaue?«

»Ja.«

Timur malte etwas auf ein Papier und sah es lange an.

»Malakin soll Kurruk dieses Zeichen zeigen. Dann weiß er, dass er wirklich ein Freund ist und nicht für die Banden spioniert.«

»Gut, ich habe es aufgemalt. Aber jetzt öffne dich der anderen Seherin. Sie weiß, wie du aus Arams Palast herauskommst. Vertraue ihr!«

»Wie soll ich mich ihr denn öffnen?«

Im gleichen Moment spürte er ein zartes Klopfen unmittelbar neben der Stelle, wo Julinas Stimme herzukommen schien. Es war die ganze Zeit da gewesen, er hatte es nur nicht wahrgenommen. Gut. Er sollte sich also öffnen. Wenn Julina das sagte, gab es für ihn keinen Zweifel, dass es richtig war. Dennoch sträubte sich etwas in ihm. Er machte mehrere Anläufe, die Blockade an der Stelle zu lösen, aber es gelang ihm nicht. Es fühlte sich an, als würde er versuchen, beim Essen einen viel zu großen Bissen zu schlucken.

»Vertraue ihr!«

Timur bewegte alles in seinem Kopf hin und her, was sich bewegen ließ. Zwecklos, die Stelle blieb blockiert.

»Es geht nicht.«

»Kannst du dich an die Frau mit dem Kopftuch erinnern, die dich damals vor der Schule angesprochen hat? Sie ist es.«

Er hatte sie also schon einmal gesehen? Timur spürte ein deutliches Rucken in der Blockade. Anscheinend machte es viel aus, wenn man wusste, wer es war.

»Wie heißt sie? Ich glaube, ich muss ihren Namen wissen, sonst schaffe ich es nicht.«

»Yalkidia Silling.«

»Wie bitte? Die Frau mit dem Kopftuch war Fürstin Silling?!«

»Ja. Ich weiß, es klingt unglaublich. Sie wollte nicht erkannt werden. Und sie wohnt wirklich in Talins Holz. Den Rest erkläre ich dir später. Du musst es jetzt erst einmal schaffen, ihre Stimme in deinen Kopf zu lassen.«

Julina brauchte nicht weiter zu drängen. Sobald Timur der Name im Kopf herumging, fing die Blockade an, sich aufzulösen. Zuerst leise, dann immer deutlicher hörte er Yalkidia Sillings Stimme in seinem Kopf.

»Timur, du hörst mich?«

»Ja.«

»Talin sei Dank! Timur, ganz Tylandor ist in Gefahr und nur du kannst helfen. Dazu müssen wir dich aber erst befreien. Es gibt einen alten Geheimtunnel, der von der ehemaligen Ritterburg direkt nach Foigor führt. Die Raubritter haben ihn seinerzeit für plötzliche Angriffe genutzt. Aram hat sich einen Zugang von seinem Palast zu diesem Tunnel graben lassen. Er nimmt diesen Weg, wenn er heimlich in Foigor Fisch essen geht.«

»Aram isst Fisch?«

»Nicht nur Aram, auch eine ganze Menge anderer feiner Leute aus Halum und Aramburg. Ich kann dich zu dem Eingang führen. Er ist im Keller des Palasts.«

»Wie soll ich denn in den Keller kommen? Ich bin hier eingesperrt. Der Garten ist von einer Sarrafagohecke umgeben und der einzige andere Weg ist eine Tür, die vermutlich nicht einmal ein Meisterdieb aufbekommen würde. Solange mich keiner rauslässt, komme ich weder in den Keller noch sonst wohin.«

Es folgte eine Pause. Hatte Fürstin Silling wirklich nicht daran gedacht, dass er sich nicht frei im Palast bewegen konnte?

»Kannst du auf das Dach klettern? Von dort führt ein Kamin in den Keller.«

Timur stand wie vom Donner gerührt. Sie hatte recht, warum war ihm das noch nicht eingefallen? Er wollte sofort in den Garten stürzen, aber er zwang sich zur Ruhe. Vielleicht wurde er beobachtet. Es musste wie ein kleiner Spaziergang aussehen. Timur schlurfte ein wenig auf den Kieswegen herum und tat, als wäre er in Gedanken versunken. Dabei suchte er möglichst unauffällig die Palastwand ab. Sie war reich verziert. Einige Simse und Figuren hätten durchaus als Klettergriffe dienen können, aber es waren zu große Lücken dazwischen, um auch nur bis zum nächsten Stockwerk, geschweige denn bis zum Dach zu kommen.

Wieder ging er eine Runde um den Brunnen, um dann erneut seine Blicke scheinbar absichtslos über die Fassade schweifen zu lassen. Plötzlich blieben sie an der Stelle, wo die Sarrafagohecke an die Wand stieß, hängen. Genau im Winkel war etwas versteckt, das er nicht auf den ersten Blick gesehen hatte. Timur konnte es kaum glauben. Wie dumm war der Architekt, der sich diesen goldenen Käfig ausgedacht hatte! Er zwang sich, ruhig weiterzugehen.

»Du willst am Regenrohr hochklettern?«

»Ja.«

Timur konnte sich nur schwer daran gewöhnen, dass nun zwei Seherinnen gemeinsam mit ihm durch seine Augen sahen, zwang sich aber, nicht darüber nachzudenken. Bei der nächsten Runde nahm er das Regenrohr genauer unter die Lupe. Die Halterungen, mit denen es in der Wand verankert war, waren so fein gearbeitet, dass man sie nicht als Tritte und Griffe benutzen konnte, aber solange er mit seinen Händen hinter das Rohr fassen konnte, konnte er es schaffen.

»Das Rohr ist sehr nah an der Hecke.«

Silling hatte recht. Er würde beim Klettern aufpassen müssen wie ein Algramlamm in Talins Holz. Timur ging in den hinteren Teil des Gartens und kam wieder zurück. Soweit er mit einem kurzen Blick in Richtung der oberen Fenster feststellen konnte, wurde er nicht beobachtet. Trotzdem schlurfte er in sein Zimmer und schloss geräuschvoll die Tür, als hätte er nun endgültig genug frische Abendluft geschnappt. Drinnen zog er den Zauberlehrlingsumhang aus, wartete er eine Weile, dann drehte er sich um und öffnete erneut die Tür. Diesmal aber ganz leise und nur einen Spaltbreit. Dann ließ er sich auf den Boden sinken und kroch hindurch.

Nur wenige Schritte neben dem Fenster begann Buschwerk, das kurz vor der Palastwand hochwuchs und den ganzen Weg bis zum Regenrohr säumte. Die perfekte Deckung für ihn. Er schlüpfte in den schmalen Spalt zwischen den dichten Zweigen und der Wand und kroch, so schnell es ging, zu seinem Ziel. Sein Herz pochte. Es war wirklich gewagt. Er hatte keinen Sichtschutz für seine Kletterpartie und die Hecke würde ihn bei der kleinsten falschen Bewegung gnadenlos aufspießen.

Timur holte tief Luft, packte das Rohr und zog sich hoch. Zuerst tauchte sein Kopf, anschließend sein ganzer Körper aus der Deckung auf und glitt langsam an der Fassade empor.

Nach oben

Timur kletterte geräuschlos am Regenrohr empor. Keine Rufe, keine schnellen Schritte. Offenbar hatte ihn niemand beobachtet. Ein Glück, dass sie keine Foigi-Kinder zurate gezogen hatten, als sie diesen Teil des Palasts gebaut haben, dachte Timur noch einmal.

Bald hatte er das erste Stockwerk erreicht. Jeder Meter kostete ihn Kraft und das Dach schien immer noch unerreichbar weit entfernt, aber der Gedanke an das Gefängnis, dem er entkommen wollte, lockte seine letzten Reserven hervor.

Manchmal streifte das äußerste Ende eines Zweiges der Sarrafagohecke seinen Ärmel. Er hätte nicht nur den Umhang, sondern auch das Hemd ausziehen sollen. Es war weit geschnitten und man konnte viel zu leicht damit hängen bleiben. Er erreichte das zweite Stockwerk. Das war gerade mal die Hälfte des Weges. Würde seine Kraft reichen? Wenn er kurz vor dem Dach schlappmachte, war er geliefert. Umkehren oder weitermachen? Ihm fehlte die Erfahrung. Er war beim Klettern noch nie an seine Grenzen gegangen.

Plötzlich hörte er direkt über sich ein Geräusch. Ein Fensterflügel schwang auf und streifte seine Haare. Er zuckte weg. Im gleichen Moment spürte er einen heftigen Schmerz. Ohne hinzusehen, wusste er, was passiert war. Mehrere Sarrafagostacheln hatten sich in seinen linken Arm gebohrt. Er zog ihn zurück und spürte sofort, wie sich Tausende kleine Widerhaken in seinem Fleisch aufrichteten. Über ihm schüttelte eine behandschuhte Hand einen Staublappen aus und das Fenster ging wieder zu, als wäre nichts geschehen.

»Timur! Halt dich fest!«

Warum konnte ihm diese Seherin nicht statt sinnloser Worte Kraft schicken? Er spürte, dass er sich nicht mehr lange würde halten können. Lag es am Schreck oder hatte er sich völlig verschätzt? Er hatte kaum noch Gefühl in den Händen und sein aufgespießter linker Arm fing an, heftig zu zittern. Früher oder später würde er loslassen. Er sah nach unten. Noch befand er sich nicht in tödlicher Höhe. Mit etwas Glück würde er es ohne größere Verletzungen überstehen, wenn nicht … Jetzt erst erkannte Timur, in welcher Gefahr er schwebte. Wenn er losließ, würde er an seinem gefangenen linken Arm hängen bleiben und in die Hecke hineinschwingen wie ein Pendel. Der sichere Tod.

»Nicht aufgeben, Timur! Ich versuche Aram zu rufen. Manchmal öffnet er sich für mich. Danach werden wir schon einen anderen Weg finden, dich zu …«

»Das wirst du nicht tun!«

Trotz aller Entkräftung klang Timurs Stimme laut und entschlossen. Er atmete tief durch, dann riss er seinen linken Arm mit aller Kraft zu sich. Nie in seinem Leben hatte er einen vergleichbaren Schmerz gespürt. Er stöhnte auf, verlor den Halt und stürzte ab. Den Aufprall spürte er kaum. Sein befreiter linker Arm brannte wie Feuer und von der linken Hand war nichts mehr zu spüren. Er lag er im Gebüsch, krümmte sich zusammen, wollte laut schreien, biss sich aber stattdessen auf die Lippen. Wenn sie ihn bemerkten, steckte ihn Aram bestimmt in einen fensterlosen Kerker, aus dem es dann endgültig kein Entkommen mehr gab.

Timur zwang sich, den verletzten Arm anzusehen. Viel konnte er in der einbrechenden Dunkelheit nicht erkennen, aber es reichte, um ihn schaudern zu lassen. Der Ärmel des hellblauen Hemds war aufgeschlitzt und er sah drei große Löcher in seiner Haut, aus denen in dicken Strömen Blut quoll. Er presste die Hand auf das größte. Aus den anderen blutete es daraufhin umso heftiger.

»Du musst den Arm abbinden. Schnell! Sonst verblutest du!«

Timur wusste es selbst. Jeder junge Fischer lernte, was bei schweren Verletzungen zu tun war. Er kroch den Weg in sein Zimmer zurück und versuchte dabei, so gut es ging, seinen linken Arm zu schützen. Das Blut floss über den Teppich und das Parkett.

Um den Arm abzubinden, brauchte Timur die unverletzte Hand, die er auf die Wunde gepresst hielt. Er zögerte kurz, dann ließ er los und begann mit ihr und den Zähnen den linken Ärmel seines Hemds abzureißen. Es war beste Arbeit aus dem Haus Faragli. Normalerweise hätte man Bärenkräfte gebraucht, um dem Stoff etwas anhaben zu können, aber die Sarafagodornen hatten ihn bereits so aufgeschlitzt, dass er schließlich unter lautem Krachen nachgab. Timur atmete durch. Das Stoffstück, das er in der Hand hielt, war groß genug. Es gelang es ihm, eine lockere Schlinge um seinen Oberarm zu knüpfen. Danach durchwühlte er das Schrankregal nach einem Stab. Er fand eine Knillflöte, steckte sie durch die Schlinge und zwirbelte sie lange zu, bis der Arm fest abgebunden war und der Blutstrom aufhörte.

Dann zog er das Zauberlehrlingshemd ganz aus und riss es in Fetzen. Ein paar davon knüllte er zu Ballen zusammen und presste sie auf die Wunden. Den Rest wickelte er als Verband um alles herum und verknotete die Enden fest miteinander. Als er fertig war, löste er die zugezwirbelte Schlinge um seinen Oberarm. Erleichtert sah er, dass kein Blut mehr austrat. Er ließ sich auf den Boden sinken und atmete tief.

»Du darfst nicht aufgeben, Timur! Wir müssen nur einen Weg aus dem Zimmer finden! Danach ist alles ganz leicht!«

Doch die Seherin klang verzweifelt. Sie wusste genauso wenig wie er, was er jetzt noch tun konnte. Der Weg über das Regenrohr hatte sich erledigt. Mit dem verletzten Arm konnte er nicht mehr klettern. Er entließ das Thema aus seinen Gedanken und genoss es, einfach zu liegen. Silling und Julina redeten auf ihn ein, aber er hörte ihnen nicht mehr zu. Er war müde. Er wollte schlafen. Seine Gedanken wanderten wieder zu seinem Vater und wie er ihm eine Nachricht zukommen lassen könnte. Briefe hochfliegen lassen war vielleicht wirklich keine schlechte Idee. Er musste nur auf Wind warten. Nur Wind. Und das Zauberwort. Hochfliegen lassen. So hoch es ging. Dann loslassen …

Mit einem Schlag war Timur wieder hellwach. Er stand auf. Warum war er nicht schon längst darauf gekommen? Er trat leise durch die Tür in den Garten und stellte sich, so dicht es ging, vor die Wand. Er schloss die Augen und konzentrierte sich auf sich selbst.

»Wregnihaluf.«

Nichts passierte. Das Wort wurde nicht größer in ihm und er fing nicht an hochzufliegen, so wie er es gehofft hatte. Er versuchte es noch zweimal, aber es blieb dabei. Enttäuscht wandte er sich zum Gehen und fühlte, wie die Müdigkeit wieder schwer über ihn hereinbrach. Ein Zauberer konnte anscheinend alles in die Luft fliegen lassen, nur nicht sich selbst … Oder doch?

Timur drehte sich wieder um, sah erneut an der Wand empor, die hoch über ihm mit der Regenrinne endete. Er schloss wieder die Augen und konzentrierte sich. Diesmal aber nicht auf sich selbst, sondern auf seine Hose.

»Wregnihaluf.«

Die Hose bewegte sich. Er gab dem Wort so viel Raum, wie er konnte, und es wuchs rasant an. Im nächsten Moment begann seine Hose an ihm nach oben zu rutschen. Als seine Gürtelschnalle über seinen Bauchnabel wanderte, spürte er auf einmal heftigen Druck von unten, genau an der Stelle, wo es einem Mann besonders wehtut. Das hatte er nicht bedacht. Doch er biss die Zähne zusammen und ließ die Hose weiter hochsteigen. Er wollte hier heraus, koste es, was es wolle. Als sein Gürtel etwa die Mitte zwischen seinem Bauchnabel und dem unteren Ende seiner Rippen erreicht hatte, stoppte die Hose ihre Wanderung nach oben für einen kurzen Moment. Der Druck zwischen seinen Beinen wurde unerträglich. Gerade in dem Moment, als er glaubte, es nicht mehr aushalten zu können, spürte er, wie sich seine Füße vom Boden lösten. Es funktionierte! Die Hose trug ihn nach oben.

Trotz des Schmerzes jubelte er innerlich. Die Wand glitt an ihm vorbei und im Nu war er mannshoch aufgestiegen. Er hörte Julina und die Seherin in seinem Kopf vor Überraschung aufschreien. Doch er kam nur knapp zwei Meter weit, dann geriet sein Oberkörper aus dem Gleichgewicht. Er ruderte verzweifelt mit den Armen, aber es half nichts. Er kippte nach hinten und knallte dabei gegen die Wand. Benommen hing er mit dem Kopf nach unten in der Luft. Die Hose zerrte ihn an seinen Hüften weiter nach oben, während er mit den Fingerspitzen fast noch den Boden berühren konnte. Für einen kurzen Moment war er einfach nur froh, dass nichts mehr zwischen seinen Beinen drückte. Dann schob sich die Hose mit einem Ruck über seine Hüften und rutschte an seinen Beinen empor. Timur schoss wie ein Stein nach unten und konnte den Aufprall gerade noch mit dem unverletzten Arm abfangen. Die Hose hatte sich nun um seine Knöchel herum zusammengeschoben und hing an seinen Stiefeln fest. Und es ging wieder aufwärts.

»Das ist nicht lustig Julina!«

»Entschuldigung.«

Timur konnte fast hören, wie sie sich auf die Lippen biss, um nicht weiter zu kichern. Fehlte nur noch, dass Zorgin Zorgus ein Bild von dieser Szene zeichnete. Aber egal, Hauptsache, es ging nach oben. Die Hose zerrte an seinen Stiefeln, aber die saßen zum Glück fest an seinen Füßen.

Dafür spürte er, wie etwas Warmes an seinem Arm herunterlief. Auch das noch. Sein Verband war bei dem ganzen Gehampel verrutscht. Beim Versuch, ihn wieder zu richten, fiel einer der Stoffballen, die die Blutung stillen sollten, herunter. Er presste die Hand auf die Wunde. Wenigstens ging es weiter stetig nach oben. Das erste Stockwerk hatte er bereits passiert. Bald darauf das zweite. Timur versuchte nicht mehr daran zu denken, wie dämlich es aussah, mit heruntergezogener Hose kopfüber in der Luft herumzuschweben. Kurz vor der Dachkante hörte er eine Naht krachen, aber dann war es endlich geschafft. Die Regenrinne glitt vor seiner Nase vorbei und er drückte das Zauberwort gefühlvoll so zurecht, dass er bewegungslos in der Luft stand.

Jetzt kam der schwierigste Teil. Er biss die Zähne zusammen und ergriff mit beiden Händen den Rand der Regenrinne. Das Blut floss nun wieder in Strömen aus der Wunde, aber das war nicht zu ändern. Er ließ das Zauberwort ganz verschwinden. Sein Körper hatte nun wieder Gewicht. Er befand sich in einem halsbrecherischen Handstand auf der Dachrinne und hoffte inständig, dass er in die richtige Richtung kippen würde.

Leider passierte das Gegenteil.

»Wregnihaluf!«

Das war knapp. Wieder packte er die Dachrinne und ignorierte den Schmerz im linken Arm. Nach drei weiteren Versuchen kippte er endlich in die richtige Richtung.

»Das hier ist nie passiert, habt ihr zwei verstanden?«, murmelte er, als er endlich auf dem Dach lag und sich die Hose wieder dorthin zog, wo sie hingehörte.

»Verstanden, Timur. Siehst du den Kamin dort hinten? Da musst du hinein! Er reicht bis zur großen Heizanlage im Keller. Ich sende dir eine magische Spur.«

Ein leuchtendes Band schien vor Timur auf, das ihm den Weg zu einem etwas entfernt gelegenen Kamin zeigte. Unglaublich, was eine Seherin alles tun konnte. Er richtete sich auf … und setzte sich sofort wieder hin. Ihm war schwindelig. Er musste endlich das Blut stillen. Er musste auch die Hose ausziehen und zerreißen. So wie vorhin das Hemd. Er … hatte keine Kraft mehr. Verzweifelt hielt er sich mit der rechten Hand die größte Wunde zu und presste die anderen gegen sein Bein.

Warum hatte das blöde Fenster beim Klettern aufgehen müssen? Wäre er nicht darüber erschrocken, wäre er nicht von der Hecke erwischt worden, dachte er noch einmal, während er sich matt nach hinten sinken ließ. Es hatte keinen Sinn mehr.

»Fürstin. Holen Sie Aram. Sagen Sie ihm, wo ich bin.«

»Ja, ich tue es. Halte aus!«

Ihre Stimme klang nun wie Musik in seinen Ohren und der Gedanke, gleich von Burgwachen zu Arams Leibarzt gebracht zu werden, der ihn bestimmt heilen konnte, war auf einmal eine wunderschöne Vorstellung. Hoffentlich fanden sie ihn noch rechtzeitig.

Timur stutzte. *Heilen.* Das Wort ging ihm auf einmal nicht mehr aus dem Kopf. Es lag aber nicht daran, dass es ein Zauberwort war, sondern es erinnerte ihn an etwas. Etwas Magisches. Etwas, das er in einer der entlegeneren Ecken seine Kopfes vergraben hatte …

»Warten Sie! Wecken Sie Aram noch nicht auf!«

Fast ohnmächtig vor Schmerz presste Timur nun ein Wort hervor, von dem er nicht gedacht hätte, dass er es so bald noch einmal aussprechen würde.

»Kwinklall.«

Der Dreiklang ertönte. Ob ihm die Niffnuffs wirklich bis auf das Dach gefolgt waren? Er konnte es nur hoffen. Und als im nächsten Moment ein gigantischer Schwall Worte mit der Gewalt einer Sturmwelle über ihn hereinbrach, wusste er, dass er nicht umsonst gehofft hatte. Sie waren noch viel mehr geworden als beim letzten Mal. Und unter den unzähligen Sätzen, die sie gerade durcheinanderredeten, hörte er einige besonders oft heraus:

»Der Michel tutst immer noch bluten.«

»Musst ganz schön wehtun, musst das.«

»Das tutst ganz tief hineingehen, habst es gerade gefühlt.«

»Wärst besser für den Michel, wenn er uns jetzt sehen könntst.«

»Ja, das wärsts.«

»Da sindst schon wieder magische Wellen in der Luft.«

»Heute gibstst aber viele davon.«

Und als wären es noch nicht genug Stimmen, hörte Timur nun auch noch Silling und Julina aufschreien und fragen, was denn, um Talins willen, das für seltsame sprechende Fellkugeln seien. Sie konnten sie also ebenfalls durch seine Augen sehen. Aber das musste er ihnen später erklären. Er holte tief Luft.

»Hallo, Niffnuffs! Ich habe gerade das Zauberwort gesagt. Ich kann euch sehen. Und hören kann ich euch auch. Deutlich.«

Auch wenn er das Gefühl hatte, dass seine eigene Stimme völlig im Stimmengewirr untergegangen war, herrschte doch im nächsten Moment so etwas wie Ruhe. Höchstens ein Dutzend quasselte munter weiter.

»Reißtst euch zusammen! Was sollst der Michel von uns denksten?«

Der gute alte Bliniwok versuchte die Schar ein wenig zurückzudrängen und baute sich direkt vor Timurs Nase auf. Im nächsten Augenblick kam Summilik an und versuchte ihn zur Seite zu drängen.

»Ihr müsstst nicht tun, was Bliniwok sagst. Ihr …«

»Bliniwok, Summilik, hört mit zu! Wenn ich mich richtig erinnere, habt ihr gesagt, ihr könnt Zauberer heilen. Könnt ihr mal bitte nach meinem Arm hier sehen?«

»Und ob wir das könn… He!«

Noch während Bliniwok gesprochen hatte, hatte sich Summilik bereits auf Timurs blutende Wunden gestürzt, und in seinem Gefolge noch ein paar Dutzend weitere aufgeregt quiekende Fellknäuel. In kürzester Zeit war sein Arm unter einem wuseligen Pelzwirrwarr verschwunden. Er spürte, wie die Wesen den Verband lösten und sich an ihn drankuschelten. Sie begannen leise zu summen und zu brummen. Ihre feinen Fellhaare kitzelten seine Haut. Und je länger er sie fühlte, umso mehr verschwand auf wundersame Weise sein Schmerz.

Die große Schar der übrigen Niffnuffs, die nicht schnell genug gewesen waren, blieben enttäuscht im Kreis um ihn herum stehen und quasselten weiter. Bliniwok redete derweil ununterbrochen auf ihn ein.

»Ich hoffst, du bist nicht böse, Michel. Meine Sippschaft habst so lange nicht mehr geheilst, da sind sie jetzt alle wild durcheinandergerennst. Ich schämste mich. Wenn ich daran denkste, dass meine Vorfahren sogar schon Talin, den Held …«

»Oh, das erzähltest du bereits.«

»Ach ja? Und habste ich auch schon erzählst, wie meine Sippe den alten Senator Quinggur geheilst hat, als er die große Treppe im Senat heruntergefallst ist?«

»Ich fürchte, nein.«

Während Bliniwok weit ausholte, um die unglaubliche Geschichte von Senator Quinggurs Treppensturz in allen Einzelheiten darzulegen, ließen die Niffnuffs um Summilik langsam wieder von Timurs Arm ab, kugelten etwas zurück und betrachteten sich kritisch das Ergebnis. Hin und wieder stieß einer von ihnen noch einmal vor und kuschelte sich summend an die ein oder andere Stelle.

Als Bliniwok endlich seine Geschichte zu Ende gebracht hatte, wackelte er zur Gruppe der Heiler. Mit unwilligem Knurren stieß er alle hinter eine imaginäre Linie. Danach rollte er bedächtig vor Timurs Arm hin und her, musterte ihn ausgiebig, mal von ganz Nahem, mal von fern. Immer wieder zischte er missbilligend und kuschelte sich nun selber hier und dort an. Als er damit fertig war, machte Summilik noch einmal das Gleiche. Dabei bearbeitete er sämtliche Stellen, die Bliniwok sich vorgeknöpft hatte, noch einmal nach. Timur blieb liegen und ließ es geduldig über sich ergehen. Erst als Summilik fertig war und Bliniwok eine erneute Verbesserungsrunde starten wollte, riss ihm der Geduldsfaden. Er setzte sich auf, entzog seinen Arm dem protestierenden Niffnuffchef und sah ihn sich an. Es war nicht zu fassen! Nicht einmal eine Narbe! Er befühlte vorsichtig die Haut. Kein Schmerz, nichts. Sogar das verlorene Blut schien ersetzt worden zu sein. Er fühlte sich frisch und erholt, als hätte er nie eine Sarrafagohecke berührt.

»Musstst du nicht so streng sein, Michel. Oben links hat Summilik gepfuschst.«

»Gepfuschst? Ich hab verbesserst, was du gepfuschst hast!«

»Sagst das noch mal!«

Es dauerte nicht lange, bis wieder ein Kampf zwischen den beiden entbrannte. Während sie gegeneinander ankugelten und die Niffnuffs einen Ring um sie bildeten und sie anfeuerten, testete Timur seinen Arm. Er konnte ihn in alle Richtungen bewegen und seine Hand konnte wieder fest zufassen, alles ohne den geringsten

Schmerz. Er murmelte: »Danke«, aber diesmal hörte ihn wirklich keiner, denn die kleinen Wunderheiler waren viel zu sehr mit dem Kampf ihrer Häuptlinge beschäftigt.

»Was war denn bitte schön das gerade, Timur?«

»Niffnuffs. Kleine unsichtbare Wesen, die sich von magischen Wellen ernähren und Zauberer begleiten. Und sie können Zauberer auch heilen, wenn sie vorher von ihnen durch einen Zauberspruch sichtbar gemacht wurden. Hätte ich auch mal früher dran denken können.«

»Ich habe deinen Arm gesehen. Wie haben sie das gemacht?«

»Keine Ahnung. Sie sind einfach toll. Leider quasseln sie dauernd. Zum Glück kann ich sie jederzeit wieder verschwinden lassen.«

»Lass sie noch ein bisschen. Sie freuen sich so, wenn du sie siehst.«

»Schon gut. Senden Sie mir bitte noch mal die magische Spur zum Kamin.«

Das leuchtende Band erschien wieder. Timur stand auf und machte sich auf den Weg.

Nach unten

Auf dem Weg zum Kamin kullerten die Niffnuffs aufgeregt um Timurs Füße herum.

»Der Michel gehst weiter!«

»Wo willst er wohl hin?«

»Beim nächsten Unfall binste ich dran mit heilen.«

»Und ich!«

Er lächelte. Wenn man wusste, dass man sie jederzeit wieder abschalten konnte, konnte es auch mal ganz lustig sein, den Quasselstrippen zuzuhören. Könnte man das nicht, würden sie einen allerdings in kürzester Zeit in den Wahnsinn treiben.

Das Gelände der alten Ritterburg lag höher als die übrige Stadt. Der Ausblick vom Palastdach über das von tausend Lichtern gesprenkelte nächtliche Häusermeer war atemberaubend. Timurs Blick wurde aber vor allem von dem Gebäude gegenüber angezogen: die alte magische Schule Balinford mit dem Mag-Wynor-Saal im Westflügel, wo der ganze Ärger begonnen hatte. Dunkel und mächtig stand sie vor dem Palast und kündete stumm von einer längst vergangenen Zeit. Timur fragte sich, warum Aram sich überhaupt einen neuen Wohnsitz gebaut hatte. Wenn er seine Lebensbestimmung darin sah, die Magische Sammlung zu hüten, hätte er auch gleich in Balinford einziehen können. Platz für teure Kunstwerke und goldene Badewannen hätte es dort auch gegeben. Hatte er Angst, zu nah an der Magie zu wohnen? Fürchtete er sich vor dem Mag-Wynor-Saal?

Er hatte den Kamin erreicht und wandte den Blick wieder ab.

»Der Michel ist verrückt gewordst!«

»Er willst in den komischen Dings reinsteigen!«

»Das gehst ganz tief runter, hab ich gerade gesehst.«

»Wenn er da abstürzest, darfst ich als Erster heilen.«

»Nein, ich habst schon vorher gesagst!«

Arams Palast war nach der Zeit der Zauberer erbaut worden. Statt magischer Wärme mussten hier Öfen das Gebäude im Winter heizen, genau wie in den uralten Häusern von Foigor oder den neuen Villen am Berg Salkomar. Und große Gebäude brauchten große Öfen und große Öfen brauchten große Kamine. Groß genug, dass ein Junge wie Timur hineinpasste.

Er saß auf dem Rand und überlegte kurz. Natürlich könnte er seine Hose wieder mit dem Flugzauber belegen und sich langsam hinabschweben lassen. Diesmal würde er nicht umkippen, weil er sich an den Kaminwänden abstützen konnte. Aber der Schmerz zwischen den Beinen, nein, lieber nicht. Hätte er sein Hemd noch gehabt, hätte er es damit versuchen können, aber so blieb ihm nur zu klettern.

Er ließ sich langsam in den Kamin hineinsinken. Dabei spreizte er seine Beine und drückte sich fest mit dem Rücken an die gegenüberliegende Schachtwand. Abwechselnd trippelte er mit den Füßen eine kurze Strecke nach unten, dann arbeitete er sich auf der anderen Seite mit den Ellbogen die gleiche Strecke voran, immer darauf achtend, dass er nicht zu viel nachgab. Wenn er einmal am Fallen wäre, könnte er den Sturz in die Tiefe kaum noch aufhalten.

Ein paar Niffnuffs hatten eine Idee.

»Hier, Michel! Steigst einfach auf uns drauf. Wir machsten dir Trittstufen.«

Timur konnte gerade noch eben so erkennen, dass sich ein paar von den kleinen Fellkugeln zu einem Knollen zusammengeballt hatten, der sich an der Wand festzusaugen schien.

»Sehr nett von euch, aber ihr habt vergessen, dass mein Fuß einfach durch euch durchgleiten würde.«

»Oh, das stimmst!«

»Der Michel hast recht.«

»Natürlich hast er recht!«

»Kehodik, Dafniffok, Fafniffok, Zabuffnik und Gichellik, fast hättstet ihr den Michel umgebracht!«

»Genau, und deswegen halstet ihr jetzt die Klappe. Wenn einer mit dem Michel redst, dann ich.«

»Oder ich.«

»Nein, Summilik!«

»Ach ja? Das wollsten wir doch mal sehen!«

Timur, der schweißüberströmt zwischen den Kaminwänden hing und sich darauf konzentrieren musste, nicht zu schnell nach unten zu rutschen, beschloss leise für sich, dass jetzt der richtige Zeitpunkt war, die Niffnuffs wieder verschwinden zu lassen. Er holte tief Luft und sagte … Er dachte noch einmal nach … Und noch einmal …

»Bliniwok wolltste uns verbietsten, mit dem Michel zu reden.«

»Nur weil Bliniwok das verbietstest, müssest ihr das nicht machen.«

»Ihr müssest machen, was der Niffnuff-Chef sagst. Ich habst früher auch immer gemachst, was der Niffnuff-Chef gesagst hat.«

»Und wenn der Niffnuff-Chef ein Schwindler bist? Wie du, Bliniwok?«

»Sagst das noch einmal!«

»Bliniwok gewinnt!«

»Nein, Summilik!«

Timur schlug seinen Kopf gegen das Mauerwerk. Er hatte die Gegenformel vergessen! Das Gequassel der Niffnuffs würde ihn so lange begleiten, bis sie ihm wieder einfiel.

»Könnt ihr nicht ein Mal still sein? Nur so lange, bis ich unten angekommen bin. Bitte!«

»Natürlich könnsten wir still sein, Michel.«

»Musst nur was sagsten.«

»Wenn wir wollst, könnsten wir schweigsten wie ein Grab.«

»Ist ja auch mal schön, wenn keiner was sagst.«

»Oh ja, sehr schön sogar.«

»Also, alle jetzt nicht mehr redsten, verstandenst?«

»Nicht mehr redsten.«

»Bis der Michel unten ist.«

»Genau, wenn der Michel unten ist, könnsten wir wieder.«

»Aber jetzt ist er noch oben.«

»Solang er noch oben ist, nicht mehr redsten.«

»Nein, machsten wir nicht.«

»Erst, wenn er unten ist.«

Es nahm kein Ende. Timur versuchte, nicht mehr auf sie zu achten. Mit der Zeit gelang es ihm sogar ganz gut. Nachdem er die ersten Meter vorangekommen war, flossen die einzelnen Sätze ineinander und ergaben zusammen ein Rauschen, dem Meer gar nicht so unähnlich.

Es war nun stockfinster um ihn herum. Das kleine bisschen Licht, das durch die Öffnung hoch über ihm in den Kamin fiel, wurde von seinem Körper abgefangen und das leuchtende Band der Seherin, das senkrecht nach unten führte, war nur eine Illusion. In seinen Augen schien es zwar zu leuchten, aber es beleuchtete nicht die Umgebung, auch wenn das noch so praktisch gewesen wäre.

Zu gerne hätte er gewusst, wie viel Strecke er noch vor sich hatte. Je länger er sich in den Kamin eingespreizt fortbewegte, umso anstrengender wurde es. Seine Beinmuskeln brannten und seine Ellbogen begannen wund zu werden.

»Hey, Niffnuffs! Wenn ihr schon nicht aufhören könnt, zu quasseln, könnt ihr dann wenigstens Licht machen?«

Eigentlich hatte er das nur gesagt, um sie endlich auf ein anderes Thema zu bringen. Die kleinen Fellbälle, die beständig neben ihm die Wände heruntерglitten, diskutierten nämlich immer noch, wie unglaublich still sie sein würden, bis er unten angekommen war. Als er aber ihre Antwort hörte, blieb ihm der Mund offen stehen.

»Wir könnsten leuchten.«

»Gute Idee, Michel!«

Und noch während die einen antworteten, stimmten die anderen Niffnuffs einen eigenartigen hohen Gesang an, eine Mischung aus Summen und Piepsen, das sich in wechselnden Dreiklängen in

Timurs Ohren schob. Im nächsten Moment geschah das Wunder: Sie fingen an zu leuchten. Als wären sie lebende magische Lichter, füllten sie den Kaminschacht mit lila Licht. Und obendrein redeten sie nicht mehr, sondern füllten die Luft mit angenehmen Klängen.

Timur richtete seinen Blick nach unten. Er konnte nun erkennen, dass er noch eine beträchtliche Strecke vor sich hatte, aber er sah auch, wie sie mit jedem Meter, den er vorankam, kleiner wurde und dass er es schaffen würde. Auch wenn er Arams Palast noch lange nicht entronnen war, fühlte er sich zum ersten Mal seit dem Aufwachen wieder ein wenig entspannt.

Begleitet von lila Licht und feinen Tönen, bewältigte er den Rest des Abstiegs. Am Ende landete er wohlbehalten in dem riesigen Ofen, mit dem im Winter das Wasser für die Heizung des Palasts erhitzt wurde. Schnell fand er die eiserne Ofentür. Sie war groß genug, dass er mit Leichtigkeit hindurchschlüpfen konnte. Er spähte durch einen der Luftschlitze. Nichts als Dunkelheit. Und kein Laut. Er fasste sich ein Herz und drückte dagegen. Sie ließ sich nicht bewegen. Gemeinsam mit der Seherin in seinem Kopf stöhnte er enttäuscht auf.

»Niffnuffs, könnt ihr nachsehen, was die Tür verschlossen hält? … Nein, nicht reden. Ich brauche euer Licht. Nur einer geht und sagt mir Bescheid. Du da. Die anderen leuchten weiter. Bitte!«

Der kleine Niffnuff, auf den Timur gezeigt hatte, machte vor Freude einen Luftsprung, rollte zur Ofentür und glitt durch sie hindurch, die anderen hielten den Lichtgesang aufrecht, auch wenn Bliniwok und Summilik etwas beleidigt dreinguckten.

Wenig später erschien der kleine Niffnuff wieder und hüpfte aufgeregt vor Timur auf und ab.

»Da istst auf der Seite von der Tür ein Dingsbums … ein … oh, wie nennt man es … ich weiß es nicht.«

»Riberik, was sollst der Michel von uns denken?«

»Ich gehst jetzt selber schauen!«

»Ruhe bitte! Riberik und du und du und du, ihr geht jetzt noch einmal raus und leuchtet das Dingsbums an. Ihr anderen bleibt hier.«

Während die vier kleinen Wesen verschwanden, drückte Timur wieder seine Nase an der Tür platt. Riberik führte sein Grüppchen auf die linke Seite. In ihrem Licht konnte Timur erkennen, dass die Ofentür durch einen Bolzen verriegelt wurde. Er sah ihn an und konzentrierte sich. »Wregnihaluf.« Der Bolzen ruckelte etwas, dann schoss er nach oben und wurde nur noch von der Kette, an der er hing, davon abgehalten, weiter bis an die Decke zu fliegen.

Die Tür war frei. Timur zog den Kopf ein und kroch hinaus. Die Niffnuffs folgten ihm summend und hüpften ein wenig, erfreut über die magischen Strahlen, die der Flugzauber hinterlassen hatte.

»Bravo, Timur! Du hast es geschafft. Der Rest ist nicht mehr schwer.«

Das leuchtende Band verlief quer durch den kleinen dunklen Raum zu einer Tür, über die er in einen breiten Flur gelangte. »Noch prächtiger als die Eingangshalle der Faraglis«, dachte Timur, als er im spärlichen Lichtschein die Säulen und Wandverzierungen sah. Und das war nur der Keller des Palasts! An der Decke erkannte er magische Lichter, die Aram wohl aus abgerissenen Gebäuden hierhergebracht haben musste, aber er entfachte sie nicht. Erstens fürchtete er, dass dann die Wachen kämen, zweitens müssten die Niffnuffs dann nicht mehr leuchten und es wäre vorbei mit der Ruhe.

Sillings magische Spur führte ihn immer weiter den Flur hinunter. Auf beiden Seiten erkannte er riesige Gemälde. Sie zeigten die unterschiedlichsten Dinge, von lieblichen ulbischen Landschaften bis hin zu schaurigen Gurgwölfen mit gefletschten Zähnen. Dazwischen sah er immer wieder Türen, aber die Seherin führte ihn stetig geradeaus.

Bis das leuchtende Band mit einem Mal verschwand.

»Was ist los?«

»Ich glaube, wir sind schon am Tunneleingang vorbei. Tut mir leid, Timur. Es ist viele Hundert Jahre her, dass Aram ihn mir gezeigt hat. Hoffentlich hat er die Bilder nicht umgehängt.«

»Die Bilder?«

Timur sah rechts von sich eine Frau in einem grünen Tänzerinnenkostüm und links einen riesigen borabischen Palast. Daneben hing ein Schlachtenbild mit Rittern und Zauberern und ein Stillleben einer reich gedeckten Tafel.

»Das Bild mit dem Festmahl ist es! Fast hätte ich es übersehen. Geh hin und taste den Rahmen auf der rechten Seite ab.«

Das Bild hatte einen sehr breiten, reich verzierten Gremourrahmen. Timur ließ seine Finger auf der Rückseite hoch- und runterfahren.

»Hier ist ein Hebel. Soll ich ihn umlegen?«

»Ja.«

Er ließ sich leicht bewegen. Die Mechanik dahinter schien gut geölt zu sein. Es hörte sich an, als wären mehrere Riegel aus ihren Schlössern geglitten.

»Du kannst jetzt …«

Aber Timur hatte schon begriffen, dass das Bild in Wirklichkeit eine Tür war. Er zog sanft am Rahmen. Es schwang beiseite und gab den Eingang zu einem Tunnel frei. Der Gesang der Niffnuffs geriet kurz ins Stocken, weil sie so erstaunt waren. Ihr Licht flackerte, stabilisierte sich aber schnell wieder. Timur kletterte hinein und brachte das Bild wieder in die Ausgangsposition.

»Du hast es geschafft! Das hier ist der Verbindungsgang von Arams

Palast zum alten Tunnel der Raubritter. Geh einfach voran. Du wirst irgendwann auf eine weitere Tür stoßen.«

Im schwachen Schein des Niffnuff-Lichts konnte Timur kaum weiter als eine Armlänge sehen. Vorsichtshalber ging er langsam. Wenn die Seherin schon so lange nicht mehr hier gewesen war, konnte sich inzwischen alles Mögliche verändert haben. Hoffentlich kam er tatsächlich in dem Tunnel an, der nach Foigor führte.

Foigor. Der Stadtteil, in dem er von Huurk verfolgt wurde, der gedroht hatte, ihn zu töten. Während auf der anderen Seite der Mauer Aram hinter ihm her war, der ihn einsperren wollte. Eigentlich gab es in der ganzen Stadt keinen Ort mehr, wo er sicher war.

Doch trotz seiner verzweifelten Lage begann sich Timur auf seine alte Heimat zu freuen. Der Duft der Gassen, der Hafen, die Boote, das Gewimmel auf dem Toskullplatz. Was auch immer die Seherin vorhatte, er würde auf jeden Fall versuchen, Sebru und seine anderen alten Freunde zu treffen.

20 Schritte lagen nun hinter ihm. Im Licht seiner kleinen Begleiter sah er die sauber vermauerten Ziegelwände links und rechts, die im Lauf der Zeit ein tiefdunkles Rot angenommen hatten. Timur stellte sich vor, wie viele Male hier schon Fürst Aram im Laufe der Jahrhunderte durchgegangen war. Immer wenn er Hunger auf Fisch hatte … Da! Timur fuhr zusammen. Vor ihm bewegte sich etwas. Die Niffnuffs hatten es gar nicht mitgekriegt. Sie rollten samt ihrem Licht weiter auf die Stelle zu, an der sich etwas bewegt hatte. Nur einen Atemzug später erkannte Timur: Dort stand ein Mann!

Das allein hätte schon ausgereicht, um ihn zu Tode zu erschrecken, aber es kam noch etwas hinzu: Der Mann hatte ein pechschwarzes Gesicht. Seine weit aufgerissenen Augen funkelten ihn an. Er war nicht besonders groß, aber das war auch wirklich das

Einzige, das nicht bedrohlich wirkte. Timur schlug das Herz bis zum Hals. Er wagte es nicht, sich zu bewegen. War das ein Mensch? Eine Burgwache, die sich das Gesicht geschwärzt hatte, so wie es Diebe nachts taten, wenn sie nicht gesehen werden wollten? Oder ein unbekanntes Wesen aus Tylandors Unterwelt? Er wich entsetzt zurück. Die Niffnuffs folgten ihm, ohne zu wissen, warum er die Richtung wechselte. Im letzten Moment, bevor die unheimliche Gestalt wieder aus dem Lichtschein verschwand, erkannte Timur noch, dass sie ebenfalls einen Schritt zurückwich.

Er fasste sich ein Herz, blieb stehen und flüsterte.

»Niffnuffs, geht bitte voraus und leuchtet.«

Er wartete, bis der lila Lichtschein ein Stück weit vorangekommen war. Und auf einmal sah er nicht nur einen Lichtschein, sondern zwei. Sie kamen aufeinander zu und vereinigten sich. Und es waren plötzlich doppelt so viele Niffnuffs.

Timur atmete auf. Es war nichts weiter als ein riesiger Spiegel, der an der hinteren Wand des Verbindungstunnels hing. Er ging darauf zu und begann sich sein von Ruß pechschwarz gewordenes Gesicht abzuwischen. Das war allerdings hoffnungslos, denn seine Hände waren ebenso schwarz, auch sein Oberkörper, seine Haare, seine Hose, seine Stiefel, einfach alles. Er lachte.

»Hätten Sie mir nicht vorher sagen können, dass hier ein Spiegel hängt, Fürstin? Ich bin fast zu Tode erschrocken.«

»Ich auch. Den muss Aram irgendwann später aufgehängt haben. Vielleicht kontrolliert er hier immer ein letztes Mal seine Frisur, bevor er sich auf den Weg in seine heimliche Lieblingsgaststube macht. Wer weiß, wen er dort alles trifft.«

Timur war inzwischen nah an den Spiegel herangetreten und sah, dass er an einer eisernen Tür hing, die wieder mit mehreren schweren Riegeln von innen gesichert war. Auch hier fand er einen Hebel, mit dem sie sich mühelos öffnen ließ. Der Tunnel, den er nun betrat, war schmal und hatte keine gemauerten Wände. Stattdessen säumten dicke Baumstämme, die vom Alter einheitlich dunkelgrau geworden waren, in dichten Reihen die Wände und Decken.

Ohne zu zögern, schloss Timur die Tür hinter sich und hörte zu, wie sich die Riegel automatisch zurückbewegten. Von hier aus war sie kaum zu erkennen. Sie hatte exakt die gleiche Farbe wie das Erdreich zwischen den Stämmen. Wenn man nicht genau wusste, wo sie war, konnte man sie kaum finden.

Die magische Spur führte nach links und verschwand dort hinter einer leichten Biegung. Timur machte sich auf den Weg. Arams Palast war die längste Zeit sein Gefängnis gewesen.

»Es wird eine Weile dauern, bis du in Foigor bist, aber du kannst beruhigt sein. Ich kann sehen, dass Aram mit einer Flasche altem rylandischem Wein und einem Liebesroman von Midja Milam in seinem Kaminzimmer sitzt. Wäre deine Flucht bemerkt worden, hätten die Burgwachen ihn alarmiert.«

»Dann können Sie mir ja in der Zwischenzeit endlich erzählen, welche große Gefahr Tylandor bedroht.«

»Ja, das sollte ich jetzt endlich tun.«

***

Auf Krobull hatte die Nacht längst begonnen. In den Gassen von Urrack, der Stadt, die zu Füßen der Burg lag, herrschte Stille. Man hörte höchstens hier und da ein Schnarchen durch ein offenes Fenster. Nur der alte Krullus, der in einem kleinen Häuschen am Stadtrand lebte, konnte wieder mal nicht schlafen. Je älter er wurde, umso schlimmer wurde es. Sobald er sich hingelegt hatte, fing er an, über dies und das zu grübeln, ärgerte sich über irgendetwas, stand auf, legte sich wieder hin und dann alles wieder von vorne.

Was ihn zurzeit besonders ärgerte, war, dass sie ihn nicht zur großen Schlacht mitnehmen wollten. Ihn, Krullus, den sie einst den »Drescher von Urrack« genannt hatten. Die jüngeren Kämpfer mochten schneller und wendiger sein, manche vielleicht sogar stärker. Aber er hatte dafür die Erfahrung von unzähligen Schlachten. Sie sollten ruhig mal versuchen, es mit ihm aufzunehmen, dachte er sich, während er sich erneut aus dem Bett wälzte und seinen dauernd schmerzenden Rücken vorsichtig Wirbel für Wirbel aufrichtete. Seine Kniegelenke knackten, als er durch die Stube schlurfte, um einen alten Holzknüppel von der Wand zu nehmen. Er würde einen kleinen Spaziergang machen. Mit etwas Glück taumelte ihm in den Gassen irgendein Betrunkener über den Weg, dem er eins überbraten konnte. Das würde ihm guttun.

Er öffnete die Haustür. Die kühle Abendluft drang tief in seine Lungen. Dann ging alles sehr schnell. Zuerst hörte er in einiger Entfernung eine Stimme. Sie sagte etwas sehr Seltsames:

»Krrakaurumm Krruuck Karrackurrack Urr!«

Dann sah er einen gleißend hellen Lichtstrahl auf sich zuschießen. Ganz kurz wurde es ihm sehr heiß. Dann sah er gar nichts mehr. Er fühlte auch nichts mehr. Er war weg. Aber kurz bevor verschwand, fragte er sich noch eine Sache: Dort, wo der Lichtstrahl hergekommen war, hatte da nicht ein Mann gestanden? Und das lachende Gesicht, das er im Lichtschein gesehen hatte, war das nicht Führer Woronin? Und warum lachte er? Er lachte doch sonst nie?

***

Timur war nach einer knappen halben Stunde Fußmarsch am Ende des Tunnels angelangt. Das letzte Teilstück seiner Wanderung hatte durch nackten Fels geführt, was hieß, dass er sich unter

Foigor befinden musste. Er stand nun vor einer einfachen Holztür ohne Riegel. Dahinter wartete vermutlich einer der zahlreichen Felskeller seiner alten Heimat auf ihn. Und hoffentlich keine Schwierigkeiten.

Bevor er die Tür öffnete, verharrte er für einen Moment, um sich zu sammeln. Silling hatte ihm von Woronin und dessen Kriegsplänen erzählt. Der schreckliche Zauberer, von dem Aram ihm so eindringlich berichtet hatte, war nicht, wie erhofft, auf Nimmerwiedersehen über das Meer verschwunden. Er hatte vielmehr all die Jahre auf einer abgelegenen Insel gelauert und wollte nun Tylandor erobern. Doch obwohl ihm die Seherin ausführlich beschrieben hatte, was für ein Heer, was für eine Flotte und was für Waffenberge Woronin bereits beisammenhatte, und obwohl er wusste, dass er ein herrschsüchtiger, grausamer und gewissenloser Mann sein musste, war der Schrecken zunächst nicht so groß gewesen, wie er eigentlich hätte sein müssen.

Doch dann hatte ihm Silling Bilder in den Kopf geschickt, die zeigten, was Woronin gerade in diesen Momenten tat. Er war Zeuge geworden, wie er einem alten, wehrlosen Wesen mit krummem Rücken vor seinem Haus aufgelauert und es mit einem Feuerstrahl aus einem eisernen Rohr zu einem Häuflein Asche verbrannt hatte. Die Zauberformel dazu hatte anders geklungen als die Zauberformeln, die Timur bisher kannte. Böse, mit vielen Gurgel- und Zischlauten. Und danach scheußliches tiefes Gelächter.

Timur zitterten immer noch die Knie. Das also drohte ihnen. Und Fürstin Silling war aus irgendeinem Grund überzeugt, dass er, der nichts weiter als ein paar harmlose Zauberformeln beherrschte, Woronin und seinem Heer Einhalt gebieten konnte. Und um die dafür nötigen Fähigkeiten zu erlernen, müsste er aber erst einmal über einen langen Irrweg zur Fürstin nach Talins Holz kommen. Und dazu musste er wiederum erst einen Weg finden, um heil aus

Foigor herauszukommen, dem Stadtteil, den Huurk zum verbotenen Gelände für ihn erklärt hatte. Ihm wurde schwindelig bei dem Gedanken, was er noch vor sich hatte. Besser, er konzentrierte einfach darauf, was als Nächstes anstand: ohne entdeckt zu werden den Tunnel zu verlassen.

»Wissen Sie, was hinter der Tür ist?«

»Ich weiß nur, dass dies Arams Weg zu seiner geheimen Lieblingsgaststube ist. Was dich hinter der Tür erwartet, weiß ich nicht.«

»Riberik, kannst du bitte schauen gehen, was hinter der Tür ist? Und nein, ihr anderen singt einfach weiter und macht Licht, auch Bliniwok und Summilik. Das ist sehr wichtig, Chefsache sozusagen. Vielen Dank.«

Riberik verschwand durch die Tür und kam gleich darauf zurück.

»Wird dir gefallsten da drinnen, Michel. Lauter Regale voll Sachen, die Michels gern essten.«

»Danke, Riberik. Also eine Speisekammer. Und ist da jemand drin?«

»Nö. Riberik habst keinen gesehen.«

Timur öffnete geräuschlos die Tür. Schon am Duft, der ihm entgegenschlug, erkannte er, dass Riberik ihm nicht zu viel versprochen hatte. Und mit einem Mal bemerkte er das riesige Loch in seinem Bauch. Auch wenn er es hasste zu stehlen, irgendetwas würde er hier essen müssen. Vielleicht nur eine kleine borabische Schnuppengurke oder ein paar eingelegte Falu-Eier. Oder doch etwas aus dem Glas hier? War das etwa eingelegter Seliuk?

Doch bevor Timur weiterforschen konnte, hörte er das Geräusch, das er sich gerade am allerwenigsten wünschte. Die andere Tür ging auf und zwei Männer kamen herein. Der vordere von ihnen hielt ein Küchenbeil in der Hand, der hintere eine Fackel.

Die beiden schienen allerdings genauso erschrocken wie er.

»Herr Fürst? Das … ist aber 'ne Überraschung. Sie … warn gar nicht angekündigt. Oder hat's etwa jemand vergessen, mir zu sagen? … Moment mal, wer bist 'n du? Biste der neue Bote? … Ha, wohl kaum, so dreckig, wie du aussiehst. Raus hier, Dieb! Wie bist 'n hier überhaupt hereingekommen? Rede!«

Der Mann mit dem Küchenbeil war blitzschnell auf ihn zugekommen und hatte ihn mit seiner kräftigen Hand am Kragen gepackt. Mit der anderen hob er drohend das Beil. Sein Begleiter stand hinter ihm und hielt die Fackel nah an Timurs Gesicht. Doch schon im nächsten Moment änderte sich wieder alles. Der Mann mit dem Beil riss seine Augen so weit auf, dass sie ihm fast herausfielen.

»Herrak! Der Bramaksohn!«

Er ließ ihn los. Der Schein der Fackel fiel nun kurz auf sein eigenes Gesicht. Timur erkannte ihn ebenfalls. Es war Smutu, der Koch von *Baldewuks Fischkessel*. Ein alter Freund von Virku.

»Biste verrückt geworden, Timi? Einfach zurück nach Foigor kommen! Und dann auch noch ausgerechnet hierher! Weißte nicht, dass *Baldewuks Fischkessel* Huurkland is?«

»Ist eine lange Geschichte, Smutu. Ich stecke in Schwierigkeiten und musste fliehen.«

»Das seh ich. Du siehst aus, als wärste durch 'nen Schornstein geklettert.«

»Bin ich.«

»Und dann biste durch Arams Geheimtunnel hier reingekommen?«

»Ja.«

»Wie hast 'n den gefunden? Der Fürst hat doch alle Eingänge zugeschüttet, außer seinem eigenen … Nee, erzähl's mir lieber nachher, jetzt musste erst mal ganz schnell in Sicherheit gebracht werden. Horok!«

»Ja, Chef?«

»Du machst weiter. Die Sümpfwürste kommen in den Kessel und dann rühren wie der Teufel. Der Rest kann warten. Und außer uns beiden war hier nie jemand in der Speisekammer, ham wir uns verstanden? Gut, dann ab.«

Smutu warf, ohne hinzusehen, das Beil über seine Schulter und sein Geselle fing es auf.

»Komm, Timi. Ich glaub, ich hab ’ne gute Idee.«

Mogmus Warmebier

Julina hatte vergeblich nach Malakin gesucht. Niemand wusste, wo er war, nicht einmal seine verzweifelten Eltern. Das hieß, sie musste nun selbst nach Foigor gehen, um Virku davon abzuhalten, sich mit den Huurks anzulegen, die er für Timurs Entführer hielt. Und wenn sie schon einmal dort war, könnte sie auch gleich Timur helfen, heil zu Yalkidia zu kommen. Aber erst einmal musste sie die beiden finden.

Schon mit der ersten Morgendämmerung war sie leise aufgestanden. Ihren Eltern hatte sie einen Zettel hinterlassen, dass sie sich früh mit Malakin treffen wolle, um noch vor der Mittagshitze auf den Berg Salkomar zu steigen, um sich von der Sorge um Timur abzulenken. Sie hatte lange gezögert, ihre Eltern anzulügen, aber ihnen zu sagen, was sie wirklich vorhatte, schien ihr noch schlimmer.

Über ihre Verbindung zu Timur hatte sie seinen Weg mitverfolgen können. Der Koch, auf den er in der Speisekammer von *Baldewuks Fischkessel* getroffen war, hatte ihn über einen sicheren Weg in sein Haus geführt, wo er sich waschen konnte und neue Anziehsachen bekam. Danach hatte er Timur, in einer Holzkiste verborgen, auf einem Handkarren quer durch Foigor zu einem geheimen Versteck gebracht, das man unmöglich finden konnte, wenn man es nicht kannte. Dort saß er nun mit einem alten Freund zusammen, der Sebru hieß. Wenn sie Verbindung mit Timur aufnahm, bekam sie mit, wie die beiden eifrig Pläne schmiedeten, wie Timur im Schutz der nächsten Nacht von dort nach Talins Holz zu Silling gelangen konnte, ohne dass er Huurks Leuten oder Arams Burgwachen in die Fänge ging.

Julina seufzte. Timur zu finden wäre leicht. Solange er sich geöffnet hatte, konnte sie seinen Aufenthaltsort spüren und für sich selbst ein leuchtendes Band als Spur erscheinen lassen, das sie auf dem schnellsten Weg zu ihm führte. Aber vorher musste sie Virku finden und ihm sagen, dass Timur wieder frei war und dass Aram der Entführer gewesen war. Timur konnte seinen Vater nicht selbst suchen. Huurks Leute waren überall. Jeder, der ihn auf den Straßen von Foigor herumlaufen sah, war einer zu viel.

Julinas erste Station war Baranas Haus gewesen. Sie hatte so lange Steine an ihr Fenster geworfen, bis sie aufgewacht war, und sie um ihre alte Foigi-Kleidung gebeten. Zum Glück war Barana zu müde gewesen, um Fragen zu stellen. Als Nächstes war sie in einen roten Straßenwagen gestiegen. Sie sah auf die vorbeiziehenden Hausfassaden und versuchte, ihrer Angst keinen Raum zu geben. Niemals hätte sie gedacht, dass sie eines Tages in den Stadtteil der Fischer gehen würde.

Ganz alleine fühlte sie sich zum Glück nicht, denn sie hatte Verbindung zu Yalkidia und zu Timur. Aber ob die beiden ihr wirklich helfen konnten, wenn sie in Schwierigkeiten geriet? Sie versuchte, nicht darüber nachzudenken.

Der rote Straßenwagen hielt sanft an seiner Endhaltestelle im äußersten Süden von Halum. Julina schlüpfte aus der Tür, das Bündel mit Baranas Sachen fest an sich gepresst. Als der Wagen sich wieder in die entgegengesetzte Richtung entfernte, gab er den Blick auf das Ende der Straße frei. Julina sah die Mauer und das Große Tor mit den Wachposten davor. Rechts drei Oskanische Gardisten in ihren polierten Rüstungen und links zwei riesige Kerle von den Burgwachen in pechschwarzen Uniformen und mit schräg sitzenden kleinen Kappen auf dem Kopf.

Sie ging in das erstbeste verlassene Haus und zog sich dort um. Nachdem sie fertig war, betrachtete sie sich in einem großen, eingestaubten Wandspiegel. Im ersten Moment kam sie sich fremd vor, doch schon bald begann sie sich mit der Foigi-Kleidung anzufreunden. Das derbe gestreifte Hemd und die kratzige Hose hatten etwas Wildes. Ohne erklären zu können, warum, fühlte sie sich auf einmal stärker.

Ihre eigenen Sachen legte sie in einem sauberen Stapel auf eine Kommode, dann ging sie zurück auf die Straße. Zum Großen Tor waren es nur wenige Schritte. Die Wachen auf beiden Seiten sahen sie kommen. Einer der Oskanischen Gardisten erhob sich ächzend von seinem Schemel, schwankte kurz, fand dann aber sein Gleichgewicht wieder und zog sich seinen Ledergürtel zurecht. Sosehr er es auch versuchte, er konnte seine Vorfreude auf Kundschaft nicht hinter seinem strengen Blick verstecken.

Die Burgwachen brauchten sich diese Mühe nicht zu machen, denn sie standen sowieso. Julina hatte in ihrem ganzen Leben noch keine Burgwache sitzen sehen. Es schien, als würden diese Männer stets mit einem Angriff rechnen. Wahrscheinlich schliefen sie sogar im Stehen. Der vordere schien Julina mit seinen Augen bis in den hintersten Winkel zu durchleuchten. Wie magisch angezogen, steuerte sie auf ihn zu und bemerkte die empörte Enttäuschung auf dem Gesicht des Oskanischen Gardisten, den sie einfach links liegen ließ, gar nicht.

Zwei Schritte vor dem Mann blieb sie stehen. Was würde nun passieren? Sie wusste, dass Halumer Bürger prinzipiell das Recht hatten, nach Foigor zu gehen. Die Wache war nur dazu da, um zu verhindern, dass Foigis unerlaubt nach Halum kamen.

Der Mann sah sie von oben herab an und sagte nichts. Die Stille zwischen ihnen knisterte. Julina fasste sich ein Herz.

»Ich möchte nach Foigor. Kann ich durchgehen?«

»Name?«

»Julina Welenheim. Oh, und Sie denken jetzt sicher, ich bin ein Foigi, und fragen sich, was ich in Halum zu suchen habe. Das stimmt gar nicht. Ich komme nämlich aus Halum. Ich habe mir die Foigi-Sachen nur angezogen, weil … nun ja, ich dachte, Halumer Kleidung erregt drüben zu viel Aufsehen. Das stimmt wirklich. Ich habe meine Anziehsachen im Haus da drüben gelassen. Ich kann Sie Ihnen zeigen, wenn …«

»Ich habe gesehen, dass du dich in dem Haus da drüben umgezogen hast.«

Die Stimme der Burgwache klang scharf und ausdruckslos. Wieder sah der Mann sie einfach nur an und schwieg. Julina kam sich klein und immer kleiner vor.

»Ka… kann ich dann jetzt …?«

»Was willst du in Foigor, Mädchen?«

»Ich … suche einen Freund. Also, einen Freund, der Foigi ist, aber jetzt in Halum wohnt und der jetzt aber kurz wieder drüben zu Besuch ist, na ja, alles etwas kompliziert, aber … ich muss ihm was Wichtiges sagen.«

»Es kann nicht sein, dass er kurz drüben zu Besuch ist. Hier ist die letzten drei Tage kein Mensch durchgekommen.«

Der Mann schien sie mit seinem Blick verbrennen zu wollen. Julina begann zu schwitzen. Natürlich war Timur nicht durch das Große Tor gekommen. Und auch Virku hatte wahrscheinlich einen der illegalen Tunnel benutzt, von denen immer die Rede war. Schöner Mist. Sie spürte, wie ihr Gesicht knallrot anlief, und sie hatte das unangenehme Gefühl, dass die Burgwache ihre Gedanken mindestens ebenso gut lesen konnte wie Yalkidia. Würde sie jetzt verhaftet und verhört werden? Sie brachte keinen Ton mehr heraus.

Erst nach einer Weile, die Julina wie ein halbes Jahrhundert vorkam, machte der Mann den Mund wieder auf.

»Du hast das Recht, nach Foigor zu gehen, Mädchen. Ich kann dich nicht aufhalten, auch nicht, wenn du mich offenbar anlügst.«

»Oh, aha …«

»Aber *ich* habe auch ein Recht, Mädchen. Nämlich das Recht, dir etwas zu sagen. Und zwar das: Wenn du meine Tochter wärst, würde ich dich über's Knie legen, bis dir Hören und Sehen vergeht.«

Immer noch war keine Gefühlsregung in seiner Stimme zu vernehmen. Keine Wut, keine Bitterkeit. Er sah sie einfach an, als wäre sie ein Stein oder ein Stück Papier.

»Deine Parole für die Rückkehr nach Halum heißt *Julina Welenheim isst keinen Fisch*. Sie gilt nur einmal. Sollte jemand anders sie vor dir benutzen, wirst du in Foigor bleiben müssen.«

Damit wandte er sich von ihr ab und starrte wieder geradeaus.

»Gut. *Julina Welenheim isst keinen Fisch*. Werde ich mir merken.«

Die Burgwachen taten, als wäre sie gar nicht mehr da, auch als sie höflich »Auf Wiedersehen« sagte. Sie waren offenbar fertig mit ihr. Julina machte, dass sie weiterkam.

»Moooment, junge Dame!«

Ach ja, die Oskanischen Gardisten. Sie hielt an und drehte sich seufzend um. Der Gardist, der vorhin aufgestanden war, baute sich vor ihr auf. Er schwitzte und schnaufte, dabei war er eindeutig noch der dünnste von den dreien.

»Mit uns willst du wohl nicht reden, hm? Glaubst wohl, die schwarzen Jungs sind wichtiger, was?«

»Oh nein, nein. Ich bin sicher, Sie sind auch sehr wichtig. Auf jeden Fall.«

»Das will ich meinen, dass die Stadtwache von Halum wichtig ist. Komm mal mit.«

Der Gardist geleitete sie am Arm zu seinen beiden sitzenden Kollegen. Die beiden Dickwanste lächelten ihr feist ins Gesicht. Fehlte gerade noch, dass sie sie einluden, auf ihrem Schoß zu sitzen, dachte sie schaudernd. Der älteste und dickste räusperte sich. Seine Stimme klang wie ein kaputter Blasebalg.

»So, meine Kleine, was wollen wir denn in Foigor?«

Auf keinen Fall wollte Julina den gleichen Fehler ein zweites Mal machen. Sie dachte angestrengt nach.

»Ich ... ich muss in Foigor etwas für die Schule machen. Ich soll erforschen, wie viel Respekt die Foigis vor den Oskanischen Gardisten haben.«

Der Dicke machte große Augen, sie redete schnell weiter.

»Wissen Sie, man hat nämlich gehört, dass die Foigis in letzter Zeit mehr und mehr Angst vor Oskanischen Gardisten zeigten. Und ich soll der Sache nachgehen, hat mein Lehrer gesagt.«

»Aha.«

Julina hasste es, wie er sie angrinste. Von finsteren Foigis in einer dunklen Gasse überfallen zu werden, konnte kaum schlimmer sein, als mit diesem alten, unglaublich fetten, nach Schnaps riechenden Kerl zu reden.

»Die Foigis haben Angst, was? Da kann ich dir auch gleich sagen, warum das so ist, junge Dame.« Er schaute die anderen herausfordernd an, die sofort pflichtschuldig nickten. »Vor 'nem Monat bin ich von der Gerichtswache zum Torkommandanten befördert worden. Seitdem weht hier ein anderer Wind. Wenn so 'ne Foigi-Ratte nur meinen Namen hört, verkriecht sie sich vor Angst im nächsten Fischhaufen, verstehst du, Mädchen?«

»Alles klar.«

»Dann schau dich ruhig drüben um. Mir soll's recht sein. Wenn du in Schwierigkeiten gerätst, sagste einfach, du stehst unter dem persönlichen Schutz von Mogmus Warmebier, dann ist der Fall geregelt, wirst sehen.«

Ohne sich darum zu kümmern, dass Julina neben ihm stand, zog er eine Schnapsflasche von irgendwoher aus seiner Rüstung und trank einen kräftigen Schluck.

»Gut, dann werde ich mal losgehen.«

»Tu das!«

Julina atmete durch. Vielleicht hatte sie jetzt ja schon das Schlimmste überstanden? Mit etwas Glück fand sie vielleicht ... Sie wurde mitten in ihrem Gedanken jäh unterbrochen. Der letzte Oskanische Gardist, an dem sie vorbeimusste, hielt sie mit erstaunlicher Kraft am Hemdzipfel fest. Sie drehte sich zu ihm, er winkte sie heran. Widerwillig machte sie einen Schritt auf ihn zu. Er beugte sich ganz nah zu ihr. Sie konnte seinen Schweiß riechen und sein schnaufender Atem kitzelte in ihrem Ohr, während er flüsterte.

»Willste Fisch kaufen, Mädchen?«

Julina starrte ihn entsetzt an. Sein Flüstern wurde noch leiser.

»Wusst ich's doch. Soll ich dir 'n guten Händler sagen? Ich kenn einen.«

Julina blickte zu Boden, schloss die Augen und schüttelte matt den Kopf. Er ließ sie los, sie drehte sich um und ging. Zwei junge Foigis, die auf der anderen Seite der Gasse standen, sahen Julina neugierig an, aber sie kümmerte sich nicht um sie und bewegte sich zügig aus der Sichtweite der Grenzposten. Sie musste Virku finden. Und ihre erste Station war tatsächlich ein Fischhändler:

Kurruk, der Mann, dessen Namen ihr Timur genannt hatte. Sie würde noch ein paar Gassen weitergehen, wo keiner mehr wusste, dass sie gerade aus Halum gekommen war. Dort würde sie dann nach ihm fragen.

Große Neuigkeiten

Malakin quälte sich Schritt für Schritt voran. Er war hundemüde. Nachdem Virku ihn in Foigi-Kleidung gesteckt hatte, waren sie durch einen geheimen Tunnel nach Foigor gelangt und anschließend im Schutz der Nacht zu Kurruk, dem Fischhändler, geschlichen. Kurruk hatte nichts von Timurs Entführung gewusst. Nach dem Bericht über die Geschehnisse in der Aram'schen Philharmonie befürchtete er, genau wie Virku, das Schlimmste: Huurk hatte zugeschlagen. Doch trotz aller Gefahr, die das für ihn bedeutete, hatte er den beiden das Hinterzimmer seines Ladens als Schlafplatz, Versteck und Basislager für ihre Suche angeboten.

Hierin lag einer der Gründe, warum Malakin so müde war. Schlafen auf Strohsäcken und mit Fischgeruch in der Nase war er nicht gewohnt. Außerdem hatte Virku ihn gestern den ganzen Tag und dann auch noch die halbe Nacht lang kreuz und quer durch Foigor gescheucht, um die verschiedensten Leute nach Timur zu fragen.

Am Anfang war Malakin froh gewesen, dass er sich nützlich machen konnte. Im Gegensatz zu Timurs Vater, den Huurks Leute auf keinen Fall sehen durften, konnte er sich frei in Foigor bewegen. Virku hatte ihm die Wege aufgezeichnet und Namen gesagt, nach denen er fragen sollte. Malakins Foigi-Verkleidung funktionierte hervorragend. Kaum jemand sah sich nach ihm um, solange er einfach voranging und niemanden anstarrte. Nach einem knappen Dutzend Ausflügen schien es ihm, als hätte er bereits jeden Winkel von Foigor kennengelernt. Die schiefen Hauswände aus rohen Steinen, die geflickten Dächer, die vielen niedrigen, bunt gestrichenen Haustüren, die verwinkelten Gassen, die manchmal so eng waren, dass er fast mit den Schultern anstieß, und die kleinen Plätze mit Geschäften und lauten Gaststuben waren ihm nun so vertraut, als käme er jeden Tag hierher. Gegen Abend schmerzten ihm die Füße, doch Virku hatte keine Ruhe gegeben. Bis spät in die Nacht waren ihm immer wieder noch neue Leute eingefallen, bei denen Malakin nachfragen sollte, und erst als er sich kaum noch auf den Beinen halten konnte, hatte Timurs Vater ein Einsehen gehabt.

Nach der Nacht auf dem Strohsack war Malakin wie gerädert, aber kaum war die Sonne wieder über dem wilden Durcheinander der Dächer aufgegangen, wurde er schon wieder losgeschickt. Er lehnte sich kurz an eine Mauer und verschnaufte. Gab es überhaupt Hoffnung, Timur zu finden? Je länger er hier herumlief, umso weniger sah es danach aus. Es schien, als wäre es den Entführern von Aramburg tatsächlich gelungen, ihn spurlos vom Erdboden verschwinden zu lassen.

Einmal mehr sah er auf die Wegskizze, die Virku ihm aufgezeichnet hatte. Der Mann kannte tatsächlich jede einzelne der vielen Hundert Gassen hier. Ohne das kleine Blatt mit den Pfeilen und Linien wäre Malakin rettungslos verloren gewesen. Sein Ziel lag diesmal weit entfernt. Von Kurruks Haus aus gesehen, genau in der gegenüberliegenden Ecke von Foigor. Gasse um Gasse arbeitete er sich voran, wie immer auf der Hut, sich nicht zu verirren, und stets in der Angst, dass er heimlich beobachtet oder verfolgt wurde. Je weiter er vorankam, umso mehr roch es nach Meerwasser und Fisch. Das Haus, das er ansteuerte, lag in der Nähe des Hafens.

Endlich, nachdem er ein paarmal schon geglaubt hatte, er hätte sich endgültig verlaufen, stand er in der Gasse, die Virku ihm beschrieben hatte. Noch ein paar Schritte, dann hatte er sein Ziel erreicht. Eine dunkelgrün gestrichene Tür, ein kleines Fenster links und ein großes rechts, mit einer Schnitzarbeit im Fenstersturz, die eine Katze mit einem Fisch im Maul zeigte.

Malakin klopfte. Bei den ersten Häusern, die er besucht hatte, hatte ihm in diesem Moment immer das Herz bis zum Hals geschlagen, inzwischen war er es aber gewohnt, vor wildfremden Leuten zu stehen, die ihn misstrauisch beäugten.

Es dauerte eine Weile, bis sich schlurfende Schritte näherten und die Tür geöffnet wurde. Eine Welle aus abenteuerlichsten Fischaromen schlug ihm entgegen. Mittendrin stand eine kleine Frau mit einer dampfenden Pfeife im Mundwinkel. Sie sah ihn von unten an, als hätte er ihr gerade auf den Fuß getreten.

»Entschuldigung, ich wollte mich erkundigen, ob Sie vielleicht etwas von Timur Bramak wissen. Sein Vater schickt mich.«

»Ich kenn keinen Timur Bramak und keinen Vater.«

Die Frau blieb gleichgültig stehen und zog an ihrer Pfeife. Malakin kannte das bereits von seinen anderen Besuchen. Er zog einen Zettel aus der Tasche und reichte ihn der Frau. Virku hatte ein seltsames Zeichen darauf gemalt. Die Frau betrachtete es kurz, sah ihn an und zog noch einmal an ihrer Pfeife. Schließlich gab sie ihm einen unauffälligen Wink, ihr ins Haus zu folgen.

Malakin musste den Kopf in der Tür einziehen. Auch die Decke der Küche, in der sie nun standen, kam ihm so niedrig vor, dass er sich lieber leicht gebückt hielt. Die Frau bedeutete ihm, sich an den kleinen Tisch in der Ecke zu setzen. Sie selbst ging zu ihrem Herd und begann, ohne ihn anzusehen, in dem großen Kochtopf zu rühren, den sie gerade stehen gelassen hatte. Es war schwer zu sagen, ob das Rühren keinen Aufschub duldete oder ob sie Zeit brauchte, um zu überlegen. Erst nach einer Weile nahm sie den Topf vom Feuer und wischte sich die Hände an ihrer Schürze ab. Dann setzte sie sich zu Malakin und neigte sich, ohne zu zögern, so nah zu ihm heran, dass ihre strohigen Haare, die in alle Richtungen abstanden, seine Wange kitzelten, und flüsterte: »Er ist im Felsenheim.«

Malakin stockte der Atem. Hatte er tatsächlich endlich jemanden getroffen, der etwas über Timur wusste, oder war die Frau einfach nur verrückt? Er sah sie an.

»Und wo soll das sein?«

»Frag Timurs Vater.«

Damit stand sie auf und begann wieder in ihrem Kochtopf zu rühren. Malakin wartete eine Weile, ob noch etwas geschah, aber die Frau hatte anscheinend nicht vor, sich noch weiter mit ihm zu unterhalten. Schließlich stand er auf und ging.

Den Rückweg brachte Malakin fast doppelt so schnell hinter sich wie den Hinweg. Von seiner Müdigkeit und seinen schweren Beinen war mit einem Mal nichts mehr zu spüren. Endlich hatte er etwas zu berichten! Hoffentlich konnte Virku mit »Felsenheim« etwas anfangen.

Völlig außer Atem kam er beim Fischgeschäft an, stürzte durch die Tür und rannte unter den erschrockenen Augen von Kurruk ins Hinterzimmer. Virku saß dort an einem wackeligen Tisch und zeichnete bereits an der nächsten Wegskizze. Als er Malakin sah, sprang er sofort auf. Es stand dem Jungen ins Gesicht geschrieben, dass er auf eine Spur gestoßen war.

Malakin erzählte ihm, was die Frau gesagt hatte.

»Im Felsenheim also?«

»Ja. Wissen Sie, wo das ist?«

Virku lächelte.

»Lange wusste ich es nicht. Aber eines Tages hab ich es entdeckt. War ein großer Zufall, konnte es selbst kaum glauben. Hab es aber nie jemandem weitergesagt. Sebrus Mutter, also die Frau, wo ich dich hingeschickt hab, ist die einzige andere Erwachsene, die es weiß.«

Ein Strahlen breitete sich langsam über Virkus Gesicht aus. Seit sie gemeinsam aufgebrochen waren, hatte er sich kühl, ja geradezu gefühllos gegeben. Er wollte sich von seiner Verzweiflung nicht zu Boden drücken lassen und lieber alle Energie auf die Suche nach seinem Sohn verwenden. Nun ließ er zum ersten Mal wieder zu, dass sein Herz sich einschaltete. Mit gutem Grund. Was Malakin gerade gesagt hatte, war eine Nachricht, die besser war als alles, was er zu hoffen gewagt hatte.

Kurruk war hinter Malakin in das Hinterzimmer getreten. Er sah Virku an.

»Was ist Felsenheim?«

»Kann ich dir nicht sagen. Hab es Timur versprochen.«

»Welche Gegend?«

»Östlicher Hafen.«

»Zu gefährlich. Viel zu weit weg. Kannst nicht einfach am hellichten Tag quer durch die Stadt, ohne einem Huurkmann über den Weg zu laufen.«

»Kommt drauf an, wie man es macht.«

»Denk erst gar nicht drüber nach. Auch wenn du dich durch die kleinen Gassen schlägst, du musst trotzdem über die Turrustraße, die Sjakwuzstraße und die Hafengasse rüber. In dem Getümmel wirst du entdeckt, auch wenn du noch so unauffällig schleichst.«

»Eben. Drum werd ich auch nicht unauffällig schleichen, sondern auffällig rumtrampeln.«

»Was?«

»Ich zieh mir Hegelsachen an. Hab mir extra welche mitgebracht.«

Virku zog ein Bündel hervor, das er unter dem Tisch abgelegt hatte, und schnürte es auf.

»Bei Talin, was ist das?

»Ein Anzug. Hat mir mein Chef, der Bankier Gambonius, schneidern lassen. Normal bin ich bei dem Hausmeister. Aber wenn er ein Gartenfest macht und ich Essen serviere, muss ich den immer tragen.«

Kurruk und Malakin verschlug es die Sprache. Virku brauchte keine Minute, um sich von einem rauen Foigi in einen respektablen Halumer Bürger zu verwandeln. Er besah sich kritisch in einem kleinen gesprungenen Spiegel, der in einer Ecke an der Wand hing, und murmelte: »Die Haare müssen noch ein bisschen … Ich brauch Wasser und einen Kamm.«

Bis Virku seinen Kopf ebenfalls in Hegelform gebracht hatte, dauerte es etwas länger, aber am Ende saß jede Strähne so, dass man ihn auch in der feinsten Aramburger Gaststube willkommen geheißen hätte. Als Letztes zog er einen Hut hervor und setzte ihn auf. Die Krempe war außergewöhnlich breit und hing ihm tief ins Gesicht. Er grinste übermütig.

»Darf ich mich vorstellen? Mein Name ist Halmut Denirius, Musikgelehrter aus Halum West. Und ich interessiere mich für foigisches Trommeln. Deswegen stromere ich hier rum.«

Es war schwer zu sagen, ob Kurruk oder Malakin der Mund weiter offen stand. Aber Virku hatte recht. Keiner würde auf die Idee kommen, dass er Virku war, der Fischer, den Huurk verbannt hatte. Ein tollkühner Plan, dachte Malakin anerkennend.

Kurruk sah das anders. »Herrak, Virku, sie werden dich sofort ausrauben! Und spätestens wenn du den Hut los bist, erkennen sie dich!«

»Sie werden mich nicht überfallen, denn ich werde von einem waschechten Foigi geführt.«

Er wies mit dem Kinn auf Malakin, der ihn anstarrte, als hätte er gerade behauptet, dass Algrams auf Bäumen wachsen.

»Du musst wissen, Malakin, hier gibt es ein ungeschriebenes Gesetz. Foigis mögen die Hegel nicht, aber solange ein Hegel von einem Foigi durch die Gassen geführt wird, steht er unter seinem Schutz. Der Foigi muss nur später eine gute Antwort haben, warum er einen Hegel geschützt hat. Und die beste Antwort ist, dass er dafür Geld bekommen hat. Alles klar?«

Malakin schluckte und Kurruk schnappte immer noch nach Luft, aber Virku ließ das kalt.

»Auf, auf! Herr Denirius will zur Prammugasse. Da wohnt ein alter Trommelmeister, hat man ihm gesagt. Den will er besuchen. Führ mich hin!«

Malakin stolperte fast über die Türschwelle. Es fühlte sich an, als ob er gerade träumte. Seit vorgestern Abend war er mit Virku unterwegs. Erlebt hatte er in dieser Zeit so einiges. Der Weg durch den Geheimtunnel nach Foigor, die Strecke vom geheimen Tunnelausgang durch die Gassen zu Kurruks Haus und vieles mehr, aber das hier übertraf alles.

Virku freute sich, endlich das Haus verlassen zu können. Weder die Gefahren des Wegs zum östlichen Hafen noch die Dreistigkeit seiner List machten ihm Sorgen. Malakin ging voran und mimte den Hegelführer. Und immer, wenn sie an eine Kreuzung kamen, flüsterte Virku ihm zu, welche Richtung er einschlagen sollte.

Die Leute drehten sich, wie erwartet, oft nach ihnen um. Malakin hoffte, dass keiner den Angstschweiß auf seiner Stirn bemerkte. Bald mussten sie die gefürchtete Turrustraße überqueren. Im dichten Getümmel rempelte ein riesiger Mann Virku mit Absicht so an, dass ihm fast der Hut vom Kopf fiel. Aber Virku hielt ihn mit beiden Händen fest, während er mit dem Körper gegen eine Hauswand schlug.

Danach ging es eine Weile durch ruhige Gassen, in denen sie nur hin und wieder durch Fenster angestarrt wurden. Von fern war aber schon der Lärm zu hören, der von der Sjakwuzstraße zu ihnen drang. Sie war die breiteste Straße in Foigor und verband den Toskullplatz mit dem westlichen Hafen. Malakin holte tief Luft und begann sich einen Weg durch die Menge zu bahnen. Virku folgte ihm dicht auf den Fersen, zur Sicherheit immer eine Hand an seinem Hut.

Sie kamen nur langsam voran. Pferdefuhrwerke und große Handkarren hielten sie auf und mehr als einmal machte sich ein Taschendieb an Virkus leeren Taschen zu schaffen, was dieser einfach geschehen ließ. Als die Quergasse auf der gegenüberliegenden Seite endlich in Sichtweite war, bemerkte Malakin, dass sie von einem Haufen lachender Kinder verfolgt wurden. Seine Hoffnung, dass sie bald wieder das Weite suchen würden, zerschlug sich. Das Grüppchen klebte an ihren Fersen, sie feixten und versuchten, ein Spottlied anzustimmen, das aber immer wieder in ihrem eigenen Gelächter unterging. Schließlich fasste sich Malakin ein Herz, drehte sich um und sah sie böse an. Die Kinder flohen, halb kreischend, halb lachend, zurück in das Gewühl, aus dem sie gekommen waren. Zwei Ecken weiter musste er sich erst einmal setzen, so stark schlug sein Herz.

Auch Virku schien nun nicht mehr so entspannt zu sein wie am Anfang. Er blickte grimmig nach vorne, wild entschlossen, das letzte Stück Weg auch noch zu schaffen, komme, was da wolle. In der Hafengasse war der Menschenstrom nicht mehr ganz so dicht. Dafür taumelten jede Menge krakeelende Betrunkene herum. Bald war Virku von einer Gruppe Männer umringt, die spontan die Verbrüderung von Foigis und Hegels ausriefen. Virku und Malakin mussten beide aus Flaschen trinken, die ihnen hingehalten wurde. Sosehr sich Malakin auch bemühte, nur einen winzigen Schluck zu trinken, brannte ihm das Zeug beinahe seine Kehle heraus. Als sie endlich weitergehen konnten, fühlte er sich etwas wackelig auf den Füßen, dafür aber auf einmal äußerst gut gelaunt. Als Virku plötzlich »Hier ist es« sagte, hatte er fast schon wieder vergessen, warum sie überhaupt unterwegs waren.

Die Prammugasse, in der sie nun standen, endete direkt an der Felskante zum Hafen. Das letzte Gebäude war ein altes Lagerhaus. Auf seinem flachen Dach stand ein altersschwacher Kran, dessen Arm weit in das Hafenbecken tief unter ihnen hinausragte. Das Eingangstor war verschlossen, aber zwischen dem Lagerhaus und seinem Nachbargebäude war eine winzige Gasse, kaum breit genug, um durchzugehen.

»Hier müssen wir rein«, flüsterte Virku. Er sah sich lange um, ob sie nicht beobachtet wurden, dann schubste er Malakin in den winzigen Spalt. Malakin musste sich seitwärtsdrehen, um überhaupt voranzukommen. Felsenheim hatte er sich anders vorgestellt.

»Gleich kommt ein offenes Fenster. Da steigen wir durch.«

Nach ein paar Schritten erkannte Malakin die dunkle Öffnung, drückte den Fensterflügel auf und kurz darauf standen sie im alten Lagerhaus. Es roch seltsam nach Schmieröl und Fisch. Licht fiel spärlich durch wenige kleine Fenster im oberen Teil der Wand. Im unteren Teil waren große Holztore eingelassen, durch die man früher die Kisten und Säcke hereingeholt hatte, die der Kran auf dem Dach aus dem Hafen hochgezogen hatte. Virku ging zielstrebig auf eines der Tore zu und öffnete es. Zuerst war Malakin von der hereinflutenden Abendsonne geblendet, dann erkannte er, dass sie direkt über dem Abgrund standen. Tief unter ihnen lag das Hafenbecken, weit entfernt gegenüber der letzte Ausläufer des ausgehöhlten Felsens, auf dem Foigor stand, und links das offene Meer.

»Aber … wo ist Felsenheim?«

Viku lächelte.

»Unter uns.«

Malakin starrte ihn an.

»Der Weg führt durch diese Tür.«

»Ins Wasser springen? Von hier? Das ist viel zu hoch!«

»Nicht springen. Klettern.«

Ohne weitere Erklärungen warf Virku seinen Hut weg und begann ohne Rücksicht auf seinen feinen Anzug mit dem Abstieg an der steilen Felswand. Ob der Hegeljunge es wagte, ihm hinterherzuklettern? Malakin hatte ihn in den letzten zwei Tagen zwar schon oft mit seinem Mut überrascht, aber das hier war am Ende vielleicht doch zu viel.

Er fluchte still vor sich hin. Die blöden Hegelschuhe hatte spiegelblanke Ledersohlen und er rutschte ständig ab. Zu guter Letzt erreichte er aber sein Ziel: einen Felsvorsprung, auf dem man bequem stehen konnte und von dem ein schmaler Spalt in den Fels führte. Von oben konnte einen hier keiner sehen, außer jemand legte sich auf den Bauch und schob seinen Kopf über die Felskante. So wie Malakin in diesem Moment.

Einen Moment später war Malakins Kopf wieder verschwunden, dafür erschienen zwei Stiefel und die Beine einer Foigi-Hose. Die Stiefelspitzen tasteten nach Tritten und fanden sie erstaunlich schnell. Virku brummte anerkennend. Wenig später stand Malakin neben ihm auf dem Vorsprung. Virku wies mit der Hand auf den Spalt.

»Felsenheim ist nicht mehr weit.«

Endlich ging Malakin ein Licht auf.

»Ich glaube, ich war schon mal dort unten. Timur hat es mir gezeigt. Wir sind durch einen Tunnel reingetaucht.«

Virku stutzte. »Dann bist du wirklich sein Freund.«

Damit verschwand er im Fels. Malakin folgte ihm.

Gefunden!

Woronin stand auf der Brücke der Arrakoll. Das riesige viermastige Kommandoschiff war der Stolz der gesamten Krobullflotte. Allein ihr Deck lag schon so hoch, dass man dort auf Augenhöhe mit den Segeln der anderen Schiffe stand, und an Bug und Heck ragten dazu noch drei Stockwerke hohe Aufbauten empor. Der Bootsbaumeister hatte Woronin gewarnt, dass ein Schiff mit solchen Aufbauten in einem Sturm leicht kentern konnte, aber das war dem Herrscher der Krobulin egal. Die Arrakoll sollte eindrucksvoll aussehen, darauf kam es ihm an.

Sein Blick wanderte die Horizontlinie entlang. Irgendwo dahinter versteckte sich seine alte Heimat Tylandor, die er seit über tausend Jahren nicht mehr gesehen hatte. Er hörte das Holz knarzen, während der Steuermann hinter ihm ein zuversichtliches Lied summte. Unter normalen Umständen würden sie ihr Ziel in etwa drei Tagen erreicht haben.

Woronins große Hände ruhten auf dem Geländer, das, wie das ganze übrige Schiff, aus tiefschwarzer Krobulleiche gefertigt war. Tief unter ihm rannten seine Leute kreuz und quer über das Deck. Immer wieder prallten zwei zusammen und prügelten sich anschließend. Woronin schüttelte den Kopf. Die Krobulin waren einfach keine Seeleute. Aber Seeleute brauchte er auch nicht. Es reichte, wenn sie heil ankamen.

Er sah sich um. Links, rechts und hinter ihm blähten sich, so weit das Auge reichte, blutrote Segel und unzählige Schiffsleiber durchpflügten das Meer. Einmal mehr wünschte er sich, er hätte alle von ihnen aus schwarzer Krobulleiche fertigen lassen können wie die Arrakoll, sodass die Tylandorer bei ihrer Ankunft auf eine Wand aus Schwarz und Blutrot gestarrt hätten. Aber dazu hatte es nicht genügend Krobulleichen auf der Insel gegeben und so waren einige Schiffe doch aus brauner Seekiefer.

Doch Woronin hatte viel zu gute Laune, um sich darüber zu ärgern. Es hatte eine kleine Ewigkeit gedauert, bis seine unfähigen Seeleute auch mit dem letzten Schiff abgelegt hatten, aber nun bewegten sie sich endlich vorwärts und die mächtigen Felsen von Krobull wurden hinter ihnen immer kleiner.

Es war nun Zeit für Manöver zwei. Er schloss die Augen und konzentrierte sich. Seine ganze Aufmerksamkeit lag auf einem bestimmten Teil seines Kehlkopfs. Das, was er vorhatte, war ein anspruchsvoller Zauber, den man früher nur in der Eliteklasse der Magischen Universität gelernt hatte. Und er war der Erste seines Jahrgangs gewesen, der es geschafft hatte.

»Sobrekul Amagina Sokulum.«

Kaum hatte er die Zauberformel ausgesprochen, spürte er ein Flimmern in seiner Kehle. Er war so weit.

»Manöver zwei.«

Woronins Worte hallten so laut durch die Luft, dass einige Krobulin auf dem Deck unter ihm vor Schreck rückwärts umfielen. Selbst auf dem letzten Nachzüglerschiff wurde er noch so deutlich verstanden, als hätte er jedem einzelnen Besatzungsmitglied persönlich ins Ohr gebrüllt. Dabei hatte er gar nicht laut gesprochen. Er grinste in sich hinein. Der Stimmverstärkungszauber war schon immer einer seiner Lieblingszauber gewesen. Zumindest so lange, bis er die schwarze Magie entdeckt hatte.

Nachdem sich die Krobulin auf den Decks von ihrem Schreck erholt hatten, begannen sie Manöver zwei umzusetzen. Es würde fürchterlich werden. Woronin versuchte nicht hinzusehen, sondern sich einfach auf den Horizont zu konzentrieren. Was er hörte, reichte ohnehin. Schiffe krachten ineinander, Stimmen schrien zornig auf und einmal wurde sogar sein eigenes Schiff gerammt, sodass er sich mit beiden Händen am Geländer festklammern musste, um nicht umzufallen.

Geduldig hörte er zu, wie das Chaos um ihn herum langsam seinen Höhepunkt erreichte und sich dann ganz allmählich wieder legte. Doch erst als ihm lange Zeit später sein Erster Offizier die Nachricht »Manöver zwei abgeschlossen« überbrachte, wandte er sich wieder um.

Soweit er sehen konnte, war alles in Ordnung. Die Schiffe links und rechts von ihm waren verschwunden. Direkt hinter ihnen lag die Rakkarrack. Ihr Bug war mit einem dicken Tau am Heck der Arrakoll festgebunden und alle Segel waren eingeholt. Er ging zur Backbordseite und lehnte sich, so weit er konnte, über die Reling. Zufrieden nickte er mit dem Kopf. Hinter der Rakkarrack setzte sich eine endlos scheinende Kette aus Schiffen mit eingeholten Segeln fort. Er konnte nicht jedes Tau einzeln überprüfen, aber er war trotzdem zuversichtlich. Seine Leute hatten immerhin das schwierige Manöver zwei hingekriegt, da konnte man auch hoffen, dass sie nicht zu blöd waren, die Schiffe aneinanderzubinden.

Er ging zurück zur Mitte der Brücke, verscheuchte seinen Steuermann mit einem Wink von seinem Platz und legte selbst seine Hände auf das riesige Steuerrad. Nun kam der anstrengende Teil. Er schloss die Augen, sammelte seine Kräfte und konzentrierte sich auf seine Hände und ihre Verbindung zum Schiff.

»Demiureptuk.«

Nur ganz langsam ließ er das Wort in seinem Kopf größer werden. Dennoch ging ein Ruck durch das ganze Schiff. Es nahm Fahrt auf. Im nächsten Moment spürte er einen zweiten Ruck. Das Seil zur Rakkarrack war nun gespannt und sie wurde mitgezogen. Er presste das Wort noch kleiner zusammen. Die Seile durften beim Anfahren nicht reißen. Er spürte eine ganze Serie von weiteren Rucken. Schiff für Schiff wurde von der Arrakoll mitgezogen.

Erst als er sicher war, dass auch das letzte Seil gespannt war, ließ er dem Wort in seinem Kopf freien Lauf. Gierig breitete es sich aus, als hätte es sich schon lange, lange darauf gefreut. Die Arrakoll wurde mit jedem Moment schneller. Bald fühlte er den Fahrtwind in seinem Gesicht.

Er öffnete die Augen. Die Leute an Deck hatten sich an der Reling versammelt und starrten ungläubig auf die riesige Bugwelle, die ihr Schiff nun vor sich hertrieb. In seinem Inneren spürte er die gigantische Anstrengung. Er verlangte seinen magischen Kräften das Äußerste ab. Dennoch erschien ein Lächeln auf seinem Gesicht. Es sprach viel dafür, dass er der erste Zauberer der Weltgeschichte war, der eine Flotte dieser Größe auf das Tempo eines galoppierenden Pferdes beschleunigt hatte.

***

Es dauerte eine kleine Ewigkeit, bis sich Julina zu Kurruk durchgeschlagen hatte. Zwar kannte fast jeder den Fischhändler, aber mit den Straßen und Gassen, die ihr als Beschreibung genannt wurden, konnte sie nichts anfangen. Auf ihren vielen Irrwegen wechselten sich laute, überfüllte Orte mit stillen und friedlichen ab. Insgesamt kam ihr Foigor nicht halb so gefährlich vor, wie alle immer sagten. Zu guter Letzt kam sie tatsächlich vor dem kleinen Laden an, über dessen Tür in ungelenken Buchstaben der Name *Kurruk* stand. Trotz aller Freude schüttelte sie sich kurz vor dem Fischgeruch, den dieses Haus abstrahlte.

Kurruk stand vor dem Laden. Sie fragte ihn lächelnd nach Virku. Kurruk lächelte zurück. »Tut mir sehr leid, Mädchen, ich kenn keinen Virku. Wer hat dir denn gesagt, dass ich ihn kenn?«

»Timur, sein Sohn.«

Gleichzeitig zog Julina ein zusammengefaltetes Blatt aus der

Tasche, auf dem sie sorgfältig das Zeichen aufgemalte hatte, das Timur ihr gestern gezeigt hatte. Kurruk sah es an und verzog keine Miene. Seine Augen wanderten beiläufig nach rechts und links, dann sagte er etwas leiser: »Vielleicht kenne ich doch einen Virku.«

»Sucht dieser Virku nach Timur?«

Kurruk nickte so leicht, dass es nur Julina erkennen konnte.

»Ich habe eine Nachricht für ihn.«

Kurruk sagte nichts. Er sah sie nur an und wartete.

»Die Nachricht ist, dass Timur nicht von Huurk entführt wurde, wie Virku vielleicht glaubt, sondern von Fürst Aram.«

Kurruk machte große Augen, Julina sprach weiter: »Timur ist aber inzwischen geflohen. Er hat sich nach Foigor durchgeschlagen und hält sich hier in einem Versteck auf. Können Sie das Virku sagen? Es ist wichtig.«

»Sollte ich Virku sehen, werde ich es ihm sagen. Kann aber sein, dass er Timur selbst schon gefunden hat.«

»Woher wissen Sie das?«

»Wer bist du, Mädchen?«

Sie sahen sich gegenseitig in die Augen. Zwei Leute, die sich bis eben noch wildfremd gewesen waren und nun beide überlegten, ob sie einander wirklich vertrauen konnten.

Julina redete. Sie hatte nichts zu verlieren.

»Ich bin eine Freundin von Timur. Aus Halum. Und ich muss Virku die Nachricht überbringen, damit er sich nicht mit Huurk anlegt.«

»Aus Halum?« Kurruk zog eine Augenbraue hoch. »Da hast du dich aber gut verkleidet, muss ich dir lassen. Also, wegen Virku und Huurk brauchste dir keine Sorgen zu machen. Timurs Vater is schlauer, als du vielleicht denkst. Der legt sich nicht mit Huurk an.«

»Und wo ist er jetzt?«

»An ’nen Ort gegangen, der so geheim ist, dass er ihn mir nicht verraten wollte. Hat einen Tipp bekommen, dass Timur sich dort versteckt. Ich weiß nur den Namen: Felsenheim. Vielleicht ist er schon da. Ich kann es nur hoffen. Ich rate dir, geh zurück nach Halum und warte. Timur und Virku wirst du nicht finden.«

Julina nickte.

»Hast du Hunger? Komm, ich mach dir ’ne Fiselaalstulle für den Weg.«

»Oh, das ist sehr nett, aber … ich habe gerade schon gegessen.«

Kurruk lachte laut los. Er hatte sie veralbert. Jeder Foigi wusste, das Halumer sich vor Fisch ekeln. Immer noch schmunzelnd schnitt er ihr eine Scheibe Brot ab und reichte sie ihr ohne Fisch. Sie bedankte sich und machte sich in die Richtung auf, aus der sie gekommen war.

Nachdem Julina um die nächste Ecke gebogen war, schnüffelte sie an dem Brot und seufzte. Es roch nach Fisch. Natürlich. Es stammte aus einem Fischgeschäft und ein Fischhändler hatte es mit seinen Fischfingern angefasst. Andererseits hatte sie so großen Hunger, dass sie einen Mantaaybären mit Haut und Haaren hätte verschlingen können. Schon im nächsten Moment war von der Brotscheibe nichts mehr übrig und sie wünschte sich, sie hätte Kurruk noch um eine zweite als Wegzehrung gebeten. Sie zwang sich, nicht mehr ans Essen zu denken, und konzentrierte sich wieder auf Timur. Mit geschlossenen Augen stand sie da und stellte die geistige Verbindung wieder her. Inzwischen hatte sie so viel Übung darin, dass es blitzschnell ging.

Sie sah wieder durch seine Augen. Er war immer noch mit Sebru in dem dunklen Versteck mit den Felswänden.

»Timur? Ich habe Kurruk gefunden. Er hat gesagt, dass dein Vater auf dem Weg zu deinem Versteck ist. Jemand hat ihm gesagt, dass ihr dort seid.«

»Ist er wahnsinnig geworden? Er kann doch nicht einfach am helllichten Tag durch Foigor laufen ... Ulldur! Da kommt gerade jemand zu uns herunter!«

»Das wird er sein.«

»Wir verstecken uns lieber.«

Julina sah, wie Timur und Sebru in ein finsteres Felsloch krochen. Von dort aus beobachtete Timur eine andere Öffnung am höher gelegenen Ende der Höhle, durch die ein schwacher Schummerschein fiel. Zum ersten Mal konnte sie sein Herz schlagen hören. Oder war es ihr eigenes? Was, wenn nun doch Huurks oder Arams Leute sein Versteck entdeckt hatten?

Doch als Timur einen Freundenschrei ausstieß und aus seinem Loch hervorgestürzt kam, lösten sich ihre Sorgen in Luft auf. Im nächsten Moment sah sie Virku. Er steckte in einem mitgenommen aussehenden Anzug und strahlte so über das ganze Gesicht, dass sie sich sofort anstecken ließ. Doch damit nicht genug, hinter Virku trat auch noch Malakin in Timurs Blickfeld. Wie, bei Talin, war der hierhergekommen?

Sie konzentrierte sich ganz auf den Ort, an dem Timur sich befand. Dann öffnete sie die Augen. Ein leuchtendes Band, das zu ihm führte, war vor ihr erschienen. Es würde sie auf dem kürzesten Weg zu Timurs Versteck führen. Je schneller sie ihn fand, umso besser. Auf dem Weg zu Yalkidias Versteck in Talins Holz konnte er eine Begleiterin gebrauchen, die dort schon einmal war.

Die magische Spur wies die Gasse hinunter. Zwei alte Frauen kamen ihr entgegen und beachteten sie nicht weiter. Noch immer hüpfte ihr Herz vor Freude darüber, dass Timur in Sicherheit war und dass sie sich gleich alle sehen würden. Nur ganz weit entfernt dachte sie an die Gefahr, die ihnen aus Krobull drohte und die größer war als alle Huurks, Hordaks und Arams zusammen. Und daran, dass es keine Hoffnung gab, dagegen anzukommen, außer

Yalkidias Plan, der so verwegen war, dass sie jedes Mal den Kopf schüttelte, wenn sie daran dachte.

***

Keiner wusste, wie viele Hüte Meister Kalamagi im Laufe seines Lebens hergestellt hatte, nicht einmal er selbst. Es waren auf jeden Fall mehr Hüte, als man in einem Menschenleben schaffen konnte. Auch zwei oder drei hätten nicht gereicht. Vier vielleicht. Ja, vier Menschenleben kam wahrscheinlich hin. Es war deswegen kein Wunder, dass er besser war als alle anderen Hutmacher. Niemand sonst hatte so viel Zeit gehabt, Erfahrung zu sammeln. Kalus Kalamagi war nämlich in Wirklichkeit niemand anderes als Rungomir Ringus, der dritte Fürst von Tylandor.

Außer Aram und Silling wusste niemand davon, nicht einmal sein oberster Vermögensverwalter. Auch nicht, dass er vor seiner Zeit als Hutmacher lange Zeit Wenzolaus Wallaff, der größte Meisterkoch der Stadt, gewesen war, und noch davor Trimius Tannensee, der noch heute als bester Rammhornist aller Zeiten gilt. Er erinnerte sich gerne an diese Zeiten. Sie waren glücklich. Genauso wie nun seine Zeit als Kalus Kalamagi. Und sollte ihn die Hutmacherei eines Tages langweilen, würde er etwas Neues beginnen. Aber so weit war es noch lange nicht. Tief in ihm schlummerten noch ganze Reihen von wundervollen Hüten.

Seufzend betrachtete den halb fertigen neuen Straßenhut für Goldon Longwyll, der auf seinem Ateliertisch lag. Dies war eins seiner spannendsten Projekte seit Langem. Er hasste es, die Arbeit ausgerechnet jetzt zu unterbrechen. Doch es half nichts. Yalkidia hatte ihm die Bilder von der Mobilmachung auf Krobull in den Kopf geschickt. Woronins schrecklich Flotte war auf dem Weg, um Tylandor anzugreifen.

Aram hatte sie auch Bescheid gesagt. Leider verschloss der Kerl sich stur gegen alle Bilder, die sie ihm schicken wollte. Seine alte Angst vor Magie umfasste sogar harmlose Verbindungen zu Seherinnen. Hätte er das riesige Heer der schrecklichen Gestalten nur einmal gesehen, würde er sich nicht mehr an den naiven Glauben klammern, seine Burgwachen wären Woronins Angriff gewachsen.

Ringus schüttelte grimmig den Kopf. Wenn kein Wunder geschah, würde Tylandor nach einer brutalen Schlacht in die Hand des bösartigen Zauberers fallen. Nicht einmal die Soldaten der königlichen Armee von Raythum könnten helfen. Die Krobulin waren blutdürstiger als alle borabischen Gotteskrieger zusammen. Und wahrscheinlich wäre Woronin mit seiner Magie sogar ganz alleine stark genug, um alles zu Staub zu machen, was sich ihm in den Weg stellte.

Die einzige Hoffnung war Yalkidia. Sie sagte, sie hätte einen geheimen Plan. Und mochte sie auch verrückt sein, Ringus' Bauchgefühl sagte ihm, dass etwas Bedeutendes dahintersteckte. Die ganzen Jahrhunderte, in denen er als Musiker, Meisterkoch und Hutmacher gelebt hatte, hatte Yalkidia einsam in Talins Holz verbracht. Und wie er sie kannte, hatte sie sich in dieser Zeit nicht nur mit Beerenpflücken beschäftigt. Gleichzeitig war ihm etwas unwohl. Was, wenn sie etwas plante, das mit Magie zu tun hatte? Womöglich mit schwarzer Magie?

Doch was auch immer, wenn man Tylandor retten wollte, musste man ihr helfen. Er nahm den bewährten Hut, mit dem man nicht auffällt, vom Haken und verließ das Haus.

Julinas magische Spur

Timur, Sebru, Virku und Malakin saßen dicht an dicht im Kreis auf dem Höhlenboden. Timur hatte alles Wichtige berichtet: seine Entführung, das schreckliche Geheimnis der drei Fürsten, dass Aram ihn für den Rest seines Lebens gefangen halten wollte, dass Yalkidia Silling und Julina Seherinnen waren und wie sie ihm bei seiner Flucht geholfen hatten, vor allem aber von Woronin und der großen Gefahr, die Tylandor drohte. Details wie seine üble Begegnung mit der Sarrafagohecke oder die heilenden Niffnuffs, die ihn auch in diesen Augenblicken immer noch fröhlich quasselnd umgaben, hatte er aussparen müssen, sonst hätte er Stunden gebraucht.

Virku und Malakin sahen ihn an, als wäre er ein alter betrunkener Foigi, der beim Fischdankfest zu später Stunde am Feuer Schauergeschichten vom schwarzen Tiefenhai erzählt. Und Timur kannte diese Blicke bereits von Sebru, dem er das alles schon vorher erzählt hatte. Es war kein Wunder, sie konnten ja die Bilder von Woronin und den Krobulin nicht sehen, die Yalkidia ihm geschickt hatte.

Kurz nachdem er mit seinen Erzählungen fertig war, hörte er wieder eine altbekannte Stimme in seinem Kopf.

»Ich bin bald bei euch, Timur.«

Julina! Er schnappte nach Luft.

»Was soll das heißen?«

»Ich bin unterwegs zu euch nach Felsenheim. Ich folge einfach der magischen Spur zu dir.«

»Lass das, Julina, das ist viel zu gefährlich!«

Die anderen sahen Timur an, als sei er verrückt, denn es sah so aus, als führe er Selbstgespräche.

»Ich laufe hier schon den ganzen Tag durch die Gassen, Timur. Ich habe Foigi-Sachen an. Mir tut keiner was.«

»Das kann ja sein, aber um zum Versteck zu kommen, musst du eine Felswand hinunterklettern. Nur ein falscher Tritt und du stürzt dreißig Meter tief ins Meer.«

»Ich weiß, ich konnte dir ja zusehen, wie du hinuntergeklettert bist.«

»Dann weißt du, dass es zu gefährlich ist.«

»Malakin hat es auch geschafft, oder?«

»Ja.« Timur runzelte die Stirn. Es war ihr nicht auszureden. »Na gut. Ich hole dich oben ab. Sag Bescheid, wenn dich die Spur in ein verlassenes Lagerhaus am Hafen geführt hat.«

»Ich glaube, ich bin schon angekommen. Da vorne kommt nichts mehr und hier ist links ein verlassenes Gebäude mit Kränen auf dem ... Oh, die Spur biegt aber jetzt auf einmal ab. In eine ganz schmale Seitengasse.«

»Das ist richtig. Du musst von hinten durch ein Fenster rein und auf der anderen Seite rausklettern. Ich komme dir entgegen.«

»Gut.«

Timur stand auf und reckte sich ein wenig. Er hatte sich in den letzten Stunden nicht viel bewegt. Seine Turnübungen wurden allerdings jäh durch einen Schrei unterbrochen. Julina! Er hielt inne. Es war ein kurzer Schrei gewesen. Einer, der sich nicht richtig entfalten konnte.

Sein Herz hämmerte gegen seinen Brustkorb. Doch noch bevor er irgendetwas tun konnte, sah er ein Bild. Julina hatte es ihm geschickt. Ein bärtiges Männergesicht. Und am unteren Rand des Bildes eine Hand, die sich offensichtlich auf Julinas Mund presste. Alles wackelte wild hin und her. Trotzdem konnte Timur einen Augenblick lang etwas erkennen. Etwas, das ihm das Herz stillstehen ließ. Auf dem Unterarm des Mannes waren vier waagerechte Striche und ein senkrechter Strich eintätowiert. Das Zeichen von Huurk!

Dann wurde es dunkel. Sie mussten Julina einen Sack über den Kopf gezogen haben. Timur rannte los.

»Was ist?«

»Julina wird gerade von Huurk-Männern entführt! Schnell!«

Steckte Huurk auch hinter den anderen rätselhaften Kinderentführungen von Foigor? Es sah so aus. Und Julina hatte das große Pech gehabt, dass es an ihrem ersten und einzigen Tag in diesem Stadtteil ausgerechnet sie erwischt hatte.

Timur kletterte, so schnell er konnte, zum Ausstiegspalt. Er hörte, wie ihm die anderen folgten. Es ging quälend langsam voran. Er wusste zwar, dass sie Julina kaum aus den Händen der Gangster befreien konnten, aber wenn sie sie heimlich verfolgten und so den Ort herausfanden, an dem sie sie gefangen hielten, war schon viel gewonnen.

Schon stand er im Freien auf dem Felsvorsprung, bereit, die letzte Etappe nach oben zu klettern. Seine Augen waren noch nicht an die Helligkeit gewöhnt. Er musste langsam machen, auch wenn er sich sorgte, zu spät zu kommen. Endlich war er in der leeren Lagerhalle angekommen. Er wollte sofort weiterstürzen, doch auf einmal sah er etwas. Nein, Eile war nicht mehr geboten. Im Gegenteil. Er wartete, bis die anderen zu ihm aufgeschlossen hatten.

»Was ist los, Timur?«, japste Malakin.

»Da fragst du noch?«, knurrte Virku. »Timur ist nicht lebensmüde. Die Huurks dürfen ihn nicht auf der Straße sehen und er hat keine Hegelverkleidung wie ich. Er bleibt hier und wir drei gehen. Schnell!« Er setzte sich den Hut mit der breiten Krempe auf, den er im Lagerhaus liegen gelassen hatte, und gab den anderen einen Wink. Doch Timur stoppte ihn.

»Nein, ich bin stehen geblieben, weil Julina mir eine Spur sendet.«

»Eine Spur?«

»Ich hatte euch erzählt, dass sie eine Seherin ist. Und Seherinnen können Menschen, mit denen sie verbunden sind, eine magische Spur senden. Ich kann den kürzesten Weg zu ihr als leuchtendes Band vor meinen Augen sehen. Und die Entführer bekommen nichts davon mit. Lasst mich führen, ich verstecke mich, so gut es geht, zwischen euch.«

Timur leitete die Gruppe zur Gasse, aus der sie gekommen waren. Die Spur führte ein Stück weit stadteinwärts, dann bog sie nach rechts in eine Seitengasse ab. Er ließ Malakin und Virku vorgehen, Sebru bildete die Nachhut. Sie versuchten das Kunststück, schnell voranzukommen und gleichzeitig auf der Hut zu sein. Wurden sie beobachtet? Liefen sie vielleicht geradewegs in eine Falle? Julinas Spur führte sie quer durch ein stinkendes, verlassenes Haus, über einen Platz mit verrottenden Booten und durch eine versteckte Gasse, die noch nicht einmal Virku kannte.

Dann verschwand sie von einem Moment auf den anderen.

»Srrunk! Ich kann nichts mehr sehen. Sie müssen sie betäubt haben.«

»Bist du sicher?«

»Gerade zeigte die Spur noch geradeaus die Gasse hinunter, jetzt ist sie weg.«

Ohne Rücksicht auf die Gefahr rannte Timur bis zur nächsten Kreuzung vor. Kein Mensch weit und breit. Es war eine gottverlassene Ecke, die perfekte Umgebung für finstere geheime Machenschaften. Die Gefahr, hier den falschen Leuten in die Arme zu laufen, war weitaus größer als ihre Chance, zufällig doch noch Julina zu finden.

»Es hat keinen Sinn. Wir müssen zurück.«

Sie drehten sich um. Timur schrie überrascht auf. Viel zu laut für diese Gegend. Virku sah ihn vorwurfsvoll an.

»Bist du verrückt?«

»Die Spur! Sie war gar nicht verschwunden, sie weist jetzt einfach nur in die entgegengesetzte Richtung. Ich habe sie nicht mehr gesehen, weil sie auf einmal in meinem Rücken war.«

»Bist du dir sicher?«

Das Misstrauen in Virkus Blick war kaum zu übersehen.

»Vielleicht sind die Entführer zuerst mit Absicht in die falsche Himmelsrichtung gegangen, um Verfolger zu verwirren. Und jetzt sind sie in einem großen Bogen umgeschwenkt.«

»Die ahnen doch gar nicht, dass sie verfolgt werden. Außerdem wär's ziemlich blöd, mit einem entführten Mädchen unterm Arm erst mal kreuz und quer durch die Stadt zu laufen.«

»Ich weiß es doch auch nicht. Aber die Spur ist eindeutig.«

»Und wenn du dir alles nur einbildest? Vielleicht sitzt sie auch genau in diesem Moment sicher zu Hause in Halum und wir jagen hier einem Hirngespinst hinterher.«

Timur sah seinen Vater an. Sie stritten fast nie.

»Papa, wenn du willst, geh nach Halum und schau nach. Ich bin sicher, sie ist hier.«

Virku sah ihn lange an, dann schüttelte er den Kopf.

»Los, weiter.«

Bald überquerten sie wieder den Platz mit verrottenden Booten und danach führte sie der Weg zurück durch das verlassene Haus. Timur erkannte mit Schrecken, dass die Spur schwächer leuchtete. Sie mussten Julina tatsächlich betäubt haben. Wer weiß, wie lange er noch etwas sehen konnte.

Kurze Zeit später standen sie wieder in der Lagerhalle, aus der sie gerade gekommen waren, und die Spur zeigte ohne jeden Zweifel aus dem geöffneten Tor hinaus Richtung Felswand. Was sollte das?

Sie standen ratlos vor dem Abgrund. Hieß das, die Entführer hatten Julina nach Felsenheim verschleppt? Genau an den Ort, von dem sie kamen? Das ergab keinen Sinn. Timur seufzte.

»Die Spur zeigt hier runter. Ich habe keine Ahnung, warum. Wir können nur hinterherklettern und nachsehen.«

Virku trat entschlossen vor das offene Tor.

»Ich mache den Anfang. Ihr folgt mir bis zum Felsvorsprung und wartet dort, bis ich unten im Felsenheim bin. Wenn ich zweimal pfeife, könnt ihr nachkommen. Wenn ich einmal pfeife, verschwindet ihr. Und wenn ich gar nicht pfeife erst recht. Sebru, du zu deiner Mama und ihr beiden nach Halum, Malakin kennt den Weg. Habt ihr mich verstanden?«

»Glaubst du, das ist eine Falle, Papa? Die Huurks können mir keine Spur senden. Das können nur Julina oder Fürstin Silling.«

»Ich glaube jetzt nur noch, was ich sehe. Das hier ist viel zu gefährlich, als dass wir einen Fehler machen dürften.«

Damit kletterte er los. Die anderen folgten ihm. Noch bevor der Letzte auf dem Felsvorsprung angekommen war, war Virku bereits im Spalt verschwunden. Timurs Herz klopfte rasend. Die Spur zeigte den Spalt hinunter, genau den Weg, den sein Vater eingeschlagen hatte. Aber warum? Er starrte in die Finsternis und fühlte den kühlen Luftzug auf dem Gesicht.

»Timur!« Sillings Stimme. Sie zitterte. *»Etwas Fürchterliches ist passiert.«*

Timurs Herz setzte für einen Schlag aus.

»Was haben sie mit Julina gemacht?«

»Julina geht es gut.«

»Gut?«

»Sie ist in den Händen der Huurk-Bande, aber sie tun ihr nichts. Es geht jetzt um Woronin! Er beherrscht einen Zauber, mit dem er Schiffe beschleunigen kann. Seine ganze Flotte bewegt sich schneller voran als ein roter Straßenwagen.«

»Was heißt das?«

»Morgen früh haben sie uns erreicht! Wir haben nur noch wenige Stunden.«

Timur gingen sofort die schrecklichen Bilder durch den Kopf, die die Fürstin ihm aus ihrem Wald in den Kopf geschickt hatte.

»Bitte mach dich sofort auf den Weg zu mir! Ohne dich sind wir verloren!«

»Wir müssen wenigstens wissen, wo sie Julina gefangen halten. Die Spur ist jetzt sichtbar, aber sie wird immer schwächer. Wer weiß, wie lange wir sie noch sehen können.«

»Julina würde es verstehen. Sie hat Woronins Kriegsheer gesehen. Was nützt es, wenn du sie befreist und im nächsten Moment fällt Woronin hier ein?«

Timur spürte, wie Silling ihm ein Bild senden wollte. Sie hatte ihn nicht gefragt, ob er es ihr erlaubte. Widerwillig und ohne weiter darüber nachzudenken, verschloss er diese Verbindung in seinem Kopf und sah auf das Meer hinaus. Ein paar Foigi-Boote bewegten sich langsam auf der spiegelglatten Wasserfläche. Nichts, aber auch gar nichts ließ darauf schließen, dass die schlimmste Katastrophe seit dem Großen Verschwinden nur einen halben Tag entfernt hinter dem Horizont lauern sollte.

»Geben Sie mir eine Stunde.«

»Timur, die Huurks tun Julina nichts Schlimmes an, ich kann es sehen. Woronin ist viel gefährlicher.«

Was sollte er tun? Er hatte keinen Zweifel, dass Sillings Aufregung echt war. Was aber, wenn es stimmte, was alle in Halum sagten? Was, wenn sie einfach nur ein bisschen verrückt war?

»Ich weiß immer noch nicht, wie ich gegen ein so großes Heer helfen könnte. Soll ich sie alle für eine halbe Stunde einschlafen lassen?«

»Nein, du kannst noch etwas anderes.«

»Was denn? Sagen Sie es mir!«

In diesem Moment tönten zwei Pfiffe aus dem Spalt zu ihnen herauf. Virkus Zeichen. Im Felsenheim drohte keine Gefahr. Timur wandte sich mit einem Ruck zum Einstieg in die geheime Höhle.

»Ich werde bald kommen, Fürstin Silling.« Und ohne eine Antwort abzuwarten, verschloss er die Verbindung zur Seherin vollends und begann abwärtszuklettern. »Niffnuffs, singt mir Licht! Danke!«

Bald sah er Virku unten im Dunkeln stehen. Die leuchtende Spur führte an ihm vorbei in die Mitte der Höhle, bog dann ab und ... Timur hielt den Atem an ... verschwand im Eingang zum Kaltfinsterlabyrinth. In seinem Gehirn polterte nun endgültig alles durcheinander. Julina war auf der Straße entführt worden, aber der kürzeste Weg zu ihr sollte durch das Kaltfinsterlabyrinth führen, einem Höhlensystem, das tief unter der Stadt lag?

»Sie ist nicht hier, Timur. Es muss ein Hirngespinst gewesen sein. Lass uns die Nacht abwarten, dann schlagen wir uns meinetwegen zu Madame Silling durch. Vielleicht war die riesige Kriegsflotte, die sie gesehen haben will, auch nur ein Hirngespinst. Dann müssen wir nur noch heil aus Talins Holz herausfinden und es fertigbringen, dass der Knallkopf Aram dich in Ruhe lässt. Eine Kleinigkeit.«

Virku wollte bitter auflachen, aber Timur fuhr dazwischen.

»Die Spur führt hier hinein!«

Er zeigte seinem Vater den versteckten Eingang des Finsterlabyrinths. Virku streckte seinen Kopf in die schmale, von scharfen Felskanten gesäumte Röhre. Dann starrte er seinen Sohn an.

»Nur das erste Stück ist so eng, Papa. Dahinter weitet es sich zu einer großen Höhle.«

»Und woher weißt du, dass wir da nicht in Höhlen kommen, die den Banden gehören?«

»Ich weiß es nicht, Papa. Aber, ich muss mich beeilen. Die Spur wird immer schwächer.«

»Und was, wenn sie auf einmal ganz verschwindet?«

»Sebru und ich kennen uns ein bisschen aus. Wir waren schon mal mit Fackeln da drinnen und haben ein paar Wege erforscht. Wir haben jetzt zwar keine Fackeln, aber dafür werde ich … von einem magischen Licht begleitet. Blöderweise kann nur ich es sehen.«

Man sah Virku an, dass er unter weniger verzweifelten Umständen laut losgelacht hätte. Was war das für eine Welt, in die sein Sohn da geraten war? Und vor allem, gab es sie überhaupt? Timur ahnte seine Gedanken und verstand ihn. Ihm selbst war es mit den Worten der Seherinnen am Anfang auch nicht anders gegangen.

»Vielleicht ist es besser, ihr bleibt hier und ich gehe alleine.«

Virku sah ihn mit festem Blick an.

»Nein. Geh vor.«

Er wies mit der Hand energisch auf den Eingang. Timur legte sich auf den Bauch und kroch, umgeben von singenden Niffnuffs, durch den schmalen Kanal. Hinter sich hörte er Virku fluchen, der seinen Erwachsenenkörper nur mit größter Mühe durch die Engstellen quetschen konnte. Bald darauf vermischten sich seine Flüche mit Malakins, der ebenfalls seine liebe Not hatte.

Als Timur in der ersten Höhle des Kaltfinsterlabyrinths angekommen war, war Julinas Spur nur noch ein dünner Faden. Er schluckte. Wie tief würde sie sie in den Fels hineinführen? Und wie würden sie zurückfinden? Sie zeigte ihm nur den Hinweg. Sobald er voranging, verlosch die Spur hinter ihm. Er hatte nichts dabei, um den Weg zu markieren, und zur Orientierung nur das spärliche Niffnuff-Licht. Sobald sie das kleine Terrain, das Sebru und er erforscht hatten, verließen, hatten sie keine Chance mehr zurückzufinden.

Sein Herz klopfte immer schneller. Schritt für Schritt folgte er dem dünnen leuchtenden Faden quer über den zerklüfteten Höhlenboden, den Gesang der Fellwinzlinge und die Flüche seiner stolpernden Begleiter im Ohr. Ganz allmählich tauchte die gegenüberliegende Felswand im Schummerschein auf. Hier gab es, wie er wusste, drei Abzweigungen, die alle noch tiefer ins Gestein führten. Die Spur führte aber zu keiner von ihnen. Er hielt den Atem an und schaute noch einmal genau hin. Sie führte an der Wand hoch und verschwand kurz unter der Höhlendecke im Fels. Und als wollte sie betonen, dass das wirklich der richtige Weg war, leuchtete sie auf einmal wieder in der alten Stärke auf. Julina musste aus der Betäubung erwacht sein.

»Wartet hier. Ihr könnt mir nicht folgen. Ihr habt kein Licht.«

»Timur! Weißt du sicher, was du da tust?«

»Herrak, ja! Ein Taucher weiß, wie weit er gehen kann.«

Ohne zu zögern, begann Timur die Wand abzutasten und zog sich an den ersten Vorsprüngen, die er fand, hoch. Zum Glück war es keine schwere Kletterpartie. Bald hatte er sich bis kurz unter die Decke emporgearbeitet. Dort verschwand die Spur in einer Öffnung im Fels, gerade groß genug, dass er hineinkriechen konnte. So versteckt, wie sie dort oben lag, war es kein Wunder, dass Sebru und er sie im Flackerlicht ihrer Fackeln nie bemerkt hatten.

Timur gab den Niffnuffs Vorsprung, dann zog er sich hoch, steckte seinen Kopf in die Öffnung und zuckte sofort wieder zurück. Die Luft, die ihm entgegenschlug, stank wie ein Keller voll fauligem Fisch. Er rieb sich die Beule, die er sich bei seiner plötzlichen Bewegung geholt hatte, schöpfte ein letztes Mal frische Luft und kroch mit dem Kopf voran in den scheußlichen Dunst hinein. Die Spur zeigte schräg abwärts. Er robbte ihr hinterher. Wenn der Schacht weiter so eng bleiben würde, könnte er sich nicht einmal umdrehen, sondern müsste rückwärts zurückkriechen, dachte er mit Schrecken. Ganz bestimmt war er der erste Mensch, der sich hier jemals hineinwagte. War das Risiko zu groß? Er kroch weiter. Solange es keine Abzweigungen gab, würde er zumindest zurückfinden.

***

Woronin musste sich eingestehen, dass er sich am Ende doch ein wenig überschätzt hatte. Er fühlte etwas, was er in seinem nun schon über tausend Jahre währenden Leben nur ein-, zweimal gefühlt hatte: magische Erschöpfung. Das Wort Demiureptuk fraß nach und nach seine Kräfte. Aber auch wenn es ihn noch so ärgerte, er versuchte ruhig zu bleiben. Immerhin zog er seit vielen Stunden eine ganze Schiffsflotte in rasendem Tempo über das Meer. Andere Zauberer wären längst zusammengebrochen und für die nächsten Wochen in Balthamins magischem Erholungsheim am Berg Salkomar gelandet.

Andere Zauberer.

Es gab ja gar keine mehr. Nur ein paar versprengte Menschlein in Tylandor, die völlig unnütz das Olisam in sich trugen. Und natürlich diesen einen Hochbegabten, wegen dem sie unterwegs waren. Der hatte in den letzten Wochen immer wieder solche Mengen magischer Energie freigesetzt, dass er es sogar noch auf Krobull gespürt hatte. Aber auch dieser Kerl war natürlich kein Zauberer. Woronin schnaubte verächtlich. Um Zauberer zu werden, brauchte man eine Ausbildung. Es war nur zu gefährlich, ihn einfach weitermachen zu lassen. Wenn der Zufall es wollte, dass er gewisse Dinge entdeckte, könnte er ihm echte Schwierigkeiten bereiten. Auch ohne Ausbildung.

Woronin begann das Wort Demiureptuk langsam in seinem Kopf zusammenzudrücken und die Arrakoll machte immer weniger Fahrt, bis sie schließlich ganz zum Stehen kamen. Leises Rumpeln hier und da zeugte davon, dass einige Schiffe, die mehr Schwung hatten, auf andere aufgefahren waren. Einige Krobulin stöhnten enttäuscht auf. Sie sollten bloß die Klappe halten. Sie hatten nur noch eine Handvoll Meilen vor sich. Mit der ersten Morgensonne würden die Tylandorer seine Flotte am Horizont sehen. Woronin grinste. Eine Wand aus schwarzen Schiffen. Na gut, schwarz mit ein paar braunen Einsprengseln, aber was machte das schon? Überhaupt, die Wand aus blutroten Segeln darüber war viel wichtiger. Sie würden den Schreck ihres Lebens bekommen.

Vielleicht schickten sie ihm einen Gesandten entgegen, der ihm eine bedingungslose Kapitulationserklärung überbrachte. Dann hätte er ein Problem. Er konnte seinen Männern unmöglich verbieten zu kämpfen. Sie freuten sich schon seit Wochen darauf. Er würde ihnen erlauben, Foigor dem Erdboden gleichzumachen. Dieses Rattennest war ihm schon immer ein Dorn im Auge gewesen und er ekelte sich vor dem immer wiederkehrenden Gedanken, dass das Leben, das er gerade lebte, ausgerechnet von dort kam. Halum und vor allem Balinford sollten sie dagegen unzerstört lassen, dafür würde er sorgen.

»Sobrekul Amagina Sokulum.« Wieder das Flirren in seiner Kehle. »Manöver drei!«

Vielleicht hatten sie das sogar bis nach Tylandor gehört. Ihm sollte es recht sein. Hauptsache, sie konnten nicht bei Manöver drei zusehen, sonst würden sie sich das mit der bedingungslosen Kapitulation noch einmal sehr gut überlegen. Bis seine Flotte die halbmondförmige Angriffsformation gebildet hatte, würde eine kleine Ewigkeit vergehen und er konnte von Glück reden, wenn es dabei keine ernsthaften Schäden gab.

Er ließ das Steuerrad los, zog sich in sein Kommandeurskabinett zurück, legte sich auf den Diwan und schloss die Augen. Wie von fern hörte er Schiffe, die sich rammten, und wilde Krobulinflüche. Nicht sein Problem. Sie würden es schaffen. Er hingegen musste sich nun ganz darauf konzentrieren, seine verbrauchten magischen Kräfte wieder aufzubauen.

Tief im Fels

Timur kam nur mühsam vorwärts. Es schien ihm, als müsste er seinen Körper durch eine endlose Reihe schmaler Fischmäuler mit spitzen unregelmäßigen Zähnen hindurchpressen. Gut, dass er die Niffnuffs hatte. Nicht nur wegen des Lichts, ihr leiser Gesang gab ihm auch die beruhigende Gewissheit, dass sie ihn heilen würden, wenn er sich eine Verletzung zuzog. Wenn er allerdinge festklemmte oder gar das Bewusstsein in der immer schlechter werdenden Luft verlor, konnten auch sie nichts für ihn tun.

»Bei der nächsten Engstelle kehre ich um«, sagte er sich einmal mehr, aber das hatte er schon oft gedacht und war doch immer weitergekrochen. Seine Hände, Ellbogen und Knie spürte er schon kaum noch. Stück für Stück arbeitete er sich voran, immer weiter nach schräg unten, immer tiefer in den Fels hinein. Manchmal weitete sich der Stollen ein wenig und er wollte schon aufatmen, aber der nächste Engpass ließ nie lange auf sich warten.

Umso mehr überraschte es ihn, als er auf einmal von Weitem einen schwachen Lichtschein sah. Auch ein leises Klopfen und Klappern war zu hören. Er verharrte und lauschte. Es kam ihm bekannt vor, aber er konnte es nicht einordnen.

Bald weitete sich der Tunnel zum ersten Mal für eine längere Passage. Hier würde er sich umdrehen können, dachte er beruhigt.

Der Albtraum, den Rückweg mit den Füßen voran schräg nach oben krabbeln zu müssen, würde ihm also erspart bleiben.

Falls er diesen Weg nehmen konnte. Noch hatte er keine Ahnung, in was er hineingeraten würde. Was, in aller Welt, konnte dieses Licht, diese Geräusche und diese unglaublich stinkende Luft erzeugen?

Er kroch um eine sanfte Biegung. Der Tunnel wurde nun sogar hoch genug, um gebeugt gehen zu können. Dann sah er es. Auf den ersten Blick wirkte es so, als befände sich im Boden des Tunnels ein großes Maul, das sich einen kleinen Spalt geöffnet hatte. Durch den Spalt drangen helle Lichtstrahlen. Mit ihnen kamen auch Lärm und Gestank herein. Timur spürte einen sanften Luftzug in seinem Gesicht. Vorsichtig robbte er auf dem Bauch heran, immer darauf bedacht, dass er Halt hatte. Der Boden der Höhle neigte sich wie ein Trichter zum Loch in seiner Mitte hin. Als er den Rand erreicht hatte, reckte er seinen Kopf vorsichtig vor, bis er endlich etwas sah.

Er starrte in eine hell erleuchtete Höhle von gigantischem Ausmaß. Sie war lang gezogen und bog an einem Ende um die Ecke, sodass er sie selbst von hier oben nicht vollständig überblicken konnte. Gut zehn Meter unter ihm waren Fackeln in langen Reihen an den Wänden angebracht. Ihre Flammen schwärzten den Fels. Dort, wo die Höhle um die Ecke bog, erkannte er die Quelle der Geräusche. Mehrere riesige Webstühle standen hier aufgereiht, größer als alle, die er je in seinem Leben gesehen hatte. Hinter der Biegung standen vermutlich noch mehr davon, sonst würde der Lärm nicht so laut und beständig heraufschallen. Um die Webstühle herum bewegten sich Kinder. Dutzende. Sie trugen riesige Stoffrollen von den Webstühlen zu großen Bottichen, in denen stinkende Farblösungen vor sich hin brodelten, und warfen sie hinein. Andere Kinder holten die heißen nassen Stoffe wieder aus den Bottichen heraus und hängten sie auf Trockengestelle auf. Dabei traten sie sich gegenseitig auf die Füße, weil sie kaum Platz hatten.

Die leuchtende Spur führte zu einem Mädchen mitten im Getümmel. Julina. Er hätte sie aber auch ohne diese Hilfe entdeckt, denn sie trug als einzige saubere Kleidung.

Neben den Trockengestellen standen ein paar große Zuschneidetische und dahinter etliche Reihen kleinerer Tische, an denen ältere Kinder saßen und nähten. Zwischendrin standen überall finster dreinblickende Huurk-Männer, die sie antrieben und mit Stöcken nach ihnen schlugen. Die Kinder sahen elend aus. Ihre Gesichter starrten vor Schmutz und ihre Kleidung war zerrissen. Viele von ihnen hatten Striemen und Beulen.

Auf einer Seite der Höhle stapelten sich die Ergebnisse ihrer Knochenarbeit. Fertige Kleider in bunten Farben und Mustern. Timur hielt inne. Sie kamen ihm bekannt vor. Er sah noch einmal genauer hin. Dieses gelb-grüne Stoffmuster, hatte er das nicht schon öfter in Halum gesehen? Wer hatte es nur getragen? Ein Lehrer? Ein Mitschüler? Eine Marktfrau?

Jetzt erinnerte er sich: einer von Rogoman Harras' Geschäften! Er hatte diese gelb-grüne Jacke im Schaufenster gesehen. Timur schnappte nach Luft. Der Mann, der Malakins Vater das Leben mit seinen Billigpreisen schwer machte, ließ seine Kleider also in Foigor produzieren! In einer geheimen, stinkenden Manufaktur, in der Huurk entführte Kinder arbeiten ließ!

Timur sah wieder nach Julina. Sie stand am Rand eines besonders ekelerregenden grünen Farbbottichs, neben ihr eine Frau, die ihr durch den Lärm der Webstühle hindurch etwas zu erklären schien. Außer den Huurk-Männern war sie die einzige Erwachsene im ganzen Raum. Aber im Gegensatz zu den großen feisten Kerlen mit ihren schwarzen Hüten und Westen sah sie ebenso verdreckt, abgerissen und schlecht ernährt aus wie die Kinder. Timur konnte trotz der Entfernung erkennen, dass sie Julina beim Reden mitleidsvolle tröstendene Blicke zuwarf und sie immer wieder sanft am Arm berührte.

Bald darauf begann Julina mit der ihr zugewiesenen Arbeit am Farbbottich. Die Frau sah ihr noch kurz zu, dann wurde sie von einem der Männer grob weggezerrt und wieder an ihren Nähtisch geschubst, der an einer Wand stand, direkt unter einer der Fackeln. Ein heller Lichtschein fiel auf ihr ausgezehrtes Gesicht. Timur konnte sich nicht von dem Anblick losreißen. Ihr Gesicht war so besonders, so schön … Und mit einem Mal machte sein Herz einen solchen Satz, dass er fast in das Loch vor ihm gestürzt wäre.

Es war Baleta, seine Mutter!

Wäre ihr Haar nicht so kurz und ihre ganze Erscheinung so erschreckend mager, hätte er sie schon längst erkannt. Tränen der Freude schossen in seine Augen, liefen ihm die Wangen hinunter, lösten sich und fielen durch das Loch in die Tiefe.

Sosehr Timur in diesem Moment die Arme nach Baleta ausstrecken und laut nach ihr rufen wollte, sosehr wusste er, dass er kaum einen größeren Fehler machen konnte. Er dachte fieberhaft nach. Was konnte er tun? Die Wachen alle nacheinander in den Schlaf schicken? Es waren weit über 20 Mann, aber er saß in einem sicheren unerreichbaren Versteck und hatte alle Zeit der Welt. Die Frage war nur, was geschehen sollte, wenn er es geschafft hatte. Wo sollten Baleta und die Kinder hinfliehen? Das Loch, durch das er in die Höhle hinuntersah, war nicht einmal für den besten Kletterer zu erreichen. Natürlich musste es irgendwo einen anderen Zugang zur Höhle geben, einen richtig großen, durch den sogar die riesigen Webstühle gepasst hatten. Wahrscheinlich verbarg er sich hinter der Biegung. Er kannte ihn zwar nicht, aber eins war klar: Er wurde bestimmt von etlichen weiteren Huurk-Männern bewacht, die er von hier aus nicht in den Schlaf schicken konnte.

»Niffnuffs, ihr kennt die alten Zeiten. Was würde ein großer Michel tun, wenn er diese ganzen Gefangenen hier befreien wollte?«

Der Gesang verstummte und die Fellwesen hörten auf zu leuchten. Stattdessen setzte auf der Stelle ein Sturm aus Worten ein. Tausende von Silben schienen die niedrige Höhle auseinandersprengen zu wollen. Nur die wenigsten der vielen Beispiele der Taten von großen Zauberern, die die Niffnuffs im Tempo einer galoppierenden Steppenpferdherde vorbrachten, konnte er überhaupt aufschnappen.

»Mag Wenzolaus hättste ein Bild von einem wütenden Gurgwolf in die Luft gezauberst und die Wachen damit erschreckst.«

»Pah. Mag Zollfibel hättste ein großes Tor in die Wand gezauberst, durch das sie alle rauskönntsten.«

»Und Mag Tilibur konntste Menschen einfach in Luft auflösen und woanders wieder erscheinsten lassen.«

»Oh ja, bei dem Zauber von Mag Tilibur warsten das die besten magischen Wellen überhaupt, wenn man unseren Vorfahren glaubsten darf.«

»Vergesstet Mag Tilibur. Einer, von dem ich den Namen nicht mehr weißt, konntste den Boden fünf Meter hoch voll leuchtendem Wasser zaubern. Fünf Meter hoch!«

»Und was sollst das nützen? Der Michel willst die Gefangenen hier rausbringsten.«

»Ach so, habst ich vergessen.«

Timur zeigte auf einen der kleinen Kerle. »Du da, kannst du mir sagen, mit welcher Zauberformel Mag Zollfibel das große Tor in die Wand gezaubert hätte?«

»Weißt ich nicht. Wir Niffnuffs verstehen keine Zauberformeln.«

»Bitte singt wieder, ich brauche Licht.«

Das stimmte zwar nicht, aber die kleinen Wesen konnten ihm

nicht helfen. Ohne die Zauberformeln war ihr gesamter Erfahrungsschatz nichts wert. Er würde es mit dem Schlafzauber versuchen. Vielleicht stiftete er damit zumindest so viel Unruhe, dass ein paar Kinder und hoffentlich auch Baleta fliehen konnten.

Er konzentrierte sich auf den Huurk-Mann, der ihm am nächsten stand.

»Kurinkalaplamplam Kranulkuf.«

Es fühlte sich an wie immer. Das Wort breitete sich in seinem Kopf aus und er spürte, wie er magische Kraft in Richtung des Mannes schickte. Komischerweise blieb der aber stehen und hielt die Augen offen. Timur ließ das Wort noch größer werden. Der Mann blinzelte. Noch größer. Er blinzelte wieder, diesmal etwas stärker. Timur überließ nun dem Wort seinen gesamten Kopf, auch wenn das immer ein verdammt unangenehmes Gefühl war. Der Mann gähnte lange und seine Augen fielen zu. Timur wollte schon aufatmen, aber dann nahm der Mann seine letzten Kräfte zusammen, schüttelte sich, holte tief Luft und riss die Augen weit auf. Ein anderer kam hinzu. Sie wechselten ein paar Worte.

Timur ließ nicht nach. Sein Opfer gähnte noch einmal und schüttelte dann wieder den Kopf, während der andere lachte. Dann spürte Timur auf einmal etwas, das er noch nicht kannte. Das riesig angeschwollene Zauberwort begann damit, etwas in ihm aufzufressen.

Erschrocken drückte er es wieder klein zusammen, ließ es verschwinden und atmete durch. Anscheinend war der Huurk-Mann so weit weg, dass er ihn auch mit der größten magischen Kraft nicht wirkungsvoll genug erreichen konnte. Warum musste diese Höhle auch so hoch sein? Nein, im Moment konnte er nichts machen, er musste umkehren. Aber er würde wiederkommen. Vielleicht mit einem Seil, um sich ein Stück weit herunterzulassen. Vielleicht mit einem neuen Zauber, mit dem er Julina, Baleta und alle anderen hier auf neuen Wegen herausholen konnte, von denen er noch nichts ahnte, oder was auch immer, aber er würde kommen.

Er drehte sich um und ging ein paar Schritte … Nein! Er konnte Baleta und Julina nicht einfach so zurücklassen. Sie sollten wenigstens wissen, dass er sie gefunden hatte. Er konzentrierte sich auf die Verbindung.

»Julina, ich bin hier, direkt über euren Köpfen.«

»Weiß ich doch, ich kann doch alles sehen, was du siehst.«

»Aber mir fällt nichts ein, was ich jetzt machen könnte.«

»Mir auch nicht. Geh zu Yalkidia, das ist jetzt wichtiger!«

»Rogoman Harras, dieser stinkende Molch. Er ist es, für den ihr hier arbeitet.«

»Ja, ich habe die Stoffmuster auch erkannt.«

»Wir holen euch hier heraus, ich finde einen Weg.«

»Informiert den magischen Senat. So etwas wird die Regierung niemals dulden. Aber kümmert euch, um Talins willen, zuerst um Woronin! Ich werde das hier so lange durchhalten, wie es sein muss. Schaffen die anderen ja auch. Aber irgendjemand soll bitte meinen Eltern sagen, dass … verdammt, besser, keiner sagt ihnen was. Sie werden umkommen vor Angst.«

»Das tun Malakins Eltern vermutlich auch gerade … Also gut, ich gehe mit den anderen zu Silling. Aber wenn wir das mit Woronin geschafft haben, holen wir euch sofort raus.«

»Ja. Aber beeil dich jetzt. Und öffne dich wieder für Yalkidia. Woronins Flotte wird in wenigen Stunden am Horizont auftauchen, hat sie mir gesagt.«

»Nur eins noch: Die Frau mit den kurzen Haaren, die mit dir gesprochen hat, ist meine Mutter.«

»Was?!«

Julina ließ vor lauter Überraschung den Stoff los, den sie gerade aus der stinkenden grünen Brühe gezogen hatte. Sofort versank er wieder im Geblubber.

»Ja! Umarme sie von mir und sage ihr …«

Weiter kam Timur nicht. Kaum hatte Julina den Stoff losgelassen, war der Mann, der vorhin so hartnäckig nicht einschlafen wollte, zu ihr gestürzt und hatte sie an den Haaren gepackt. Er schrie sie an und schlug ihr ins Gesicht. Immer wieder. Timur biss sich auf die Lippe. Er musste etwas tun. Irgendwas musste ihm doch einfallen? Was konnte man machen, wenn zehn Meter unter einem seine Freundin von einem Huurk-Mann geschlagen wurde?

»Hillobullikorompompom.«

Das Wort war plötzlich in sein Gedächtnis geschossen und er hatte es sofort ausgesprochen, einfach um etwas zu machen. Bunte Blasen erschienen über Julina an der Decke der Höhle und der Flottermeyer-Walzer erklang. Timur sah, dass der brutale Huurk-Mann erstaunt innehielt. Jetzt galt es erst einmal Zeit zu gewinnen. Er gab dem Zauberwort allen Platz, den er ihm geben konnte. Es schwoll an, bis sein Kopf fast davon platzte. Doch das war ihm egal, denn die Wirkung war enorm. Die Blasen wurden riesig und waberten bedrohlich über die gesamte Decke. Er konnte kaum noch durch sie hindurch nach unten sehen, aber es reichte, um zu erkennen, dass der Huurk-Mann Julina losgelassen hatte. Wie alle anderen in der Höhle starrte er entsetzt nach oben und hielt sich die Ohren zu, denn der Flottermeyer-Walzer dröhnte so laut, dass man sonst taub geworden wäre. Die riesigen Blasen sanken weiter herab und jedes Mal, wenn eine zerplatzte, gab es einen gewaltigen Knall.

»Julina! Geh direkt unter mich! Ich versuche dich mit deinem Hemd hochfliegen zu lassen.«

Trotz des Lärms schien Julina seine Worte hören zu können. Sie bewegte sich vorsichtig in seine Richtung und keiner hatte die

Hände frei, um sie aufhalten. Als sie direkt unter Timur stand, richtete er seine ganze Aufmerksamkeit auf ihr vom grünen Farbsud besprenkeltes Foigi-Hemd.

»Wregnihaluf!«

Wieder gab er dem Wort allen Platz, den es in seinem Kopf fand. Im Nu wurde es groß und zerdrückte »Hillobullikorompompom« wie eine Fliege an der Innenwand seines Schädels. Mit einem Schlag verschwanden alle bunten Blasen und die Musik riss mitten im Takt ab.

»Julina, was auch immer passiert, lass die Arme unten, sonst stehst du gleich im Unterhemd da!«

Julinas Hemd stieg langsam in die Höhe. Aber dafür, dass Timur das Zauberwort mit maximaler Kraft wirken ließ, passierte es nur sehr langsam. Die Entfernung hemmte den Zauber.

Die Huurk-Männer starrten immer noch an die Decke und trauten sich noch nicht, die Hände von ihren Ohren zu nehmen. Es würde aber nicht mehr lange dauern. Timur zwang sich, ruhig zu bleiben. Aus seinen Übungen auf dem Dach wusste er, dass sich die Kraft eines Zaubers nicht durch Anstrengung vergrößern ließ. Alles, was man tun konnte, war, dem Wort möglichst viel Raum zu geben. Das ging am besten, wenn man sich entspannte.

Julinas Kopf war nun halb in ihrem aufsteigendem Hemd versunken. Sie hielt ihre Arme fest an den Körper gepresst, während Timur sich weiter bemühte, den Zauber mit größter Kraft wirken zu lassen. Aber etwas in ihm sperrte sich dagegen, einem Zauberwort noch einmal zu erlauben, etwas in ihm aufzufressen. Er atmete tief ein und aus. *Es macht mir nichts aus. Es macht mir nichts aus.* Immer wieder murmelte er den Satz vor sich hin. Endlich brach die innere Barriere zusammen und der Flugzauber verschaffte sich mit einem Ruck noch mehr Raum.

Julinas Oberkörper schwankte ein wenig und im nächsten

Moment hingen ihre Beine frei in der Luft. Das Zauberwort fraß gierig. Instinktiv wollte Timur es zusammendrücken, aber er zwang sich mit aller Macht, es nicht zu tun. Der Huurk-Mann starrte Julina an, die nun ein Stück über dem Boden schwebte. Das Wort fraß weiter. Eine tiefe Schneise entstand in Timurs Kopf. Der Huurk-Mann stürzte auf Julina zu und wollte sie packen. Julina sah ihn finster an. Sie hob ihren rechten Arm leicht an und zeigte mit der Handfläche auf ihn. Was hatte sie vor?

»KARRACKA HACKARRAM!«

Der Mann wich zurück und hielt sich die Arme schützend vor den Körper. Julinas Augen funkelten, sie murmelte weiter unverständliches Zeug, wurde mal leiser, mal lauter und hielt ihre Hand weiter auf ihn gerichtet. Er drehte sich um und rannte weg. Die anderen Männer machten keine Anstalten, sich dem unheimlichen schwebenden Mädchen, dessen Kopf nur noch halb aus ihrem Hemd herausragte, zu nähern. Im Gegenteil, wer auch immer in ihrer Nähe stand, ging weg oder duckte sich hinter einen der Bottiche. Ihr Bluff wirkte besser, als sie es sich vorgestellt hatte.

Die Schmerzen in Timurs Kopf wurden unerträglich. Das Zauberwort schien ihn leer zu fressen. Doch entgegen allem, was ihm sein Instinkt zuschrie, gab er ihm noch ein letztes Mal mehr Raum und stöhnte dabei gepeinigt auf. Julina stieg langsam, aber stetig nach oben. Die Hälfte der Strecke war geschafft. Die Männer konnten sie nun nicht mehr erreichen, selbst wenn sie es gewollt hätten.

Aber Timur fühlte nun, dass seine magischen Kräfte kurz vor der totalen Erschöpfung standen. Julina den Rest der Strecke nach oben schweben zu lassen schien ihm unmöglich. Gleich würde der Zauber zusammenbrechen und seine Freundin zu Boden stürzen.

»Julina, ich …«

Doch noch während er sprach, passierte auf einmal genau das

Gegenteil. Julina war endlich so nah herangekommen, dass der Zauber voll wirkte. Sie schoss nach oben und klebte schon im nächsten Moment mit dem Rücken an der Decke von Timurs kleiner Höhle. Er packte sie am Arm, zog sie, so fest er konnte, zu sich und drückte gleichzeitig das Zauberwort zusammen. Mit letzter Kraft gelang es ihm, zu verhindern, dass sie durch das Loch zurückstürzte.

Kurze Zeit lagen beide keuchend auf dem harten, unebenen Boden. Dann sah Timur noch einmal nach unten. Alle starrten auf das Loch in der Decke, in dem Julina eben verschwunden war. Konnten sie ihn sehen? Er sah Baleta und mit einem Schlag war ihm alles egal. Sie *sollten* ihn sehen! Er schrie, so laut er konnte.

»Mama! Ich bin hier!«

Er streckte seinen Kopf so weit aus dem Loch, wie er konnte. Baleta, die, wie alle anderen, auf das Loch gestarrt hatte erkannte ihn, schrie vor Freude auf, schlug die Hände vor den Mund. Neben ihr hielt ein Huurk-Mann auf einmal eine Armbrust in der Hand. Er zielte auf ihn. Einige Kinder sahen es und kreischten auf. Der Mann ließ sich nicht stören. Baleta riss eine brennende Fackel von der Wand und warf sie ihm an den Kopf. Ihr Wutschrei hallte von den Wänden wider, der Mann fiel um, der Schuss löste sich dabei und schlug irgendwo in den Fels ein.

Baleta hatte bereits die nächste Fackel in der Hand und schrie mit unverminderter Kraft. Plötzlich hatten auch andere Kinder sich mit Fackeln bewaffnet. Sie warfen sie nach den Huurk-Männern und schlugen damit auf sie ein.

»Macht sie fertig!«, schrie eine wütende Jungenstimme. »Wir sind mehr!« Es dauerte keine Sekunde und alle machten mit, auch die Kleinsten. Ein Mann nach dem anderen ging zu Boden. Die Kinder schlugen mit allem nach ihnen, was sie in die Finger bekamen, traten sie, packten sie und warfen sie in die Farbbottiche. Und sie brüllten. Alle zusammen. Noch lauter als der Flottermeyer-Walzer vorhin. Die wenigen Männer, die noch stehen konnten, rannten weg, Baleta und die Kinder aber vereinigten sich zu einem riesigen Menschenstrom und stürmten ihnen hinterher. Die Laute, die sie dabei ausstießen, waren so schrecklich, dass sie sogar ein Rudel hungriger Mantaaylöwen vertrieben hätten.

Wieder vereint

Fürst Ringus lugte vorsichtig unter der Krempe seines Spezialhuts, mit dem er nicht auffiel, hervor und sah sich ein letztes Mal um. Nein, keiner war ihm gefolgt, keiner beobachtete ihn. Er schlüpfte durch die kleine Seitentür eines der verlassenen Häuser im äußersten Süden von Halum.

Niemand wusste, dass er diese Tür regelmäßig benutzte, um durch einen Geheimtunnel nach Foigor zum Essen zu gehen. Gut, als er das letzte Mal *Ulbrechts Hechtstube* besucht hatte, hatte er im Tunnel das seltsame Gefühl gehabt, als würde ihm irgendjemand folgen. Aber da hatte er auch zu Hause schon ein Glas Dunkelwein getrunken.

Ringus seufzte, als er den vollgerümpelten Kellerraum erreicht hatte und die Kiste öffnete, die den Einstieg zum Tunnel verdeckte. Er war tatsächlich Kunde bei Hordak, da gab es nichts, was man schönreden konnte. Aber was sollte er tun? Gut zubereiteten Fisch bekam man nun einmal nur in Foigor. Und wenn man diese Festmähler nicht in absoluter Heimlichkeit zu sich nahm, würde man am nächsten Tag sein Gesicht auf der Titelseite der Tylandor'schen Nachrichten sehen. Es war noch kein Jahr her, dass Hochrichter Quamus Rogelstern von allen Ämtern zurücktreten musste, weil er sich unvorsichtigerweise mitten in Aramburg mit den eingepackten Resten seines Essens aus dem *Grünen Gürtelbarsch* hatte erwischen lassen.

Nicht zu fassen, dass die fischfeindliche Stimmung sich immer noch halten konnte. Ringus wusste, dass sogar der halbe Senat von Tylandor heimlich in Foigor Fisch aß. Für Huurk und Hordak war das ein einträgliches Geschäft. Hunderte Halumer und Aramburger bezahlten sie dafür, dass sie diskret ihre Geheimtunnel, die direkt in die besten Fischgaststuben von Foigor führten, benutzen durften.

Fürst Ringus seufzte noch einmal und wischte die trüben Gedanken beiseite. Heute führte ihn sein Weg ausnahmsweise nicht nach Foigor, um gesottene Seliukschwänze mit Meeralgen und Fiselaalsoße zu essen, auch wenn ihm beim Gedanken daran das Wasser im Mund zusammenlief. Heute hatte er eine Aufgabe zu erfüllen. Eine wichtige Aufgabe.

Ringus war es mit viel Überredungskunst endlich gelungen, Yalkidia dazu zu bringen, ihm ihren Plan zu verraten, mit dem sie die Landung von Woronins Kriegsflotte verhindern wollte. Jedes Mal, wenn er daran dachte, fing sein Kopf ganz von selbst damit an, sich so heftig zu schütteln, dass der Hut-mit-dem-man-nicht-auffällt beinahe verrutschte. Und das wollte etwas heißen. Normalerweise konnte man mit einem Kalamagi-Hut auf dem Kopf einen Dreifachsalto schlagen, ohne dass er verrutschte.

Er hatte sich schon viel vorgestellt, womit Yalkidia ihre einsamen Jahrhunderte im Wald verbracht hatte, aber dass sie mit Drachen zusammenlebte, nun wirklich nicht. Was für eine Geschichte!

Und einen dieser Drachen wollte sie gegen Woronins Flotte anfliegen lassen. Eine vollkommen verrückte Idee. Leider waren in ihrer Situation verrückte Ideen die einzigen, die noch einen Funken

Hoffnung bargen. Und leider brauchten sie, um die Idee umzusetzen, unbedingt noch diesen jungen starken Olisamträger, der im Moment in Foigor festsaß. Die Aufgabe, mit der Yalkidia ihn betraut hatte, war, den Jungen dort heil herauszuholen. Wenn ihm das nicht gelang, war alles zu Ende. »Auf keinen Fall«, flüsterte er grimmig und ballte seine Faust. Er kannte sich in Foigor aus, und so wahr er Ringus und Kalamagi hieß, Timur würde in Talins Holz ankommen.

Er sehnte sich danach, seinen neuen Hut auf Goldon Longwylls Kopf zu sehen. Deswegen musste er dafür sorgen, dass Longwylls Kopf nicht vorher von einem wilden Krobulin abgeschlagen wurde.

***

Julina war am Ende ihrer Kräfte. Schon seit mehr als einer Stunde war sie Timur durch den Fels hinterhergekrochen. Sie hörte, so gut es ging, auf seine Warnungen, stieß sich aber trotzdem immer wieder an hervorstehenden Felskanten und unerwarteten Vorsprüngen. Im Gegensatz zu ihm hatte sie kein Licht. Außerdem war sie erschöpft, hundemüde und hatte elenden Hunger.

Timur ging es, trotz Niffnuff-Leuchten und halbwegs gefülltem Magen, kaum besser, denn es war nun schon das zweite Mal, dass er sich durch die unzähligen Engstellen quälen musste. Zu gerne hätte er Julina gesagt, dass sie bald am Ziel wären, aber er wusste es nicht. Sollte er laut nach den anderen rufen? Wenn eine Antwort käme, wüssten sie wenigstens, dass es nicht mehr weit war. Aber die anderen würden ihn möglicherweise nicht richtig verstehen und denken, dass er Hilfe brauchte. Dann würden sie versuchen, ihn zu finden, und sich dabei im Dunkeln in Gefahr bringen.

Während Timur noch darüber nachdachte, hörte er plötzlich selbst etwas. Er hielt an. Julina stieß von hinten mit dem Kopf gegen seine Stiefel.

»Was ist?«

»Pst. Hörst du das?«

»Ja. Jemand klatscht auf die Felsen, oder?«

»Nenn mich verrückt, aber das hört sich an, wie ein Foigi-Rhythmus.«

»Jetzt singt auch noch einer.«

»Das sind Virku und Sebru! Komm, wir haben es gleich geschafft.«

Je näher sie kamen, umso mehr wusste Timur, dass er sich nicht getäuscht hatte. Virku und Sebru sangen und trommelten dazu auf die Felsen. Und als sie noch ein Stück weiter vorangekommen waren, hörten sie, dass Malakin ebenfalls mitmachte, wenn auch deutlich leiser und immer etwas falsch. Sie vertrieben sich die Zeit. Klar, anders würde man es in völliger Dunkelheit und ohne jedes Zeitgefühl auch kaum aushalten.

Rhythmus und Gesang trugen Timur und Julina auf dem letzten Stück des beschwerlichen Wegs voran wie ein großes Luftkissen. Sie lächelten und strahlten in die Dunkelheit hinein. Doch erst als sie endlich den Ausstieg erreicht hatten und sicher sein konnten, dass ihre Worte verstanden wurden, gaben sie sich mit lautem Jubelgeschrei zu erkennen.

Die drei Wartenden antworteten in noch größerer Lautstärke. Als Julina und Timur endlich heil auf dem Boden der Höhle gelandet waren, war der Rest ein Kinderspiel. Sie verließen das Kaltfinsterlabyrinth und krochen nach Felsenheim zurück. Im Licht der Mondstrahlen, die durch den Felsspalt über ihnen hereinfanden, fielen sie sich überglücklich in die Arme und Timur und Julina begannen zu erzählen.

***

Gilen saß auf dem äußersten Ausläufer des mächtigen Felsens, der den Hafen von Foigor umschloss. Er wartete. Schon lange, sehr lange. Unermüdlich fixierte sein Auge einen kleinen Spalt in der Felswand gegenüber. Er hatte früher schon oft beobachtet, wie Timur und Sebru in diesen Spalt hinein- und wieder herausgeklettert waren. Oder wie sie beim Tauchen unten im Meer verschwanden und später wieder oben in ebenjenem Spalt erschienen. Sie blieben aber nie besonders lange weg.

Heute war das anders. Timur und Sebru wollten und wollten nicht mehr herauskommen. Stattdessen waren ihnen irgendwann Timurs Vater und dieser ungezogener Freund hinterhergeklettert. Und sie waren ebenfalls nicht mehr aufgetaucht. War etwas passiert? Suchten sie Timur?

Gilen kannte den Felsspalt auch aus der Nähe. Er war zu eng für ihn. Sein Körper passte zwar hindurch, aber dahinter erwartete ihn ein dunkles Loch, in dem er seine Flügel nicht ausbreiten konnte. Würde er dort hineinfallen, wäre er rettungslos verloren. Er konnte nichts für Timur tun. Oder besser gesagt, was er tun konnte, hatte er bereits getan. Jetzt blieb ihm nur noch zu warten.

Er stieß einen klagenden Laut aus, spreizte seine mächtigen Flügel und legte sie wieder an. Ob er seinen alten Menschenfreund je wiedersehen würde?

***

Virku hielt Timur am Kragen gepackt.

»Ist das wahr?! Ist das wirklich wahr?!«

Er schüttelte ihn. Timur hatte schon immer gewusst, dass sein Vater kein Schwächling war, trotzdem erschrak er in diesem Moment über seine Kraft. Er hatte nicht lange nachgedacht und war sofort damit herausgeplatzt, dass er Baleta gefunden hatte.

Virkus Augen funkelten ihn durch die Dunkelheit an, dass ihm angst und bange wurde. Seine Stimme klang fremd.

»Rede!«

»Ja, Papa, es ist wirklich wahr. Da unten ist eine riesige Textilmanufaktur versteckt. Sie halten Kinder als Arbeitssklaven. Und Baleta auch. Julina hat mit ihr gesprochen. Sie …«

Virku sprang nun zu Julina und packte sie ebenso unwirsch am Kragen.

»Sie … sie hat mir einfach nur erklärt, was ich zu arbeiten habe. Sie war sehr lieb zu mir. Ich … ich wusste nicht …«

Virku ließ sie mit der einen Hand wieder los, um damit erneut Timur zu packen.

»Lügt mich nicht an! Lügt mich ja nicht an!!!«

Seine Stimme überschlug sich.

»Nein, Papa, es ist wirklich wahr. Ich habe sie gesehen.«

»Warum hast du sie nicht herausgeholt?!«

Wieder schüttelte Virku seinen Sohn. Timur fühlte, wie ihm ein Kloß im Hals wuchs.

»Sie sind geflohen, Papa! Sie sind alle geflohen!«

»Was, wenn sie dabei getötet wurde? Was?!«

Ein letztes Mal wurde Timur durchgeschüttelt. Dann lockerte sich der stahlharte Griff seines Vaters überraschend und sie hörten ihn schluchzen. Immer und immer wieder. Er schloss Timur in die Arme und drückte ihn an sich. Sein ganzer Körper zitterte.

»Entschuldigung! … Entschuldigung!«

Immer wieder presste er das Wort zwischen zwei Schluchzern in die Stille heraus, während seine Tränen in Bächen an seinen Wangen herunterflossen. Langsam, ganz langsam beruhigte er sich. Die Kinder ließen ihm die Zeit, die er brauchte. Am Ende nickte er mit dem Kopf. Sie setzten sich wieder im Kreis auf den Boden und Timur und Julina erzählten ihre Geschichte zu Ende.

So laut und heftig Virku eben noch gewesen war, so still blieb er nun. Julina und Timur konzentrierten sich auf das Wichtigste. Die Zeit drängte. Fürstin Silling, für deren Stimme sich inzwischen auch Timur wieder geöffnet hatte, beschwor sie ein ums andere Mal, sich endlich auf den Weg zu machen. Sie hätte Fürst Ringus persönlich nach Foigor geschickt, um sie sicher herauszuholen. Er würde sich bestens dort auskennen. Timur, Virku und Sebru trauten diesem Plan aber nicht. Sobald der Bericht von Julinas Flucht aus der stinkenden Manufaktur beendet war, fingen sie an, sich über den sichersten Weg zurück nach Halum zu streiten. Da alle drei Foigor wie ihre Hosentasche zu kennen glaubten, flammten wilde Diskussionen zwischen ihnen auf, ob die Frulligasse sicherer war oder der Weg über das Pukruviertel. Auch wenn Julina noch so sehr mit den Augen rollte und sie zur Eile antrieb.

Als sie sich endlich auf eine Route geeinigt hatten, begannen sie mit der Kletterpartie zurück ins alte Lagerhaus. Virku schlüpfte als Erster durch den Spalt auf den Felsvorsprung. Kurz nachdem er verschwunden war, hörten sie ihn.

»Na, das ist aber mal eine angenehme Überraschung. Kommt!«

Malakin und Sebru folgten, danach Julina und schließlich Timur. Julina hatte das Gefühl, ihre Arme würden ihr gleich den Dienst versagen. Die erneute Kletterei ging fast über ihre Kräfte und der Hunger schien alles in ihr lahmzulegen, sogar ihren Willen. Von draußen hörte sie nun auch einen Jubelschrei von Sebru. Und dann seine Worte. Worte, die ihr Herz höherschlagen ließen: »Endlich was zu essen!«

Jetzt fielen auch ihr die letzten Meter nicht mehr schwer. Im Nu war sie am Ausstieg angekommen und schwang sich heraus auf den Felsvorsprung. Was sie dort sah, erschreckte sie allerdings so, dass sie zurücktaumelte und beinahe abgestürzt wäre. Ihre Begleiter saßen mit baumelnden Beinen auf dem Vorsprung und aßen Fisch!

Alle! Sogar Malakin! Hinter ihr tauchte Timur auf. Auch er stieß einen freudigen Laut aus und stürzte sich an Julina vorbei auf die Meerestiere, die sauber aufgehäuft vor ihren Füßen lagen.

»Frag mich nicht, wo die herkommen, Junge. Lagen hier einfach rum. Drei Perlmakrelen, zwei Kettlinge, zwei Arallen und 'n Fiselaal.«

Im gleichen Moment hörten sie den Schrei eines Seeadlers und kurz darauf das Schlagen seiner mächtigen Schwingen.

»Gilen! Hallo, alter Freund! Hast du uns das gebracht? Ich liebe dich!«

Gilen landete in einer majestätischen Kurve auf einem kleinen Vorsprung, genau auf Augenhöhe mit Timur. Der streichelte seinen Kopf und der Adler rieb seinen Schnabel an seiner Stirn.

»Wirklich, du hast uns gerettet. Danke!«

»Komm, Julina, lang zu, du kannst es brauchen, das seh ich doch«, sagte Virku.

»Nein, ich … ich möchte nicht.«

»Nimm den Kettling. Der schmeckt wie Algrambock. Na ja, ein bisschen jedenfalls«, versuchte Malakin sie zu überzeugen.

»Seit wann isst du überhaupt Fisch?«

»Seit vorgestern. Hier gibt es ja nichts anderes. Ist aber gar nicht so schlimm. Ehrlich gesagt, Kettling mag ich inzwischen sogar richtig gern.«

Julina musste sich überwinden, normal zu atmen. Der Fischgeruch erinnerte sie an Kurruks Brotscheibe, die das Letzte war, was sie gegessen hatte. Doch seltsam, je mehr sie daran dachte, umso mehr lief ihr auf einmal das Wasser im Mund zusammen. Ja, sie hätte in diesem Moment alles für eine nach Fisch riechende Brotscheibe gegeben. Und wenn es nun mal keine Brotscheibe gab, sondern nur Fisch …

Ohne selbst richtig glauben zu können, was sie da tat, streckte sie ihre Hand aus und nahm ein Stück von dem Kettling, den Virku vor ihren Augen mit seinem Messer fachgerecht zerlegt hatte ... Ja, doch, das war eindeutig besser, als vor Hunger umzukippen. Und Malakin hatte es ja schließlich auch überlebt. Sie nahm einen winzigen Haps zwischen ihre Zähne und kaute darauf herum, bereit, ihn jederzeit wieder auszuspucken. Schneller, als sie es sich je hätte vorstellen können, war das Stück aber in ihrem Magen gelandet und sie hatte bereits das nächste im Mund, diesmal schon ein deutlich größeres.

»In Butter gebraten mit Schackelkraut und ein paar Tropfen Luminensaft schmeckt es natürlich am besten, aber Timur und ich haben schon ganze Tage auf dem Meer nur rohen Kettling und Fiselaal gegessen.«

Julina wandte ihren Blick von dem zusammengerollten schlangenartigen Fisch ab, von dem Timur gerade ein Stück abbiss. Nein, Kettling war ja schön und gut, aber niemals, niemals würde sie einen Fiselaal probieren, so viel stand fest. Sie sah in die schwarze Nacht hinaus. Der Mond spiegelte sich auf dem Meer und zog eine lange weiße Straße zu ihr hin, während tief unter ihr kleine Wellen sanft gegen die Felswand klatschten.

»Macht euch auf den Weg, Julina! Woronins Schiffe sind zwar jetzt langsamer, aber sie kommen trotzdem immer näher. Denkt daran!«

»Ja, ich weiß.«

Julina steckte sich den Rest Kettling als Ganzes in den Mund. Sobald sie genug davon heruntergeschluckt hatte, um wieder sprechen zu können, sagte sie: »Lasst uns aufbrechen.« Timur verabschiedete sich von Gilen. Der Adler sah ihnen misstrauisch hinterher, stieg auf und schwebte in die Nacht davon.

Die Gruppe kletterte nun in der gleichen Reihenfolge wie eben die Wand zum alten Lagerhaus empor. Julina sah den Ausleger des alten Krans hoch über ihrem Kopf. Wie tief es unter ihr die Wand hinunterging, konnte sie in der Nacht nicht sehen und sie versuchte es sich auch lieber gar nicht erst vorzustellen.

Wieder ging ihr Sillings tollkühner Plan durch den Kopf. Sie verstand nichts von Drachen. Bisher hatte sie nicht einmal gedacht, dass es sie wirklich gab. Das Ganze war Wahnsinn. Hoffentlich wahnsinnig genug, um Woronins übermächtige Armee zurückzuschlagen. Alles hing an Timur.

Virku war inzwischen oben angekommen. Er verschwand kurz im großen Tor, tauchte dann wieder auf und gab ein Zeichen, dass alles in Ordnung war. Malakin kletterte hinterher und wurde von ihm über die Felskante gezogen. Sebru folgte und dann war Julina selbst an der Reihe. Sie atmete auf, als sie endlich in sicherem Abstand von Abgründen, Finsternis und Huurk-Männern wieder auf ebenem Boden stand.

Im Stillen nahm sie Kontakt mit Yalkidia auf.

»Weißt du, wo Fürst Ringus auf uns wartet?«

»Nein, er hat die Verbindung zu mir unterbrochen. Er ist und bleibt ein Geheimniskrämer … Aber gut, das bin ich ihm gegenüber auch schon oft genug gewesen.«

Julina versuchte sich Ringus vorzustellen. Schon Fürstin Silling hatte ganz anders ausgesehen, als sie es sich je vorgestellt hatte. Wie lief er wohl herum? Vielleicht trug er einen gewöhnlichen Straßenanzug? Vielleicht lebte er auch als Bettler verkleidet? Warum nicht, wenn man genug Geld hatte, jederzeit die ganze Straße zu kaufen, auf der man lief?

»Mir nach.«

Virku riss Julina aus ihren Gedanken. Er war nun wieder ganz der Alte, trieb die Gruppe an und passte gleichzeitig auf wie ein Luchs. Das Ziel war klar: Heil und so schnell wie möglich aus Foigor herauskommen, auch wenn es ihn noch so schmerzte, dass er nicht wusste, wie es Baleta ergangen war. Timur, Sebru und er hatten sich auf einen sicheren Weg geeinigt und der Tunnel nach Halum, den sie am Ende benutzen würden, war so geheim, dass ihn nicht einmal die Banden kannten.

Virku steckte seinen Kopf aus dem Fenster an der gegenüberliegenden Wand der Lagerhalle. Der enge Durchgang zwischen den Gebäuden war stockfinster. Er lauschte. Stille. Er kletterte hinaus. Alles blieb ruhig. Er winkte die anderen hinter sich her. Nacheinander schlüpften sie ins Freie und arbeiteten sich voran. Außer ihren Schultern, die links und rechts an den Wänden entlangschrappten, war nichts zu hören. Sie erreichten die Gasse. Niemand war zu sehen. Einer nach dem anderen kam heraus, Timur als Letzter.

Und dann war auf einmal doch jemand zu sehen. Mehrere sogar. Richtig viele. Große Männer und Frauen. Sie kamen lautlos aus allen Richtungen auf sie zu. Ihnen blieb keine Zeit, auch nur einen Mucks zu machen. Einige der riesigen Gestalten, die sie eingekreist hatten, hatten große Zerstäuberflaschen mit Schlafdampf dabei. Das Letzte, was Timur hörte, war lautes Flügelschlagen, der wütende Ruf eines Seeadlers und der tiefe Schmerzensschrei eines Mannes.

Wieder getrennt

Woronin lag immer noch auf dem Diwan in seinem Kommandeurskabinett. Der laue Wind streichelte die Segel so zart, dass sie kaum vorankamen. Aber das war kein Problem, im Gegenteil, er konnte die Zeit gut gebrauchen, um seine magischen Kräfte zu regenerieren. Ihn beschäftigte etwas anderes. Der hochbegabte Unbekannte von Tylandor hatte mal wieder magische Energie freigesetzt. Und diesmal unglaublich viel, eine Größenordnung, die Woronin bisher nicht für möglich gehalten hatte. Der Junge musste sich völlig verausgabt haben.

Er starrte an die pechschwarze Holzdecke. Was beim Gurgwolf hatte sein einziger ernstzunehmender Gegner in Tylandor mit diesem gigantischen Zauber bewirkt? Hatte er den Unsichtbare-Wand-Zauber beschworen, um die Stadtgrenzen zu sichern? Wenn ja, war er ein fürchterlicher Dummkopf. Um eine unsichtbare Wand dieser Größe dauerhaft aufrecht zu halten, brauchte man zwei Dutzend äußerst starke Zauberer, die sich in kurzen Zeitabständen abwechselten. Einer allein schaffte das höchstens für eine halbe Stunde, auch wenn er noch so stark war.

Vielleicht hatte er aber auch den Stählerner-Leib-Zauber versucht. Für den brauchte man ebenfalls Unmengen magischer Energie. Dafür konnte man in diesem Zustand mit bloßen Fäusten Mauern einreißen und war absolut unverletzbar. Nicht einmal Woronins neueste Waffe, der schwarzmagische Feuerstrahl, konnte einem etwas anhaben. Aber auch hierbei galt, dass sein Gegner ein fürchterlicher Dummkopf war, wenn er sich jetzt schon verausgabte.

Oder konnte es sein, dass dieser Kerl etwa schon den Wasserloch-Zauber beherrschte? Das war einer der schwierigsten Zauber überhaupt und Woronin konnte sich beim besten Willen nicht vorstellen, wie ihn jemand ohne Anweisung erlernen sollte. Aber zu hundert Prozent ausschließen konnte er es nicht. Er kratzte sich am Kopf. Der Wasserloch-Zauber bewirkte, dass Wasser seine Tragkraft verlor. Alles, was in den Bereich dieses Banns hineinschwamm, versank auf Nimmerwiedersehen im Meer. Das wäre tatsächlich eine echte Gefahr für seine Flotte. Aber selbst in diesem Fall galt, dass sein Gegner viel zu früh seine magische Energie verschwendet hatte.

Je mehr er nachdachte, um so mehr leuchtete ihm ein, dass es gleichgültig war, wofür sein Gegner so verschwenderisch mit magischer Energie um sich geworfen hatte. Wichtig war nur, dass er für die nächsten Stunden unter totaler magischer Erschöpfung leiden musste. Woronin grinste. Bedächtig ging er zur Tür und trat auf die Kommandobrücke. Die Mondstrahlen wanderten über das schwarze Deck tief unter ihm und über seine Männer, die mit ihren Waffen in den Armen schliefen.

Er grinste noch einmal und beschwor den Stimmverstärkungszauber.

»Ab jetzt maximale Fahrt! Alle Mann an die Hilfsruder! Sofort!«

Seine Stimme schnitt wie eine gigantische Peitschenschnur durch die Luft. Von einem Moment auf den anderen war jeder Einzelne bis zu den äußersten Schiffen hin wach. Woronin grinste zum dritten Mal. Diesmal ganz besonders breit. Seine magischen Kräfte waren zurück.

***

Timur spürte einen leichten Schmerz am Hinterkopf. Nicht schlimm, aber genug, um zu merken, dass er wach war. Sein Kopf lag hart. Und das Harte, auf dem er lag, wackelte und vibrierte. Oft so heftig, dass sein Kopf ein kleines Stück in die Höhe gestoßen wurde und anschließend wieder aufschlug.

Als ihm bewusst wurde, dass der Schmerz daher kam, versuchte er sich aufzurichten. Das erwies sich aber als schwierig, denn er steckte in einem Sack. Als er es nach einigen Versuchen endlich geschafft hatte, stieß er sich den Kopf ein weiteres Mal. Diesmal war es die Stirn. Über ihm war also ebenfalls eine harte Fläche. Er schien in einer Kiste zu sitzen. Er tastete mit den Händen nach der Öffnung das Sacks. Sie war fest zugebunden. Den Sack zu zerreißen konnte er ebenfalls vergessen. Er kannte diesen Stoff. Er stammte aus Foigor und man benutzte ihn, um Handelswaren zu transportieren. Nichts und niemand konnte ihn zerreißen. Wenn man ein Loch brauchte, musste man ihn mit einem Messer zerschneiden.

Gerade als er das dachte, hörte Timur genau dieses Geräusch: ein Messer, das durch Stoff schnitt. Jemand bewegte sich neben ihm. Im nächsten Moment wurde sein Sack gepackt. Der Stoff spannte sich und schon hörte er wieder das Geräusch. Diesmal direkt vor seiner Nase. Eine scharfe Messerklinge durchtrennte mit einer energischen Bewegung Tausende von Fasern. Durch den Spalt, der dadurch entstand, fiel zu seiner Überraschung Licht. Das mit der Kiste stimmte also gar nicht. Doch nun war erst einmal viel wichtiger, wer hier mit einem Messer über ihm stand. Er schälte seinen Kopf aus dem Sack und atmete auf, als er das Gesicht seines Vaters sah, der den Finger vor den Mund presste und ihm bedeutete, leise zu sein.

Timur schaute sich um. Sie befanden sich in der Kabine einer fahrenden Kutsche. Links und rechts von ihm lagen zwei Säcke auf den Bänken, denen Virku nun auch mit seinem Messer zu Leibe rückte. Timur selbst hatte in der Mitte auf dem Boden gelegen und sich beim Aufrichten den Kopf an der Tischplatte gestoßen, die zwischen den Bänken angebracht war.

Er wunderte sich. Wer fuhr in Foigor eine derartig geräumige Kutsche? Und überhaupt, wo kam das Licht her, das durch die Vorhänge fiel? War es schon Tag? Während Virku noch Malakin aus seinem Sack befreite, stürzte Timur zu einem der Fenster und riss den Vorhang beiseite. Begeisterung überfiel ihn, trotzdem zwang er sich zu flüstern.

»Magische Straßenbeleuchtung! Wir sind in Halum!«

»Ja, sieht so aus, Junge. Scharmass weiß, wie wir über die Grenze gekommen sind.«

Sebru drückte seine Nase an der Scheibe platt. Zum ersten Mal in seinem Leben war er auf der anderen Seite der großen Mauer.

Timur und sein Vater flüsterten weiter.

»Aber … wer hat uns entführt, Papa? Die Huurks fahren nicht mit großen Kutschen durch Halum und die Hordaks genauso wenig.«

»Und ich frage mich, warum sie uns nicht gefesselt haben. Das Messer haben sie mir auch nicht abgenommen. Das müssen die dämlichsten Entführer in ganz Kaman sein, wenn du mich fragst.«

Timur sah sich noch einmal genauer um. Die Tür mit dem vergoldeten Knauf, die Vorhänge aus borabischer Seide und die Tischplatte mit den feinen Einlegearbeiten sprachen eine deutliche Sprache.

»Das Ding hier muss einem sehr reichen Mann gehören.«

»Darauf kannst du Gift nehmen, Junge.« Virku ballte die Faust. »Und ich glaub, ich weiß auch, wem sie gehört«, fügte er grimmig hinzu.

»Aram?«

»Aram.«

Timur nickte langsam. Er verstand nur nicht, wie Aram ihn in Foigor aufspüren konnte. Hatte Fürstin Silling sie verraten? Aber sie hatte ihn doch erst gerade aus Arams Palast befreit. Wenn er nur endlich wüsste, was für ein Spiel sie spielte. Er hatte ihr nur vertraut, weil Julina ihr vertraute.

Virku hielt sein Messer fest in der Hand.

»Ich knöpf mir den Kutscher vor, bevor es zu spät ist.«

Er wandte sich zur Verbindungstür zum Kutschbock.

»Nicht, Papa! Wenn das Arams Kutsche ist, sitzt da vorne mindestens eine bewaffnete Burgwache.«

»Und wenn schon«, knurrte Virku, aber er blieb trotzdem stehen. Timurs Einwand hatte ihn beeindruckt. Er öffnete vorsichtig das kleine Guckfenster, durch das der Besitzer der Kutsche normalerweise Befehle an den Kutscher gab, sah hindurch und schloss es wieder.

»Da sitzt nur einer. Keine Burgwachenuniform und auch keine Waffen zu sehen.«

»Aber was willst du tun? Ihn umbringen?«

»Nur wenn es sein muss.«

Virku trat die Tür auf, stieß einen markerschütternden Schrei aus und stürzte sich auf den Kutscher. Im nächsten Moment lagen sie beide am Boden und rangen miteinander.

»Schnappt euch die Zügel!«

Malakin, der schon öfter die Kutsche seines Vaters hatte lenken dürfen, sprang sofort auf den Platz des Kutschers und ließ die Pferde langsam anhalten. Virku gewann nach und nach die Oberhand. Bald kniete er auf dem Kutscher und hielt ihm das Messer an den Hals.

»Keinen Mucks! Antworte ganz leise: Wo wolltest du uns hinbringen?«

Der Kutscher sah ihn an. In seinen Augen lag mehr Staunen als Schreck.

»Rede schon! Wo wolltest du uns hinbringen?«

»Moment mal, ich kenne dich!«

»Zum letzten Mal: Wohin?«

»Du bist doch Bramak, der Hausmeister vom Bankier Gambonius.«

Im ersten Moment war Virku sprachlos, dann riss er die Augen weit auf.

»Ich kenne dich auch. Du bist sein Wuttich, sein Kutscher!«

»Ganz recht.«

»Und das ist die Kutsche, in der er immer zum Bankhaus fährt. Was soll das alles? Spuck's endlich aus!«

»Sonst schneidest du mir die Kehle durch?«

»Ja.«

»Kein guter Umgang unter Arbeitskollegen, muss ich sagen.«

»Spiel nicht mit deinem Leben, Wuttich!«

»Ach komm, du könntest keiner Fliege etwas zuleide tun, Bramak.«

»Ulldur! Ich mein's ernst! Wenn du nicht gleich sagst, was Gambonius von uns will, kannst du dich von dieser Welt verabschieden!«

»Dann muss ich mich wohl verabschieden. Gambonius will nämlich gar nichts von euch.«

»Bespökel mich nicht, das ist seine Kutsche!«

»Falsch. Herr Gambonius *benutzt* die Kutsche nur. Sie *gehört* dem Bankhaus Ringus, für das er arbeitet. Genauso wie ich, wenn ich nicht gerade eine meiner lächerlich wenigen Stunden Freizeit habe.«

»Nicht so viel Fischhökerstuss! Wer uns entführt hat, will ich wissen!«

»Du meinst, wer euch betäubt und in Säcke gesteckt hat?«

»Ja!«

»Das weiß ich genauso wenig wie du. Ich hatte nur den Auftrag, zu einer bestimmten Adresse im äußersten Süden von Halum zu fahren und dort fünf Personen aufzunehmen. Normalerweise fahre ich nicht dahin. Miese Gegend, so nah an der Mauer und alles, du weißt schon. Aber der Auftrag kam von Fürst Ringus persönlich, hat mir Gambonius gesagt. Was will man machen, man hängt ja an seinem Arbeitsplatz, nicht wahr? Jedenfalls habe ich genau das getan: Ich bin in die Mauergegend gefahren und habe die fünf Personen aufgenommen. Dass sie von ein paar grobschlächtigen Foigi-Kerlen schlafend in Säcken angeliefert wurden, hat mich zwar etwas überrascht, aber ich bin ja nur ein kleiner Kutscher, weißt du? Viel zu klein für große Fragen.«

Virku lockerte ganz langsam den Druck der Messerklinge. »Ringus«, murmelte er und über seinem Kopf standen tausend Fragezeichen.

Julina räusperte sich. »Natürlich Ringus. Yalkidia hatte ihn doch gebeten, uns aus Foigor herauszuholen. Und er hat es getan. Auf seine Weise halt.«

Während die Übrigen empört die Luft ausstießen, wandte sich Julina an Wuttich.

»Sie sollen uns zu Talins Holz bringen, nicht wahr?«

»Völlig richtig, junge Dame. Dazu müssen wir durch das gottverlassene östliche Halum und dann auch noch über die stinkigen Algramweiden. Da gibt es nur Feldwege. Ich werde Tage brauchen, bis ich die Kutsche und die Pferde wieder sauber habe. Aber vielleicht bringt mich Bramak ja doch um, dann hat sich alles erledigt.«

Virku beachtete ihn nicht.

»Wollen wir wirklich zu Talins Holz?«

Er sah Julina scharf an.

»Natürlich wollen wir das! Yalkidia wartet auf uns. Sie will die Stadt retten und braucht Timur.«

»Du bist sicher?«

»Ja!«

»Und du kannst uns immer noch nichts über ihren Plan erzählen?«

»Nein, ich habe es ihr versprochen. Außerdem würdet ihr mir nicht glauben. Lasst uns weiterfahren.«

Virku durchbohrte sie noch einmal mit seinem Blick. Schließlich fasste er einen Entschluss. Er nahm seine Hände vom Kutscher und stand langsam auf.

»Gut. Wuttich, fahr weiter. Nach Talins Holz. Avanti!«

»Sonst?«

Wuttich deutete fragend auf das Messer, das Virku immer noch in der Hand hielt, und fuhr sich mit dem Daumen über die Kehle. Virku grinste.

»Ich könnte es mir überlegen.«

Damit steckte er das Messer in die Tasche und ließ sich neben Wuttich auf den Kutschbock fallen.

»Oh, ist das eine Flasche Wein?«

»Bedien dich, Bramak. Du siehst aus, als hättest du einen Schluck nötig. Ihr macht irgendwie alle den Eindruck, als hätte man euch durch einen Fleischwolf gedreht.«

»Kinder, geht wieder in die Kabine, wenn ihr wollt. Ruht euch aus. Talin weiß, was noch auf uns zukommt.«

Bis auf Sebru, der Halum bestaunen wollte, fanden das alle eine gute Idee. Sie ließen sich auf die gepolsterten Bänke sinken. So angespannt jeder Einzelne auch war, sie genossen es, eine Weile einfach bequem herumzufläzen und nichts tun zu müssen. Bald waren sie weggedöst. Die magischen Lichter zogen unbemerkt an ihnen vorbei und beschienen die verwaisten Straßen, während hinter den dunklen Fenstern die Menschen dem nächsten Tag entgegenschlummerten.

Bald erreichten sie den Teil Halums, der nicht mehr bewohnt war, doch nachts machte das kaum einen Unterschied. Die magische Beleuchtung strahlte hier genauso hell und die Fenster erschienen genauso dunkel wie im bewohnten Teil. Nur die Straßen waren, wenn man genau hinsah, etwas schmutziger.

Als sie den Rand der Stadt erreicht hatten, drosselte Wuttich das Tempo und lenkte die Kutsche auf den Feldweg über die Algramweiden. Wer wach war, hörte, wie die großen Räder Steine zermalmten und über Schlaglöcher rumpelten. Trotzdem schaukelte die Kabine sanft vor sich hin. Die Kutsche war so gut gefedert, dass man mit ihr sogar bequem auf dem Felsweg den Berg Salkomar hinauf hätte fahren können, wenn man genügend starke Pferde gehabt hätte.

Als sie Talins Holz erreicht hatten, ging Virku zurück in die Kabine und weckte Timur, Julina und Malakin. Kaum dass Julina die Augen aufgemacht hatte, hörte sie schon wieder Yalkidias Stimme. Sie war aufgeregt.

»Ich bin so froh, dass ihr es bis hierher geschafft habt, jetzt kann nichts mehr passieren. Zumindest nichts, was ich nicht kontrollieren kann. Aber beeilt euch, ihr habt noch einen weiten Weg. Ich bin bei Barrumar. Es ist schwer, ihn ruhig zu halten. Geht, so schnell ihr könnt, Julina.«

»Ja, ich habe verstanden.«

»Und bring bitte nur Timur mit.«

Julina zuckte zusammen. Sie hatten die letzten zwei Tage wie die Löwen darum gekämpft, sich wiederzufinden, und hielten seitdem zusammen wie Pech und Schwefel.

»Wir wollen uns nicht trennen, Yalkidia.«

»Wie gesagt, Barrumar ist unruhig.«

»Und du hast Angst vor Menschen.«

»Ja, das auch.«

»Und du willst das Geheimnis hüten.«

»Ja. Über tausend Jahre wusste keiner außer mir, dass Talin den Nebelwald als Lebensraum und Versteck für die Drachen angepflanzt hat, die ihm damals geholfen haben, Tylandor von den Raubrittern zu befreien. Seit heute wissen es nun auch Ringus und du. Und Timur wird es ebenfalls bald erfahren. In jeden von euch konnte ich tief hineinsehen und habe gute Gründe für mein Vertrauen. Bei den anderen ist das nicht der Fall.«

Julina sah jeden Einzelnen an und dachte nach. Vielleicht war es wirklich gut so. Sie wandte sich an die Runde. »Hört mir zu, Yalkidia will, dass nur Timur und ich zu ihr kommen.«

Sie sah sofort abgrundtiefes Misstrauen in Virkus Augen aufflackern und Malakin machte einen empörten Laut. Lediglich Sebru hielt sich zurück. Sie holte tief Luft. »Virku, glaub mir, bei dem, was Timur für uns tun soll, kannst du ihm nicht helfen. Du würdest dich nur unnötig in Gefahr bringen. Baleta braucht dich viel dringender. Suche sie und bringe sie in Sicherheit!«

»Aber ich kann doch mitkommen!«

»Nein, Malakin, du musst zu deinen und zu meinen Eltern, damit sie wissen, dass wir leben, sie werden sonst wahnsinnig vor Angst. Ich wette, keiner von ihnen hat geschlafen, seit wir verschwunden sind. Und Sebru, auch deine Mutter stirbt gerade tausend Tode. Geh zu ihr. Virku bringt dich über die Grenze.«

Beide Jungen sahen Timur an. Welche Ängste auch immer ihre Eltern ausstehen mussten, sie würden niemals ihren Freund im Stich lassen. Erst als Timur nickte, erklärten sie sich einverstanden.

Virku öffnete die Tür. Wuttich hatte inzwischen eine Treppe ausgeklappt, über die man die beträchtliche Höhe bis zum Boden bequem überwinden konnte.

»Nur die beiden hier steigen aus. Wir anderen fahren zurück«, sagte Virku mit fester Stimme.

»Aha, mein Wein schmeckt dir wohl ganz gut, was, Bramak?«

»Du hast es verstanden, Wuttich. Brauchst du Hilfe, um die Karre zu wenden?«

»I wo, ich fahre im Bogen über die Weide. Ist ja alles hart und knochentrocken hier. Außerdem suchst du nur wieder eine Gelegenheit, um mich umzubringen. Ich kenn dich doch.«

Virku lachte. Julina und Timur wurden von allen umarmt, dann drängten sich Wuttich, Virku, Malakin und Sebru zu viert auf dem Kutschbock zusammen. Wuttich rief: »Hü!«, und die Pferde zogen an.

Timur und Julina sahen, wie das große Luxusgefährt im Dunkeln verschwand. Von Weitem schimmerten die Lichter der Stadt zu ihnen herüber. Wenn man genau hinsah, erkannte man die Scharen kleiner runder Hügel auf den Weiden, die in Wirklichkeit schlafende Algrams waren. Dann drehten sie sich um. Vor ihren Nasen erhob sich Talins Holz wie eine gigantische pechschwarze Wand. Die Mauer um Foigor wirkte dagegen kaum größer als ein Gartenzaun. Timur hörte, wie einige Niffnuffs angstvolle Gedanken äußerten, aber die Mehrheit war der Meinung, dass der große Michel sie aufs Beste beschützen würde, sollten sie nun wirklich in den finsteren Wald gehen.

Beide sahen nun die leuchtende Spur vor sich. Zuerst ging es durch Talins Wohltat, dann standen sie vor den Bäumen, die den Anfang des tödlichen Teils von Talins Holz markierten.

»Gib mir deine Hand, Julina. Ich habe Licht von den Niffnuffs und wir sollten uns nicht verlieren.«

Sie zögerte kurz. Ging es Timur wirklich nur darum, oder … mochte er sie?

»Ich weiß es auch nicht.«

Julina wurde rot. Wieder einmal verfluchte sie es, dass Yalkidia ihre Gedanken lesen konnte. Sie folgten der Spur zwischen zwei riesigen Baumstämmen hindurch in den Wald. Im nächsten Moment umgab sie tiefschwarze Dunkelheit.

Die weißen Seen

Die meisten Menschen schliefen noch, aber Fürst Ringus, bekannt als Hutmacher Kalamagi, saß bereits an seinem Ateliertisch. In seinem Alter brauchte man nicht mehr so viel Schlaf und der Straßenhut von Goldon Longwyll, sein anspruchsvollstes Projekt seit vielen Jahren, sollte endlich vollendet werden.

Er betrachtete das Stück von allen Seiten. Alle wesentlichen Teile waren bereits fertiggestellt. Nun kam die Feinarbeit. Er rief sich Longwylls Kopf ins Gedächtnis. Keiner konnte das so wie er. Jahrhundertelange Übung ermöglichte es ihm. Er sah ihn vor sich, wie er den noch unfertigen Hut anprobierte.

Ob Timur inzwischen bei Yalkidia angekommen war? Vor einer Stunde hatte ihm ein Kurier von Hordak die Botschaft überbracht, dass seine Männer ihn und die anderen vier wohlbehalten in Halum an seinen Kutscher übergeben hatten. Er hatte Hordak eine absurd hohe Summe für diesen Dienst bezahlt. Hordak hatte seinen Preis genannt und er selbst hatte ihm kurzerhand noch einmal den gleichen Betrag obendrauf versprochen, sobald der Auftrag ausgeführt war.

Dass er wirklich ausgeführt war, wusste er inzwischen sicher. Vor einer halben Stunde hatte Yalkidias Stimme ihm bestätigt, dass Timur nun in der zweifelhaften Sicherheit von Talins Holz untergetaucht war, und im nächsten Moment erhielt er über sein geheimes Rohrpostsystem den Bericht von Kutscher Wuttich. Er hatte also alles getan, was er tun konnte. Es gab keinen Grund mehr, mit den Gedanken abzuschweifen. Er schloss die Augen, atmete tief durch und betrachtete wieder den Hut … aber Goldon Longwylls Kopf wollte und wollte nicht vor seinem geistigen Auge erscheinen.

Ärgerlich warf er das Werkstück auf die Arbeitsfläche zurück und fuhr sich mit der Hand durch die Haare. Er konnte doch wirklich nichts mehr tun. Selbst wenn er wollte, Yalkidia würde ihn nicht zu ihrem Versteck in Talins Holz führen. Sie hatte, seit sie ihm die letzte Nachricht übermittelt hatte, die Verbindung zu ihm unterbrochen.

Also, selbst wenn das Schlimmste eintreten würde und Woronin in ein paar Stunden über die Stadt herfiele, es gäbe keinen Grund, jetzt nicht einfach diesen Hut fertigzustellen, wie er es schon die ganze Zeit tun wollte. Ihm konnte man ohnehin nichts anhaben, er lebte ewig. Oder zumindest noch eine sehr lange Zeit, wer wusste das schon? Er hatte sich schon einmal, einfach nur zum Spaß, den Abgrund auf der Ostseite des Berges Salkomar hinuntergestürzt. Es hatte ein bisschen wehgetan, mehr nicht.

Außerdem würde Ringus den Krobulin ohnehin nicht in die Hände fallen. Er hatte ein Geheimversteck in einem alten Bergwerksstollen weit außerhalb der Stadt, mit großen Vorräten an getrocknetem Algramfleisch, rylandischem Dunkelwein und der Gesamtausgabe der Werke des Komplexphilosophen Kafir Ombrasius Schitzelberg. Damit konnte er notfalls die nächsten hundert Jahre verbringen, ohne sich zu langweilen. Ob seine Besitztümer Woronin in die Hände fielen, war ihm egal. Er hatte genügend Gold in der königlichen Bank zu Raythum eingelagert, um sich alles zu kaufen, was er brauchte. Um Tylandor täte es ihm natürlich leid. Und der Gedanke, dass die Magische Sammlung Woronin in die Hände fallen würde, wenn Yalkidias Drachenplan scheiterte, war unheimlich. Wie mächtig würde er dann sein? Womöglich würde er bald ganz Kaman erobern? Und danach Ryland, Ulbien und Borabien?

Er versuchte nicht mehr daran zu denken. Vielleicht waren dies tatsächlich die letzten Stunden, die er in seinem Atelier verbringen könnte, und das hier der letzte Hut, den er für lange Zeit fabrizieren würde. Also, an die Arbeit. Er atmete durch und machte einen letzten Versuch, an Goldon Longwylls Kopf und die Biegung der vorderen Krempe zu denken. Doch wieder scheiterte er kläglich. Nein, heute war kein Tag, um ein Meisterwerk zu vollbringen.

Dafür kam ihm auf einmal ein anderer Gedanke. Yalkdia. Diese ganz besondere Frau, die er einmal geliebt hatte und die er kannte wie keine andere. Hatte sie sich nicht ihr ganzes Leben nur mit Dingen beschäftigt, die in Büchern standen? Oder, anders ausgedrückt, Dingen, die nur in ihrem Kopf stattfanden? Konnte er sicher sein, dass es die Kriegsflotte, die sie als Bilder in seinen Kopf geschickt hatte, in Wirklichkeit gab? Was, wenn sie ihm nur etwas gezeigt hatte, das ausschließlich in ihren Gedanken existierte? So lange, wie sie schon alleine im Wald lebte, konnte sie Gedanken und Realität vielleicht gar nicht mehr auseinanderhalten? … Oder konnte sie es, im Gegenteil, sehr wohl auseinanderhalten? Schickte sie ihm womöglich mit Absicht Bilder in den Kopf, die echt wirkten, aber mit der Realität nichts zu tun hatten? Wollte sie ihn dazu bringen, etwas zu glauben, das nicht stimmte?

Ringus wurde es abwechselnd heiß und kalt. Welches Spiel wurde hier gespielt? Er stand auf, nahm den Hut-mit-dem-man-nicht-auffiel vom Haken und verließ, ohne Goldon Longwylls unfertige Kopfbedeckung noch eines Blickes zu würdigen, sein Atelier. Er würde zum Meer gehen. Auf die Felsspitze am äußersten südlichen Ende des Hafens von Foigor. Mit eigenen Augen sehen, ob dort tatsächlich ein Schwarm von schwarzen Schiffen auftauchen würde oder ob ihn Yalkidia an der Nase herumgeführt hatte.

***

Timur tat das Irrsinnigste, was er bisher in ihrem Leben getan hatte: in Talins Holz herumlaufen, dem Wald, vor dem er sein ganzes Leben lang gewarnt worden war. Und das auch noch bei Nacht. Nur Julinas Hand, die seine fest umschlossen hielt, beruhigte ihn ein wenig. Er staunte über alles, was er im spärlichen Niffnuff-Licht erkennen konnte. Die gigantischen Mengen an unfassbar dicken, von Nebelschwaden umwaberten Baumstämmen, die so dicht an dicht standen, dass man jeden Moment dachte, der Weg wäre hier zu Ende, machten ihn sprachlos. Gleichzeitig versuchte er Julina, die kein Licht hatte, rechtzeitig vor Hindernissen auf dem Boden oder niedrig hängenden Ästen zu warnen.

Sie waren nun schon so lange unterwegs, dass er jedes Zeitgefühl verloren hatte. Aber so weit sie auch gingen, an der Umgebung änderte sich nichts. Baumstämme, Baumstämme und abermals Baumstämme. Und um sie herum dicke grüne Ranken. Wenn es etwas gab, das sich veränderte, war es der Nebel. Er hatte den Eindruck, dass er immer dichter wurde. Die Luft schlug sich feucht auf ihrer Haut nieder. Wasser tropfte aus ihren Haaren und von ihren Nasen.

Endlich sagte Yalkidia ihnen, dass sie bald da wären. Kurze Zeit später tauchte etwas vor ihnen auf, das im ersten Moment wie eine graue Wand aussah. Erst als Julina mühelos hindurchging, merkte Timur, dass es wieder nur Nebel war, diesmal aber um ein Vielfaches dichter als der, aus dem sie kamen. Und seltsamerweise wärmer. Von Julina sah er nun nichts mehr außer ihrer Hand und den von grüner Textilfarbe besudelten Ärmel ihres Foigi-Hemds. Und von den Niffnuffs auch nur noch einen schwachen kugelförmigen Schein, der vor seinen Füßen herzurollen schien.

Sie mussten nun tief einatmen, um noch genügend Luft zu bekommen. Schnaufend stapften sie noch eine Weile voran, bis sie schließlich vor einem Baum standen, um dessen Stamm herum eine hölzerne Wendeltreppe emporführte. Zum ersten Mal seit sie den Wald betreten hatten, ließen sie sich los und begannen mit dem Aufstieg. Die Wendeltreppe führte in Höhen, die Timur eher an einen Berg als an einen Baum erinnerten. Nach etlichen Umrundungen des Stamms wurde der Nebel ein wenig dünner und auf einmal sahen sie schwaches Licht von oben. Die Morgendämmerung war angebrochen.

Sie begannen zu frösteln, weil die Luft hier nicht mehr so warm wie am Boden war und ihre triefnassen Kleider auf der Haut klebten. Nach unzähligen weiteren Umrundungen kamen sie endlich auf einer großen Plattform an, die um den gesamten Baum herum reichte. Er musste einer der höchsten im ganzen Wald sein. Unter ihnen sahen sie auf die Baumkronen anderer Bäume, die ebenfalls aus dem dichten Nebelmeer herausragten. Direkt vor ihnen hob sich aber eine riesige Lichtung ab, etwa zehnmal so groß wie Talins Wohltat. Nur der Nebel verhinderte, dass man bis auf ihren Grund sah. Von oben glich sie einem großen weißen See. Weitere weiße Seen schlossen sich in einiger Entfernung an.

Am gegenüberliegenden Ende der Plattform sah Timur eine Frau in schlichter grüner Kleidung. Sie winkte, kam lächelnd näher und umarmte Julina herzlich. Erst danach wandte sie sich ihm zu.

»Entschuldige, Timur, wir sind Seherinnen und kennen uns sehr gut.«

»Kein Problem, ich kann warten.«

»Ich bin Yalkidia Silling, wir haben schon miteinander gesprochen.«

»Ja, ich erinnere mich an Ihre Stimme.«

Sie lächelte und er erkannte nun auch ihr Gesicht wieder. Das Gesicht der Frau, die ihm seinerzeit vor der Schule die Hand geschüttelt hatte.

»Es ist ein großes Glück, dass du hier bist.«

Mag sein. Ich wüsste aber nun endlich gerne, warum eigentlich, dachte Timur, sagte aber nichts.

»Und ich werde dir nun erklären, warum das so ist«, fuhr sie fort, denn sie hatte seine Gedanken gelesen. Sie sah auf den von Tausenden grünen Baumkronen umgebenen Nebelsee vor ihnen hinunter.

»Du kennst die Legenden vom Sieg der Zauberer über die Raubritter, die einst die Stadt beherrschten.«

»Ein wenig.«

»Talin führte seinerzeit eine Armee von wenigen, aber zum Äußersten entschlossenen Zauberern gegen die Raubritter an. Sie hatten sich viele Jahre in geheimen Höhlen tief im Fels von Foigor versteckt und magisches Wissen gesammelt. Natürlich waren ihre Fähigkeiten nicht annähernd mit dem zu vergleichen, was die Zauberer später in der Blütezeit der Magie beherrschten. Ein paar magische Schwerter, einen Lähmungsbann und Frimfisls Riesenhupfzauber, viel mehr hatten sie nicht und allein damit waren sie zu schwach, um Scharmass und seinen Gesellen entgegenzutreten.«

Sie sah ihn ernst an.

»Eine der Legenden besagt, dass den Zauberern eine Drachenarmee zu Hilfe gekommen war. Lass es mich kurz machen: Diese Legende hat einen wahren Kern. Talin hatte nicht nur, wie die anderen, in Höhlenverstecken Magie geübt. Nein, er war auch in die Welt hinausgezogen. Und eines Tages hatte er sich hoffnungslos in einem nebeligen Wald verlaufen und war dort auf Drachen gestoßen. Nur er selbst weiß, wie er es angestellt hat, aber er lernte ihre Sprache und alles über ihr Leben.

Drachen können nur in der feuchten kühlenden Luft von Nebelwäldern existieren. Würden sie sie verlassen, würden sie sofort von innen verbrennen. Doch sie haben eine Möglichkeit, diese Gebundenheit an ihren Ort zu durchbrechen. Eine einzige. Sie müssen von jemandem geritten werden, in dem das Olisam stark leuchtet. Jemandem wie Talin. Sobald ein Drache von seiner magischen Energie durchströmt wurde, brauchte er keinen Nebel mehr, um seine innere Hitze in Zaum zu halten.

Es war also in Wirklichkeit keine Drachenarmee, die den Zauberern zu Hilfe kam. Ein einziger Drache hatte genügt. Koron der Mächtige, geritten von Talin dem Held. Noch bevor die Ritterarmee ausrücken konnte, hatte er ihre gesamte Burg in ein tödliches Flammenmeer verwandelt.«

Silling lächelte.

»Bei uns ist dieser Teil der Schlacht in Vergessenheit geraten, aber unter den Drachen kennt jedes Kind die Geschichte.«

Sie blickte erneut auf den weißen Nebelsee unter ihnen. Ein Gedanke begann sich in Timurs Kopf zu formen. Ein Gedanke, der ihm überhaupt nicht behagte.

»Nach dem Sieg pflanzte Talin als Ausdruck der Dankbarkeit gegenüber den Drachen diesen Wald an. Nebelfichten, Dunstpalmen und Wasserbuchen, umrankt von Drachenbrotkraut, die ideale Umgebung für Drachen. Zweihundert Jahre musste er emporwachsen, bis sich die erste Drachenkolonie dort ansiedeln konnte. Sie leben nun in den Lichtungen.«

Silling zeigte nach unten. Timur stellte sich vor, was sich unter der Nebeldecke befand, und ließ es schnell wieder, als er merkte, wie ihm das Herz in die Hose rutschte.

»Talins Holz ist im Lauf der Jahrtausende ein Zufluchtsort und sicheres Versteck für ganze Drachendynastien gewesen. Einige von ihnen waren so groß, wie Aramburg breit ist.«

Timur schluckte. So ein Biest würde von einem Ende der Lichtung bis zum anderen reichen.

»Du wirst dich vielleicht fragen, warum nur ich und kein anderer das weiß. Nun, keiner hat so viel nach vergessenen alten Büchern gesucht wie ich. Irgendwann kam ich den Wurzeln der Drachenlegende auf die Spur und wollte wissen, ob sie wirklich stimmte. Ich fand Mittel und Wege, mich in Talins Holz zu orientieren, zog bei meinen Wanderungen immer weitere Kreise. Und eines Tages bin ich auf sie gestoßen. Sie versuchten, mich zu verbrennen, aber sie schafften es nicht, weil ich unsterblich bin. Und weil Talin den Drachen einst unsere Sprache beigebracht hatte, konnte ich mich nach einiger Zeit mit ihnen anfreunden und beschloss daraufhin, die Menschen, die ich so fürchtete, zu verlassen, um nur noch mit ihnen zu leben.«

Timur hätte inzwischen alles gegeben, um den einen unbehaglichen Gedanken, den er gerade hatte, wieder aus seinem Kopf herauszubekommen, aber er machte sich weiter breit wie ein ungebremstes Zauberwort.

»Du willst, dass ich … einen Drachen reite?«

»Ja. Aber es ist nicht so einfach.«

»Das kann ich mir vorstellen. Wie soll ich mich überhaupt an ihm festhalten?«

Er fühlte, dass Julina nun wieder seine Hand drückte. Aber selbst das beruhigte ihn kaum.

»Nein, Timur, ich meinte, es ist nicht so einfach, einen Drachen zu überzeugen, den Nebelwald zu verlassen. Auch wenn er das mit einem starken Zauberer auf dem Rücken tun kann, warum sollte er? Er hat hier alles, was er braucht. Gesellschaft, Nahrung, Kühlung, Ruhe. Unser Glück ist, dass es Barrumar gibt.«

»Barrumar?«

»Ein junger Drache, der völlig aus der Art geschlagen ist. Er gebärdet sich unruhig, möchte etwas erleben und würde dafür sterben, endlich einmal aus Talins Holz herauszukommen und etwas von der Welt zu sehen.«

»Ich verstehe.«

»Es gibt nur Problem mit Barrumar: Er ist … nun …«

Timur konnte fast hören, wie hinter der Stirn der Fürstin einzelne Worte geprüft und wieder verworfen wurden. Zu ihnen gehörten »gefährlich«, »total unberechenbar« und »völlig durchgeknallt«.

»Sagen wir, er ist ein wenig … wild.«

Begegnung mit Barrumar

Das Krähennest, das am höchsten Mast der Arrakoll hing, war eigentlich zu klein für zwei Personen. Woronin war trotzdem dort hinaufgeflogen. Der diensthabende Ausguck-Krobulin machte sich so klein wie möglich und sah ängstlich an dem großen Zauberer hoch. Woronin beachtete ihn aber gar nicht. Ihn interessierte nur der riesige schwarz-rote Halbmond aus Hunderten von Schiffen, in dessen Mitte er mit der Arrakoll segelte. Es hatte lange genug gedauert, bis seine drittklassigen Kapitäne die Angriffsformation gebildet hatten, aber nun sah sie perfekt aus. Jedes einzelne Schiff musste nichts weiter tun als einfach geradeaus segeln und seine Position halten.

Das war doch zu schaffen, oder? Er runzelte die Stirn. Über tausend Jahre war es her, dass er die Stadt verlassen hatte, als deren legitimer Herrscher er sich betrachtete. Der Gedanke, dass der Tag seiner Wiederkehr mit einer Blamage begann, bereitete ihm großes Unbehagen.

Er schaltete die magische Stimmverstärkung ein.

»Achtung! Ab jetzt gilt: Jedes Schiff, das aus der Formation ausbricht, wird sofort versenkt. Ich wiederhole: Jedes Schiff, das aus der Formation ausbricht, wird sofort versenkt.«

Die Krobulin raunten, einige lachten dreckig. Hatten sie verstanden, dass er es ernst meinte? Er sah sich um. Dann richtete er sein schwarzmagisches Feuerrohr auf die Klibitz, ein kleineres Schiff aus braunem Holz, das in diesem Moment, wenn man genau hinsah, etwas zu weit zurücklag und wie eine unschöne kleine Nase aus dem Halbmond herausragte.

»Krrakaurumm Krruuck Karrackurrack Urr!«

Er spürte, wie sich schwarzmagische Energie in dem Rohr sammelte. Im nächsten Moment schoss ein gleißend heller Feuerstrahl heraus und die fast eine Viertelmeile entfernte Klibitz stand mit einem Mal lichterloh in Flammen.

Der Ausguck-Krobulin riss die Augen weit auf, dann lachte er bange und applaudierte. Woronin brachte ihn mit einem Fausthieb auf den Kopf zum Schweigen. Dann drehte er sich um, als wäre nichts geschehen, und sah wieder nach vorne. Bald, ganz bald würde die Küste vor ihnen auftauchen. Vielleicht konnten sie in Tylandor bereits jetzt die Rauchsäule der Klibitz sehen.

Er ballte seine Fäuste. Er konnte sich nicht erinnern, dass er sich schon jemals in seinem Leben so auf etwas gefreut hatte.

***

Timur und Julina waren wieder bis zum Fuß des riesigen Baums herabgestiegen. Diesmal zusammen mit der Fürstin. Obwohl es inzwischen hell genug war, um ein, zwei Meter weit zu sehen, fassten sie sich zur Sicherheit wieder an den Händen. Die Fürstin übernahm die Führung. Sie gingen nur ein paar Schritte weit und blieben dann erneut stehen. Julina brauchte einen Augenblick, bis sie erkannte, dass sich etwas verändert hatte: Vor ihr tauchten keine neuen Baumstämme mehr aus dem Dunst auf. Sie mussten am Rand der großen Lichtung stehen, die sie von oben gesehen hatten.

»Timur, du musst nun alleine weitergehen. Barrumar erwartet dich.«

Julina erschrak. Timur sollte ganz alleine einem Drachen gegenübertreten? Obendrein auch noch einem, der besonders wild war? Sie kannte Drachen von alten Zeichnungen und Gemälden. Sie sahen sehr unterschiedlich aus, aber niemals so groß, wie Yalkidia sie vorhin beschrieben hatte. Selbst wenn Barrumar nur halb so breit wie Aramburg war, war es nicht unwahrscheinlich, dass er in diesem dichten Nebel einfach aus Versehen auf ihren Freund drauftrampelte und ihn zerquetschte.

Die Fürstin legte Timur die Hand auf die Schulter.

»Was auch immer gleich passiert, erschrick nicht.«

Timur nickte. Julina war immer noch fassungslos. Wie konnte er nur so ruhig bleiben? Sie betrat Yalkidias Gedanken. Sie spürte, dass die Fürstin aufgeregt war. Viel aufgeregter, als sie es nach außen hin zeigte. Und da war ein Gedanke. Ein ungeheuerlicher Gedanke, den sie nicht sofort fassen konnte. Und der Gedanke lief vor ihr weg. Yalkidia wollte etwas verbergen!

»Timur, geh nicht!«

Doch Timur war bereits in der Nebelwand verschwunden und ihr Ruf erstickte in den dichten Schwaden.

»Alles ist gut, Julina! Bitte, beruhig dich! Vertrau mir! Noch dies eine Mal!«

Julinas Gedanken überschlugen sich. Sollte sie erneut in Yalkidias Geist eindringen und auf die Jagd nach dem ungeheuerlichen Gedanken gehen oder sollte sie sich in Timurs Kopf begeben und ihn begleiten? Sie brauchte keine Sekunde, um die Entscheidung zu treffen. Schon im nächsten Moment sah sie durch seine Augen. Dichter Nebel, wie gehabt.

»Warum konnten wir nicht mitgehen, Yalkidia?«

»Weil …«

»BUUUUUH!«

Vor Timurs Augen war plötzlich mitten aus der weißen Fläche heraus eine riesige Fratze aufgetaucht. Lang gezogene Schlitzaugen, spitze Ohren und ein riesiges, halb offenes Maul, aus dem zwischen beängstigend spitzen Zähnen der Sabber hervortriefte. Julina hörte ihren eigenen Schrei wie von fern. Er vermischte sich in ihrem Kopf mit dem Schrei, den Timur im gleichen Moment ausstieß.

»Yalkidia! Ist das …?«

»Barrumar«, seufzte die Fürstin. »Er hat keine Manieren.«

Julina hörte gebannt dem lauten Atem des Drachen zu. Keuchend und brummelnd bewegte er seinen Kopf hin und her und wirkte dabei höchst unzufrieden.

»TIMUR?«

Seine Stimme klang so tief und so laut, dass es ihre Eingeweide mit jedem Wort durchschüttelte. Timur brachte keinen Ton heraus, aber das schwankende Bild zeigte Julina, dass er nickte. Sie ballte ihre Hände zu Fäusten, während sie zusehen musste, wie der Drache ihren Freund unverschämt neugierig beäugte.

»HATTE GEDACHT, DU WÄRST GRÖSSER. VIEL GRÖSSER.«

Barrumar legte eine weitere Runde Keuchen und Brummeln ein.

»UND DU RIECHST. NACH DINGEN, DIE ICH NICHT KENNE.«

Es schien, als würde er Timur am liebsten mit seiner Pranke hochheben und von allen Seiten beschnüffeln wie einen ganz besonderen Leckerbissen.

»HALT STILL UND KRIEG KEINEN SCHRECK, HARHARHAR!«

Der Drache holte tief Luft.

In einem Moment war sein Kopf noch zu sehen, im nächsten verschwand er.

Hinter einer Wand aus Feuer.

Julina sah durch Timurs Augen kurz den schrecklichen roten Schein, danach wurde alles schwarz. Die Flammen waren aber so stark, dass ihr flackernder Schein sogar noch durch die dichte Nebelwand zu ihr drang.

»Nein!!!«

Ohne nachzudenken, stürzte Julina sich in den Nebel. Die Fürstin hielt sie am Arm zurück.

»Nein, Julina! Tu das nicht!«

»Lass mich los!«

»Du wirst verbrennen!«

Ihre Gedanken überschlugen sich. Yalkidia hatte gesagt, Timur könne nichts passieren. Aber sie hatte gelogen! *Das* war der Gedanke, den sie vor ihr versteckt hatte. Lügen zwischen Seherinnen gingen also doch! Alles drehte sich in ihrem Kopf. Wenn Yalkidia Gedanken vor ihr verstecken konnte, was konnte sie dann noch? Woher kamen die Bilder, die sie angeblich gesehen hatte? War Woronins Flotte vielleicht gar nicht real? War das alles nur ein großer Schwindel, um Timur umzubringen? Stand Yalkidia … auf Arams Seite? Ihr wurde es heiß und kalt.

»DAS OLISAM LEUCHTET STARK IN DIR, KLEINER. DU BIST ABER IM MOMENT BISSCHEN SCHWACH AUF DER BRUST, WAS?«

Sie zuckte zusammen. Die Drachenstimme war wieder in ihrem Kopf! Das hieß …

»Timur lebt!«

»Natürlich lebt er. Barrumar wollte unbedingt diesen blöden Scherz machen, Julina. Es war seine Bedingung. Ich musste ihm versprechen, dass ich euch vorher nichts verrate. Tut mir leid.«

»Scherz?«

Das Wort kam tonlos über ihr Lippen.

»Ja. Drachenfeuer kann Olisamträgern nichts anhaben. Barrumar war ganz aus dem Häuschen, als ich ihm erzählt habe, dass der junge Zauberer, der ihn reiten soll, noch nichts darüber weiß.«

Julina konnte nun auch wieder durch Timurs Augen sehen. Der Nebel war von den Flammen vertrieben worden und sie sah den riesigen Drachenkopf klar vor sich. Er pendelte sacht hin und her, das Maul grinste von einem Ohr zum anderen und kleine Dampfwölkchen pufften aus den Nüstern.

Ihre Knie wurden weich. Sie ließ sich auf den Waldboden sinken und atmete tief durch. Yalkidia kauerte sich neben sie.

»Verzeih mir.«

Timurs Stimme erklang wieder in ihrem Kopf.

»Alles gut, Julina. Hab nur einen Riesenschreck bekommen.«

Sie konnte nicht antworten. Ihr Herz pochte, als wollte es ihr aus der Brust springen, und so laut Barrumars Stimme auch dröhnte, sie hörte sie nur noch wie von fern.

»WAS IST JETZT? SETZT IHR MIR ENDLICH DEN MINIZAUBERER AUF DEN RÜCKEN? ICH WILL RAUS HIER!«

***

Fürst Ringus saß zur gleichen Zeit am äußersten Rand von Foigor auf einer Felsnase und sah auf das Meer hinaus. Er war lange nicht mehr hier gewesen, wahrscheinlich schon über hundert Jahre nicht. Warum eigentlich? In ganz Halum gab es keinen Ort, der so einen Ausblick bot.

Er konzentrierte sich auf die Horizontlinie. Noch immer waren keine Schiffe zu sehen. Und noch immer hatte er keine Verbindung zu Yalkidia. Er wusste nicht mehr, was er glauben sollte. Zwei Felsnasen weiter kauerte ein großer Seeadler. Ein prächtiges Tier. Er starrte in die gleiche Richtung, aber wahrscheinlich tat er das jeden Tag. Wenn das eintreten sollte, was Yalkidia vorhergesagt hatte, würde der Kerl heute etwas zu sehen bekommen, was er sein ganzes Seeadlerleben noch nicht gesehen hatte, so viel war sicher.

Auf dem Weg hierher hatte Ringus erkannt, dass Aram seine gesamte Burgwache entlang der großen Mauer postiert hatte. Er glaubte weiter, er könnte Woronin davon abhalten, Halum und Aramburg einzunehmen. Foigor wollte er hingegen preisgeben. Ringus lachte bitter. So empörend das auch sein mochte, es war egal. Halum und Aramburg wären bei dem Angriff genauso verloren, daran würden weder die Burgwachen noch die Mauer etwas ändern.

Wieder suchte er den Horizont ab und konnte nichts Ungewöhnliches entdecken. Die Kappen der Burgwachen gingen ihm durch den Kopf. Es war wirklich nicht der richtige Moment, um an Kopfbedeckungen zu denken, aber als er die Männer vorhin alle in einer langen Reihe hatte stehen sehen, war ihm eine Idee gekommen: Wenn man diese kleine Burgwachenkappe mit einer Schalkrempe und einem rylandischen Falz versehen würde, das wäre etwas völlig Neues und es würde großartig … Da! Irgendetwas schien hinter der Horizontlinie aufzusteigen. Er blinzelte. War das Rauch? Auch der Seeadler schien mit einem Mal unruhig zu werden und der konnte weitaus besser sehen. Ringus starrte weiter angestrengt in die Ferne. Es musste wohl tatsächlich Rauch …

»Bei Talin!«

Er riss seinen Kopf nach links herum. Etwas schoss durch die Luft aufs offene Meer hinaus. Es mochte gut und gerne fünf Meilen entfernt sein, trotzdem konnte er erkennen, dass es ein riesiges Wesen mit Flügeln war. Erst nach und nach nahm das Wort »Drache« Gestalt in seinem Kopf an. Es gab sie wirklich! Verrückte Yalkidia. Ringus wünschte, sie würde sich genau in diesem Moment öffnen. Nein, noch viel lieber würde er sie genau in diesem Moment fest an sich drücken.

Der Seeadler neben ihm stieß einen Schrei aus. Dann breitete er die Schwingen aus, stürzte sich von seiner Felsnase und verfolgte den Drachen in einem Tempo, das Fürst Ringus an einen abgeschossenen Pfeil erinnerte.

Alter Drachensport

Sobald Timur festgeschnallt war, schwang sich Barrumar ohne Abschiedsworte in die Luft. Im Nu hatten sie das Nebeldach durchstoßen und stiegen in schwindelerregende Höhen über den Wald auf. Talins Holz war ein gigantisches Meer aus grünen Baumkronen mit ein paar Nebelseen in der Mitte. Als sie noch höher stiegen, schrumpften die Seen zu einer Ansammlung von kleinen weißen Flecken zusammen. Aber erst aus wirklich großer Höhe sah Timur endlich den Rand des riesigen Waldes, dahinter die Weiden, das Meer und die Häuser von Tylandor.

»WENIGSTENS BIST DU LEICHT.«

Barrumars Worte waren zwar überdeutlich zu verstehen, aber Timur war zu sehr mit Staunen beschäftigt. Nie hatte er gedacht, dass seine Stadt von oben so aussah. Halum wirkte wie ein Schachbrett, dem man ein großes rundes Auge namens Aramburg eingepflanzt hatte und an dessen unterem Rand die unförmige dunkelgraue Masse Foigor klebte.

Eiskalte Höhenluft pfiff ihm um die Ohren. Gleichzeitig wurde er durch den Leib des Drachen, der ihm beim Aufsteigen noch unerträglich heiß vorgekommen war, gewärmt. Sie schossen nun über das Meer. Die Steilküste und der Felsen von Foigor lagen weit hinter ihnen und Timur starrte in Erwartung der feindlichen Schiffe angespannt auf den Horizont.

»Ähm, hattest du etwas gesagt, Barrumar?«

»WENIGSTENS BIST DU LEICHT.«

»Das freut mich.«

»ABER DASS DU IN DIESEM HÄSSLICHEN LEDERDING SITZEN MUSST, STÖRT MICH. ES KNEIFT.«

»Ich habe auch schon bequemer gesessen.«

»LOS, SCHNALL ES AB. TALIN HAT SO WAS AUCH NICHT GEBRAUCHT. SCHNALL ES AB UND WIRF ES IN DIESES RIESIGE FLACHE BLAUE DING DA UNTER UNS.«

»Das nennt man Meer. Und es ist nicht flach. Im Gegenteil. Man kann darin untergehen. Und ich schnalle das Lederding auch nicht ab. Zu unsicher. Wenn ich abstürze, ertrinke ich und du verbrennst. Das weißt du genau.«

»DU ERINNERST MICH AN MEINE GROSSMUTTER.«

»Außerdem wäre Tylandor dann verloren.«

»WO WIR GERADE DAVON SPRECHEN, WIE SOLL ICH DIE FLOTTE EIGENTLICH AUFHALTEN, WENN WIR SIE ERREICHT HABEN?«

Timur schluckte.

»Keine Ahnung, darüber hat niemand mit mir gesprochen. Bis eben wusste ich noch nicht einmal, dass es Drachen wirklich gibt. Hat dir die Fürstin nichts dazu gesagt?«

»YALKIDIA HAT MIR ERKLÄRT, DASS EINE FLOTTE EINE GRUPPE AUS GROSSEN HOLZKÄSTEN IST. UND DASS IN DER FLOTTE, DIE WIR TREFFEN, EURE FEINDE DRINSITZEN.«

»Ja, so ist das in etwa. Könntest du die Holzkästen denn aufhalten?«

»KEIN PROBLEM, ICH VERBRENNE SIE ALLE UND DANN FLIEGEN WIR WEITER UND SCHAUEN UNS DIE WELT AN.«

Eine einfache und wirkungsvolle Methode, wie Timur zugeben musste. Trotzdem behagte sie ihm nicht. Er beobachtete, wie die glitzernde Meeresoberfläche unter ihnen hinwegschoss. Es konnte nicht mehr lange dauern. Wieder suchte sein Blick den Horizont ab. Von einem Ende zum anderen. Da!

»Barrumar! Viel weiter nach rechts! Dahinten sind sie!«

»ABER DA WOLLTE ICH NICHT HIN, DA RIECHT ES SO KOMISCH.«

»Da fährt aber die feindliche Flotte. Du musst sie aufhalten, das war der Handel.«

»UND WAS WILLST DU MACHEN, WENN ICH ES MIR JETZT ANDERS ÜBERLEGE? ABSPRINGEN?«

»Barrumar!«

»JA, SCHON GUT, ICH FLIEGE ZU DEN STINKERN. WENN ICH SIE GRÜNDLICH VERBRANNT HABE, IST'S HOFFENTLICH NICHT MEHR SO SCHLIMM.«

»Hör zu, ich will, dass du ihnen erst einmal nur einen Schreck einjagst, verstanden? Vielleicht drehen sie dann einfach um.«

»ICH VERSTEHE ZWAR NICHT, WARUM, ABER VON MIR AUS. ERSCHRECKEN MACHT SPASS.«

Barrumar flog eine scharfe Rechtskurve. Timur drückte es tief in den ledernen Drachensattel, den die Fürstin Silling Barrumar auf den Leib geschneidert hatte.

»IST DAS DIE RICHTIGE RICHTUNG? ICH FLIEGE DEM GESTANK NACH, ABER ICH SEHE IMMER NOCH KEINE HOLZKÄSTEN.«

»Genau die richtige Richtung.«

»WIRKLICH SCHADE, DASS DU SO KLEIN BIST, SONST KÖNNTEST DU MIR DIE NASE ZUHALTEN. ICH KANN NICHT GLAUBEN, DASS DICH DER GESTANK GAR NICHT STÖRT. IHR MENSCHEN KÖNNT WIRKLICH SCHLECHT RIECHEN.«

»Dafür können wir anscheinend besser sehen.«

Timur blieben die Worte fast im Hals stecken, denn in diesem Moment erkannte er das gesamte Ausmaß von Woronins Flotte: ein gigantischer Halbmond, aus Hunderten riesigen blutroten Segeln, der sich zügig über das Wasser bewegte. Das eine Ende war nicht mehr weit entfernt von ihnen, das andere Ende verschwand in weiter Ferne fast hinter dem Horizont. Eine schwimmende Großstadt, prall gefüllt mit finster entschlossenen Kämpfern, zog unaufhaltsam in Richtung Tylandor! Die Wahrheit war noch schlimmer als alles, was die Fürstin ihm je gezeigt hatte!

»AH, WAS HABEN WIR DENN DA?«

»Sag bloß, du hast sie jetzt endlich auch gesehen?«

Statt einer Antwort ging Barrumar ohne Vorwarnung in den Sturzflug über. Timur war heilfroh, dass seine Beine und seine Schultern mit dicken Gurten am Sattel festgeschnallt waren, sonst hätte er von einem Moment auf den anderen alleine ohne Drachen in der Luft gesessen. Bald waren sie so nah herangekommen, dass auch Barrumar die einzelnen Schiffe erkennen konnte.

»UND VOR DEN KLEINEN SCHACHTELN HABT IHR ANGST?«

»Es sind ganz schön viele, falls du es nicht bemerkt hast.«

»SO HABE ICH WENIGSTENS WAS ZU TUN. HALT DICH FEST, MINIZAUBERER! UND SCHÜTZ DEINE OHREN!«

Barrumar beschleunigte noch mehr und Timurs Bein- und Schultergurte schnitten so tief ein, dass er aufstöhnte. Sie erreichten den Anfang des Halbmonds. Die Beine des Drachen waren gerade noch einen Steinwurf über den Masten. Der Luftzug, den seine mächtigen Schwingen verursachten, fuhr in die Segel und verwirbelte das Wasser. Timur hörte, wie Schiffswände gegeneinanderschlugen, und sah, wie scheußliche, behaarte Wesen sich auf den Decks festhalten mussten.

Dann holte Barrumar Luft.

Was hatte er vor? Er sollte sie doch nur erschrecken.

Timurs Herz schlug bis zum Hals.

Im nächsten Moment hörte er, wie ein unheimlicher Laut anschwoll. Barrumar stieß einen Drachenschrei aus. Sein ganzer Körper vibrierte von der unglaublichen Macht seiner Stimme und Timur vibrierte mit. Er steckte sich, so fest er konnte, die Finger in die Ohren. Damit rettete er sein Gehör, aber der Schall drang trotzdem so tief in seinen Kopf ein, dass es wehtat. Plötzlich sah er einen Pfeil in Barrumars schuppigem Hals stecken. Bald waren es zwei, drei … und schon verfehlte der erste Pfeil nur knapp seinen eigenen Hals. Er verfluchte sich. Auf einem riesigen Drachen fühlte man sich so trügerisch stark, dass man nicht einmal die einfachsten Dinge bedachte.

»Dreh ab, Barrumar! Dreh ab, hörst du?«

Es war sinnlos. Der schreiende Drache konnte ihn nicht hören. Timur versuchte sich so klein wie möglich zusammenzukauern. Talin war damals sicher nicht so blöd wie er gewesen, in die Reichweite der feindlichen Bogen zu fliegen. Wenn ein Pfeil ihn tötete, war es vorbei. Mit ihm, Barrumar und Tylandor.

Inzwischen hatten sie die Mitte der gigantischen Halbmondformation erreicht. Genau dort sah Timur ein besonders großes Schiff angeberisch aus den anderen herausragen. Trug das Schiff den Anführer Woronin oder sollte man das nur glauben? Wenn Woronin schlau war, würde er sich lieber … Bevor Timur den Gedanken zu Ende bringen konnte, schoss ein gleißend heller Lichtstrahl von der absurd hohen Kommandobrücke des großen Schiffs genau auf sie zu. Er kniff die Augen zusammen und sein Herz setzte für einen Schlag aus. War das der gleiche Strahl, den er schon einmal gesehen hatte, als Woronin den alten Krobulin verbrannt hatte? Und war es schon wieder vorbei? Er spürte nichts. Vorsichtig öffnete er seine Lider einen Spaltbreit … Es war unfassbar. Der Strahl war auf Barrumars Brust gerichtet. Er schien sich daran festzusaugen, er pulsierte und zitterte bösartig, doch Barrumar flog mit unverminderter Geschwindigkeit weiter, als wäre nichts geschehen. Der Strahl verfolgte ihn, blieb an seine Brust geheftet, schien ihm aber weiterhin nicht das Geringste auszurichten. Erst als sie viele Schiffe weiter geflogen waren, löste er sich auf.

Nur der Pfeilhagel hielt unvermindert an. Inzwischen ragte ein knappes Dutzend von ihnen aus Barrumars Haut und es war nur ein glücklicher Zufall, dass immer noch keiner davon in Timur steckte. Doch der Drache flog unbeirrt weiter, dicht an den Bugen der Schiffe vorbei. Nur sein Schrei veränderte sich im Lauf der Zeit. Zuerst hatte er sich wie ein lang gezogenes »i« angehört, dann mehr wie ein rollendes »r«. Nun fauchte er ein »sch«, das bald von einem kurzen »t« unterbrochen wurde, dem wieder ein »i« folgte. Jeder normale Mensch wäre vor diesem Gebrüll davongerannt und sogar der Hauptmann der Burgwachen hätte erwogen, sich vorsichtig zurückzuziehen. Nur die Krobulin schossen stur weiter ihre Pfeile ab und schienen überhaupt nicht beeindruckt zu sein.

Doch mitten in diese schweren Sorgen hinein musste Timur auf einmal lachen. Links und rechts zischten tödliche Pfeile an ihm vorbei, aber er konnte trotzdem nicht anders. Er schüttelte sich, und hätte er sich nicht die Ohren zuhalten müssen, hätte er sich mit beiden Händen auf die Schenkel geklopft. Jetzt erst verstand er. Barrumar schrie unendlich in die Länge gezogen: »IHR STINKT!«

Er lachte immer noch, als sie am anderen Ende des Halbmonds angekommen waren und endlich aus der Gefahrenzone abdrehten. Der Drache schwang sich wieder hoch in die Luft, wo sie, ungefährdet von Pfeilen und sonstigen Geschossen, in Ruhe betrachten konnten, was sie bewirkt hatten.

Viel war es nicht. Am meisten schienen die Schiffe beeindruckt zu sein, sie schaukelten immerhin. Bei den haarigen Wesen war aber nichts von Schreck, Furcht oder gar Panik zu sehen. Im Gegenteil, sie waren bis auf den letzten Mann alle nach vorne gestürmt, bleckten ihre spitzen Zähne, schüttelten ihre Waffen und brachen gemeinsam in ein Kriegsgeschrei aus, das nur unbedeutend leiser schien als Barrumars Schrei von eben.

Timur fasste das Ergebnis mit einem Wort zusammen: »Tja.«

Barrumar war ein wenig aus der Puste und sagte nichts.

»Sag mal, dieser Feuerstrahl von dem großen Schiff, hat der dir gar nichts ausgemacht?«

»NEIN. DAS WAR SCHWARZE MAGIE. KANN DRACHEN NICHTS ANHABEN. ABER DIESE FLIEGENDEN SPITZEN STÖCKE PIKSEN DAFÜR GANZ SCHÖN. DAS ZAHL ICH IHNEN HEIM. ICH VERBRENN SIE JETZT, JA?«

»Nein.«

Timur konnte nicht erklären, warum er »Nein« sagte. Woronin wollte Tylandor angreifen. Ohne jeden Anlass, einfach nur, um sie zu unterwerfen. Ausgerechnet er, durch dessen Schuld vor tausend Jahren die gesamte Bevölkerung ausgelöscht worden war, würde mit seiner wilden Horde ohne jedes Erbarmen über Menschen und Häuser herfallen. Timur kannte die Wesen auf den Schiffen nicht, er war niemandem von ihnen etwas schuldig. Es fühlte sich an, als hätte er alles Recht der Welt, sie töten zu lassen. Dennoch konnte er es nicht. Wusste er, was diese Wesen mit Woronins finsteren Plänen zu tun hatten? Vielleicht hatte er sie durch Lügen aufgehetzt? Vielleicht standen sie sogar unter einem Zauber?

»Kannst du einfach nur das größte Schiff zerstören? Vielleicht reicht das ja.«

»SICHER KANN ICH DAS. ZIELFEUERN. ALTER DRACHENSPORT. MACHE ICH SEIT ÜBER ZWEIHUNDERT JAHREN. BIN EINER DER BESTEN.«

Barrumar richtete seinen Kopf aus. Für einen kurzen Augenblick hielt er völlig still, dann flogen mit einem kurzen scharfen Zischen zwei kleine Feuerbälle aus seinen Nüstern. Sie vereinten sich in der Luft zu einem großen Ball, der hell aufflackernd auf das große

Schiff zuraste. Timur sah, wie er mitten auf dem Deck einschlug. Eine donnernde Explosion folgte.

»NA, WAS HAB ICH GESAGT?«

Wo eben noch das große Schiff gelegen hatte, war nun eine Flammenhölle. Für wenige Augenblicke ragten noch ein paar Masten oben heraus, dann stürzten sie um und verschwanden ebenfalls im Inferno, bis alles unter lautem Zischen langsam im Wasser versank. Nichts blieb zurück außer einer Wolke Dampf. Mitten im Halbmond klaffte nun eine Lücke. Angesichts der riesigen Flotte nicht besonders groß, aber immerhin gut zu erkennen. Die Schiffe rechts und links hatten ebenfalls Feuer gefangen. Die Krobullkämpfer versuchten die Flammen zu löschen, während andere, die es bei der Explosion ins Meer geschleudert hatte, bei den unversehrten Schiffen an Bord kletterten.

Timur erstarrte. Wie viele Lebewesen waren gerade umgekommen? Zehn? Fünfzig? Hundert? Nein, er hatte sie nicht getötet. Er hatte nur zugelassen, dass Barrumar einen Feuerball auf das Schiff abschoss … Faule Ausrede. Er hatte sie getötet. Aber andersherum betrachtet, hatte er verhindert, dass Barrumar alle tötet. Was war richtig, was war falsch?

»SO, UND JETZT ERSCHRECKE ICH SIE NOCH EINMAL RICHTIG!«

Ohne weiter zu erklären, was er vorhatte, nahm Barrumar Fahrt auf und flog wieder an das Ende des schwimmenden Halbmonds, von dem sie gekommen waren. Diesmal hielt er den richtigen Abstand. Die Krobulin versuchten nicht einmal, ihn mit ihren Pfeilen zu erreichen. Timur war unfähig zu fragen, was sein Plan war. Ihn beschäftigte immer noch, was gerade geschehen war. Er war froh, dass er in diesem Moment nichts entscheiden musste. Und was auch immer Barrumar vorhatte, aus dieser Entfernung konnte er niemanden verbrennen.

Barrumar schöpfte Atem.

So viel, wie Timur es noch nicht bei ihm erlebt hatte. Er schien die ganze Luft aus ihrer Umgebung in seinem Brustkasten versammeln zu wollen. Timur hatte schon zehnmal ein- und ausgeatmet, während Barrumar noch immer Luft holte. Er wollte schreien, aber es kam nur ein ersticktes Krächzen aus ihm heraus.

»Nein!«

Barrumar senkte den Kopf und blies. Ein Flammenstrahl, der in einer Sekunde ein ganzes Stadtviertel in Asche verwandeln hätte können, ging auf die Wasseroberfläche vor den Schiffen nieder.

Und dann flog Barrumar los. Einmal die gesamte Strecke von der einen Spitze des Halbmonds zur anderen. Ohne dabei den Flammenstrahl zu unterbrechen. Dort wo er vorbeigekommen war, blieben die Flammen auf rätselhafte Weise stehen. Auf diese Weise baute sich eine riesige Flammenwand vor den Schiffen auf. Timur fühlte, wie die Hitze sogar durch die dicke Sohle seiner Stiefel drang, und hoffte, das sie kein Feuer fingen.

Als sie am Ende des Schiffsverbands angekommen waren, brannte die Flammenwand am Anfang immer noch genauso hoch. Barrumar betrachtete sein Werk und schien zufrieden. Er stieg hoch und blies als krönenden Abschluss einen riesigen Feuerball in die Luft, der über die Flammenwand hinweg auf die Schiffe zuflog und erst, kurz bevor er sie erreichte, verpuffte. Dann flog er ein Stück zurück und ließ sich so weit herabsinken, dass sie hinter der Flammenwand außerhalb des Blickfelds der Feinde zum Halten kam.

»Gut gemacht, Barrumar.« Timur hatte sein Sprache wiedergefunden. »Wenn sie jetzt nicht abhauen, sind sie total verrückt.«

Die Flammenwand wurde nur langsam kleiner. Timur staunte immer noch, welche grenzenlose Kraft in dem Drachen, den er ritt, steckte.

»Wirklich, genau die richtige Idee.«

»FTWRX.«

»Was hast du gesagt?«

»MIR IST ... SCHLECHT.«

Erst jetzt bemerkte Timur das ungewohnte Schwanken des Drachen. Er hatte sich völlig verausgabt.

»Ganz ruhig, Barrumar. Wir schauen noch kurz, wie sie abhauen, dann fliegen wir nach Hause, ja? Alle werden stolz auf dich sein. Du bist ein Held.«

»ICH ... KANN NICHT MEHR.«

Barrumar unterbrach den sanften Flügelschlag, der sie in der Luft hielt, und sie begannen rasch immer tiefer zu sinken.

»MUSS MICH MAL KURZ HINLEGEN.«

»Du kannst dich nicht hinlegen! Da unten ist das Meer!«

»MIST.«

Gerade noch rechtzeitig bevor sie die Wasseroberfläche berührten, schlug Barrumar ein paarmal matt mit den Flügeln. Nur gerade eben so viel, dass sie ihre Höhe hielten. Doch selbst das schien er nur mit letzter Kraft fertigzubringen.

Timur beobachtete, wie die Flammenwand vor ihnen immer weiter zusammenschrumpfte. Bald tauchten die ersten Masten von Woronins Flotte auf. Als das Drachenfeuer kurz darauf ganz verloschen war, konnte er sich ein Bild machen. Die Schiffe lagen, soweit er das von hier unten sehen konnte, immer noch an der gleichen Stelle. Klar. Auch bei noch so überstürzter Flucht, ein Wendemanöver brauchte seine Zeit. Aber irgendwie fand Timur auch sonst nicht den kleinsten Hinweis, dass die Krobulin beeindruckt waren. Keine Kommandos, kein Schiff, das Anstalten machte beizudrehen.

Wenn sie jetzt nicht abhauen, sind sie total verrückt.

Sie hauten nicht ab.

Sie *waren* total verrückt.

Und er stand ihnen gegenüber. Er und ein Drache, der jeden Augenblick drohte, vor Erschöpfung ins Meer zu stürzen. Im gleichen Moment hörte er, wie die Krobulin auf den Schiffen einen schauderhaften Kampfgesang anstimmten, der überhaupt nicht nach Flucht klang, sondern nach »Wir fahren nach Tylandor und hauen alles kurz und klein«. Noch standen die Schiffe still, aber wenn sie es jetzt drauf ankommen ließen und einfach weiterfuhren, war alles verloren. Barrumar schien nicht einmal mehr in der Lage, eine ulbische Halbzigarre anzuzünden.

Timur gelang es, alle Angst auszuschalten. Noch war nichts entschieden. Zum ersten Mal dachte er kühl wie ein Feldherr. Im Moment gab es zwei Fragen, die Vorrang vor allem anderen hatten. Erstens: Hatte Woronin die Explosion seines Schiffs überlebt? Zweitens: Wenn ja, wo war er?

»Barrumar, jetzt kommt es drauf an. Kannst du zur Mitte zurückfliegen? Und dabei so tun, als ob dir nichts fehlt?«

»FTWRX.«

Die Ameise und die Axt

Woronin stand auf dem Wasser. Das war ein einfacher Zauber, aber in vielen Situationen sehr wirkungsvoll. Wenn man vor einer Horde Krobulin, die am Strand kauerten, eine Ansprache hielt, zum Beispiel. Wenn man aber zwischen den Bordwänden zweier riesiger Schiffe stand, weil sein eigenes gerade versenkt worden war, sah es anders aus. Da kam man sich auf einmal sehr klein vor. Aber das war in diesem Moment nicht so wichtig. Woronin dachte nach.

Gut. Es gab also wirklich Drachen. Interessant. Hätte er nicht für möglich gehalten, aber musste man nun einfach mal so hinnehmen. Fein.

Und dieser Drache war anscheinend unempfindlich für seine neue Lieblingswaffe, den schwarzmagischen Feuerstrahl. Und er hatte gerade die Arrakoll zerstört. Mit einem Feuerball. Und dass er selbst hier trotzdem noch unversehrt auf dem Wasser stand, hatte er wohl nur seiner Unsterblichkeit zu verdanken.

Er hörte seine Krobullkämpfer singen.

»Keine Angst, keine Angst, Krobulin!«

Diese Tölpel. Sie würden tatsächlich weiterfahren und sich von diesem Monstrum verbrennen lassen. Aber noch dümmer schien ihm der Drache. Der und der, der ihn ritt. Er verstand sie nicht. Mit diesem Feuersturm hätten sie alle bis zum letzten Mann und zum letzten Schiff vernichten können. Warum hatten sie es nicht getan?

Woronin war mulmig, ein Gefühl, das er bisher gar nicht kannte. Der Verlust seiner Männer und seiner Flotte hätte ihn um mehrere Jahrhunderte zurückgeworfen. *Warum hatten sie es nicht getan?* Er kämpfte mit sich. Alles sprach dafür, dass er schleunigst das Wendemanöver einleitete, auf die Rakkarrack kletterte und zusah, dass sie heil wieder zurück nach Krobull kamen, bevor der Drache es sich anders überlegte. Das Einzige, was ihn davon abhielt, war die Chance, noch ein paar Worte mit dem Reiter des Drachen zu sprechen. Es gab keinen Zweifel, er war der, dessen magische Aktivität er bis nach Krobull gespürt hatte. Das Olisam leuchtete so stark in ihm, dass man fast Angst bekommen konnte. Hatte die große Menge magischer Energie, die er zuletzt freigesetzt hatte, irgendetwas mit dem Drachen zu tun gehabt? Vermutlich. Wenn er nur mit ihm sprechen könnte. Jede kleine Information konnte entscheidend für die Planung des nächsten Angriffs sein.

Genau in diesem Moment schob sich das silbrig-grün glänzende

Ungetüm von der Seite her in sein Blickfeld. Ihm wurde nun noch einmal doppelt so mulmig. Auch wenn der Abstand weit über hundert Meter betrug, ein Drachenmaul blieb ein Drachenmaul. Und er konnte jederzeit … Woronin riss sich zusammen, zog seinen Hut und machte eine tiefe Verbeugung. Dann schaltete er die Stimmverstärkung ein.

»Alle sofort die Klappe halten und Waffen weg. Gut. Und jetzt singen wir als Willkommensgruß *Krobulls Wiegenlied.*«

Er hörte Murren und einzelne Buhrufe seiner Kämpfer, aber dann schwoll tatsächlich das Wiegenlied an. Eines der schönsten Lieder, die es auf Krobull gab. Was allerdings nicht viel bedeutete.

Woronin trug seinen Hut immer noch in der Hand. Er musterte den Drachen, der ihn mit ausdruckslosen triefigen Augen anstarrte. So groß er auch war, es fiel Woronin schwer zu glauben, dass dieser Drache hier gerade so einen Flammensturm entfacht hatte. Er wirkte … ja, doch, er wirkte kraftlos.

***

Timur hatte Woronin trotz der Entfernung sofort erkannt. Natürlich hatte er die Explosion überlebt, er war ja unsterblich. Wollte er sich mit dieser albernen Verbeugung über sie lustig machen?

Barrumar schwankte bedrohlich hin und her.

»DIE HABEN JA DOCH GEFÄHRLICHE WAFFEN.«

»Nein, ich glaube, sie singen nur ein Lied.«

»EGAL, WENN SIE NICHT GLEICH AUFHÖREN, STERBE ICH. LASS UNS ZURÜCKFLIEGEN.«

»Wir können hier erst weg, wenn wir sicher sind, dass sie sich aus dem Staub machen. Und sie haben sich noch nicht einmal umgedreht.«

Warum, bei Talin, gab Woronin nicht den Rückzugsbefehl? Er

mochte unsterblich sein, aber seine Flotte wäre wehrlos gegen ein erneutes Drachenfeuer. Wollte er verhandeln? Waren die Verbeugung und das scheußliche, aber friedliche Lied die Bitte um einen kurzen Waffenstillstand? Oder war das eine Falle und er wollte sie nur wieder in die Reichweite ihrer Pfeile locken? Das konnte er vergessen, sie würden sich nicht vom Fleck rühren.

»Ich grüße dich, großer Zauberer von Tylandor!« Woronins Stimme kam so laut bei Timur an, als würde er direkt vor ihm stehen. »Sag, können wir uns ein wenig unterhalten? Sprich einfach ganz normal, ich kann dich mit einem Fernhörzauber hören. Ach, was erzähle ich dir. Du kennst das ja bestimmt. Ich spreche immerhin mit einem Kollegen, nicht wahr?«

»Du kannst mich hören, Woronin?«

»Ja.«

»Dann beantworte mir eine Frage: Warum willst du Tylandor erobern?«

»Aber, aber, wer spricht denn von erobern? Wir sind die Kroboll'sche Handelsdelegation, und auch wenn wir ein wenig wild aussehen, wir wollten nur ...«

»Du willst es mir nicht sagen? Auch gut. Letzte Warnung: Verschwindet dahin, wo ihr hergekommen seid! Wenn nicht, spuckt Barrumar die nächste Flammenwand genau dahin, wo ihr jetzt seid.«

»ABER ICH ...«

»Halt die Klappe, Barrumar!«

»Warum darf der Drache nicht reden, großer Zauberer?«

»Zu eurer Sicherheit. Manchmal spuckt er allein durch Reden Feuer.«

»Gut, großer Zauberer, hör mir zu: Wir werden natürlich verschwinden, wenn ihr nicht mit uns über Handelsbeziehungen sprechen wollt. Ich seid in der Übermacht und wir sind nicht lebensmüde. Das heißt, meine Männer sind es schon, wie du gesehen hast, aber ich nicht. Und ich habe zum Glück hier das Sagen.«

»Und worauf wartet ihr?«

»Wie heißt du?«

»Das kann ich dir gerne sagen: Timur.«

»Verrate mir bitte eins, Timur, von Kollege zu Kollege. Ich habe gestern gespürt, dass du eine riesige Menge magischer Energie verbraucht hast und dich dabei völlig erschöpft haben musst. Wozu? Es hat gewiss etwas mit dem Drachen zu tun, richtig?«

»Falsch.«

»Du willst es mir nicht verraten? Du hast deine Magie sinnlos verpulvert, stimmt's? Ich wette, du hast irgendeinen mächtigen Zauber ausprobiert, den du nicht beherrschst, weil du keine Ausbildung hast.«

»Ich musste meine Freundin retten. Sie war in den Händen von Verbrechern, da habe ich sie hochfliegen lassen.«

Timur merkte, dass Woronin ihn nur provozierte, damit er aus Versehen wichtige Informationen ausplauderte, aber warum sollte er das nicht wissen? Alles, was ihn davon ablenkte, Barrumars Erschöpfung zu bemerken, war gut.

»Du hast sie hochfliegen lassen? Und nur dafür hast du so viel magische Energie verbraucht?«

»Sie stand weit weg von mir.«

»So, so, weit weg. Darf ich fragen, mit welchem Zauber du sie hast hochfliegen lassen?«

»Mit dem Flugzauber Wregnihaluf. Das heißt, ich habe ihr Hemd hochfliegen lassen und sie hing daran.«

Etwas Seltsames passierte mit Woronin. Es hörte sich an, als bekäme er keine Luft mehr. War er etwa noch nie auf die Idee gekommen, dass man Menschen fliegen lassen konnte, indem man ihre Kleidung zum Fliegen brachte? Timur brauchte eine Weile, bis ihm klar wurde, dass Woronin nicht erstaunt war, sondern dass er lachte.

»Du … du wolltest einen Menschen hochfliegen lassen? Und das hast du getan, indem du sein Hemd mit dem Wregnihaluf-Zauber belegt hast? Und das auch noch aus größerer Entfernung?«

»Ja. Ich kenne keinen anderen Flugzauber. Aber ich habe es geschafft.«

»Haha! Du weißt also gar nichts von Menschenflugzaubern und Entfernungsflugzaubern?«

»So etwas gibt es?«

Woronin hörte nicht mehr zu. Er schlug sich mit der Hand vor die Stirn und krümmte sich vor Lachen. Obwohl es Timur herzlich egal war, dass Woronin ihn auslachte, war ihm unwohl. *Menschenflugzauber*, *Entfernungsflugzauber*. Woronin könnte ihn also, wenn er wollte, ganz einfach aus seinem Sattel hochfliegen lassen und Barrumar würde unter ihm verbrennen. Auch wenn Woronin sich noch so sehr über sein Unwissen kaputtlachte, in Wirklichkeit war *er* der Unwissende.

»Die Fragestunde ist beendet, Woronin. Dahinten ist der Horizont. Verschwindet und bleibt für immer weg. Du weißt, was sonst passiert.«

»Hahaha! In Ordnung, Timur, in Ordnung. Haha! Wendemanöver!«

Die Krobulin buhten erneut, leiteten aber unverzüglich das Wendemanöver ein. Einmal mehr krachten die Schiffe ineinander. Timur war nun selbst kurz davor, sich mit der Hand vor den Kopf zu schlagen. Das wollten Seeleute sein? Ein Wunder, dass sie diese lange Fahrt überhaupt geschafft hatten, ohne sich selbst zu versenken.

Woronin, der es vermeiden wollte, von seinen wild gegeneinanderwummsenden Schiffen zerquetscht zu werden, kam ihnen ein paar Schritte auf dem Wasser entgegen. Er lachte immer noch. Es dauerte eine Weile, bis er wieder sprechen konnte.

»Gut, Timur, großer Zauberer, der du Hemden mit Menschen darin von Weitem mit Wregnihaluf hochfliegen lässt. Es war mir … hahaha … wirklich eine große Ehre, dich getroffen zu haben. Du bist einzigartig. Das Olisam leuchtet unfassbar stark in dir und du kannst damit in etwa so viel anfangen wie eine Ameise mit einer Axt. Haha! Genauso ist es, eine Ameise mit einer Axt. Oder, im Klartext: Du bist nichts, was mir im Geringsten Sorge bereiten müsste. Allein um das zu erfahren, hat sich die Reise gelohnt. Gehab dich wohl, hahahahaha!«

Damit drehte er sich um und ging, immer noch lachend, über das Wasser auf das Heck des nächstgelegenen Schiffs zu, ließ sich mit irgendeinem Zauber, den Timur nicht kannte, elegant an der Bordwand emporschweben, setzte dann in einem noch eleganteren Bogen über die Reling hinweg und landete sanft auf den Deckplanken. Dass genau in diesem Moment ein großer alter Seeadler über ihn hinwegschwebte und ihm auf den Kopf schiss, würde er erst sehr viel später bemerken.

Die Sonne stand nun strahlend am Himmel und brachte das Meer, das beunruhigend dicht unter Timurs Füßen hinwegglitt, zum Glitzern. Seit einer halben Stunde waren sie nun unterwegs zurück. Es ging viel langsamer voran als auf dem Hinflug und Barrumar schien jeden Moment vor Entkräftung zusammenzubrechen. Seine Hinterbeine hingen schon wieder im Wasser und aus seinem Maul kamen Geräusche, die sich anhörten wie ein greiser Esel nach einem Wettrennen mit einem Steppenpferd. Timur hatte sich, so weit es ging, nach vorne geneigt und schmiegte sich an seinen Hals.

»Du schaffst es, Barrumar. Gib nicht auf. Schau, die Küste kommt immer näher.« Er wusste, dass der Drache ihn hörte, auch wenn er keine Anzeichen des Verstehens von sich gab. »Die Fürstin wartet auf der Lichtung. Sie hat gesehen, was mit dir los ist. Sie pflegt dich gesund, sie weiß alles über Drachen. Und wenn es dir wieder besser geht, fliege ich mit dir, wohin du willst. Wir schauen uns ganz Kaman an, vom Jangpuldelta bis zum Hochmantaay, und dann noch Borabien und Ulbien, vielleicht fliegen wir sogar eines Tages über Gurgs Moorland und das Schwertgebirge hinweg und sehen, was noch kein Drache und kein Mensch je gesehen hat, hörst du? Halte durch!«

Timur streichelte seinen Nacken. Ein Zittern ging durch den ganzen Drachenkörper. Die rechte Schwinge erlahmte kurz. Sie gerieten ins Trudeln. Eine Fontäne spritzte auf, als Barrumars Schnauze in die glitzernde Oberfläche eintauchte. Er schnaubte und hustete, als das Wasser in seine Nüstern eindrang. Für einen kurzen Moment schlugen seine Flügel schnell und kräftig los und sie stiegen wieder ein paar Meter in die Höhe. Timur spürte, dass dies das letzte Aufbäumen des Drachen war. Beim nächsten Absinken würden sie endgültig ins Meer stürzen. Aber selbst wenn Barrumar es bis zur Küste schaffte, würde seine Flughöhe nicht für die steilen Felsen reichen. Mit viel Glück würden sie vielleicht eine Sandbank am Fuß der Klippen finden, die groß genug war, um zu landen. Aber die Fürstin hatte schon gesagt, dass Barrumar sich nur innerhalb des Nebelwalds erholen konnte.

Wenn er doch nur mehr Magie beherrschte. Woronin könnte den Drachen bestimmt per Zauberkraft hochfliegen und auf die Lichtung segeln lassen wie nichts. Er hingegen konnte Lebewesen nicht einmal senkrecht aufsteigen lassen. Zumindest nicht, wenn sie keine Hemden trugen. Er wusste wirklich nichts … Timur betrachtete das, worauf er saß. Dann verpasste er sich in Gedanken eine schallende Ohrfeige.

»Nicht erschrecken, Barrumar. Ich versuche etwas.« Er konzentrierte sich auf seinen Sattel. »Wregnihaluf.«

Langsam, nur ganz langsam gab er dem Wort Raum. Der Doppelgurt, mit dem der Sattel um Barrumars Bauch und Brust geschnallt war, war aus dickem Kernleder gefertigt. Um das gesamte Gewicht des Drachen zu tragen, war er trotzdem viel zu schwach. Doch vielleicht reichte es ja auch, wenn er Barrumar nur um einen Teil seines Gewichts entlastete.

Er überließ dem Wort zögerlich noch mehr Raum. Und noch etwas mehr. Die Gurte spannten sich ... und plötzlich bewegte sich Barrumar tatsächlich nach oben. Einen Teil des Drachengewichts mit dem Sattel unter ihm hochzuziehen war im Vergleich zur Aufgabe, die zehn Meter entfernte Julina hochfliegen zu lassen, tatsächlich ein Kinderspiel.

»Komm, Barrumar, wir steigen einfach so hoch auf, wie es geht, dann musst du nur noch deine Flügel ausbreiten und dich von der Luft nach Talins Holz tragen lassen.«

Barrumar keuchte schwer und sagte nichts, aber er schien den Plan gut zu finden. Er gab seine allerletzten Kraftreserven. Sie stiegen senkrecht in die Höhe, langsam, aber stetig. Bald konnten sie oberhalb der Felsen die ersten Bäume und Häuser erkennen, und je mehr sie stiegen, umso weiter reichte ihr Blick ins Landesinnere.

»Da ist Talins Holz! Wir schaffen es, Barrumar. Komm, nur noch ein kleines Stück höher und dann segelst du wie eine Fledermaus nach Hause.«

Bei »Fledermaus« gab Barrumar einen verärgerten Grunzer von sich. Timur jubelte innerlich. Es steckte also doch noch Leben in dem armen Kerl. Bald waren sie so hoch gestiegen, dass man sogar schon die Lichtungen als kleine weiße Flecke erahnen konnte.

»Ich glaube, das könnte reichen. Versuchen wir es.«

Barrumar breitete seine Schwingen aus. Für einen Moment standen sie still in der Luft, dann ließ Timur das Zauberwort in seinem Kopf vollständig verschwinden, sodass Barrumar sich wieder waagerecht bewegen konnte. Sie waren so hoch am Himmel, dass Timur mit bloßem Auge kaum erkennen konnte, dass sie sich vorwärtsbewegten. Nur der Wind, der ihm mit jedem Augenblick stärker um die Nase pfiff, zeigte an, dass sie Tempo aufnahmen. Bald rückte die Küste näher und gleichzeitig verloren sie kaum an Höhe. Barrumar schien mit der Aufgabe, einfach seine Flügel ausgebreitet zu halten und ein wenig zu steuern, gut zurechtzukommen. Timur atmete durch.

Wieder schmiegte er sich an Barrumars Hals und redete sanft auf ihn ein. Das laute, erschöpfte Keuchen des Drachen war nun, da er nur noch gleiten musste, leise rasselnden Atemzügen gewichen. Bald glitt die Küste unter ihnen hinweg. Sie überquerten das kleine Duftkiefernwäldchen und die Algramweiden, ohne nennenswert an Höhe zu verlieren, und schwebten, als sie Talins Holz erreichten, mit beruhigend großem Abstand über den Baumkronen. Es würde reichen. Barrumar steuerte geradewegs auf das Gebiet der Lichtungen zu. Die weißen Flecken kamen immer näher und wuchsen allmählich zu Seen an.

»Wir müssen schneller sinken, Barrumar, sonst schießen wir über das Ziel hinaus. Zieh die Flügel ein bisschen ein.«

Zum ersten Mal sprach der Drache wieder. Timur erschrak, wie leise und brüchig seine Stimme klang.

»HABE ... KEIN GEFÜHL MEHR ... IM RECHTEN FLÜGEL.«

»Auch kein Problem, lass alles so, wie es ist. Dann drehen wir so lange Ehrenrunden, bis wir niedrig genug sind.«

Wieder ging ein Zittern durch den Drachenleib. Timur erkannte die Lichtung, die Barrumar ansteuerte, wieder. Er sah das Baumhaus der Fürstin. Als sie noch näher herankamen, sah er zwei Menschen dort oben stehen und winken. Julina und Silling! Er hob den Arm und winkte zurück.

»Wir haben es geschafft, Barrumar! Schau, da stehen sie!«

Statt zu antworten, gab Barrumar ein schreckliches Geräusch von sich. Es hörte sich an, als ob ein Haus einstürzt. Gleichzeitig erschlaffte sein rechter Flügel. Sie kippten auf die Seite und verloren schnell an Höhe.

Timur schrie auf. Sie waren noch lange nicht über der Lichtung. Die Baumkronen rasten schräg auf sie zu und im nächsten Moment tauchte der Drache in die grüne Flut ein. Timur suchte, so gut es ging, Schutz hinter seinem Hals. Lautes Krachen von berstendem Holz umgab ihn. Äste, die dicker als sein Körper waren, flogen an ihm vorbei. Dann tauchten sie in den weißen Nebel ein. Die feuchte Luft fuhr ihm über das Gesicht. Das Krachen hielt an. Ganze Bäume stürzten um. Timur wusste nicht mehr, wo oben und unten ist. Er hoffte nur, dass er Glück hatte und nicht erschlagen oder zerquetscht wurde.

Dann brach das Geräusch splitternder Bäume plötzlich ab. Sie mussten auf den letzten Metern zur Lichtung durchgebrochen sein, ging es ihm kurz durch den Kopf, bevor sie im nächsten Moment mit ungeheuerer Wucht aufschlugen. Barrumar rutschte über den Boden. Schlamm spritzte auf, Erdbrocken flogen herum. Timur wurde von irrwitzigen Kräften hin- und hergeworfen, aber die Gurte hielten ihn fest im Sattel. Er sah Barrumars Kopf an dessen langem Hals hoch über sich herumschleudern, ein Flügel deckte ihn kurz zu, Drachenbeine tauchten vor seinen Augen auf und verschwanden wieder. Dann kamen sie endlich zum Halten.

Barrumar lag auf der Seite und rührte sich nicht mehr. Timur saß waagerecht in seinem Sattel. Er zerrte an den Gurten, aber es nutzte nichts. Er musste geduldig jeden einzelnen von ihnen öffnen. Als er es endlich geschafft hatte, fiel er kopfüber auf den Boden. Erst als er sich aufrichtete, bemerkte er den Schmerz in seinem linken Bein. Ein Ast musste ihn getroffen haben. Er konnte sich kaum aufrecht halten. Wo war Barrumars Kopf? Er musste in seine Augen schauen! Still weinend vor Schmerz und Angst humpelte und kroch Timur voran. Mal hielt er sich am Drachenkörper fest, mal robbte er auf seinen Armen und dem gesunden Bein über den Boden. Dabei hörte er die aufgeregten Stimmen von Julina und der Fürstin in seinen Gedanken. Sie waren auf dem Weg.

Endlich erreichte er Barrumars Kopf. Er lag schräg geneigt auf dem Boden. Seine Augen waren geschlossen und sein mächtiges Kinn hatte sich halb in die Erde eingegraben. Überall quoll dampfendes dunkelrotes Blut hervor, aus einer klaffenden Wunde an seiner linken Schläfe, aus den Nüstern, am allermeisten aber aus seinem halb geöffneten Maul. Sein großer Freund atmete nicht mehr.

Timur umschlang Barrumars Kopf mit beiden Armen und drückte seinen eigenen, so fest er konnte, gegen dessen Stirn. Er schrie seinen Namen. Laut. Immer wieder. Bis er selbst das Bewusstsein verlor.

***

»Der Michel hat nicht gesagst, dass wir den Feuerfuchtel heilsten sollsten.«

»Der Michel kann nichts sagsten, der machst gerade schlummischlummi.«

»Aber wir wissen nicht mal, ob wir Feuerfuchtel überhaupt heilsten könnsten.«

»Bliniwok sagst, Feuerfuchtel sindst auch magische Wesen.«

»Und wenn das nicht stimmst, was Bliniwok sagst? Wir könnsten uns den Tod holen.«

»Der Michel magst den Feuerfuchtel.«

»Und der Michel istst ganz traurig.«

»Ich sagst, wir fangsten ganz vorsichtig an.«

»Du bistst nicht Niffnuff-Chef, Riberik!«

»Warum eigentlich nicht? Der Michel hatst mich gestern durch die Tür geschickst, Summilik.«

»Und wer hat den Michel geheilst, hm?«

»Einen Michel heilsten kann doch jeder. Ich werdste der Erste sein, der einen Feuerfuchtel heilst. Passt auf!«

»Nein, ich!«

»Ich!«, »Ich!«, »Ich!«, »Ich!«, »Ich!«

»Benehmst euch! Was sollst denn der Michel von uns denksten?«

»Der Feuerfuchtel hatst wirklich überall schlimme Wunden.«

»Auch innen drin.«

»Endlich habsten wir mal alle was zu tun.«

Zwei Wochen später

Es war später Vormittag, die meisten Menschen gingen wie gewohnt ihrer Arbeit nach und die Kinder saßen in der Schule. Die Kutsche von Senator Amgus Malgold fuhr durch die um diese Zeit etwas ruhigere Quinggurstraße. Natürlich würde er mit dem schnellen roten Straßenwagen die Strecke zum Senatspalast in der Hälfte der Zeit schaffen, aber ein Senator fuhr nun mal Kutsche, auch wenn einige seiner Kollegen das anders sahen.

Verdrießlich wendete er seinen Hut in den Händen. Noch ganze vier Wochen musste er auf seinen ersten Kalamagi warten. Vier Wochen! Was bildete sich dieser arrogante Kerl eigentlich ein? Immerhin war er Senator.

Er schaute in die Tylandor'schen Nachrichten. Es gab immer

noch kleine Artikel zu diesen seltsamen Ereignissen vor zwei Wochen. Niemand konnte sich einen Reim darauf machen. Zuerst hatte Fürst Aram abends seine gesamten Burgwachen vor der großen Mauer zusammengezogen, als befürchtete er einen Großangriff der Foigis. Das war aber nicht passiert. Stattdessen berichteten mehrere Bürger, sie hätten im Morgengrauen ein riesiges Tier östlich der Stadt aufs offene Meer hinausfliegen sehen. Und es wäre gegen Mittag zurückgekommen und irgendwo in Talins Holz verschwunden. So unwahrscheinlich es auch klang, irgendetwas *musste* da gewesen sein, sonst hätten es nicht so viele berichtet. Und es musste irgendeinen Zusammenhang mit Arams Truppenbewegungen geben. Aber Aram schwieg sich aus. Nun ja, sollte er doch. Ihm war es egal und der Senat hatte das Thema ebenfalls längst fallen gelassen.

Genau wie diese andere Sache. Auch eine abenteuerliche Geschichte. Irgendein verrückter Flossenkopf-Zuwanderer behauptete, die Banden von Foigor würden Kinder entführen und in unterirdischen Verstecken als Arbeitssklaven schuften lassen. Und dass seine Frau ebenfalls davon betroffen gewesen wäre. Was für abenteuerliche Behauptungen. Selbst wenn das stimmen sollte, es war keine Sache des Senats. In die Angelegenheiten hinter der Mauer mischte man sich nicht ein, das war ein ungeschriebenes Gesetz. Reine Energieverschwendung.

Man hätte dem Kerl auch ganz gewiss keine weitere Aufmerksamkeit gewidmet, wenn sich nicht auf einmal Zemmo Faragli auf seine Seite geschlagen hätte. Er hatte behauptet, die Foigi-Stinker würden die Kindersklaven Stoffe und Kleidung für seinen Konkurrenten Rogoman Harras herstellen lassen. Was für ein billiges Manöver! Jeder wusste, dass Harras dem Faragli langsam, aber sicher das Fell über die Ohren zog, weil er mehr und günstiger produzierte. Und da kam dem feinen Herr Faragli die Geschichte von dem Flossenkopf wohl gerade recht, um sein eigenes Märchen noch obendrauf zu setzen. Ein paar närrische Senatskollegen hatten zwar dafür gestimmt, dass Harras offen legen sollte, wo die in den letzten Monaten verkauften Textilien hergestellt worden waren, aber Faragli hatte, zusammen mit der Mehrheit, dagegengestimmt. Es gab schließlich auch noch so etwas wie ein Geschäftsgeheimnis. Gut, Harras hatte ihm außerdem 10 000 Denir zugesteckt. Aber er hätte auch ohne das Geld dagegengestimmt. Er war ja schließlich nicht bestechlich.

Die Kutsche hielt. Malgold setzte sich seinen Hut auf den Kopf und sah mürrisch in den Killiminspiegel an der Kabinenwand. Nein, eigentlich fehlte dem alten Hut nichts. Aber er konnte ihn trotzdem nicht mehr sehen. Er war einfach kein Kalamagi, Punkt.

***

Wenige Stunden später spazierte Julina über den Inneren Ring von Aramburg. Neben ihr ging Yalkidia. Sie hielten sich an der Hand. Julina spürte, was in ihr vorging. Die ewige Angst vor den Menschen und ihren finsteren Gedanken. Aber sie spürte auch, wie sehr ihre Freundin sie brauchte und dass sie diesen Spaziergang sogar genoss. Wenn man nur im Wald lebte, war Aramburg ein großes Fest für die Augen.

Julina nahm geistigen Kontakt zu Timur auf und sah, dass er mit Malakin an dem Ort angelangt waren, wo sie zu sein hatten. Die beiden warteten geduldig und spielten Ritterskat. Wieder ging ihr durch den Kopf, dass Woronin irgendwo auf einer weit entfernten Insel saß und den nächsten Angriff plante. Zum Glück war er bei seinen Forschungen, wie man einen Drachen besiegt, noch keinen Schritt vorangekommen, wie Yalkidia von fern beobachtet hatte.

Auch sonst hatte alles ein gutes Ende genommen. Barrumar war dank der Niffnuffs vollständig geheilt und Timur konnte sich wieder frei in Halum bewegen, ohne von Aram verfolgt zu werden. Durch Vermittlung von Yalkidia hatte er einen Pakt mit Timur geschlossen. Timur würde fortan den Mag-Wynor-Saal nicht mehr betreten, nicht mehr Mag Zagrams Schüler sein und auch sonst alle magischen Forschungen einstellen. Aram würde dafür seinen Plan aufgeben, Timur für den Rest seines Lebens wegzusperren. Wenn der Fürst sich nicht daran hielt, hatte Yalkidia ihm gedroht, das Geheimnis des Großen Verschwindens bekannt zu geben. »Mir kann es egal sein, mein Lieber. Ich lebe unauffindbar in Talins Holz. Dir hingegen werden sie den Kopf abreißen. Und das ziemlich oft, weil du unsterblich bist«, hatte sie gesagt. Aber Aram konnte sich auch darauf verlassen, dass Timur seinen Teil der Verabredung einhielt. Er hatte es immerhin geschworen. Auf das Grab seiner verstorbenen Katze Fillimine.

Inzwischen hatten Julina und Yalkidia ihr Ziel erreicht. Es war eine unscheinbare Tür. Sobald man den Durchgang vom Inneren Ring ins Zentrum von Aramburg betrat, kam man an ihr vorbei. Öffnete man sie, kam man in die berühmte, rund um die Uhr von zwei Burgwachen besetzte Wachstube mit dem magischen Alarmlicht an der Decke, das jeden, der sich im Mag-Wynor-Saal aufhielt, sofort verriet.

Es war Donnerstag. Die beiden Männer, die heute für den Wachdienst eingeteilt waren, kamen, wie immer, aus völlig unterschiedlichen Regimentern der Burgwache. Der ängstliche Fürst Aram wollte unter allen Umständen verhindern, dass sich dort zwei Freunde trafen, die sich schnell darauf einigen konnten, den Alarm nicht zu beachten, wenn ein möglicher Eindringling sie vorher mit Geld bestach.

Heute war der Erste von ihnen Kaval Hunsen, ein misstrauisch dreinblickender, in Ehren ergrauter Korporal aus dem fünften Oststadtbataillon und der Zweite ein aufstrebender junger Offizier der Zentralbrigaden von hühnenhafter Gestalt namens Kuilok Faragli. Und Kuilok Faragli war vor ein paar Tagen von seinem Bruder Malakin und zwei seiner Schulfreunde in ein unglaubliches Geheimnis eingeweiht worden. Er hatte ihnen zuerst kein Wort geglaubt, aber sie hatten sich auf niemand Geringeren als Fürstin Silling als Zeugin berufen. Und als Kuilok am nächsten Tag von einem Boten, der unzweifelhaft vom Fürstenhaus Silling kam, einen Brief überreicht bekommen hatte, der ebenso unzweifelhaft mit dem echten Siegel der Sillings verschlossen war und der die ganze Geschichte bestätigte, hatte er erst einmal lange nachdenken müssen. Und dann hatte er einen Beschluss gefasst.

Am darauffolgenden Tag wurde er Mitglied im Geheimbund *Talins Neun*. Die anderen Mitglieder waren Timur, Julina, Malakin, Timurs Vater, Fürstin Silling, Fürst Ringus, ein ihm unbekannter Foigi namens Sebru und ein ihm ebenso unbekannter Drache, der Barrumar hieß. Ihre Aufgabe: Arams geheime Blockade der magischen Künste durchbrechen.

Als Julina und Yalkidia die Wachstube betraten, funkelten die Augen von Korporal Hunsen misstrauisch auf. Doch bevor er etwas tun konnte, trat sein junger Kollege den beiden bereits energisch entgegen.

»Ihr seid nicht befugt, den Wachraum zu betreten. Was wollt ihr?«

Doch als die ältere Frau etwas erwiderte, sah sie dabei seltsamerweise nicht den jungen Kollegen, der sie angesprochen hatte, an, sondern Hunsen.

»Kurinkalaplamplam Kranulkuf.«

Worte, an die Hunsen sich später nicht erinnern können würde. Nur daran, dass er im Dienst weggepennt war. Und dass sein Kollege Faragli ein feiner Kerl war, weil er das nicht seinem Vorgesetzten gemeldet hatte.

Kuilok fing den eingeschlafenen alten Korporal auf und setzte ihn auf einen Stuhl. Die Fürstin lächelte und Julina nahm Verbindung zu Timur auf.

»Zeit läuft!«

***

»Zeit läuft!«

Timur und Malakin ließen die Spielkarten fallen. Malakin sah auf sein magisches Chronometer und murmelte: »Zwei Uhr siebzehn.« Dann stiegen die Jungs rasch die letzten Stufen empor, bis sie den pechschwarzen Deckel am Ende der Treppe erreicht hatten. Timur vernahm das vertraute Mühlsteingeräusch, die magische Musik, die er viel zu lange nicht gehört hatte, schmiegte sich in seine Ohren und der Weg in den Mag-Wynor-Saal lag frei vor ihnen.

Noch immer waren sie die Einzigen, die den Eingang durch die geheime Bodenklappe in der Mitte des Raumes benutzen konnten. Und noch immer glaubten weder Mag Zagram noch Fürst Aram an diesen Zugang. Ein unschätzbares Glück.

Timur sah sich um. Nichts hatte sich seit dem letzten Mal verändert, außer dass Mag Zagram anscheinend aufgeräumt hatte. Die magischen Geräte warteten in den großen Regalen auf der einen Seite und die magischen Bücher auf der anderen Seite.

Sie hatten genau eine Viertelstunde. Eine Viertelstunde, in der ihnen die gesamte gigantische Schatzkammer der Magie komplett zur Verfügung stand. Ihm wurde fast schwindelig bei dem Gedanken.

Wo sollte er beginnen?

Gut, er musste auf jeden Fall den Spruch nachschlagen, mit dem er die Niffnuffs stumm schalten konnte. Nicht, dass er etwas gegen die kleinen Kerle hätte. Im Gegenteil. Nur konnte es auch einmal wichtig sein, Ruhe zu haben. Jetzt zum Beispiel. Er schaute nach rechts. Dann nach links. Und wieder nach rechts.

Geräte oder Bücher?

Wie zufällig streifte sein Blick das Porträt des letzten Schulleiters Mag Salafin. Er sah nicht mehr so traurig aus. Fast schien es, als würde er ihm zublinzeln. Und er sprach mit seinen Augen.

»Fang an!«

Meinen aufrichtigen Dank

an meine großartige Lektorin,
an Jann Kerntke für die wunderbaren Illustrationen,
an Mirka Uhrmacher, die mir immer wieder bereitwillig zur Seite stand, und an Nathalie, Moritz, Jonas, Jasmin, Hanna, Kathrin, Manfred, Mika, Ivan, Anais, Kossi, Nedim, Emily, Anna-Lena, Levke, Felice Vagabonde, Emil, Katja und an die Klasse 6a aus dem Gymnasium Neusäß

Inhalt

N
BERGS
HALUM
ARAMBURG
FOIGOR
HAFEN